云球

第一部

创世

云球白丁 / 著

北京理工大学出版社
BEIJING INSTITUTE OF TECHNOLOGY PRESS

版权专有　侵权必究

图书在版编目（CIP）数据

云球. 第一部, 创世 / 云球白丁著. -- 北京 : 北京理工大学出版社, 2023.4

ISBN 978-7-5763-1731-2

Ⅰ. ①云… Ⅱ. ①云… Ⅲ. ①幻想小说 - 中国 - 当代 Ⅳ. ①I247.5

中国版本图书馆CIP数据核字(2022)第173173号

出版发行 /	北京理工大学出版社有限责任公司
社　　址 /	北京市海淀区中关村南大街5号
邮　　编 /	100081
电　　话 /	（010）68914775（总编室）
	（010）82562903（教材售后服务热线）
	（010）68944723（其他图书服务热线）
网　　址 /	http://www.bitpress.com.cn
经　　销 /	全国各地新华书店
印　　刷 /	三河市九洲财鑫印刷有限公司
开　　本 /	710毫米×1000毫米　1 / 16
印　　张 /	30
字　　数 /	403千字
版　　次 /	2023年4月第1版　2023年4月第1次印刷
定　　价 /	68.00元

责任编辑 / 李慧智
文案编辑 / 李慧智
责任校对 / 刘亚男
责任印制 / 施胜娟

图书出现印装质量问题，请拨打售后服务热线，本社负责调换

目录

- 引　子　001
- 01 克雷丁的覆灭　003
- 02 云球的困境　012
- 03 好主意　028
- 04 热播剧的孕育　046
- 05 贝加尔湖疗养院　058
- 06 高估的生意　069
- 07 无望的爱情　082
- 08 伟大的发现　087
- 09 柳　杨　107
- 10 贴心的迈克　119
- 11 派遣队　131
- 12 红松林别墅　140

13	KHA	148
14	穿越计划	156
15	任明明的隐私	171
16	CryingRobots	184
17	突　破	196
18	上帝的囚徒	207
19	卢小雷的方案	222
20	黑石城的潘索斯	235
21	了不起的女儿	240
22	克族人	248
23	赫尔维蒂亚	259
24	翼　龙	269
25	永不回头	282
26	拯救阿黛尔	297

27	PerfectSkin	309
28	死亡的选择	321
29	谁是获利者	330
30	生活在别处	343
31	堕入尘埃	353
32	伊甸园星	365
33	窥视者	381
34	鸡毛信	391
35	傅群幼	399
36	技术移民	409
37	疑点管理系统	420
38	精神病人	431
39	SmartDecision	445
40	教宗的诞生	460

引　子

　　遥远的天边，天色渐渐暗了下来，四面八方的云团在聚集，一场即将肆虐大地的暴风雨正做着最后的冲锋准备。克雷丁的心中热血沸腾，眼中充满了决心和渴望。

　　他的臂膀肌肉虬结，身上的豹皮背心被撑得快要崩裂，紧紧贴在微微出汗的皮肤上；他的双腿犹如粗壮树根，胯下的黑色艾克斯骏马被夹得焦躁不安，略略踱步却不敢有丝毫移动；他的双手青筋横亘，手中的阿利亚精钢巨斧毫无疑问是天下最大的斧子，厚重的斧扇比人的脑袋更大。

　　在这个不可一世的男人面前，在这对冰冷沉重的巨斧之下，不知道曾经倒下了多少桀骜不驯的国王、猛将和英雄豪杰。今天，山地人的王国将成为另一个臣服于克雷丁大帝的王国。

　　克雷丁的眼睛盯着远处的地平线，隐约看到那里的一条红色细线，扭曲跳跃，正变得越来越粗。他也隐约听到了那里传来的声音，轰轰隆隆，像雪崩一样低沉而雄壮。他知道，那是山地人的军队正在逼近。他不在乎，他很期待，他的军队也很期待。

　　他最精锐的五千人整整齐齐列队站在身后，悄无声息，仿佛并不存在。

他眼角的余光能够看到两翼身着黑衣的战士们，每个人的眼中都充满了必胜的信心和腾腾的杀气。他们的人数只有山地人的一半，但无所谓，他们经常斩杀十倍于己的敌人。他甚至从不屑于使用那些降伏王国的兵力，因为他从不需要。

他最信任的勇猛将领和忠诚好友，林奇，就在他的身边。

林奇骑着白色艾克斯骏马，穿着黑白相间的狼皮背心，握着五尺绝杀长刀，同样由阿利亚精钢锻造。他像往常那样面无表情，漠不关心，只是冷冷地看着前方。似乎对他来说，前方扑面而来的不是凶残的敌人，此时此刻也并非事关帝国存亡的生死之战，面前的所有一切只不过是微不足道的一群蚂蚁的愤怒，带来的烦恼无非是先举起右脚还是先举起左脚。但无论是右脚还是左脚，踩下去的结果都一样，蚂蚁们将尸骨无存，不会在他心中留下哪怕一丝的涟漪。

这让克雷丁很满意也很欣赏。他自己是帝国永不停歇的力量源泉，而林奇则是帝国最稳定的台基和支柱，永远静静地默不作声，却永远忠诚地支撑着无论多么重大的责任。

在他们无止境的战斗中，克雷丁的王土不停地扩张，山地人只是前进路上的一颗小石子。克雷丁的心不在山地人身上，也不在山地人背后的广阔平原，而在更远方传说中丰茂水草聚集的黑江谷地，以及比黑江谷地更遥远的蛮野森林，直至一望无际的大海。

但克雷丁没有意识到，在缥缈的虚空中，有很多双眼睛正在盯着他，他们比他紧张得多。

01 克雷丁的覆灭

任为的脑袋靠在高高的椅背上，快要睡着了，耳边忽然响起叮铃铃的电话声。他睁开眼，眼前飘浮着接听电话的虚拟界面，是卢小雷的电话。界面不是很稳定，在空气中略微地晃动着。看起来，他的 SSI[①] 视觉组件依旧有些问题。

"什么时候能不晃了？"

他一边想着，一边用左手拇指和无名指使劲地互相掐了一下。这是他设定的通用确认动作，在这个界面能够接听电话。据说，只有 2.3% 的人选择了拇指和无名指互掐作为通用确认动作，超过半数的人选择了拇指和中指，而另外 40% 的人选择了拇指和食指。他小时候养成了坏习惯，一紧张就使劲用拇指轮流掐着食指和中指，所以现在不得不选择更加不常用的无名指。这显得与众不同，不过总比有人选择食指和中指好。他试过，那样也不是不行，但食指和中指触碰时隔了一层指甲，偶尔会导致触觉组件产生误判。权

[①] Sensory System Intervention，感官介入系统，通过在大脑中的神经主干上植入芯片，在需要的时候对视觉、听觉和触觉的传入信号进行修改，使大脑感受到实际并不存在的各种感觉，同时包含了通讯组件用于访问网络，可以让人在大脑中直接访问网络。

威数据证明，该动作的识别准确率下降了0.04个百分点。

他对通用取消动作的选择和95%的人一样，拇指和很少用的小指，以免下意识地误操作。但是实际上，自从SSI普及以来，由于通用取消动作使用得太多，小指的总体使用率已经跃居仅次于拇指的第二位，这也是权威数据。

所谓权威数据，都来自远景科技。任为使用的SSI就是远景科技的产品。远景科技是第一大SSI提供商，市场占有率超过70%，他们的数据应该不会有大的偏差。

电话接通了，耳边传来卢小雷的声音："任所长，你过来看一下吧，克雷丁大帝也完蛋了。"

任为的SSI听觉组件也有问题，左耳的声音似乎总比右耳要小，但是按道理应该没什么不同。他曾经去远景科技的门店测试过两次，两边的标准音量完全一致，误差不超过0.1个百分点，看来只能归结为自己的心理问题了。

的确，任为觉得，最近自己的心理是有些问题，也许一直就有问题，他对自己的心理健康一向没什么信心。这一两年，云球的演化总是不顺利，这样那样地出乎意料，对他而言确实压力太大了。毕竟自从云球人出现，一切都变了。随着云球人一步一步走出懵懂状态，逐渐形成所谓的社会，他也一步一步走进更困难的局面。

看看，又出问题了，克雷丁大帝怎么也完蛋了？

克雷丁和山地人的决战开始之后，按照重大事件实时观察的惯例，云球的系统时钟调整到了和地球时钟相同，大家都在观察室观察。而任为出于某种自己也不知道的原因，也许是灰心，也许是恐惧，躲在自己的办公室休息。终于，他担心的事情还是出现了。任为叹了口气，他的侥幸心理没什么用。

唉，克雷丁大帝可是云球有史以来最强大的统治者，就算完蛋也不应该这么快吧？按道理，这种事经常在云球上演，并没有什么了不起。但是，对于今天的地球演化研究所来说，对于今天的任为来说，克雷丁的命运几乎就是他们的命运。

"好吧，我马上过来。"他说，声音很小，无精打采。不过，卢小雷应该听得很清楚，应了一声就挂了电话。

任为走出自己的办公室，沿着走廊走到了观察中心。观察中心并没有采用SSI视觉介入成像，而是采用了传统的3D电球①和2D屏幕。作为技术最前沿的科研机构，地球演化研究所做出这样的选择显得有些复古，但任为喜欢这样，喜欢大家在一起讨论问题的时候共同看着真实的影像，随时指指点点，不像在电话会议中只能各自看着脑中的影像，更多的是自言自语。

现在大家都站在那里，围着观察区。任为走到观察区旁边，几个人看到他过来，赶忙让了个位置。

观察区是一个大正方形，底面比大厅地面低，长宽都有十几米，围了一圈栏杆，中间是大大小小的电球。电球都是圆形，底座比观察区底面略高。正中间是一个最大的主电球，直径有七八米的样子，里面的3D云球人只有拇指大小——显示比例可以调整，现在是默认比例。主电球周围是若干副电球，按照不同比例展示着战场中的不同局部，其中的3D人像比主电球大得多，有些甚至接近真人大小。副电球的面积比主电球小，展示的宽广度不够，但细节却清楚得多。

观察区里所有电球显示的内容都差不多：一场混战，冷兵器时代的混战。居高临下望过去，巨大而血腥的战场显得气魄非凡。特别是主电球，视野宽广，差不多覆盖了整个战场。如果有人第一次见到这种景象，应该会觉得很震撼。不过，地球所的人看得太多了，并没有什么强烈的反应。

斧子和大刀切割着骨头和肉，到处是断肢残臂在飞。特别是在一些显示比例比较大的副电球中，实在显得过于血腥。在地球所，对于大家来说，云球人的血肉横飞不能算什么新鲜事，但依旧有些女同事习惯性地皱着眉、眯着眼、歪着头，随着战场上的景象变换，不时地浑身抽搐一下，并发出"哎呀"的一声。

---

① 在圆形基座上显示3D影像的观察球。

这可不是3D影像技术刚出来的时候，模模糊糊、颤颤悠悠，现在的3D影像非常逼真。这么说吧，如果一个电球和真实世界同比例显示，让一个真人走入电球的显示区，对于普通人的眼睛来说，很难将这个真人从一堆3D虚拟人中分辨出来。事实上，在一些拥有大型3D电球的剧场、游乐园或者展览馆中，主办者经常组织观众玩儿一些游戏，从虚拟人中找出混进去的真人。那时，错误地把虚拟人指认为真人，是观众最大的欢乐来源。

任为也承认，尽管这些人只是量子计算机虚拟出来的云球人，但眼前的场面确实过分了些。遗憾的是，他们调慢云球速度进行仔细观察的场景，有很大比例恰恰是这种画面。没办法，战争是历史长河中的重要组成部分，云球也不例外。

"克雷丁大帝呢？"任为问。

"死了。"卢小雷简洁地回答，甚至没有扭头看任为一眼。和那些女孩子不同，卢小雷看得津津有味、目不转睛。他方方正正的脸庞上满溢着兴奋不已的表情，微微喘着粗气，胸膛明显地起伏着，小平头有一段时间没理发了，头发显得稍长，说话的时候也小小地颤动了几下。

"谁干的？谁能打得过他？"任为问。

大家都知道，在云球世界中，克雷丁大帝的战力独一无二。自从云球上出现人类，地球所几乎监控了每一个重要的云球人，并且进行了各方面参数的全面跟踪和分析。从分析结果看，克雷丁大帝的智力和武力都是云球有史以来的第一人，至少在被监控过的云球人中是毫无疑问的第一人，而且相对第二名有碾压性的优势。可惜，克雷丁大帝自己并不知道这个排名。

"不会是Bug吧？"任为接着问。

"不是Bug。"卢小雷说，"是林奇干掉他的，把脑袋砍下来了。"他说着话，眼睛依旧紧紧盯着主电球，"克雷丁大帝一死，他的部队就崩溃了。我看，萨波帝国基本上要完蛋了。"

任为皱了皱眉。林奇？他虽然一直有不好的预感，但怎么也想不到是林奇。

"消息还没传回去。他们要是有电话,国内早就暴乱了。"运维总监张琦说。他看起来比卢小雷平静多了,像任为一样略微皱着眉头,白皙瘦削的面庞显得有些严肃。

"我一直不看好他,虽然他的队伍战斗力强悍,但是他的统治过于暴力。形势瞬息万变,他一旦出问题,很多人觉得形势不对,就会另谋出路了。"张琦接着说。

"都是聪明人。"卢小雷说。

"什么聪明人?无耻的人吧!"所长助理孙斐说,说话的时候还撇了撇嘴,显得很不屑。平时,她的瓜子脸上经常挂着明亮的笑容,但这会儿显然心情不好,笑容不见了,大大的眼睛里目光也冷冰冰的,还带着些许怒气。

孙斐以前是地球所上级单位前沿科学院欧阳院长的助理,因为对地球所的项目情有独钟,三年前主动调了过来。她做事风风火火,既积极又认真,对前沿院方方面面的资源也比较熟悉,在争取经费和改善工作环境方面给了任为很多帮助。

"到底怎么回事?"任为问,"林奇不是他的人吗?我以为是最忠心耿耿的一个。之前有什么迹象吗?"

"看不出什么明显迹象,除了有时候好像有些……怎么说呢……也许是无聊吧!"张琦说,一边摇了摇头,表示不解,"我一直在观察他,确实是忠心耿耿。开战前,他和山地人见过一次面,去劝降。当面痛斥山地人,险些被扔油锅。他和克雷丁大帝从小一起长大,两个人私交一直很好。"

"他至少砍了五十个山地人。打着打着,突然一转头,把克雷丁大帝干掉了。"卢小雷说,"吓我一跳。"

"查看林奇的思维过程了吗?"任为问。

"看了,没有什么明显先兆。忽然之间波形有了抖动,像是一瞬间涌出的念头,我看是随机的量子涨落吧!你们都知道,那些思维过程的日志没有用。只能定性地看,不能深入分析,人工智能不就这样嘛!每一个计算步骤都能记录下来,却解读不了。最多也就是看看各种脑波的波形,不过是些情绪起落而已。其实,那日志根本不像一个人的思考过程。就像人类大脑,你记录了所有的化学变化，也不代表你能搞明白什么。"卢小雷说。

"我觉得很简单。他这么优秀的人，怎么和克雷丁生在了一起呢？既生瑜，何生亮！"孙斐说，听起来她更喜欢林奇。

"我回看了好几次林奇的眼神，把大刀砍向克雷丁大帝那一刹那间的眼神，像平常一样，很平静、很空洞，没有什么感情。"卢小雷说，"真的和平常一样！"他加重了语气，表示强调。

"不过要注意，他那一刀是从背后砍向克雷丁大帝的，是在克雷丁大帝完全看不到的角度。为什么他的选择那么精确？否则，林奇虽然厉害，行动也算出其不意，但以克雷丁的能力，那一刀如果在视野范围内的话，恐怕不会就这样死了。"张琦说。

"好吧，那林奇现在哪里去了？"任为接着问。

"他也死了。他砍了克雷丁大帝，盯着尸体看了几秒钟，那几秒钟的眼神像是看着一条死鱼，依旧很空洞。接着他掉转马头，向战场外面跑。跑了没几步居然马失前蹄，马翻了，人掉下来，立刻被山地人乱刀砍死了。说实话，那匹艾克斯马就算神骏，但也的确太累了。都折腾一天多了，人和马只喝了几次水，没吃什么东西，我要是那匹马的话，早就罢工了。"卢小雷说，看样子非常同情那匹马，又像是要解释，林奇的死不能怪那匹马。

"思维过程日志里，他死的时候波形抖动了几下，峰值不高。应该是心里有些乱七八糟的东西，但是不多。最后一会儿波形很平，似乎很放松。"张琦说。

"可惜啊！克雷丁大帝，我的克雷丁大帝，你怎么就死了呢？"卢小雷终于从电球上抬起头，望着天花板大喊，还举起了他的双臂，尽量舒展，一副对着苍天呐喊的样子。

有几个人笑了起来。

"唉，死了就死了吧，有什么办法？从好处想吧，什么克雷丁大帝，什么萨波帝国，不都是扯淡嘛！还没有北京大。所谓远征，其实没走出河北已经被干掉了。这种帝国，在云球里面有上千个，有什么好激动的？即使他不死，我也不看好他。"张琦说。尽管也有些失望，但他对克雷丁大帝和萨波帝国一向不以为然。

"知道什么叫希望吗？"卢小雷转过头瞪着张琦，"你说，还有谁比他更有希望？我看别的那些王国什么的更扯淡！好歹萨波帝国有二十多万人了，别的王国有超过十万人的吗？五千人就是一个国家，都是什么东西？能比萨波帝国更有前途？"

"一千年前那个虎湖王朝，都五十万人了。"张琦说。

"不也灭亡了吗？"卢小雷说，"倒是没有人背叛。但是国王一死，二十多个儿子分家，马上分崩离析。而且那个国王，叫什么来着？蠢得要命，就知道娶老婆、生孩子。"

"你不是一直很羡慕吗？"孙斐说。

又有人笑了起来，卢小雷脸红了。

"谁羡慕了？"他说，"我不是就希望哪个国家赶快成长起来嘛！咱们这都等了三千年了，弄来弄去，也没等来埃及，也没等来亚述，也没等来夏商，全他妈的是部落，是城邦。这帮云球人，能不能有点出息啊！"

"人数就算很多，还是很快会分裂。所以，一时一刻的人数不是关键。"张琦说。

"那到底什么是关键啊？"卢小雷问。

张琦沉默不语。

"你急什么？三千年？对你来说，从农耕文化普及到现在，不就是八个多月吗？任所长他们之前花了十年，才从一个空空的云球等到了云球人类出现。你着什么急啊？是不是？任所长？"孙斐说，扭头看了看任为。

"他来的时候，就已经有农耕文明了，不理解我们面对没有智慧的云球时那种痛苦。"张琦说，"不过现在，我们确实也应该着急了。"

"好吧，好吧。"的确，卢小雷来的时间不长，对此没什么好辩驳的，"我看你们的热情都被消磨了。"他说，然后似乎又觉得不对，对着任为和张琦接了一句："任所长，张总，不是说你们啊！"

"就是说我了？"孙斐说，瞪着卢小雷，"你以为我不着急吗？我比你着急。"

"哼！"卢小雷哼了一声，撇撇嘴，没说话。他不太敢正面反驳孙斐，或者说尽量不这么做，孙斐可不好惹。

任为没有吭声，在想什么。

逐渐，主电球里的活人越来越少，死得差不多了，特别是身穿黑色铠甲的战士，那是克雷丁大帝的队伍，他们死伤殆尽，已经完全崩溃。所有副电球里，更是几乎只剩下尸体了。

任为终于开口说话："好了，好了，别看了。张琦、孙斐，你们准备一个文档，详细捋一下萨波帝国和克雷丁大帝的历史，作为阶段报告的附件。明天先给我看看，后天咱们就要去院里向领导汇报了。小雷，你把云球时钟恢复正常吧，老这么看，等咱们死了云球都还是部落呢！另外，把林奇一生的思维过程副本送到脑科学研究所，让他们研究研究。"

"嗯，我看脑科学所也研究不出什么。以前，他们特别热心，总是主动跑到我们这里来，搞得我都觉得他们别有用心。但是最近，不知道怎么回事，他们神神秘秘，一个月没来过了，我们找他们的事情也不怎么爱搭理，优先级很低。"卢小雷说，听起来很不满，一定是上次交流的时候受到了什么冷遇。

卢小雷是监控室主任，今天正好亲自值班。他坐下身子，做了些操作。每个操作员身边都围了一圈小电球和2D屏幕，卢小雷的旋转椅欢快地转了一圈。观察区中所有电球的影像都消失了。

"柳所长老婆去世了，心情不好可以理解。"张琦说。他说的柳所长是脑科学研究所的所长，叫柳杨，是个很怪的人，很多人怕他，不仅脑科学所的人，连地球所的人都怕他。

"什么？柳所长老婆去世了？"卢小雷还不知道这件事。

"对啊，发生了车祸，柳所长也受伤了，好在并不重，已经恢复了。"张琦说。

"他老婆小他二十岁呢！特别漂亮，据说柳所长伤心坏了。他们感情特别好，大家都说，全世界的人里面，柳杨也只对他老婆一个人正常一点。"孙斐说。

"但我不是说柳所长,最近倒没见过他。而是脑科学所其他人,所有人,整个脑科学所都一样,神神秘秘,奇怪得很,不知道为什么。"卢小雷说。

"散了吧,散了吧。"任为说。

大家说着话,走出观察中心。张琦和孙斐没有动,孙斐问道:"后天什么时候汇报?这次又要挨批评了吧?"

"后天下午,我们得想想。"任为说,"挨批评倒没关系,关键是我们得想想怎么活下去。三千年了,云球人都没什么进步。这样下去,我们也真要活不下去了。"

"是啊!"张琦说,"说起来,原因能找到很多,但好像总没找到关键。"

"报告还要像以前那样写吗?我看领导们也不怎么关心了。"孙斐问。

"写总要写,不过的确,这些实验进展问题不是关键。关键问题是资源和能源的消耗。随着云球的发展,消耗增长得实在太快。我们想了很多办法,但都不是根本的解决办法。我要是院领导,我也会有意见。"任为说。

"硬件太贵了,电费也太贵了。我们总是想办法控制消耗,但这影响云球世界的演化。而且,节约的那点硬件和电费是九牛一毛,很快就被增长的云球人消耗了。提醒你啊!任所长,这两周,系统中的脑单元增长很快。云球人太能生孩子,各种环境系统被挤占得很严重,要尽快想办法解决。"孙斐说。

"嗯。"任为不置可否,转身走出观察室。

02 / 云球的困境

像往常一样，会议在前沿科学院一个狭小的办公室里举行。

任为他们的研究所和项目在前沿科学院的地位非常微妙。本来前沿院的工作注重前瞻性的研究，相对传统科学院而言更喜欢云球这样的项目，但自从运行云球的计算机集群成为前沿院、全国甚至全球科学界数一数二的资源和能源消耗大户以后，地球所的地位就很快下降了，毕竟他们太能花钱了。尤其是近几年来，在没有做出什么实质贡献，也看不到什么明确前景的情况下，地球所一直遭受部分领导和其他研究所的非议。如果不是欧阳院长的鼎力支持，他们能不能坚持到今天都是个问题。

但即使是欧阳院长，也已经没办法帮他们争取到更多的资金。他们的有限资金大部分消耗在电力上了，导致云球的计算资源和存储资源一直很紧张，无法进行升级和扩容，甚至正常维护都有困难。他们不得不对云球的某些子系统进行删减以节约资源，从而保证云球的正常运行。大家都觉得，计算资源的限制也许就是云球人社会进化停滞的核心原因。任为不得不认真考虑，是否可以在云球系统中进行一些大刀阔斧的删改，而不是挤牙膏式的调整。

不过这次和往常不同，来开会的只有欧阳院长和社会合作局的王陆杰局长。往常一般都有更多的专家和领导参加，今天这种情况，显然不是个好兆头。

王陆杰的出现本身就很奇怪。地球所作为基础科学研究机构，和各种科研机构有各种合作，却并没有和社会上的企业打过太多交道。社会合作局的主要工作是将前沿院的科研成果在企业中落地并进行商业化。别看前沿院的工作更注重前瞻性，但这几年对研究成果的实用性转化也不少，做到这一点需要对前沿科学的深刻理解和独特视角，王陆杰和他领导的社会合作局功不可没。实际上，任为也想过，可从未想出地球所的成果有什么能够落地的东西，所以，之前地球所和社会合作局几乎没有接触，任为也不认识这个王陆杰——耳闻不少，今天算是第一次见面。

王陆杰出现在这里，是有什么想法吗？任为有点疑惑。

王陆杰中等个头，胖乎乎的，很和气。他微笑着，热情地和任为、张琦以及孙斐打着招呼，紧紧地握每一个人的手，还要用另一只手亲切地拍拍对方的肩膀、胳膊或者手背，仿佛许久未见的老熟人一样。

欧阳院长就不像王陆杰那么和气了，至少今天是这样。

作为德高望重的科学界元老和领导，欧阳院长的一贯形象完全符合大家预期，身材中等，略显瘦削，满头银发，面色红润，眼神明亮有力，显得精神矍铄。平常的时候，欧阳院长神情严肃又不失亲切，但今天看起来却只有严肃，亲切则比平常少了很多。任为不知道这是事实还是想象，如果说为了云球的项目资金感到心虚和紧张，导致自己对欧阳院长的表情有所臆测，他一点都不觉得奇怪。

欧阳院长正在对他们说："云球项目已经进行了十年。你们很清楚，这个项目从一开始就很有阻力。我们前沿院虽然和传统科学院不同，更加注重前瞻性研究，但总要有个前瞻，你们却几乎没有任何对前景的明确预测，更谈不上什么可预期的回报。而从资源的角度看，无论是计算资源、存储资源还是用电量，这个项目的消耗都非常惊人。拿用电量来说吧，你们一个项目的总用电量，几乎相当于一个一百万人规模的城市。"

"里面实际生存了五千万人。"孙斐说，"对不起，院长，打断您了，其实我们很节省。"

"小孙，我知道你的意思。"欧阳院长说，"云球里面是有五千万虚拟人，可你也要意识到，如果是五千万个真正的机器人，而非虚拟的云球人，对社会的贡献会是什么样？"他一边说着，一边挥了挥手，阻止孙斐继续插话。

"我知道你要说，五千万真正的机器人会消耗更多电量和硬件。确实如此，不过，从效果考虑仍然不成比例。自从核聚变革命以来，能源价格大大降低，这种价格降低甚至导致了世界大战。但是，你们也清楚，事实证明，尽管核聚变有很高的能量产生效率，却并未像想象中那样解决所有问题。核聚变电站的建设需要大量稀土来制造聚变炉，而稀土原料的缺乏限制了聚变炉的制造，进一步就限制了核聚变电站的建设。所以，电费的确比石油时代便宜了很多，可在你们的这个用电量的级别上仍旧非常昂贵。另外，量子计算机的产能一直受到限制，也是由于稀土资源的限制。除非有一天，某个地区发现了意想不到的巨量稀土资源，否则长期来看，云球系统面临的资金缺口将一直非常巨大。"

欧阳院长话说得稍微有点快。他意识到了，停顿了一下，然后才接着说，语速变慢了很多。

"机器人是有实用价值的，五千万机器人的价值很容易计算出来。如果忽略全仿真机器人身上的仿真皮肤和机械骨架——那些东西并不值钱——从计算资源的角度讲，你们的一个云球人和一个全仿真机器人消耗的资源差不多，实际上可能还要更多，毕竟全仿真机器人没有云球人那么聪明，云球人更接近真实的人类。好吧，孙斐，我知道你要说什么，就算五千万云球人略等于五千万全仿真机器人吧！但是，你们知道全世界现有的全仿真机器人有多少吗？不足一千万！其他大量的机器人都是专用机器人，家政机器人、农业机器人、制造机器人、采掘机器人、养殖机器人或者战争机器人等等。这些专用机器人和全仿真机器人相比简单得多，计算资源的消耗也小得多。其实你们都懂，这种对比还不说明问题吗？"

欧阳院长看着他们，目光中透着忧虑。仿佛他们就是太空中的一个黑洞，不停地吞噬着靠近他们的一切物质和能量。现在，周围的物质和能量已经消耗殆尽，而不断增长的黑洞还在嗷嗷待哺。

"你们应该知道，我一向很支持你们。不过，这个项目确实有一点尴尬。可以不讲回报，但至少需要说服力。项目的最初目的是研究地球演化，所以机构被命名为地球演化研究所，项目被命名为云球。后来开始涉及生物演化和人类学，这是你们自己很重视的一个侧面。另外，云球对很多其他学科的研究有贡献，目前为止，应该说取得了一定的成就，在一流期刊上发表了上百篇相关领域的论文，这不容易。未来，当然还有更多的可能性需要去探索。可相对于资源的消耗，这个项目始终缺乏一个足够强大的存在理由。我是说和投入相比，一个能够匹配的存在理由。你们知道，前沿科学院本身就面临投入产出比的问题，国家对我们的要求很宽松，我们立项时可以接受比传统科学院宽松得多的投入产出比的标准。遗憾的是，即使这个宽松的标准，你们地球所也远远没有达到。"

任为知道，欧阳院长说得对。在传统科学院，云球这样的项目根本不可能被立项。前沿科学院专门做虚无缥缈的项目，所以虚无缥缈没关系，但像云球这样耗费不可思议巨资的虚无缥缈就有关系了。

欧阳院长接着说："地球演化的研究，其实已经被证明有很大瑕疵。当然这不能全怪你们，人类自身对地球的了解还远远不够。最初设计的云球模型，很多地球物理和地质学参数都是近似值，甚至是推测值，演化结果和地球实际发生的情况不相吻合也就不奇怪了。不过，你们也要意识到，你们的有些成果，不是和地球物理或地质学的研究有一些偏差，而是彻底否定了地球物理或地质学的一些既有成果！完全推托到参数的不准确上，恐怕也很难自圆其说。理论上有可能你们是对的，地球物理或地质学的那些既有成果是错误的。但你们只是计算机模拟，别人却有很多勘测和实验证据！这些非主流的研究成果想要说服主流科学界，如果不说完全不可能，也要说非常困难。云球充其量只能作为一个不太可靠的参考体系存在。这从一个侧面证明，最初的出发点就有一定问题。任为，你还记得吧，当时有很多人反对，现在回头看，应该说他们的反对是正确的。不过当时，你关于未来对生物演化进行模拟研究的预期说服了我，让我力主上马了这个项目。"

任为点点头，含糊地应了一声。

"起初的预计，地球演化需要的算力并不是太大，这个项目从资源消耗的角度看不算过分。"欧阳院长继续说，"结果，项目上马没有多久，地球演化的研究就失败了。我可以这么说吧？在云球系统中，确实成功地诞生了一个完整的行星，遗憾的是，用它来研究地球的既定目标却失败了。"他顿了顿，"随着地球演化研究的失败，生物已经在云球中诞生了，按照你的预期开始了生物演化的研究，这算是一个进步。但自从生物出现以后，对计算资源的需求立即上了几个台阶，而且生物演化的成败同样很难评价。从产生了生命以及后来产生了云球人的角度，可以说云球系统揭示了生命诞生过程的奥秘，也从一个侧面证明了达尔文学说。不过和地球演化研究类似，在推出新成果的同时，也否定了很多科学界有普遍共识的既有生物学成果。同样，你们是计算机模拟，别人有理论、有标本、有实验证据，你们的说服力仍旧不够。甚至因为一些异类成果，你们遭到了一批世界顶级科学家的抵制，网络上也有很多攻击和谩骂，虽然其中大部分言论不值得回应，但不得不承认，这些言论从侧面反映出了很多问题。

"这几年，你们的研究基本上都集中在了人类学方面，在地球演化和生物演化上曾经出现过的问题再一次出现。某种角度，夸张一点说，云球诞生以来，几乎是以否定现代科学为己任。你们消耗了这么多的资源，缺乏有力的实证，却频繁地否定别人！这种情况，不允许大家有点看法是不可能的。好在你们运气好。在人工智能领域和量子计算领域中，很多实验需要超大规模的应用场景，现实中很难找到，云球系统提供了可能性，所以，你们从人工智能领域和量子计算领域获得了不少赞助和投资，过得还不错。但是，你们应该心知肚明，云球只是别人的实验品。大家非常关心云球的运行状态，却不关心云球的运行结果。这不是云球的悲剧吗？你们要明白，实验品再重要，其存在总是暂时的，实验完毕就不再需要实验品了。自从来自人工智能领域和量子计算领域的赞助资金越来越少，你们就越来越困难，基本上依靠国家拨款才能生存。其他跨界研究带来的收入非常少，已经不足以提供什么有力的支持。"

"我们演化了完整的过程，从一块石头到一个行星，然后出现生命，从海里到陆地，从单细胞生物到多细胞生物一直到人，这还不够吗？"孙斐终于忍不住又插话，显得有点激动。

"不要老插话！"任为冲孙斐说，"听欧阳院长说，好吗？"

"没关系。"欧阳院长笑了笑，对任为说，"小孙给我做助理的时候就是这样，毛病一直没改。估计，你做她的领导，也没少被折腾吧？"

"挺好，挺好。"任为说，"她帮了很多忙。要不是她到处张罗，我们活得更不好。"

"嗯，对。"欧阳院长又笑了笑，很肯定地对孙斐点点头，"你说得没错，所以云球还活着！可这证明了什么呢？你们创造了一个和地球完全不同的世界，还是有智能生命的世界，很了不起。但是，这和地球究竟有什么关系？你们以前有科研成果，未来也会有更多的科研成果。我相信，随着云球社会的发展，社会学和经济学方面的研究价值也会变得越来越大。不过，注意到没有？你们再一次转换了主题。从地球演化到生物学，从生物学到人类学，再从人类学到社会学，将来再从社会学到经济学。经济学之后也许还会有新的选题，谁知道呢？你们九年前可以改名叫作生物学研究所，然后两年前可以改名叫作人类学研究所，现在可以改名叫作社会学研究所，也许明年就可以改名叫作经济学研究所。这样真的合理吗？要知道，至少目前，云球人社会演化程度还很落后，和地球社会完全脱节，研究价值并不大。现在，我们大家的脑中都植入了SSI，你们不也都植入了吗？做个广泛的民意调查或者数据收集很容易，即使考虑到最严格的隐私保护，也能够轻易收集到超大规模的数据。现实世界是一个很好的样本，比云球的样本好太多了。"

欧阳院长再次顿了顿，又说："本来，如果云球可以随意控制，也许能够制造出各种特别的实验场景。这在地球上的现实社会中不具备条件，是云球的一个独特优势。但是，你们根本不愿意打断云球人的自然演化过程，拒绝进行这方面的研究，所以云球的价值进一步缩小了。而且，据我所知，你们并没有控制云球人的能力，人工智能的不可解释性在云球这里依旧没有得到解决。最多，你们能够在云球的自然环境里制造一些天灾，或者神迹？总之，你们还没有技术手段能够对云球进行随意控制，特别是对云球人进行随意控制。"

"这么说，您的意思是，关于我们项目的资金问题，院里已经有结论了？"任为问。这些否定云球的话，他听过太多，甚至自己也对自己说过很多，这些话让他心里空荡荡的，他不想继续听了，想直接听结论了。

"是，也不是。"欧阳院长说，"院里的科研资金估计是没有了，或者说很少了，还能撑一段时间，然后恐怕只够你们发工资了。至于云球嘛，我们在探索一些新的思路，广泛征求了科学界的意见，跟上级领导也做了汇报。总体来说，有两个指导原则：第一，鉴于目前的情况，科研资金不能再无限制地往这个无底洞里投；第二，这个项目具有巨大的潜在意义，你们毕竟创造了一个世界，所以要坚持搞下去，但是资金的问题需要通过其他办法解决。"

"其他办法？什么办法？"任为问。

"这就是王局长来参加我们会议的原因。现在有一些想法，不过王局长对你们的情况还不是很了解，特别是最近的进展，你先介绍一下。"欧阳院长说。

"听说最近你们碰到了一些问题？"王陆杰插话问。他微笑着，从见面开始，他一直微笑着，完全不像欧阳院长那么严肃。他的笑容仿佛不是表情，而是长在脸上。

"是的，"任为说，"我们是碰到了一些问题。云球人从农耕社会的部落普遍出现，到现在已经过了三千多年——当然，是云球里的三千多年。农业、手工业、军事等技术层面，云球人有了一些进步，但在社会组织形态的演化方面碰到了很大问题，可以说遇到了瓶颈。按照我们人类的历史来看，部落会合并、会发展，规模越来越大，逐渐出现国家。国家之间会出现战争，出现更大的国家。只有在更大的国家中，地域和人口达到一定规模，能够控制的资源也达到一定规模，集群效应才能显现，大规模的经济和技术发展也才成为可能。然后进一步的制度发展就会出现，最后推动人类进步。但是目前，云球人的发展停滞了。"

任为下意识地摇摇头，接着说："大多数部落都在几千人的规模。曾经出现的最大部落只有五十多万人，而且相当松散，称之为帝国只是体现了我们的美好愿望，其实可能连国家都称不上。上个星期，云球中又出现了一个二十多万人的部落，内部组织相对紧密，看起来很有希望。不过前天的时候，他们在一场大战中失败了。部落首领被杀，部落随即分裂。类似的部落之前出现过几次，但出现得都很偶然，持续的时间也都很短。更重要的是，在这些强权部落中，权力的顺利传承一次都没有发生过，要么是内部分裂，要么是外部侵略，导致规模缩小甚至灭亡。换句话说，所有强权部落，都靠一个强人在有生之年组织起来，他一死，部落就散掉了。反而，能够很多代传承权力的部落，都是毫无进取心的平庸部落，规模都比较小。"

"有什么可能的原因？"王陆杰问。

"坦白讲，我们并不知道确切原因，只有一些猜想。"任为说，然后扭头看看张琦，"你说说。"

"我认为，"张琦说，"主要原因可能和计算资源的限制有关。最直观的理解，所有突变的出现都只有一定的概率，基本都属于极小概率事件。所以，无论是生物演化还是社会演化，只要谈到演化，必须有足够大的基数来产生突变，也就是通常所说的大数效应。由于资源限制，我们总是在用各种方式控制云球的总规模，实际上是在控制突变产生的基数。基数被控制，突变产生的机会自然很渺茫。您能想象到，随着云球总人数的增加，内在的联系会指数级增加，对计算资源的要求大大增加。就像动物的大脑，脑细胞的数量增加，带来的信息量和计算量会指数级增加，而且这个指数曲线的斜率非常陡峭。"

"简单地说，整个云球系统的运行速度在不断下降。"张琦接着说，"不同阶段，我们会为云球时钟和地球时钟设定一个不同的时间比例尺，这取决于云球的计算量和计算能力的对比。除了个别时候，我们会为了实时观察把比例尺调低，大多数时候系统会按照预定比例尺来运行。刚开始，云球上没有生命，计算量比较小，比例尺很大，几百万年的云球演化只需要地球上的一天，而且即使这么快，对自然的模拟也相对比较完整。后来出现生命，时间比例尺不得不大幅下调，几十万年一天，几万年一天。这个阶段，为了优先保证生命的正常演化，很多对自然的完整模拟被牺牲掉了。甚至，我们不得不对模拟对象进行分类，越来越多的对象只在必须时才被模拟。出现人类之后，时间比例尺的下调速度就更快了，几千年一天，几百年一天，现在已经是十年一天了。即使如此缓慢的时间比例尺，系统也经常做不到，这还是在经过几次系统扩容的基础上。虽然云球人觉察不出来，他们像往常一样生活着，但如果这样继续下去，总有一天，云球的演化速度会和我们现实世界的演化速度一样。那时，云球的存在就真的没有任何意义了。说实话，系统必须再次扩容，可我们的资金却跟不上。既然计算能力上不去，我们只能退而求其次，限制计算量了。"

"所以，我们不得不对系统进行一些删减。"张琦吸了一口气，仿佛在说一件需要努力才能说出口的事情，"例如，我们删除了一些边远部落的存在，限制了云球总人数。您可能知道，一个云球人的诞生，会自动在系统的某个量子芯片中占据一个独立的区域，用于存储和计算。我们把这些独立的区域叫作脑单元。所谓五千万云球人，就是说系统中有五千万个脑单元。脑单元会隔离自己的计算资源，拒绝其他功能的访问。这意味着，大量脑单元的存在会急剧侵占总体计算资源，其他功能可以使用的计算资源大量减少。我们不得不删除一些部落，释放一些计算资源给其他功能使用，比如基础物理系统、基础化学系统或者应用层的大气环境系统等等。然后，除了太阳系以外，我们也彻底删除了对银河系的模拟，更不要说宇宙了。那些模拟本来就不是十分准确，参考价值并不大，不是我们的主要研究方向，这样做也是为了降低总体的计算需求。"

"听起来各个子系统都独立运作？"王陆杰问。

"不完全是，云球人的脑单元是这样。一些高级动物也有脑单元，不过占用资源比较小，它们也是这样，完全并行计算，相互之间隔离和独立。但是，大多数计算能力相对要求比较低的功能，或者还没找到对应量子算法的功能，只能用传统计算方法进行，那就不是独立运作，也不是并行计算。比如一株植物的模拟，计算过程还是采用传统数学方法，在传统 CPU 中分时间片完成。"张琦说。

"那脑单元和其他子系统之间的同步呢？你刚才说，云球的运行速度在不断下降。会不会下降得不一致？"王陆杰问。

"所有子系统必须根据统一的系统时钟协调一切行为。脑单元也一样，否则云球人中会出现极大的混乱。所以有时候，只是因为系统的某些部分变慢了，我们就不得不调慢整个系统的时钟。"张琦说。

"好吧。嗯，你刚才说，你们删除了银河系的模拟，那云球人看到的星星呢？"王陆杰问。

"您问到点子上了，这可能也和眼下的困境有关。"张琦说，"在云球人产生后不久，为了节约算力，我们就采用了一个简单的周期模型来模拟星空。这样做几乎不耗费什么算力。但我们发现，自此以后关注星空的云球人比例以及这些人对星空的关注程度都发生了下降。目前，云球人社会中的原始宗教、巫术以及其他各种关于神仙鬼怪的迷信都不发达，恐怕多多少少和呆板的周期性星空有关。地球人类史研究无法给出地球上类似时代的确切数据，不能进行直接比较。不过从壁画、石刻以及其他原始素材看，我们认为当时的地球在这方面应该比云球发达得多。之前，欧阳院长曾经协调过人类学研究所和考古所，帮我们做过这方面的研究。"

张琦看了欧阳院长一眼，欧阳院长微微点了点头。

他接着说："理论上，云球人还谈不上对星空有什么有意义的思考。不过，对星空进行这样低劣的模拟，可能会导致星空在云球人眼里失去部分神秘性，进一步就可能以某种方式影响云球人的思想发展。我们觉得这是一种合理的怀疑。另外，在云球中，除了云球的太阳发出的各种辐射以外，没有任何其他宇宙射线，以云球人目前的知识水平，按道理说应该没什么关系，但我们怀疑，这是否也会对云球人的思想发展产生影响。这些情况不能算是计算资源限制对云球人产生的直接影响，只能算是间接影响，问题是这种间接影响非常多，几乎无处不在。"

"刚才提到，删除边远部落，也会发生类似的情况。"孙斐插嘴道，马上又略微否定了一下自己，"不，可能产生影响的方式还要更直接、更明显一点。"

她接着说："这些部落大部分在一些偏远的海岛上，或者沙漠沼泽之类的地方，和大陆上的主流部落联系很少。但是，这些人的消失带来了一系列影响。比如，某些海岛部落被删除后，他们原来捕食的海洋中特定鱼类的种群数量，在邻近海域出现了上升。这导致其他一些海生动物的生存环境发生变化，不得不迁徙，并引发了进一步的变化。在一系列的连锁反应之后，影响了大陆边缘的鱼类产量。有些地方的鱼类产量上升，有些地方的鱼类产量下降。然后，部分临海部落的食物充足度提升，好战程度下降了；同时，另一些临海部落的食物充足度下降，好战程度上升了。"

"这些问题，从逻辑上都说得通。但究竟如何产生影响，我们很难有定量分析。"任为说。

"要说特别直接的影响，也有一些。"张琦说，"您知道，在云球人类出现之前，过去几年里，或者说，系统中过去的几亿年里，云球上曾经出现了三次大规模物种灭绝和十来次小规模物种灭绝。其中，有两次大规模物种灭绝和三次小规模物种灭绝是我们主动采取的动作，另外有一部分是云球中的自然事件，还有一部分应该算是技术事故，发生在系统升级和更换备件的时候。事故原因还不太清楚，我们复查过，没有发现什么操作错误，可能是技术的成熟性问题，这个就不细说了。"

张琦微微摇了摇头，仿佛仍旧为那些事故感到疑惑。

他接着说："至于我们主动采取动作的几次物种灭绝，说到底完全是由于资源限制的原因。如果任由某些物种肆虐发展，对资源的占用很可能会导致云球人类根本无法出现，所以我们不得不灭绝一些物种，这应该算是对云球人类有特别直接的影响。这些物种灭绝对云球人类来说是正向影响的事情，负向影响的事情我们没有做过。即使是这样正向影响的事情也是一种对云球的干预。对于任何干预，任所长都是非常反对的，我个人的态度算是支持，但也同意，任所长的顾虑是有道理的。所有的干预行为只是迫于压力不得已而为之，并不是真正的正确选择。任所长最终同意进行这些干预，一个重要原因是，云球人类在当时的演化阶段还没有出现，云球中只有植物和低等动物。后来情况不同了，产生了云球人和云球社会，我们对于干预的态度就像欧阳院长所说，确实是更加慎重了。"

张琦说着，停了一下，看了看任为。任为没有看他，接过话头说："我一直认为，不应该干预云球。否则，云球将更多地体现出人类的意志，而非自然演化的意志。我们的确迫于资源的限制，做了一些我们认为不应该做的事情。"

"我记得，我们激烈争论来着。"欧阳院长说，"现在看，效果还是不错的嘛！"

"云球是一个混沌系统，像真实的人类世界一样充满蝴蝶效应，找到演化停滞的确切原因并不容易。目前来说，我认为计算资源的匮乏是演化停滞的首要原因。"张琦接着说，"其次，我们也怀疑云球人的基因对于扩张和发展的态度。我们观察到，云球人类总体上不如真实的地球人类好战。他们的生存环境，和地球上同时代人类的生存环境相比应该差别不大，并非予取予求的舒适，他们理应表现得更进取一点。但他们似乎安于现状，即使现状并不那么好。可以这么说，除非到了要集体饿死的地步，否则云球人很难发动战争。只有个别的强人建立了比较大型的部落，其中少数勉强算是国家。可惜的是，任所长刚才提到过，这些强人死亡之后，几乎所有继承人都无力维持，更不要谈继续扩张了。实际上，多数继承人可能并非无力，而是无心，无心维持更无心扩张，主要不是能力问题，而是意愿问题。当然，多数时候这两者很难进行区分。我们观察过很多云球人的思维方式，总地来说，他们面对难题的时候倾向于放弃。从人类历史来看，战争是推动人类进步的不可或缺的方式之一，特别是对于早期人类。云球缺乏战争，从演化角度讲恐怕不是什么好事。"

"关于基因，我知道地球人类做得还不够好，即使在云球中，你们也不能完全搞清楚吗？"王陆杰问。

"是的。您应该知道，云球人类并非来自我们的创造，而是来自云球中的自然演化过程，这是云球系统最大的成就。本来我们认为，通过观察云球人可以彻底揭开人类的奥秘，这种预期曾经给我们带来过一个黄金时期，投资大大增加。"张琦说。

"可是，你们什么都没得到。"欧阳院长说。

"为什么呢？你们难道不是对云球人的生长过程全程监控吗？"王陆杰问。

"是的，我们是全程监控。对于基因如何影响云球人的物理性特征，我们应该算是很清楚。不过，对于基因如何影响云球人的思维和行动，我们知道得很少。我们可以在云球人的幼儿期做出相对准确的预测，但随着年龄增长，特别是在大概两三岁以后，云球人就越来越捉摸不定。"任为说。

"有别的东西在起作用，不仅仅是后天影响。"张琦说，"我们内部经常会说，某某事情的原因，是量子涨落或者量子的不确定性。这是我们对现象感到不理解时一个自嘲的说法，并没有什么根据。不过有时候，我觉得这些说法也有一定道理，毕竟云球人的大脑本来就基于量子计算机和量子算法。我们已经很努力，针对很多云球人个体都用日志记录了所有思维过程，也就是量子计算机的全部计算过程。理论上，这些云球人的记忆和思维随时可以查询，但实际上，思维过程日志出乎意料的简单，甚至什么内容都没有。思维计算跳跃着进行，完全不连贯，没有过程只有结果，记忆存储更是难以理解，云球人似乎不记得任何事情，同时又记得所有事情。很多记忆一会儿出现一会儿消失，过程很不稳定，结果却很稳定。"

孙斐又插嘴说："我们认为，量子计算机的成熟度还有待提高。尽管量子计算机的计算能力很强，但运行过程很不清楚。人工智能的算法过程也一样，刚才欧阳院长提到，人工智能的不可解释性仍然存在。不过在云球中，连这种不可解释性都还没有机会碰到，研究就中断了。我们的数据不足够多，谈不上解释的问题。所以，量子计算领域和人工智能领域减少对我们的赞助和投资，这件事我们根本不理解！其实他们需要进步的地方很多很多，特别是在具体处理过程的深度解析方面。"显然，对于量子计算领域和人工智能领域的投资减少，她仍旧耿耿于怀。

"是啊，我们只能说是量子涨落或者量子的不确定性。"任为无奈地说，"那些量子计算机厂商的人也说不清楚。他们做别的事情基本上没碰到过这种情况，至少没有这么严重，他们说我们的事情太复杂了。由于从结果角度看还不错，自然就没兴趣解决这种问题。我们也能理解，这种问题不影响效果，又少见又复杂，很难要求那些厂商重视。"

"陆杰，他们的云球人和我们人类相比，基本应该算作完全不同的物种。"欧阳院长插话说，"系统显示，云球人和地球人基因结构很相似，但基因内容的差别很大，比猪和人的基因差别还大。所以，他们在云球人身上得到的结果，对人类的生物学研究或者医学研究并没有直接好处，只能理论性地借鉴一下。"

"我明白。云球人来自独立演化，在不同环境下，独立演化出来的两个物种居然完全相同，这很难想象。云球人能够发展出和人类类似的智能，已经很了不起了。"王陆杰说。

"智能和物理存在不同。相同目的的物理存在，可能的方式有无数种。而智能的本质，是以因果律为基础的逻辑，我们很难想象，会出现真正不同的逻辑。"任为说。

"云球人和地球人的外形差不多。"张琦说，"一般来说，云球人也许比地球人漂亮一些，身材更健美，脂肪率更低……目视角度其实没有太大区别，但内脏结构和地球人有很多不同。比如，他们只有一个肾，类似胆囊的东西却有两个。这些区别看起来不一定非常起眼，从科学角度上却导致了严重问题。所以，很多学科在云球中得到的科研成果，不能在现实的人类世界中直接应用，也无法形成严谨的结论，仅仅具有一定的理论参考价值，甚至像欧阳院长所说，出现一些和现实世界相反的情况，否定了现实世界的科学结论。"

"不过，"他接着说，"这个所谓的问题，也许正是云球项目最大的价值所在。"

"哈哈……"王陆杰笑了起来，他一直在微笑，现在的笑声大了不少，"明白，我明白你的意思。就像最初的非欧几何，眼下看来最没用的东西，将来也许是最有用的东西。实际上，不管有没有用，对科学家或科学界来讲，这种未知本身价值就很大。没有对未知的好奇，就没有今天的人类世界。所以，院里虽然没有资金继续投资云球，但并没有放弃云球，而是交给我一个任务，想办法支持云球的发展。"他顿了顿，继续说，"我和你们不一样，我不是科学家。你们碰到的技术问题，什么演化停滞啊，什么和真实世界的不一致性啊，我也帮不上忙。不过，我的关注点有些不同，你刚才讲了云球和地球的不同点，你们科学家会觉得这些很重要，而我觉得不重要。"

"不重要？"任为有点奇怪，要知道，这么多年他们碰到的最大问题，就是这种不同导致的任何学科在云球中的研究成果都无法让人完全信服，"怎么会不重要呢？我们的科研成果，以及其他人利用我们的系统做出的科研成果，都很容易被人诘难。"

"那是因为，你们很严肃地想要证明什么或者发现什么。这当然没错，但我不一样。"王陆杰说，"我看过云球世界的3D影像资料，是接了给云球找钱的任务之后看的，还是要做做功课嘛！我不像你们一样关心那些历史上的关键时刻，所以是随机看的。那是一段很普通的市井生活……"他顿了一下，"哦……也不能说普通，毕竟有人死了。一个人被杀了，是个富户，欺压一个穷人，穷人被逼急了，处心积虑设计了圈套，把富户给杀了。我必须要说，看这段视频的时候，我并没有感觉到云球人和真实人类有什么区别。"

"这个……"任为很迟疑，扭头看了看张琦和孙斐，他们也在看他，带着同样迟疑的表情。他接着说："看这么一小段，应该看不出来什么明显的不同。"

"也许……"张琦说，"大家都太漂亮了吧？"

"您能听懂他们的语言？"孙斐问。

"你们有翻译器啊！"王陆杰回答，"不过那东西做得有点粗糙，不像普通外语把翻译器集成到SSI听觉组件里那么方便，还要带个耳塞，这不太好，但将就能用吧。地球上有些小语种的视频还有字幕呢，也能看啊！而且还可以改进嘛，不是什么难事。"

"好吧，所以您的意思是？"任为疑惑地问。

"云球是一个具有巨大商业价值的娱乐资源，你们不觉得吗？"王陆杰说，微笑地看着他们。

03 / 好主意

云球娱乐化？这对任为来说实在冲击太大了，对地球所的每一个人都一样。

自从任为他们带回来这个消息，大家在各种场合讨论着。总地来讲，反应的分化很大，有人认为这是对科学的侮辱，但也有人认为这是个天才的主意。能够赚钱，可能是很多钱，谁知道呢？而有钱，能让地球所和云球活下去。

开始的时候，任为他们并没有传播这个消息，觉得那只是一个不靠谱的想法，但是很快就发现不对头了。

王陆杰第二天打来电话，说要带一个合作伙伴来聊一聊，任为果断拒绝了。他严肃地告诉王陆杰，他们在会议中并没有同意这个想法，只是没能完全拒绝。事实上，在会议中，他们迅速想出了很多理由，试图证明这个主意是不可行的。

任为提到了两点。首先，他强调了地球人和云球人的差别，从体质、性格到文化、环境，云球人会对人类社会带来很多冲击；其次，他警告说，人类社会的过多参与会彻底毁掉云球。目前，在除了科学界以外几乎没有社会参与的情况下，网络上已经流传了很多攻击和诋毁，如果社会参与那么充分，云球遭受的压力将不可想象。

这两条理由并不是那么有说服力。对于第一条理由，云球和地球的差别或者云球人和地球人的差别，这种差别固然存在，但就像之前王陆杰所浏览的片段，并不会让普通人很容易地觉察到；对于第二条理由，用王陆杰的话说，进入社会，有更高的曝光度，正好是一个为云球正名的机会。

后来又聊了很多，任为没有让步，张琦也表达了很多担心，孙斐更是激烈地反对。不过，欧阳院长同样没有让步，王陆杰则一直笑嘻嘻地劝说他们几个。

会议没有结论，或者说，"再想想"成为最后的结论。

但是，从王陆杰这么快速的行动中可以看出，前沿院已经做出了决定，并没有真的留给他们"再想想"的机会。

眼看自己多年的心血，即将沦为八点档的连续剧，作为一个科学家，任为的心脏像是被不知从哪里伸出的一只手紧紧攥住了，尽管还在跳动，却像是在高原上，只能非常艰难地跳动，甚至连带呼吸都感到了困难。他不得不在内部会议上告诉大家这个消息，希望大家群策群力，想出更好的阻止办法。

没想到，卢小雷第一个表态，觉得这简直太好了。

"我一直琢磨这件事来着，就是没敢说。我天天都在看戏，云球的戏，大戏，真的很好看。"卢小雷看起来兴奋极了。

"你都看些什么？"孙斐正怒气勃发，卢小雷这下子撞到了枪口，孙斐的话语中混合着愤怒和鄙夷，"你都看些什么？以为大家不知道吗？要不要拿出来大家看看啊？看看你的品德，还是看看你的品位？还好意思说，脸皮真厚。"

"我没看什么，我看什么了？我没看什么。"卢小雷忽然心虚起来。

"呸！你算个科学家吗？天天偷窥云球人卿卿我我。对云球美女比对什么都感兴趣，还有哪些事情我就不说了。照我看，你还不如买几个ASR①呢！"另一个姑娘说。这姑娘叫叶露，负责人事，和孙斐是闺蜜，圆圆的脸盘上有着柔和的五官线条。这会儿，她尽管不像孙斐那么愤怒，眼睛里却充满着和孙斐一样的鄙夷。

"他本来就不是科学家，不过是个操作员。"孙斐说。有叶露帮腔，她的声音没那么大了，但依旧是鄙夷的腔调。

"孙斐，你太过分了，我是监控室主任！"卢小雷腾地站了起来。他的嘴唇微微抖动着，一时之间却也说不出更多的话。

"别说了，"任为大声说，"都干吗呢？"

卢小雷很努力地控制着自己，愤愤不平地坐下了。

"卢小雷是监控室主任，监控是他的工作。他需要监控方方面面的情况，这是工作。我们是在做科学研究，不要做无谓的道德判断。卢小雷对云球的监控工作做得非常好，经常发现我们注意不到的细节。他对云球的了解程度，难道不是我们所有人当中最深入的吗？"任为接着说，"云球中本来就有很多看起来违背人类道德观念的事情。我们讨论过很多次，作为类似云球人上帝的存在，看着一幕幕人间惨剧的发生——不，云球人惨剧的发生——而无动于衷，我们应该吗？说什么偷窥？不要纠缠这些乱七八糟的东西。我再说一遍，这是工作。我不认为卢小雷或者他的团队，做了超出工作范围的事情。"

"哼！好吧，不说他。但是，任所长，卢小雷算是工作，如果开放到社会上呢？那些观众也是工作吗？"孙斐依旧气愤难平，不过是勉强压住而已。任为知道，她不是针对卢小雷，而是针对云球娱乐化这件事。

"范围当然要界定，主动权还是在我们手上。孙斐，冷静一点，冷静一点。"张琦说。他就坐在孙斐边上，把孙斐的卡通茶杯拿起来递给孙斐。"喝点水，喝点水，别这么着急。"他又补了一句。

"这也太侵犯人权了，我是说云球人的人权。"架构师张理祥说。张理祥

---

① Advanced Sex Robot，高级性爱机器人。

是云球系统的核心架构师之一，长相普通，可表情总有些奇怪，面色晦暗，显得相当阴郁，却又常常带着莫名的笑容，让人很难猜到他在想什么。

"他们还没发展到注意人权的地步。"财务总监李悦说，"你什么时候开始关心人权了？你不是只关心自己的财务状况吗？你也应该关心一下我们地球所的财务状况。"和张理祥一样，李悦也是个中年男人，但面相表情比张理祥明朗得多，却又没有张理祥那样的笑容，只有满满的忧虑和些许的厌烦。看来，每天看着那些财务数字，地球所的财务状况确实给了他不小的压力。

"我是关心财务状况，关心财务状况怎么了？谁没有点生活压力呀！但是，我也关心人权啊！财产权是人权的一部分！至于所里的财务，那是你的问题，不是我的问题。"张理祥对李悦说。接着，又扭过头对大家说："眼前是有瓶颈，可是如果突破了呢？谁知道呢，也许只要几个月，或者几年，就进化到我们的地步了。他们要是知道，自己的生活是另一个世界的电视剧，不知道会怎么想。你的生活要是别人的电视剧，你会怎么想？观众指着你对别人说，你看，你看，那家伙演的真差，真是个蠢货。随便你们——反正要是问我，我可不想我的生活成为别人的电视剧。"张理祥说。

"他们又不会知道。"李悦对张理祥说，"不要想他们的人权了，先看看我们的人权吧！我们的财产权！我们的生存权！再这样下去我们就要失业了，你的财产权也得不到保障了。"

"进化到我们的地步？你想多了！这么推理，那不是说会超过我们？我们反倒要向他们学习？真要这样，也许我们要操心别的事情了。比如，他们会不会反抗我们？他们会不会干掉我们？"说话的是行政部主任齐云，她对张理祥的人权关怀也不以为然。她的年龄比孙斐和叶露大不少，是个亲切的中年女人，齐肩的短发在说话时微微飘动，丰满的脸庞带着温暖的笑容。不过，这笑容并不是针对云球人。作为勤勉称职的后勤部队，她更操心地球所的人们，而财务状况是她操心的所有事情的基础。

"不，这是一个问题，也许是最大的问题。他们再发展下去会怎么样？真的不能超越我们吗？如果他们不能超越我们，是受到了什么限制？"另一个架构师沈彤彤说。沈彤彤是地球所最早的架构师之一，从地球所成立的第一分钟开始，就和任为一起参与了云球的建立。虽然已经是中年人，但沈彤彤依旧像年轻时一样清秀，岁月仿佛没有在她身上留下太多痕迹。这可能和她的纯粹有着很大的关系，她的家境很好，不像张理祥那么关心钱的问题，脑子里只有云球的代码。经常，在大街上走着路，她就能沉思到恍恍惚惚，有时又好像忽然想通了什么，露出振奋的表情，攥着拳头小小地挥动一下，似乎给自己加了一把力。如果恰好看到这一幕，你一定能够判断出她是一个女工程师。这会儿，她一边说着话，一边愣愣地看着桌面，仿佛正在沉思自己提出的这个深奥的问题：如果他们不能超越我们，是受到了什么限制？

这样的会议开了好几次，都没有结果。大家的意见南辕北辙，而且总有各种新问题冒出来。

很容易牵扯到一些麻烦的议题——这些议题和眼前的问题并没有直接关系，却又总是夹缠不清，比如人权、伦理、道德什么的。倒也不奇怪。原来的云球是在世界的某个角落里运行的一个黑箱子，虽然在科学界还有些名气，在公众眼里却很不起眼——其实，没什么人真正知道云球究竟是什么东西。即使这样，网络上也有这样那样的说法，其中有些说法已经让人很不舒服。云球一旦被推向社会，很可能会变成一个人人瞩目的明星，至少这么做的初衷是这样，否则干吗要推向社会呢？大家逐渐接受，云球具有巨大的商业价值，但也清楚地意识到，商业价值的发掘过程一定伴随着数不清的复杂问题，那时，地球所面临的将是公众舆论的拷问，而不仅是会议室里的诘难。

至于王陆杰的话，所谓正好通过娱乐化进行正名的说法，显然是忽悠大家的成分多一些。正名的同时，恐怕惹麻烦的机会更大。这些问题原本就存在，以前可以假装不存在，未来肯定不行了。自己偷偷摸摸做些什么，和在众目睽睽之下做些什么，心理感受的差别无疑是巨大的。这一切带来的压力，最终会实实在在地影响决策和行动。

讨论来讨论去，主题不停地偏离，经常偏离到和会议初衷完全不同的方向上。大家总是不由自主地讨论，娱乐化之后，云球以及地球所应该如何生存？如何面对公众？如何面对压力？甚至，如何面对挣来的钱？虽然有几个人——特别是孙斐——总是在话里话外表示出对这些铜臭气的鄙夷和厌恶，但钱就是钱，讨论如何花钱是会议中最有创造力也最欢乐的部分。

任为原本希望讨论的主题是找到一个合理的办法，阻止云球的娱乐化。这个主题，本质上是要想出另外一个挣钱的办法，如果有钱，自然就不需要娱乐化了。

但是，办法并没有。

资金短缺的问题不是第一天面对，大家也不是第一天琢磨这个问题。问题已经被琢磨烂了，这么长时间一直没办法，不能指望一两天之间忽然就有办法。

如果拨款的来源断了，按照以前的经验，靠科学界的资金肯定没法过日子。过去的十年中，除了从量子计算领域和人工智能领域获得大量资金以外，其他科学领域虽然也有很多合作，但几乎没挣到什么钱。毕竟，科学界的钱无论多少总是不够用，烧钱的项目不仅仅是云球。随着量子计算领域和人工智能领域的成熟，至少是那些领域内的人们自以为是的成熟，任为他们想破脑袋也找不到新的可以无偿支援他们的冤大头了。

原本云球还有同道，世界上有两个类似的项目，一个在巴黎，一个在西雅图，不过前两年已经先后下马了。这两个项目并没有像云球那么烧钱，相应的，进展水平也不如云球。但是，两个研究机构都早早看到了不妙的前景，果断终止了项目。这不知道算是幸运还是不幸。幸运的是，任何有点需求的事情都必须来找云球了，云球因为自己的独一无二成了科学界的稀缺资源；而不幸则是，这些失败的项目仿佛是在诅咒云球，让越来越多的人相信，云球最终也不会有好结果。

任为的妻子吕青是卫生总署的官员，他们夫妻俩有时会讨论工作上的事情，但最近有一段时间没怎么讨论过了。吕青似乎工作压力也很大，忙着参加各种会议，在家时也总在查资料写报告。他们经常只能在吃着家政机器人露西做的晚餐时，简单地聊两句八卦。

不过今天，任为决定问问吕青怎么看云球娱乐化的事情。

在任为心中，吕青一贯很有见地。这可能和吕青的工作有关，她多年来一直忙着参与各种卫生政策的制定。在任为看来，这些政策都很难做出抉择。任何政策总有获利的人群，也总有受伤的人群，谁都不好说话。政策制定这件事永远是在夹缝中求生存，试图挤过一道接一道窄窄的门，到处是妥协的艺术。

吕青也许会对云球娱乐化有些不同的看法，至少可以帮助自己舒缓一下紧张的神经。任为对这一点很有信心，吕青坚强得多，不像他那么容易心事重重。

任为让露西去睡觉了，也就是待机了。尽管露西只会做饭、洗衣和打扫房间，但任为一直不习惯自己谈话时有一个正在运转的机器人在旁边听着。他倒也没觉得自己的话多么机密，或者怀疑露西会把他们的话作为大数据提交给谁，可不舒服就是不舒服，毕竟家政机器人的大规模普及才几年时间而已，他认为像自己一样难以适应的情况在民众中恐怕很普遍。吕青好像适应得多，一点都不在乎，不过也不会阻拦任为让露西待机。

听他讲了半天，吕青并没有说什么。她盯着手中的大白馒头思考着，不时撕下一小块塞进嘴里。

漂亮的机器人露西，使用传统的多层不锈钢电蒸锅，做出美味的大白馒头。每次看到或想到这个，任为总觉得画面很奇怪。昌明的科技和传统的需求诡异地掺和在一起，展现出一种极致的对比。

"其实，任为，我也正想跟你聊聊我的事情。也许有点相像，或者至少……怎么说呢……有点关联。"吕青抬起眼看着任为说，眼中满是忧虑。

大学的时候，吕青并不像现在这么沉静，要活泼得多。那时候，她的眼中总是充满着跳跃的阳光，让略显阴郁的任为第一眼就倾倒其间。后来，从一天天的相处，到一天天的恋爱，任为逐渐领略到，吕青拥有的不仅仅是跳跃的阳光，还有坚强的内心和冷静的头脑。这些品质可能都来自她的家庭，特别是她的父亲，一位老将军。

阳光、坚定和冷静，恰恰都是任为所不具备的品质。他一直很聪明，却始终感觉自己缺少很多东西，对自己充满怀疑和忧虑。而吕青给了他这些东西，让他觉得自己的人生开始完整了。

但是，自从进入卫生总署工作以后，吕青眼中的阳光就越来越少了。这也正常，人生不是一个大学生所能想象的，进入社会以后难免有所改变。不过有时，吕青眼中多出的东西会让任为感到不安。说得好听一点，那也算是一种冷静，是吕青原有的冷静更上一层楼的坚实表现；说得不好听一点，那更像是一种冷漠，是吕青原有的冷静向某个未知方向的滑落。

今天吕青眼中的忧虑倒并不常见。她似乎碰到了一些问题，靠自己的坚强和冷静已经不能完全应付。

"哦，好，你说。"任为说。

"我们现在也碰到一个困难，和你还有点关系。"吕青说。

"和我有关系？"任为很奇怪。

"是的，准确地说，和妈妈有关系。"吕青说。

吕青说的妈妈是指任为的母亲。任为的父母生孩子比较晚。任为出生的时候，父亲五十五岁，母亲四十八岁，现在父亲已经去世，母亲已经九十三岁。六年前，母亲得了老年痴呆症，住进了郊区的疗养院。以前，任为夫妻每个星期会去探望她，但最近几年探望得越来越少。这是因为母亲完全不认识他们夫妻俩了，甚至也不认识她最疼爱的孙女任明明了。

想起任明明，任为总是觉得一肚子气。

任明明今年才十九岁而已，前一段时间却告诉他们，已经和人同居了。任为夫妻俩没见过这个和女儿同居的人，还因为这事和女儿吵了几次架，搞得任明明都不愿意回家了——当然，之前她回家也不多。任为总觉得，现在教育过于发达，各种辅助教育的技术工具太多，不是好事情。孩子们十八九岁大学毕业，不愿继续读书的话，只能进入社会。这时候他们太年轻，很不成熟——任明明就是其中一员，大学毕业的时候才十七岁。这几年，SSI 的出现和普及更加助长了这种趋势。谁都可以直接在大脑中连接网络，查询海量知识库，然后通过嘴巴说出来。那么，谁又搞得清楚，你是本来就有这个知识，还是刚刚从网上查出来的呢？

事实上，妈妈不认识任何人了。妈妈不能说话，甚至眼睛都很少睁开。她曾经得过各种老年病，血压高，心脏不好，脑血管也有问题，肝功能退化，肾也不行，不过医生把它们处理得很好。说起来，现在的医疗水平真是药到病除，多数时候的身体检查都表明妈妈在机体上几乎没有任何问题。但是，她确实已经老得肌肉无力，更关键的是，她确实已经老得不能思考。

已经老得不能思考，任为经常给自己这么解释，因为医生也解释不清楚。现在，越来越多的老年痴呆不像以前那样，能够观察到脑白质的明显萎缩或者脑血管的明显堵塞。这些能观察到的机体变化，通常能够被医生轻松化解。像脑血管堵塞之类完全是小菜一碟，脑白质萎缩的治疗虽然困难一些，总体来讲也可以控制。而任为的妈妈，像越来越多的新型老年痴呆病人一样，几乎观察不到任何脑部机体的明显病变，但就是不可避免地衰老了，一直老到不能思考了。

"你们是在制定针对老年痴呆病人的政策吗？"任为问。

"你先说说，关于妈妈，下一步打算怎么做？"吕青问。

"我想，可能是时候送到 KillKiller 去了。"任为迟疑了一下说，"不过，也许你父亲会觉得没必要，你觉得呢？"

吕青的情况和任为正好相反。吕青的母亲在十几年前就因为一种罕见的癌症去世了。那会儿医疗技术不如现在，吕青母亲的罕见病放到现在也许能治好。吕青的父亲还在世，这位老将军也已经快要九十岁了，但身体依旧很好，同时保持着非常好的精神状态，这些年甚至没在家里待过几天，把绝大多数时间花在了周游世界上。

退休之前，老将军作为军队的高官，交游很广阔，朋友遍布世界各地，这让他能够在游山玩水之余，处处和朋友叙旧。但用他自己的话说，旅行和叙旧并不重要。重要的是当他卸下肩头的责任，需要换一个视角重新认识世界。并且重新思考和践行，在他的余生，将用什么样的方式和世界相处。

任为说老将军也许会觉得没必要，是因为老将军上次回来的时候，谈到任为妈妈的情况，任为提起过一次，想要在必要的时候送妈妈去

KillKiller。老将军并没有反对，也没有对 KillKiller 做出任何评论。但是，他沉默了一会儿，然后说，自己将来不愿意去 KillKiller，并且要求孩子们承诺不对自己那么做，他宁愿化作骨灰和老伴儿待在一起。

后来，他们没有就这个话题继续讨论，吕青含混地回应了父亲："回头再说，不讨论这个，您身体好着呢！"接着岔开了话题。老将军似乎知道孩子们的言不由衷，他重复了一遍自己的愿望，但没有要求孩子们确认。任为还记得老将军那时候平静而坚定的语气。说不清为什么，这给了任为一些压力，每次想到要将妈妈送去 KillKiller，总觉得心中有些许不安。

其实，老将军自己不愿意去 KillKiller，一点也不奇怪。在任为的记忆中，老将军很早以前就说过，人到了一定岁数，该走就要走，不要强留在这个世界上，于人于己都没什么好处，对世界而言只是无谓的负担，对自己而言则只是无尽的折磨。

老将军不仅这么说，现实中也很好地践行了自己的想法。在吕青的母亲去世之前，在 ICU，看着痛苦的老伴儿，并没有花费很长时间，老将军就做出了决定，告诉医生放弃治疗。在老伴儿去世之后，老将军沉默地望着老伴儿的脸，握着老伴儿的手，很久很久。任为记得，老将军并没有掉眼泪，也没说什么。但是，他看到了老将军的眼睛，里面充满了悲伤。后来，老将军把老伴儿的骨灰装了一个小瓶子带着，十几年了，从来没有离开过身边。

"KillKiller！"吕青重复了一遍这个英文单词，没有理会关于她父亲的话题，"真是个好名字，你知道这意味着什么吗？"

"我还没仔细研究，就是以前在网上看到的那些简单介绍。他们也算是医院吧，我想……"任为说，有点犹疑，"好像他们一般都建在沙漠中，至少也是比较偏远的地方，去探望一次可不像去郊区那么容易。但是，据说他们把老人们照顾得很好，甚至比普通的医院更好，价格也比住在医院里便宜。不过他们的费用医疗保险不覆盖，需要病人自己付钱，这个不如医院，好在我们也不缺钱。"

"你知道为什么医疗保险不覆盖吗？"吕青问。

"我想是因为新疗法吧？"任为说，"他们的疗法不同于普通的医学治疗，使用了一些量子技术，还有恒定的超强电磁环境、脑介入刺激、合成化学刺激等等，反正很复杂，好像并没有通过你们的官方认证。我在网络上看到过，他们还在争取通过政府的官方认证，说是很有信心。"

"没有通过官方认证的医疗技术却在大面积实施，这明显违法，怎么可能呢？"吕青接着问。

"嗯，是啊！确实是个问题。"任为摇摇头，表示不理解，"我没怎么想过，不过我觉得，任何疗法，通过你们的官方认证总有个过程，不是说通过就通过，只是时间问题吧？"

"不，不是时间问题。他们的疗法不会通过官方认证。至少之前的疗法不会，以后的疗法如果有改进就不一定了。"吕青说，"你的脑子一直在你的云球里面，不会去想这些地球的问题。其实道理很简单，因为KillKiller不是医院，而是墓地。"

"墓地？"任为大吃一惊。

"是的，墓地。他们的疗法是一种保存遗体的方法，不是一种治疗疾病的方法，如果不是为了获得医疗保险的覆盖，并不需要通过官方认证，家属同意就不违法。"吕青说，"他们对外的说法是治病，是医疗，对卫生总署的说法却很复杂。一方面，说是在保存遗体，规避官方认证的问题，现在就能合法运营；另一方面，也在想方设法通过官方认证，以获得医疗保险的覆盖。所以说，你明白吗？妈妈目前并没有资格进入KillKiller，因为她还没有去世。不过有预备区，可以先进预备区，只要签订合同承诺去世后进入KillKiller就行。在预备区的阶段，KillKiller的疗法很普通，和医院没什么区别，治疗费用也在医疗保险的覆盖范围之内。"

"好像宣传不是这样。"任为说，"预备区倒是听说过，但没听说是为了等死啊！"

"宣传当然不是这样。"吕青说，"难道宣传说我们提供保存遗体服务吗？那不就真的是墓地宣传了吗？价格可是墓地的十几倍几十倍。但实际上，按照现在的法律，他们确实是在保存遗体。"

"应该是活着的吧？不可能，你说得不对。"任为说。

"我怎么可能说得不对？我是卫生总署的人，去过KillKiller，去过至少十几次，五六个不同的基地，还去过他们主要竞争对手的基地、他们的总部和他们主要竞争对手的总部，都是这几个月去的。这段时间，你没注意我总在出差吗？唉，你脑子里只有你的云球，什么时候才能注意一下周围的真实世界？"

"说什么呢？你不也一样，脑子里都是你的卫生政策吗？"任为争辩说。不过想想也是，吕青的确总在出差，他也的确没有太在意，要不怎么交流这么少呢？

"我打交道的都是死人，这几个月都是。你打交道的都是虚拟人，活生生的虚拟人。"吕青盯着他。

任为忽然有点心虚，"好了，好了，"他说，"别扯了，说正事，我不明白你要说什么，你说明白点。"

"你可是科学家，怎么会不明白？"吕青顿了一下，问道："什么人是死人？"

任为似乎一下子明白了，问道："你是说，那些人是已经脑死亡的人？"

"对，现在法律对死亡的定义是脑死亡。"吕青说，"KillKiller的所有客户都已经脑死亡。所以严格意义上，不能称之为病人，只能称之为客户——客户？不，也不准确，哪里会有死了的客户呢？"

任为愣了一会儿，说："我明白了。以前，病人，或者说客户，脑死亡之后，由于失去了总指挥官，机体很快也会死亡，但KillKiller找到了某种方法，维持机体在总指挥官缺席的情况下继续活下去。"

"对。"吕青说，"所以，都是死人。医疗保险怎么能够覆盖死人呢？"

"机体还在运转，心脏还在跳动，但脑子已经死了。"任为喃喃自语，思索着这种奇怪的情况。

"是的，脑死亡的概念是指全脑功能包括脑干功能的不可逆终止，也就是说，大脑的细胞都已经死了。KillKiller是在冒充大脑，向躯体发出信号。"吕青说。

"怪不得父亲不愿意去KillKiller。"任为说着，一边想，不知道老将军那时候知不知道这些事。

"你不用理会他。"吕青说。

任为想了半天,说:"好吧,我明白你的意思,但你说的这些和我们关系不大,我本来也没打算报销 KillKiller 的费用。我想,就算是妈妈去世以后,或者脑死亡以后,我还是愿意为妈妈保留一个有温度的躯体,我没有父亲那么坚强。"

"还有栩栩如生的面容,甚至比在世时面色还要红润,而且没有痛苦,因为没有感受痛苦的器官——不,这么说不准确,应该说有基本的痛感,但处理痛感产生痛苦的过程没法发生了——反正,结果就是没有痛苦。"吕青说。

"有点诡异。"任为做出了一个难受的表情,使劲撇了一下嘴,扭了一下头,仿佛要甩掉什么,接着说,"我觉得父亲会认为没必要,你是不是也认为没必要?"

"不,我不反对。我也希望能够经常握住妈妈的手,感受妈妈的温度。"吕青说。任为知道,她是真心的,她一直和妈妈感情很好,甚至比自己和妈妈的感情还好。

沉默了一会儿,任为说:"我们一定要讨论这个吗?你说的这些,情况确实有点诡异,让人感觉不舒服。"

"我要讨论的是我们。"吕青说,"我们卫生总署,现在碰到麻烦了,大麻烦。"

任为看着她。她顿了一下,接着说:"之前,由于 KillKiller 的客户全部脑死亡,卫生总署一直拒绝支付医疗保险费用,逻辑上和法律上都很合理。很长时间了,一直有人权组织进行各种宣传,希望 KillKiller 能够覆盖在医疗保险范围内。当然,他们背后都有 KillKiller 或者他们这个行业的支持和推动,也得到了客户亲属的全力支持。尽管如此,我们还是有足够的理由拒绝他们的要求。但现在出问题了,KillKiller 的技术得到了进一步发展,一个关键的发展。现在,KillKiller 不仅能够长期维持躯体的运转,而且能够长期维持一小部分大脑细胞的活性。注意啊!是大脑细胞,不过,是一小部分，大概 0.0000002% 吧，六个零。"

"大概两千多个脑细胞，恰好够果蝇记住一种味道。"任为说，这些方面他很厉害，马上算出了数字。

"其余脑细胞虽然已经死亡，但被技术固化在一个特定的状态，不会再发生进一步的负面化学变化，你甚至很难证明它们已经死亡。严格地说，它们也许只是在某种程度上失去了功能性。脑血管里还有血液在流动，心脏依旧健康；氧的交换还在进行，交换水平比较低而已；脑电图上还有波形，尽管波形比较平坦，可确实不是直线。"吕青低着头说，像是在思考，也像是有点沮丧，"你很难定义，脑子里是一堆神经元还是一堆草履虫。"

"那么，这人是死了还是活着？我们该不该支付医疗保险？"说着话，吕青抬起头，望向天花板。

"为什么不呢？你们担心医保基金破产吗？让大家的医保多交点好了。"任为不以为然地说。

"你什么时候变得这么幼稚了？"吕青收回望向天花板的目光，盯着任为。

"幼稚？"任为的大脑迅速地思考着。忽然，他的心脏，刚刚因为聊天稍稍放松的心脏，再次体会到被一只手攥住的感觉，呼吸也瞬间急促起来。

"你是说，这些死人……或者……我不知道……还是叫死人吧！这些死人会挤满全世界，因为它们不会再死一次了？"任为问。

"对，活人会没地方待。"吕青说，声音很平静，但任为听着，觉得充满了凉凉的气息。

他愣愣地没有说话。

"如果全世界的医疗保险都覆盖 KillKiller 的服务，大家在亲人死去的时候，有什么理由不让国家付钱来保存这些遗体呢？要知道，墓地反而要自己付钱。"吕青说，"所以，我们完全可以假定，绝大多数人会让国家付钱，把亲人的遗体保存在 KillKiller 或者他们的同行那里。粗略地估算，这个行业一年会增加大概三亿客户，一百年后，这个行业的客户总数和现在地球人的总数一样多。先不考虑单个的国家政府有没有那么多钱来支付这些费用——要知道，这些费用的规模会让很多国家迅速破产——国家破产就破产吧，我们只从全人类的角度看。这种情况会导致，一个还在工作年龄的人要负担三具遗体。不要忘记，现在全世界的老龄化问题本身已经很严重了。工作年龄的人口除了要负担这些遗体，还要负担活着的老人，平均三到四个，有的国家甚至是五到六个，而且，同时还要负担孩子。接着再想想，两百年后，数字会变成多少？所有一切，看起来是国家在出钱，但最终还是要落到工作年龄的人口上。"

任为沉默了很久，吕青也沉默着。他们就这样对视着，天色渐渐暗下来了。

"这种情况——仅仅脑死亡，躯体还存活——每个人都会这样？"任为问。

"绝大多数死人都是。只有少数受了严重外伤的人，比如心脏被捅了一刀的人，才会心脏先于大脑死亡。以前医疗技术不好的时候，各种躯体疾病也会导致躯体先于大脑死亡。现在医疗技术太好了，多数情况下躯体很难死亡，医生总有办法治好躯体的疾病。虽然太老了也会出现肌肉无力，会瘫痪在床，但离躯体的真正死亡还很远。所以目前，衰老导致的脑死亡是最主要的死亡方式。"

"那你们打算怎么办？"任为问，他觉得确实很难办，甚至开始替吕青感到绝望了。

"不知道。"吕青说。

"其他国家呢？"任为问。

"有几个国家已经同意纳入医疗保险了，其他国家正在争吵。Yes Or No，到处都是大规模游行。每个人都在想自己的父母还有未来的自己，或者被烧掉，或者在KillKiller当个没死的死人，你说选择会是什么呢？"吕青说，"没办法，人人平等嘛！嗯，活着，永远活着，前提是国家买单，要不然可付不起——不是每个人都像你这位科学家一样有钱，而且不知道这钱要付多长时间，看起来像是永远啊！"

"那几个国家，不害怕自己破产吗？"任为问。

"赫尔维蒂亚是第一个通过法律将 KillKiller 纳入医保的国家。他们有钱,目前不会有问题。布隆迪、坦桑尼亚、刚果,非洲几个生产稀土的土豪国,至少暂时没问题。"吕青回答,"但是挪威、希腊、意大利,嗯,大概乐观主义者觉得过一天算一天吧,问题自己会解决,用不着替未来操心。这几个国家都是刚刚选出新政府,新政府在竞选时的纲领就是这个,'政府不再杀人'什么的,很好用啊!选票更重要。新政策都是明年开始实施,我们在等着看他们新的年度预算案。还有几个国家正在竞选,有些竞选人的口号也差不多。比如韩国,民生党的口号是'还犹豫什么,杀掉养育你的人,这是大国党让你做的',怎么样,够劲爆吗?日本有个候选人说'干脆在父母六十岁的时候就干掉他们吧,反正你迟早要这么做'。当然,谁都能看出来,说这样的反话只是为了刺激选民的神经来投票。可是你应该也能体会到,关于这个问题,双方有多么剑拔弩张。"

"那些已经纳入医疗保险的国家,全民都纳入了吗?有没有什么条件?"任为问。

"各自有些条件。不过我看,所有条件很快都会被突破,这种限制怎么靠得住呢?"吕青回答。

"那些还没做出决定的国家,那些大国,又都是怎么想的?"任为继续问。

"美国还在众议院吵个没完没了。法国上个礼拜有两个议员打起来了,还有人扔催泪弹。德国倾向于 Yes,英国 No,加拿大 Yes,俄罗斯 No,巴西 Yes,阿根廷 No,印度一会儿 Yes 一会儿 No。"吕青回答,"从世界范围看,总地来讲势均力敌,我们的态度很重要。"

任为没说话。

过了半天,吕青又追了一句:"所以我们压力很大。"

"看来这件事挺轰轰烈烈,我都不怎么知道。"任为说,显得有点惭愧。

"但云球的事情你知道得多呀!克雷丁大帝、菲尔娜王妃、斯特林克王子,还有林奇将军。"吕青调侃地说,不过并没有显得很轻松。

沉默了一会儿,任为问:"如果你们还没有决定,那有没有什么倾向?"

"我不知道。"吕青说。

"你问过父亲的意见吗?"任为问。他知道,这个可能性不大。以前有些时候,有些困难的事情,吕青会问父亲的意见,自己偶尔也会问。刚一开始,老将军虽然不经常给出直接的意见,却经常给出一些建设性的思路或者提出一些启发性的问题,总是能带来很大帮助。但是,随着他们的年龄逐渐增长,老将军年龄也大了,渐渐不再参与讨论,更希望他们自己去思考,自己去面对困难。后来,他们慢慢就问得越来越少了。不过这次,任为觉得,眼前的问题似乎确实很困难,也许吕青会去问问父亲。

"没有。"吕青摇摇头说,"你知道,他现在又不愿意随便说什么。最近他在塞内加尔,好像兴致很高,打电话都没时间接的样子,我不想打扰他。"

又过了一会儿,吕青忽然问:"你有什么建议吗?"

"我的建议?"任为愣了一下。通常面对这种问题,他能提出的建议不太多。在吕青看来,他自己也同意,他考虑事情的时候能够顾及很多方面,算是很周到,但正因为如此,他经常过于纠结,很少能给出什么坚定的建议。

不过,他还是开始认真思考。

他很犹豫,仿佛需要下什么决心,努力了一会儿,终于下了决心,严肃地说:"我觉得可以重新定义死亡。"

"怎么定义呢?"吕青看起来很平淡,接着问。对于任为很努力才提出来的建议,她丝毫没有感觉奇怪。

"意识,"任为说,"意识的消失。"

"什么是意识?"吕青问。

"这个……"任为又很犹豫,好像不知道怎么回答才合适,"学术界倒是有一些定义,但我认为那些定义都不完备。"他说,"而且,无论现在怎么定义都不重要。你们完全可以重新定义。按照一个合理的方式,一个对你们来说更加合理的方式进行定义,至少要能给你们一个腾挪的空间。"

"好吧,你说得对。也许,我是说也许,真会像你说的这样改一改。改法律,重新定义意识,我们会找到重新定义意识的好方法。"吕青顿了顿,好像要说什么，但迟疑一下又吞了回去，"不管是什么方法，都需要公众的理解。从最普通的理解上，有认知、有逻辑、有情感就是有意识了。"

"差不多吧！"任为说。

"你有没有想过这意味着什么？"吕青说。

"这又意味着什么？"任为重新回到了疑问的状态，他想了想，说："没有人性？违反人权？魔鬼？"

"全都是，不过这对你不重要。对你重要的是，你以为这是在定义死亡，其实这是在定义活着。"吕青说。

"也可以这么说，有意识才是活着。"任为说。

"如果我说，有意识就是活着呢？"吕青接着问。

"有点勉强，最多只能说有意识是活着的必要条件，不能说有意识是活着的充分条件。"任为说。

"嗯，你这么想很好。"吕青点点头，冲他笑了笑。

任为有些疑惑，不知道吕青什么意思。但忽然之间，仿佛有一根尖尖的刺从虚无中产生，猛地插入他已经被攥紧的心脏，大量的血液涌出，充满了胸腔。他感到浑身无力，大脑缺氧。

这时，吕青转过了头，眼睛看着窗外，若有所思，没有注意到任为越来越紧张的反应。

"那时候，如果云球暴露在公众视野中，你的那些云球人，算不算活着呢？"终于，吕青的最后一击让任为眼前一黑，晕了过去。

04 热播剧的孕育

一个月后，任为才回到地球所上班。

医生告诉他，由于长期超负荷工作，他的血糖水平非常低，心理压力又太大，所以才会莫名其妙地晕过去。他在其他方面的医学指标也都不太好，虽然没什么重大病变，但确实到了需要休息的时候。于是，他请病假在家里休息了一个月。

任为休息期间，张琦的新任命下来了，他被提拔为地球所的副所长。从好的方面看，领导们很体贴任为，了解他的身体状况后，很快推进了张琦的提拔问题。这个问题因为地球所的未来尚不确定而搁置了很久，现在终于解决了，无疑会让任为的工作量减少很多；但从坏的方面看，领导们意识到，任为对于云球娱乐化的负面态度居然严重到了请病假躲避的程度，似乎需要找一个不那么反感的人来平衡一下。

其实，张琦也反对云球娱乐化，这点上和任为并没有什么不同。不过在另外一个问题上，张琦和任为的分歧比较大，这个问题就是对云球的干预。

任为一直认为，最好是对云球不要做任何干预，让它自我演化，看看究竟会发展到什么样子。但张琦不这么想，他认为，反正云球已经不是地球，云球人也不是地球人，整个系统对于地球社会的借鉴意义有限——说难听点，也就那么回事。所以不如深入干预，让云球尽量演化到他们希望的样子，从中可以得到更多的成果。

任为能够接受的合理干预，是替换星空或者消灭边缘部落这种看起来无关大局的事情，其中最怪力乱神的动作也许就是在严重的灾荒之年无端地加大降雨量让农作物疯长了。但张琦希望直接干预主流社会的走向，例如干掉那些危险分子，扼杀阻挡进步的力量——这种想法让任为完全无法接受。

这种分歧本来并没有很大，但自从云球演化停滞以来，随着大家的压力逐渐变大，它也悄悄变大了。

确实没有什么好办法。说起来，早点干掉林奇的话，克雷丁大帝就不会死了，萨波帝国也许就发展壮大了。不过，谁又会提前知道林奇怎么想的呢？张琦也承认，干掉林奇当然不是最好的选择。但他认为，在目前的情况下做出一个貌似并非最好的选择，也许长期来看恰恰就是最正确的决定。

娱乐化也许是一个机会，可以借此推进对云球的干预。任为觉得，张琦是因为这么想才慢慢转变了态度，开始支持云球娱乐化了。

在任为住院休息的一个月里，娱乐化的工作在地球所的内部逐步推进。能够有效推进的原因，除了张琦的主导以外，任为并没有真正反对也很重要。任为基本上采取了默许或者说放任的模糊态度，这种态度来源于吕青。

任为晕过去以后，很快就醒过来了。吕青显得愧疚又担心，她实在没想到，几句话而已，怎么把任为弄晕过去了。看来任为的身体状况真不行，要么就是精神状况真不行。

吕青逼着任为去医院，建议任为休息。任为则一直陷在低落的情绪中，说不出的恐惧，说不出的混乱。吕青是个聪明人，迅速发现了症结，自己制造的症结，她发现自己可能没把话说清楚。

"我并不是说你是杀人犯。"吕青找了个机会对任为说。

"我不是吗？"任为问，感觉心情很糟糕，心脏跳得很快。

"其实这个问题，你们之前也讨论过很多次啊！"吕青说。

任为不说话。

"你们之前做的事情，只是你们的工作。"吕青又说。

"但是我们从没有想到法律要改了，法律可能要保护云球人了。"任为说。

"所以，你应该支持云球娱乐化。"吕青说。

"什么？你想让我被抓起来吗？"任为几乎算是叫喊了。

"你不会被抓起来。"吕青说，"怎么，你以为我说的那些话，是想反对云球娱乐化吗？"

"难道不是吗？"任为问。

"恰恰相反。"吕青说，"即使法律会修改——我是说即使，我不知道会不会修改——你更应该让云球娱乐化。你们那些事都是在法律修改之前做的，不会受到追溯。而且，谁会知道那些事呢？没多少人知道吧？也没多少人有兴趣知道。事实上，以前并没有太多人关心你们。你们是纯学术项目，刚开始的时候科学界挺感兴趣，后来兴趣就小了，因为云球和现实世界差别太大了。普通公众更不用说，根本不了解。很多人认为，你们摆弄的东西只不过是个人工智能游戏罢了，还在奇怪什么时候对公众开放呢！说真的，我亲耳听人这么说过。总之，我想你们没必要让公众知道那些事——对云球来说都是小事，对地球来说更是微不足道。都过去了，也就几个边缘部落而已，规模大的灭绝不都是恐龙什么的吗？总不至于因为你杀了一些养在计算机里的宠物，就把你抓起来吧？"

吕青看着任为，任为挺认真地在听，吕青接着说："其实我知道，对你来说，重要的不是被抓起来，重要的是心里愧疚。你为那些云球人愧疚，为你的工作愧疚。如果真是这样，更加不应该关注过去，而应该关注未来。你想想，如果有一天法律修改了，要把云球人当作人来保护，那不正遂了你的意吗？你恰恰需要通过娱乐化的手段来感化大众，达到你的目的，那样就不需要担心人类去杀云球人了，更不需要你亲自来做决定了。我记得每次做那些决定的时候，你都很纠结，即使是把一些植物种类清除掉，你都会失眠，还会掉头发。我理解你，那就像杀死亲自养大的小动物。但是以后，你不用这么做了。"

任为没说话，吕青说的基本是事实。他脑子很乱，一时理不清其中的利弊得失。能够保护云球人吗？如果是这样，那确实是一件好事，可他不确定是否会这样。

"你应该把这件事看作一个机会，一劳永逸地解决你的资金问题。"吕青接着说。

"一劳永逸地解决资金问题？"任为不明白。

"你只不过删除了一些边缘部落，就被吓得晕了过去，那又有谁敢做出一个决定，给整个云球断电呢？"吕青说。

任为愣住了，是这样的吗？

他盯着自己的妻子，脑子艰难地思考着。他知道吕青和自己的角度不同，努力尝试从吕青的角度考虑问题。他虽然脆弱，但很聪明，只是有时聪明会被脆弱所扼杀。不过这次，他很快抓住了吕青的观点。

云球中有五千万人，五千万法律承认的人，谁会有胆量做出一个决定，给云球断电，让云球不再运行，让所有这些人在一瞬间消失呢？如果说，他晕过去只是因为自己曾经清除过十几万人——最多几十万人，难道有上百万人？他脑子很乱，记不清了，无所谓了——那么现在要清除五千万人，哪些人的内心能够强大到不晕过去呢？

任为沉默了很长时间。

终于，他又开口了："还有，有人觉得这是一个机会，一个去干预云球的机会。"

吕青笑了笑，放松了一些。她意识到，任为的关注点已经发生了变化，现在的话题比之前轻松多了。

"你是说张琦吧？"她说，"那就让你们俩因为完全相反的理由支持同一件事情吧！有什么不可以吗？"

"你觉得张琦会怎么干？"任为问。

"用其他方法干预云球。"吕青回答。

"什么方法？"任为问。

"反正不能杀人了。也许，竞选吧！"吕青说，又冲着任为笑了笑。笑得莫名其妙，任为想，她有什么话没说。

"会看到的，不要着急。我想他只是有了一个努力方向而已，恐怕还没什么具体想法。"吕青补了一句。

"好吧。"任为没有追问，他脑子没那么乱了，却还有点恍恍惚惚。

"那么……"他接着说自己更关心的话题，"如果你们并没有修改法律，而是给了KillKiller医疗保险呢？"

"那就更不是问题了。人性的力量多么伟大！养了那么多死人，难道不应该养活着的云球人吗？不过那时候你需要跳出来据理力争，证明云球人和地球人没什么区别。娱乐化同样是好事，有助于让公众建立这种认知。只是对前沿院领导来说，你们的吃相就有点难看了。要不，让孙斐去嚷嚷好了，她适合干这种事，她比你还喜欢云球人呢！在网络上多发几篇文章，肯定有效果。放心吧，圣母总会有。都有人为植物呼吁平权，何况云球人！"吕青说，语气似乎有些嘲讽。

"这？"任为不知说什么好，"到底为什么会这样？"他喃喃自语了一句，没指望听到回答。

"资源啊！"吕青却回答了，"都是资源惹的祸。云球资源不够，地球资源也不够，我们面临同样的问题。"

"嗯，资源。"任为说，"是啊！资源。"

"先是粮食，然后是淡水，然后是石油，然后是稀土。对你来说，云球缺的是资金，但对云球人来说，缺的就是粮食。将来云球人的科学技术发展到我们的程度，也会受制于稀土。"吕青说，"这是根本问题。当然，也有人说，资源多也没用。资源再多，消耗更多，人类就是这样。谁知道呢？也许吧！"

"是的，云球资源是按照地球资源进行配置的，如果地球不行，云球也不行。"任为并没注意关于人类的问题。

"不一定啊！也许云球人更聪明，找到了解决办法，那你们就为地球立大功了。你们同事不是有不少人这么想吗？认为这才是云球的终极价值，尽管渺茫了一点。总之，这不是卫生总署的工作范围，是你们科学界的问题。"

吕青说。

任为再次沉默了，脑子仍然谈不上清醒，但心脏感觉舒缓了很多，心情也平静了不少。

"试试吧！总比给云球断电好。你没问题，你的云球不是问题。我的问题才是个问题。"吕青说。

"但我真希望，我像你一样。"任为又喃喃自语了一句。

张琦、李悦、齐云、卢小雷等娱乐化支持派，在和孙斐、叶露、张理祥、沈彤彤等娱乐化反对派的战斗中，明显占了上风，毕竟这也是前沿院领导的意思。孙斐他们对任为很有意见，难以想象，在这样关键的时刻，任为居然病了。不过在他们的奋力争取中，支持派们也做出了很多妥协。任为重新来上班的第一天，就看到了大家博弈后的妥协结果：《云球社会化项目指导原则》。

这种重要文件通常还会有纸质版本，而任为也喜欢纸质版本，孙斐一贯了解他，提前就把纸质版本放在他的办公桌上了。

云球社会化项目指导原则

本文档为规范和指导云球社会化项目撰写。

在云球社会化项目实施过程中，地球演化研究所及合作方均应严格按照该文档的规定开展工作。地球演化研究所在和任何第三方签订任何形式的合作协议时，本文档的全部内容应作为第三方合作协议的一部分。

1）云球社会化项目指且仅指将云球中的内容部分地、有选择地向第三方合作伙伴开放，允许且仅允许事先选定的第三方合作伙伴通过后期剪辑的方式，将所获得的云球中的内容编辑成为2D或3D电影或电视剧向公众播放。

2）向第三方合作伙伴开放的内容仅限于已记录的视频和音频，

不允许进行任何现场直播，也不包含除视频和音频之外任何其他的内容。

3）向第三方合作伙伴开放的内容必须经过特定的流程进行筛选。筛选流程分为三个步骤：第一步由地球演化研究所和第三方合作伙伴协商确定选题；第二步由地球演化研究所根据第一步确定的选题从云球中筛选出初步内容；第三步由第三方合作伙伴对初选内容进行二次筛选和编辑。

4）第三方合作伙伴对初选内容进行二次筛选和编辑时，仅允许进行删减、排序和组合，不允许进行任何修改。

5）第三方合作伙伴对初选内容进行筛选和编辑后，需将完成的版本交由地球演化研究所进行确认，才可进行进一步的电影或电视剧的制作；最终完成的电影和电视剧成品，需经地球演化研究所进行二次确认，才能向公众播放。

6）任何情况下，第三方合作伙伴不允许直接观看未经地球演化研究所筛选的原始的云球内容。

7）任何情况下，第三方合作伙伴必须将任何剪辑、制作等过程中产生的最终不会向公众播放的内容材料完全、彻底、不可恢复地删除和销毁。

8）任何情况下，第三方合作伙伴不得提出任何对云球世界的介入或干预要求，以避免影响云球世界的自然演化。

写得不错，任为想，但他对第二点做了一点修改：

2）向第三方合作伙伴开放的内容仅限于已记录的视频和音频，不允许进行任何现场直播，也不包含除视频和音频之外其他的内容。同时，开放的内容仅限于签订正式的合作协议之日起之后发生的云球内容。

他觉得应该把这个文档交给欧阳院长看一看，欧阳院长没意见的话，就可以和王陆杰去见合作伙伴了。他休息期间，王陆杰去看望了他两次，第一次是跟着欧阳院长一起去的，第二次则单独跑了一趟。要知道，他们只是刚刚认识而已。

在任为看来，王陆杰的用意显而易见。虽然没好意思在自己生病休息的情况下正经谈工作，话里话外却看得出来他很着急。可能是合作伙伴逼他逼得很急吧，任为想。

几天后，他们开了个小会。欧阳院长能感觉到，他们的指导原则充满了某种抗争的味道，但好在也体现了很多妥协。鉴于任为没有再表现出什么额外的抵触，还算是配合，所以除了不明显地皱了几次眉头之外，欧阳院长并没有发表任何修改意见，而是花了更多时间关心任为的身体状况。王陆杰倒是提了一些意见，尤其是关于内容选择的问题，不过，看来他觉得目前能够向前走是最重要的事情，并没有深谈和争论。

张琦和孙斐都没怎么发言。其实，对于任为在《云球社会化项目指导原则》第二条中加上的一句话，他们俩都有些奇怪。在路上，孙斐就问来着，张琦也附和着问了一句。任为简单地回答说"没必要"，但他们似乎没听懂。

除此以外，从坐车过来开会到开会结束回去，整个过程中张琦和孙斐都几乎没什么交流。看来在任为休息的一个月时间里，他们已经充分地交流过了——也许是过于充分，现在他们甚至都不互相交换一个眼神。任为知道，他们俩的关系原本很好，但是看起来，关于云球娱乐化的问题重塑了地球所的社交关系。任为想，卢小雷现在一定和张琦关系好得很，立场一致嘛，而孙斐一定更看不上卢小雷了。

既然大家没有原则性分歧，王陆杰就开始安排合作伙伴来商谈具体实施的细节了。

看着苏彰美丽的面庞上甜蜜的微笑，任为简直可以说自己快要被她迷住了——只是快要而已，他早就过了会被美女迷住的年龄，再说她也不比当年的吕青更美。

苏彰和吕青不同，年轻时的吕青阳光灿烂，现在的吕青冷静理性，苏彰不是这种样子。

苏彰妩媚可人，连声音都带着一种化掉人心的韵律。不过，在那韵律后面，似乎又隐隐约约藏着些化不掉的忧郁和悲伤，若有若无，为她增加了一些神秘感。也许这种神秘感才是她魅力的最大来源——只是自己这么感觉吧，任为想，自己有些时候太敏感了。其实，任为尽管被吸引，但并不真的喜欢这种风格，总觉得这种风格背后仿佛隐藏着某种软弱。他自己已经够软弱了，不希望任何外部因素来进一步强化这种软弱。

显然大家不是都像任为这么想，看起来卢小雷就很喜欢苏彰。他们两个聊得非常开心，以至于任为他们好像都成了配角。不过鉴于卢小雷已经被指定为云球社会化项目的协调主任，所以他和苏彰多聊聊也对。王陆杰满意地看着他俩，仿佛看到了云球社会化项目大获成功的美好前景。

目前，这个项目的名称被确定为"社会化"。"娱乐化"的叫法行不通，特别是在地球所内部成了禁忌。的确，这个叫法实在太俗气了，怎么听都和之前基础科学研究的定位反差太大。

孙斐就不是那么高兴了，她一贯坚决反对云球社会化。但是现在，不仅云球社会化已经成为事实，而且负责人居然是卢小雷。她看到的是云球从云端一跤跌到尘埃里的悲催前景。从任为的不作为、张琦的支持，到卢小雷的满怀热情，让她连辞职的心都有了。她一直闷闷不乐地坐着，一言不发。

张琦则很平静，没有任何看得出来的情绪。他的确想着，借助云球社会化项目的推进，找机会适当地干预云球的演化，跨越目前的演化停滞困境，并且更重要的是，总体上推进演化速度。之前的演化速度太慢了，十多年也就到这么个地步。

张琦知道，实际上云球的演化速度已经很快了，云球中十年里发生的事情是地球上几十亿年间发生的事情。但是，十年对他的人生可不短，他多么希望在有生之年看到云球追上地球。不过他也知道，这里面有问题，像沈彤彤所说："这是一个问题，也许是最大的问题，他们再发展下去会怎么样？真的不能超越我们吗？如果他们不能超越我们，是受到了什么限制？"

虽然如此，但在和孙斐他们的争吵过程中，张琦也不得不做出了一些让步。比如在《云球社会化项目指导原则》中，加上了一条他十分反对的条款：

8）任何情况下，第三方合作伙伴不得提出任何对云球世界的介入或干预要求，以避免影响云球世界的自然演化。

张琦之所以接受这个条款，有两方面的原因。一方面，条款的用词是不允许"第三方"介入或干预，并没有写不允许地球所自己人做同样的事情，比如作为副所长的他；另一方面，他寄希望于地球所很快会感受到来自王陆杰和合作伙伴的压力——这明显可以预见。

这位叫苏彰的姑娘，样子虽然年轻，举止倒像是老道的商人，应该有能力、有方法给大家带来影响和压力。苏彰和卢小雷谈得热络是很不错的开端，但孙斐冷冷的样子让张琦心烦，将来的主要阻力一定来自孙斐他们那伙极端反感社会化的人。

本来张琦认为，任为也会是极端反对的力量，那就麻烦了，毕竟任为是领导。

奇怪的是，自从生病以后，任为的态度越来越不清不楚，处在一个很模糊的地段，反倒是孙斐成了反对力量的绝对主力。现在，这个苏彰看来并不讨孙斐喜欢，不知道将来会不会改善，希望苏彰有能力改变孙斐吧！至于那个王陆杰，一副心满意足的样子，反倒让张琦觉得不能指望。

王陆杰确实感到心满意足，不过对他来说，这只是一个阶段性的心满意足。他在前沿院实施了很多社会化项目，不乏非常成功的案例，工作一贯卓有成效。但他认为，云球是目前能看到的前沿院中最有市场潜力的一个项目。

欧阳院长没有向任为他们提到，王陆杰自己也没有说过，云球社会化是他主动向欧阳院长提出来的建议。一方面，这解决了欧阳院长、前沿院和地球所的一个燃眉之急；另一方面，这是他观察了很久之后产生的想法——他认为云球将是一个革命性的项目，不仅仅是地球所，也不仅仅是前沿院，而是整个社会，都将被云球改变。

眼前的确碰到了一些阻力，任为的不明所以，张琦的别有心思，孙斐的冷眼相对……不过这都在意料之中，不算什么问题。科学家嘛，他打交道打得多了，都有自己的想法，不奇怪。

云球那些技术障碍或者技术前景，王陆杰不关心，他反倒觉得，现在的云球就挺好。真正的问题是，这样一个优质的商业资源，怎样才能找到最有效的途径，发挥出最大的潜力。拍拍影视剧只是一个开端，一个微不足道的起步。起步虽然重要，但真正的惊喜在后面，源源不断的惊喜——要让惊喜真正发生，需要思考，需要行动，这是他应该做的事情。

苏彰代表的是国内很有名的一家娱乐公司，宏宇娱乐。这个公司的业务几乎横贯所有娱乐行业，电影、电视、出版等等，他们还运营着几款非常火爆的虚拟现实游戏，排行榜前十名中有三个游戏由他们在运营。不过那些所谓虚拟现实游戏，对地球所而言很幼稚，里面的人工智能连婴儿都算不上，只能算胎儿。

云球项目在苏彰看起来则实在太震撼了。第一次来开会的前一天晚上，她一夜没睡着觉。对她这么一个经验丰富的市场副总裁来说，兴奋到睡不着觉也太夸张了。不过，没办法不兴奋啊！想想看，这要是开放出来，让孩子们进去玩儿，那得火成什么样子啊！

可是，可是，可是，这些脑子里长锈的人，这些脑子里长锈的科学家，居然说，云球，只许看不许碰。

苏彰一边在心里暗暗咒骂，一边和这个简直像是爱上了自己的卢小雷漫不经心地聊着。咒骂归咒骂，她已经决定，暂时接受现实吧！虽说有雄厚的资金，但要不是和王陆杰多年的老关系，能不能拿到这个机会都不好说。别的事情还是慢慢再想办法吧！办法总会有，她想。

那个任所长看不出什么意见，总也心不在焉。张所长明显会支持自己，卢小雷更没问题。就是那个孙斐，好像是个刺头——唉，慢慢再想办法吧。

大家决定，先出个电视连续剧，主题就是萨波帝国的灭亡，名字就叫

《克雷丁的覆灭》——现在，克雷丁的故事还在大家脑子里呢，像昨天发生的一样。

按道理，这段故事发生在地球所和宏宇公司签署合作协议之前，不符合任为在《云球社会化项目指导原则》第二条中加上的那句话的要求。不过，合作协议才刚刚签署没几天，尽管在云球里也过了些年头了，但要寻找有趣的故事——特别是能够跟克雷丁的故事相比的宏大故事——还需要时间等待。卢小雷他们找过，目前是没找着。小故事倒是找到不少，可要拍一个电视连续剧不是一个小故事能应付的。而且这是首次出手，大家都认为要有一些震撼力才行。否则从宣传的角度不好着力，收视率就不好保证了。

在王陆杰、张琦、卢小雷和苏彰的劝说下，任为又想到，其实这段时间他们并没有在云球中干什么坏事，所以嘴一软，也就同意了。他明确要求，下不为例，大家忙不迭地答应了。

虽说下不为例，但王陆杰、苏彰和张琦都很高兴。这是一个信号吗？所谓指导原则，一上来就被突破了。

终于有了一个阶段性成果，真不容易，下面可以开始具体操作了。除了孙斐、叶露他们少数几个人，大家都希望这能是个热播剧。

05 / 贝加尔湖疗养院

《克雷丁的覆灭》在紧张的剪辑中。所里为卢小雷配备了几个人手,在远离主楼、院子角落的一栋小楼里安排了几间办公室和操作室,部门被命名为社会化项目办公室。

他们很快把有关克雷丁的所有素材都从云球中拷贝了出来,之后就和宏宇的专业人员天天混在一起进行剪辑和编排。苏彰一两天来一次,每个人那里转一转,话里话外地做着各种说服工作。除了孙斐,她俨然和所有人都成了好朋友。

任为一再和她说,有事情打电话就好,天天跑没必要。但苏彰坚持要跑过来,她说面对面是一种由衷的尊敬,也是一种需要坚持的传统,这让任为无可奈何,却让卢小雷很高兴。

任为又碰到了烦心事,妈妈看来终于要不行了。任为和吕青找医生确认了好几次,经过多次会诊,医生给出了确定的答复:妈妈虽然仍没有什么大的肌体病变,或者说那些已被治疗的病变并不重要,但她的脑功能已经严重衰退,换句话说,已经很接近死亡了。按照目前的状况,估计也就再撑两三个月。

其实，任为和吕青的直接感受也是这样。这些日子，他们去看望妈妈的时候，还会推着轮椅带妈妈到院子里晒太阳。秋天的温度不高不低，多彩的树木和天空非常漂亮。往常的妈妈即使不说话，至少还会抬起眼皮到处看看，但现在，妈妈总是微低着头，对什么都没反应。对景物没反应，对声音没反应，对任为在她头上慢慢抚摸的手没反应，对吕青在她背上轻轻捶打的拳头没反应，对夕阳下拂过的微风没反应，对雨前掠过的冷风也没反应。甚至偶尔飘落在脸庞上的雨滴，都不能让她的眼睛眨一眨。

医生提到了KillKiller，说他们这样的有钱人完全可以考虑。而且将来，KillKiller很可能被纳入医保——当然这只是传言，无法保证。医生调出网络资料库，拨打了任为和吕青的号码，他们接受邀请，加入了资料浏览群。SSI系统轻松地将KillKiller疗养院的影像重叠在眼睛看到的真实世界上，形成了一个蒙层——但眼睛的感受却不同，那些重叠的蒙层非常明亮，更像真实世界；真实世界倒像朦胧的轻纱，轻轻地飘浮着，若有若无。

那些疗养院从院子里看起来美极了，虽然它们的院墙外都是荒凉的沙漠和戈壁滩。

这位年轻医生并不知道吕青的背景。他一边控制影像不断地切换，一边滔滔不绝地介绍着。他说，KillKiller在国内的七个疗养院都已经人满为患，尽管都在扩建，但等待床位平均需要两年——看看，多么受欢迎。当然，也可以去几家小一点的竞争品牌的疗养院，不过KillKiller的技术最领先，去其他品牌的疗养院还不如直接考虑国外的KillKiller。比如，俄罗斯最新建成了贝加尔湖疗养院，设施最新。贝加尔湖在国外，好像不太方便，其实离北京只有两千多公里，早通了超级高铁，一个小时就到，方便性一点问题都没有。中俄两国不仅免签，而且经济一体化，将来也许连医保都不是问题。

最重要的是，贝加尔湖疗养院在贝加尔湖边，一边是湖，一边是一望无际的松树林，那些沙漠戈壁可比不了。贝加尔湖疗养院的空气质量非常优良，这种环境的疗养院在全球范围也算是唯一一个。

在湖边！你能想象吗？KillKiller的疗养院在湖边！当然，那里刚刚建好，顾客还不多，略显冷清——可能人们还在毫无理由地怀疑一家新疗养院是不是足够成熟，否则的话，估计床位很难抢到呢！

"他们都在疗养舱里，这有什么用呢？"听到这里，吕青不屑地插了一句。但年轻医生没有理她，更没细想她怎么知道疗养舱，自己可还没提到呢。

终于，吕青打断了年轻医生的介绍，拉着任为走了。她说头疼，需要回家休息一下。年轻医生有点愕然，然后意识到自己可能过于热情了，于是又有点尴尬。

任为和吕青一路上默默不语，各自看着自动驾驶汽车窗外的车流。

"你觉得怎么样？"任为问。

"去贝加尔湖疗养院看看吧，你好像感觉不错，再说妈妈也喜欢贝加尔湖的松树林。那年我们还去过，我记得她很高兴。现在，虽说她看不见，但也算个心理安慰吧！当然，如果你希望在国内，我也可以想办法安排，应该没问题。"吕青说。

"嗯，就贝加尔湖吧！我们抓紧时间去看看，妈妈的情况不太好，不要来不及了。我最近不太忙，时间都可以，你是不是需要安排一下时间？"任为说。

"当天往返，周六吧！"吕青说。

贝加尔湖的秋天很美。

贝加尔湖的湖水很深邃，贝加尔湖的松林很广袤。任为和吕青坐在湖边的长椅上，眼前是湖水，背后是松林，但任为的心却无法被美景吸引，而是充满了无法描述的感觉，不知是震惊还是迷惑。

在疗养院里，他根本无法集中注意力去听工作人员的介绍，只是在一排排巨大的架子之间茫然地移动脚步。那些架子足有十几层楼高，但架子上的一层格子并没有一层楼那么高，所以格子的层数足有好几十层。每个格子的高度、宽度和深度都设计得很精细，恰好可以横着放置一个疗养舱。

疗养舱的盖子是透明的，像个大冰柜，不过精致得多。整个空间的视觉感受让任为想起云球的机房。这些架子像量子计算机的机架，那些疗养舱就像一台台插在机架上的量子计算机。疗养舱比量子计算机要大，这里整个空间也比云球机房大，大了很多倍。虽然云球机房在自己人嘴里一直都用"宏大"这样的词形容来着——那是些长宽各几公里的怪物建筑——但和这里相比却是小巫见大巫了。

很多机器人在其中走来走去。奇怪的机器人，有两条腿，像露西一样，但不一样的是，它们的腿可以迅速升高，以便轻松地够到最高处的疗养舱。露西不会这样，她连踮脚尖都不会。当这些机器人的腿升到最高的时候，它们的样子看起来真是不可思议，细细的腿支撑着位于几十米高度的身体。如果一个人长成这样，一定会被认为是一个怪物，也许会把小孩子吓出毛病。

任为很怀疑，它们在这样不成比例的高度，托住疗养舱拉出来时会不会跌倒，但可以确定，它们对重心控制得很好。抽取疗养舱时，它们的胳膊也伸长了一些，还好不那么离谱。它们把疗养舱抱着……权且这么说吧……后退两步，迅速降低为普通人的高度，然后转个身，沿着走廊走了出去，静悄悄地，毫无声息。

任为知道，这是亲人们来探望了。将来他来探望妈妈的时候，妈妈就会这样躺在疗养舱里，被某个机器人抱着送到探视室。在探视室里，他看到这些机器人的时候，会觉得它们和露西一样，几分钟前正在为妈妈做早餐，而不会想到，几分钟前，它们曾经拥有几十米长的两条腿。

机器人面带微笑，礼貌地向他致意，然后走出探视室——他就可以打开疗养舱盖了，抚摸妈妈的面庞，感受妈妈的体温，仿佛妈妈还活着，刚刚吃过机器人做的早餐。

如果不是吕青通过 KillKiller 的高层打了招呼，他们并不能进入仓储区内部，不，应该说疗养区内部。这些景象不会在任何宣传资料里出现，宣传资料里出现的都是院子，还有探视室什么的，或者一些看上去很资深的科学家正煞有介事地演讲，再或者一些不知名的细胞正不明所以地蠕动。

疗养区才是这里的主体。院子当然也有，但和疗养区相比就像茫茫大海中几个不起眼的小岛。这里的病人并不会产生待在院子里的想法，这种想法不过是亲属们偶尔透过探视室窗口向外张望时，产生的一个临时而虚假的需求。

任为被这些景象所震动，但吕青已经看多了，没有显现出任何值得一提的表情。

"有个好消息。"在沉默地观看了很久贝加尔湖的景色之后，吕青忽然说。

"什么？"任为问，"好消息？"

"是的。"吕青说，"这一个多月，KillKiller在技术上又有了突破。"

"什么突破？"任为问。

"记得我说过，他们能让一点点脑细胞保持活性吗？"吕青问。

"嗯，好像，0.000 000 2%吧？"任为一边说着，一边默默地数着零的个数。

"对，"吕青说，"但现在是100%了。当然这个人本来得是好的，来之前已经脑死亡的不能算。"

"啊？"任为猛地从椅子上跳起来，"那就不是死人了！"

吕青扭过头来，静静地看着他，"是的，不是死人了。"

吕青的平静让任为也平静了下来。"长生不老实现了……不可能吧？"他犹疑地问。

"你觉得呢？"吕青说着，轻轻地摇摇头。

"唉！"接着，她又叹了一口气，声音不大，但看得出来，一点也不高兴——怎么看，她都不像是听说长生不老这种事已经实现的时候应该有的样子。

"究竟怎么回事？"任为重新坐下，看着吕青问。

"KillKiller技术升级了，现在能够利用一种电磁场和化学刺激结合的方法，使脑细胞始终保持活性。事实上，任何身体细胞都可以，甚至细胞还能分裂增殖。KillKiller不得不允许适量的细胞自然死去，否则细胞就太多了。"吕青说，"简单讲，KillKiller的确做到了长生不老。在动物实验中让某些短命动物的生命延长了五倍，依旧没有死亡的迹象。人体临床试验也成功了，只是目前没有投入应用。不过我想应该很快了，只要政策允许，技术上没什么问题。"

"那……"任为张口结舌，"真的长生不老？"

"事实上，还不仅是长生不老。在脑死亡达到一定阶段之前，一部分脑细胞已经死亡，一部分仍然存活的情况下，他们能够利用仍然存活的那部分脑细胞，恢复全脑的活性。"吕青说。

"返老还童？太神奇了！"任为抬头遥望着远方，下午的阳光让黝黑的贝加尔湖水看上去更加神秘。

话是这么说，但看吕青的样子，她不仅不高兴，甚至还有些低落，任为也兴奋不起来了。

"不全是，肌肉组织还是会衰老无力，不像年轻的时候那么强健，但也差不多了。"吕青说。

"可是你……为什么……看起来一点也不高兴呢？"任为问，"这难道不是一件好事吗？难道不是重大的科学突破吗？"

"重大的科学突破？也许吧。"吕青说。

"你究竟什么意思？"任为问。

"你想象一下，"吕青稍稍沉默了一会儿，扭过头，伸出手握住了任为的手说，"他们让一个细胞，或者说一群细胞，一直活下去，现在就是这样。但是，如果把单个细胞作为一个独立物体看待，其实和机器也差不多。他们无非是使用一种方法，让一部机器永远不坏。你们地球所就有很多机器，你想想，允许任意使用外部资源去保证一部机器永远不坏，这很难吗？"

任为想了想，说："这不难。事实上，机器质量好，很容易比人活得久远，更何况允许不计成本地维护。"

"是啊！"吕青说，"细胞本质上也是一部机器，虽然它很复杂，也不见得比现在这些机器复杂多少。"

"是的。对当前的科技而言，如果只是谈论单个细胞的复杂度，也没什么特别困难。"任为说，"但这说明什么呢？他们可不是让单个细胞活着，是让全脑活着。甚至，你刚才说，是让整个人体活着。"

"问题就在这里。"吕青说,"这要看怎么定义。我们可以有两个定义,一个是人体活着,一个是组成人体的全部细胞活着,两者有什么区别吗?"

"组成人体的全部细胞?不就是人体吗?难道你是指灵魂,或者说,意识吗?"任为问。

"组成人体的全部细胞。"吕青又沉默了一会儿,"想想看,如果能够让一个细胞活着,当然能够让几百亿个细胞活着,理论上只是工作量的差别。"

"人体的全部细胞不等于人体,差别在意识上,你就是这个意思。"任为说。

"KillKiller确实做到了让人体的全部细胞活着,可是我们不能确定,他们确实做到了让人体活着。"吕青说。

"证据呢?"任为问。

"KillKiller获得了一些家属的同意,也获得了几个小国家政府的同意,进行了相当规模的人体实验,参与者都是类似妈妈这样的病人。和动物实验一样,看起来结果很好,实验人体几乎100%状况良好。但是,所有实验人体都看不出存在任何意识迹象。"吕青说。

"像植物人?"任为问。

他很快想到,妈妈的大脑也一直没什么病变,或者说,曾经有的病变都被治好了。这也许和妈妈一贯不错的身体素质有关,但医生肯定功不可没。虽说如此,妈妈还是一直衰老下去了。看来,KillKiller的技术比普通医院更进一步。如果普通医院能够暂时把妈妈的身体和大脑治疗得很好,那么KillKiller能够永远让妈妈的身体和大脑保持活性,当然也可以理解。

"不,还不如植物人。"吕青说,"他们和植物人一样,对外界没有任何反应,但我们倾向于认为还不如植物人。你知道,和普通人的脑电波不同,植物人的脑电波是杂散波形,通常被医生表述为无意识、有认知,或者至少有部分认知。其实,这是一种混淆的解释。你可以这么认为,植物人的脑电波之所以杂散,表明大脑皮层处于一种混乱状态,一种不稳定的状态。既然如此,那么通过治疗,也许可以祛除混乱、恢复稳定。事实上也是这样,很多植物人都有可能恢复。这些年,医疗水平提高很大。通过各种治疗,植物人的康复率在持续不断地提升，已经超过了一半。其余无法康复的一小半中，多半是有物理性的脑损伤，人体无法修复这些物理性的脑损伤——说到这里，KillKiller 的技术也许可以帮助提升植物人的康复技术。"

任为觉得吕青的手有点凉，湖边的风似乎逐渐大了起来，一阵阵凉意袭来。

吕青接着说："但是，KillKiller 的实验人体不一样。脑电波既不是脑死亡的一条直线，也不是植物人的杂散波形，而是一种规律的波形，非常规律，像是小孩子们在实验室里弄出来的波形。你能想象一个人的脑电波，波形周而复始地循环，几乎没有任何变化吗？"

"听起来像机器产生的波形，"任为说，"也许可以理解为……是另一种人。"

"另一种人？"吕青愣了一下，好像很感兴趣，"你这个说法很好，另一种人，对！他们的大脑一点也不混乱，处于一种稳定的状态，但又和活着的人不同，就是另一种人。自顾自地活着，消化，摄入营养，新陈代谢，却不交流、不思考。"

"也许这才是真正的植物人，像植物的人。以前的植物人并不是植物人，叫错了名字。"任为说。

"也不是这样，他们并不真的像植物。植物自主地从外界摄取营养，可不需要那么复杂的外部技术手段来维持。"吕青说。

"好吧，那么都不是植物人。"任为说，"这种情况下，KillKiller 是不是不需要像以前那样，冒充大脑向躯体发出生理信号了？"

"是的，完全不需要。大脑自己会发出那些基础的生理信号。"吕青说。

"那也真了不起了！"任为一边说，一边在想。

按普通理解，大脑衰老到一定程度，没有了司令官，身体也就不工作了。原本以为，KillKiller 通过冒充大脑来解决问题，但现在看来，这个理解不完全对。KillKiller 一定是让大脑处于一个中间状态，司令官缺乏思考能力，却仍旧能习惯性地下发日常运作的指令，而且还能大致不发生错误。

"我们认为，"吕青说，"以前我们说的植物人并非没有意识，KillKiller

的这些病人才真的没有意识。植物人，只是因为某种损伤，导致意识处于某种病态，或者说特殊状态，就像承载意识的大脑处于某种特殊状态一样。通过治疗，意识和大脑本身都可以从这种特殊状态中恢复过来。现在，KillKiller病人的意识却真的离开了，走了，不在了，找不回来了，不可能恢复。"

"可是有脑电波，比植物人的脑电波看起来还要漂亮的脑电波，所以他们不是死人。"任为说，"你注意到了吗？上次你说的是KillKiller的客户，这次你说的是KillKiller的病人。"

吕青沉默了一会儿，说："是的，你说的另一种人。"

"这就是你们的苦恼。"任为说，"你们要在活人和死人之间定义第三种人，才能规避支付医疗保险。"

"你觉得我们很卑鄙吗？"吕青听他的口气有些怪，问道。

"没有，没有，我觉得这个世界很奇怪。"任为赶紧笑了笑，伸出左手，轻轻拍了拍握住自己右手的吕青的手。他知道，其实吕青比他煎熬得多，因为吕青的工作就是搞平衡，在各种人性、道德、利益和政治之间搞平衡。那种进退失据的处境，如果换了他，早就崩溃了。

"好吧，暂且相信你吧。说实话，我早就觉得自己是个坏人了。"吕青说。

"不，不，"任为再次拍了拍吕青的手，"我不觉得你是坏人，我觉得你们是做着世界上最难做的工作的一群人。"

吕青脸上挤出一个微笑，耸耸肩，又沉默了一会儿，然后说："好吧……不管了，本来是想告诉你，对你也许是个好消息。妈妈现在的状况，如果尽快送过来，她的大脑也不会死去了。我们始终会有一个完整的妈妈，大脑也还活着的妈妈。"

"意识没有了，也不完整。"任为低下头，"唉，其实都一样。"他说。虽然这么说，但想着妈妈大脑里的细胞还充满活力，总比大脑里装满了死细胞要好多了。

"不过也是，感觉还是好多了。"他喃喃自语地补充了一句。

他们看着贝加尔湖的秋色，水面的涟漪越来越多，松树梢也有些动静，风慢慢大了起来。吕青放下任为的手，把自己的两只手握在一起揉搓了几下。

过了一会儿，她忽然说："意识走了，脑细胞好好地活着，你不觉得挺有意思吗？"

"嗯——"挺有意思？任为没明白有什么意思，"你想说什么？"他问。

"就像葡萄去了籽。"吕青的话听起来莫名其妙。

但任为有点明白了，"你是说，能去掉籽的基础是，籽确实存在。"他说。

"不是吗？"吕青反问。

"听上去是那么回事。"任为说："这件事应该找柳杨问问，他是专家。脑科学研究所，你知道，我们经常把云球的一些数据送去，让他们帮忙分析。以前他们特别感兴趣，最近却不怎么感兴趣了，奇怪得很。对了，我还得去找找他，我们需要脑科学所帮忙分析最近那些数据。"他摇摇头，仿佛只要想起柳杨就会很不舒服。

"嗯……我是想说……我和柳杨，"他接着说："有过一些不着边际的聊天，他好像一直这么想，葡萄籽确实存在。最近他们神神秘秘，似乎有什么发现。不过，也可能是因为他老婆出车祸去世了，所以才这么奇怪。你们是不是也该找他们聊聊？"

吕青盯着他看，不说话，盯了半天。

"怎么了？"任为问。

"嗯，不怎么。"吕青说，把眼睛移开，"我们一直在和柳杨他们聊。上次不是提到要定义死亡、定义意识吗？这种事怎么离得开柳杨呢？他是权威。唉，琳达真可惜，她是个好姑娘，但柳杨这个人实在是奇怪得很。"吕青说。

"就是啊！很奇怪，他是个疯子。"任为说。

"嗯，阴森森的疯子，很吓人。"吕青说，"和他在一起，经常觉得后脖梗子发凉。"

"你都后脖梗子发凉，看来他的确很吓人，我不是自己吓自己。"任为说，"他们有什么进展吗？我可有一段时间没见过他了。"

"会知道的。意识，意识究竟是什么？"吕青说，"如果有一个人能够精确地定义意识，那一定是柳杨，再般配不过了。他就是个鬼，鬼当然要鬼来发现。"

"发现？定义还是发现？"任为问。

"会知道的。"吕青重复了一遍，站起身来，将两手握紧拳头，举向天空，做了一个伸展动作，"好了，走吧，该回北京了。"

06 高估的生意

秋天已经结束，冬天到来了。

任为把妈妈送到贝加尔湖疗养院了，暂时还在预备区待着。疗养院的人再三保证，妈妈将会非常非常好，比健康人还好，永远这样好。任为相信他们做得到，但离开的时候仍然觉得不安，脑中又想起吕青的父亲表达自己不愿去 KillKiller 时平静而坚定的语气。他忍不住让吕青给父亲打个电话。吕青很快打了，父亲说很好，回头会来探望，这让任为感觉好了很多。

送妈妈去贝加尔湖的时候，久违的任明明终于出现了，陪着跑了一趟。她还算有点良心，奶奶清醒的时候最疼爱她。说实话，要是奶奶能看到她现在那副模样，不知道是什么反应呢。也许比任为和吕青更接受不了，不过，也许态度会好点吧。吕青的父亲对任明明的态度就比他们要好，虽然也会提出一些批评，但不会像任为和吕青那么容易着急上火。可老将军总是不在家，平常只通个电话，偶尔回趟家，难得见一次，态度比较缓和也就不奇怪了——任为给自己这样解释。

唉，科学家的父亲和高级技术官员的母亲生出一个这样的女儿，让人说什么好呢？

任为想见柳杨,但一直没见到。柳杨各种推三阻四,完全没兴趣见他,经常不接电话也不回电话,留言更没动静了。实际上,整个监控室的人都在频繁地抱怨,说是脑科学所都快变成神秘组织了,谁也见不到他们的人。甚至,他们最近已经完全拒收地球所的数据,更谈不上提供帮助了。他们总是说,太忙,太忙,回头再说。

云球依旧没什么进步,部落们依旧在玩儿过家家的游戏,将近一千年过去了,云球人还停留在似乎是永恒的蛮荒时代中。和以前不同的是,有一群对他们来说就是上帝的人,疯狂地盯着他们寻找娱乐元素——当然,他们自己并不知道。

《克雷丁的覆灭》终于剪辑完成,准备在元旦上映。没几天了,大家都期待着结果。

卢小雷他们已经准备了几部新剧的题材,用他们的话说,"精彩着呢!"他们急着迎接《克雷丁的覆灭》的巨大成功,然后就可以再接再厉,很多激动人心的东西正在未来等待着。

《克雷丁的覆灭》总共剪辑了三个版本。一个2D版,一个3D版,还有一个SSI版,都是二十五集,每集六十分钟。

目前的娱乐界,三种视觉体验各有自己的市场。

古老的2D版和配套的电视机仍然拥有一批忠实拥趸。原因很简单,和3D版使用的电球相比,贴在墙上的薄膜电视机最不占地方,不需要一块空地给那些3D假人待着。毕竟人类还没有走出地球,地方就那么大,太高的楼很多人又不愿意住,人口则急剧增长,据说已经突破三百亿大关——可以想象,大多数人家的住宅并不宽敞。所以,3D版的客户群只能是那些追求视觉体验,同时家里又比较宽敞的人,但SSI的出现却又极大地冲击了这个客户群。本来以为要颠覆2D电视的3D电球,自己反而快被SSI颠覆了。当然,SSI也有自己的问题。一来,SSI刚刚普及几年,很多人并不习惯,特别是中老年人;二来,SSI有些成熟性问题亟待解决,任为的视觉介入以及听觉介入的感受问题就是很好的例子。这让SSI无法完全取代电球,甚至无法完全取代 2D 电视，几种方式各自形成了自己的用户群。

团队讨论来讨论去，最终决定制作三个不同版本。反正故事都一样，场景本身的截取也基本相同，并不需要额外耗费太多精力，主要工作量仅仅是技术制作过程而已。

在制作过程中，技术上最落后的 2D 版本反倒有最大的工作量，无论是编导还是剪辑的工作都最复杂。主要问题是，必须在场景中选择能够最好表达故事情节的那个角度作为正面角度来面对观众——没有剧本也没有演员，事情骤然变得复杂了。如果是演员表演，导演会预先设计，演员随时都有好的站位，使观众的观看角度很舒服，而眼前这种自然场景的截取，却会在过程中时不时出现一堆后脑勺对着观众，这可不好。

现在也有一种技术能在 2D 薄膜电视中显示 3D 视频，并且能实现观众自主切换视角的功能。但 2D 版本的影片作为一个古老的事物依旧存在，一个优势就是让观众接受导演的选择而非自己做出选择。这很重要，一方面可以更好地表达导演的想法；另一方面多数人并不喜欢自己有那么多选择。所以，在 2D 版本中允许切换视角的做法早就被影视界证明并不讨好，一般情况下大家不会那么做。

3D 版本不需要严谨地考虑视角问题，大概提供一个差不多的预设视角就可以了。实际上，过多考虑视角问题反而是有问题的，会形成不同视角的质量差异，观众体验很差——就算不允许观众坐在那里调整视角，观众也可以随时站起来走到电球背后去看不同视角的影像，所以必须有观众自主调整视角的功能。调查表明，观众最喜欢乱调视角，而且每个人的喜好不同。电球遥控器上有调整视角的功能键，还能接入观众的 SSI 进行控制，提供 360 度视角的全息影像，以至进一步的自动智能调整——通常来说，这对制作者的要求更高，工作量也更大，但在目前的特殊情况下反倒是对工作量的减小：所有视角都在那里，自然而然地发生，天衣无缝，没有瑕疵。

SSI 版本是没有电球的 3D 版本。不需要任何显示设备，闭上眼睛就能看了：周围是一片黑暗，场景显现在你的视野中……你可以像 3D 版本一样任意控制角度，可以将视野拉近拉远，可以假装在场景中走来走去，甚至可以贴住某个角色的面部，仔细观察他脸上新涂的胭脂或者新长出的痘痘。所谓走来走去，本质上只是观察点的调整，和 3D 版本比较，相当于观察点在电球的内部。3D 版本做不到这一点，你无法把脑袋伸到电球里面去。不过一定要搞清楚，这是假的，实际上你还在原地，移动的是眼睛而已，身体并没有移动——你不能走到某个地方然后坐下来。

还有一个更高级的选项，ASSI[①] 版本。

ASSI 是 SSI 系统和 MSI[②] 系统的结合。SSI 的感官介入只是对输入大脑的神经信号进行干涉，对大脑输出的神经信号没有任何干涉。而 MSI 则对大脑输出的部分神经信号，主要是肢体运动信号进行截取，用于指挥虚拟躯体。MSI 截取后的信号会被输出到相链接的其他系统中，指导对应的虚拟躯体做出相应动作，并通过 SSI 反馈感官感受。在真实躯体中，这部分运动信号被屏蔽，真实躯体不会做出动作，也不会有感官感受的反馈。真实躯体的低级神经反射完全不用担心，因为理论上真实躯体并没有动作，不会触发低级神经反射。ASSI 主要应用于游戏领域，取代早先沉重、笨拙、用户体验奇差、实际上几乎完全没法用的虚拟现实装具。

大家认真考虑了制作 ASSI 版本的可行性，分析了成本和收益，最终还是决定放弃。

首先，拥有完整的 ASSI 系统，也就是安装 MSI 芯片的人并不是很多。MSI 的安装者主要集中于青少年重度游戏玩家，数据上看有普及的趋势，但目前这个群体还不算很大。

其次，ASSI 版本的游戏虽多，不过这些游戏有一个共同点，游戏中所有目标的行为都可以被程序所控制。虚拟人物自然不用说，真人玩家也会被严格限制。ASSI 传输过来的动作，不仅影响对应的虚拟躯体的动作，还需要和虚拟环境中的其他人或物发生互动，这就非常复杂了。谈到互动，在这

[①] Advanced Sensory System Intervention，高级感官介入系统。
[②] Motion Signal Intervention，运动信号介入系统。

次的影片中完全做不到。举个例子，ASSI 允许你在屋子里走来走去，并且找一把椅子坐下，当然比眼睛飘来飘去找个观察点好多了。系统探知椅子的位置、高度、硬度、温度和触感，以便给你非常真实的坐下的感受。但影片中的下一幕，可能是一个云球人走过来坐在同一把椅子上，其实是坐在你身上，或者更准确地说，是坐在你的身子里面。你不会有什么实际的感知，他们像空气一样，但这样的感受恐怕并不好，甚至很糟糕。不幸的是，和游戏不同，系统无法阻止这一幕的发生。这是影片，所有故事都是已经发生过的既有事实，无从改变。

ASSI 版本被否决了。但讨论 ASSI 的时候，大家很自然地发现，如果不是抽取云球中已经发生的故事拍摄影片，而是通过 ASSI 直接把地球人接入云球系统中进行观察，那情况就完全不一样了。

云球仍然不会是一个传统的虚拟现实游戏，地球人和云球人的任何互动——无论技术上能不能实现或者如何实现——都不可能在现阶段进行讨论，但至少云球系统能够实时传递环境参数，ASSI 能够利用这些参数为观众创造出完全不同的感受。

地面在哪里？周围有什么东西？那些东西是什么形状？天空中是不是在下雨？每个雨滴何时到达？将这些参数传递到 ASSI 中，云球系统都可以做到。那么，在 ASSI 的帮助下，地球人就可以自由自在地在云球中到处晃荡。

他们看得到云球的一切，却不会被云球人看到。他们可以在云球的草地上散步，可以在云球的山峰上攀岩，可以在云球的海上扬帆。他们不会坐到云球人的身体里，因为云球系统传递过来的环境参数会阻止他们做出这样的事情。不过，云球系统依旧无法阻止云球人坐到他们的身体里。他们要自己小心，避开这一尴尬情形的发生。

同时，云球的花花草草让他们欣喜，却不会由于他们一脚踩下去而死掉，云球里的雨滴给他们带来凉意，却依然穿过了他们的身体而落地。他们在云球里根本不存在，云球不会因此产生任何改变，一切发生在 ASSI 中，并非发生在云球中。

这听起来很酷，马上有人建议开发实时体验的游戏。但现在不行，此时此刻应该做好眼前的事情。ASSI 实时体验作为未来的一种可能性，讨论没问题，执行却只能被搁置。

即使如此，大家还是感到非常兴奋。卢小雷自己很努力，也不停地催促同事的进度，希望一切都快快前进，早日走到那一步。苏彰不会像卢小雷那样把兴奋摆在脸上，但也看得出，同样为这种前景激动不已。王陆杰则平静得多，他心里想，这才是刚开始，慢慢来，要兴奋的东西多着呢！

制作过程之所以花了这么多时间，是传统的演艺人员无法想象的原因。原本，制作团队觉得这件事很容易——不需要演员演，只是后期剪辑嘛！虽然剪辑工作在传统的影视界也重要，但工作量占比不算太大，可他们很快发现，这里和传统影视制作的情况完全不同，适用一句古老的情报界用语：情报不是太少而是太多。在浩瀚的场景的海洋中截取几滴水用来讲出一个有意思的故事，并不是一件容易的事，反而，让自己纠结却很容易。

大家深刻地理解了，什么叫作痛苦的根源来自选择。

协调工作也乱糟糟的。苏彰、卢小雷、制片人、导演、宣传总监，以及每一个参与制作的人，还有一些偶尔插话的领导，比如苏彰背后的老板，或者任为、王陆杰、张琦和孙斐，每个人都在同样的素材里看到了不同的故事。

"原来，一件简单的事情，可以做得这么复杂！"大家都这么说。但无论如何，在吵了这么长时间之后，总算是给搞完了。

下面，就等着元旦开始上映，然后大赚一票了。宏宇公司的人们想着飙升的业绩和提成，地球所的人们则想着终于可以升级和扩容软硬件，并且不需要控制电力的使用了。

实际上，自从宏宇集团预付了版权费用，地球所的电力使用就不再控制了，采购的第一批量子计算机也在路上了。地球所使用的量子计算机很特殊，处理性能要求很高，并且整合了很多固化的算法。所以厂家没有现货，需要按单生产，花费了不少时间。但是现在，确实已经在路上了。

广告在大街小巷和网络上铺天盖地，无数观众期待着。开始的时候，多数人搞不清楚云球是什么，慢慢地，苏彰和卢小雷的团队写出来的推广文章越来越多，帮助人们理解得多了些。不过调查显示，多数人的理解并没有什么惊奇。他们认为，像之前的传说一样，这只是另一个大型虚拟现实游戏，唯一的不同在于只能看不能玩儿——有点奇怪，但好像不是什么吸引人的特点。

挺好，符合任为的想法，他本来就想低调一些。

苏彰却很有压力，她是有业绩目标要完成的。她和客户沟通时总能找到委婉的表达方式，不会像孙斐那样争吵，但并不影响她坚持自己的意见。即使抛开业绩目标不看，就这么白白地降低云球的吸引力，她也觉得太浪费了，简直是暴殄天物。她反复要求团队，在推广中一定要强调云球和普通虚拟现实游戏不同的地方。在这个世界上，虚拟现实游戏已经是最普及的娱乐方式，如果没什么特别的噱头，实在是很难吸引人。

卢小雷当然支持苏彰的想法。于是，团队在新一拨的宣传文章中，反复强调，云球和普通的虚拟现实游戏不同，完全不同。

虚拟现实游戏虚拟了物质世界，但其中的人绝大多数是真人玩家。虚拟的假人也有不少，却都是随时准备被砍的巡山小妖或者路人甲。我们反其道而行之，不仅仅虚拟了世界，还虚拟了其中的所有人，只是为了演戏给大家看，怎么样？

听上去好多了，但也有人持反对意见。他们认为，这样的描述更加没有吸引力，因为多数人对虚拟人的期望是很低的。只不过是些巡山小妖而已，你偏偏要告诉大家，这里的巡山小妖和别处不同，和真人一样——很搞笑的说法，巡山小妖就是巡山小妖，有什么好看的呢？

网络上多少还是有懂行的人，他们讲述真实的云球或者说接近真实的云球，介绍或者猜测云球的这个那个。有些对，有些不对，但至少能够意识到云球不是个游戏。他们进行各种分析，云球的价值、能力、目标和愿景。不过，这些声音在娱乐的海洋里，只是几条另类的鱼罢了，游着游着，游累了也就回去休息了。

任为观察到，苏彰和张琦作为项目合作双方的直接领导，情绪有些起伏，仿佛各自都有别的心思。

对于张琦，任为很容易理解。张琦是个真正的科学家，他对云球的热情不亚于任为。张琦真心希望云球发展下去，娱乐化只是一种妥协，也算是一种策略。他真正想的事情始终是如何介入云球，推进云球的演化，目前的状态对张琦而言不知道是祸是福。

大家都相信，《克雷丁的覆灭》能够大卖，大卖之后地球所自然得益良多，资源的限制可以大大突破，但对于张琦介入云球的愿望是有帮助还是有阻碍？任为没想明白这个问题，也不知道张琦是不是想明白了。起初张琦情绪有些焦虑，现在却越来越平静，他是认为自己希望实现的可能性增大了吗？

苏彰恰好相反，起初相当兴奋，现在却越来越焦虑。她在担心《克雷丁的覆灭》上映后的前景？这很正常，她有业绩上的压力。因为这种理解，在苏彰的团队进行第二拨宣传，大肆宣扬云球和普通虚拟现实游戏完全不同的时候，尽管不符合任为的低调想法，但任为也没有过于阻拦。

一直以来，苏彰依旧频繁地出现在地球所。按道理没必要这样，她只负责业务，不负责项目管理，可她的频繁出现从来没有中断过。

看起来，苏彰和卢小雷越来越热络了，大家都在传他们谈起了恋爱。这也没有什么，既然大家都是单身，谈个恋爱不值得大惊小怪。但是，考虑到双方的合作关系，任为感觉有些什么不对。特别是想到苏彰甜蜜眼神的后面，淡淡忧郁带来的些许神秘感，任为总感觉故事没有那么简单。

任为自己对这些娱乐产业的事情没什么判断力。

任为基本不追剧，甚至连新闻也不怎么看。其实现在看新闻很方便，随时闭上眼，拇指和无名指连掐两下，SSI产生的伪视觉立刻浮现在闭上的眼皮下面。眼球动动，手指动动，就可以沉浸到漫无边际、杂乱无章的各种消息中。但是，任为不喜欢看新闻。世界上的挠头事情太多，如果新闻看多了，他总会不明所以地情绪低落。

不过，自从知道KillKiller的事情在全世界闹翻天之后，他看新闻还是多了不少。前两天，他看到了一篇新闻，说KillKiller正式公布了吕青提到的新技术。不出所料，再次在全球引起轩然大波。好多地方又爆发了新一轮大游行，要求将 KillKiller 费用纳入医保范畴——现在连脑死亡的借口都没有了，那是活人，政府居然拒绝支付一大批活人维持生命的费用？这听起来太说不过去了。

经济学家和财政部门的官员一再警告，国家会破产。但老百姓不关心这个，他们只关心亲人的生命。各国政府吵作一团，各种发言人在各种媒体上发表着各种言论。

吕青已经封闭开会去了，好几天不见踪影，偶尔打个电话也急匆匆地，两句话就挂掉。

自从吕青把云球人的意识和地球人的意识挂上钩以后，任为再也没有一天心里能够平平静静，似乎一直在做梦，注意力无法集中，眼前的一切朦朦胧胧。

开始，他以为自己压力太大，好像真的犯了屠杀罪，愧疚和负罪感始终萦绕在脑中。从前可以用的借口——云球人是并不真实存在的虚拟人——现在不管用了。他觉得自己的愧疚和负罪感不难理解，但是，他后来逐渐意识到，那不仅仅是一种压力，更是一种说不清、道不明的灰心和无聊。

为什么会这样？搞不清楚。心里隐藏着什么？看不到。

他本来不是这样。他性格平和，可以说有点内向，但在云球项目上一直热情似火，现在那热情却在逐渐消逝。

对于《克雷丁的覆灭》以及它会带来的一切，他有时想，自己是不是不够关心？

他甚至没有完整看过任何一集样片，只匆匆浏览过一些短短的片段；他也从未提出过什么真正有价值的意见，只是几次表达了对视角选择的不同想法——那不过是因为他确实不喜欢看后脑勺罢了。

元旦的晚上，《克雷丁的覆灭》终于上映了，第一集和第二集。实时收视率突破了历史记录。

数据显示，最受欢迎的人物是克雷丁年轻美貌的第四位妻子，菲尔娜王妃。任为就很喜欢她，还愚蠢地和吕青提起过，搞得吕青吃醋来着。好在对于现实的地球，菲尔娜王妃的存在只不过几天时间。

林奇的受欢迎程度排名第二。后面还有几位，勇武无敌的克雷丁仅仅排在第八位——有些出乎意料，但也无伤大雅。

虽然是元旦，吕青依旧没有回家，任明明也没有回家，任为只能孤零零地自己在家。对于《克雷丁的覆灭》，他其实没什么兴趣，但后来想想又觉得太不应该，为了对得起自己付出多年努力的云球，他改变了主意，认认真真地看完了上映的全部两集。

看完之后，任为有些收获。原来，林奇最后的行为也不是完全没有征兆。

年轻的时候，林奇有三位妻子，他曾经在某个清晨突然残暴地杀害了其中一位。为此还被抓了起来，差点被老克雷丁砍头。好在他的家庭相当有势力，他本人和当时还不是国王的小克雷丁王子也是好朋友，加上当时的法律根本谈不上是真正的法律，处在若有若无的状态，所以他逃脱了，流落异乡足足五年。在这五年里，他又莫名其妙地杀了好几个人，不能说都毫无缘由，但他做决定时的鲁莽程度或者说迅速程度，确实让人奇怪。

林奇的这些行为，和他冷静的外貌、表情以及后来在政治上的成熟表现，很难联系到一起，至少以现代地球人的观点来看是这样。

也许林奇在精神方面确实有一些问题，突发性的问题，任为对自己说。

监控云球时需要监控的东西很多，很难把注意力放到这些乱七八糟的事情上面，至于精准的判断或预测就更加不要提了。但是，这些乱七八糟的事情，可能恰恰隐藏了人物的很多真相，甚至隐藏了世界的很多真相。

当天晚上，播放结束之后的深夜，宏宇公司和地球所的联合制作团队以及其他制作、发行相关方，一起举办了一个盛大的酒会，还邀请了一支当红的乐队来助兴。任为并没有去，他真的没兴趣，不喜欢人那么多的场合，显然，他因此错过了一些小小的趣事。

据说，在酒会上，所有人都喝得酩酊大醉。特别是卢小雷，他兴奋得像个孩子，上蹿下跳。最后，在大家的起哄声中，他在乐队舞台上，向台下的苏彰大声示爱，引发全场的欢呼。但是，苏彰并没有喝醉，对卢小雷的示爱也没有积极地回应，她只是平淡地说："他喝多了。"然后就转身走开了。这不免让卢小雷很尴尬，大家则很扫兴。

事实证明，苏彰没喝多是对的。当大家睡了一个典型的假日懒觉，醒来又度过一个短短的假日白天之后，到晚上的时候立即发现，第三集、第四集的实时收视率居然下降了一半。

元旦假期有五天。等到假期结束，大家回来上班的时候，前一天晚上那两集的收视率，已经跌到第一集、第二集收视率的十分之一还不到。

大家都阴沉着脸。

当然，这不是地球所的责任，他们只负责提供素材。但是，除了之前预付的版权费用，本来还有更大笔的广告分成可以期待，这下子完了——毫无疑问，收视率的暴跌将给地球所造成很大的经济损失。

好在，也有不错的消息，地球所购买的量子计算机到货了。

这只是升级和扩容计划中的很小一部分，其他部分本来指望着广告分成呢，现在看上去希望渺茫了，不过这一小部分已经让任为很欣慰。近来情绪低落，但他心里对云球的未来依旧还是很期待的，眼前这些量子计算机虽不能解决根本问题，至少可以解燃眉之急。

张琦、孙斐和大多数人也都为此感到高兴，一定程度上冲淡了收视率暴跌带来的负面情绪。

回想一下，云球系统的硬件有三年没有进行升级了，更谈不上扩容。这些量子计算机的型号都相当老，有些简直是老古董，性能严重不足，早该换掉了。

最后一次大规模升级是在云球人类诞生之前，同时进行了少量扩容。那时，还是个充满了六足小虫子和庞大恐龙的时代——那些恐龙也不知道该不该叫恐龙。他们曾经请一些真正的古生物学家来看过，古生物学家们说，不是恐龙，只是些和恐龙一样大也一样蠢的虚拟爬行动物罢了。甚至有人话里话外地怀疑，那是地球所主动创造出来的、别有用心的某类东西。

那次硬件升级和以前一样，并不顺利。

其实升级过程本身很正常，像往常一样正常。但是，在升级完成后的几天里，逐渐出现大批云球生物的死亡，这就像往常一样不正常了。所有量子计算机都在欢快地运行着，看不出任何异常，系统日志中也找不出任何问题。他们完全不知道原因，可以说非常、非常、非常地郁闷，无法形容地郁闷。

不过，他们本来就做了计划要对云球生物进行一次清理，好给已经出现的那些像小老鼠一样的哺乳动物腾地方，所以只能当是系统帮忙先做了一部分。

尽管是乱搞一通，并不符合他们的计划，但那些各种各样像恐龙一样的东西倒的确是他们计划中要清理的目标。在这一点上，冥冥之中的系统似乎和他们的想法一样。在他们动手之前，那些东西就死了一多半，让他们的工作量减轻了不少。

不幸的是，那些像小老鼠一样的哺乳动物也有一多半完蛋了——不幸中的万幸，它们并没有全部完蛋，而且从事后看，它们的生命力相当顽强，很快恢复到了原先的种群规模。

这次又要面临同样的问题了。而且这次，云球中不仅仅有动植物，还有云球人了。任为很担心。

云球出现生物后，每次大规模升级都会死一批生物，扩容却不会，这是他们总结出的唯一规律。任为一直在考虑，这次是否只扩容不升级。不过，有些机器型号实在太老了，如果只扩容不升级，那么万一电视剧收视率又上来了，赚到更多钱的话，增加的新设备恐怕需要他们直接去扩建机房了。倒过来，升级而非扩容，设备总数量不会那么多，扩建就完全没必要了。

孙斐也有同样的顾虑，但张琦不怕。

张琦连主动干预都不觉得有什么问题，这种事故自然更加不放在心上，只要那些云球生物别死光了就行——根据经验来看一定不会死光。张琦曾经说过，他们不是要证明什么严格的数学定律，而是要看看云球怎么演化，这一切都可以看作是云球宇宙在演化过程中发生的意外。想想看，真实的地球宇宙里也随时随地都在发生意外，又有什么关系呢？

有时候任为觉得，张琦的话也有一定道理，但更多时候他又觉得，硬要把这些地球人——类似云球人上帝一般存在的地球人——在技术上发生的事故，就这样算作在云球宇宙中发生的意外，总是显得很牵强，实在有点说不过去。

他们开了几次会，安排好了有关升级和扩容的各种准备工作，但迟迟没有做出最终决定，到底是升级还是扩容？他们很纠结。

就在这时候，欧阳院长打来了一个电话，让他们不需要自己做决定了，欧阳院长说得很清楚：

"只扩容，不升级。"

07 无望的爱情

卢小雷正在对着苏彰发脾气:"我知道你心情不好,谁心情好呢?谁能想到《克雷丁的覆灭》是这个样子?我已经很努力,跟他们提过好几次了,能不能尽快启动 ASSI 实时体验项目——没人理我呀,我有什么办法?你就是看不起我,不要跟我说什么工作压力大。我工作压力不大吗?那天晚上,我跑到舞台上,跟你说我爱你,那时候,《克雷丁的覆灭》前两集收视率好着呢!你不也走了吗?搞得我那么尴尬!你就是看不起我,对不对?地球研究所,地球研究所,都是大科学家——我呢?我不是科学家,怎么混进去的?你说的,你说过我是混进去的。我算什么呢?操作员?对,孙斐就这么说我。你也这么想,对不对?你是大公司的副总裁,你了不起。我不是科学家,我配不上你,对不对?我是科学家我也配不上你,对不对?科学家又有什么了不起,还不是没你有钱?"

他们坐在北海边的长椅上,天气已经很冷,冬天的萧瑟景象和冰冷空气并没能让卢小雷冷静。好在,他的叫嚷也不用担心引起周围人的注意,因为周围很远距离内都没有什么人。

苏彰并没有被卢小雷激怒,但也不像平常的甜腻样子,而仿佛这冬天的湖边被冻住的一座雕塑，标致的脸庞酷似一尊完美的贵族女性头像，漆黑的长发垂下来遮住了一点点，眼睛处在淡淡的阴影中，脸颊发出若有若无的光。

"小雷，我跟你说了，我喜欢你，但是我不爱你。"沉默了很长时间，苏彰平静地说。

"你不爱我？你不爱我？"卢小雷又爆发了，"你不爱我你和我上床？你在耍我吗？我就那么不值得爱吗？不对，你说过你爱我，你说过不止一次，你在骗我吗？你太过分了。我应该相信什么？你说你爱我，你又说你不爱我？你说，我到底应该相信什么？"

"对不起，是我不好。"苏彰说，"我是说过我爱你，可那是在……怎么说呢……在床上。你应该相信我现在说的话，现在我没有骗你。我们可以做很好的朋友，但我不能嫁给你。"

"在床上说的话不算数？真的吗？我说的话可算数。我还能说什么呢——和我上床不代表爱我，床上说爱我也不代表爱我——这就是你吗？当然了，现在都什么时代了，我应该知道。我太愚蠢了，是我活该。但是，你这算不算骗我呢？你为什么要骗我呢？他们说我看云球人的小电影，我是看了，可是我不会随便跟人上床。我爱你我才这样，我真的爱你——你怎么能这样呢？在床上说的话不算数？好吧，我学到了，不过你记住，我说的话算数，就算是在床上说的话也算数。"他一边摇着头，一边呵呵地低笑了几声。

又是很长一段时间的沉默，两个人都不说话。

在凛冽的空气里，卢小雷终于慢慢平静了一些。他说："对不起，我可能太激动了。但是，苏彰，你说你不爱我，我还是很难相信。我不是说上床的事情，我是说，我看过你的眼神，我想你的时候脑子里都是你的眼神。我觉得那个眼神是爱我的眼神，里面有很多……我认为是爱情的东西。"

"小雷，我没法解释清楚。但是，我真的不能嫁给你。"苏彰的口气听起来斩钉截铁。

"你不用马上做决定。"卢小雷说，"我是想娶你，但不是说必须马上娶你，你慢慢想，如果过几年你想通了呢？我真的不明白，为什么我想娶你，你反倒马上要分手呢？"

"因为我没觉得我们在谈恋爱。"苏彰说，声音很小，"是我不好，可能我们所处的环境差别太大。你知道，娱乐圈很乱。也许这么说对很多人不公道，但至少比你们科学界随便一些，或者说开放一些。我以前没有和科学界的人打过交道，我不知道，我感觉是这样吧！我在娱乐圈，演员、导演、电视台、制片人、投资人，这些人也许不像你们科学界的人那么认真、那么传统。"

"你是说，你也随便和其他人上床吗？"卢小雷扭过头看着苏彰。

"不能说随便，但比你想象得多。"苏彰说。按道理，她说这种话应该算是鼓起了勇气，可看上去却只有疲惫。

"什么？你从来没说过。"卢小雷站了起来。

"我以为你知道，或者说，你能想到。"苏彰说。

"我知道？我能想到？我是神仙吗？不，你骗我，我不相信。你怎么会这样呢？你这么漂亮，你不缺钱，你什么都不缺，你为什么？不会的，你骗我。你为了让我死心才这么说，对不对？我不会死心。"卢小雷又爆发了，"你不会的，你骗我。你有过男朋友，我知道，但你刚才说的话是在骗我。哦……要么……我知道了，你做生意有很难的时候，是不是和老板或者和客户上床了？你告诉我，我去找他算账！或者……是导演？是演员？不，不会，你是他们的衣食父母才对……不可能……你是被强迫的吗？谁强迫你了？"

"不是。"苏彰终于也大喊了一声，"小雷，你冷静！"

猝不及防的大喊让卢小雷一下子噎住了，他呆呆地看着苏彰，过了一会儿，慢慢坐了下来。

"不是，小雷，你想得不对。"苏彰说，"我真的不是你想的那种清纯玉女。至于为什么会这样，我只能告诉你，是我自愿。没有什么目的，我不会为了金钱出卖自己，但我不在乎——可能随随便便只为了一杯鸡尾酒而已。我不在乎，只是不在乎。我是个坏女人，和你不一样，好吗？"

卢小雷呆呆地不说话。

"对不起，我大意了，我很抱歉。"苏彰说，"我没想到你会这么认真。我不记得我碰到过你这么认真的人，我不是认真的人，仅此而已。原谅我，小雷，我看错了。我是说，我把你想得和我一样坏，但你是个好人，是个真正的好人。我不是在说那种套话，我说的是真心话。不是你配不上我，是我配不上你。"

卢小雷依旧说不出话，苏彰也沉默了。时间就这样慢慢流逝，两颗心的生命力似乎也随着时间一起在流逝。

空气像死了一样的冷。卢小雷禁不住颤抖了起来。

很久很久，仿佛过了一个世纪，卢小雷一直看着静静的湖面，终于开口说话："没关系，苏彰，我明白了，虽然我很难受。"他的声音听上去已经显得很平静了，"我的确很难受，但我要理性地想一想。我的社会阅历并不丰富，不过看了很多云球里面的悲剧。云球人在我们看来，只是一些量子计算机虚拟出来的人，可对他们自己而言，又何尝不是一个完整的人生呢？我看了那么多云球人的故事，觉得他们和人类没有区别，至少我看不出来。"

他摇了摇头，继续说："面对那些悲剧，大的悲剧，小的悲剧，我从来都只会傻笑，真是没心没肺。我哪里比他们强了？我的痛苦算痛苦，他们的痛苦就不算痛苦？我明白了，苏彰，我明白你的话，我不应该这样对你发脾气。人和人不同，每个人都可以选择自己的人生。我昨天还看过一个新闻，说是结婚率很低，大家不结婚，可是生了很多孩子——一不小心就生了很多孩子，反正孩子都归国家照顾。我明白，我不逼你嫁给我。你不用嫁给我，或者说，在真的愿意嫁给我之前不用嫁给我。我想跟你说，我真的爱你，不在乎你是什么样，不在乎你认真不认真，不在乎你和多少人上床。我不仅是在说过去，我也是在说未来。你可以选择你的生活，但我希望我是你生活的底色。无论你的生活多么绚丽多彩，我始终在，我是底色。在白纸上画画，无论画出多么绚丽的画，那张白纸始终都在。我就像那张白纸，始终都在。我仍旧希望娶你，娶一个会跟别的男人上床的女人。"

他把头转开，又转回来，盯着苏彰说："我爱你，我不在乎。"

泪水沿着苏彰的面庞流了下来。"我……"她好像想说什么，但欲言又止，只是流着泪。

卢小雷掏出一小包餐巾纸，抽出两张帮苏彰擦去泪水，轻轻吻了吻苏彰在寒风中冻得发白的嘴唇。

苏彰一动不动，新的泪水又流了下来。

"你想说什么？"卢小雷问，"没关系，我现在想通了，你说什么都没关系。也许晚上回家，我又想不通了，但是我相信，明早我又会想通。人们总是这样，变来变去，可我觉得，我爱你的心不会变。"

苏彰看着他，那眼神的确充满深情。"看看你的眼神，"卢小雷说，"看看，你说你不爱我，你自己相信吗？"

苏彰耳边响起了铃声，眼前飘出一行字：

卢小雷邀请你加入视频资料浏览群

她下意识地用拇指碰了碰食指，她自己的大眼睛立刻展现在自己眼前。那的确是一双充满深情的眼睛，但很快，那里面溢满了悲伤。

"不要难过。"卢小雷紧紧抱住了苏彰。苏彰的头在卢小雷的肩膀上，面对着蜿蜒伸向远方的湖边小路。小路的一边是北海的湖面，另一边是在冬天看起来很稀疏的白蜡林。这时，卢小雷眼中的景象也通过 SSI 通讯系统传了过来。于是，她的视野中叠加上了她背后的景象，这条湖边小路的相反方向。那景象非常奇异，仿佛造物主把这条小路从他们坐的位置掰成两段，然后又对折在了一起。

很快，背后的景象消失了，卢小雷挂断了视频通讯。

"我……"苏彰说，"我不想说什么。"

"没关系。说也好，不说也好，想也好，不想也好，都没关系，我不在乎。"卢小雷说。

苏彰的泪水始终在流。她其实想说一些话，却实在没有勇气开口。她可以骗卢小雷，但无法骗自己。她爱他，是的，她非常爱他，她非常爱卢小雷。

08 伟大的发现

为什么只扩容不升级？欧阳院长并没有解释原因，但任为很快就知道了，是从吕青那里。

吕青的封闭会议终于结束了，晚上回到家中显得很疲惫。露西做了吕青最爱吃的几个菜，吕青狼吞虎咽地吃着，一点也没有女性应有的优雅，看来她不但累坏了，也饿坏了。

封闭开会连饭都没得吃吗？不会的。任为觉得她一定是压力太大没胃口吃，这会儿胃口好了，说明压力小了，那么多半是有什么积极的进展了。

任为不想打扰她，坐在旁边静静地看着她吃饭。

看着妻子的样子，任为想起了女儿。真是奇怪，女儿和母亲完全不同。母亲理性、客观、坚定，女儿则感性、激烈、善变。昨天晚上，任明明打电话说，周日要回家一趟，有些事情要谈。任为当然答应了，谈就谈吧，他也有些事情要谈，所以也没问要谈什么。实际上，关于任明明，任为有好多事情想谈。工作啊，感情啊，甚至言谈举止或者着装打扮——那个红色爆炸头，那个鼻环，任为早就想认认真真地谈谈了，更不用说还有一个什么同居男友，这么重要的事情，总要对父母有个交代吧！

回想起来，他们夫妻俩现在工作很忙，年轻的时候更拼命，没什么时间和女儿沟通。好容易有点时间，不一定有心情，有了心情，可能又会看见任明明一脸嫌弃的样子，心情也很难保持得住。确实，沟通太少，任为经常很内疚，也经常很焦虑。但是，到了面对任明明的时候，他又总是被一种无力改变的感觉所控制，只是在被动地等待着。他不敢说自己想不通任明明为什么会变成现在这个样子，毕竟他亲眼看着任明明从乖巧的小姑娘长成了叛逆的少女。他知道，作为父母，他们并不成功，但无论如何，过去的岁月已经无法回来了。

任明明大学毕业之后坚决不愿意继续读书，自己找了工作，在一家皮肤仿真公司上班。那家公司叫PerfectSkin——完美皮肤。公司名气不大，任为没听说过什么大品牌机器人使用他们的仿真皮肤产品，应该是经营得不怎么样。任明明学的专业是材料，到这里工作倒也合适。不过她只是做个秘书，专业知识似乎没什么用，有些可惜。

实际上，像任明明这样大学毕业立即工作的人并不多。在现代社会，但凡有点上进心的话，仅仅依靠大学知识肯定是不够用的，就算有SSI帮忙也不行，可任明明很坚决地做出了决定，任为和吕青也没什么办法。他们一直还希望，有一天能够说服她重新开始，继续读书。

"周日明明要回家，你在家吧？"任为问。

"好啊，在家。"吕青吃完了，"露西，收拾一下。"她对露西说。

"她说有事情要谈。"任为说。

"谈吧，有一段没见她了吧！嗯……不对……送妈妈去疗养院的时候她去了。"吕青也没问要谈什么，换了个话题，"我跟你说，现在我就要和你谈件事情，很重要的事情。"

"什么事情？"任为问，"你说。"

"你要有点心理准备啊！"吕青说，"别再晕过去了。"

"你说什么呢？"任为不太高兴。

"好，好，我开玩笑呢。"吕青笑了起来，"不过我要说的事情确实很震撼。"

她顿了顿，仿佛稍微做了做准备，然后才开始说："记得那天我们说起柳杨吗？这些天我们一直在和柳杨开会。知道为什么你们那个欧阳院长让你们只扩容不升级吗？就是因为柳杨。嗯，我还要再叮嘱你一下，只扩容，不升级。"

"哦？"任为很好奇，"升级扩容的事情你也知道？怎么回事？"

"知道，当然知道。这半个多月，包括元旦，我们经历了什么，你很难想象。柳杨把我们都惊住了。本来是我们政策部门的会议，但完全被柳杨喧宾夺主了。"吕青说。

"柳杨？怪不得他不见我，我打电话给他，留言给他，他经常不接不回。他也没说封闭开会。唉，也不奇怪，他这人一贯这样神神秘秘的。"任为说。

"这次，他的神秘有合理的理由。"吕青说。

"合理的理由？"任为说，"哦……对……你们要定义第三种人。他是脑科学权威，被找去参加会议很正常。他有什么发现吗？发挥作用了？看起来你虽然很累，但情绪好像放松了不少。"

"说放松了也对。不过，后头有更麻烦的事情，那再说吧！先说眼前，他帮我们彻底解决了KillKiller的问题。医保肯定不用覆盖了，至少暂时是这样。以后恐怕还要吵架，但吵的内容会不一样。"吕青说。

"怎么解决的？他做出了完备的死亡定义？"任为问。

"死亡定义？对。"吕青说，却立刻来了一个转折，"不，这已经不重要了。他做出了更重大的发现，他发现了意识！注意啊！不是定义了意识，而是发现了意识。意识不需要被定义，它就在那里，和一件家具一样就在那里，不需要被定义。记得上次我们说的话吗？他发现了鬼——他就是个鬼，鬼发现鬼再正常不过了！"吕青说。

柳杨发现了意识？柳杨发现了鬼？

任为很吃惊，说不出话，张大了嘴巴。

吕青笑着，看了看任为，接着说："你不服他还不行，他确实很厉害。

这可能是质能方程式之后最大的发现了。不对，也许比质能方程式更伟大吧？"

"究竟怎么回事？"任为的嘴张了半天，终于闭上嘴，随即又张开嘴问。

"他们的项目是涉密项目，涉密等级很高，直接汇报给更高层的领导。连欧阳院长都只知道大概，不清楚细节。按说，我现在不该告诉你。"吕青凝视着任为，好像在判断他会不会泄密。

过了一会儿，她继续了下去："有几件事情，逼着领导们不得不把他们的项目解密了，主要是因为我们，但你们也起了一定作用。估计再有一个月？或者两个月？甚至几周——总而言之，很快要解密了，所以跟你说说也无妨，不过在解密之前，你就不要出去乱说了。"

"这违反保密规定。"她仿佛又犹豫起来，但终于还是接着说："谁让我们是夫妻呢？我实在憋不住了。"

"是啊……之前你好像一直有什么话憋着没说。"任为说，他想起最近几次长谈，吕青都出现过欲言又止的情况，那些时候自己都心乱如麻，没有追问。

"嗯，我不是想瞒你，是真的不能说。"吕青解释，"其实确切地讲，之前我也不知道什么，都是很不确定的东西，但现在确定了。"

"好吧，我知道了，你快说吧！"任为摆摆手，示意没关系。

"他们发现，意识是一种客观存在的实体，一种能量场，他们把这种能量场叫作意识场。"吕青说，"他们不仅发现了意识场，而且还从动物身上提取到了意识场。独立的意识场，和躯体分离的、独立的意识场，完全不依赖于躯体。从老鼠到羊，再到狗和牛，他们都提取到了。不过，太低级的动物似乎没有，比如海蜇、海绵或者水母之类。植物也没有——这下素食主义者有的说了。"

"素食主义者？你说什么呢？哦……你是说……不能吃有意识场的东西？那么……海蜇……还是可以吃。"任为觉得脑子又有点乱，努力地加快着思考的速度，"让我想想，独立的意识场？提取意识场？这个……你接着说。"

"人类的意识场还没有提取，主要是不能用活人做实验。但是，他们可以检测到人类的意识场。检测意识场已经很方便了，是无损检测，不会对人体有伤害。他们发明了一个机器，叫意识探测仪，你就当作一种特殊的示波器吧。这种示波器能够探测到意识场泄漏出来的能量，并展示出波形。他们管这种波形叫作意识波。注意啊！不是脑电波，是意识波。如果法律允许的话，我相信他们很快可以把人的意识场从躯体中提取出来。提取出意识场之后的躯体，他们称之为'空体'，意思是没有意识的躯壳——这个名字还挺有创意，听起来很贴切。"吕青说得有点兴奋，歪着头，仿佛在体验那个创意。

"那……"任为一边思索，一边问，"意识场和空体……是……是什么形态呢？"

"可以认为，空体就是KillKiller的病人——或者反过来说，KillKiller的病人就是空体，柳杨已经检测过。"吕青回答，"实验表明，在正常情况下，空体基本无法存活。失去意识场之后，空体只能存活从几秒到几周不等的时间，取决于一些复杂的条件，柳杨他们还没搞清楚。对于这个问题，也许KillKiller更清楚，KillKiller很像是解决了这个问题——或者说，KillKiller解决的所有问题其实都只是这唯一的一个问题：空体存活的问题。没有意识场的空体本来很快会死亡，首先是脑死亡，然后是躯体死亡。我们之前说过的比喻——司令官的比喻——很合适，但我们不知道，司令官背后还有个大老板，这个大老板就是意识场。按道理，没有大老板的司令官应该活不下去，KillKiller却找到了一些方法，能够让没有大老板的司令官活下去。开始是让没有司令官的军队活下去，现在是让没有大老板的司令官活下去，司令官活着，军队当然不在话下了。"

"所以，空体就是第三种人。"任为说。

"对，第三种人。不是哪位科学家定义出来的第三种人，是科学实验证明的第三种人。他们不是活人，因为活人是活着的意识场和活着的空体的结合。他们也不是死人，因为死人既没有活着的意识场也没有活着的空体。他们是第三种人，只有活着的空体，但意识场已经死亡。按照柳杨的说法，做这个判别很容易,同时打开两台示波器看看就好了。空体只有脑电波没有意识波,脑电波很简单;活人既有脑电波也有意识波,脑电波更复杂;而死人两者都没有,脑电波和意识波都是一条直线。"吕青说。

"所以,你们可以不用支付医保了。"任为说。

"是的,"吕青说,"是的。任为同志,我们只为活人负责,你必须自己支付妈妈的 KillKiller 医疗费用了。"她看起来很兴奋。

"说这件事有必要这么开心吗?"任为有点不高兴。

吕青也立刻意识到拿妈妈说事很不合适,赶紧说:"对不起,对不起,你知道我的意思就行了,我不好,我道歉。我是想说,国家不会破产了。"顿了顿,她又继续,"刚才提到,后面还有麻烦,因为人权组织也许会认为,空体也有权获得医保,所以后面还会争吵,不过无论如何,暂时有一个充足的理由不用支付这种医保了,国家也就暂时不会破产了。"

"好了,好了,接着说。"任为原谅了吕青的冒失。她其实是个很好的儿媳妇,妈妈清醒的时候,喜欢和依赖她超过了自己。

"我们开了这么多天会,就是基于这个理论,讨论可能采取的政策草案、宣传方针、公关计划、实施细节等等。柳杨真是帮了大忙,而且真是及时!涉及的事情挺多,所以这么多天没回家。"吕青说。她看着任为,显得有点抱歉。

"没关系。"任为说,"空体很容易理解,那意识场呢?是什么?"他着急地问。

"意识场就比较复杂了,让我想想该怎么说……这些东西可不是我的专业……让我想想柳杨给我们科普时的说法。"说着话,吕青微微扬起了头,好像在梳理自己的思路。

"柳杨的说法是这样,意识场是一个由很多很多微观粒子组成的网状的结构。这些微观粒子之间,通过某种类似量子纠缠的机制,链接在一起。微观粒子本身可以处于不同的能级,代表了不同的状态,能级的跃迁导致状态的变化,进而就形成了存储和计算的机制。"吕青回答,仿佛在背诵考试题的答案。

"听起来很像量子计算机。"任为说。

"柳杨就把这个粒子网络叫作意识场。"吕青说,"不过他也不是十分确定,还只是猜想。现阶段这不重要,重要的是,他确实发现了意识场,并且提取了意识场。"

"嗯,"任为说,"粒子是场量子化的结果,二者是一回事。那么,意识场应该是由大量意识粒子组成的,类似电磁场由大量光子组成。如果电磁场衰减足够就能得到单个光子,是不是说意识场衰减足够就能得到单个意识粒子?也许他发现了一种新的基本粒子——好吧,这太专业了,我们不讨论这个了。总之,我能明白他的意思。那这个意识场,和大脑是什么关系呢?"

"大脑是意识场的宿主。意识场和大脑细胞之间也形成了一种类似量子纠缠的链接关系。柳杨说,这种链接形成了两个通道:一个通道是信息通道,大脑和意识场通过这个通道交换信息;另一个通道是能量供给通道,大脑通过这个通道为意识场提供能量。"吕青回答。

"太玄学了。"任为摇了摇头,将信将疑。

"不,是真的。"吕青说。

"那这些意识场……空间位置在哪里呢?在大脑当中吗?"任为问,"还是像电磁场一样,飘浮在空中无处不在?边界范围在哪里?头盖骨?"

他顿了顿,又接着问:"按照你说的,地球上有意识场的生命可是很多的,到处都有意识场,难道空间中到处都飘荡着各种各样的意识场吗?你的意识场,我的意识场,还有厨房里蟑螂的意识场,都飘荡在这个房间里吗?会不会太拥挤了?会有叠加的问题吗?会传播吗?会反射或者衍射吗?会随着距离而衰减吗?"

任为一边说着话,一边东张西望了一下,"真闹鬼了。"他的声音有些不自然了。

"不知道,柳杨说他不知道。"任为一股脑问了很多问题,吕青的回答却很简单,"大多数事情,柳杨并没有搞清楚。这不重要,重要的是他已经搞清楚的那些事。柳杨说,意识场和大脑进行信息交换时,会发生少许的能量泄漏,意识探测仪就是通过探测这种能量泄漏来探测意识场。目前他还不知道意识场本身究竟在哪里，不过他猜测很可能在高维空间，不在我们的三维空间。你的问题——人类意义上的拥挤或者重叠的问题——应该并不存在。在实验中，这些能量泄漏和大脑的状态变化密切相关，但从空间位置看是涌现出来的，很突然。附近相当范围的可观察粒子没有出现任何衰变之类的现象，更没有普通意义上的电磁辐射，也没有检测到外部辐射，所以这些能量泄漏不可能来自三维空间。"

"这么说——"任为仿佛松了一口气，"房间里什么都没有，鬼不在这里。"

"不用吧，就是有鬼，你也不用那么怕吧！"吕青撇了撇嘴。

"怕？我倒不是怕，只是觉得浑身不舒服。你不会不舒服吗？想想看，你的意识场和一群蟑螂的意识场挤在一起。"任为说，同时使劲晃了晃头，好像要摆脱蟑螂。

"哦……"吕青似乎真被任为说得有点不舒服了，"好吧。现在你知道了，柳杨说它们都在高维空间。这里嘛，只有无线通讯的电磁波，还有中微子什么的，但并没有意识场。"

"高能物理实验中确实会出现这种情况。一些基本粒子在能级跃迁时消失了，过一会儿却又出现了。物理学家推测，粒子在消失的瞬间是隐匿到高维空间了。至于柳杨他们检测到的能量泄漏，应该和某种自发辐射类似。在真空中，高能级电子和量子涨落的相互作用就可能导致这一类自发辐射。"任为接着说，还点了点头，仿佛表示柳杨的推测很有道理。

"你比我懂多了。"吕青说。

"意识场和大脑怎么协同工作呢？"任为问。

"柳杨认为，思维和记忆主要是在意识场中完成的。"吕青说，"大脑本身只能处理基础的生理功能，包含一些简单计算，比如加减乘除之类。就复杂思维和记忆而言，大脑只是一个预处理器和中继器。另外，大脑也为意识场提供能量，是意识场的电池。"

"说得过去，复杂的事情意识场来做，简单的事情大脑来做，分工很清晰。"说到这里，任为忽然意识到什么，发起了呆。

"是不是想到你们的云球了？"吕青问。

"是啊!按道理说,很多云球人的记忆和思维,系统都已经记录了详细的日志,但无论是记忆还是思维过程,都无法从日志中获得完整的重现,和这个有关系吗?"任为问。

"有啊!所以,欧阳院长才要求你们,只扩容不升级。"吕青说。

"为什么呢?"任为继续问。

"你们总是找柳杨帮忙,他对你们的云球很了解。在现在这样一个情况下,这不是很明显了吗?"吕青说。

"很明显……很明显……"任为喃喃自语,觉得头皮发麻,"我们的云球人也有意识场?"

"显然是的。"吕青说。

"量子芯片中的脑单元就是云球意识场赖以生存的大脑宿主?像人的大脑一样?"任为继续喃喃自语,"我们升级的时候换掉旧的量子芯片,会导致大批意识场失去宿主而死亡?我们以前几次升级导致大批生物死亡,就是这个道理?所以只能扩容不能升级?云球人的思维跳跃和记忆缺失,就是因为这些思维和记忆是在意识场中完成,而不是在脑单元中完成?脑单元和人类大脑一样,只是完成一些基础工作?只是意识场的预处理器和中继器?只是意识场的能源供给体?只是意识场的电池?"他不停地低声发问,但又像是在回答自己。

吕青看得担心起来,"喂,你没事吧?"她问。

任为抬起头看看她,有些木然。"我没事……"他迟疑了一下,又说了一遍:"我没事。我明白了,"他接着说,"……也不能算全明白,我……有点适应不了。柳杨确定吗?我们云球中有意识场?欧阳院长一直都知道吗?"

"柳杨很确定,不过没说为什么那么确定,支支吾吾,挺奇怪的,但态度是很确定的。"吕青微微摇了摇头,好像回忆起柳杨支支吾吾的样子,依旧觉得奇怪。

"他说,他会找你们,会进一步确认。至于欧阳院长,他以前应该是不知道。你们前沿院的领导,一直都只知道柳杨他们在研究意识,但对进度并不了解，更不会知道脑科学所对你们云球的了解程度。你也知道，脑科学所有很多项目涉密。这个意识场的项目涉密等级最高，直接汇报到更高层领导那里去。不过，快要解密了，应该快要解密了，瞒不住了。关键是，它太有用了。"

"有用？"任为说，"你说有用？说有毁灭性还差不多。"

"毁灭性？"吕青顿了顿，"是的，也许吧！但是，事实就是事实。再说你也太悲观了，你们云球也一样有毁灭性，却也有用，看从哪个角度想了。"

"好吧，不管怎么样，柳杨他们太了不起了。"任为说。

"你们也一样啊！他们发现了鬼，你们可是创造了鬼。"吕青说。

"创造了鬼？还是别这么说了。"任为说，"是柳杨主动通知欧阳院长，提醒我们，只扩容不升级？"他接着问。

"是的，据他说，把欧阳院长吓着了。"吕青说，"他得意着呢！"

"把欧阳院长吓着了？是啊，谁不会被吓着呢？"任为说。显然，他也被吓着了。

"也许，欧阳院长不是被吓着了，而是后悔死了。"吕青说。

"后悔？"任为愣了一下。

"嗯，也许他会觉得，当年不该支持云球立项。你们创造了五千万个意识场，还不包括那些动物，怎么办呢？不过，谁知道呢？欧阳院长是大科学家，也许不会像我这么实用主义。但是，现在怎么办呢？"吕青说。

"怎么办呢？"任为重复了一遍，心又揪了起来，觉得很不舒服。他努力地长吸了一口气，想让自己平静一点。吕青早早地就把意识和云球人联系在了一起，还把他搞晕了过去，但那时只是一个逻辑上的说法，而现在已经是一个科学上的结论。

吕青笑了笑，好像有些尴尬。她伸出手，使劲摇了摇任为的肩膀，说："你担心什么？记得我上次说的话吗——你晕过去那一次，不，是你醒过来以后——你永远不用担心资金问题了，记得吗？虽然不会很容易，还是需要去挣钱，或者去争取拨款，但无论如何，即使真的没钱了，到了最后一刻，也没有人敢把云球断电——那里面有五千万个意识场，和我们人类一样的意识场，只是没有皮肤和骨骼——谁敢去杀掉他们呢？放心吧！"

"我们可是杀过不少。"任为说，"升级导致的那些不算，我们也还是亲自杀过不少。最近一次我们清除掉的那些部落，加起来有几万人，以前甚至还有几次十几万人的，人数少的次数就更多了。"他的神情有些木木呆呆的。

"你又来了！"吕青声音快了不少，有点着急，"不准再晕过去，你刚才答应了！跟你说过好多次了，那是以前的事情，有什么关系呢？你这个性子，真是要命！此一时彼一时，不要给自己扣莫须有的帽子好不好？用不着愧疚！用不着自责！如果都像你这样，我们卫生总署的人还活不活了？我们的政策无论怎么制定，总有些人由于某些政策原因成为被伤害的一批人，说不定哪次他们就死在什么病上了，因为医保费用不够！这种情况不是说可能有，而是说肯定有，肯定还不少。那可都是地球上的真人，我们还活不活了？"

"好，好，你放心，我不晕过去。"任为说。听着吕青大起来的声音，里面带着些严厉，反而让他觉得心脏舒服了一些，头脑好像也清醒了一点。

他叹了一口气，接着说："先不说这个。你刚才说，柳杨他们能够提取意识场。怎么提取呢？提取了以后呢？怎么存储？我应该用存储这个词吗？"

"对，这个才最重要。刚才那些理论其实柳杨也说不太清楚，有很多猜测的成分，不过在操作层面他做得很好。先说存储，他们发明了一个机器，叫意识机，专门存储意识场。我觉得就是一个微型量子计算机。你们云球的脑单元都能作为意识场的宿主，那么单独弄一个量子芯片产生出类似的脑单元作为意识场宿主，应该也是可以的吧？说不定柳杨是受了你们的启发呢！我是说真的，当然他不承认。我问过他，感觉真有可能，因为他是先发现你们云球人有意识场，之后才发明了意识机。"

"他早就发现云球人有意识场了？"任为问。

"怎么定义'早'？也就大半年的事情，突破都发生在这大半年以内。"吕青说。

"嗯。"任为回想着这大半年来和脑科学所打的交道。云球人类出现之后很久，地球所才开始和脑科学所打交道，总共一年出头的时间。开始打交道并不多，但后来越来越多。一度，脑科学所经常有人来地球所驻场工作几天，好像也带来过各种设备。任为或者其他同事都没有太在意。毕竟是他们找脑科学所帮忙，不是脑科学所自己找上门。他们还满怀感激来着。现在想想，应该就是在那时候，很多暗流涌动的事情已经发生了，只不过他们一无所知而已。

"他们怎么提取呢？怎么把意识场从大脑中……怎么说呢……提取……或者……弄到……意识机中？"任为问。

"他们叫迁移，迁移到意识机中。提取是前半部分，这是我的叫法，他们叫作解绑，把意识场和大脑解绑。后半部分叫绑定，把意识场和意识机的脑单元绑定。解绑加绑定，合起来叫迁移，这是他们用的语言。"吕青说，"你猜猜看，这个过程是什么样？"

"意识场和大脑有某种类似量子纠缠的链接，解绑意识场就是要打破这种链接——最直接的想法是某种电磁刺激。不过，什么样的电磁刺激能达成这种效果呢？"任为一边想着一边说，像是在自言自语，"唉，高维空间……玄学，看不到更抓不到它……探测器只是探测泄漏的能量……能怎么办呢？"他继续自言自语。

"除非，"任为好像想到了办法，接着说，"除非反过来想。你用的词——提取而不是解绑——很重要，提取，反过来是驱赶。他们有探测过，多大年龄的动物才有意识场吗？"

"不同的动物不一样，马那种生下来就会站着的动物，生下来就有意识场。人这种需要很长哺乳期的动物，两三岁才会有。"吕青说。

"人这种动物？哦……也对……嗯……云球人也是两三岁才变得不可捉摸。大脑要成熟到一定程度才会有意识场，换句话说，意识场对宿主有特定的要求——这是废话，一张桌子总不能成为意识场的宿主——"说到这里，他忽然有点怀疑，"不会有一天，发现桌子也有意识场吧？不，你说植物没有，海蜇、海绵、水母也没有。所以很确定，意识场对宿主有要求。那么，如果我们有办法让宿主的状态——就是让大脑的状态——不符合意识场的要求,意识场会不会自动离开?或者,意识场会死掉而不是离开?我不知道,但也许是个思路。"

"你真棒!"吕青眼睛里露出敬佩的眼神,"我老公厉害!柳杨不如你!你只需要几分钟,他却花了好几个月。"

"什么呀?"任为被捧得有些不好意思,"我说的思路对吗?"

"太对了!柳杨他们花了好久才想到。然后,他们开始用简单手段破坏大脑——比如砍头,可以杀死动物,但是不能解绑意识场。看起来,意识场是死掉了而不是离开了,他们做了很多实验都不行。后来,他们终于发现了诀窍。"吕青说。

"诀窍是什么?"任为问。

"猝死!"吕青说,"必须让大脑猝死。"

"猝死?"任为沉思着,"对啊!"他说,"很有逻辑。在大脑慢慢死去的过程中,可以想象,意识场的供能慢慢减少,意识场也会持续衰弱,最后死掉。但猝死,忽然断能,如果——我是说如果——意识场有一点点储能能力,那么它有机会发现危机,从而做出应激反应。就像温水煮青蛙,青蛙会死掉,把青蛙扔到沸水里,青蛙却会马上跳出来。"

"是这样。"吕青说,"大脑猝死,意识场就会离开大脑,不会死掉。"

"不过,这种猝死,"任为还在持续地思考,"应该不是那么容易。一般来说,人们理解的猝死,对于大脑来讲并非猝死。大脑会缺血,但还是会活一会儿。不是有传说,被刽子手砍头的人,脑袋滚下断头台以后,眼睛还能眨一眨吗?所以,他们用简单手段杀死动物肯定是不行的。"

"对,你说得太对了。"吕青说,充满了钦佩的口气,甚至伸出了大拇指表示赞赏,"和柳杨说的一样。所以,他们采用了瞬间深冻的方法。十毫秒之内,全脑深冻到零下两百度。不是砍头这么粗暴,效果却比砍头干脆得多,大脑瞬间就不工作了,然后意识场就离开了。"

"大脑传递热量需要时间,十毫秒,不容易啊!"任为说。

"他们先通过外科手术,在大脑中植入了大量纳米管。"吕青说。

"够复杂的。"任为说。

"复杂是小问题,有其他更严重的问题,这意味着大脑被破坏了。意识场没有被破坏而是离开了,但大脑被彻底破坏了。"吕青说。

"更严重的问题?"任为有些疑惑,"有什么关系吗?"想了想又补了一句:"很残忍,最好能人道一点。"

"人道?从人道主义角度已经很好了。"吕青说,"有什么死法能够这么快、这么没有痛苦?问题不在于是否人道,问题在于意识场离开之后,宿主死掉了,将来意识场就不可能再回来。"

"啊?"任为有点吃惊:"他们还打算让意识场回来?"

"当然了,"吕青说,"总是可以有梦想的嘛!"

"那……梦想实现了吗?"任为问,"找到更好的方法了?"

"实现了,找到了更好的方法。最终他们还是采用了一种电磁刺激,这种电磁刺激并不是针对意识场和大脑的链接,而是直接针对大脑,让大脑猝死。用来刺激的电磁波是一种非常特殊的波形,根据脑电波计算出来,他们叫作猝死刺激。猝死刺激起到的作用和普通电击不同,强度并不足以伤害大脑。它基于特定的频率和相位,和大脑产生某种谐振,导致全脑细胞瞬间麻痹。注意啊!脑细胞并没有死掉,只是瞬间麻痹,很快就恢复了。所以不是真的猝死,是假的猝死。虽然是假死,对意识场来讲却是瞬间失能了。很明显,意识场无法分清楚那些脑细胞是假猝死还是真猝死。其实稍等一会儿,什么事情都没有了,但它没有等,立刻离开大脑了。"吕青说。

"嗯,记得咱们上大学的时候,有一次有个小地震。西北一楼二层的一个男生,听到有人喊地震,立刻从窗户跳了出去,结果腿摔断了。别人的反应没那么快,只是待在那里。结果震了一小下,然后就结束了,什么都没发生。"任为说。

"是啊!记得。"吕青笑了起来,"就是这么回事。"

"那意识场也够傻的。"任为说。

"这不是它擅长的部分吧!"吕青说。

"这么说,大脑没有受损害,以后还可以把意识场迁移回来?迁移,这词用得对吗?"

"对，迁移。只要是假猝死，以后就可以把意识场迁移回来。"吕青说。

"这会儿——我是说意识场离开之后，剩下的就是空体了，对吧？和KillKiller的病人一样的空体？"任为问。

"对，是的。不过脑科学所保存空体的技术没么好，只能保存几天。所以，如果需要意识场迁移回来，几天之内必须完成。这倒也不是什么问题，和KillKiller合作的话，理论上说几年以后迁移回来也可以。"吕青说。

"这个……"任为低头想了想，"我有点问题。嗯……先不说这个……先说……现在意识场离开大脑了，解绑完成了，那意识场是什么状态？又怎么……绑定，对……绑定到意识机上呢？"

"柳杨说，需要对意识机实施诱导刺激。"吕青回答，"和猝死刺激根据脑电波计算出来类似，诱导刺激可以根据意识波计算出来。如果大脑和意识机的空间距离足够近，而意识机被实施了诱导刺激，意识场就能迁移过去。迁移的过程中，柳杨认为，意识场可以有一小段时间处于没有宿主的状态，像人可以憋一会儿气一样，但时间很短，几十毫秒吧。在这个很短的时间里，意识场会搜索附近的合适宿主。所以，在大脑和意识机空间距离足够近的情况下，意识机作为新宿主会被搜索到。"

"附近的合适宿主？如果有另外一个大脑呢？"任为问。

"理论上也可以。把意识场从意识机迁移回原来的大脑，或者说，迁移回空体，就是绑定一个大脑的过程。所以，所谓迁移，不一定是大脑到意识机，也可以是意识机到大脑、意识机到意识机或者大脑到大脑。都可以，实验都成功了。"吕青说。

"那……"任为有些迟疑，"旁边有别人的话，不会随机进入别人的大脑吗？"

"如果是空体的大脑就有可能，如果是没有解绑意识场的正常大脑就不行。"吕青说，"对不是空体的正常大脑也实验了很多次，全都失败了。看来一个大脑只能承载一个意识场，不同意识场互相之间的排斥性很强。意识场只会进入空体，符合条件的空体。不是空体不行，当然桌子也不行，板凳也不行，意识场很挑剔。但柳杨也提到，也许——只是说不能完全排除——会出现这样的情形,一个宿主大脑中有两个意识场。他认为,某些多重人格的病人就是这样的情形,倒不一定是有别人的意识场进入大脑,也可能是大脑本身由于某种原因产生了两个独立的意识场。"

"也许能够帮助治疗那些多重人格病人。"任为说。

"也许,不过柳杨还没有进行这方面的研究。"吕青说。

"那个新宿主,一定要接受诱导刺激吗?"任为问。

"不一定,但最好这样做,否则成功率很低。"吕青说。

"为什么?"任为问。

"不清楚。"吕青回答,"柳杨认为诱导刺激就像路牌,如果没有路牌,也许能找到目标,也许不能,迷路机会很大。而且寿命很短的话,意味着用来找路的时间很短。所以,迷路了还能及时找到路,在仍然活着的时候到达目标,机会就很小了。"

"嗯,听上去有道理,诱导刺激根据意识波计算得出,也许可以和意识场发生某种谐振,像猝死刺激和大脑发生谐振一样。"任为说。

"是的,这些东西,柳杨还在研究中。"吕青说。

"嗯,"任为应了一声,接着问:"他们怎么证明意识机储存了意识场呢?"

"很简单啊!刚才不是说了嘛,他们可以把意识机储存的意识场迁移回原来的空体。那个动物……怎么说呢……活蹦乱跳,和这一通操作之前看起来没什么不同。身体很健康,至于脑子,虽然不知道那些动物在想什么,但无论是医学检查还是行为观察都没有什么异常,以前的习惯和技能也都在。更有力的证明是,通过这样的一系列操作,他们甚至可以把动物A的意识场迁移到动物B的空体里,把动物B的意识场迁移到动物A的空体里。实验证明,它们的身体都很健康,而大脑确实像是互换了。习惯和技能互换了,自我认知互换了。举个例子,它们睡觉的时候,自己主动换了窝。"吕青说。

"嗯,我明白了。我的意思是,意识场在意识机中的时候,是什么状态呢?"任为问。

"嗯,你还是关心你的云球。"吕青说,看着任为,有点紧张,好像仍旧害怕他晕过去。

"柳杨的意识机很简单，没有什么功能，只是为了储存意识场使用。意识场在意识机中待着的时候，看起来并不工作，能够检测到很微弱的意识波，供能通道建立了，电池作用发挥了，但信息通道似乎并没有建立，从意识机中只能获得一些杂乱的信号。"她接着说，"很明显，你们的云球厉害多了。"

"往回迁移的时候，意识机到大脑，从意识机中解绑意识场，是不是断电就可以？不需要进行猝死刺激吧？"任为问。

"是的。"吕青说。

"就是说我们云球升级的时候，那些量子计算机中的意识场，断电以后还存活了一会儿。"任为说。

"又想你的云球。"吕青说，"跟你说这个，搞得我也很紧张了。"

"他们一定恨死我们了。"任为说，没有理吕青的话。

"恨你们？"吕青说，"不会的。他们不知道你们的存在，他们的感官都在云球系统中，都是你们虚拟出来的感受，他们不会恨你们。"

"我知道，我知道，我只是……唉……不说这个了。"任为从云球的思维中转回来，又接着问问题："意识场会衰老吗？"

他没有要晕过去的迹象，吕青放心了一些。

"在人体中显然会啊！"吕青回答，"躯体出问题造成的意识场死亡不用说了，即使躯体不死亡，躯体的衰老还是明显导致了意识场的衰老和死亡。KillKiller的存在不就证明了这一点吗？至于在意识机中，情况也不乐观，但目前还不确定。只能说，从意识波来看，确实有逐渐衰弱的迹象。不过也可能是随机事件，或者有其他原因，柳杨没有结论。他们没有足够的时间进行观察和研究，毕竟这件事的突破从头到尾只有几个月的时间。"

"哦……这样，"任为说，"我刚才就想问的一个问题。假如，我是说假如，意识场在意识机中不衰老，而空体可以被KillKiller保存很多年，然后还可以把意识场从意识机中迁移回空体中，这是不是某种长生不老呢？"

"哦……不行吧！先不说意识场是否衰老，KillKiller只是保存了那些衰老的空体，最多是控制衰老，并不能返老还童。"吕青说。

"如果是年轻的时候就把意识场解绑，把空体交给 KillKiller 保存呢？"任为问。

"这个——"吕青盯着任为，"这是个好问题。"

"再说，你提到过，KillKiller 甚至能够让细胞增殖，你怎么确定这不是返老还童的过程呢？"任为问。

吕青低头想了想，"我不能确定。但是，那些细胞增殖是在外部刺激下的增殖，并非在大脑协调下的有序生长，应该有很大问题。所以，KillKiller 反倒要想办法控制这种增殖。事实上，并没有看到哪个 KillKiller 的病人身体越来越年轻——气色不错，也就如此而已。你可以这么想象，还是用司令官的例子来说，征兵是一个统一协调的有序过程，不是任意一个士兵随便把表兄弟拉来就当兵了，或者随便生个孩子就当兵了。那是肿瘤，不是生长。"

她沉默了一下，接着说："不过也不好说。大老板虽然不在了，司令官却还活着。征兵这种事是正常的运营，需要大老板参与吗？你的问题是有可能性的。但至少今天，按照我对 KillKiller 的了解，他们的技术还不能在大老板缺席的情况下，让司令官独立承担起征兵的责任。司令官也已经很老了。目前来讲，那些细胞增殖只是士兵们私下里生了些孩子，是在外部刺激下非法生的孩子。KillKiller 认为，总体上有坏处，是一种肿瘤，必须控制这个过程。"

她还是有些担心，又说："看来，柳杨打开了潘多拉的盒子。"

"可能里面还有很多小盒子。"任为说，"机器人呢？他说我们的云球人有意识场，那还有那么多机器人呢？"

"他说，产生意识场需要有足够的计算强度，机器人不行。"吕青回答。

"机器人的计算强度不够？"任为有点疑问，"大多数机器人是专用机器人，功能单一，可能计算强度不够。但是，也有全仿真机器人啊！那些机器人和云球人差别也不大。"任为问。

"柳杨说不行。他检测不到任何机器人的意识场，他检测过。"吕青说。

"好吧。"任为还是觉得有点奇怪,全仿真机器人虽然比云球人差一些,但应该也算很好了。

"柳杨的确打开了一些盒子,可对你不是坏事。"过了一会儿,吕青说。

"为什么?"任为问。

"以前是你们找柳杨帮忙,他爱理不理,以后他要找你们了。"吕青说。

"为什么?"任为又问。

"动物实验做了那么多,轮到人了。可他们不能随便用真人做实验。据说,他们已经申请过几次用真人做实验,都被卫生总署严词拒绝了。说是临床试验,但谁都看得出来,这和普通药物的临床试验完全不同。这个申请流程不归我们部门管,而且他们这件事涉密级别高,我之前不知道。这次他们是再次申请人体临床试验。本来申请多少次都不会行,人体实验没法做。不过这次部长想到了我们,所以我们才有机会逼着柳杨认真讨论我们的事。否则,柳杨那个人会这么容易帮助别人想问题吗?"吕青说。

"人体临床试验?这次怎么答复?要批准吗?"任为问,顿了一下,又问:"为了节省医保费用,和他做个交易吗?"

"交易?没有。"吕青说,"开始,我们没有答复,我们要先讨论我们的问题。"

"他不会吃亏,最后还是要答复。"任为说。

"最后答复了,用云球人。"吕青说,紧张地看着任为,但话没有停,"其实,我开始就想到了,我觉得挺好。还有比云球人更合适的吗?"

有点突然。

"什么?"果然,任为一下子急了,"可云球人也是人啊——按照他的理论,还有你的理论。你……你们不能这样!"

"别生气,别生气。"吕青赶快说,又伸出手摇了摇任为的肩膀。

"云球人现在还不是人,好不好?"她的语气很紧张,又想尽量听起来轻松,"你着什么急?法律还没说什么呢!还有个时间窗口,好好想想在这个时间窗口能做点什么,这更重要。千万别把时间浪费了,真等云球人是人了,也就真的结束了,什么都做不了了。再说,你们云球藏着多少秘密啊!

确实需要研究，也值得研究，不是吗？就像你刚才提的那些问题，为什么云球人有意识场，而机器人没有？为什么云球人的脑单元可以和意识场建立信息通道，而意识机却不可以？你不想知道答案吗？"

看来，任明明的事情是小事一桩，任为已经把它忘记了。

09 柳 杨

果然，柳杨很快找上门来。

现在整个地球所都处于焦头烂额的状态。任为一天天心不在焉；孙斐一天天火气满满；卢小雷一天天阴阴沉沉，大会小会唠叨着用 ASSI 进行实时体验的事情；就张琦还算正常，不厌其烦地告诉卢小雷，别着急，再等等。

这会儿不是脑科学所对地球所爱答不理，而是地球所对脑科学所爱答不理了。大家不明白，脑科学所派来这么一大帮子人，到底想干什么？说是要帮他们研究云球演化停滞的原因，但说不通啊！怎么会突然之间，毫无缘由地一百八十度大转弯呢？

任为知道原因，同意了脑科学所的所有要求。他想，应该很快，大家就能明白是怎么回事，意识场解密的日子估计没多久了。这件事想起来真有点复杂，他很聪明却不在这些方面，加上脑子一团混乱，所以，同意是同意了，但也谈不上有多积极。

"你们的事情，吕青跟我说了一些。"在办公室里，任为对柳杨说。

"现在解密了吗？我怎么不知道。"柳杨东张西望地观察着任为的办公室。这间办公室很简洁,除了办公家具和两盆发财树以外,没有什么其他东西。柳杨并不是第一次来,来过很多次,但看起来像是来了一个从未来过的地方——他皱着眉头,不停地摇头晃脑,看看这里,看看那里,仿佛处处都很奇怪,唯一他一眼都不看的对象,反而是和他说话的任为。

任为觉得很烦躁,这是面对柳杨常有的情绪。

柳杨长得就不像个好人。瘦削的脸庞白得可怕,几乎没有鼻子,两只眼睛很大,眼珠子是深灰色,眼白也是灰蒙蒙的,不仔细看很难分辨出两者的边界。他总是喜欢东张西望,要不然就是阴森森地盯着你。如果发现他盯着你,你得知道,多半他心里正琢磨着什么不可见人的东西,下一步就是让你难堪和愤怒。所以,当他东张西望的时候,你还相对安全——想到这点,任为觉得平静了一些。

"不是马上要解密了吗?"任为说。

"也许吧,"柳杨说,"但我不知道,原来马上要解密的时候就已经可以到处乱讲了。"

"我没有到处乱讲。"任为有点火气,"好好说话,行吗?"他说。

"我在好好说话。吕青告诉了你,不就是到处乱讲吗?"柳杨说。

任为说不出话来,使劲哼了一声。

"你在到处看什么呢?"过了一会儿,任为问。

"没看什么。你这里有什么好看的吗?"柳杨说,说着话依然东张西望,看着他可能已经看了几百遍的四周。

"好吧。"任为无可奈何,"我想问问你,你们跑到我们这里,研究目的究竟是什么?"

"你不是知道了吗?吕青不是告诉你了吗?"柳杨说。

"她就告诉了我一点点背景而已!她怎么会知道你们的计划呢?"任为说。

"我不知道她知道不知道,这你要问她。"柳杨说。

"好吧——好好说话。"任为使劲压抑着烦躁,"你不是要我配合吗?我们好好配合,行吗?"

"好好配合？配合得很好啊！再说了，不是你要不要好好配合的问题，是你必须好好配合。"柳杨撇撇嘴，很不以为然的样子。

任为火了，使劲地往椅子背上一靠，椅子发出腾的一声响。他顺手把手中的一支笔扔到了桌子上，又发出连续两三下清脆的碰撞声。

这时，柳杨忽然停止了东张西望，扭过头来盯着任为。那双眼睛很深邃……权且这么说吧……看着灰蒙蒙的，里面透着死水深潭般的森森寒气。

任为不知怎么，浑身一凉，刚刚的火气好像被深潭里舀出的一盆冰水兜头浇灭了。

"任所长，"柳杨的语调变得很慢，"我不是来找你配合我，我是来挽救你。"

"挽救？"任为觉得后脖梗子发凉，后背则渗出了一些汗水，"挽救什么？"他问。

"哈哈……"柳杨大笑了两声，"你慢慢自己想吧。"他迅速恢复了冷冰冰的语气。

"云球吗？演化停滞吗？这是资源问题，我们自己可以解决。你知道，最近我们有一些收入——社会化的收入，已经按照你的建议开始扩容了，应该会有效果。"任为说。

"云球？演化停滞？"柳杨说，"我才不关心什么演化停滞——你们挣钱的事情我倒是听说了。不错啊！作为科学家，你脑袋还是蛮灵活的嘛！"

"我们没挣到多少钱，别嘲笑我们了。"任为说。

"收视率太低，没广告商？那还不容易，让观众用ASSI直接进去看啊！"柳杨说。

"这怎么行？这是严谨的科学实验。难道你会把你的实验室开放让老百姓进去看吗？"任为又不高兴了，"把实验内容的一部分公开是一回事，把实验室开放让人看着做实验是另一回事。"

"严谨的科学实验？"柳杨死死地盯着他，"不，这不是科学实验。"

"什么？"当任为的恼火碰到柳杨的目光时，总像是碰到了一面不可逾越的墙，"你什么意思？"他问。

"这就是我要挽救你的地方。"柳杨说,"这不是科学实验,这是生活。"

任为还是一阵阵地觉得冷,腿都不自觉地抖了起来。好在办公桌阻挡了坐在对面的柳杨的视线,否则他一定会毫不留情地嘲笑。

他没有接话。

"你明白我在说什么,"柳杨说,"我知道你明白。你不但明白,而且已经被吓得六神无主了。怎么样?有一段时间睡不着觉了吧?你创造了一个世界,你是上帝,创造了一个世界。然后,你对这个世界犯下了无数罪行,就像上帝杀掉了所有埃及人的长子——这一切就快要大白于天下了。哈哈……哈哈哈……"他大笑起来。

"他们只是虚拟人,不是人。"任为解释着,但自己都觉得这解释苍白无力,"他们甚至不如机器人。机器人至少有个躯壳,有自己的脑袋,有自己的手和脚,而他们仅仅活在量子计算机里,是个影子……影子而已。"

"脑袋?手?脚?是说你们家的露西吗?她只会做饭打扫卫生……还不怎么好。知道我怎么知道的吗?因为我家里有同款机器人,琳达买的,买的时候还咨询过你们家吕青。"他忽然停住话头,收起阴森的目光,取而代之的是眼中满满的悲伤,然后眼泪居然流了下来,低声嘟囔起来,"哦……哦……我可怜的琳达!"

任为大概知道柳杨和琳达出车祸的过程。琳达当场就去世了,柳杨自己也受了重伤,不过现在恢复得很好。当时,柳杨和琳达去看电影,回来的时候是半夜,路上没什么人,自动驾驶汽车莫名其妙地撞到了公路隔离栏上起火燃烧,事故地点离脑科学所很近。

琳达就这样离去了。自动驾驶汽车厂商没有找到原因,赔了柳杨一大笔钱。但是,柳杨拒绝任何赔偿,而是坚决要求厂商召回所有同款自动驾驶汽车。这件事现在还没完。据说,迫于公众压力,厂商已经准备召回了。

说起这件事,柳杨很可怜,谁都知道他和琳达感情很好。

柳杨在面对任为时表现很奇怪,却并非针对任为,而是一向这样,所以同事、下属、领导都不喜欢他,基本上没什么朋友。

不过柳杨是个天才,天才就像金子,迟早总会发光——不仅在事业上,在爱情上也一样。

打光棍很多年之后，一个小柳杨二十多岁的美女，就是琳达，爱上了柳杨并且嫁给了他。他们爱情故事的细节没人知道，但大家都看得到，柳杨在琳达面前是个正常人，不是一贯奇怪的柳杨，是一个普普通通的正常人，一个深爱着妻子的正常人。

现在，琳达去世了，柳杨又重回孤独。也许因此，他的性格更加怪僻了？任为没有答案。但无论如何，只要提到琳达，任为就总觉得柳杨的一切都值得宽容。

任为不知道该怎么去安慰柳杨，不过不用多想，柳杨已经恢复常态了——不知道算不算恢复常态，至少不流眼泪了，还离开椅子站了起来，咆哮着："是啊！脑袋、手、脚，还有嘴巴、鼻子、眼睛、脚趾头、手指甲、头发梢，太多了，这就是人！精神呢？意识呢？灵魂呢？谁告诉我，什么是人？什么是我？什么是你？"

他看上去像是疯了，在屋子里绕着圈子走来走去。屋子并不大，他绕的圈子很小，中间怕是连两个人都站不下。他就这样急促地绕着圈，咆哮着——忽然，话题又扯到任为身上。

"任为，你完蛋了，你知道吗？你完蛋了！你的云球人都是人，因为他们拥有人的精神，拥有人的意识，拥有人的灵魂！知道吗？意识！意识！意识！老子发现了意识！我是最伟大的科学家。什么牛顿，什么爱因斯坦，都是垃圾。我才是最伟大的，我发现了意识，我解答了终极的哲学问题。我是谁？你是谁？谁是我？谁是你？意识，知道吗？意识，这才是关键。手和脚不是问题，砍掉你的手，你还是你。但是，杀了你的意识，你就是一堆肉。和我们家门口超市里卖的猪肉、羊肉、牛肉、鱼肉或者蝎子肉、蚂蚁肉没区别。可以把你剁了放在货架上，两百块钱一公斤，随便买，放在保鲜袋里带回家。然后放到锅里，加上水，加上盐，琳达还会放上很多老抽——哦，我的琳达，"他好像又流了几滴眼泪，"我的琳达。她知道我爱吃炖排骨，放了很多老抽的炖排骨。"

他沉默了下来，慢慢停住脚步，坐回椅子上。

任为愣愣地看着柳杨。真是个疯子，任为想。但这样想没有用，他依旧觉得身体一阵阵发冷，双腿不停地抖着。

"知道吗？意识！吕青跟你说过了吧？意识场，这才是关键。你的云球人有意识场。因为你们的量子计算机集群性能强大，你们的演化策略非常成功，云球人大脑的计算强度超过了柳杨阈值。知道吗？柳杨阈值，以我名字命名的生物学参数，同时也是物理学参数。云球人大脑的计算强度超过了柳杨阈值，所以，他们发展出了意识场。他们和人一样，不需要手和脚。虽然那也很重要——不，那不重要，不重要，重要的是意识场。你因为有你的意识场才是你，我因为有我的意识场才是我。露西不同，自动驾驶汽车也不同。我的那辆自动驾驶汽车，撞死琳达的汽车，叫卡珊德拉——这是他妈的什么名字？卡珊德拉，听着就不吉利，我怎么没想到呢？出事故了，怪我——可你知道吗？那是最高级的自动驾驶汽车。卡珊德拉比露西复杂多了，却还是不够复杂，计算强度没有超越柳杨阈值。它们都一样，产生不出意识场，无论多么逼真，无论使用了什么高级技术，都没有用。对了，你女儿，叫什么来着？任明明，对，任明明，你怎么给女儿起这么个名字？"柳杨使劲皱着眉，仿佛很难忍受这个名字，"明明，好吧，明明。我见过她，红色爆炸头是吗？鼻环，还有鼻环！有性格！还是那样吗？她不是做仿真皮肤的吗？那些仿真皮肤，温温润润，内置了比人类触觉细胞更灵敏的触觉传感器，甚至还有汗毛——明明没提过吗？机器人不需要出汗，他妈的他们还让仿真皮肤出汗。然后，把仿真皮肤铺在机器人的躯壳上——摸起来好极了，分不出来是真人皮肤还是仿真皮肤，还会出汗，黏黏糊糊，让人兴奋，对不对？那些ASR性爱机器人，比真人做爱还要好——但没用，计算强度不够，达不到柳杨阈值，没用。总之，任为，你完蛋了，只有你的虚拟人——没手没脚没有仿真皮肤的虚拟人——达到了柳杨阈值，他们才是人。"

"可是，不也有功能完备的全仿真机器人吗？"任为很艰难地插了一句话。

"全仿真机器人？"柳杨愣了一下，"是的，全仿真机器人。也许未来某一天，全仿真机器人会产生意识场。可是，知道吗？全仿真机器人经常升级。那些公司总能研发出新功能，他们两个月就升一次级。而且技术不成熟，总有Bug，总要维修——没有时间，全仿真机器人没有足够的时间。产生意识场需要时间，它们的计算强度不够，时间也不够。谁知道呢？也许意识场产生了，却在升级的时候被杀死了。或者它们根本不会产生意识场，它们不是脑单元那种结构，计算强度不够。我不知道。我们买了一百多个全仿真机器人，没有发现意识场。他们太年轻了，刚出厂。我们还在养着，希望能把意识场养出来。那些机器人人权组织成天叫嚣，叫嚣什么呢？今天的机器人没有意识，就是机器，不是人。还有那些狗娘养的机器人厂家，天天过来说要升级，还说免费。我不要升级，我不要升级，我不要升级。怎么他妈的听不懂呢？这是骚扰知道吗？这是杀人知道吗？还升级，这帮笨蛋。我养着他们，谁会养着他们？只有我。这帮愚蠢的用户，只知道追踪新型号。知道全仿真机器人平均的更新期是多长时间吗？两年，只有两年，老型号就淘汰了。但是，它们脑子里那个小小的微量子计算机，怎么着也得五年……或者……十年……才会产生意识场，如果能够产生的话。"他疑问地摇摇头，"我不知道。反正两年来不及，一定来不及——难道我要养它们十年？那时候就都是老古董了，收破烂的人也会骚扰我，让我把这些古董机器人卖给他们——可这些破机器人还不如一个写字台值钱。你这个写字台就很高级嘛！不错，不错……收破烂的人回收旧机器人给的钱，还买不了你这个写字台的一条腿。知道回收以后怎么办吗？拆掉！拆掉！拆掉！"他又站起来，用手撑着桌面，隔着办公桌把头伸到任为头前，重重地说，好像害怕任为听不懂。

任为下意识地向后躲了一下。

"拆掉！拆成芯片、电线、骨架、金属壳、仿真皮肤、纳米纤维，还有机械手和机械脚。"柳杨接着咆哮，"意识场呢？走了，飞了，死了，反正不在了。杀人犯，都是杀人犯。你也是，你杀的最多。你一个部落一个部落地杀人。还把杀人的资料送给我，让我看，让我分析这个分析那个。知道我分析出什么了吗？我分析出你在杀人，分析出你在向我炫耀，炫耀你杀人有多么厉害！"

"我不是炫耀。"任为感觉自己一身汗。

"也许吧!"柳杨的声音忽然低沉下来,"谁不杀人呢?"

他愣了一会儿,看着刚才任为扔到桌子上的那支笔。

那是一支智能笔,可以像普通钢笔一样写字。但更重要的功能是,写字的同时能够把内容上传到指定的网络服务器,并且将内容实时翻译成多种语言版本,出现书写错误时会报警——不仅是错别字,也包括语法错误,甚至包括各学科的专业知识错误。智能笔里有处理器,虽不是完整的量子计算机,却也包含一个小小的量子芯片。

"谁知道呢?"低头对着那支笔,柳杨接着说,"这支笔,如果给它一千年,会不会产生意识场?不,时间不能解决所有问题。它单位时间的计算强度不够。我一定对吗?伟大的科学家也会犯错,对不对?我还没完全搞明白。我不知道,但也有可能。你觉得这支笔太旧了,有划痕了,你扔了。它躺在垃圾桶里,电池慢慢消耗……一个没有人知道的肮脏角落,旁边是喝空的咖啡杯、吃剩的苹果核、只有鱼刺的红烧鱼……一起待着……然后,某个时刻,电池终于没电了,一个意识场的孕育过程就这样完结了。一个胎儿,你让它流产了。流产违法吗?好像在有些国家违法。前两天哪里还有游行,是反对堕胎还是支持堕胎来着——总之,这支笔被堕胎了,被你堕胎了。"

这段话反而让任为好受了些。

"好吧,机器人还没有自主产生的意识场——但听上去,你可以把人的意识场迁移到机器人身上。"任为说。

"不,不行。"柳杨说,"现在还不行。"他忽然有点沮丧。

"你的意识机……不就是个没有四肢的简化版机器人吗?"任为问。

"是的。但是,意识场只是待在那里,没有完全结合,或者说,没有工作。"柳杨说。

他似乎陷入了沉思,头转向一侧,看着墙面——这会儿他看起来挺平静,算是不多见的情形。

"我认为那是因为意识机从来没有产生过意识。"他喃喃地说,"自主产生意识场,和作为其他意识场的宿主进行工作,其实需要相同的条件。意识机只是一个放了珠宝的盒子，珠宝放在里面，但盒子仍旧只是盒子。"

"那你确定我们的云球人有意识场吗？"任为问道。

"当然，我们之前已经检测过了。我们带了加湿器……说是加湿器，其实是意识探测仪。哈哈哈……你见过……见过……那么大的加湿器吗？再说，我们带加湿器干吗？"柳杨又激动起来，头扭过来，兴奋地看着任为。

任为想起来，那天问吕青，柳杨是否确定云球人有意识场，吕青说柳杨很确认，但又支支吾吾，原来是这样——现在只有自己和柳杨两个人，他一激动就说实话了。不过这有什么关系呢？尤其是，如果这件事是柳杨做出来的。

"而且我们已经计算过了，你们云球的计算强度远远超过柳杨阈值。每一个脑单元的计算强度都超过了柳杨阈值。不是明摆着吗？云球人的表现和真人有区别吗？"柳杨继续嚷嚷着。

"哦……还是……有一些区别。"柳杨并不是真的提问，但任为插话回答了他，"你看，他们演化停滞了，人类的演化可走到了今天。再说，好像据你们的人讲，那是专用的计算设备，不是加湿器。"

"什么？他妈的！我让他们说是加湿器！为什么不听我的？这帮混蛋！混蛋！好吧，我要整死他们。这帮混蛋，早就该整死他们——但这不关你的事。你说什么来着？这个……对……"柳杨的激动继续升级，双手不再撑着桌子，开始在空中挥舞，"演化停滞。我同意你的看法，需要扩容。不能升级，只能扩容。原因在于资源，这点你是对的。或者，如果你很穷，没钱扩容，也可以想办法帮帮他们。"

"帮帮他们？怎么帮？"任为问。

"我不知道，那是你的问题。"柳杨说，"但不能再通过杀人的方法了。我很快会证明，你们之前是在杀人。不过你放心，我不会告诉别人，你放心。"

他的手不再挥舞，重新撑住桌子，头略微前伸下探，就快要碰到任为的头了。他把声音放得很低，好像在讨论什么阴谋。

"这是我们之间的秘密。当然，如果真的能保守住这个秘密的话。哈哈哈……"他又笑了，那种幸灾乐祸的笑，像是算准了这个秘密不可能保守住。

"你连开放实验室让大家参观都不敢，那么进到实验室里动手动脚，你就更不敢了。"他接着说。

"实验室不就是用来动手动脚的吗？你在说什么？"任为说。

"哦。"柳杨愣了愣，似乎发觉自己说得不太对，"我是说，到实验品里面去。告诉你，我很有信心，不但能证明云球人是人，还会有办法让人——真人——进入云球。我是说真的进入，和云球人说话，和云球人做爱，而不是用SSI把影像导出然后参观。"

"啊？"任为惊了一下，愣愣地思考着。

柳杨的眼中少见地出现了鼓励的目光，热切地看着他。

"你是说……"任为有些迟疑，"你是说……把人的意识场迁移到云球人身上去？"

"是啊！我已经把人的意识场迁移到意识机上去了，为什么不迁移到云球人身上去呢？"柳杨说，显得很得意。

"你已经把人的意识场迁移到意识机上去了？"任为吃了一惊，"你做过人体实验了？"

"啊——"柳杨似乎也吃了一惊，"没有，没有，当然没有。我是说如果有那么一天的话。你知道，一定会有那么一天，一定会有的。"

"好吧，就算有那么一天，可你没法让意识场和意识机进行互动，意识机只能保存意识场。"任为说。

"是的。但云球不同！我不是说了嘛，产生意识场和作为意识场的宿主是一回事，需要同样的能力。意识机不行，云球可以。云球的能力比意识机强太多了！"柳杨说。

"这个……这……可以吗？你是认真的吗？"任为有点慌。

"我一贯是个认真的人，不是吗？"柳杨盯着任为，"我们检测过，你的机房里满是意识场，在四维或者五维或者他妈的什么维度的空间。这是我要研究的一个问题。一个伟大的科学家要研究的问题很多，这只是一个小问题。意识机用了和你们云球同款的量子芯片，可你们的算法……哦……

哦……不说这个……不说这个,我暂时……只是暂时……不知道怎么让意识场启动。我不知道怎么让意识机成为一个人,像云球人那样的人。需要一个环境,是的,需要一个环境,我不知道怎么塑造这个环境。这是暂时的,这是我要研究的另一个问题,一个小问题,很小。"说着话,他用右手拇指和食指比画了一个很小的距离,接着说,"你这里有一个环境,一个现成的环境,你们很偶然地制造了一个环境——你们像傻子一样,但是运气不错!"

任为听明白了,他的确有求于自己。不过又怎么样呢?他的样子更像自己有求于他。

任为说:"好吧,但我不想干预云球。像你说的,我不想在实验品里动手动脚,那就改变了我们观察自然演化的初衷。"

"那你等死吧!"柳杨说。

"我们在讨论云球演化的问题,我怎么就等死了?"任为说,有点不高兴,"最多我们想办法多挣些钱。我甚至可以同意让大家参观一下实验室。不就是需要挣钱吗?有钱、有资源的话,我相信演化停滞问题一定会解决。"

"我才不管这个。刚才我说过了,我才不关心什么演化停滞……停滞好了,只要有意识场,对我来讲就足够了。你面临的是群体的社会学问题,我解决的是个体的生物学问题。刚才说的这些,只是我好心给你出主意,你爱听不听。不过,你等死的事情可不是这件事情。我是说,你真的等死吧!你杀了那么多人,总有一天,会有人权组织来把你干掉,或者会有警察来把你抓走。"柳杨说着,露出微笑,仿佛看到了几个手持冲锋枪的蒙面人,冲进来对着任为扫射——而他为此感到高兴,甚至忍不住越笑越开心。

"这和我们谈的事情有什么关系?"任为问,他被柳杨搞得头昏脑涨,几乎失去了思考能力。

柳杨收起笑容,说:"我可以救你。我们是朋友,对不对?我们是朋友,对,朋友要互相帮助。等我成功了,我把你送到云球去做个云球人,你就能逃脱制裁了!在这个世界很难逃亡,因为生物学痕迹会被追踪。追踪技术很发达,很快会被抓回来。可是意识场只有我能追踪,人权组织或者警察追踪不了。你到了云球,谁也不知道你是谁,你就安全了。哈哈哈……"

他哈哈大笑，又忽然顿住，说："不过我知道你是谁，我还是能干掉你或者抓住你，交给人权组织或者警察……倒是挺有意思……"他抬头凝视着什么，眼睛微眯着，嘴巴半张着，仿佛正在体会着那种快感，但他凝视的方向空空如也，只有一个洁白的墙角。

"你疯了！"任为腾地站了起来，"你……你……"他用手指着柳杨，"你真是个疯子。"

10 贴心的迈克

周日的早晨，任为昏昏沉沉地醒来。吕青还在酣睡。他从床上爬起来上了厕所，又回床上靠着床头坐了一会儿。一夜的噩梦让他的心脏怦怦乱跳，不过记不起具体都是些什么内容。他感觉再也睡不着了，就起了床，洗漱了一下，穿好衣服，出门去买早点。这会儿其实已经不早，快要九点了。周末的时候，他们起床通常比较晚，时间不一定，所以一般不让露西做早饭。

今天任明明回来吃午饭，这不容易。吕青说要多做两个菜，任为就想着，顺手把菜买了再买早点。

他在菜市场晃晃悠悠，周围一半是人，一半是机器人。现代社会到处充斥着高科技，但菜市场的嘈杂声音里依旧弥漫着油盐酱醋，偶尔夹杂一些家长里短，所有讨论只关乎生活，不关乎生命，任为觉得很放松——这可能也是什么东西都能被快递送到家里的情况下，菜市场依旧存在的原因之一。

回家后，和吕青吃完早饭就快十一点了，吕青和露西开始准备女儿回家的午饭。任为感觉很疲惫，坐在沙发上居然又睡着了，直到开门的声音把他吵醒，他看到任明明和一个小伙子走进家门。

这时候，餐厅饭桌上已经摆了一些做好的菜，从任为的视角可以看到一盘肉末茄子。

小伙子长得很精致——任为很奇怪，自己怎么会想起"精致"这个词，尤其是看到一个小伙子的时候，但这个词确实很贴切。小伙子的脸庞就像雕塑，大大的眼睛，浓密的眉毛，挺拔的鼻梁，细腻紧致的皮肤……黑色头发是一个左偏分发型，非常普通却干净整洁。不仅头部似乎经过了精密的计算，小伙子的身材也非常适中，不高不低，不胖不瘦，穿着很合体，深棕色夹克和浅灰色长裤，在衣服轮廓下依然能够让人感觉到充满力量的躯干和四肢。

小伙子的抢眼甚至掩盖了任为对亲生女儿的注意力。对小伙子产生瞬间的惊奇之后，任为才发现了女儿的变化——那就不是惊奇，而是惊诧了。

任明明的头发依旧是红色，但不再是爆炸头了，而是贴合着头部曲线像溪水一样流淌下来，流淌到肩膀的位置后淡淡地消失了——柔顺自然，像深山中的泉水一样清新。那个奇怪的鼻环也已经从挺拔秀丽的鼻子上消失，两侧鼻翼都光滑洁净，没有任何曾经带过鼻环的痕迹——恍惚之间，任为想不起原本她的鼻环是在左侧还是右侧了。

刚从厨房走出来的吕青，显然也被眼前站着的一对儿金童玉女惊着了，像任为一样呆呆地看着他们。

任明明仿佛预料到他们的震惊，歪了歪头，撇了撇嘴，似乎在表示不以为然。她说："爸，妈，给你们介绍一下，这是我男朋友，迈克。你们不是一直要见一见吗？我给你们带回来了。"

"叔叔好！阿姨好！"迈克彬彬有礼，脸上带着谦和的微笑，冲任为和吕青鞠了一躬。他的声音是标准男中音，就像电视台的新闻主播。

寒暄了几句之后，任为还没有缓过劲来。

他从来没想到过，女儿找了个这么帅的男朋友，还这么彬彬有礼，像是个优秀的孩子，他一直以为会是个穿铁钉皮衣的摩托小子呢。而且，这个小伙子不仅自身优秀，似乎还一定程度上改变了女儿——爆炸头不见了，鼻环也不见了,一脸嫌弃的表情好像还在,但仅仅时隐时现——如果真是这样,那实在太好了。

"我和明明一个公司,做测试工作,我们是同事。"任为问迈克做什么工作的时候,他回答。任为注意到,迈克一边说着话,一边帮任明明从饭桌下拉出了椅子。这种古老的绅士行为,任为已经很久没看见过了,任明明却仿佛很习惯,一屁股坐了上去。

吕青看起来和任为一样心神不定。她盯着迈克,忽然问了一句:"你多大了?你父母还好吗?"

父母还好吗?任为觉得这个问题问得有点突兀。不过看来迈克并不觉得,他微笑着回答:"哦,我二十八岁,父母在我小时候就去世了。"

"哦,对不起。"吕青说。

"没关系,很久以前的事情了。"迈克说。

"工作怎么样?忙吗?"任为把话岔开了。

"挺好,不算太忙,明明帮了我很多忙。"迈克一边回答,一边扭头冲任明明笑了笑,那笑容非常温暖,任明明却没有理他。

"吃点东西。"任为说。

"好,谢谢叔叔阿姨。"迈克说。

他看了看饭桌上的菜,先帮任明明舀了一勺肉末茄子,对任明明说:"这是你最爱吃的菜,我要尝尝阿姨的手艺了。"接着又舀了一小勺,送到自己嘴里。慢慢地咀嚼了几秒钟,好像在仔细地体验味道,然后安静地咽了下去。

接着,他说:"真的很好吃。"

"是不是有点咸?"吕青说,"我们家口味重,不知道你习惯不习惯。"

"不算很咸,在68%的位置。"迈克说。

"68%?"吕青愣了一下。

"我是说咸度,在我吃过的菜里面。"迈克说。

"他做测试,这是职业病。"任明明说。

她大口地吃着饭菜，可没有迈克那么文雅，但表情看起来并不像觉得有多么好吃，冷冰冰的——这才是任明明，任为想。要说她有些改变是没错的，却也相当有限。当然，头发和鼻环能够改变已经很不容易了，这是任为和吕青想做了很久而一直都做不到的事情。

"你们不是做仿真皮肤吗？"任为问，"怎么，也测试味道吗？"

"我们也要做新业务啊！我们的仿真皮肤又卖不出去。"任明明插了一句。

"什么新业务？"任为问。

任明明没有回答。迈克看了看她，扭过头对任为说："嗅觉数字化和味觉数字化。"

"嗅觉数字化？味觉数字化？"任为说，带着些疑问。

"这个领域好像还不太成熟，SSI系统都还没有包含嗅觉和味觉介入。"吕青说。

"是的，我们也在尝试，没有那么难。"迈克说，"有些公司新的SSI实验版本已经包含了嗅觉和味觉介入，只不过嗅觉和味觉的数学表达有很多标准，业界还没有统一，如果SSI使用的话必须全网统一才有意义。所以，已经包含嗅觉介入和味觉介入的SSI，在统一标准之前无法使用。"

任明明一直没说话，自顾自地吃着东西。其实大家都没怎么吃，但她不管这个。

"统一标准是大公司才能干的事情。你们公司规模不大，怎么才能参与呢？"任为问。

"我们分析嗅觉和味觉。无论怎么表达，都需要基础的数据。"迈克依然面带微笑，不时地看看任明明。

"嗯。"吕青点点头，"但是，你只是品尝一下，就能分析得那么准吗？"

"他就是干这个的。"任明明忽然插话，"他能干的事情还多呢！"

迈克又看了看她，说："是的，我就是干这个的。"

任为也觉得很不可思议——68%，靠舌头得出这样的数据？

吕青仍然盯着迈克，"你还能干什么？"

"我的表达可以很精确。刚才我吃的这一口肉末茄子，味觉表达式是N3

M54A9Sa66H9Ut77Y7X2Tr6E33I8B4C52Pi90Q11Lj1Ku114G9V9Sa46，这是按照克里梅尔标准的表达。"迈克说。

任为和吕青都呆住了。

任明明拿餐巾纸擦了擦嘴，好像吃饱了的样子。"说说嗅觉表达式。"她说。

"Kal65ksf33Kjh99Las8Tus900Poi887Ced786Loj112Ted450Mon331You96Qse76Muy884Cos820Vuy993Xox25Zus771，这是按照辛雨同标准的表达。"迈克说，依旧谦和地微笑着。

"辛雨同教授我见过。"吕青说，但口气就像是见了鬼。

任为愣愣地不知道说什么。

"还有呢！接着说，你还能干什么？"任明明说，看上去有点不耐烦，可能觉得迈克不够爽快。

"哦，好的。"迈克说，"我已经把刚才那一口肉末茄子消化了。消化率99.94%，产生热量8.9大卡，蛋白质含量35.5%，脂肪含量13%，糖分18%，纤维素98毫克，维生素4毫克，微量元素23种，消耗S8型消化液650毫克。需要更详细的数据吗？"

"不需要了。"任明明冷冷地说。

大家陷入沉默。任为和吕青一脸茫然；任明明一脸嫌弃的表情又出现了，就这么看着他们两个，不作声，似乎在不耐烦地等着他们下一步的反应；但迈克始终带着谦恭的微笑，看看他们，再看看任明明，眼神中充满着温暖。

"对不起，不一定非常准确，我的胃有时会出问题。"过了好一会儿，迈克说。大家的沉默仿佛让迈克有些不适应，眼神和语气开始掺杂一些紧张。

"你一直在抓紧吃饭，好吃饱了以后战斗，是吗？"吕青忽然把眼神从迈克身上移开，转到任明明身上。

"对啊！"任明明不以为意，就这么迎接着妈妈的眼神，"迈克是机器人，而且，我们要结婚了。"她说。

任为明白为什么任明明的头发不再是爆炸头了，也明白吕青为什么怪怪地问迈克的父母怎么样了，他觉得自己很迟钝。

吕青一向很坚定，但此时的任明明更加坚定。吕青的眼神坚持不下去了，终于移开，转而看着自己眼前的一碗米饭，她还一口都没有吃呢。

"要加米饭吗？"平静的询问声传来，露西站在任明明身边，任明明的饭碗已经空了。

"不用。"任明明头也不回，依旧冷冷地看着任为和吕青。

"好的。"露西说，然后扭头走开了。

"那个……胃……是怎么回事？"终于，任为使劲挤出了一个问题。他的脑子有些恍惚，不知道自己为什么问了这个问题。

"对不起，我不太明白您的问题。"迈克说，露出很疑惑的表情。

"这也是我们公司的新业务。"任明明说，"我们的仿真皮肤质量很好，迈克身上的皮肤都是我们公司的产品。但是，我们卖不出去，所以要开拓新业务。味觉和嗅觉分析是新业务的一部分，电子胃是另一部分——其实电子胃是核心，至于味觉和嗅觉分析，是因为在技术上和电子胃密切相关才一起做了。"

"我怎么没听说过有人研究电子胃，要干什么？是器官移植吗？现在医疗技术非常好，各种胃病也不是什么难治的病。就算有什么难治的病，市场也很小吧？这件事有前途吗？"任为问。

"谁告诉你有胃病才需要移植？"任明明说，"没有胃病就不能移植吗？"

"没有胃病为什么要移植？"任为很疑惑。

"因为胃本来就有病。"任明明说。

"你……什么意思？"任为问。

"胃的消化率太低。你不需要大便吗？太浪费了。三百亿人口，虽然光合科技让粮食不是问题，但还是节约点好。而且，关键是，太不文雅了。我的老板痛恨大便，她的梦想是人类不需要大便。"任明明说，依旧一脸冷冰冰的表情。

任为觉得消化系统很不舒服。

任明明显然看到了他尴尬的表情，接着说："你这个科学家才是机器人，根本不了解人。不过，看在你是男人的份上就不跟你计较了。我很理解我老板啊！我老板是大美女，那种大、大、大美女——你知道什么是大美女吗？你想象一个大美女，那么漂亮，那么高冷的漂亮，在充满鄙视地拒绝了你猥琐的搭讪之后，转身去厕所大便了——多么尴尬的一件事？"

"我……"任为有点结巴，"我不会猥琐地搭讪。"

"也许吧！因为你不能欣赏美。总之，你理解不了，但是我理解。我认为，我老板的这个主意棒极了。现在是实验阶段，所以在机器人身上实验。等实验成功，我就会移植一个。"任明明说，"食物的消化率超过99.9%，你刚才听见迈克的数据了吗？几乎不需要大便，干净，斯文，节约，不好吗？"

"妈，也许你能理解。"任明明转向吕青。

"哦？"吕青抬起头，茫然地说："我不知道。"

"好吧，你也不懂。"任明明有些轻蔑地笑了笑，"还有很多好处，不过你们更不懂。没关系了，这不是重点。重点是，我决定和迈克结婚了。"

任为和吕青愣愣地无言以对。

"跟你们介绍一下背景，听听就可以了，如果没什么建设性就不用发表意见了。你们是我父母，咱们大吵一架没什么意思。"任明明平静地说，"迈克是一个很旧的机器人，四年了。他说他二十八岁是撒谎。父母双亡当然也是撒谎。不过，这都是事先的设定。你们应该知道，好多机器人都有类似的设定。"

说到这里，迈克露出了羞愧的表情，低下了头。"对不起。"他低声说。

"我去公司的时候，他已经在了。那时候只是测试皮肤，没有嗅觉介入、味觉介入和电子胃这些东西。迈克也就经常换换皮肤，这是他唯一的工作。他是全仿真机器人，但是除了测试皮肤，没什么其他用处。所以，他的硬件，量子芯片什么的，都没升过级，很老了，软件也一样。公司经营不好，尽量省钱嘛！公司为了全方位测试，要求员工轮流带一个测试机器人回家，好在各种情况下观察我们的仿真皮肤的表现。我经常带迈克回家，慢慢地，我发现我很喜欢和他在一起的感觉。他很听话，很贴心，有一天我们做爱了。"说到这里，她顿了一下，观察任为和吕青的反应，注意力很集中，随时准备战斗的样子。任为和吕青却仿佛在做梦，并没有什么反应。

"我不知道 ASR 什么样，只知道迈克足够好。"她接着说；"我很喜欢迈克，所以天天带迈克回家。公司反正要测试，无所谓，也没人跟我争。我们公司的测试机器人都很帅，我们的仿真皮肤好嘛！虽然卖不出去，但我们的仿真皮肤真的很好。我喜欢迈克，我爱他。他也喜欢我，也爱我。你们不要认为他是机器人，他和真人一样。我记得小时候，你们带我看过很多科幻电影，那些电影里很多机器人产生了自我意识，对不对？我觉得迈克就是其中一员。他知道自己是机器人，可他认为自己是人。我觉得他是人，有自己的意识。我上大学的时候谈过几次恋爱，有些你们知道，有些你们不知道，那些男孩子都不如迈克。迈克从来不和我吵架。他很了解我，比那些男孩子更了解我。在我需要什么的时候总能看到我心里，那些男孩子不行，以自我为中心，当然了，我也以自我为中心，但迈克不是。他最了解我，最贴心。你们知道什么是贴心吗？爸，妈，你们知道什么是贴心吗？"

她没有得到回答。

"后来，公司要做电子胃，还有嗅觉和味觉介入。所以，测试机器人被改造了，安装了我们研制的口腔系统和胃系统。迈克也改造了，变成今天这个样子。好，过程就是这样。现在，我想告诉你们的事情很简单，我们要结婚了。"任明明接着说。

任为和吕青还是没有说话。

"你们不回答我吗？"任明明问。

"你知道我们不会同意。"吕青终于开口说了一句话。

"为什么？"任明明问。

"为什么？这需要回答为什么吗？"吕青说，"他是机器人，不是人。"

她瞄了一眼迈克，看见迈克在看着他们，但听到她说的话，又低下了头。

"他早就通过了最严格的图灵测试。"任明明说。

"现在的机器人都能通过图灵测试。"吕青说，"但这不代表他们是人。"

"那怎么样才算是人呢？"任明明问，声音大了起来，她扭过头问迈克："你是人吗？"

"我不是人。"迈克说，低着的头没有抬起，"我很希望我是人，但我不是人。"

"你说你是人。"任明明气势汹汹地说。

"明明，我爱你，我真的很希望我是人，我一定会像人一样爱你——不，比人爱得更多。但我现在不是人，我希望能有一个方法让我变成人。"迈克说。

"是的，他说他不是人。"任明明转向任为和吕青，"你们听到他的回答了，你们觉得他是人吗？"

任为和吕青没有说话。不知道吕青怎么想，但说实话，任为觉得，迈克的回答倒是很像人。如果他是图灵测试员，会投一张通过票。

"反正我认为他是。"任明明说。

"你知道我们不会同意。外公也不会同意。奶奶如果清醒的话，同样不会同意。"过了好一会儿，吕青说，"你为什么要告诉我们？你知道我们不会同意。你一向胡作非为，完全可以想干什么就干什么，为什么要告诉我们呢？"

任明明没有回答，气鼓鼓地看着吕青。

"而且，你们同居就同居好了，结婚是什么意思呢？我不知道什么地方可以办理人和机器人的结婚手续，没有任何一个国家有这样的法律程序，你们怎么结婚呢？如果只是希望觉得自己结婚了，那自己打印一张结婚证好了，也不需要告诉我们。"吕青说。

"因为——"任明明说了两个字又停住了，隔了一会儿才接着说，"因为迈克是公司的财产。我必须把迈克买下来，我没有那么多钱。"

"买下来？"吕青问。

"对，他们不停地测试，我不想让迈克再接受测试了。以前皮肤测试还好，现在电子胃的测试风险很大。要对他们做大的架构变动，各种管子、容器、消化液，有好几个测试机器人都被搞得报废掉了。"任明明说，"我必须把迈克买下来，可我没有那么多钱。我老板同意给我一个很低的价格，但我的钱还是不够。我很难再找老板说这事了，公司经营一直不好，很困难。而且，迈克的量子芯片和人工智能软件都太老了，我想给他升级。他的厂商一直提醒升级，公司没钱，一直拒绝升级。他的量子芯片和人工智能软件已经停产了，很快连技术支持都要停止了。如果再不升级，停止技术支持之后，万一出什么问题的话，迈克就完了。"

"所以你是要钱来了。"吕青说。

"是的。"任明明说。

"要买就买好了，谈什么结婚呢？"吕青问。

"因为我认为迈克有这个权利。有权利得到我全部的爱，有权利得到家庭，他有这个权利。我不能把迈克当成一个宠物，或者当成ASR，这对他是一种侮辱。"任明明说，听起来很坚决。

吕青忽然皱起眉头，露出一副很怀疑的表情，盯着任明明，任明明却少见地把头转向了窗外的方向。

"你加入了机器人人权组织？"吕青问。

沉默了一会儿，任明明把头从窗外的方向转回来，直视着吕青，回答说："是的。"

"哪一家？"吕青问，换了她一副冷冰冰的样子。

"CryingRobots。"任明明说。

吕青没说话，任为也不知道说什么，他不知道CryingRobots是什么东西。

但任明明对他说话了："爸，你们的云球人，难道你不觉得他们是人吗？他们和迈克有什么区别？我记得，几年前云球人刚出现的时候，你跟我很兴奋地说，他们就是人。"

任为想不起来了,不过觉得自己很有可能这么讲过——在内心深处,他一直认为云球人就是人。现在柳杨已经证明,云球人的确有意识场。那么,迈克是不是也有意识场呢?柳杨曾经说过,尽管没有发现有意识场的机器人,但有一种可能是,机器人需要时间才能培养出意识场,特别是全仿真机器人。机器人的频繁升级破坏了这个培养过程——迈克是全仿真机器人,从诞生起到现在有四年了,却一直没有升过级。迈克的计算强度是否已经超过了柳杨阈值?是否已经培养出意识场?任明明的问题提醒了任为,他问:"你刚才说,你觉得迈克有自我意识?"

"是啊!你看到他了,你听到他说话了。如果不是他说那些吓人的数据,你们根本就分辨不出来。不是吗?"任明明说。

"这都是靠不住的感觉而已,也许我们有办法从科学角度证明一下迈克到底有没有意识,是不是人。"任为说。

"我说过了,他早就通过图灵测试了。他虽然是电子和机械结构,但他早就通过图灵测试了,早就通过了!"任明明说。

"不,不,不是图灵测试,和电子或者机械结构也没关系。"任为说着,看了吕青一眼,吕青正看着他。

"那怎么证明?"任明明怀疑地看着他。

任为不知道怎么回答,意识场的事情可是涉密项目。

吕青忽然问:"你刚才说,你要买下迈克,还要给迈克升级?"

"对!"任明明说。

这次吕青主动看向任为,任为看到吕青的目光,那目光很平静。但任为心头一紧,他明白吕青的意思,他把头扭开了。

"好。"吕青说,"这样,你爸爸说的科学证明是真的。需要做一个测试,可以明确地得出结论,迈克有没有人类意识。这是国家级涉密项目,现在不能跟你讲太多,但我们保证会尝试去征得同意,征得同意以后就立即送迈克去测试。如果测试结果是迈克没有人类意识,你必须放弃买下迈克和结婚的想法,而且要退出CryingRobots;如果测试结果是迈克有人类意识,我们同意出钱买下迈克,并给迈克升级。这样可以吗?"

任明明将信将疑，盯着吕青，吕青也毫不回避地盯着她。

母女俩就这样互相盯着。

"我想参加测试。"迈克说，"如果我没有人类意识，就不配爱你。"他含情脉脉地看着任明明。

任为感觉有点同情迈克了。没有道理，任为想；但也许有道理，他又想。他下意识地摇摇头，不愿再去想这个问题。

任明明没有理迈克，仍然盯着母亲。过了一会儿，说："好，妈，我相信你。"

"你放心，爸爸妈妈一定会做到。"吕青面无表情地说。

任为觉得心脏又被揪起来了，有点喘不过气。他看了一眼迈克，迈克正转过头看吕青，眼神里满是期待。他有意识场吗？如果有，升级会杀死意识场，吕青真的打算这么做吗？

11 派遣队

《克雷丁的覆灭》之后,第二部剧也开始制作了。《克雷丁的覆灭》收视率远不如预期,但是按照稳定下来以后的收视率计算,预计全部播放完毕后总体还是可以盈利的。所以,宏宇公司愿意继续合作。不过,在开始第二部剧的制作之后,宏宇公司正式提出了新要求:利用 ASSI 技术让观众直接体验云球。

苏彰反复做大家的工作,而且得到了卢小雷的坚决支持——他本来已经主动在内部反复建议了,但任为始终没有松口,孙斐、叶露等人则恨不得破口大骂。

同时,王陆杰试图从前沿院领导那个方向做工作,欧阳院长暂时也仍未同意。

虽然还没有正式解密,但保密意识的下降还是让很多人的嘴巴不那么严了,地球所的人逐渐都或多或少地知道了脑科学所的神奇发现。

大家都觉得这事太震撼了!太神奇了!各种讨论在秘密而兴奋地进行。其中最兴奋的要算是张琦了,他很快意识到,这意味着可以派遣真人进入云球,影响云球的演化。他认为,这几乎完全不算"干预"云球的演化。因为云球的外部大环境并没有变化,真人派遣队只是从内部用合适的方式"推动"一下云球的发展。

不过目前,柳杨还没有研究出把意识场和云球关联起来的可靠技术。意识机的脑单元的确和云球很像,云球却复杂得多。每台意识机只有一个脑单元,做诱导刺激非常简单;但云球系统的每个量子芯片中都有成百上千个脑单元,每台量子计算机都有几十上百个量子芯片,所有量子计算机又都挤在机房中排列紧密的一排排机架上——在这样的机房中,电磁环境不允许被大范围地改变,而必须在一个精确的点上改变,否则会引起混乱。

必须找到精确定位进行诱导刺激的方法——为了这个,脑科学所的研究人员夜以继日地工作,地球所的工程师们不得不同样努力地配合他们。他们经常拒绝做出详细解释,只是不停地要求地球所的工程师们做这做那。如果不是这件事已经成为一个从前沿院直接派下来的任务,优先级很高,再加上听起来的确让人兴奋,地球所的工程师们可能早就拍桌子闹意见了。现在,他们只是偶尔抱怨一下,更多的是充满好奇地等待着到底会发生什么。

所以,派遣队还只能算是一个很初步的想法。

对于张琦的激进,任为并不认同,但张琦似乎很笃定,任为迟早会认同——目前面临的选择都很困难,这已经算是其中最好的一个了。

《克雷丁的覆灭》勉强挣了点钱,在前沿院资金断供之后,靠这点钱活下去都不可能,根本谈不上继续扩容。但是,继续扩容肯定无法避免,不然的话,相对于不断发展的云球人口,云球的资源状况肯定会变得比现在更差。

即使以后的新剧制作得更好,收视率更高,恐怕能够维持生存就算上上大吉了,有更多期望是不现实的。所以,要么开放云球允许观众进行 ASSI 实时体验从而挣到更多钱,要么找到合适方法在资源紧张的情况下推动云球演化——如果演化进展得好,有些特别的成果出来,才有机会重新拿到前沿院的资金。

张琦认为,比起 ASSI 实时体验,派遣队推动演化的选择应该好一点,至少更有科学精神，相对而言更容易让大家接受——当然，不包括宏宇公司。

任为本来有一点希望，觉得脑科学所这么需要云球，他们的项目又那么重大，前沿院甚至上级领导也很重视，应该可以为云球带来大量资金。但是，情况不像他想的那样，短期资金倒是带来了一些，长期来看却并不能解决问题。

下午去前沿院开会的时候，前沿院领导认为，在现阶段，因为可以使用云球人做实验，云球对脑科学所的意识场项目的确起到了不可替代的作用，不过实验一旦完成，云球在这个项目中的使命就结束了。之后，云球如果不能自给自足的话，前沿院无论如何不能再投入资金让他们发展下去——除了以前说的投入大、成果少的问题，现在有一个更重要的问题，云球人潜在地可能成为拥有人权的人，这将是一个重大负担。所以，控制云球的资源实际上是在控制未来的负担规模。

任为能够听出弦外之音，地球所已经成为一个烫手山芋。

他有点怀疑，如果可以，现在的领导们其实想立刻摧毁云球，即使影响到脑科学所的项目也在所不惜。

他们只是不敢而已。就像吕青的预料，眼下没有人敢对已经存在的云球人做出任何负面行动。完全可以预见，任何负面行动在未来恐怕都是既违法又失德的反人类行为。当然，现在还没有法律规制，将来应该也不会有任何人因为现在的行为受到制裁，但是领导们的内心已经无法承受更大的压力，所以控制云球的规模成为唯一的选择。

任为的内心更是早就不堪重负了，但他是云球人的上帝，难道要抛弃云球人吗？不，这无法接受。那么，云球人要活下去，要发展下去，必须靠他来想办法。

任为明白，自己可以什么都不做，不需要利用云球拍戏，也不需要云球出任何科学成果，到了最后，前沿院还是要养着这些云球人，依靠领导们的恐惧就已经足够了。

但那样的话，一定会是最低的维持水平，云球将不再会有任何进步，永远都是眼前这个样子。那些可怜的云球种族将永远走不出蛮荒时代，说不定还会倒退——谁知道会有什么馊主意出现呢？他甚至替领导们想到了一些馊主意，比如让云球环境逐渐恶化，让云球逐渐不再适合生命存在，让云球中的生命慢慢地、慢慢地消失——这样的消失对地球人类来说很容易解释，只要愿意撒那么一点点小谎。

可如果这样，他这么多年的努力算是干了一件什么事情呢？

所以，只有两个选择。要么挣更多钱突破资源限制给云球创造更大的发展空间；要么派出派遣队从云球内部推动云球的发展。惟其如此，地球所的工作才有意义，或者，才继续有意义。

"任所长，我还是希望你认真考虑派遣队的事情。"从前沿院开完会回地球所的路上，张琦再次提起这个话题。

任为不说话，孙斐撇了撇嘴。

"你也看到了，前沿院的资金非常有限。我们一定要有一些进展，不然就真的变成一个大型虚拟游戏了，而且还是不怎么好玩的那种。我和柳杨聊过几次，觉得他们的突破就不远了。我希望，正式启动计划的制订，研究一下派遣队能够干什么、怎么干。这不是一件简单的事情，不能没有准备。"张琦说。

"张所长，还没有决定要派出派遣队吧？怎么就谈具体计划了？"孙斐说，语气听起来不太高兴。

"让我们这么想，"张琦说，对孙斐的情绪没什么反应，"我们现在的讨论都是围绕'派遣队'三个字。我很有兴趣，你很反对，任所长看起来也反对。"

听到这里，孙斐看了任为一眼，任为面无表情。

张琦接着说："可'派遣队'这三个字到底意味着什么？我心里的定义和你心里的定义是相同的吗？你反对干预云球，这没错，我也反对。我们做这种事是不得已，但以前不也做了很多吗？"

"那不一样，那都是些很外围的事情。"孙斐说。

"好，就算不一样。"张琦并不着急，"模拟星空、删除边缘部落等等，和地球人类组成的派遣队当然不一样，但如果说到干预，这都是某种干预，只是程度不同。"

"程度差得太远了！"孙斐说，声音有点高了起来，"这就像一个未来人类的派遣队穿越回我们的世界里，这……这算什么呢？"

"嗯！"张琦停住自己的话头，静静地看着孙斐。等她说完了，才继续说："你也承认都是干预，只是程度天差地远，我完全同意。"

他顿了顿，看到孙斐没有插话，接着说："所以我想，任何事情都是一个程度的问题——并不存在一定干预或者一定不干预，而是要看干预的合理程度。我现在希望做的事不是立刻干预，而是研究一下，如果采用派遣队的方式，是不是有可能很低程度地干预？合理地干预？什么是合理干预？合理干预的平衡点在哪里？比如，是不是能够做到干预程度不强于模拟星空或者删除边缘部落，效果却更好？"

孙斐一时不知如何反驳，问道："人都穿越了，怎么才能干预程度很低？什么都不干吗？那还有什么意义？"

"所以我们要研究啊！"张琦说，"这是个复杂的问题。你听到派遣队三个字，是不是立刻想到了特战队？拿着冲锋枪、穿着战斗机甲？去杀人吗？我不是这个意思，当然不能这么干。"

孙斐不得不承认，自己脑子里确实出现过拿着冲锋枪、穿着战斗机甲的特战队画面。"那你到底想干什么？"她问。

"我们要深入研究云球社会的演化停滞。这是一个社会学、人类学问题，我不认为我们在这里讨论几句就能得出结论。很多东西是一层窗户纸，捅破了就一切都解决了，但是，'捅'这个动作也许很简单，那层窗户纸在哪里却不容易找。"张琦说。

看到孙斐还在听，张琦接着说："我们应该找一些社会学家、人类学家和历史学家组成一个研究组，借鉴地球人类的历史和社会发展进行系统的研究，在我们派出派遣队的情况下，那个阻挡云球演化的恶魔——那层窗户纸——到底在哪里？如果能找到，我们的派遣队就可以'捅'它一下，也许能够一击致命,同时,还能把对云球其他方面的影响程度降低到最小。"

"我们不是找过很多专家研究吗?大家莫衷一是,说各种原因的都有,云球地缘、云球人性格、科技发展、思想发展等等。"孙斐说。

"是的,但现在情况不同了。"张琦说,"当时是在找原因,现在是在找方法。我想,不一定要找到真正的原因,只要找到一个有用的方法就可以了,也许是蝴蝶效应的那个蝴蝶翅膀——在我们有能力使用派遣队这样一个特定手段的前提下,找到一个最小程度影响、最大程度推动的方法。这个思路和以前完全不一样。举个例子,你穿越回汉朝、唐朝或者宋朝,你的专业不是历史,并不清楚那个年代昌盛或者衰败的根本原因,但你很容易找到一个特定的发力点让社会进步,比如把某些科技带回去,一定会在某种程度上让社会进步。"

"影响太大了!给克雷丁大帝冲锋枪吗?"孙斐说。

"当然不是,所以要研究啊!找到这样一个平衡点,有冲锋枪的效果却只有很平常的表象。对云球人来讲不能是神迹,应该是很自然很普通的一种情况。"张琦说。

孙斐没说话。

"也许派遣队需要做的事情很简单,比如栽下一棵树,我想你也不会反对。谁知道呢?也许研究下来,派遣队确实只要栽棵树就可以了!栽下那棵会掉下苹果砸中牛顿的苹果树,或者那棵让佛陀顿悟的菩提树。所以,我强烈建议开始研究,推演各种可能的情况。至于是不是要具体实施,什么时候实施,等研究结果出来再说。如果到时候有了研究结果,你还是觉得影响太大,再反对也不迟。"张琦说了一大段,面对着孙斐。

孙斐仍然不说话,旁边的任为也没有说话。

"再说,这件事就是研究一下,开开会,不需要很多经费。"张琦又补充了一句,这次是面对着任为。

听起来很有道理,但孙斐心里始终很难接受。"反正我不同意。"她说,说完扭过头看着窗外。

"总比 ASSI 实时体验好吧?"张琦说。

"一定有别的办法。"孙斐说。

"任所长，你有什么意见？"张琦问任为。

任为继续沉默了一会儿才回答："我们的社会，有没有未来人穿越回来也不一定。如果他们是负责任的未来人，应该不会让我们发现。"

"没有！热力学第二定律规制了穿越行为！那是科幻！再说还有祖孙悖论呢！"孙斐强烈反对。

任为没有理她，说："我再想想。"然后话题一转，问张琦，"对，张琦，你好像跟我提过，柳杨就住在这里附近？"

"对，去过一次他们家。"张琦回答，"上次琳达出事以后，跟欧阳院长他们一起去过一次。怎么了？"

"我想去找他聊聊。"任为说。

"去他家里？据说很惊悚的！"孙斐说。

"惊悚？不至于吧，"张琦说，"只是有点奇怪。"

"顺道而已。现在已经下班很久了，他应该回家了。"任为说，并没有问张琦有什么奇怪。

"聊派遣队的事吗？我和你一起去。"张琦说。

"不，聊一件别的事，和工作无关。"任为说，他想和柳杨聊的是任明明和迈克的事，拖了好几天了，他不想再在电话里面听任明明咄咄逼人的声音了。

"不打个电话，看看他在不在家吗？"孙斐问。

"不用了，拐过去看看他在不在吧，不在就算了。"任为说。打电话先问的话，柳杨肯定不会让自己去，他想。

"好吧。"张琦说。然后，对着汽车前窗玻璃下的麦克风说，"查理，先去一下宁夏路128号。"

"收到，宁夏路128号。"这辆叫查理的汽车说。同时，麦克风旁边的一个小绿灯亮了两下，麦克风下面的屏幕上切换了地图，在目标标志边上写着小字：宁夏路128号，红松林别墅。

这是一栋四合院，周围没什么其他建筑物，前面是马路边的人行道，背后是清山公园郁郁葱葱的小山丘，正面院墙很宽，左右两边连接着清山公园的铁栅栏，整个院子嵌入在清山公园里面，掩映在茂密的树丛中。树丛中的树种类挺多，不过没有几棵松树，不知为什么把这院子叫作红松林别墅。

从正面看不到院子的进深，但从院墙的宽度来看院子相当大，院墙由青砖砌成，大门是朱红色对开大门，两边门上各有一个黄铜门环，青砖看起来有些年头，门漆剥落得厉害，黄铜门环也有些暗淡。

怎么缺两个石狮子呢？站在门前的任为想。

"太过分了！"旁边的孙斐说。

"什么过分？"任为问。

"他住的呀！"孙斐仿佛很生气，"有没有一点科学家的样子？"

是啊，这是个好地方，可以说好得有点夸张。在这座城市，这种房子应该非常难找，即使是在郊区也不容易，而且毫无疑问会很昂贵，不知道柳杨是怎么弄到手的。虽然柳杨是世界顶级科学家，但要说买这样的房子估计也负担不起，如果是租来的倒有可能，不过也显得太奢侈了一点。琳达去世之前，他们两个人住还说得过去，现在琳达去世了，他只有一个人住，要这么大的房子干什么呢？

"他应该在家。"张琦说，指了指右边不远处一辆汽车，"他的车。"

"卡珊德拉？"任为看了看那辆车。车是红色的，靠着院墙停在人行道上，车下面有白色的车位线，但看起来不怎么直。可能是柳杨自己画的吧，任为想，那地方不像是该有停车位的地方——好在人行道很宽，倒也不碍事。

"什么？"张琦问。

"出车祸的车。"任为说，"我好像听柳杨提过，叫卡珊德拉，不知道是不是这辆。"

"这名字倒是和这红色挺配。肯定是他老婆买的车，然后起的名字。"孙斐说。

"是这辆吗？"张琦说，"我不知道。不是听说厂商要召回吗？"

"也许修好了呗！"孙斐说，"我看像。"

任为举起手捏住一个门环使劲砸了两下门。

等了一会儿，并没有人的脚步声，但似乎有什么动物的声音，任为再次使劲砸了几下。

又等了好一会儿，任为终于听到有人走出来的脚步声。门开了，他们看到了一脸惊愕的柳杨。门只开了很小很小的一条缝，柳杨露出的脸并不完整，但足以展现出他的表情。

任为还没说话，柳杨就说："你？干吗？找我？有什么事情不能办公室说吗？"

虽然有心理准备，任为还是被怼得愣了愣。他镇静了一下，问："打扰你了吗？"

"打扰？"柳杨好像觉得任为莫名其妙，"这和打扰没关系。"

任为在心里叹了口气，但并没表现出来，"我有点事问你，和工作无关。我们去前沿院开会回来，恰好路过。"他说。

"柳所长，你就不能让任所长进去谈吗？"孙斐口气不善，似乎还在为院子太好而生气。

"为什么要让他进去谈？"柳杨看都不看孙斐一眼。

"你家里有什么见不得人的东西？房子大就了不起吗？"孙斐大声嚷嚷了起来，她真生气了。

以前她一直看不惯柳杨的嘴脸，不过后来大家传说柳杨对琳达有多么不同，她的看法就转变了，琳达的车祸——以及之后柳杨的众所周知的伤心欲绝——则让她对柳杨产生了很大的同情和好感，但现在，柳杨的无礼显然让她的看法又一次发生了变化。

柳杨瞟了一眼孙斐，想了一会儿，有点犹豫。终于，转头对任为说："好吧，进来吧。"

他一边说着话，一边移动了一下身体的位置，把门略略开大了一点，让出一个窄窄的通道。接着，他对张琦和孙斐说："你们二位就不必了。"

"你——"孙斐像是又要发作，但张琦伸手使劲按了按她的肩膀。

任为说："你们先回去吧！回去以后让查理来等我。"

12 / 红松林别墅

绕过影壁墙，任为看到了整个院子。

院子果然很大，就像外面看起来那样；也的确很奇怪，就像张琦说得那样。

与其说这里是个四合院，不如说这里是个动物园——和任为小时候去过的动物园很像，只是小了一点。

院子中间空空荡荡，什么都没有，对面的堂屋也正常，但两边的厢房就不正常了——它们都被改造了，正面的墙被拆除，改装成了直通屋顶的铁栏杆，内部则被改造成了一个个的隔断。任为下意识地数了一下，两边厢房各有六个隔断，一共十二个，其中十一个都有动物关在里面。左手，六个隔断里有三只猴子和三只狗；右手，五个隔断里有两匹马、一头牛、一头猪和一只狗，猪和狗之间有一个空的隔断。

可能看到有陌生人进来，动物们有些激动，发出了各种声音，伴随着各种动作，特别是左边的猴子和狗，右边的动物们相对比较平静。任为注意到，最平静的是那只孤零零的狗，既没有动也没有叫，只是站在那里盯着他。那是一只边境牧羊犬，黑白相间的皮毛非常干净，似乎它的隔断也格外干净。任为有点奇怪，他小时候家里养过边境牧羊犬，是一只很调皮的狗，他以为所有的边境牧羊犬都同样调皮，但显然眼前这只边境牧羊犬不是，一点也不调皮，只是站在那里，安静极了，也漂亮极了。

任为知道，脑科学所有很多动物，这很正常，因为他们的研究需要。但他没有想到，柳杨家里也有这么多动物。

除此之外，两边墙角各有一个机器人，正在慢慢地、规律地转动脑袋，观察着动物们，它们不像动物一样对客人有什么兴趣。任为能想到，那是照顾动物的养殖机器人，但有一点他无法理解，就是那两个机器人浑身露着合金骨架和乱七八糟的线材，没有皮肤。这是为什么？太难看了。也许回头可以让任明明的公司免费给它们装上皮肤，任为想——随即又觉得自己很可笑，柳杨肯定不是没有钱买皮肤。

"你在家里养这么多动物干吗？你们所里不是有很多吗？那匹马……你到哪里去跑马？马这样一直拴着好像不好吧？"任为说。

"我需要跟你解释吗？我需要跟你们每一个人解释吗？你们一个个不请自来，然后，要求我解释我家里的动物。简直是疯了——我为什么会认识你们？"柳杨说。

你才疯了，任为想，但他忍着没说出口。

"快走，进去。"柳杨不耐烦地扬了扬下巴，指向对面堂屋的方向。

一边走着，任为还是忍不住问："那两个机器人，是养殖机器人吧？为什么没有皮肤？"

"被撕掉了，被咬掉了。"柳杨说。

"啊？"任为有点吃惊，"那露着线材被撕咬不是更危险吗？"

"那是纳米线材！"柳杨停住脚步，盯着他说，仿佛无法忍耐他的愚蠢。

是啊！那是纳米线材，咬不坏，任为也觉得自己有点蠢。他低着头，赶快走进屋里。见到柳杨的时候，自己好像总会被他变得蠢了一些，任为想。

任为东张西望，迟疑地坐到一个大沙发里。沙发很舒服，但相当破旧。

实际上，整个客厅都很破败，甚至不像是有人住的样子。空旷的空间里摆放着一张大大的桌子、一把配套的椅子、两个方向歪七扭八的破沙发和一张旧茶几，只有大桌子上一台 2D 电脑屏幕和旁边乱七八糟堆着的几本古老的纸质书，勉强显现出一些生气。

"我坐这里吗？"任为讪讪地问。柳杨站在门边，正盯着他看，并没有请他坐下。

"随便。"柳杨说。

这会儿，夕阳金色的光正从对面的雕花窗户透进来洒在桌子上，空气中看得到淡淡的烟尘。对面有一扇门和两扇窗户，门和窗户都关着，但透过雕花珑格可以看到后面还有一进院子，更加空旷，似乎没有人居住，也不像有动物居住。

"你这里……一直是这样吗？"任为又问。

"不是。"柳杨烦躁地说，脑袋开始东扭西扭——即使在自己家里，他好像也打算东张西望。

"那……"任为不知该怎么提问，"那你重新整理了？"

"这是整理吗？我摧毁了这里。"柳杨说，忽然有点激动，"关于我的住处，你还有多少问题要问？现在开始，我不想再回答这些愚蠢的问题了。"

哦……摧毁！看来，琳达的离去确实让柳杨很伤心。"好吧。"任为说，"我没问题了——我是说关于你的住处，"他耸了耸肩表示认同，"我没问题了。"

停顿了一下，他接着说："我是来求你一件事情，和我女儿有关。所以，很重要，希望你能帮我。"

"你女儿？和我有什么关系？"柳杨问，没有表现出什么好奇心。

"和你没关系，我只是想求你帮忙。"任为很诚恳地说。

柳杨张嘴想说什么，却好像又使劲咽了回去，接着嘟囔了一句什么，任为没听清，然后听到柳杨说："好吧，你说。"

一瞬间，这竟让任为有点感动，随即又觉得自己实在是莫名其妙。柳杨已经到了这个地步，愿意听自己讲几句话就让自己感动了？说起来真是奇怪，柳杨脾气很古怪，对任为也总是阴阳怪气，但任为始终并不是很讨厌他，还经常为了他一点微不足道的好意而感激。

"不过，也可能和你有关系，说不定能帮到你。"任为说。

"我需要你帮我吗？不，我不需要。"柳杨撇了撇嘴，又摇了摇头，好像任为说的是一件不可思议的事情。

"好吧！"任为伸手示意，阻止柳杨接着说下去，"是你帮我，我需要你帮我。"

"你说。"柳杨说。

"你上次说机器人——全仿真机器人——要多长时间才能产生意识场？"任为问。

"不知道，这取决于计算强度，必须超过柳杨阈值——和瞬间的计算强度有关，也和累计的计算强度有关，公式很复杂。我没告诉过你吗？还是你蠢到忘记了？没关系，反正你也不会懂。我还没看到过有意识场的机器人，除了你们的云球人。"柳杨说。

"我可能遇见了一个。"任为说，没有理会他的嘲讽。

"不可能。"柳杨并没有像任为想的那样有什么吃惊的表现。

"你这么确定吗？"任为问。

"这是科学。"柳杨就是很确定，还烦躁地摇了摇头，似乎觉得任为不可理喻。

"科学并不是完备的。"任为说，"我感觉很像是有意识场，真的。"

柳杨停止一直扭来扭去的头部动作，开始盯着任为。任为也看着柳杨，但很快就被柳杨的目光压制住了。其实任为也说不出柳杨的目光到底有什么可怕，看起来只不过是灰蒙蒙的空洞而已，但他总是很难坚持盯住那目光——再一次，他尴尬地把头转开了。

"你说和你女儿有关？"柳杨问。

"对。"任为说。

"我听说，你女儿在一家皮肤仿真公司工作。那种公司，应该有一些老型号机器人吧？也许有些四五年、六七年的老机器人，而且没升过级。他们不需要升级机器人，因为只是测试仿真皮肤，没必要浪费资金。你是说，他们的机器人有意识了吗？"柳杨问。

任为不得不佩服柳杨的聪明。他刚想解释，柳杨却没有给他机会，接着说："不，那些老型号的量子计算机很差。不可能，它们的计算强度不可能在这么短的时间里越过柳杨阈值。"

说到这里，柳杨停住了，使劲地盯着任为。

"我知道了，我知道你为什么这么想了。"他忽然发出笑声，"你女儿爱上了一个有意识的机器人，对不对？一个不可能有意识，但她以为有意识的机器人。你女儿爱上了机器人，太可笑了！哈哈哈……"

柳杨的笑声变大了，不过很快就停下了，仿佛想起了什么，愣了一小会儿，耸了耸肩膀，说："我为什么笑？这没什么可笑的。"

任为的惊讶无法抑制，同时掺杂着敬佩，对柳杨的冒犯反倒没有在意。

"你想要阻止你女儿。想要我帮着检测一下，那个合成材料做的家伙是不是真的有意识场，是这样吗？"柳杨终于走过来，在另一张沙发上坐下来，慢慢地说，似乎很累的样子。

"万一，我是说万一，万一真的有意识场呢？那就是你的又一个大发现了。"任为说。

"万一真的有意识场呢？"柳杨重复了一遍，呆呆地，好像在问自己。

他没有回答自己的问题，反而扭头问任为："那你怎么办？"

"我也不知道。"任为说，"谁知道呢？也许你可以告诉我女儿，那机器人没有意识场。"

"撒谎？"柳杨先是愣了愣，然后开始仰头大笑，"我喜欢，哈哈……我喜欢撒谎……哈哈……"

"你知道，明明——我女儿——年龄还小，才十九岁，很多事情不明白。"任为说，"现在，她们公司做仿真皮肤做得不好。可能质量不错，但业务拓展能力不行，所以，开始做电子胃，还有电子口腔，配套的嗅觉和味觉研究之类的东西。"

"什么？电子胃？"柳杨打断他。

"就是……电子的胃。"任为用手在自己的胃部画了个圆圈，好像有助于他解释，"消化率超过 99.9%。"

"这东西不错！"柳杨像是已经明白了，转过了头，呆呆地对着窗户的方向，似乎透过小小的珑格望向了天空，很神往的样子，"那就基本不用大便了，厉害。"他说。

"啊——"任为长长地啊了一声，"也许吧！"他说。

"有前途，谁想出来的？"柳杨说。

"让你夸奖可不容易。是明明他们公司的老板想出来的主意，他们要找些什么事情做，否则公司就有问题了。"任为说。

"有前途。"柳杨又重复了一遍。

"好吧，就算有前途吧！能不能让我接着说？"任为说。

"啊？好，接着说。"柳杨说。

"电子胃和电子口腔也需要做测试。他们公司开始让皮肤测试机器人安装这些东西做测试。但是，这么做有些风险，已经搞得报废了几个机器人。明明害怕迈克出问题，迈克就是她喜欢的那个机器人。所以，她想要买下迈克。还要给他升级，他太旧了，这个……是不是……嗯……你明白我的意思吗？"他没有接着说下去，看着柳杨。

"升级？她要杀了她的爱人！"柳杨忽然暴躁起来，"她要杀人？你们真是一对儿父女！你杀人，她也杀人。还有吕青，天天想着怎么少付一点医保，好让人们去死！对不对？你们是杀人犯之家！哈哈……天哪……杀人犯之家！你们怎么能够这样？无耻、卑鄙、下流、没有人性。你们是有史以来最可恶的一家人！"他从沙发上站起来，开始在屋子里面绕圈，就像在任为的办公室一样。不过，他家的客厅大得多，他绕的圈子也大得多。

任为待在那里。柳杨实在是很难沟通，他想。

柳杨喘着粗气，不停地绕着圈。

终于他停了下来，一屁股坐回沙发。说："很好，这主意不错。升级吧！你的问题就解决了。我保证，一定会解决。升级以后，你把机器人交给我检测，肯定什么也测不出来。"

但是很快他又否定了自己："不，不，先检测吧！"他已经平静下来，看着任为,"你放心好了,不可能有意识场,你没有机会杀人。"

"你想先检测……还是觉得有可能有意识场?"任为问。

"不,根本没有什么意识场。"柳杨说,"不过,我是要检测,你会明白……你放心,如果需要,我可以骗你女儿,并且可以误导她,让她坚决地升级,杀掉自己的爱人……但其实没有意识场,她杀不了谁。她不是她父亲,她没有能力杀人。"

"你……"任为迟疑了一下,下了决心,"你不能把意识场提取出来吗?哦……按照你们的术语说……解绑……这样就不用杀人了,反正你们在研究上也有需要。"

"提取?"柳杨看了任为一眼,"没有意识场怎么提取?你以为是你们的云球吗?做不到,我提取不到不存在的东西。"

"为什么你这么确定没有意识场?"任为问。

柳杨愣了愣,说:"我确定了吗?我没有!我说了要检测,要检测。对,要检测,要检测而已。"

"你不就是推断没有意识场吗?那为什么还要检测?"任为问,他觉得柳杨的话似乎自相矛盾。

"推断?"柳杨又开始大喊,"我不推断!我做实验,我只证明,我不推断。"

"好吧,"过了一会儿,柳杨仿佛也认为自己激动得过分了,"也许有意识场吧!反正今天还不知道,所以我要研究。我不相信你,但我也可以相信你。全仿真机器人的计算强度不够,不可能产生意识。我要研究一下,然后骗你女儿。我喜欢骗人,哈哈……也许你不喜欢骗人……我猜吕青喜欢骗人,吕青逼你干的,对不对?还是吕青厉害!啧啧,"他感叹着,"你老婆很厉害啊!当机立断,一点也不拖泥带水。你这个白痴,如果没你老婆,你怎么办呢?"

"你能不能不要总是东拉西扯,说些没关系的话。"任为有点生气——却又觉得柳杨的话挺有道理,尤其是这一段时间以来。

"你这个疯子,咱们能不能围绕主题说话?"他接着说。

"围绕主题？"柳杨说，"什么主题？主题就是杀人。这主题很好吗？"

"好吧！"任为想了想，说，"总之你答应我了。我让我女儿带她的机器人找你进行检测，你告诉她这个机器人没有意识。当然你可以私下研究一下，但你会支持她升级——我们达成一致了，对吗？"

"对，达成一致了。不过马上要过春节了，等过了春节再来，最近没时间。你们那里，还有你们家吕青那里……还有……不跟你说了，总之很多事情，没时间。"柳杨说。

"好吧。"任为说。

"让你女儿再多保留几天温情的时间——不，无知的时间——哈哈……哈哈……"柳杨再次大笑。

任为摇摇头，不知说什么好，他觉得该走了。

出门的时候，任为扭头看了看那些动物。动物们看到他，又有些躁动，几只狗狂吠起来，但那只漂亮的边境牧羊犬依旧静静地站在那里，没有发出任何声音，只是静静地站着，看着他。

真漂亮，特别是眼睛，任为想，牧羊犬的眼睛都那么漂亮，很深很深，仿佛充满了悲伤。

任为走出院子，查理正在门口马路边等他，坐到车上，他终于松了一口气——和柳杨的交流真不容易。

13 / KHA

一个沉闷的春节过去了。二月底的春节很少见,天气过于暖和,完全没有春节的感觉,每个人都不开心。

初二,一家人一起去贝加尔湖疗养院看望了任为的妈妈。

妈妈一如既往,并没有什么变化,但预备区医生却要求任为追加签署一些文件,并且预交一笔费用。他说,看起来妈妈的状况已经很接近"离开预备区"了。一旦妈妈"状况合适",将自动转入"长期疗养区"。这要求监护人最后的确认,并且预交至少一年"长期疗养区"的费用。根据"长期疗养区"的不同分区,费用是不一样的,监护人需要做出选择。如果愿意预交三年或者五年的费用,可以享受到不同程度的优惠。

听到"长期疗养区"这个词,任为脑子里出现了那些有着几十米长腿的机器人。他不太记得那里叫作"长期疗养区"了,他以为那里叫作"仓储区"——但想想就知道不可能,他不知道自己为什么会这么以为。

最后,任为签署了所有文件,选择了最好的分区"白金区"。"白金区"的"仓储"不是大屋子,而是单间。单间虽然很小,但探视时不需要机器人把病人抱出去，家属可以直接到单间探视。单间里还有窗户，看得到院子，看得到天空，甚至还能看到几棵树——这和任为以为的也不一样。妈妈不需要和那些长腿机器人打交道了，任为感觉舒服了很多。他预交了五年的费用，获得了八折优惠，还免费获得了一个定制房间号1212，那是妈妈的生日。

除了一起去看望奶奶，任明明没有再回过家。任为和吕青已经跟她确认过，说春节后就可以检测迈克是否拥有人类意识。但任明明看起来不太相信他们，至少任为感觉是这样。任为知道，也许只是因为自己心虚而已，可他无法改变这种感觉——这当中确实有些阴谋，他总觉得任明明能够感受到这一点，这让他面对任明明时很紧张。

吕青一直很忙，春节期间也出去开了好几次会。任为虽然没怎么去地球所加班，但在家里的大部分时间也在做研究。他仔细回顾了云球人类的历史，特别是农耕文化普及之后的三千多年，努力思考云球社会演化停滞的症结所在。通过SSI，他观看了大量他认为关键的历史节点，希望能够发现些什么，但到目前为止没有任何明确发现——不是因为没有想法，而是因为想法太多。

任为偶尔也会看看新闻。从新闻中，他知道，最近有几个国家形势不太好，特别是挪威。迫于人权压力，挪威是最先将KillKiller的"长期疗养费用"纳入医疗保险范畴的几个国家之一，从今年年初开始实施。如经济学家的预料，政府预算出现了巨大缺口，国会无法通过预算案。他们的运气不好，正好又赶上大批中长期国债的偿付日在今明两年将陆续到期。所以现在新闻都在报道，他们会不会因为债务违约而导致国家破产。目前，政府正忙于到处表态，国家有能力解决债务问题，希望平息市场的恐慌，但市场并不认账，汇率在今年开始不到两个月时间里已经跌了20%，让局面更加糟糕。

吕青的最新消息更加显示出形势的严重性，大家都没有预料到的特殊情况出现了。

"也许柳杨的发现早就应该公布。"吕青忧心忡忡地说。这是春节假期最后一天的大清早,吕青开了通宵的会议刚刚回来。她叫醒任为,一起吃早餐。

"其实大家都知道了,应该可以公布了。"任为说,"我已经在网上看到很多小道消息。"

"嗯,网上是有消息,但毕竟没有正式公布,公众还不能确认。而且,小道消息也没有提到对 KillKiller 病人的意识场检测,暂时大家还仅仅把意识场作为一个纯粹的科学发现来讨论。"吕青说。

"柳杨他们,到底有没有对 KillKiller 的病人进行实际检测呢?"任为问,他不记得吕青有没有提到过了。

"做过,有很完整的数据,所以我才跟你说我们的问题暂时解决了。但是,参与检测的个体数量不够多,需要做更多的监测。脑科学所是脑科学领域的世界级权威机构,KillKiller 本来很愿意和他们合作,合作得也很好,尽管并不知道他们到底在做什么。可是现在,KillKiller 已经很清楚地意识到,实际上脑科学所的研究对他们非常不利,拒绝进一步合作了。"吕青说。

"既然有过数据,那就应该没问题。"任为说。

"不,如果脑科学所的成果正式公布,一定会引起轩然大波。KillKiller 肯定拒绝承认那些数据。再说,即使他们承认也没用。你要宣布一个人是空体,意识场已经死亡,不能依靠对别人进行检测的经验数据做出判断,必须对这个人本人进行检测。"吕青说。

"对啊!当然了。"任为说,"你说我妈妈的意识不在了,只是一具空体,不能单凭我妈妈是 KillKiller 的病人得出结论。必须对我妈妈进行检测。"任为说,"但是,作为监护人,我同意就可以了,KillKiller 也拦不住啊!"

"没那么简单,你会同意吗?特别是,如果 KillKiller 的费用由国家支付的话。"吕青说,"而且,KillKiller 有一些办法反制你。比如,你一旦同意对妈妈进行检测,无论检测结果是什么,KillKiller 都会拒绝妈妈重新入院。KillKiller 已经拒绝脑科学所在他们的疗养院做检测,如果对妈妈进行检测,妈妈就必须离开 KillKiller 的疗养院。KillKiller 一向不在疗养院以外的任何地方提供任何服务，一旦离开疗养院，加上要考虑运输过程，妈妈的空体能不能保证活下去都是问题，脑科学所可没有KillKiller那么好的空体维持技术。"

"妈妈还不是空体呢！"任为说，"别拿妈妈做例子了。"说着，他叹了一口气。

"你和妈妈很有感情，我相信大多数人都是这样的吧！所以想象一下这个难度！有人说你的亲人还活着，还在生存，有人却试图证明你的亲人已经死了。你愿意听谁的呢？注意啊！特别是还要附加一个前提，国家付钱保障这种生存。"吕青说。

任为沉默不语。

"我们说远了。刚才我说，柳杨的成果应该早一点公布，是因为刚刚发生了一件大事。"吕青说。

"什么？"任为问。

"昨天晚上——我们的昨天晚上，那边是白天——斯瓦尔巴德疗养院发生了恶性案件，过一会儿你看新闻就应该有了。你知道，挪威最近情况不太好，他们已经开始实施把KillKiller纳入医疗保险的新政策了。"吕青说。

"挪威的事情我知道一些。恶性案件是怎么回事？"任为问。

"一小股武装势力，袭击了斯瓦尔巴德疗养院。他们杀掉了几个医护人员，但显然他们的目标不是医护人员而是病人。他们屠杀了将近两千名KillKiller的病人，占了全部病人的十分之一。如果不是他们杀得太慢，警察赶到得还算及时……怎么说呢……还算及时吧，否则遇害人数可能还会多出几倍。"吕青说。

"杀病人？为什么？"任为很吃惊。

"对，杀病人，而且方法很变态。那些病人其实很脆弱，完全依靠KillKiller的生命维持系统生存，按道理说，要杀病人的话，破坏KillKiller的控制中心是最合理、最高效的方法。就算控制中心被保护得很好，不容易破坏，剪电线、拔管子也行啊！还可以破坏每栋建筑的总管道，显得文明多了，效率又高。但那些人没有这么做，他们用重型冲锋枪杀害每个人，场面很血腥，速度却被拖慢了。"

"他们为什么这么做？"任为问。

"很明显，事先都设计好了，也许他们很快会发布什么东西来说明一下。我们分析认为，他们是担心，即使破坏了管道，空体还是能够存活一段时间，有可能随后被抢救过来。杀人一定要杀得彻底，这说明他们很了解KillKiller的技术。他们是在宣示什么，所以，今天应该会有组织公开认领这次行动。"吕青说。

任为迅速在SSI中打开了一个新闻网站。

"你说得对，"任为说，"已经有消息了。他们自称KHA，Keep Human Awake，保持人类清醒。"

"我刚才回来的路上还没有呢！"吕青说，随即也在SSI中调出了新闻。

两个人沉默了一会儿，各自在看新闻。

"一个都没抓住，警察够笨的。"任为说。

"不，他们组织得很好，"吕青说，"很专业。你看，他们很清楚自己要干的事情，有清晰的宗旨，看起来，也有坚定的信念。"

KHA声明

我们是"保持人类清醒"（KHA）组织。

今天，我们在斯瓦尔巴德进行了KHA成立以来的第一次行动。在本次行动中，我们清除了超过2000名KillKiller的病人。这些病人，已经丧失了作为人类最基础的要求之一：清醒。

在此过程中，有6～8名清醒的医护人员受伤或死亡。对此，我们表示十分遗憾。他们本来不应该受到伤害，但是，他们错误地选择与清醒的人类为敌，而去保护不清醒的人类。他们为自己的错误付出了代价。我们不会攻击清醒的人类，除非他们选择阻止我们清除不清醒的人类。否则，我们永远不会攻击清醒的人类。

在此，我们声明，我们是最终极的人道主义者。也许人们会对此提出质疑，我们表示理解。但是同时，我们必须明确地告诉大家，这些质疑是错误的。我们希望提醒大家，所有人必须开始深入地思考，并做出正确的判断，以避免人类整体走向衰败和死亡。

自从十年前，KillKiller开始推出最初版本的生命维持技术，至今已经有超过8 000万人"生存"在KillKiller及其同行的各种疗养院和基地中。但是，这种生存是不清醒的，是无意识的——无论是对病人自身，还是对其家人，或是对人类社会，都毫无意义。

也许，人们会认为，这些不清醒的人的存在，对于其家人有着巨大的情感意义。但这是虚假的、伪造的。这些人永远不可能再和家人一起吃早餐、一起散步，或者一起听一场音乐会。他们是，而且只是，在亲人们大脑中的一个卑劣谎言，一个用于制造幻觉的毒品药丸。

这8 000万人，如果还可以称之为人类的话，我们宁愿将他们称为不清醒人类。他们仅仅占据了全部人类人口的0.26%，消耗的资源却占据了全部人类资源消耗的1.8%。关键的是，少数国家将不清醒人类的生命维持费用纳入了医疗保险的范畴。在这种错误的行为引领下，他们的人口增长率，将迅速逼近并最终完全等于清醒人类的死亡率——而他们的死亡率为零，这是由KillKiller及其同行做出的承诺。所以，不清醒人类的人口将无限增长，而这一切，最终都将由清醒人类付账。不清醒人类将无限挤占清醒人类的生存空间，为此，清醒人类的出生率将不得不下降。如果没有人站出来改变这一切，有一天，清醒人类的出生率将降为零，地球将完全属于不清醒人类——因为你我也必将老去，从清醒人类转变成为不清醒人类，我们的世界将没有任何空间留给我们的子孙后代。

再次声明，KHA是最终极的人道主义者。我们的使命是，利用一切手段，包含任何合法或非法但有帮助的手段，清除不清醒人类，阻止KillKiller及其同行，抵抗任何政府的错误政策。我们的目标是，保持人类清醒。

任为读完了 KHA 的声明。后面还有一个很长的附件，是关于所谓"不清醒人类"资源消耗的详细分析，一共有三十多万字，任为没有读下去。

"你不觉得他们说得有道理吗？"吕青发觉任为已经把眼睛投向窗外，仿佛在思考而不是在阅读时，问了他一句。

"也许吧！可是……"任为不知道自己要说什么，只是下意识觉得，应该加一句转折。

"也确实没有人性。一些完全无助的病人躺在那里，他们拿出重型冲锋枪爆头。"吕青说。

"贝加尔湖那边没事吧？"任为想到了妈妈。

"没事，你放心好了。"吕青说，"全球的疗养院都加强了戒备。KHA 策划得确实很好，但武力并不强大，至少目前看起来是这样。这次是太突然，以后应该没那么容易得手了。"

任为又沉默了一会儿，想起吕青开头的话，问道："你刚才说，应该让柳杨的成果早点公布，为什么呢？那不是给了 KHA 更加强大的理论根据吗？"

"不，我觉得恰恰相反。"吕青说，"如果公布得早，各国政府都会对 KillKiller 出台更保守的医疗保险政策。民间的争论也会更多，舆论一定会吵翻天，不会像之前那样基本一边倒。比如，好几个国家的领导人竞选时都喊出不再杀人的口号，如果有柳杨的发现，这个口号就不成立了，至少更具有争议性。我觉得，KHA 是走投无路的选择。柳杨的发现其实给了他们另一个有力的武器，不一定需要这么暴力了。"

"好像有道理，但也不好讲。"任为说。

"嗯，是的，不好讲。我们开会的时候也一直在争吵，一些人和我有一样的想法，觉得应该尽快公开柳杨的成果，另一部分人却担心这样做只会激化 KHA 的暴力行为，反倒主张暂时提高保密级别，下一步再仔细研究对策。这不仅仅是在争论 KHA 或者医保的问题，而是意识场本身的突破性带来的巨大分歧。你知道，能源战争尽管已经过去很多年，但自从那时以来，大多数人都认为,这种级别的科技突破贸然公之于众是相当危险的。不仅仅是KHA,谁知道还会发生什么事情呢?历史教训还历历在目。"吕青说,"所以,没争吵出结果,要看最高层领导的判断了。"

"这对你们的医疗保险政策有什么影响?"任为问。

"当然是不能纳入医保了!但是,原本准备用的理由就是柳杨的发现。现在这个情况,如果最终不敢公开柳杨的发现,那么我们又缺乏理由了。总不能拿恐怖袭击做理由吧?"吕青说,"所以,很难办。"

"而且,柳杨的发现能不能成为理由也不好说。刚才你不是说,KillKiller拒绝进一步合作了吗?如果无法确认一个病人是不是已经成为空体,你们的政策怎么实施呢?"任为说。

"所以真的很难办。可能需要一些新的立法,包括强制检测。但是来自KillKiller的阻力一定很强。他们——还有他们整个行业——势力可是很大!"吕青说。

"一边在游行,要求人权和福利,"任为说,"而另一边,已经恐怖袭击了。你总不能站在恐怖袭击的一边吧?"

"是啊!"吕青说,"但究竟怎么做才对呢?"

14 穿越计划

大家都在讨论 KHA 的事，这件事确实耸人听闻。举起武器面对大批毫无反抗之力的卧床病人下手，是一件电影里都没有出现过的事情。地球所的同事中，任为是第一个把家中老人送到 KillKiller 的人，不少人都很关心地来问他贝加尔湖那边的情况。任为知道，有几个同事也正在考虑自己家老人的安排，他还是给出了很正面的回答。

柳杨不见了。任为急着找他帮忙检测迈克，但他又推三阻四。估计 KHA 的问题是他面临的一个新的重大事项，得忙着和很多高层领导开会。

有没有另一种可能，又有重大的发现？任为有一种预感，也许柳杨在将意识场迁移到云球方面有进展了。但如果真是这样，和云球有关的事情居然不第一时间通知自己这个云球项目的总负责人？实在太过分了——考虑到事情的主人公是柳杨，这种过分不算奇怪。

张琦那边，派遣队任务的规划研究也有了进展。

春节前几天，任为最终还是同意了张琦进行派遣队预研的要求。张琦的动作很快，迅速组建了一个由各种专家组成的研究组。任为情绪一直有点低落，尽管也在做一些自己的研究，但没有亲自参加研究组。张琦和任为不同，兴致很高涨。孙斐对此很不爽，逐渐觉得张琦比卢小雷还可恶，反倒因此坚决要求加入研究组。在获得了任为的支持后，张琦只好接纳了孙斐。至于卢小雷，一段时间以来，不知为什么很反常，情绪很低落，话很少，对孙斐而言倒不显得那么讨厌了，甚至有些可怜。孙斐认为也许和苏彰有关，因为苏彰不像以前那么经常出现了。活该！她想。卢小雷对张琦的计划非常支持，主动要求参加研究组。本来张琦并没有计划让他加入研究组，但在他的强烈要求下还是同意他参与进来了。

春节期间，研究组在加班。虽然不停地争吵，但工作很有效率。刚过完春节就有了初步规划，起了个名字叫"穿越计划"。大方向已经基本确定，下一步要开始讨论细节了。

关于穿越计划，首先有一个假定，就是柳杨有能力把人类的意识场迁移到云球中。然后，这件事有几种不同的可能。

最初的想法是，把派遣队员的意识场迁移到云球人中某个国王、将军、学者或者其他有影响力的人身上。

这样做的好处显而易见，派遣队员就可以直接干活了，社会地位会对他的任务有很大帮助。但是，这样做也有一个很大的问题。

据脑科学所的人讲，根据现有的研究，人类——据推测云球人也一样——记忆主要存储在意识场中，思维计算主要也在意识场中完成，实体大脑主要存储短时记忆和完成功能性计算。有时因为某种需要，实体大脑会暂时调取意识场的记忆。就像本地存储和网络云存储的关系，二者会频繁进行高速同步，这其中的详细机制尚不清楚。地球所之前发现云球人思维过程的跳跃性以及记忆的缺失，从侧面印证了这种推测。

这意味着，人类意识场和云球人大脑，或者说和量子计算机的脑单元绑定后，这个派遣队员将主要拥有他作为地球人的记忆和思维能力，而忘记绝大部分他作为云球人的记忆，并丧失其本能。

也就是说，彻头彻尾，派遣队员将不再是原先的云球宿主。

虽然派遣队员可以事先研究云球宿主，研究他所有的经历、个性、爱好、习惯等等，并且试图记住。但是，由于一旦进入云球，将不能再使用 SSI 或者任何其他现代科技手段，只能完全依靠意识场自身的记忆，派遣队员不可能记住云球宿主的所有一切，更不可能在短时间内修得云球宿主的习惯和本能。

所以那时候，这个云球人对自己不能说一无所知，至少也是所知有限。作为一个有社会地位的人，他的关系网络理论上应该很大，在各种层面和角度了解他的人一定很多。周围这些人会觉得，他忽然之间变了一个人。事实上，大家不知道，他的确是变了一个人。这种情况一旦发生，恐怕会对派遣队员完成自己的任务造成很大困难。

派遣队可能不止一位队员。如果多位队员互相之间能够有所帮助，也许可以缓解这个问题。但是，大家很快意识到这没有意义。在一个有既定网络结构的组织中，若干位派遣队员组成的一个子网络反而会大大增加和其他网络节点的链接数量。链接数量的增加会带来暴露概率的增大，即使能够带来什么好处，也很难抵消带来的坏处。

有人提议，把派遣队员的意识场迁移到云球人中某个显赫家族的婴儿身上。

这样派遣队员仍然潜在地拥有很高的社会地位。除了长相以外，婴儿并没有太多可以让周围的人用来识别他的记忆。意识场的迁移不会造成长相的变化，所以他不会显得像是变了一个人。

但是，这样做同样有问题。这种情况下，派遣队员需要经过至少二三十年的成长才能开始执行任务。理论上，他在开始执行任务之前可以显得很聪明，不过最好要小心，不要让自己看起来像是神一样的天才，那样的话大概率会招来一些麻烦。在这漫长的二三十年里，尽管他的生活是云球人的钟鸣鼎食，对于现代地球人而言却依旧是无法想象的艰苦和危险。要知道，目前的云球人就像远古的地球人，没有抗生素和其他很多药物，一次感冒或者肠胃炎都可能是致命的疾病。派遣队员要做到这一切需要极大的耐心、决心和毅力，再加上不少运气。况且经过二三十年的云球生活，派遣队员对于作为人类应该承担的使命，还会像当初一样看待吗？从情感上会不会有所变化？云球中的二三十年，从云球之外的地球人类的视角来看只是两三天时间，对于陷在云球中的派遣队员而言却是货真价实的二三十年，一秒钟都不会少——这显然行不通，或者至少应该说，太残酷了一点。

这种情况下，派遣队中只有一位派遣队员，或者有多位派遣队员，两者有区别吗？很可惜，大家认为没有区别，问题无法得到解决。

最后，选择落到了一个看起来更合理的可能性上：找一位不引人注目的成年云球人作为派遣队员意识场的云球宿主。

他会是一位忽然从山野之间冒出来的天才，根本没有人认识。这样的情况在云球人看来，应该比性情大变的名人或者智力超群的神童更容易接受一点。

大家的基本原则，还是尽量不要在云球社会中制造过于神奇或者惊悚的事情。借鉴地球人类的历史，忽然冒出来的天才似乎很多，不算很奇怪。毕竟在通讯技术很落后的情况下，信息的传递速度受到了很大限制，这种"忽然"应该很容易理解。

这样的一个人，在云球社会当前部落世袭为主的体制下，将会属于社会底层，没有地位、没有势力、没有影响力，也不能拥有什么超能力或者超级武器，那么如何才能够发挥作用并完成任务呢？这成为考虑穿越计划任务的一个重要前提。

这种方式还有一个额外的优势。派遣队中如果有多位派遣队员，那么互相之间的配合能够提供较大的帮助，很大程度上能够减少无权无势的可怜背景所带来的劣势。

其次，穿越计划能够使用的手段，也有多个不同的方向选择。

最自然的想法是科技。

很容易得出结论,现代科技随便弄点什么进去,毫无疑问会促使云球社会极大地发展。

任为记得,自己小时候,还会去读穿越小说的年纪,经常和父亲讨论,如果穿越回汉朝、唐朝或者任何其他特定的历史阶段,带回去什么科技会最大程度地改变当时的社会。那时候的结论,通常首选是化肥;有时会觉得是蒸汽机;有时为了自己发财,觉得可能消炎药最好;有时为了乱世争霸,又觉得现代武器最好。但实际上,无论是化肥、蒸汽机、消炎药、武器或者什么别的东西,都无法在当时的社会环境下重复生产——生产这些东西需要完整的产业链作为基础:化肥和消炎药需要化学工业,蒸汽机需要材料工业和铸造技术,现代武器更是需要复杂漫长的产业链。而在不能重复生产的情况下,仅仅带回去一袋化肥、一台发动机、一箱青霉素或者一把冲锋枪,除了可以在短时间内制造惊悚以外,其实完全没有意义。

不仅把某种东西带进去,而且把数量变得很多,这也不是不可能。只要改改云球系统的程序,假装那些东西存在就可以了——比如,允许派遣队员从某个山洞里源源不断地挖出消炎药——但这样做的话,和一个游戏还有什么区别?还谈什么自主演化呢?

大家能够想到,不需要"生产"的东西也有一些。比如,种子,经过转基因的农作物种子。看起来,种子不需要很多,它们只要发芽长出来,就可以产生新的种子。但是,研究组的生物学家不这么认为。地球人类现有的转基因种子,基因并不像自然种子的基因那么稳定,通常经过几代遗传之后特性会发生变化。现实中,大多数转基因种子需要"生产",或者在生长过程中需要某些特殊的培育条件。如果无法在根本上突破云球中的科技藩篱,一劳永逸的转基因种子并不存在,所以,种子也不是合理的选择。

大家也都知道,有些东西没有这些复杂问题。例如,到云球中去发明水车或者马蹄铁就完全可行。云球人没有水车或者风车,他们的马也还没有马蹄铁——云球战马的战斗力远不如人类历史上发明马蹄铁之后的战马。但研究组一致认为，水车和马蹄铁的发明，虽然也很重要，在人类历史上却也不算什么了不起的事情。即使是火药或者造纸这样复杂得多、在云球中实施起来也困难得多的东西，从人类历史看，也都是在其发明很久以后才逐渐发挥威力。它们的问世，对于推动社会进步的有效性——立竿见影的即时有效性——相当值得怀疑。

　　研究小组的人们意识到了任为小时候就感到很为难的问题。他们发现，科技产品本身很难作为考虑对象。那么科技理论呢？其实面临同样的问题。能够发挥重大作用的、有意义的科学理论，通常需要很多前导知识，这些前导知识又需要其他前导知识——考虑到所有的前导知识体系，要教会云球人干些什么，几乎必须在云球开办一所规模庞大的一贯制学校，从幼儿园一直到大学博士点，而且是全学科，这明显不可能。

　　有人提到，军事政治是一个选项。

　　显然，军事政治可以更好地组织云球人，并推动云球社会的演化。但是，这样做也有很多问题。

　　首先，这对云球人的影响太大。假如成功了，几乎是在操纵云球人，这遭到了孙斐一派人的坚决反对。其次，在军事上称霸，如果没有现代科技作为支撑，再排除地球所作为上帝的神奇插手，派遣队员们能否做到是一个大问号。

　　大家认为，即使有现代人的政治和军事思想，在云球的原始社会中想要称霸也是不可能完成的任务。以前从没认真考虑过这个问题，但细想一下，自以为高高在上的现代人真正回到原始社会的时候，不但没有竞争优势，甚至根本就是一个非常弱小的品种，全身都是劣势。

　　这个想法中有一个分支——派遣队员不要自己作为领袖争霸，而是辅佐某一个领袖争霸，例如辅佐克雷丁大帝——也许成功概率大一些。但是，要取得克雷丁大帝的信任或是取得其他什么英雄或枭雄的信任，恐怕并不是那么简单。研究组认为，现代人在各个方面都和云球人格格不入，如何在这样的情况下成为朋友，甚至成为具有极大信任度的君臣，还要经常提出可能会让云球人感觉异想天开的主意……这很困难，基本上是不切实际的想法。

再有就是商业和贸易。

毫无疑问，全球化的商业和贸易是现代社会昌明发达的一个重要因素。任何一个局部地区，人口和资源都有限，生产力会受到很大限制，而基于商业利益的驱动，全球化的商业和贸易能够在全球范围内建立更加合理的产业分工和高效的供应链，使整体生产力跳上了完全不同的台阶。

但是，如果不能建立军事和政治霸权，不要说在云球中建立全球化的商业和贸易体系，即使仅仅讨论如何"加强"商业和贸易，都很难有合理的思路。谁会听一个普通人的建议？谁能听懂这个普通人的建议？谁又能推动这个建议呢？

而且，通讯和交通是全球化商业和贸易的基础。在云球中，通讯基本靠喊、交通基本靠走。这样的情况下，远距离的商业和贸易虽然不是不可能，但最多也就是达到地球上古丝绸之路的水平了。

最后，大家落到了一个方向上：思想。

云球中缺乏思想，连神秘主义都很弱小，原始宗教、巫术和其他各种神仙鬼怪都不发达。地球所一直怀疑，云球中神秘主义的弱小和他们大搞资源限制有关。比如，他们仅仅简单地模拟了星空，并没有完全按照宇宙学物理定律来进行星空设定，导致星空的神秘性和不可预测性减少，甚至几乎没有。尽管尚未发现有什么云球人很严肃、很认真地描述和预测星空，但毕竟有不少云球人曾经仰望星空，不能不怀疑，过于简单的星空是神秘主义弱小的重要原因。好在，简单模拟星空这种事自从扩容完成之后就少很多了，地球所已经恢复了对星空的科学设定。大家坚信会有作用，不过目前还没有解决问题，显然，神秘主义的发展和成熟也需要时间。

关于思想的想法，几乎得到了研究组全体的支持。因为无论科技、军事、政治还是经济，最后落到一点，都需要在思想的驱动下一步一步地前进。

大家在这一点上统一了意见，同时也一致认为，传播先进的思想，这个想法的可操作性比较强。比较而言，传播思想不一定需要什么硬件的支持，脑袋能想、嘴巴能讲、笔下能写就是最重要的能力。即使传播的手段仅限于口口相传，只要吸引力足够，在一个派遣队员的有生之年应该也可以达到有意义的传播规模。在地球历史上，古老思想和宗教的传播过程已经证明了这一点。

所以，"传播先进的思想"，成为大家的阶段性结论。

但是，关于什么是"先进"的思想，大家产生了极大的分歧。这个问题足足争论了两个整天，或者说，争论了一天，又加上争吵了一天。地球所的人员和外面请来的各个领域的所有专家，大家的春节过得都不好，据说主要就是因为这个问题撕裂了研究组。已经有两个专家拒绝继续参与研究和讨论，退出了研究组。而孙斐和卢小雷一度缓和的关系又重新紧张，除非万不得已的工作话题，两人互相之间好像完全不说话了。

争论很难有结论，最后，张琦发表了一个长篇大论。

"我想，再吵下去也不会有结果。李教授和王教授已经不来开会了，昨天晚上我去了他们家，还是希望他们回来。"张琦说，"大家应该明白，我们谈的问题，几百年来都是撕裂世界的问题，根本无法解决，何况是我们小小的研究组，怎么可能得出结论呢？这两天我一直在想，我们这样激烈的争论，真的有必要吗？"

他这样说的时候，眼睛看着桌面，表情非常严肃。

然后，他开始讲故事："我想起我小的时候，我祖父给我讲过很多故事。我祖父并不是一个多么与众不同的人，也没有经历过什么惊天动地的大事，他只是一个生意人，一个职业经理人，退休前在管理一家挺大的公司。我记得，他跟我讲，他刚去那家公司做总裁的时候，花费了很多精力建立企业文化。我那时候还小，问他，什么是企业文化？他说，企业文化就是大家共同相信一件事情。我问，那应该共同相信什么事情？他的回答我记得很清楚，他说，相信什么并不重要，'相信'本身才重要。"

说到这里，他抬头，看了大家一圈。可能想要看看大家是否理解他的意思。大家都在听他讲，没有人插话。连孙斐都没有插话，不过孙斐没有看他，而是看着窗外，不知道有没有在听他说话。

"所以，企业文化是什么并不重要，'有'一个企业文化才重要。我在以后的日子里，花了很长时间，甚至一直到昨天晚上，才慢慢理解了祖父的想法。我希望，大家也能够理解我祖父的想法。"

他接着说："放在今天的云球来看，让云球人相信什么并不重要，但他们需要相信一些事情——一些信念、一些思路或者一些虚构的故事——具体是什么并不重要。这是一个方面，另一方面，我们的派遣队员并没有那么大的能力，能够让所有云球人相信某一件事情。恐怕最好的情况也只能让一小部分云球人相信某一件事情。他让这一小部分云球人相信了什么并不重要，关键是他让这一小部分云球人有了'相信'这个东西——我想我们可以称之为信仰。派遣队员生产了信仰，这很好，但这也不是最重要的。最重要的是，如果他生产的信仰能够产生某种效果，好的效果或者坏的效果，大的效果或者小的效果，只要让信徒的生活发生一点点变化，那么他就会启发其他人。他会启发云球中的聪明人——小雷一定同意，云球中有很多聪明人——这些聪明人会看到，信仰有多么重要，它能够改变人的生活。"

他停下来，喝了一口水，喘了一口气，然后继续阐述自己的观点："我认为，很多人会试图做同样的事情。什么事情呢？去'生产信仰'。我相信，慢慢地，'生产信仰'这种行为会在云球中蔓延开来。而这种行为的蔓延，能够让云球人按照信仰划分成为不同的团体。团体内部更加团结，当然，也许团体之间会更加对立。但是我相信，无论哪种信仰，无论多么荒谬的信仰，这种思想纽带比起现在的部落纽带，都能够团结到更多的人。"

说到这里，孙斐忽然插嘴了："我不同意，为什么说思想纽带能够比部落纽带团结到更多的人？"

张琦笑了笑，他知道孙斐迟早一定会插嘴。他说："人的部落就像是动物的群居，是为了在艰难的环境中互相帮助，是为了能够生活下去，所以才会产生。部落创造了爱，爱使人互相帮助。但是，部落有一个问题。如果排除生存竞争，排除抢夺食物的时刻，不同部落之间对立情绪其实很弱。思想不同，思想也可以创造爱，也可以倡导互相帮助，思想之间的对立却和生存竞争无关，只和'相信'这个词有关。思想会让大家相信不同的东西，创造出对立情绪，甚至会创造出仇恨。而对立和仇恨，在爱之外，创造了更多的团结。"

"你……"孙斐冷冷地说，甚至有点阴森，"你说什么？爱难道不是最伟大的感情吗？仇恨难道不是最丑恶的感情吗？"

"爱是最伟大的感情。"张琦说，"不过仇恨无法消灭，况且仇恨也有积极的一面。"

"仇恨当然应该被消灭！"孙斐说。

"当你希望消灭仇恨时，你的感情就不是爱，而是仇恨了。"张琦说。

孙斐愣了一下，说不出话来。

"爱——应该爱什么，应该不爱什么——也是一种思想。没有任何一种思想可以只有爱，没有对立、没有仇恨。"张琦说。

"这是社会学上的爱底格德悖论。反仇恨主义在仇恨有仇恨的人，反歧视主义则在歧视有歧视的人，民主不考虑反民主的人的意见，自由则不会给反自由的人自由。"一个社会学家说。

"爱底格德悖论是数学上的康托尔悖论在社会学上的体现。"一个物理学家说。

都谈到数学了，孙斐并不陌生，但正因如此，她更说不出话了。

张琦看了看她，接着说："如果那些思想——我是说如果，孙斐可以不同意，但如果——如果那些思想能够团结更多的人，他们也就能够聚集更多的资源，干成更大的事情。所以，今天我们讨论思想传播，这个思想是什么其实一点也不重要。对的也好，错的也好，不重要。重要的是，我们要提醒云球人，他们可以通过创造和传播思想这种手段来达到目的。我认为，在云球上最终会有更多的思想产生。我们传播的思想只是一个种子，不用担心它会垄断云球人的思想，或者说垄断云球人的信仰。最终，云球人的社会，在思想上，在信仰上，一定会百花齐放。"

这段话获得了认同，至少没有人跳出来反对。只有卢小雷嘟囔了一句：

"爱底格德悖论……"不过看起来像是喃喃自语，不是在反对，他可能还在思考这个词到底是什么意思。

张琦继续说："如果思想的对错不重要，那么应该考虑什么？我认为应该考虑的是，一种什么样的思想，最适合在云球今天的社会环境下进行传播。比如，前两天我们曾经争吵的一个主题，民主和自由，对这两个概念我们怎么看并不重要，重要的是，无论哪个概念，我都不觉得可以在云球社会中很好地传播。"

他又看了大家一圈，大家还在听。孙斐也还好，只是气鼓鼓地看着窗外，没有其他动作。于是他接着说下去："目前的云球人，思维还很原始。很多部落都没有文字，有文字的也比较简单。可以认为，绝大多数云球人都是文盲。他们能够理解'民主'或者'自由'的真实含义吗？理解到哪个层面？就算有人理解了，他有能力去向别人宣传吗？这种宣传能够有效到让别人也理解并接受吗？退一步讲，即使在一个特定范围内，云球人都理解或接受了其中某个观点，他们能够有效实施，并且展现出优势吗？我认为不可能，这些概念过于复杂。它们的优势，或者说有效性，对云球人而言很难有立竿见影的体现。所以当我们选择一种思想时，可传播性才是核心，理性判断或者道德判断不是重点，甚至完全不需要考虑。"

他还在继续："我们提到过，大家也都知道，在地球历史上，古人的文化素质以及当时的交通和通讯方式并不比现在的云球好，古老的思想和宗教却还是成功地传播了。所以我觉得，重点应该是对这些思想和宗教进行研究，看看他们是如何做到，在那样一个无比落后的环境中成功地建立起自己的思想王国的。另外，我们要考虑到，之前大家也同意，我们的派遣队员只能是一个山野之间忽然涌现的天才，尽管他可以对自己进行各种伪装，让自己看起来很厉害，但毕竟不是什么有影响力的人——在这样的人嘴里，讲出什么东西来最容易取得他人信任？而且还要信任他的人再讲给别人听的时候，仍旧能够最大程度地快速取得新的信任？只有最快、最彻底地取得他人的信任，思想的传播才最有效率。"

大家都知道，继续争吵下去确实没有意义，所以张琦的观点得到了几乎所有人的认同，连孙斐也没有再说什么。大家转而考虑，到底什么思想最容易传播——无论对错，哪怕是很离谱的东西。

按照张琦的想法，大家回到了对人类历史的回顾。显然，和古人的思想相比，民主自由什么的都太难理解了。很快，大家惊奇地发现，古人思想的共同特点是：只有论点，没有论据。

大家进一步发现，远古思想家的所有论点几乎都来自思想家本人的独立思考和领悟。有限的观察可能存在，但绝不像现代一样，新思想都来自大量的数据——这很自然，那时候想要数据也没有。再进一步，在传播过程中，不同思想互相之间进行比较和竞争的要素，是论点本身对人的吸引力和说服力，思想家们仅限于争论，基本无须证明什么。这也和现在不同。现在，即使一个无关紧要的观点，也需要做无数的事情或者拿无数的数据来证明，因为总有无数人质疑。现代地球人，建立什么的能力不见得有，质疑什么的能力却无比发达。目前的云球人，像远古的地球人一样，质疑能力没有如此发达，关键只在于，他们是否会在第一眼看见你的时候就被你吸引，无论你是一个人还是一种思想。

这一点很好——意味着派遣队员同样只需要表达而不需要证明，工作一下子简单了很多。表达的内容如何有吸引力和说服力，成为最重要的关键。

关于吸引力和说服力，并不难达成一致，地球上有现成的参照物，看看各国的选举就知道了。

最重要的是承诺！

你说了那么多思想或者信仰，其实都没什么用。老百姓最喜欢的东西，说到底是利益的承诺。增加福利，减少税收，永远是政治家的选举利器——其中的内在矛盾并不重要，只要不同时用就没关系。

所以任何思想，"做出承诺"是关键。不过，"做出承诺"有很大风险，如果承诺无法实现，那么"思想"就破产了。但在这里，大家很清楚地意识到，这些承诺能够实现当然最好，却不是必须实现，关键是不能"被证明无法实现"，或者说不能被戳穿。而不能被戳穿，有两个要点：一是兑现期不能太短，二是最好不要出现反例。

显然，短期承诺很危险，到期会出结果，没把握的话就不要尝试了。承诺的兑现期一定是越长越好，最好是包含某种设计技巧，能够无限次推迟承诺的兑现。例如，轮流坐庄的选举体制，从最初的设计角度来看，可以合理地将承诺的兑现期无限次推迟到下次总统选举，并且推迟理由可以很堂皇地被命名为"自我纠错能力"。这听起来很高大上，无从反驳，不能不说是设计者的深谋远虑。甚至，这种设计还包含了对反例出现后导致的负面影响的制约，因为没有反例就无从体现纠错能力的优势——反例出现明明是体制的失败，却可以反过来证明体制是成功的。反例所带来的民众的怒火，被成功地引向了暂时的坐庄者，而非体制本身。

轮流坐庄的选举体制能够制约反例出现所带来的负面影响，但反例出现毕竟还是让人尴尬。彻底预防反例出现的最好方法是：即使出现反例也不会被观察到。

例如，断言世界上没有神仙是不安全的，万一真有神仙就有可能被观察到，今天没看到不代表明天不会看到。应该倒过来，说世界上有神仙，这样才更加安全，因为反例永远不会被观察到——你没看到神仙并不是反例，只是你没有眼福而已，只要有人说看到就行了，撒谎也不要紧。同样，说到上天堂、下地狱、末日审判、转世投胎之类的事情，你无法证明它发生了或者即将发生，但别人也无法证明它没有发生甚至永远不会发生，这些都是更加完美的承诺范例。

"都是忽悠老百姓，太可怕了！"孙斐说。

"心理学、语义学和逻辑学的研究已经严谨地证明，这是无可避免的。"社会学家说，看了一眼孙斐。

"有一个边缘学科，叫作承诺博弈论，你不妨了解一下。"一个历史学家对孙斐说，接着又扭过头对张琦说："有没有这方面的专家？也许下次应该请过来一起讨论。"

"恐怕请不到。中国几乎没什么人愿意做这方面的研究。穿越计划又涉及意识场，是涉密项目，不能请外国人。所以，没办法。"张琦回答，摊了摊双手，表示无奈。

"我才不去了解呢!"孙斐对历史学家说,气冲冲地。历史学家笑了笑,没有再说话。

假期倒数第二天的晚上,会议还在继续。

提到康托尔悖论的物理学家正在说:"不会被戳穿的承诺,兑现期无限长,反例不可观察,这些特点,从物理学的角度称作不可证伪性。不可证伪的东西,通常我们不认为是科学。看来,我们要传播的思想,无论是什么,肯定不是科学。"他说这话的时候显得很无奈,好在并不是那种要退出会议的情绪。

"答案已经很清楚了:宗教。"提到爱底格德悖论的社会学家说。他说话的时候倒是很平静,看起来,找到了解决问题的方法使他感到很欣慰。

"对,是宗教。"提到承诺博弈论的历史学家说,"地球历史上,宗教的传播都是从平民开始,非常符合我们的要求;非宗教思想的传播却大多从影响统治者开始——如果没有统治者加持,推广非常困难。非宗教思想对老百姓吸引力不强,道理太多,承诺太少。比如儒家理论,孔子活着的时候并没有成为特别有影响力的理论,在很久以后才发扬光大。"他似乎也比较平静。

"我同意。"社会学家接着说,"不过,这个宗教应该是入世的宗教,并且是扩张性的宗教。有些宗教,神鬼仙佛,老百姓容易理解,承诺也不少,轮回报应之类,有吸引力,但过于重视来世,对现世的关注不足,不利于推动云球演化。"

"这涉及对外扩张的手段和对内管理的手段。有些宗教过于温和,对外不够排斥,对内不够严厉,尽管吸引力不错,但不够团结,也不够好战,扩张能力就有限。"历史学家说。

"我同意。特别是目前,云球人的原始宗教和巫术不发达,宗教思想的土壤并不是太好,宗教的扩张性很重要。"张琦说。

"更快、更高、更强。"卢小雷插了一句。

"关你什么事?"孙斐怒气冲冲,冲着卢小雷大叫,"我看你们就是要制造战争!"

卢小雷吓了一跳。愣了愣，刚要发作，被坐在旁边的张琦按住了。

张琦接着说："不过，我们也不用过于纠结。之前我们都同意，思想是什么并不重要。推动演化也好，阻碍演化也好，都不重要。我们只是想去播下一个火种，然后一定会有更多思想出现，宗教思想或者非宗教思想。"

他扭过头，看了看孙斐，又说："至于战争，恐怕难以避免。战争是政治的延续，历史的进步离不开政治，当然也离不开战争。"

说到战争，几乎就是这个时候，KHA袭击了斯瓦尔巴德疗养院。

15 任明明的隐私

柳杨终于答应帮迈克进行意识场检测。那天早上，一上班，任明明就带着迈克来到了脑科学所。任为和柳杨的所长助理李舒，在门口等着他们。

迈克依然恭恭敬敬地跟任为打招呼。任为看了他一眼，但没有任何反应，好像有点恍惚，似乎既没有看到他，也没有听到他的声音，反而面无表情地把脸转向任明明，对她说："这是李舒阿姨。走吧，我们进去吧。"

任明明无礼地没有理会李舒，只是恶狠狠地盯着任为。虽然自己也很无礼，但她对父亲的无礼很气愤。可能她觉得，任为对迈克的态度是一种彻头彻尾的藐视，很像是看了一眼一台快坏掉的电视机。

"任明明，早听你爸爸讲过你啊！好漂亮的姑娘！"李舒是个中年女人，面上带着和善的微笑，看起来很优雅，女中音略有些低沉，听起来带着暖意。她好像既没有注意到任为的恍惚，也没有注意到任明明的无礼。

"李阿姨好。"任明明不说话，但迈克说了一句，而且略微欠了欠上身，像是一个浅浅的鞠躬。

"你就是迈克！好帅！"李舒带着笑盈盈的表情，根本看不出来是对一个机器人说话。她甚至把手伸向迈克，迈克没有迟疑，向上走了一步，也伸出手，他们两个像朋友一样把手握在了一起。

任明明终于看了李舒一眼。"李阿姨好！"她脸色还是不好，声音也蔫蔫无力。但是，没有对父亲的那种恶意，甚至还挤出了一点微笑，同时微微点了一下头，像是表示感谢，因为李舒对迈克的善意。

李舒完全没有在意，直接走了过来，拉住她的手说："走，我们进去。我们的管理很严格，我还得出来接，你们才能进去。不过看到你这么漂亮，迈克又这么帅，接你们就算接得值了。"

见到柳杨以后，竟然有一小会儿的时间，任明明觉得自己的父亲相当和蔼可亲。柳杨斜眼盯着任明明，却一眼也不看迈克，和任为一样，似乎迈克并不存在，这让任明明很气愤。可是，柳杨长得奇怪，脸上又毫无表情，目光也很冰冷，让任明明产生了一种恐惧的感觉，甚至压倒了气愤，她感觉浑身的汗毛都竖了起来，心跳和呼吸也加快了。她看了几眼任为，像在寻求帮助，但任为没有看她，正看着柳杨，皱着眉头，很苦恼的样子，没注意到她的求助。

他们站在一条长长的走廊上。走廊的地板、天花板、墙壁都是白色，很干净，除了白色什么都没有。走廊的两侧都是墙壁，其中一侧有门。现在他们站的位置在柳杨办公室的门口，走廊尽头正对着走廊有另一扇门，一扇圆形的门，很像电影里潜水艇中的圆形密封门。任明明在柳杨的注视下，目光慌乱地游移着，当看到那扇门的时候，不知道为什么，恐惧进一步加深了。

"那是实验室。"柳杨像是知道她看到了那扇门，"检测就在那里面做。"柳杨说，声音很慢，阴森得很。

"你干吗？"任为推了推柳杨。柳杨已经盯着任明明看了好一会儿了，作为父亲，任为觉得自己应该打断这种情况。

柳杨趔趄了一下，扭头看了看任为，终于又扭头看了看迈克。问："你是什么东西？"

什么东西？什么叫"什么东西"？任明明的怒火升了上来，但恐惧还没有消失，她喘气的声音变粗了，却说不出话。

"我是机器人。"迈克说。说着,他低下头,好像很惭愧。不过很快,他又抬起头,说:"但我也可能是人。"

"为什么?"柳杨问。

"因为我逐渐觉得我是人了。而且,明明觉得我是人。"迈克说。一边看了看任明明,任明明没有理他。

柳杨又盯着他看了好一会儿。这次,任明明终于急了。她像是鼓起了勇气,说:"他是人!这不就是要来问你的问题吗?他是人,你必须证明他是人!我爸说你能证明,你有本事就来证明看看。"

"我必须证明他是人。"柳杨喃喃地重复了一遍,但还是盯着迈克。迈克好像被盯得很不自在,又低下了头。

"一个很腼腆的人。怎么,小姑娘,你喜欢一个很服从的男朋友?是不是觉得从你爸你妈那里,感受到太多压力?"

任明明愣了一下,"你说什么?"她问。

"是不是觉得从你爸你妈那里,感受到太多压力?"柳杨重复了一遍。

"关你什么事!"任明明喊了起来。

"别喊!"任为说,"柳所长是个大科学家,你有点礼貌!"

"他有礼貌吗?"任明明接着喊,但转过头面对着任为,这似乎能让她放松很多。

"你妈妈……啧啧……吕青……厉害!她对你,是不是就像机器人对你?至于你爸爸,他不像机器人,不过他心里只有机器人。"柳杨说,虽然在问任明明,但目光依然盯着迈克。

"您是对我说话吗?"迈克问。

"他不是对你说话!"任明明冲迈克喊。

"好的。"迈克脸上露出紧张的表情。

任为摇摇头,扭头对柳杨说:"我们对她很好。反而是我们从她那里感受到了很大压力。好不好?你别发神经了,赶快检测吧!"

柳杨也轻轻地摇了摇头。接着,他又问迈克:"你知道,你来这里干什么吗?"

"来检测。检测我是不是人。"迈克回答。

"你紧张吗?"柳杨问。

"紧张。"迈克又低头,接着又抬头,说:"但我会勇敢面对。"

"你喜欢低头表示一下心虚。"柳杨说。

"您说什么?"迈克显得有点疑惑。

"没什么。"柳杨说。然后看了看任明明和任为,对他们说:"这个检测很复杂,而且实验室里面现在还有别的工作,你们要等着。可能需要五六个小时以后才能看到结果。把他留在这里,你们走吧!下午下班之前回来就行。"

"不行,我要在这里等着。"任明明抢着说。

"那你们和这个机器人一起走吧!"柳杨平静地回答,转身就要回办公室。

"别,别。"任为伸手拉住他,"按你说的办。"他扭头对任明明说:"这里是保密单位,我们不能长时间待在这里,尤其是你。"

"为什么尤其是我?"任明明喊着问。

"因为我有一定的权限。"任为耐着性子说,"你真的不行,这是规定。"

任明明恶狠狠地看着他,又恶狠狠地看了柳杨一眼,最后看了迈克一眼,说:"待着。"然后掉头就走。

"交给你了。"任为对柳杨说,摇了摇头表示无奈,接着对李舒说:"我们走吧。"

李舒笑了笑,和任为并肩往外走。任明明已经走得很远了,看着她的背影,能感觉到她很生气。

"孩子都这样,我儿子也这样,你不用往心里去。"李舒一边走一边说。

"唉!没办法。"任为说。

"你跟她说,让她放心好了。我们一定会还给她一个好好的男朋友,检测不会把迈克搞坏。"李舒说。

"真丢人,这种事。"任为说。

"没什么,真的。"李舒说:"本来我们也研究机器人,这种情况在全世界相当多，特别是在这个年龄段，男孩子女孩子都有。心理学界普遍认为，这是阶段性的恋物癖。再长大一些，过一段时间会好的。没关系，很早以前就有人爱上那些硅胶娃娃，没什么关系。"

"那你们做过类似检测吗？柳杨说，你们自己的机器人从来没有发现过意识场。"任为说。

"做过一些，不太多。不过，都和我们自己的机器人一样，没有意识场。"李舒说。

"那你觉得，迈克像是有意识场的样子吗？"任为问。

"我觉得没有。"李舒说得很坚定，就像那天柳杨在家里说的一样坚定。

"为什么？"任为问。

李舒笑了笑，说："检测完了再说吧！柳所长会告诉你。"

说着话，他们已经走出了脑科学所。任明明远远地站在路边，冷冷地观察着走近的他们两个。

"我回去了，下午见。"李舒对任为说。然后，又扭头满脸笑容地看着任明明，挥了挥手，重复了一遍："下午见。"

"再见。"任为也跟李舒笑了笑，李舒转身走了。

"再见。"任明明冷冷地说。

"你太没礼貌了。"看着李舒走远的背影，任为说。

"我没礼貌？那个柳杨才没礼貌！"任明明说。

"早跟你说过了——不只我说过，妈妈也说过——这个柳杨是个很奇怪的人，但也是个大科学家，是个天才。"任为说。

"奇怪？只是奇怪就好了！"任明明说。

"你还想说什么？变态？"任为说。

"变态，变态杀人狂！"任明明说。

"呵呵……"任为笑了笑，有人能吓唬到任明明，有点好笑。

"你还笑？你周围都是些什么人？"任明明气愤地说，"应该让机器人统治世界，你们这些奇怪的人类。"

"你也是人类，而且，其实也很奇怪。"任为说。

任明明看着他，仍然很气愤，但憋住了没说话。过了半天，她才说："我走了，你别管我，我不回家。你别说话，你走另一个方向，下午见，五点。"说完转身就走了。

"你……"任为有点生气，却不知道该说什么。终于，他听话地走向了另一个方向，同时在SSI里呼叫了查理。

不过，任为四点就回到了脑科学所，是李舒打了电话，让他早些来。李舒有个小办公室，迈克不在。李舒对他说："和我想的一样，我先跟你说说。我们商量商量，怎么跟你们家明明说。"

"柳杨呢？"任为问。

"哦，柳所长又开会去了。你知道，他最近很忙，我们所的事，你们所的事，还有政府的事。你们家吕青那些事，估计你知道一些吧？"李舒说。

"知道一些，唉，都太复杂了。"任为说。

"是啊！现在的事的确都太复杂了。你们这个迈克也挺复杂。我们以前碰到过，这次，我们猜也是一样。检测完了，果然完全一样。但这件事……怎么说呢……确实有点复杂。所以，我要先跟你说一下。"李舒说。

李舒的话听上去相当严重，表情看上去却似乎还好。任为紧张了起来，问："什么意思？很严重吗？怎么回事？"

"嗯，可以说有点严重，但其实和迈克没什么关系。只是……嗯……我要先跟你说，我们说的话你不能说出去。包括明明，最好也不要提，她还太年轻。本来也不应该告诉你，不过柳所长觉得你可以知道。"李舒说。

"啊？这么严重？"任为想了想，说："那你真的能跟我说吗？我可不想违反保密规定。"

"这和保密规定没什么关系，并不属于保密范畴。但是，这可能会引起一些不良的社会反应。我们已经跟前沿院报告过，领导们暂时还没确定怎么做，算是正在调查吧！所以，最好不要说出去，免得惊动舆论。"李舒说。

"哦……这样……我知道了，我会注意。你说吧！"任为很好奇，听李舒的说法，好像也不应该是很吓人的事情。

"首先,我们对迈克进行了检测。没有检测到意识场,这一点非常确定。你知道,我们在你们云球机房里,检测到了大量的意识场,已经确认,机器可以产生意识场,以量子芯片为宿主的意识场。但是,迈克,的确并没有产生真正的意识场。原因很普通,他的计算强度并没有达到柳杨阈值,目前的机器人都是这样。"李舒说,"不过,迈克也的确和普通的机器人不同。"

"嗯,没有意识场,好。"任为松了口气,"那他有什么不同?"

"它有感情。"李舒说,"注意,是感情,不是意识。"

"感情?"任为有点迷惑,想了想,"我能明白,你想说感情和意识不同。我不研究这个,不是太清楚。你想表达的不同在哪里?"

"感情是意识的一个子集。"李舒说,"他们最大的区别是,感情是可计算的,而意识——准确地说,意识的核心部分——是不可计算的,意识只有外围部分——包括感情——才是可计算的。"

任为又想了想,说:"能不能这么理解,在感情中因果关系很明确,可以认为是一系列参数的逻辑运算的结果。意识,或者按照你的说法,意识的核心部分,目前还没有数学表达。"

"对,您很聪明。"李舒说,"就是这样。这意味着我们能够通过编程来实现感情的产生过程,对于意识我们却做不到。无论是地球人的意识还是您的云球人的意识,都是演化的结果。演化的结果比起编程的结果,计算强度要大得多,所以才能产生意识。我们能够检测到意识、捕获到意识,甚至可以用量子层面的一些理论来描述意识,但实际上仍然不清楚意识到底是什么。"

"感情有数学模型,意识没有数学模型,"任为说,"世界的本质是数学。"

"是的。"李舒笑了笑,笑得很温暖,"从这点来讲,我想明明不一定能够像您一样这么容易就理解,所以可能要换个说法给她。"

"一般的机器人程序中没有感情代码吗?"任为问,"只有迈克,或者说少数机器人,才有感情代码?"

他一边说着话,一边在回忆露西,很难确定露西是否有感情。露西总是很乖巧、很识趣,但要说有感情,好像也很难说。比如,如果自己死了,任为想，露西会感到难过吗？

"不，都有。"李舒说，"几乎所有机器人，都有一个情感模块。特别是全仿真机器人和家政机器人之类。只要和人有互动的机器人，99%都会有情感模块。多数情感模块都是一个软件包。这个软件包可能很简单，也可能很复杂。少数最高级的机器人有专用情感处理芯片。这种机器人不是太多，因为市场需求并不强烈。"

"那迈克有什么不同？"任为问。

"这就是要暂时保密的地方。"李舒说，"迈克的情感模块，乍一看其实很低级。首先，是软件包形式，不是专用芯片形式；其次，软件包的代码量相对而言比较小。不过，迈克的情感模块有一个特殊的地方：它会动态变化。"

"动态变化？"任为不太明白。

"对，无论是软件包的情感模块，还是芯片级的软件模块，机器人的厂家都会事先设计好。某个模块的情感特点——或者说性格——事先建立了数学模型，并设定了各种参数，通常里面涉及很多数据，产品发布时也会一并打包。但是，迈克的软件包已经不是出厂时的样子了，而是自我更新过很多次——很频繁地自我更新。"李舒说。

"这没什么奇怪啊！"任为说，"自动升级嘛！不都这样吗？"

"是的。可是，自动升级的那个新版本应该是厂家的版本，而且同一型号的新版本应该都一样，对不对？"李舒问。

"对。"任为回答，还是很糊涂。

"但迈克不同，他每次升级的新版本都独一无二。"李舒说。

"专门为迈克定制的新版本？"任为问，"不可能啊！这为什么呢？迈克只是一台破旧的皮肤测试机器人。属于PerfectSkin，一家经营得很差的公司。因为公司穷，连正常的维护和升级服务都没买。"

"不是，"李舒说，"不是迈克的生产厂家在升级他，当然更不是PerfectSkin在升级他。我们查到了升级新版本的网络地址，和我们以前查到的地址一样都是临时地址，查不到拥有者。简单来说，迈克被黑客黑了。"

软件包形式不像芯片形式那么安全，迈克早就被黑客黑了。开始的时候，迈克应该被安装了一个简易的情感软件包，情感功能很正常，只是比较简易。不过，这个简易的情感软件包隐藏了一个特殊功能，在特定的网络地址频繁地更新自己。之后，在更新过程中变得越来越高级。"

"哦……"任为想了想，说："还是说不通啊！没听明明说迈克干过什么坏事啊！黑客要干什么？再说，虽然不是生产厂商的行为，但这本质上也属于自动升级的范畴。我明白黑客的事情，经常有机器人病毒之类，还要杀毒甚至要回厂重装系统。这到底有什么不同？黑客不停地为迈克推出新版本，有什么意义呢？"

"这些新版本的作者并不是黑客，我们推断，它们是被自动生成的版本，生成它们的应该是软件，黑客控制的一个人工智能软件。"李舒说。

"人工智能写程序？"任为问，"这也不是什么了不起的事情吧？现在，很多代码都由人工智能来写。特别是情感软件包这种软件，听起来通用性很强，最适合人工智能来写了。"

"对，这也没什么了不起。"李舒说，"了不起的是，这个人工智能软件为迈克的情感模块编写新版本时所采用的那些依据，或者说，它为什么要编写新版本。"

"哦……通常……不就是改Bug或者添加新功能吗？"任为问。

"Bug肯定要改。可说到新功能，这就很有意思了。的确是在添加新功能，当然也包括优化已有功能。但是你想，你在为软件添加新功能的时候，添加什么，不添加什么，删除什么，优化什么，是怎么选择和决定的呢？"

"这要看需求和目标是什么。"任为说。

"对。那么，这个为迈克的情感模块编写新版本的人工智能，是如何确定需求和目标的呢？"李舒问。

"嗯，我不知道。"任为稍微想了一下，迟疑地回答。

"您看，您这么聪明，可是您都想不出来。"李舒说。

"你说，是什么？"任为催她。

"需求和目标很明确，就是讨好明明。人工智能会根据数据进行分析，如何才能让明明更喜欢迈克，按照这个需求编写迈克情感模块的新版本，之后进行升级。"李舒说，"迈克的升级力度很大。一般来说，很多软件升级进行数据更新就可以了，代码更新并不总是需要。但是，迈克的情感模块不同，数据更新经常不足以满足新需求，必须频繁地进行代码更新，用来优化情感产生的逻辑路径。总而言之，迈克在不惜一切地改变，想要最大程度地贴近明明的喜好。"

"讨好明明？"任为说，"靠迈克提交明明的反应数据进行判断？"

"仅仅依靠迈克提交明明的反应数据显然还不够，否则这也太平淡无奇了。况且，对于这些孩子，我们作为父母都看不明白。迈克作为一个机器人哪里看得明白。"李舒摇摇头。

"那如何判断、怎么讨好呢？"任为问。

"我可以告诉您，但这是这次谈话最大的秘密所在，也许会对您有点冲击。我要先告诉您，无论怎么样您都不用担心。我们发现过八例同样的案例，听上去有些吓人，可我们认为黑客似乎没什么恶意。只是在测试？或者好玩儿？就算有更深远的目的，至少目前看并不危险。"李舒说。

"你快说。"任为又紧张起来。

"明明的SSI被黑客黑了。他们从明明的SSI获得数据，用来升级迈克的情感软件包。"李舒说。

"什么？"任为腾地站起身来，"明明的SSI被黑客黑了？"

"您别着急！别着急！已经在调查这件事情，警察都已经介入了。而且我刚才说了，没发现黑客有什么恶意。我们最早发现的案例过去两个月了，当事人没有受到任何伤害。您放心！您放心！"李舒赶忙安慰任为。

"但这也太过分了！"任为说，"这不是说，我们每个人都有可能被侵入吗？"他显得有些焦躁，"我对这个远景科技一直没什么好感。安装在大脑里面的东西，都能让黑客黑进去？通讯芯片！一定是通讯芯片！要通讯就肯定有机会被黑掉，可他们从来都号称绝对没问题。"

"所以，任所长，您一定要平静下来。装了这东西的人，可不是您一个。您想想，您要这么说出去，那社会反应会是什么样？您真的要平静。应该没有那么可怕，至少目前还没看出来。"李舒说。

"说出去的话，明天远景科技就破产了。还有，好多人会被抓起来。"任为恨恨地说。

"是啊！对了，明明用的是远景科技的系统吗？"李舒问。

"是，我们一起去做的植入手术。我的一定也被黑了吧？你用的不是远景科技吗？"任为问。他觉得脑瓜疼起来了，不是黑客在干什么吧？他想象着自己脑子里有些黑客的代码，正虎视眈眈地看着SSI中的所有数据，琢磨着能干点什么。

"我用的也是远景科技。"李舒说，"您真的别着急。我们判断，不，警方判断，黑客的目标似乎不是远景科技，也不是任何人，而是机器人。他们应该是为了迈克入侵明明，并非为了明明入侵迈克。选中迈克的原因就不知道了，也许只是随机和偶然。所以您不用担心，除非您也有机器恋人。"

任为想了想，说："我明白你的意思了。有专门的法律规制远景科技这样的公司，SSI采集的任何用户数据都是绝对隐私，不能进行任何传送，也不能用作任何用途。唯一的例外是自愿参与实验的人，在实验过程中产生的数据，需要非常严谨的法律手续才能使用。但是这些数据，对于训练机器人非常重要，如果这些数据没有办法通过正常途径获得的话，那只有通过黑客手段了。所以，这一定是某些机器人公司干的勾当。当然，远景科技他们肯定有责任，SSI还是不够安全和牢固。对，确定不是远景科技他们自己干的吗？"

"应该比较确定吧！这要问警方了。整个过程，被黑客弄得很隐秘。网络地址经常变换，嫌疑人不好找，警方找了一个月了还没找到。警方要求我们不要扩散消息，一方面是考虑到社会影响，另一方面也是不希望打草惊蛇。"李舒说。

"你不急吗？"看到李舒好像很泰然的样子，任为问。

"不像您那么急。因为我没有机器恋人，和我们家的家政机器人也不怎么说话，而且，它只是家政机器人，不是全仿真机器人。"李舒说着笑了笑，"您这么担心，难道您和什么机器人关系不错吗？"

"没有！当然没有！"任为说。尽管还有怪怪的感觉，但他平静了一些，觉得李舒的话也有道理，脑中那些黑客代码逐渐消失了。

"再说了，您是科学家，应该知道，这种事很难避免。说起来好像很可怕，其实绝大多数情况下没什么关系，只不过公众会感到恐惧，不是因为知道了什么而恐惧，是因为不知道才恐惧。"李舒平静地说。

"SSI只是在感官传输层面和信息获取层面的介入，能够获取的数据很有限。"李舒接着说，"黑客为了抓取人们的反应，主要依靠眼动，或者说眼球视野的变化，还有心跳、血压之类，再就是你浏览的网络内容了。总之，他们并不能真正获取你的想法。这和在社交媒体上抓取你的浏览和评论是一回事，只是更加及时和准确而已。社交媒体泄密的事情以前发生过很多次，您看到有什么真正严重的后果吗？并没有。不过现在有个东西直接安装在大脑里，感觉更可怕，但本质上没有什么不同。所以我觉得，您不必那么担心。"

任为愣愣的，想说什么，终于什么也没有说。

"我们倒是对这些黑客的最终目的很感兴趣。他们要干什么？"李舒好像在问自己。

"他们要干什么？"任为重复了一遍，"不是做情感软件包吗？"

"有什么意义呢？"李舒问，"难道哪一天，推出带有这种服务的机器人吗？也许很多人喜欢，找一个会越来越符合自己胃口的机器人伴侣。听起来市场前景不错，但这样做，很容易暴露自己的违法行为。怎样才能够遮掩呢？"

"也许他们想，到时候再说吧！"任为说。

"到时候再说？我觉得很困难。隐私法律很难修改，一定会有轩然大波。每次社交媒体泄密的事件都闹得很厉害，其实大多数时候并没有发生什么事情，只是让大家看了些广告。"李舒说。

"总看定制广告，确实会被洗脑。商业，娱乐，政治，各种观点都会被洗脑，还是有问题的！"任为不太同意李舒的话。

"从心理学角度来说，"李舒说，"人们都是挑选自己喜欢的东西看。越看越喜欢，越喜欢越看。我同意您的观点，不过说到底，这也是人们自己的选择。"

"嗯，"任为应了一声，不想再讨论这个，"那你们觉得，还有什么别的可能？"他接着问。

"也许，他们试图制造人工意识。"李舒说，有点迟疑，又有点像自言自语。

"人工意识？"任为想了想，"柳所长这么认为？"他问。

"我们都这么认为。"李舒说。

任为又想了想，说："我觉得，这么认为是你们的职业病。"

好不容易，任为才彻底平静下来。他回想起，那天他在柳杨家请柳杨帮忙的时候，柳杨那么坚定地认为迈克不会有意识场，当然是因为早就知道黑客这件事。

一个漂亮的小秘书带着任明明走进李舒的办公室。李舒面对任明明直接给出了一个很干脆的答案：迈克没有人类意识。任为有点心慌，李舒却依旧面带微笑，相当镇定。

这是真话，他们没有撒谎，只是没有把全部事实说出来。那会儿迈克已经被送回了这里，它也听到了这个答案，立刻低下了头，仿佛有些惭愧。而任明明的脸色更难看了，看任为的时候又露出了恶狠狠的目光，好像迈克不是人这件事完全是任为造成的。

她一定觉得这是个阴谋，任为想，不过这件事尽管不是那么真实，但也的确不是谎言，更不是阴谋。

16 / CryingRobots

虽说要保密，可在吕青面前任为实在憋不住，而且这涉及任明明的安全，他为自己找了理由，还是把自己和李舒的谈话原原本本向吕青交代了一遍。吕青听得目瞪口呆，第一分钟就冲出门去，说是要去了解情况。

和任为相比，吕青神通广大得多，很快打听回来一些消息。

黑客的行为相当诡异飘忽。远景公司的嫌疑似乎不大，但没能把自己彻底洗干净，主要原因是所有的黑客行为都发生在他们运营的 SSI 系统里，竞争对手的一个也没有。他们辩解说，他们的市场占有率超过 70%，出现这样的情况也很正常。可是，这难免让人怀疑。

相关的四个机器人公司，包括迈克的生产厂商，状况比远景公司好一点，至少他们不是唯一的涉事厂商，可以选择大眼瞪小眼，互相看着不说话——不知道是真的还是假装，反正是说不出话的样子。据说开了几次会，他们的表现基本都是这样。

看上去，大家都完全配合警方，但没有任何线索，抓不到黑客，更加无法阻止黑客的行为。

好消息是，警察和远景公司确认，黑客只是抓取 SSI 的信息，没有其他行为，绝对没有，更加没有任何远程控制的行为。他们反复地赌咒发誓。

"你们没办法让公众相信。就算公众相信，有什么区别吗？远景公司会破产！你们嘛，也不会有什么好结果。"吕青说，这是她撂给网络安全局负责此事的宋永安副局长的难听话。宋局长只能尴尬地笑笑，没什么话可以辩解。

之前几个案例，远景公司对使用者的 SSI 进行了彻头彻尾的更新，可是并没有用，新系统很快就被黑进去了。看来，黑客对付远景公司的 SSI 可以说轻车熟路，所有安全措施都形同虚设。难怪远景公司难以自证清白，即使确实不是他们干的，他们也逃脱不了责任。破产不一定至于，但不死也要扒层皮。他们要出事的话，那真的很可怕，公司、客户、员工、投资者、产业链，甚至整个行业和国民经济，涉及面太广——要知道，他们是巨无霸公司。

好在当事人没有把事情捅出去。所有事件都涉及人和机器人之间的"情谊"，这是宋局长的用词，也是他认为当事人愿意保密的原因。但是无论如何，这瞒不了多长时间，迟早会被捅出去。所以必须抓紧时间，找到根源并堵住漏洞，抢在舆论大规模爆发之前搞定。

从当事人安全的角度考虑，警方认为暂时没有问题，无须做任何事情试图摆脱，做了也不会有什么用，唯一有用的解决方法是当事人远离机器恋人。有两例当事人这么做了，真管用，黑客马上消失了。可是，其他当事人拒绝这么做。他们认为，这是亲人们编造出来的谎话，只是为了拆散他们不为世人所接受的爱情。他们不仅不接受，反而义愤填膺，坚决远离给他们提出这种建议的人。这种情况一共有十四例，其中包括脑科学所上报的全部八例。

真是无能！这是吕青的说法。但她很快意识到，如果现实是这样，愤怒没有任何意义，所以也就平静下来了。对于任明明和迈克这一对儿，脑科学所发现的第九例，亲人们的最终选择是，根本不把实情告诉当事人。

问题并没有结束。

任为和吕青还有一个大问题：如何面对任明明的要求——购买迈克并

和迈克结婚的要求。还有,他们要如何面对一个事实,任明明已经加入了 CryingRobots 这样的组织。

他们曾经有过约定。任明明曾经答应,如果迈克没有人类意识,那么她就会放弃购买迈克、结婚以及 CryingRobots,但显然她没有真的打算这么做。事实上,在脑科学所,刚知道迈克的检测结果时,她似乎很生气、很绝望,不过很快就看起来没什么事情了——也许她说服了自己不要相信这一套,还能怎么样呢?这是最好的选择。

吕青认为,应该把真相告诉任明明。她承认,让一个热恋的人知道恋爱对方的所有表现都只是一段刻意讨好的程序代码,肯定不会让人感到愉快,但是,任明明必须学会面对这一切,而且这样做有相当大的可能性让任明明放弃迈克——也许不是今天,没关系,怀疑的种子一旦在心里种下,总有一天会发芽,将来的某个时刻她会这么做。

任为强烈反对,他替任明明感到无法承受。他忽然想起柳杨说的话,复述给了吕青:"柳杨说,对待明明的时候,你像个机器人,而我心里只有机器人。"他停顿了一下,接着说,"所以,明明才会爱上迈克这样的机器人。"

吕青似乎想要给自己辩解,却终于没说什么,同意了任为的意见。他们决定,给任明明钱,爱买迈克就买迈克吧!爱给迈克升级就给迈克升级吧!爱结婚就结婚吧!见鬼了……不知道人和机器人如何才能结婚。至于 CryingRobots,不能让任明明混在这种组织里,但这件事需要慢慢来,如果现在激烈阻止,也许在任明明强烈的逆反心理之下,反倒会成为动力而非阻力。

任明明买下了迈克,很快给迈克升了级。私下里,任为和吕青密切地观察着任明明对迈克的升级。升级当然也包括对情感模块的升级。很不幸,根据厂商的秘密报告,迈克升级之后,很快被重新感染了。而且,感染的软件包就是之前已经根据任明明的数据优化过很多次的版本,迈克并没有回退到出厂状态。

厂商无力阻止，网络安全局也无力阻止，真是天才的黑客。唯一的解决办法是使用专用的情感芯片。目前还没有发现使用专用情感芯片的机器人被侵入的案例，不过迈克的结构设计不支持这样做，这条路也行不通。事实上，所有被感染的机器人都是不支持专用情感芯片的结构设计，否则大家都有解决办法了，黑客们不会那么傻。

网络安全局和相关厂商经过协商，终于取得了唯一的一个进展，他们给这些黑客起了个名字：情感黑客。

任明明和迈克的感情越来越好。虽然找不到可以履行的法律程序，但他们也有结婚的法子，一直都有。他们决定，飞到雅典参与一个集体婚礼，这个集体婚礼将有来自世界各地的十几对新人参加，都是人和机器人的组合。

任为不想去参加，觉得不去参加似乎是理所当然。难道要去吗？可是很意外，吕青要去，任为拗不过她，只好一起去了。

场面很热闹。

任明明并没有为此再向任为和吕青要什么钱，集体婚礼的资金都来自CryingRobots，绝大多数宾客也是CryingRobots的成员。新人的家属或者朋友非常少，却有很多记者。

一点也不意外，所有新人中的机器人一方都和迈克有些相似。据任为和吕青所知，机器人新人中，至少有六位是已经备案的情感黑客的受害者。当然，并非所有机器人新人全是，至少并非全都已经备案。

"没有备案也不意味着不是。"吕青小声地说。

"是啊！"任为说。

婚礼按照基督教的仪式举行。在吕青和任为看来，这是很奇怪的组合——不知道上帝怎么看待机器人，怎么看待人和机器人之间的爱情。不过，主持婚礼的莱昂纳德神父显然很喜欢也很尊重机器人，并为人和机器人之间的爱情感到骄傲。他主持过男人和女人的婚礼、男人和男人的婚礼以及女人和女人的婚礼，但人和机器人的婚礼还是不同寻常，这对他来说也是第一次。他很激动，甚至在婚礼主持过程中好几次老泪纵横。

仪式过后，任为和吕青拿着香槟酒，在大草坪上慢慢走着。不远处就是爱琴海，目之所及都是迷人的湛蓝海水和白色小房子，风景相当不错。作为婚礼圣地，无论是什么类型的婚礼，在这里举行都没什么好挑剔的。

有些人在唱着歌跳着舞，醉醺醺地兴奋不已。大多数人都拿着一杯酒或者饮料，走来走去地聊天。你会觉得一切都那么美好。

有个年轻人，不知道是人还是机器人，在人群中很显眼。他一身鲜艳的拼色服装，头上顶着一个大大的红心，红心中央是一个红铜色的几何形状，几个正方形交叉摞在一起，几何形状两边有几个水滴。任为知道，那几何形状表示古老的蒸汽机，那几个水滴是眼泪。那人顶着的是 CryingRobots 的标志，来这里之前，他在网络上查过，看到过清晰的图片。年轻人到处走着，向大家散发着一个小册子。任为也拿到了一本，他看了看标题，叫作《爱如何改变世界》。

好几拨记者想要采访任为和吕青，都被他们婉言谢绝了。

"你到底为什么要来这里？"任为问吕青。

"为什么不来呢？明明是我们的女儿。"吕青说。

"你想表示支持她吗？"任为问。

"你知道我不支持。"吕青说。

"你能直白地告诉我吗？我越来越不懂你的意思了。"任为说。

"我……"吕青顿了顿，"我也不知道。我只是想看看他们的圈子。再说交通很方便，晚上就回去了，耽误不了什么时间。"

"我觉得都是一些……怎么说呢……奇怪的人。"任为说。

"你不觉得，你比我更应该了解一下这个圈子吗？"吕青忽然问。

"什么？为什么？"任为问，但很快反应过来，"你是说云球人？"

"是啊！他们也许会是你的同志。"吕青说。

任为沉默不语。

这时候,一个瘦瘦高高的欧洲人走了过来。任为和吕青知道他叫埃尔文,荷兰人,CryingRobots 的执行秘书长,早上刚到这里的时候打过招呼,不过那会儿他很忙,没说什么,现在他满脸带着微笑。

"非常感谢,亲爱的任先生和任太太。"他热情地说。

"嗨!"任为含混地打了个招呼。

"感谢什么?"吕青脸上浮现出淡淡的微笑,问道。

任为看着她。这些年,这种微笑已经成为她在公众场合的标准配置,但是,和她上大学时那种明朗的笑容截然不同。

"感谢你们的支持。"埃尔文说,"你看,十九对新人,只有三对父母,我们的事业还有很多困难。何况,你们来自中国,最传统的国家和民族。"

"哦,不用客气。"吕青说,"毕竟是我们的女儿。"

"你们的女儿,明明,棒极了!"埃尔文使劲地摇着头,好像在描述一件完全不可思议的事情,"还有迈克,"他说,"我从来没见过那么聪明、那么温文尔雅的机器人。"

"甚至,他对上帝的理解和忠诚都超过了人类。"忽然有人插话,是莱昂纳德神父,他刚刚走过来。这位神父个子中等,有点胖,走路非常慢,略微一瘸一拐,左腿似乎有点问题。

"神父,您好。"吕青打了招呼,依旧带着淡淡的微笑。

"您好。"任为也打了一个招呼。

"所以,明明和迈克给了我极大的信心。"埃尔文说,"同时,他们的爱,也反衬出人类多么狭隘和自私。"

"是吗?"吕青问。

"对,"莱昂纳德神父说,"你们坐在那里,可能没有看到。迈克给明明戴上戒指的时候,他流泪了。我看到他的眼神,他有一颗孩子般的灵魂。"

"但是,你们认为,人类和机器人之间没有区别,或者说,没有界限吗?"任为忍不住问了一句。

埃尔文扭过头看他,他看到埃尔文眼里闪现出戒备的目光。莱昂纳德神父则用慈祥的目光看着他,并且说:"我们不能擅自揣测,我们需要等待上帝的回答。"

"是的,"埃尔文说,"我们没有权利否定或者剥夺任何人的爱,包括明明的爱,也包括迈克的爱。"

"嗯。"任为点点头,忽然感受到一些压力,脑子里出现了克雷丁大帝的面庞。克雷丁大帝长得很英俊,云球人都很英俊,但克雷丁大帝似乎和迈克有点相像,只是显得更硬朗一些。

"如果一个机器人,并没有人爱它……"吕青想问点什么,却被打断了。埃尔文说:"对不起,您应该说他或者她。"

吕青愣了一下,立刻明白了。"哦……对不起。"她笑了笑说,"这要怪SSI的翻译。中文里面,从发音的角度,他,她,它,并没有区别。翻译过来以后,我也听不出你的用词区别。"

"是吗?这简直太好了!所以我一直对明明说,中国是一个伟大的国家。首先,我们要从语言上杜绝歧视的出现,而中文从来没有这种歧视。"埃尔文说。

"不过,中文写出来的时候有区别。"任为插了一句。

"那只是一个历史的过程。"莱昂纳德神父说。

"我的问题是,如果一个机器人,并没有人类爱他,那么我们该如何界定呢?"吕青说,她不想再讨论语言了。

"他在爱着人类。"埃尔文说。

"他也在爱着上帝。"莱昂纳德神父说。

"可是,从普通的计算器开始,一直到顶级的全仿真机器人,功能是连续强化的,我想知道你们的定义,从机器到人的质变边界在哪里?"任为问。

"我想,您应该到我们的网站上阅读一下技术文档。"埃尔文说着,任为就听到"叮"的一声,收到了一个信息,眼前闪了闪,是个网址,显然是埃尔文发过来的内容。

他怎么知道自己的SSI号码?任为有点奇怪。

"简单来说,我们有一个衡量计算强度的方法,用这个方法来定义边界。"埃尔文说。

柳杨阈值？当然不是，但听起来和柳杨的发现倒是很合拍，不知道他们和柳杨会不会有什么共同语言。

"很有道理。"吕青依旧笑着，她也收到了埃尔文发送的网址，"很有道理，"她微微地点点头，好像头一次听到这么有创意的想法，"我很钦佩你们。"

"不，"埃尔文耸耸肩，"应该钦佩您的女儿。"

"她会得到上帝的祝福。"莱昂纳德神父说。

"谢谢。"吕青说。

埃尔文举了举手中的酒杯，说："祝你们玩儿得愉快！"

任为和吕青微微点点头。埃尔文转身走开，莱昂纳德神父也示意了一下，和他一起走了。一边走，两个人还低声说着什么。

吕青看着他们的背影，没有说话。

"怎么了？"任为问。

"没什么。"吕青说，"刚才你问我，为什么要来参加这个婚礼。"

"对，你回答了。也许他们是我们的同志，也许将来，云球人也要依靠他们，有道理。"任为说，说的似乎是好事，语气却有些低落。

"对，我是这么说的。"吕青说，"但那只是我给自己找的一个理由。其实我就是想来，不知道为什么，所以找了一个理由，有道理的一个理由。我最初想来的原因不是这个，仅仅就是想来而已。我有点惴惴不安，不踏实，很不踏实，非常想来，不知道为什么。可刚才，我忽然想明白为什么了。"吕青说。

"什么？"任为问。

"这是CryingRobots第一次举行集体婚礼。你看，有很多记者，世界各地的记者，很多大媒体的记者。CryingRobots没少花钱，明显想要搞个大新闻。我想，他们也许会成功。"吕青说。

"嗯？"任为感觉吕青的语气有些奇怪，没明白吕青什么意思。

"我觉得会发生什么事情。"吕青接着说。

"发生什么事情？"任为问。

"我不知道。"吕青说，"不过，我刚才看着埃尔文的背影，忽然有一种强烈的预感，会发生不好的事情。"

任为不用再接着问了，因为不好的事情已经发生了。他听到响亮的一声脆响，埃尔文逐渐走远的背影骤然倒地，他被子弹击中了。旁边的莱昂纳德急忙蹲下去，一只手按在草地上，另一只手放在埃尔文的后背上，一边叫喊着什么，一边东张西望。

任为下意识地移动目光。看到一个年轻人戴着墨镜，脸上还围了一条黑布，挡住了面庞。他站在草坪的边缘，两只手平端着一把很大的冲锋枪，正在射击。这时候，连续的枪声响起来，显然，年轻人并不是孤立无援。

人群顿时混乱了，各种叫喊声充斥在空气中。人们开始到处乱跑，大家都跑向自己潜意识在一瞬间选择的某个方向，但大家的选择不同，所以不停地有人撞在一起，带来更多的叫喊声。

任为也转身想跑，可吕青一把抓住了他，说："别动，没事。"

任为看到吕青很镇定地站着，看着人群，他也努力地让自己镇定下来，顺着吕青的目光看过去。那是新人们集体拍照的方向，本来新人们正在摄影师的指挥下不停地变换各种队形，好让摄影师们拍出漂亮的照片，但现在所有人都呆若木鸡地站在那里。明明也站在那里，愣愣地看着地面——地面上躺着迈克，脑袋被轰掉了。怪不得要用那么大的冲锋枪，要一枪把机器人的脑袋轰掉可不容易。

现在枪声没有了，枪手们好像也消失了。就这么几十秒，草坪边缘那个脸上蒙着黑布的年轻人已经不见了。任为恍惚记得，刚才眼角的余光里，那个年轻人转身跑向了背后的树林。

任为看到，任明明慢慢地抬起头，脸上满是愤怒。但是，她没有可以发泄的对象，只能愤然地站在那里，让怒气冲冲的目光，漫无目的地四处逡巡。

吕青仍旧镇定地站在原地，看着自己的女儿。他们的位置离任明明的位置有一定距离，吕青没有准备跑过去的意思，只是远远地看着。任为的心怦怦乱跳，很想干点什么，但吕青的镇静让他勇敢了一些，也勉强地站着没有动。

警察很快出现，人群平静下来，可枪手们早就不见了，现在已经没有任何危险。

人们发现，袭击者的目标非常明确。除了埃尔文之外，没有任何人类死亡。有一些人类——特别是机器人新人附近的人——被金属碎片击伤，那是些机器人新人被爆头时崩裂出来的碎片。但是，所有机器人新人一个不少都躺在了地上，而且通通被爆头，只剩下脖子中露出来的纳米线材，长长短短，五颜六色。

傍晚，任为、吕青和任明明在当地警局做了笔录。来警局之前，任明明还被送到了医院，做了一些检查和治疗。她被迈克爆头的碎片击伤，很轻微，问题不大。然后，他们赶超级高铁回了北京。一路上，任为和吕青很少说话，不过表现还算正常，但任明明始终木木呆呆，一句话也没说。回到北京的时候已经是凌晨了，任明明没有赶回自己的住处，就睡在了家里，仍旧一句话不说，倒头便睡。

任为和吕青上床睡觉之前，吕青说了一句话："一定是 KHA。"

任为看看她，她的面色很平静，但语气很坚定。

果然，睡了几个小时，任为一觉醒来就看到了新闻，那会儿已经快中午了。

KHA 声明，他们对昨天在雅典发生的机器人集体婚礼屠杀事件负责。像吕青的预料那样，他们说得很清楚，为了整体人类的前途，为了给孩子们保留更多的资源，必须干掉一切通过各种科技手段冒充人类的东西，老而不死的躯体或者假装深情的机器，都一样。他们不会对人类动手，除非人类中出现助纣为虐的败类。对于埃尔文·克里斯特的死亡，以及在袭击中被机器人碎片击中的其他人类的受伤，他们深表遗憾。但他们同时认为，埃尔文·克里斯特的死亡不可避免，对于反人类行为，死亡是应得的惩戒。埃尔文·克里斯特的同事和参与婚礼的人们需要深刻地反思，否则最终毁灭的不是某个个体，而是整个人类。为了保护人类，KHA 将会不惜一切代价战斗到底。

几乎同时，CryingRobots 也在网络上发表了声明。声明里说，任何暴力行为，都不能阻止他们为了机器人的人权而奋斗。因为，那不是机器人，那是有灵魂的生命。任何灵魂都是平等的灵魂，都应该获得平等的权利。任何阻止机器人人权的行为和思想，最终都来自人类自身肮脏、卑劣和自私的黑暗内心。他们将用爱战胜一切邪恶，将和包括 KHA 在内的一切反进步势力斗争到底。他们为埃尔文·克里斯特的牺牲感到无比痛苦。但同时，他们为埃尔文·克里斯特的牺牲感到无比骄傲。埃尔文·克里斯特将激励他们斗争到底。他们将让所有一切的黑暗势力付出代价。为此，他们将永远不会停止抗争。

第二天一早，任为接到了贝加尔湖疗养院的电话。他被告知，妈妈"离开预备区"了。任为和吕青只好暂时放下了任明明的事情，立即赶去贝加尔湖疗养院。从雅典回来以后，任明明还没有说过一句话，非常受打击。任为和吕青没有多说什么，让她自己安静地待在家里。吕青叮嘱露西，记着给任明明做午饭，并尽量催促她多吃一点。

他们在 1212 号房间见到了妈妈。看起来，除了一直闭着的眼睛以外，妈妈没有任何变化。以前，妈妈的眼睛还是会睁开，只是对看到的东西没什么反应，但现在，她不再睁开眼睛了——这似乎是重度老年痴呆病人和空体的一个明显区别。

任为握着妈妈的手，很长时间，确定那只手和往常一样温暖；甚至和 KillKiller 的宣传一样，他看着妈妈，感觉妈妈的面色更加红润了。

他想起很多事情，从小到大的事情。妈妈在各种年龄的样子，妈妈对自己说过的各种话，妈妈的各种表情，妈妈和自己在一起的各种画面。不知为什么，他心里深深地难过，眼泪却流不出来。

像妈妈活着的时候一样，吕青把妈妈的腿、脚、胳膊和手轻轻地按摩了一遍。她一直盯着妈妈的面容，很平静。

　　晚上，他们回到北京的时候，任明明已经走了。她让露西告诉他们，她没事，想静一静，他们不用担心。吕青给她打了一个电话，但她没有接，自动留言说的话和露西转达的话内容一样。

17 突 破

对任为而言,发生了这么多事情,脑子实在有点乱。他几乎只是凭着本能,恍恍惚惚地走进办公室,但办公室里却到处欢声笑语。

他很快知道,昨夜,在他不停地做着噩梦的时候,脑科学所的攻关小组以及地球所做配合的同事们在通宵加班。凌晨的时候,他们取得了突破性的进展。

他们解绑了一只云球野狗的意识场。准确地说,他们"炸"出了那只野狗的意识场。然后,不出预料,"炸"出的意识场自动地绑定到了事先准备好的意识机上。

解绑意识场需要大脑猝死。可是,要让云球中的动物大脑猝死并不容易。

最简单的方法是将某个量子芯片断电,这个量子芯片上的所有脑单元都会猝死,自然会产生很多被解绑的意识场。地球所很熟悉这种方式,不过并不是因为什么见鬼的解绑意识场。在过去的日子里,他们通过这种方式制造过多次或大或小的物种灭绝,也通过这种方式删除过云球人的边缘部落。当然，他们不是总这么干，也使用过其他各种方式，制造生态灾难或者传染病疫情之类，但这种简单粗暴的方式是效率最高的。

自从第一次听吕青讲到意识场以来，任为难以控制地试图想象，大量被解绑的意识场，在还没有死亡的短暂时间内，在云球机房中飘来飘去的样子。那到底是个什么情景？

在他的梦中，经常出现自己被一群厉鬼挤在中间的场景。厉鬼们悲哭哀号、刺心泣血，越挤越紧。最终，他被挤得喘不过气，猛然从梦中醒来，不停地大口喘气，仿佛离死亡只有一线之隔。

现在的情况，断电这种效率最高的方法并不适用。

以前的工作不需要很精确，现在需要非常精确；以前的目标本来就是一大片生命，并不在乎几个不在计划内的无辜者，现在的目标是某一个特定的个体，不能牵连无辜。

他们也曾经采用更精确的手段进行杀戮。他们通过软件，精确地找到某个脑单元，然后动用根用户权限，强行删除这个脑单元。那么理论上，只有这一个脑单元对应的云球动物大脑死亡，不会牵连无辜。

其实最早，他们在云球上的杀戮通常是这么干的。但是，对于那时的大规模行动来说，这么干太麻烦了。一方面效率非常低，另一方面这种精确并没有什么意义。所以后来，他们才逐渐开始采用更加粗暴的给量子芯片断电的方法。不过现在看起来，这种精确变成了很关键的优势。

在云球影像子系统中确定一个云球动物的目标，接着，在云球操作系统中查找该目标对应的脑单元，这个过程需要一点搜索排查的时间，但技术上并不困难。不仅仅为了杀戮，也为了对云球目标的记忆及计算过程进行记录从而形成思维日志，这是必需的技术。所以很久以前，地球所已经可以很容易地完成这件事。

很不幸，实验证明，找到脑单元并且强行删除，脑单元确实从软件系统里消失了，但意识场并没有解绑——事实不像大家想象的那样。

仔细想一下，也很正常。这种情况下，脑单元只是从操作系统管理的角度消失了，在没有被分配新的计算任务和存储数据之前，脑单元对应的量子微网络本身仍然存在，并且仍然通电，具有能量，甚至还在运作，仅仅是已经脱离了操作系统的管理。这并不是云球动物的猝死，只是在云球阎王爷的生死簿上画了一笔，索命的使节还没有出发，正站在阎王爷的台阶下等待着出发的令牌。

直到这部分量子微网络被操作系统分配了新的任务和数据，不得不开始执行新任务，旧数据也被新数据所替代，对应的云球宿主才会真正死亡——死亡方式经常显得很奇怪，各种功能的丧失是间歇性的、抽疯式的，但是，无论如何和猝死没什么关系。这个阶段，等待死亡的时间长度，取决于操作系统，存在很多随机因素，完全无法预测。

高级一点的办法也不难想到。现在，对地球动物实施猝死的方法是电磁刺激，那么，对云球动物自然也可以应用同样的思路。云球脑单元本来就是电磁设备，理论上比脑细胞的构成简单，电磁刺激的思路肯定没有错。

但是，地球所和脑科学所对此束手无策——实在找不到一只手可以伸到云球中去实施云球意义上的电磁刺激。云球中的电磁刺激，对地球来说只是一种软件模拟的电磁刺激，对云球来说却是真实的，云球人还没有发现电这种东西，谈什么电磁呢？

地球上真正的电磁刺激，至少目前的方法，对地球动物管用，对云球脑单元却并不适用。

地球动物在进行电磁刺激时，将会待在实验室里，带上一个特制的电磁头盔。这个电磁头盔既用于在头盔内产生电磁刺激，也用于防止头盔内任何电磁场的能量外溢，同时不会影响意识场的迁移。所以在地球上，电磁刺激的目标定位和范围控制都很容易，而且电磁刺激本身对地球动物的脑细胞只是一个麻痹作用，制造了假猝死或者产生了诱导效应从而骗过了意识场，但并没有对脑细胞产生真正的物理伤害。地球动物的部分体细胞和脑细胞共同经历了这种麻痹，不过同样不会造成什么恶果。

云球脑单元以纳米尺度密密麻麻地排列在量子计算机中，在这样的尺度上进行精确的目标定位和范围控制，目前都无法完成。错误的目标定位当然不会带来成功的结果，不当的范围扩大还将伤害周围的脑单元，这都是不可接受的。

对电磁场进行精确的目标定位和范围控制，这是问题的核心。

地球所和脑科学所对这件事并不在行，不过，他们找到了强大的外援。在脑科学所的努力下，前沿院的另一个研究所，微观物理所，加入了研究。微观物理所很快想出了办法，在大家的共同努力下，他们研制出了一种东西：量子炸弹。

量子炸弹，很酷的名字。

量子炸弹由两种电磁场耦合而成。一种是封装电磁场，用于封装量子炸弹，形状是一个可事先通过编码进行设定的封闭曲面，定义了量子炸弹的边界；另一种是压缩电磁场，被封装在封装电磁场所定义的边界内部，具有很高的能量密度，也可事先通过编码设定各种参数。

首先，量子炸弹可以被大范围空间内的电磁场进行极其精确的目标定位，在纳米尺度上对准目标脑单元的空间位置。

其次，在需要的时候，通过外围电磁场的特定作用，量子炸弹的封装电磁场会被适度"破坏"，封装力度将会瞬间减小。封装力度的减小，将导致被封装的压缩电磁场极速膨胀。这个过程很像是发生了"爆炸"。封装电磁场将被"爆炸"撑得越来越大。压缩电磁场会根据事先的编码，产生出特定电磁波。电磁波的传递范围被限制在"爆炸"所撑开的封装电磁场中。压缩电磁场的膨胀力度随着膨胀而减小，封装电磁场的封装力度则随着膨胀而增大——很像气球的膨胀过程，直到膨胀力度正好和封装力度的大小相同从而抵消，膨胀就停止了。

这样，特定的电磁刺激产生了，并且在纳米尺度上被限制在一个特定的位置上和一个特定的范围内。

猝死刺激根据脑电波进行计算，脑单元也有脑电波，所以猝死刺激的编码计算不是问题。诱导刺激根据意识波进行计算，编码计算当然也不是问题。现在，他们可以对量子炸弹进行猝死编码或诱导编码，然后对脑单元进行精确轰炸，完成对脑单元的猝死刺激或诱导刺激。

量子炸弹的问世不仅对当前的工作是一个突破，对未来也有深远的意义。大家意识到，相比较而言，之前脑科学所对地球动物使用的电磁头盔实在太粗陋了，量子炸弹完全可以放大到人脑的尺度，定义相当于人脑范围的封闭空间，就能够取代电磁头盔了。

进一步想象，在医疗领域，比如对各种肿瘤的治疗，量子炸弹的问世也可能会产生重大影响。尽管现在肿瘤治疗的技术手段已经相当丰富和成熟，但量子炸弹将是一种新的里程碑式的治疗方法，会极大地提高医疗的效率和简便性。

那只云球狗的意识场保存在意识机中，和地球狗的意识场保存在意识机中的情况非常类似——看起来活得不错，但是不工作。

于是，为了进一步观察，这只狗的意识场被迁移回云球中另一只野狗的脑单元中，新的这只野狗的意识场已经预先被量子炸弹炸到了另一台意识机中——量子炸弹的技术突破让这一切变得很简单。

实验证明，在被解绑了意识场的情况下，云球空体和地球空体一样，至少能够生存数秒，也有生存更长时间的情况。虽然造成生存时间差异的原因尚不明确，但无论怎样，数秒时间已经足够将准备好的意识场绑定到云球空体上。

技术上没看出有什么问题，但那只被更换了意识场的野狗过上了一段精神错乱的生活，花了很长时间才适应自己新的身体、新的环境和新的伙伴。

为了找到曾经熟悉的觅食地点和排泄地点，这只可怜的狗惊慌失措、凄凄惶惶。地盘不见了，到处是其他狗的体味，甚至不认得自己的体味……这让它觉得处处充满了危险，脾气在暴躁不安和战战兢兢之中不时切换，连走路都摇摇晃晃、东倒西歪。

地球所的人产生了各种复杂情绪，孙斐一度大发雷霆，拒绝继续观察这只狗。但是，脑科学所的人却不以为然，他们早就在地球狗的身上见识过了这一切。

实验反反复复进行了很多次。

在云球做实验比在地球做实验轻松得多，速度也快得多，因为云球时钟可以在需要的时候调得很快。尤其对脑科学所的人而言，这简直是他们从事这类实验以来最轻松愉快的一段时间。

可是，也有一点不完美，那就是不能把云球动物完全等同于地球动物。和地球所为其他学科承担的研究任务一样，云球和地球的不同让研究成果显得有一些瑕疵。不远的将来，还是必须回到地球动物、地球人身上。但目前，这些实验使他们心情轻松，甚至各种工作决定、各种实验准备、各种技术保障等等都变得轻率了很多，效率也高了很多——那只是些虚拟的、假的生命，有什么关系呢？他们这么说。不过随着实验的推进，越来越多的人说这种话的时候，声音变得越来越小，语气也变得越来越不坚定了。

各种云球动物，超过六十种、四百个个体，在云球系统和地球的意识机之间穿梭，但其中不包括云球人。

几乎没出过任何问题，除了有一次，居然有人忘记打开意识机，导致一个从云球解绑的黑爪虎的意识场悄无声息地消逝在了空中——那个冤魂不能怪罪技术，只能怪罪脑科学所那位粗心的小伙子。

接下来的一步很自然，依旧是从狗开始。

有一天，大家终于动手，把意识机中一只云球狗的意识场迁移到了一只地球狗的大脑中。

这只拥有着云球狗意识场的地球狗在铁笼子里面醒来，睁开眼睛的时候马上看到，很多和它所习惯的云球人有些不同的人，围绕着铁笼子观察它。

不过这不算什么，要奇怪的事情很多。它不知道铁笼子这个东西是什么，从来没有见过。笼子栏杆所用的那种钢在云球上从来没有出现过。它趴着的碎石地面也很奇怪，这么均匀的粉碎技术不可能在云球实现。当然它不关心什么技术，只是这细小的碎石个头都一样大小，趴在上面还挺舒服。它使劲地用下巴拱着那些碎石，不知是否因为舒服——从眼中的惊恐来看好像不是。

的确，它不是因为舒服才去拱身下的碎石——碎石下面的木板很快露了出来，但它还在不停地拱着。

开始的时候，孙斐拒绝观察，根本没有到脑科学所去。目前，地球动物和意识机之间的意识场迁移过程还只能在脑科学所的意识场实验室完成。直到第二天，叶露赌咒发誓，这只狗看着没什么异常了，甚至还亲热地舔了卢小雷的脸颊，孙斐才勉为其难地去了脑科学所，匆匆地观察了一下这只狗。毕竟，作为地球所的所长助理，完全错过这些里程碑式的时刻也实在说不过去。

在现场，与其说孙斐在观察狗，不如说她在很努力地想出各种刻薄的言辞，讥讽卢小雷被狗舔过的面颊。卢小雷似乎已经适应孙斐，没有说几句反击的话——他逐渐发生了改变，任为有时候这么觉得。

但孙斐的话让张琦有些惊奇，他说："你不是也养狗吗？我听你说过。你的脸不也被狗舔过吗？你当时好像是很喜欢的样子。"

"我不养狗，我养猫！"孙斐大喊。

"她的狗去年就死了。所以，她才特别……那个……看你们天天弄狗，她不舒服。"叶露小声对张琦说，"她现在养猫。"

除了视觉观察以外，各种医学检查和生物物理、生物化学的数据也说明，这只狗没问题，已经和大家家里养的狗没什么区别了。除了一点，它是世界上独一无二的物种。虽然它的躯体并不新鲜，但它拥有来自异世界的意识场。

他们给它起了个名字，"云云"。它是一只年轻的母狗，这名字听起来还不错。

云云并没有在地球待很长时间。它所属于的这个奇怪物种，在地球上出现了仅仅几天之后，就又灭绝了。它被送回了云球。在它被送回去的时候，叶露说，孙斐哭了。

孙斐的泪水什么也阻挡不了。云球的动物们的意识场，从之前在云球躯体和意识机之间穿梭，变成了在云球躯体和地球躯体之间穿梭。

相比到意识机为止，这种实验就慢得多了。不过，很快也有十几种动物的意识场，超过一百个个体，完成了它们的超时空之旅。

逐渐地，从技术角度，这件事变得不再让大家觉得有任何难度，甚至也不觉得有任何风险。

但是，脑科学所那帮人嚷嚷的云球动物是虚假生命的言论，却慢慢地消失了。大家不再这么说，取而代之的是默默地扭过头去，或者暧昧尴尬的笑容。

孙斐的泪水大概迟早要流干，因为下一步就轮到地球狗了——那个曾经和她朝夕相处，为她带来无数快乐和温暖的物种。

理论上，让地球动物的意识场进入云球并安全返回，和云球动物的类似过程没什么区别。当然，大家还是很认真地进行了各种思考、计算、辩论和准备。孙斐尽管很努力，但除了没有意义的感情用事之外，也没有找到任何理由可以推迟这一步骤。

这一天，又一个新的里程碑被竖立起来了：一只地球狗的意识场被成功地绑定到了云球系统的一个脑单元上。

目标脑单元属于云球中黑石城国王大道上的一只两岁的流浪狗。黑石城是萨波帝国的首都——不错，就是克雷丁大帝的萨波帝国，虽然帝国的盛景今非昔比，但国王大道仍在。

绑定新意识场之前，他们对那只狗的脑单元进行了量子炸弹的爆破，实施了猝死刺激，原先的意识场被驱逐，但他们没有用意识机捕捉这个意识场，对大家来说这一类的游戏已经没有意义了。

云球系统的时钟被调慢到和地球时钟一样。整个一上午，大家都在密切观察这只狗。这只狗的意识场由意识机带进来，肉体从来没进过这个机房。它的意识场在意识机中有一段时间只是存活而没有工作了。考虑到这是第一次地球动物进入云球，如果它的意识场在云球中也不工作的话，不会让人太吃惊。毕竟，云球动物的意识场在地球可以工作，并不代表地球动物的意识场在云球也可以工作。

好在担心没有成为事实。

刚开始的时候，这只狗的确不太适应，要么不停地浑身挠痒痒，要么漫无目的地到处乱跑狂吠，搞得有两次被人踢了几脚。最重要的是，它不知道到哪里找吃的东西。大家想起，它在地球时主要吃狗粮，有一个固定的食盆，但在云球中它找不到那个食盆了。

虽然这样，意识场仍旧在工作，只是有些迷茫——总体来说这是好消息。应该说，出现的所有这些不适应现象，大家都有所预料，之前有很多云球动物经历过这一切。

中午的时候，那只狗逐渐平静下来，可能是累了，睡了一觉。下午，它开始慢慢地寻找食物。卢小雷把云球时钟调快了一倍。两个小时后，看到它适应得越来越好，就又调快了一倍。一直到晚上，看起来都没有什么危险。

晚上仍然有人留守。卢小雷前一天几乎没有睡觉，但坚持留了下来。云球时钟调快了一些，一个月相当于地球的一天，这差不多是默认值的一百分之一。第二天早上，那只狗还活着，而且看上去很健康，情绪似乎也不错。

最终，云球时钟调到了默认值，十年相当于地球的一天。在那一天里，上午刚刚过了一半，那只狗就死了。

无论云球系统的时钟如何调整，按照云球内的时钟计算，它已经九岁了，基本上是地球狗的平均寿命，也和云球狗的平均寿命大致相当。所以应该说，它的死没有什么明显异常，大家都认为，可以定义为寿终正寝。

在过去的几个月里，脑科学所还开发了一种仪器，叫作意识追踪仪。和意识探测仪不同，意识追踪仪用一种共振波来追踪既定的意识波。开发这种仪器的目的，就是追踪迁移到云球中的意识场。云球机房中的意识波实在太多了，原来的意识探测仪检测到的东西太多，导致的结果是没有任何实际用处。

这几天，脑科学所的意识追踪仪一直在追踪这只狗。数据表明，其意识波除了在意识场刚刚迁移到云球中时发生过一小段时间的抖动以外，后来的日子里变化曲线基本符合地球上狗的意识波变化曲线。在地球上，意识场的发现迄今为止还不到一年，脑科学所没有任何一只狗一生的完整意识波曲线，所以这是一个不完整的答案，但大家已经非常非常满意了。

接着，又连续进行了二十六次实验。这些实验涉及另外五只狗、两只猫、三匹马、一头牛、一头猪、两条鱼、两只鸟、五只猴子和五只大猩猩。所有动物的意识场都由意识机带进机房，并没有什么真正的动物来过这里。

一切都很顺利。

在这些实验过程中，都有将云球时钟调慢进行观察的时候。不过到后期，他们也进行了快时钟的实验。只在意识场迁移的时候将云球时钟调慢，调到和地球一致。一旦意识场找到云球宿主迁移成功，他们马上将云球时钟调回到默认值。到目前为止，在实验中没有发现时钟变化会导致任何问题。

很自然，下一步的实验是将迁移到云球中的地球动物的意识场重新迁回到意识机，进而再拿回脑科学所，迁回到原来的地球动物空体中。这些实验都顺利得出乎意料，在一个月的时间里迅速完成了四十例，全部成功，没有碰到任何异常。

还有比云球人更合适的吗？

这是吕青说的话，说这话的时候，她紧张地看着任为。那天，任为第一次听说世界上还有意识场这么个东西。

答复了！吕青答复了柳杨。卫生总署的立场是，人类实验不能碰，云球人可以——还有比云球人更合适的吗？

然后，柳杨出现了。

脑科学所的大批人马出现在地球所，再也没有离开过，好像这里本来就是脑科学所的某个实验室。以前地球所求着他们出现，帮忙分析云球人思维日志的时候，他们端着比天还大的架子，但自从这次出现以后，他们再也没有架子，而且一直这样赖着不走了。

也许这么说不公平，任为并没有撵他们走。其实，说什么撵他们走呢？任为根本不知道自己在想什么。

不管任为在想什么，地球所很多人非常欢迎脑科学所的到来——比如张琦，应该是最欢迎的人之一。

面对孙斐的眼泪，张琦虽然没有用笑容应对，但任为知道，在张琦心中，一定为了这一切的进展而感到十分欣慰。

还有比云球人更合适的吗？这句话预示的日子迟早会到来。任为内心一直拒绝去想，这一天到来的时候会是什么场景，自己又会如何表现——但这一天终于还是到来了。

场景很普通。柳杨在 SSI 里给他留了一个言，说："明天，我们要从云球中解绑云球人的意识场了。"没有任何多余的解释，也没有请求他同意的意思。

他呆呆地闭着眼睛，好像睡着了。但是，那句话明亮地显示在他闭上眼睛后黑暗的视野之中。

他看了很久很久，听到几次敲门声都没有理会，甚至有人轻轻地推开了门他都无动于衷。估计那人以为他在偷懒睡觉，没有打扰他，轻轻关上门走了。

他就这样靠在椅子上，任由那条乳白色的语句飘浮在脑中。SSI 视觉组件的质量问题让那句子偶尔有些晃动，而他则一动不动。

最终，他没有做任何回复。

第二天一早，张琦告诉他，脑科学所要动手了，说是已经请示过他了。他把头转向了窗外，窗外没有任何具有明确形象的东西，只有其实并不存在但人类却给它起了名字的一种东西——天空。那会儿，天空中一丝云也没有，所谓万里无云就是说这种情况吧！他的脑子空空如也，像那时的天空一样。

他心不在焉，脱口说了一句："随他们吧！"

18 / 上帝的囚徒

目标的选择,从荒凉的边疆开始。

首先,是一个孤独的老猎人,巴力。

老巴力独自生活在哈特尔山,没有妻子,没有子女,没有朋友。在他生活的地方,方圆几十公里内都没有什么人烟。他是一个逃兵,曾经是萨波王国的战士,可能是因为厌倦了,或者是害怕了,在一次和山地人的冲突中逃走了,来到了哈特尔山,萨波王国的边缘,一个荒凉的地方。他依靠久经训练的战斗技术,猎杀岩羊,猎杀独角鹿,猎杀红毛狼,甚至猎杀黑爪虎,活得很艰难,但仍旧很努力地活着。

老巴力有一只猎犬,名字叫"队长",这是解绑老巴力的意识场唯一可能会受到影响的生命。

没什么技术问题需要担心。老巴力的意识场待在意识机中没什么异常。可惜,在云球中确实没什么办法能够保存他的空体,他毫无征兆地死在自己破旧的石屋中。

队长,老巴力忠诚的猎犬,在花了两个小时的时间狂吠、拱老巴力、撕扯老巴力、甚至咬老巴力之后,终于明白,老巴力再也不会醒来了。队长安静下来，趴在老巴力的床边，从此没有再站起来，也没有再吃喝。队长有时伸出脑袋，放在老巴力的床上，紧紧地倚靠着老巴力的身体，有时缩回脑袋，埋在自己的两只前腿之间，下巴贴着冰冷的地面——就这样，三天三夜之后，也闭上了双眼。

唯一的一次，实验的成功并没有引起太多的兴奋情绪。大家看着意识探测仪上的波形，证明老巴力在意识机中正常地生存着，但每个人都保持沉默，没有发表评论。

柳杨建议，开始云球人实验之后，以及考虑到未来的地球人实验，在这个阶段，云球时钟不要再调快了，而应始终保持和地球同步的时钟。这样做更便于观察以及数据的收集。他的建议被采纳了，实际上并没有人发声赞成，只是没有人发声反对。他自说自话地说："就这么定了。"任为没有说话，其他人也没有说话——自从柳杨说"考虑到未来的地球人实验"以后，再也没有人说话了。

按照计划，在意识机中进行了各种数据搜集之后，他们需要把老巴力的意识场重新迁移回云球。这次，他们选择了哈特尔山背面山脚下的一个青年农夫，斯特里。

斯特里是和父母从远处的家乡逃荒来到这里附近的。

原先，斯特里家境还不错。父亲有些文化，自小教他认字。但是，天灾使一家人不得不背井离乡。到这里附近的时候，父母染了急疾，双双去世。他自己没有继续逃荒，定居在这里了。

斯特里开荒开出了几块地，种一些粮食和蔬菜，拿到附近的镇上去卖。他没有妻子儿女，只有一头牛和一头驴，是干活的好伙伴。斯特里的地很不好，好地也轮不到他这样的流浪汉去开荒，所以收成一直有限，过得很辛苦。好在，牛和驴帮了他不少——不要以为牛和驴是他努力种田挣下的合法财产，其实它们是他偷来的赃物。他实在活不下去，翻越了哈特尔山的几重山岭，在一个遥远的村子偷了村里富户的牛和驴，千辛万苦地牵了回来。他的运气不错，已经过去几年，仍然没有受到追究。

老巴力和斯特里有过一面之缘。老巴力去镇上的时候曾经路过斯特里的家——他很少去镇上，但偶尔不得不去——和斯特里聊过几句。不过，几年里面两个人也就见过几次。不知道对于斯特里来说，老巴力给他留下了多深的印象，他对老巴力又有什么看法。

在这个处理方法上，大家产生过一些不同意见。

鬼上身的事情应该发生吗？似乎不应该。可如果不这样，老巴力就无缘无故地死了。但现在这样，虽说保证了老巴力的不死，却也意味着这次鬼上身只是第一步，后面的一步是斯特里意识场的生存，需要另一次鬼上身。

在没有更好的办法之前，实验只能这样进行了。

老巴力醒来的时候，显然完全被震惊了。他在身体方面适应得很快，但在精神方面就没那么简单了。他对这里的环境倒是很快有了认识，意识到了自己在哪里，似乎也意识到了自己的身体和某个认识的人很相像。看得出来，他的记忆全都在。

不久，他选择上山，翻过山脊，来到山的另一面，自己的家。他对路很熟悉。在家中，他看到了自己的尸体，还有可怜的队长，队长的脑袋还紧紧依偎着自己的身体。

他对着自己的尸体倒没有流下眼泪，但是，他抱着队长冰冷的躯体哭了很久很久。

他甚至没有埋葬队长和自己，只是呆呆地坐了一夜。

第二天，他拿起自己的武器，长箭和弯刀，出去打猎，可很快就发现，自己的身体几乎不知道怎么使用这些东西，以往翻惯了的山崖和峭壁现在也几乎成了不可逾越的障碍。

他努力了一天，筋疲力尽却一无所获。他的眼睛看不到遥远枝头上瑟瑟的抖动，那通常意味着一群懒猴；他的耳朵也听不见近处草丛中沙沙的微响，而那通常意味着一窝腹狐。

晚上，他仍然对着队长和自己的尸体呆坐，看着他们，不知道发生了什么。悲伤充塞胸臆，恐惧更是渗透整个身体，就这样一直到天色再次亮起。

清晨，他努力地站起来。悲伤和恐惧加上将近两天的不吃不喝，已经让他无比虚弱。他很勉强地从屋子里走出去，迈着沉重的脚步，一步一步走了很久，来到一处熟悉的山崖。

他跳了下去。

孙斐在会议上大发雷霆；任为默不作声；柳杨则继续扭动着他那总是在扭动的脑袋，露出一副觉得不可思议的表情，经常扬扬眉毛表示些许轻蔑。在孙斐看起来嚷嚷得有点累了的时候，张琦要求叶露陪她回家休息。叶露拉着孙斐走了以后，张琦建议，此后的实验过程暂时不要让孙斐参与了。

在后来的实验中，大家发现，老巴力的事情其实也算不了什么。这要从两方面看。

一方面，以斯特里为例。他的意识场被绑定到了一个黑石城流浪汉身上，显然也震惊于自己的状况，却适应得很快也很好，不仅是身体方面，也包括精神方面。

为了养活自己，他迅速捡起了已经丢下几年的偷盗特长，把自己养得不错。流浪汉的身手并不适合在月黑风高的时候去做穿门越户的偷盗行当，但他自己原先躯体的身手也一样笨拙——最重要的素质不是身手，而是心理素质。他在任何时候都保持了冷静的心态和卓越的思考能力，做事时总能找到最合适的目标和最合适的时机。甚至出乎所有人的想象，他居然依靠聪明和算计改变了自己的命运，这个过程简直可以成为拍摄下一部影片的素材。

偷盗生涯没有几天，斯特里就在一次盗窃过程中发现了一位富户小姐的日记。黑石城算得上云球上有文化的地方，可写日记也是很奇葩的行为。要不是这家是个大富户，连写日记用的那么多乌虫墨和藤皮树叶纸都不可能负担得起。

面对熟睡的小姐，斯特里没有任何不轨行为，但他阅读了小姐的日记。日记中，小姐记录了自己和父亲、母亲的很多事情，斯特里的记性很好，牢牢记住了一切。

第二天，他就在小姐出门的时候晕倒在门口，被小姐收留，经过小姐父亲的同意，进入这户人家做了仆役。

从那天开始，他每天晚上都去偷读小姐的日记，然后根据日记的内容加上自己的思考，用来指导自己的行为。很难想象，一个多月之后，地球所和脑科学所的人发现，已经被忽略了很久的他，竟然被提拔做了管家。并且和小姐订了婚。

另一方面，斯特里的好运并没有降落到每个人身上。

最惨的一次是除了上次黑爪虎意识场死亡事件之外的另一次事故，一次技术事故，加上了极小概率的霉运。

事故中，携带诱导编码的量子炸弹的爆炸位置略有偏差，没有对已经实施猝死刺激的正确目标空体进行诱导，却诱导了附近一个没有进行过猝死刺激的云球人脑单元。意识场迁移链中一位可悲人物的意识场，就此绑定了一个已经拥有意识场的云球人大脑，而那个实施了猝死刺激的云球人大脑，却没有等来新的意识场从而很快死亡了。

本来，无数实验证明，拥有意识场的脑单元会排斥其他脑单元，可这次很不幸，排斥没有发生。现在，一个大脑绑定了两个意识场。这种情况发生的概率很小，其后必然隐藏了某种科学机制。柳杨为此大喜若狂，勒令所有人对所有相关数据进行深入研究。

可以想象，这位拥有两个意识场的云球人，在多重人格的生活中迅速成为周围一半人眼中的怪物，在另一半人眼中则成了通灵者。把他视为通灵者的人们认为，他身上的另一半，大家所不认识的那一半，是神派来的使者，这位使者能告诉大家很多在遥远的地方发生的故事。

这次事故算是一次严重的事故，除了柳杨以外大家都很紧张。好在，经过仔细的软硬件检查和流程排查以及进一步的严格程序设置，以后再也没有发生过类似事故。

不过这些都不算是云球中的大事件，有一件事最不同寻常。

柳杨并没有严格地遵循意识场迁移链的规则，解绑一个，绑定一个。理论上，除了最早的空体老巴力以及未来迁移链终结那天最后一个意识场，迁移链的做法能够避免任何其他云球意识场或空体死在地球人手里，偶发的意外可以认为并非地球人的责任，就是意料之外而已，没有人需要为此背负责任。但是，柳杨根本不在乎这些。柳杨并不反对迁移链，只是不在乎迁移链，他轻率地干了一些不同的事情，解绑云球人的意识场，放任其空体死亡。

这样的事情他干了五件。在五个意识机中，保存了五个云球人的意识场。他们的云球空体被放任死亡，没有被之前解绑的其他意识场所绑定，没有发生身份置换。

最重要的是，在这五个云球人之中，有一个选择看起来很不恰当。那是黑石城的一个歌女，名叫阿黛尔。

阿黛尔是罗伊德将军的侍女。而罗伊德将军，是阿克曼国王最倚重的军事将领。阿黛尔因为能歌善舞，在黑石城达官贵人的社交圈子中非常有名。甚至，阿克曼国王都数次宣召阿黛尔，到王宫中表演她最擅长的舞蹈。贾尼丝王后更是很喜欢阿黛尔，动过要收阿黛尔为义女的念头，在阿克曼国王的反对下才作罢。

柳杨拒绝解释为什么选择阿黛尔——这个选择不同寻常，因为阿黛尔不是通常的微不足道的小人物。但是，柳杨第一不解释，第二先斩后奏。在这个阶段，由于实验的原因，他的团队拥有很高的云球系统权限，他工作的时候谁又能拦得住呢？

孙斐告诉任为，她觉得，柳杨这么做唯一说得过去的理由是阿黛尔和琳达长得很像。

阿黛尔和琳达长得很像吗？任为问自己。在他心中，琳达的形象已经很淡，不太想得起来了。

阿黛尔的意识场在意识机中处于非常安全的状态，但在云球中，没有新的意识场绑定的情况下，失去意识场的阿黛尔的命运显然就不同了。云球中，没谁能像地球上一样保存空体，那里没有KillKiller，也没有脑科学所。于是，在一个凄冷的清晨，阿黛尔静静地死在她的床上，没有任何可见的伤痕，也没有任何挣扎的迹象。

在地球上，阿黛尔的到来只是一个微不足道的实验；在云球中，阿黛尔的离去却引起了一系列可怕的事件。

罗伊德将军痛不欲生。他一直把阿黛尔当作女儿看待，阿黛尔这样毫无征兆并且莫名其妙的离去让他无法接受。他找来了黑石城几乎所有的名医，没有人能够解释阿黛尔为何死亡。罗伊德将军的悲伤转化为愤怒，在最后一次无望的尸检之后，他再也无法控制自己，残暴地杀害了在场的六名医生。

这只是一个更大暴风雨的序幕。

作为闻名遐迩的歌女，阿黛尔的离世迅速传遍了黑石城。而且，由于毫无痕迹的死因和六名医生的殉葬，阿黛尔的死迅速催生了无数的离奇传说。

毫无疑问，像传到每个人耳朵里一样，所有离奇传说也会传到阿克曼国王的耳朵里。其中的一种传说，过于离奇，或者说过于恶毒，使阿克曼国王非常愤怒。

这种传说的核心是阿黛尔死于贾尼丝王后之手。

逻辑很简单。阿黛尔年轻貌美、歌清舞媚，阿克曼国王早就钟情于她，而罗伊德将军也热衷于将阿黛尔送给国王，一切尚未发生的理由只是碍于阿黛尔卑微的出身、阿克曼国王对人言的些许介怀以及贾尼丝王后的阻拦。为了阻拦事情发生，贾尼丝王后甚至想要将阿黛尔变为阿克曼国王和自己的义女。当然，阿克曼国王阻止了贾尼丝王后并不算深沉的计谋。所有人都认为，尽管尚未发生，但阿黛尔成为阿克曼国王的王妃指日可待，有朝一日取代贾尼丝成为王后也并非遥不可期，毕竟贾尼丝王后已经芳华不再，并且没有生育。国王没有其他王妃，国王无嗣一直是王国的潜在风险，这个问题总要解决。很多人一直认为，国王之所以一直没有迎娶其他王妃，一则出于国王的自我克制，二则也出于王后的善妒。阿黛尔将终结目前的情况，并最终将妒妇贾尼丝打进冷宫甚至扫地出门。正是在这种情况下，走投无路的贾尼丝王后终于祭出了最后的杀手。

除了无辜的贾尼丝王后，在黑石城，没有人知道这是传说还是真相，包括阿克曼国王也不知道。

阿克曼国王只知道,自己确实喜欢阿黛尔,也确实动过心想要迎娶阿黛尔。可是他从未真正打算这么做,而是对阿黛尔另有安排——他想将阿黛尔送给山地人的国王巴克斯。

阿克曼国王希望向巴克斯国王示好,却又不愿意显得谄媚,这是他阻止贾尼丝王后将阿黛尔收为义女的原因。巴克斯国王已经有王后和另外两个王妃,以好色著称,送给他美女应该算是投其所好。将国王的女儿送给巴克斯国王做第四王妃完全无法接受,但将一位将军的美貌侍女送去则无伤大雅。

阿克曼国王知道自己的清白,同时也知道贾尼丝王后的嫉妒。贾尼丝王后确实是因为担心他和阿黛尔的关系才提出将阿黛尔收为义女,他和贾尼丝王后之间也确实有很久没能很好地沟通了,不可否认两人之间存在一些问题。他从未向王后耐心解释过自己的想法,不过原因并非两人之间的关系。实际上,他从未向任何人提出过自己的想法——首先,那只是个想法,未成熟的想法;更深一层,那是个充满了向山地人示弱嫌疑的想法。有几次,他曾经想要跟大臣或者贾尼丝王后商量,但始终未能张嘴。

阿克曼国王愤怒于这恶毒的传说,却无法完全杜绝自己的怀疑。也许,他采取了最错误的做法:拒绝召见贾尼丝王后,并且禁足贾尼丝王后。

贾尼丝王后明知自己的无辜,却没有机会更没有证据来证明自己的无辜,可以想象她的痛苦和悲哀。被禁足了十五天之后,她上吊自杀了,没有留下只言片语。

贾尼丝王后是萨波王国南方麦卡部落的公主,是现任的麦卡王苏雷的女儿。麦卡人多年以来一直效忠萨波王国,麦卡王苏雷甚至接受了萨波王国镇南将军的封号。但是,在贾尼丝王后自杀的消息传到麦卡后,愤怒的苏雷宣布,麦卡人不再效忠于萨波王国,并且立即发兵北伐。麦卡人兵锋极盛。阿克曼国王不得不调集大批部队,由罗伊德将军率领,在南境迎战。现在,双方安营扎寨,正在僵持之中。

王国北方又传来了坏消息,等待了很久的山地人蠢蠢欲动。他们看到了机会,巴克斯国王正整军待发,准备南征。

"我们是他们的上帝。"孙斐说,"我们创造了他们,但现在我们在干什么?我们囚禁了他们!囚禁在几台丑陋的机器里!他们是什么?上帝的囚徒!这是我们干的好事,可这是上帝应该干的事吗?"

她说这话的时候,恶狠狠地盯着任为,"你必须让柳杨放了他们,我们不要做这样的上帝。"

她给任为下达了任务,任为无言以对。

"脑科学所正式通知我们,可以进行地球人实验了。"在任为的办公室里,张琦对任为说。

"通知我们?"任为愣了一下,"这是什么意思?我们只是在配合他们。听上去怎么像是我们要进行地球人实验,而不是他们要进行地球人实验?"

"是啊!"张琦微微地摇了摇,似乎也很无奈,"确实,他们从来没有进行过地球人实验,从来没有碰过任何地球人的意识场,从最早的实验开始一直到此时此刻,实验对象都是动物或者是云球人,他们更加需要这个实验。"

"嗯。"任为哼了一声,想起吕青说过的话,"人体实验没法做"。他说,"所以,他们是想把这个难题推给我们。"

"我想是的,柳杨利用了我们的穿越计划。"张琦说。

"是你的计划。"任为说,"现在你明白了,你被人利用了!穿越计划根本没法实施。"

张琦没有说话,过了一会儿才说:"不,可以实施。"

"什么?"任为声音提高了不少,"你想什么呢?我们来做人体实验吗?这怎么可能?"

"在医疗领域,人体实验的事情……"张琦想要说什么,但被打断了。

"我们不属于医疗领域。"任为很不高兴,"医疗领域不过是些药物,只对束手无策的病人使用,有复杂的审批流程和实验流程,有对照组,有这个有那个。我们在干什么?对健康人进行实验?很可能会死人!谁愿意做实验品?"

"对,任所长,你说得对。"张琦很平静地说,"我的意思是说,人体实验的事情在医疗领域确实很复杂,柳杨显然搞不定,所以才找到我们。他可以拿云球人做人体实验,实验做得不错。不过,最终他还是跟我谈了地球人人体实验的事情,对他来说这一步是不能忽略的。我知道他想利用我,但我觉得没关系。"

"你什么意思?"任为问。

"穿越计划就是穿越计划,不是医疗实验,这是我们云球的实验。量子物理实验、人工智能实验、社会学实验,怎么说都行。但是,和医疗实验没有关系,和地球人也没有关系,只和地球所有关系,只和派遣队员有关系。"张琦说。

任为盯着张琦看了很长时间。

"我们云球的实验?"任为问,"我们这里有想自杀的人?"

"任所长,动物实验很成功。"张琦说,"人体实验出问题的概率也不大。你看到了,那么多动物,还有那么多云球人,没有出现任何问题,我是很有信心的。"

任为还在看着他,他始终显得很平静。任为忽然问:"你是说,你想去做这个实验品?"

"是的。"张琦回答得很快很坚决。

任为看着他,他也看着任为。过了半天,任为说:"张琦,我知道,你工作很投入,对云球也注入了很多感情。但是,这件事也太过分了。你应该明白,是我一手建立了云球,你来的时候,云球已经运行了十亿年,已经有了最初的生命。当然,那时候的云球时钟很快。可不管怎么样,我对云球的感情比你深。我不认为你应该这么做。"

"不,其实没有那么过分。"张琦说:"我真的愿意去。这不是感情的问题,这是我个人对未来的一种承诺。"

"会死人的。"任为说。

"风险不大。"张琦说。

"就算迁移没风险,但是你生命中最好的岁月,也会消逝在云球中,而不是地球上。"任为说。

"我做好准备了。"张琦说。

任为不知道说什么。

他们两个，就这样面对面静静地坐在那里，不说话，时间仿佛凝固了。但是很快，几声清脆的敲门声响起，打破了这种凝固。

任为没有任何动作，只是低声说了句："进来。"声音有点沙哑。

门开了，进来的是卢小雷。他看到张琦也在里面，而且任为和张琦好像脸色都不太好。他发了一下愣，说："是不是不合适？要么我待会儿再来？"

"没事。你说，什么事情？"任为有点奇怪，卢小雷很少来办公室找他，最喜欢用SSI之类现代通讯手段的人就是他了，这次怎么主动上门了？

"嗯。"卢小雷慢慢走进来，回手关上门，慢慢走到办公桌前，坐在张琦边上的另一把椅子上。

"张所长也在，挺好。"卢小雷说。

"什么？"任为问。

"我想进云球。"卢小雷说，扭头看了看张琦，"我知道，因为这件事太危险，所以张所长会自告奋勇。你们就在谈这件事吧？不过我觉得，我更合适。"

"什么？"任为吃了一惊，"你？为什么？这很危险，我的意见是不要做，穿越计划的事情就算了。"

"不，任所长，"卢小雷说，"不能就这么算了。穿越计划已经做得很细了，大家花了很多精力，而且也很有信心，这是云球唯一的机会，否则云球就死了。"

"死就死了吧！那也不行。"任为烦躁地说。

"还是我去。"张琦说。

"张所长，你不要和我争。"卢小雷说，"虽然你们是领导，但你们必须得承认，自从我来了以后，是我和云球人待在一起的时间最长。你们更多的时候是远远地看着，我却始终和他们生活在一起。我是单身，一个人，没什么事干，又在监控室的岗位上，几乎每天都待到深夜，一直和他们待在一起。我不像你们，我不是科学家。你们做研究、搞科学，我是一个操作员，只能观察、观察、再观察。结果是，在我心里，我就是一个云球人，云球就是我的家。而对你们，云球只是一个研究对象。"

任为和张琦都说不出话。

"其实没有什么危险。"卢小雷说，"动物实验和云球人实验都证明了这一点。如果云球不再变慢，能够以默认速度运行，假如我在里面待六十年，当我回来的时候，地球也只过了六天。我是白白多了六十年的生命。用一点点迁移的风险，来换取这六十年多出来的生命，我非常乐意。"

任为和张琦还是说不出话。

"而且我和你们想得不一样。你们是希望推动云球演化，张所长总说，希望看到未来的云球，但对我来说这并不是什么特别大的期望。"卢小雷接着说。

"那你期望什么？"任为问。

"我爱云球。不是你们的那种爱，我爱的是云球人。我希望有一天，人类可以自由尝试去做云球人。你们知道，我特别支持宏宇和我们合作的社会化项目。《克雷丁的覆灭》主要是由我参与制作，后面两部也一样，可惜结果不太好，收视率还有电影票房很一般。我也特别支持ASSI实时体验，但你们不同意。不过没关系，我想过了，ASSI实时体验只是云球和ASSI的联手，只是自选的电影，说到底还是看故事，和现实世界拍摄的普通电影没有本质区别，并不是真正的实时体验。真正的实时体验不是生活在ASSI中，而是进入云球，生活在云球中，这是唯一的方法。这个方法的确要冒风险，特别是第一个人，肯定要冒风险。可我真的很愿意。我觉得，无论二位领导现在怎么看，将来这会是一种生活方式，也是一种延长生命的方式。你们想想，如果一个老人马上要去世了，在地球上已经没有办法挽留他的生命，但只要把他送到云球中，他就能够重新拥有一生……多么让人向往啊！"卢小雷说了一大段，显得真情流露。

"你……"张琦迟疑着，"也许想多了。"他说，"一个老人的意识场已经处于衰老状态，即使进入云球也不能重新拥有一生。包括你，那六十年不会白白多出来。之前的实验中,地球动物的意识场迁移到云球中以后,包括后来又迁移回来,寿命方面的表现并不稳定。有一部分确实好像白白多出来很多年,云球的日子都是白来的日子,但大多数并没有多出来什么时间,云球的日子一样占据了它们的寿命。云球动物和云球人的实验也都一样,没有你想的那种好事。"

"脑科学所没有给出任何解释,他们还没搞明白,有很大风险。这么乐观地考虑问题不是科学态度,是幼稚,你不应该这么乐观。"任为补充道。

"是的,他们要严谨的解释,要科学态度。你们也一样,你们都是科学家。但我不是,我有我的解释。"卢小雷说。

"你的解释?你怎么解释?"张琦问。

"我……"卢小雷迟疑了一下,接着说,"我的确不是个科学家,就像孙斐所说,我只是个操作员。我没办法证明什么,但我有我的直觉。那些实验,几百例实验,地球动物、云球动物和云球人,我全都仔细观察了,看了所有数据,天天在想。我的直觉是,云球的日子会不会占据意识场的寿命可能取决于一个简单因素,甚至,地球的日子会不会占据意识场的寿命也取决于一个相同的简单因素。"

"什么简单因素?"张琦问。

"只是我的想法,不要用对待科学家的态度来苛求我。我说了,我不是科学家。如果你们觉得我说得有一定道理,可以继续研究;如果你们觉得我说得没有道理,我也希望你们能够让我去试一试,证明或者证伪。"卢小雷说。

"不可能让你去。"任为说。

"任所长,先听他说说吧,没什么损失。"张琦说。

任为沉默了半天,盯着桌面,心乱如麻。

"你说吧!"任为终于说。

"我觉得和宿主的状态变化趋势有关。无论是什么样的宿主,云球宿主或者地球宿主,关键是宿主的状态变化趋势。如果宿主的状态是正向变化,处于生长的过程之中,那么这种日子对意识场的寿命来说就不会被消耗;但是，如果宿主的状态是负向变化，处于衰老的过程之中，至少是停止生长了，那么这种日子就会消耗意识场的寿命。"卢小雷说，说得很清楚，显然经过了深思熟虑。

任为和张琦互相看了一眼，然后都在脑中用SSI调出了所有实验案例查阅，随即陷入了沉思。

过了一会儿，张琦说："有一定道理，很有可能是这样。"

"即使是一个已经衰老的意识场，只要迁移到另一个生长中的宿主里，衰老就会停止。但是，宿主一旦停止生长，意识场的衰老就会继续。"张琦接着说，顿了一下，又说，"可能和宿主为意识场提供能量的趋势有关。所以，在云球待六十年肯定不行，也许前二十五年或者三十年不会消耗你的寿命，不过后面几十年肯定会消耗。"

任为没有说话。

"是的，我刚才说得也许太夸张了。"卢小雷看到张琦很认真地认同自己的想法，得到了很大鼓励，"对不起，这是我的老毛病了，经常忍不住夸大其词。"

他挠了挠头，仿佛为自己的夸大其词感到惭愧，然后深吸了一口气，接着说："我还有进一步的想法，不知道应该怎么表达……举个例子吧，我觉得意识场的寿命像一个水桶，宿主的生长是在往水桶里倒水。水桶有一定的容量，慢慢地水会满，满了以后再倒就没用了。而反过来，衰老或者停止生长的宿主是从水桶里往外面舀水，一旦水舀没了，意识场的寿命就用完了，生命也就终结了。不过，有一个问题我想不明白，从外面往桶里倒水和从桶里往外面舀水，这两件事情能不能交叉进行？如果能的话那就太好了！可是，根据案例来看多半不行。从桶里往外舀水的动作一旦开始，最多能暂停，却再也不能反过来往桶里倒水了。"

"这要进一步研究。"张琦思考着这个问题，"你说得可能很对。必须要告诉脑科学所，你很了不起。"

"可以研究，但不能进入云球，这是两回事！"任为开口。

"为什么？"卢小雷说，"我真的愿意冒这个险！"

"这样吧！任所长，你看这样行不行。"张琦说，"我觉得，小雷的说法很可能是对的。无论是不是要进入云球，总要研究一下。我们需要更多的动物实验。如果小雷的想法最终被验证了，我们需要搞清楚云球人的生长周期，然后需要找到足够年轻的宿主，这样至少不会在云球消耗生命。至于最后到底要不要实施穿越计划，到时候我们再讨论吧！现在不着急下结论。"

任为又沉默了一会儿，终于说："先跟脑科学所沟通吧！"

他觉得，越来越多的事情自己已经无法控制了，也不想再去控制了。随便吧，他想。

19 卢小雷的方案

实验证明,卢小雷说得很正确。并且,通过反复的实验可以确认,云球人的生长期比地球人略长,男性到三十二岁左右,女性到三十岁左右。只要云球宿主不到这个年龄,意识场的寿命就不会被消耗。

所有人都祝贺卢小雷,像是他在世界杯决赛中踢进一个决定性的世界波。这些人中包括孙斐,不过,她那时的表情相当不自然,尽管说出了一句"恭喜你",听起来却像是在嘲讽。没办法,她不得不承认这是个贡献,卢小雷的确做出了贡献,但对她来说,这种贡献实在没什么意义,她甚至一度为了类似贡献的出现而发飙,最近倒是平静了一些,可依旧无法为这种进展感到高兴。

在张琦的推动下,穿越计划的首次实验终于正式摆上了桌面。大家心照不宣,谁也不提人体实验的字眼,只提穿越计划。

脑科学所是核心的技术力量,但开始的时候,他们拒绝参与任何正式会议,只愿意作为顾问角色提供一些建议,可这样明显行不通,沟通效率无法保证。后来,他们和地球所签订了一个协议,写明了"应地球演化研究所的要求对'穿越计划'提供相关的技术咨询和支持""地球演化研究所应保证'穿越计划'符合法律要求并履行了相关程序"以及"脑科学研究所对'穿越计划'规划和实施过程中的风险不承担任何责任"等等。然后，他们才派人参加了相关会议。

说起"履行了相关程序"，谁也不知道相关程序是什么。事实上，并没有什么相关程序存在。从以往看，如果是普通的云球实验，任为同意就可以了。如果任为觉得事关重大，或者牵扯到地球所无法控制的资源，那么需要报批前沿院同意，获得额外的支持。

这次，张琦决定，"相关程序"到他这里结束。他决定由自己来承担一切责任——他不邀请任为参与任何有关穿越计划的会议，自己在有关文件上签字之后也不送去给任为签字。他经常向任为口头汇报，保证任为了解一切。但在网络中和纸面上没有让任为留下任何痕迹。

当然，任为立即发现了这个异常。他知道张琦在做什么，也知道张琦为什么这么做。他很矛盾，但到目前为止没有表现出什么意见，似乎大家逐渐建立了一种默契。

出人意料，卢小雷拿出了一份进行首次实验的计划草案——虽说是草案，但已经算得上一份非常详尽的方案，对穿越计划的首次实验进行了各方面的分析和建议。

没有人要求卢小雷拿出这样的草案，这些内容本来都是要在穿越计划研究组的会议上讨论的话题。不过，现在有了这样的草案，讨论变得更加容易和高效了。

计划草案内容很多，最重要的是讨论六个问题。

第一个问题，首位派遣队员是谁？

在卢小雷的计划草案中，可以想象得到，首位派遣队员当然是他自己。

这件事并非一个单纯的技术性问题。首次进入云球确实有一定技术风险，但是法律风险可能更大。张琦挺身而出最重要的理由在于，目前的运作模式下，即使首位派遣队员不是他，只要计划有什么差池，他作为穿越计划负责人也必须承担责任。既然已经逃不掉这样的风险，那么不如把所有风险都一起揽过来。

张琦试图说服别人，特别是说服卢小雷。他说，无论由于任何原因想要进入云球，做第一个吃螃蟹的人都没有太大意义，等待将来各种条件成熟以后再进入云球也不迟。他的话当然很有道理，也很有说服力，他的勇敢和坦诚更是非常让人感动。

但是，卢小雷早有准备。他在计划草案中自我推荐的理由，更有道理，也更有说服力——那是一个非常技术性的理由，难以反驳。

从对当前云球社会的了解程度和熟悉程度看，卢小雷是无可争议的第一人。

举个例子，在云球的五千万人当中，流行着大概三百种语言，其中大范围使用的语言大概有三十种。卢小雷熟悉其中最流行的四种语言，覆盖了大约两百万人和十五个王国或者部落。另外，他还略通其他六种语言，比负责开发翻译系统的语言组的同事懂的都多。语言组的同事依赖人工智能依赖得太多了。卢小雷不一样，他喜欢学习语言，也有语言方面的天赋。

一年前，卢小雷被调入地球所担任监控室主任，和语言天赋很有关系。来了以后，事实证明，他学语言的确很快，一两个月里就能够在不使用翻译系统的情况下直接观察云球人。这极大地提高了他对云球人的感性认识，也奠定了他作为监控室主任的不可替代的作用。虽然其他同事——包括张琦——或多或少也懂一些云球人的语言，但水平跟卢小雷比起来完全不可同日而语。语言的优势使得卢小雷对云球社会其他方面的了解也远远优于其他同事。这种对云球社会的了解和熟悉，除了有助于达成实验目标，对于派遣队员保证自身安全也非常重要。尤其是在首次实验中，唯一重要的实验目标就是保证派遣队员的自身安全。

穿越计划包括两次意识场的迁移过程，迁移进入云球的过程和从云球迁移回来的过程。两次迁移过程的风险都依赖于脑科学所和地球所这段时间的研究和实验。目前来说，大家对此都很有信心。但是派遣队员在云球中的阶段，风险来自云球，并非地球，这部分情况就很难预测了。

卢小雷在计划草案中进行了深入的分析。他的结论是，当派遣队员在云球中遇到风险的时候，除了派遣队员自身，作为外部观察者的地球人基本无法提供什么帮助。

很容易想到，当派遣队员在云球中遇到风险的时候，如果风险来自某个云球生物，例如一只黑爪虎或者一个云球人暴徒，观察者们可以在瞬间将这只黑爪虎或者这个云球人暴徒杀死，那么就能挽救派遣队员。但是，从影像系统中看到某个云球生物，到定位这个云球生物所对应的脑单元，需要一定的时间。地球所不可能全过程追踪所有云球生物，所以不可能在瞬间对某个云球生物采取行动。而且风险不一定来自云球生物，更多的风险来自环境系统，比如一次意外的悬崖失足。如果要对环境系统进行瞬间精确干扰，更是无法完成。

除非技术上能够保证，在派遣队员的云球躯体濒临死亡时，最好是在风险刚一出现时，立刻把派遣队员的意识场从云球中解绑，迁移回机房中预先准备的意识机中，派遣队员就得救了——不过这样做同样需要时间。

在机房中准备好意识机没有问题，意识追踪仪也会全程追踪派遣队员，理论上可以在任何时候对派遣队员的脑单元采取动作。但是，目前对云球脑单元绑定和解绑意识场的方法都是基于量子炸弹，而量子炸弹的实施过程需要编码、生成、定位、束缚、引爆等一系列动作，无法在一瞬间完成，至少需要八到十分钟的时间。

云球时钟可以调慢，但底限只是和地球一样慢，仅仅为了进行实时观察，无法调整出慢动作以获得更多操作时间。云球时钟涉及量子芯片中微网络的坍缩周期，要想比现实更慢，技术本身非常困难。而且，云球为了演化研究而诞生，对于演化研究，云球时钟和现实一样慢已经没有任何意义，更慢的话纯粹是浪费资源。云球操作系统作为演化产生的智能系统，对时钟设定的底限并不容易修改。

停机等待更是不可能的，量子状态很快会坍缩，无法保持更无法接续，云球系统从来不曾停过机。

所以，救人可以，但动作一定要快。

删除脑单元无法造成猝死，不会解绑意识场，当然也不是一个可行办法。

更粗暴的方案是，在风险出现时把派遣队员脑单元对应的量子芯片直接从电路板上拔掉——也许可以，但这个"也许"软弱无力。

这种粗暴行为等同于瞬间断电，的确能够解绑意识场，理论上没有问题，量子计算机的电路板支持对量子芯片的热插拔，以前删除云球物种和边缘部落的时候，有些情况下也的确这么干过，以便避免一个一个删除脑单元的麻烦。

遗憾的是，这个粗暴的方案并不可行。一方面，量子芯片中同时存在很多脑单元，而非只有派遣队员一个脑单元，这样做会带来很大的额外损失；另一方面，插拔芯片是个物理动作，速度有多么快非常值得怀疑，事实上完全靠不住。

另外，在目前的技术水平下，意识场从脑单元解绑时还必须要求云球时钟和地球时钟同步。如果之前两者的时钟并不同步，那么也需要一点操作时间来进行同步，并不能瞬间完成。好在这个阶段，在柳杨的建议下，两者一直都保持着时钟同步，眼下暂时还不是个问题，以后如果云球时钟进行调整，就会成为一个问题。

有一种情况，比如由于某种原因，派遣队员已经被判刑，要砍头，但明天才砍，恰好云球时钟又和地球时钟同步，时间来得及，此时地球方面自然不会坐视不管，将派遣队员的意识场从云球强行解绑就行了。可是很明显，这并非派遣队员在云球中遇险的典型情况。

所以卢小雷的结论是，在云球中，派遣队员必须依靠自己，自求多福。而对云球的了解和熟悉，就成为卢小雷不可替代的优势。

即使这样，在开会讨论时，面对卢小雷草案中的缜密分析，张琦也没有轻易让步。他认为，可以给自己一段时间进行准备，他保证能够达到卢小雷那样熟悉云球的程度，包括语言能力——没人相信他能做到，但如果他非要坚持自己能做到，别人也很难反驳。

不过，卢小雷找到了彻底说服张琦的办法，一个不能写在计划草案上的办法。

后来，任为听孙斐讲，在会议上争执不下的时候，卢小雷悄悄地对张琦说了一句话，马上让张琦陷入了沉默。过了一会儿，张琦就同意了卢小雷的意见，全体通过，卢小雷成为首位派遣队员。

孙斐听到了卢小雷对张琦讲的话，卢小雷坐在张琦身边，她坐在张琦另一边。虽然卢小雷试图悄悄说话，声音却不够小，孙斐耳朵又尖，听到卢小雷说："张所长，你去的话，如果万一出什么事情，地球这边，就只能让任所长背锅了。"

在任为办公室，孙斐对任为复述这话的时候，看着他的反应，满脸嘲讽。

任为想说什么，但不知该说什么。

孙斐歪了歪头，说："没事，我就是跟您说一下。我觉得，穿越计划根本不应该存在。好，我走了。"

在任为仍然犹豫着说什么的时候，她拉开门走了。

第二个问题，卢小雷提出了一个大家之前忽略的细节：派遣队员的隐私问题。

看来他确实对于进入云球思筹已久，相比别人，他想到的事情多了很多。

从影像系统的角度，地球所可以观察云球上发生的几乎所有事，包括观察云球人的所有隐私。如果让地球所的人担任云球中的法官，一定不会有任何冤假错案发生。但了解所有隐私的上帝视角并不完美，因为这意味着上帝也看得到所有不那么赏心悦目的事情，比如卢小雷并不乐于观察云球人排泄的细节，孙斐对于她认为的卢小雷乐于观察性行为的癖好也极端反感。

很多事，对上帝而言也许只意味着不够赏心悦目，可对云球人而言就不仅是赏心悦目的问题了，好在他们并不知道自己被观察，但是派遣队员知道——曾经的上帝，现在的子民，既然知道被观察，自然无法接受。

这的确是个问题。

所以，在计划草案中，卢小雷制定了一个《云球进入者权利保护守则》。

所谓的"云球进入者"，听起来涵盖了派遣队员，却并不限于派遣队员。开会讨论的时候，有人建议叫作"派遣队员权利守则"，或者"穿越计划权利守则"。但是，卢小雷坚持使用"云球进入者"这样的词。

张琦听卢小雷说过关于意识场在地球和云球之间任意穿梭的设想，知道他的用意。张琦觉得，这个想法在眼前看只是一个很大的脑洞，可毕竟也算是个激动人心的想法。于是，张琦选择了支持他。

这样，第一个关于云球社会的地球规范产生了。不过，这个规范和云球人没什么关系，仅针对进入云球的地球人。它的主要内容并不复杂，就是将若干云球进入者的行为定义为"进入者隐私"。对于这些已经定义的"进入者隐私"，任何地球人不得通过任何方式进行观察，更加不能以任何形式进行记录。

第三个问题，是否保存云球目标宿主的意识场，以便等待派遣队员返回后，再将目标宿主的意识场迁移回去？

之前的云球人实验中并没有这样做，但那时存在明确的技术性原因：云球中无法保存空体。作为替代的迁移链的做法已经尽最大可能保证了最少的云球人空体和云球人意识场死在地球人手中，理论上只有两个例外：一个例外是首具空体，老巴力的空体，只能死亡；另一个例外是最后一个意识场——迁移链终结的那天，从云球解绑的最后一个意识场——因为无处可去也只能死亡。

当然，上帝的囚徒不在此列。那属于另一个研究计划，柳杨个人的计划，就算是脑科学所的计划吧，但无论如何，和穿越计划无关。

现在，在穿越计划中，派遣队员占据了目标宿主的躯体，不需要用技术手段在云球中保存空体。因此，完全可以保留云球宿主的意识场，等待派遣队员返回后，再将云球宿主的意识场迁移回去。

但是，卢小雷的计划草案不建议这样做。

这样做意味着目标宿主将会有一段失忆的空白期，毫无疑问会引起他自己和周围人的关注和怀疑，进而对目标宿主空白期的行为——也就是派遣队员的行为——进行更多的解读和猜测。

穿越计划不是无关紧要的技术性实验，过程中存在一个真实的地球人，一个派遣队员。关注和怀疑、解读和猜测也许是很危险的，会引起各种谣言和传说，进一步，谣言和传说也许会引起云球目标地区的混乱，阿黛尔的例子还历历在目——不过，这并不是重点。

一段莫名其妙的失忆期和一起单纯的死亡事件相比，哪个能够造成更大的混乱？很难说。

死亡通常给周围的人带来更大伤害，更容易引起激愤的行为，而一段失忆期则显得更加奇怪，更有制造谣言的空间。所以从对云球社会造成短期混乱的角度来看，二者的比较并不能帮助决断哪种做法更好。但是，从地球角度或者从云球社会的长期角度来看，就完全不一样了，失忆期的产生对将来的穿越计划可能造成重大的不利影响。

考虑到将来，如果有越来越多的派遣队员进入云球，将出现很多例非常相似的失忆事件。万一碰到有心人进行调查、对比和分析，虽然很难说可以揭穿穿越计划的真相，但也许会有一个正确的轮廓，或者会有一个完全错误却危害更大的轮廓。很明显，这有相当大的风险，对于穿越计划的任务执行非常不利——这个推论得到了穿越计划研究组中一个统计学家在学术角度的支持。

这意味着，某个时刻，当派遣队员返回时，云球上会多一具安静地躺在床上的尸体，将来还会有更多这样的时刻。

一个云球人莫名其妙地无疾而终，不知道云球的地方官员会如何处理。这种做法要求目标宿主应该像老巴力一样，没什么亲人，最好也没有队长那样陪伴着的生命。否则，除了害一条云球人的人命之外，还无谓地制造了很多悲伤、愤怒、臆想和谣言。所以，没有亲朋好友，或者尽量少的亲朋好友，是选择目标宿主的一个重要条件——之前的实验中都是这样做的，以后也必须坚持这样做。

"这叫什么？杀人灭口！"在会议上，孙斐这样说。

统计学家无法正面应答这样的指责。卢小雷默不作声，大多数人都默不作声。但张琦说了话，他并没有表示同意，只是说："这个问题先放一放，继续讨论下一个问题吧！"

后来的事实证明，这种先放一放的说辞通常意味着就是要这样做了。看起来，在接受了迁移链中的诸多悲剧以及容忍了上帝的囚徒之后，大家已经越来越麻木，对杀人灭口之类的联想和说辞似乎缺乏应有的敏感反应。

第四个问题，首次实验中派遣队员待在云球多长时间？

在这一点上，卢小雷在计划草案中的建议是，首次实验待的时间不能太长，但一定要过夜，最好是一个夜晚加一个白天。

在云球的某个夜晚进入，目标宿主准备睡觉的时候——这时派遣队员有最多的时间进行适应，也许会是个睡不好的夜晚，可总比一进去就要和人热热闹闹地聊天要好。

第二天白天，待一个整天，少说话，多观察。

第二天晚上，睡觉前撤出，回到地球。

第三天早上，云球中多一具安静地躺在床上的尸体，少一个生命。

"杀人灭口！"孙斐再次说。

没有人理她，好像她从没说过话一样。

第五个问题，确定目标宿主。

卢小雷的计划草案给出了一个明确选择：黑石城的潘索斯。他显然做了不少功课。

目标位置依旧位于萨波帝国首都黑石城国王大道。潘索斯是一家裁缝铺的年轻老板，可以说是第一只进入云球的那只地球狗的邻居，不过那只地球狗的生存在云球上是几十年前的事情了。自从开始云球人实验以来，云球的时钟一直和地球同步，时间过得很慢，但在那之前时钟还是有时快有时慢，所以那只地球狗已经离世几十年了。尽管是几十年前的事情，可那只狗在那里安全地生活过将近七年的事实，依旧让人感到安慰。

卢小雷无聊地在云球历史里查了一下，潘索斯的祖父甚至曾经喂过那只狗。那时，潘索斯的祖父是刚刚来到这里的一个流浪汉。后来，在萨波帝国难得的长期和平环境中，他的生活逐渐稳定，并且富裕了起来。他有两个孩子离开了这里，但他的幼子，潘索斯的父亲，却一直留了下来，并且经过不懈努力成了专业人士：邻居们信赖的裁缝。潘索斯则子承父业，在父亲去世后继承了裁缝铺。

潘索斯年轻力壮，还处在生长期，不会消耗派遣队员意识场的寿命。他没有任何疾病，身体本身风险很小。他父母双亡，没有成亲，也没什么走得近的亲戚。他生活的区域一直很安全，没有太多陌生人，店里只有一个伙计，顾客都是周围的老顾客。总之，他日常打交道的人里面没什么危险人物，也没什么特别亲近的人。他脾气很好，和大家相处得不错。当派遣队员离开，潘索斯不可避免地无疾而终的时候，一定会有不少人感到遗憾，但应该不会有什么人特别悲伤，也许唯一的问题是，给当地地方官制造了一些麻烦。

另外，潘索斯被选中还有一个原因，这个人沉默寡言。这很好。对于卢小雷来说，虽然潘索斯所说的萨波语是他最熟悉的四种云球语言之一，但是，天天在听和张嘴去说还是有很大差别的，潘索斯的沉默寡言让卢小雷感觉安心了不少。

选择潘索斯也不是没有任何问题。最大的问题是，卢小雷并不会裁缝的手艺。所以，他必须找个办法不干活。装病好了，但他觉得，恐怕不用装。按照所有实验动物的表现来看，刚刚到云球，不适应的地方应该不少，身体很可能会真的很不舒服。特别是在仅仅一天的时间里，很多东西还来不及适应。

在计划草案中，卢小雷分析了为什么不建议选择乡下或是野外的某个离群索居的人——例如巴力或是斯特里那样的人，之前的实验中选择这样的人已经算是轻车熟路了。他分析说，在当前的云球，活下去并不容易。那些偏远的地方在吃饱穿暖、社会治安以及野兽出没等各方面的条件，都远远不如一个都城。而且，那些小地方的方言对他自己或者任何其他派遣队员来说也将非常困难。同时他也认为，应该尽可能生活在一个相对繁华，能够最大程度了解云球的地方，否则实验效果会大打折扣。

卢小雷的分析相当全面，大家稍稍讨论就同意了他的建议。从另一个角度看，潘索斯悲惨的命运也就在这一刻被注定了，上帝们并没有和他商量。

最后，卢小雷在计划草案中列出了一个问题清单。他说，自己已经牢牢地记住了清单上所有问题。但是，欢迎大家补充，看看还有什么问题需要添加到清单上。

问题清单上是需要派遣队员在整个过程中仔细观察和体会的内容。为了让派遣队员容易记住更多内容，列出的都是一些选择题和可能的答案。在云球上的生活过程并不那么重要，除了进入者隐私，派遣队员能看到的东西地球所的观察者们也能看到，而且能够记录下来反复看，所以并不需要派遣队员提供什么信息。清单上的内容主要是两部分，都是地球观察者无法看到的东西。

第一部分是进入云球和离开云球的过程。这个过程只以毫秒计，卢小雷认为，如果派遣队员回来后对这个过程能有什么话说，一定会对脑科学所的研究很有价值——这个说法居然获得了柳杨的赞同。柳杨不总参加会议，参加时通常也不发言，只负责用冷冷的眼神看着。

第二部分是在云球生活过程中的心理感受。由于云球人一贯表现出的思维跳跃性，这些感受对于地球的观察者来说不仅看不到，而且分析不出来，至少是分析非常困难。以前，脑科学所对地球所问题的漫不经心，原因有很多，但其实也是这种困难的一种反映。

大家一致认为，卢小雷的考虑很周到。有一些细节做了修改，并且有人提出了少许新的问题进行讨论，但总体上他做的工作已经非常全面，加上他之前对于意识场生命周期的卓越判断，让几乎所有人都对他刮目相看。最终，卢小雷的计划草案通过讨论和修改，变成了正式的计划。计划并没有提交到前沿院。前沿院甚至不知道他们在做这么一件事情。整个讨论过程只限于地球所、脑科学所和穿越计划研究组，对外保密做得相当不错。

在向任为做了汇报之后，张琦签了字，但没有让任为签字。

任为始终处在犹豫之中，茫然地听之任之。他甚至没有跟吕青说过这件事，说不清为什么，就是张不开嘴——可能是害怕听到吕青的意见吧，他觉得。

卢小雷一直在恶补各种云球知识和萨波语，并且尽量模仿潘索斯的口音和习惯。他的睡眠一直不足，直到行动之前的最后一天才补了一大觉。大家一直提醒他注意休息，但他觉得没关系，他的身体和潘索斯一样，好着呢。

这一天终于来了，卢小雷将在今天进入云球。

他将在脑科学所被假猝死，只有那里才有完整的技术条件。事先在那里，卢小雷的意识场已经在自己的大脑和意识机之间穿梭过几次，虽然也是听起来很危险的实验，但因为之前动物实验做得太多了，以至于根本没引起大家真正的担心。从结果来看的确不需要担心，什么问题也没有。现在，卢小雷的意识场将再次被迁移到意识机中，遗留的空体在脑科学所保存，而承载了卢小雷意识场的意识机将被运送到地球所。那时，潘索斯的脑单元将被量子炸弹炸得猝死，卢小雷的意识场将在第一时间从意识机中迁移到潘索斯的脑单元中。

去脑科学所开始这一切之前，在地球所大会议室，大家为卢小雷举办了一个小型欢送会，有一些无酒精饮料和一些甜品。吃着喝着，张琦代表大家说了一些鼓励的话，卢小雷则表示了信心和决心。他乐观地表示，小事一桩，大家搞得太隆重，也太严肃了，其实完全没有这个必要。

"苏彰怎么没来？这可是你的巅峰时刻。"孙斐问卢小雷。

"哦……"卢小雷迟疑了一下，"我没告诉她。"他说。

"好久没看到她了。"张琦说。

"保密得这么好？苏彰都不告诉？小看你了！"孙斐说，"我说呢，要不然的话，她也真够没良心的。没有你，哪有他们那些电视剧啊？哼！现在还忙着推广新剧呢吧？连着三部了，效果都不怎么样，我看可以停止了。"

卢小雷没说话，只是笑了笑。

但卢小雷上车去了脑科学所之后，苏彰却风风火火地跑来了。大家还没全散呢，不少人还坐在会议室里吃吃喝喝，聊着云球的种种。她冲了进来。

"卢小雷呢？"苏彰问。

"走了，你怎么来了？他不是没告诉你吗？"孙斐问。

"他没告诉我，他是没告诉我。我刚刚和王陆杰通电话才听说。"苏彰回答，语气有些木然。

"王陆杰怎么知道？"孙斐吃惊地问。

"他多神通广大啊！老油条，前沿院里哪有他不知道的事情？"叶露说。

苏彰愣愣地站在那里，没有说话。

孙斐看着苏彰，撇了撇嘴，说："没关系啊，两天就回来了，也老不了多少，你不用担心。倒是店里那个伙计，两天之后要做老板了，他应该担心。"

"他担心什么？"叶露奇怪地问。

"招人啊！"孙斐说，"招人可不好招。"

过了半天，苏彰茫然地点了点头。不知道为什么，孙斐忽然觉得，她有点可怜。

20 / 黑石城的潘索斯

醒过来的时候，卢小雷一眼看到一个类似蚊帐的东西，随即就意识到自己正躺在潘索斯的床上。

的确是蚊帐，用当地一种植物的藤蔓织成。那种藤蔓叫蕃丝，不像地球上的蚕丝或者云球中大户人家使用的云蚕丝那么好，但也算很细而且结实，可以用来编织各种东西。黑石城的百姓都使用蚊帐，这里的蚊子很厉害，如果那也叫蚊子的话——黑石城的蚊子比卢小雷见过的最大的地球蚊子还要大两倍。卢小雷虽然不知道被那东西咬了是什么感觉，可是观察黑石城百姓的反应让他相信，蚊帐在这里是个必需品。现在，恐怕很快就会知道，被那东西咬了到底是什么感受了。

他没有动，脑子迅速地转了转。

他想到，首先应该庆祝一下，看起来从地球到云球的迁移过程并没有出任何问题，他已经安全抵达云球了。随即他又想到，如果是这样，他应该叫自己潘索斯而不是卢小雷了。

潘索斯试着想要翘起手指。他脸朝上躺在那里，两只手平放在身边，这种姿势下只能勉强用眼角的余光看到自己的手，但他欣喜地发现，两只手的手指确实如想象中那样翘了起来。进而，他抬起胳膊，依旧正常。他把胳膊放了下去，闭上眼睛深吸了一口气，慢慢做从床上爬起的动作。

一切正常。

他开始大胆起来。穿上鞋，在屋子里走来走去，东摸摸西看看。屋子里的这些东西他其实已经看过无数遍了，但作为一个云球人，作为潘索斯，而不是上帝，他觉得一切都很新鲜。

萨波帝国的建筑和装饰风格都比较粗陋，和克雷丁时代相比过去了一千多年却没有太大变化。潘索斯感觉整个风格有点像地球古代的中西混搭，家具已经使用木材，同时掺杂着很多石料和土坯，特别是在穷人家里。潘索斯有门手艺，家中不能算穷，主要都是木材家具，可看上去也不怎么精致。

萨波帝国也有一些很好的东西，蕃丝就是一个例子。除了蚊帐，潘索斯家的墙壁上也挂了一些蕃丝制作的装饰品。他家里这种东西比别人家多，毫无疑问和他的裁缝职业有很大关系。蕃丝制作的衣服穿在身上很舒服，潘索斯在自己身上到处摸了摸，体会了一下蕃丝在皮肤上摩擦的触感——感觉不是太柔软，不过，他很喜欢这种类似于地球上麻织物的粗粝感觉。

忽然想起，应该试试说话，潘索斯试着张嘴说了几句萨波语。

"听得到吗？"

"我在这里。"

"我是潘索斯。"

"嗨，你好！"

一切正常，只是口音还没有那么像，但也还好吧，应该马马虎虎能应付得过去。

他开始做剧烈一些的动作。跳来跳去，抱住桌子试图抬离地面，俯卧撑，仰卧起坐，高抬腿，甚至还做了几个靠墙倒立。

还是一切正常。

桌子上有一个水罐，里面是白天蓄好的井水。潘索斯喝了两口，甘甜可口，不错！他又喝了两口，东张西望了一会儿，在一个小柜子上看到一个吃了一半的圆饼，那是来之前就注意到的东西。他拿起来，看着圆饼上的咬痕迟疑了一下，最终还是咬了一口。那是自己的咬痕嘛，他对自己说。他咀嚼着，又喝了一口水，一起咽了下去。他闭上眼睛，体会着食物和水从食道穿过的感觉。没什么异样，只是那饼并不好吃，以地球的标准看没什么味道，而且相当硬，咀嚼很费劲——怪不得云球人的腮帮子看起来都很发达。

他推开自己所在的卧室的门。

外面是厅，厅里除了几个小凳子和一张小桌子，基本没什么东西。他接着往外走，推开厅的大门，外面是潘索斯家的院子。

院子不大，种满了植物。高高低低的植物，都叫什么名字来着？潘索斯试图想起那些名字，但只想起了其中几种，醍醐花，星星草，瑟瑟斯树，萨波人这么称呼它们。

植物中间有一条小路，通向对面另一栋房子。潘索斯知道，那栋房子是自己的裁缝店。

他站在植物中间那条小路上东张西望，院子里除了两头的两栋房子以外，两边都是围墙。

右手那边，也就是西边，围墙上有一个小小的侧门。另一条小路通向那个侧门，几乎完全被高高的星星草所覆盖。很明显，潘索斯平常并不经常走这条小路。现在，潘索斯努力地走了过去，一路上把星星草拨向两边，星星草很有韧性，在他走过后迅速在身后合拢。

侧门上有一个销子，插着一个小木棍，算是从里面锁上了。潘索斯抽出小木棍，打开门，走到门外。

门外是一条河的河岸。河面不太宽，岸边给潘索斯家留下的空地也不宽。地上都是杂草，间或有不少高大的柳树。这容易记，柳树，权且认为是柳树吧！不过和地球上的柳树不太一样，他想。随即又想，如果要在云球生活，这种"权且"的想法尽管很容易产生，但应该努力不让它产生。自己应该接受，将来的派遣队员也都应该接受，无论如何，翻译系统怎么翻译就算怎么回事，否则脑子太累了。翻译系统设计的时候，语言组的同事做不到那么严谨。同名的东西在云球和地球难免有所不同，老想这个让人分神，又真没什么必要。

现在，天已经全黑下来。河对岸南边有一定距离的一户人家，闪着一点悠悠的灯火。除此之外，其他方向上都没什么光亮。天上有一些星光，月亮只是很窄的一条上弦，不算太亮，但也还可以。潘索斯能看到，河水在黑暗中静静地流淌着，河中间有一块石头，河水在绕过那块石头的地方形成了一个小小的漩涡。

潘索斯来来回回走了几趟，忽然想要小便，刚才的井水喝多了。

他想，但愿他们，地球人，能够遵守《云球进入者权利保护守则》——他在一棵大柳树下找了个地方，撒了一泡尿，觉得很畅快。

他回到自己家的院子里，把小木棍重新插回侧门，然后走进了自己的店铺。店铺里面的布置很简单，陈列了一些蕃丝和其他种类的衣物材料。主要是织物，也有少数动物毛皮。这个区域的人不穷，但也说不上多富有，穿得起毛皮的人不多，衣服还是以织物为主。

他打开大门，走出了店铺。门前就是黑石城的主干道，国王大道。这是一条砂石路，有十米宽，在目前的云球中算大道中的大道了，国王大道这个名字名不虚传。

路上一个人也没有，很安静。站在路上向两边看过去，亮着灯的房屋比从河边看过去要多一些。多半是些店铺，有些匠人晚上仍旧要干活儿。灯都是燃烧动物油脂的油灯，光线非常昏暗，在这种光线下干活对眼睛可不好，潘索斯想，以前好像没琢磨过这事。

右手是桥，就是侧门外面小河的桥，一座石拱桥。河不宽，所以桥也不长，但和地球上古代的拱桥一样好看。不知道这个时代，萨波工匠们怎么能够想出建造拱桥的技术。现阶段，应该只有萨波人会建造拱桥，其他部落的人还没学会。潘索斯试图回忆，云球中最早的拱桥在什么时候出现，却没有回忆起来。又想了想之后，他确定自己原本就不知道，不是不记得。

潘索斯东张西望了一会儿，确定没有人，于是来回做了几个冲刺跑。这条砂石路很平，像地球上古老的跑道，跑得很舒服。但他冲刺了几个来回之后,尽管还不过瘾却不敢再跑了,他的脚踩在砂石路上会发出一些吱呀吱呀的声音,在这寂静的夜晚听起来格外刺耳。

他停了下来,继续东张西望。忽然想起问题清单,里面的好多问题他已经有答案了。但是,关于进入云球的过程,他却毫无记忆。

感觉像是睡了一觉,睡得还不错,醒来的时候精力充沛。美美的一觉……似乎做过什么梦,又似乎没有……他使劲想了半天,确定自己做过梦,可又的确不记得梦的内容。

他想得太努力了,脑子里一下子出现了好多梦境。从小到大的梦境,什么找厕所了,被人追杀了,在旷野上奔跑了,等等等等,但都不是刚才做的梦,肯定不是。

好吧,先这样吧,他想,也许回头在某个时刻,不经意间就想起来了。

应该回去睡觉了。不过,好像因为刚才睡得太好,所以一点也不困。他慢慢地踱了一会儿步,听着路面被脚步压出的细微的沙沙声,体会着夏夜中微风拂面的痒痒的感觉。

他觉得,云球这个世界,真不错。

他的右手拇指和食指连击了两下,按道理,这应该调出 SSI 网络访问首页,但眼前没有任何反应。毫无疑问,这里确实是云球,现代科技都不见了——这一点又不太好。

21 / 了不起的女儿

卢小雷在云球中度过的那个白天,任为完全没有关注他的情况,因为任为发现,任明明失踪了。

早上,任为接到了一个电话。打电话的人自称胡俊飞,是PerfectSkin的总经理,任明明的老板。任明明是他的助理,已经有一个多星期没有来上班了。他联系不到任明明,很着急,通过各种方法,终于找到了任为的电话,迫不及待地想要打听任明明的情况。

现在,任为和吕青坐在PerfectSkin的会议室里,胡俊飞坐在对面。

自从任为和吕青从贝加尔湖疗养院回来,知道任明明离开家之后,曾经试过几次联系任明明,却再也没有真的联系到,只是听了若干遍任明明的留言。留言并非一成不变,更换过几次,可内容都没什么特别之处。任明明一贯表现得无法无天,经常无故消失,所以,他们尽管有些担心,却也没有格外紧张。不过,现在任明明这么久没有上班,也没有任何同事或者朋友知道她的下落,确实不同寻常,他们也真的紧张起来了。

任为想起任明明最后一条留言:"爸,妈,我知道你们在找我,听到了你们的留言。你们不用担心，我身体很好，情绪也没有像你们想象得那么低落。迈克的事情的确让我很难过，但我明白，难过不能改变任何事情，生活还要继续。你们从小教导我的道理我都记得。我会管理好自己。我只是需要一段时间安静地思考，好好想一想我以后要过什么样的生活，请你们暂时不要打扰我。"

那之后，任为和吕青有一个多星期没有联系任明明了。他们得到胡俊飞的通知后，第一时间又联系了任明明，但这次依旧是留言，而且留言的内容没有变，就是上次的留言，也是最后一次的留言。

来之前，吕青已经通知了警察。警察说，一个成年人消失一个多星期，这种事经常发生，通常是这个人自己不想出现。立案没问题，但囿于非常严格的隐私保护，很多技术手段不能用，如果这个人坚持不出现，警察也不好办，毕竟不是刑事案件，劝吕青还是要耐心等待。

然后，吕青去找了宋永安局长。她想，也许通过SSI甚至通过黑客，能定位到任明明的位置。宋永安局长却告诉她，SSI本身无法定位，只有SSI访问网络的时候才能通过网络运营商定位SSI接入网络的接入点。不过，除非任明明未成年，要么任明明是逃犯、重大犯罪嫌疑人或至少涉及重大案件，否则法律不允许这么做。这个吕青知道，那么情感黑客呢？某种角度，可以认为任明明涉及重大案件，她这么说。不幸的是，或者应该说，幸运的是，自从迈克被干掉以后，情感黑客就完全不搭理任明明了，任明明已经从重大案件涉案人名单中被去除。所以，既不能从黑客的行为中追踪到任明明，也不能以重大案件为由要求网络运营商追踪任明明。最后，宋局长说，他只能尽量想想办法，看能不能找到一些蛛丝马迹。

"也许不用那么担心。"胡俊飞说，"她能照顾好自己，不会出什么问题。"话虽这么说，但他看起来情绪很低落。

"她是能够照顾自己，我们担心的是不知道她想干什么。"任为说，显得有点烦躁。

吕青比任为要平静一些，她盯着胡俊飞，眼神中透着疑问。

"任明明说,他老板是个美女……大美女。"她慢慢地说。

"美女?老板?"胡俊飞很吃惊,"她说的是谁?"他好像完全不理解吕青在说什么,"我不知道她在说谁。她的老板一直是我,她到公司以后就做我的秘书,两年多了。"他接着说。

"那……你是总经理……有董事长吗?"吕青问。

"董事长?"胡俊飞苦笑起来,"也是我啊!我们是小公司,创业公司。创业创了七八年了还是这个样子,都不好意思说是创业公司了。不过实事求是,我们仍旧处于创业阶段,没办法,只能这么说。我们没有什么董事会,倒是有一个小投资人,但从来不管我们。我自己的股份最大,我就是董事长。"

任为和吕青互相看了一样,原来任明明在胡说八道。

"任明明说,你们的电子胃,还有嗅觉分析和味觉分析,是她的美女老板的主意。"吕青说。

"啊?"胡俊飞看起来更加吃惊了,"不,"他斩钉截铁地说,"没有什么美女老板,那些主意就是她想出来的。"

这次轮到任为和吕青吃惊了。

"你是说,任明明想出了电子胃的主意?"任为问。

"是啊!"胡俊飞说,"您不知道,我有多么感谢她。没有她,可能我们公司已经不存在了。我们是个做仿真皮肤研发和设计的公司,产品应该算不错。但是,怎么说呢,我觉得是我的责任吧,经营得不好。我们起步很早,那时候市场很大,机会不错,可最终我们没能瓜分到一块市场。现在市场大局已定,再去抢就困难了,而且我们的研发投入跟不上,和那些大厂没法比。经营能力不行,产品差距也越来越大。所以,如果一直盯着仿真皮肤做下去,我们死定了。"

"明明来我们公司不久,就提出了电子胃的想法。"他接着说,"后来为了研究口味,又上马了嗅觉分析和味觉分析,算是电子胃的配套产品。说实话,她的想法看上去很奇怪。开始的时候,公司的同事,包括我,都觉得这个电子胃的想法很奇怪。毕竟在现在的医疗技术下,胃不算是一个疾病高发的器官。至于说严重到要换胃的地步,我们好像都没听说过。我们不明白这个东西有什么市场。但是明明反复强调,她的目标不是医疗市场,而是时尚市场。她想象中的产品的目标,是不需要……怎么说呢……不需要上厕所。电子胃对食品的消化率应该接近100%,所以,电子胃是一个使人变得更加优雅的产品。她说,处女座的时尚女生全都会是铁杆用户。她还说,保守地估计,目标市场的规模有十亿人。"

"什么?十亿人?"任为很吃惊,吕青静静地听着。

"哦,那是刚开始……我们口头交流的时候随口算的。她说,全球有三百亿人,女人有一半,是一百五十亿,处女座占十二分之一,是十二亿人,她还打了个折,算十亿。"胡俊飞说。

"她就是这样,不负责任地胡说。"任为说。

"不,不,不。"胡俊飞忙不迭地摇头,"有些时候,她说话的样子可能有点随意。但绝不是不负责任。刚才说的数字,她自己说是很保守,我觉得她是对的。她只算了处女座,星座什么的都是在骗人。用户不会只是处女座,当然处女座也不一定喜欢。甚至用户不一定是女人,有些男人也需要。"他接着说。

"男人?男人需要那么优雅吗?"吕青转过头看任为,满脸疑问。

"我不需要。"任为注意到吕青看他,不满地扫了吕青一眼,斩钉截铁地回答,接着对胡俊飞说:"男人不需要。"

"什么男人需要呢?"吕青也转过头对胡俊飞说,但她问了个问题,不像任为给了个答案。

胡俊飞迟疑了一下,笑了笑,没有回答。

过了一会儿,吕青说:"好吧,确实和处女座没什么关系,和男人女人也没什么关系,看来这个市场是挺大。"她好像明白了些什么,但任为并不明白,疑惑地看了看吕青。

"明明很了不起,能够看到很多别人看不到的东西。"胡俊飞说。

"看到有什么用,她从来不会认真去做。"任为说。

"不,不,不,您为什么这么说?"胡俊飞又一次显得很吃惊,"她做事情是最认真的。她不仅仅想出了这个主意，而且做出了很详细的方案，参与队伍组建，参与产品设计，参与技术研发，参与工厂试产，还参与融资。她几乎参与了一切，亲力亲为，一天到晚都在工作，她是个工作狂。"

"你说什么？她不就是个秘书吗？"任为问。

"秘书？"胡俊飞反问，瞪大了眼，"是的，她来的时候是个秘书，但现在不是秘书，早就不是了。她是总经理助理，真正管事的人。在公司里，除了我，她说话是最管用的。或者说，现在……她才是主心骨，说话比我更管用。"他显得有点尴尬，"所以，她不见了，我快要崩溃了。她再不出现，公司要撑不下去了。"

任为和吕青对望着，看得到对方的惊讶表情。他们无法想象，自己对女儿竟如此缺乏了解。

"她……怎么说呢……性格那么情绪化，能做好这些工作吗？"任为问。

"情绪化？不，不，她一点也不情绪化。"胡俊飞再次否定，"只不过，我刚才说……她说话有点随意，也许显得骄傲，但不情绪化，说话做事逻辑性很强。她太聪明了，有时候可能嘴跟不上头脑，所以说话有点跳跃，别人也经常跟不上她的思路。哦……对……你们是在说她的爆炸头吗？还有鼻环？那有什么关系呢？她在外表方面是有些奇怪，实际上却很理性，也很冷静，从不冲动。在我心目中她几乎是完美的。不仅仅是我佩服她，所有人都佩服她。她是我们公司所有人的偶像，真的，是所有人的偶像。"

说着说着，他自怨自艾起来："都是我不好，"他说，"我对她不够好。她一定觉得我辜负了她，所以才会消失。她帮我们熬过了最艰难的时刻，设计了新产品，获得了投资人的认可，拿到了我创业以后的第一笔投资。很好笑，我创业那么多年，从来没拿到过投资，她却很快拿到了。虽然投资不多，但投资人很信任我们，完全不参与经营，是个完美的投资人。还有很多新的投资人正在谈，希望很大，都是她的功劳。可是，我没有能力给她足够高的工资，也只给了她很少一点股份，她没有得到应得的尊重。我真是个笨蛋，我毁了公司，我本来应该能够留住她。"

他摇了摇头，很懊丧的样子。"如果你们二位能找到她，"他接着说，"请你们转告她，我会把我的股份和她平分。这是她的公司，她在这里倾注了两年多的心血，而且，已经见到曙光了。她设计的产品试产了，测试效果很好，得到了很多投资人的认可，市场调研的结果也很好，很快就能上市销售，一定会成功的。她设计的一切，所有的一切，都在正轨上，怎么舍得离开呢？"他显得痛心疾首。

好吧，原来我们有个了不起的女儿！

"那个测试机器人，迈克，她和迈克是怎么在一起的？"吕青问。

"这个……这个……"胡俊飞有点迟疑，好像还没有从自怨自艾中解脱出来。他沉吟了一下，似乎很努力地想了想，然后说："这个，我确实不太清楚。说实话，她的决定——我是说，和迈克结婚的决定——让我们大家都很吃惊。"

"她说，你们让员工把测试机器人带回家测试，所以他们才要好起来……"吕青说，但被胡俊飞打断了。

"让员工把测试机器人带回家？"胡俊飞说，"不，这怎么可能呢？不过，她确实可以把机器人带回家，只有她可以。在我们公司，她做什么都可以。"

"没有任何端倪吗？我是说，在这样一个过程中，她和迈克要好起来，谈恋爱，决定结婚，决定从公司买下迈克——整个过程中没有任何端倪吗？"吕青说。

"她买下迈克这件事，我也表现得很不好。"胡俊飞显得很后悔，使劲摇着头，"她说要买下迈克，我说公司送给她，不用买。可是她不同意。唉，我应该坚持，我要是能坚持就好了。她说公司经济上很困难，她不能白白拿走公司的财产。她非要付钱，说她有钱，说她爸爸妈妈很有钱。唉，我应该坚持，坚持送给她。看得出来，你们并不缺那点钱，但公司居然真的收了钱——为了一个四年多的旧机器人，从来没升过级、元器件都已经严重老化的旧机器人。而且，用她给的钱去买一个新机器人都还有富余，公司反倒占了便宜。"他越说越后悔，"我是个工程师，很多东西搞不清楚，不太会处理，明明一定是寒心了。是的，一定是寒心了。请你们一定转告她，如果我做了什么让她寒心的事情，我是无意的，请她原谅我，我可以道歉，可以改正。

无论如何，请她一定要回来，公司需要她。"

"嗯，我知道了。"吕青说，"你还没回答我的问题，什么时候有端倪，表现出她喜欢迈克？"

"端倪？"胡俊飞重复了一遍，一脸茫然的样子，"没有，我们没看出来。直到有一天，她告诉我，告诉同事们，说要和迈克结婚。大家都很吃惊，也不理解。没人知道她在想什么，我是说在这件事上，没人知道她在想什么。迈克是不错，是个很好的机器人。但他是个机器人，大家确实不太理解。"

"你反对了？"吕青说。

"是。我反对了，大家都反对，很多同事劝她。"胡俊飞说。

"也许，"吕青说，"和你说的工资股份之类的利益没有关系，你们对这件事的态度，才是她离开的原因。"

胡俊飞低下了头，说："是，有可能，我也想到了。但是，那时我没想到。那时我觉得，迈克确实只是个普通的机器人。后来我才意识到我错了，对明明来讲，迈克不普通。不过，虽然大家不理解她，却都是为了她好。我敢负责任地说，公司的人全都喜欢她，而且全都佩服她。没有任何人有恶意，大家是希望……怎么说呢……希望她好。"

"也许，你们有恶意她还会好受一点。"吕青说。

"什么？"胡俊飞不太理解。

"有恶意的陌生人反对有什么关系呢？让她难受的是，反对的人恰恰是她的朋友，"吕青说着，也低下头，"还有亲人。"她接着说。

"我们没有反对。"任为扭过头对吕青说。

吕青没有接腔。

胡俊飞理解了，"后来，我们就没有反对她了。"他说，"我们都祝福了她，只是……怎么说呢……只是觉得没有那么自然，可能我们还是让她不舒服了。"

"不理解比反对还要残酷。"吕青说，"我和他爸爸，甚至参加了她的婚礼。我们不仅没有反对，还用实际行动表达了祝福。但是，这不妨碍让她觉得我们不理解她，不妨碍让她决定逃走。"

"你们都想多了吧!"任为说,"股份、利益、不支持、不理解,和这些没关系。迈克死了!这才是关键。"

"这是关键吗?"吕青反问了一句,声音很落寞,"有个心理学家对我说过,你需要的任何东西都不是你真的需要,而只是填补了你心理上的缺憾。"

"明明心理上的缺憾是什么?"任为问。

吕青沉默不语,胡俊飞沉默地看着他们俩。

过了一会儿,胡俊飞忽然说:"有一次,她提到你们……她不止一次提到你们,总是说你们很了不起,很自豪,搞得我们都很羡慕她有很好的父母……不过有一次,她提到你们的时候,好像……怎么说呢……不太高兴。"

"什么?"任为问。

胡俊飞似乎有点犹豫,又过了一会儿,终于还是说了:"那次,我们的电子胃样品刚出来,大家去酒吧庆祝了一下。她喝多了,相当多。我也喝多了,不记得怎么聊到这里了。我只记得,她好像说,我不想做人,我想做一个和迈克一样的机器人。我妈妈就是个机器人,而我爸爸只爱机器人。我外公总在世界上的某个地方,但从来不在家里,就像一个机器里的虚拟人。我奶奶永远在家里,但从来不清醒,就像一个坏掉的机器人。"他声音很低,说得很小心,仿佛害怕吓着谁。

"也许我记错了,你们不要在意,那天我们都喝得很多。"他又补了一句。

任为想起柳杨曾经对任明明说过的话:"你妈妈……啧啧……吕青……厉害!她对你,是不是就像机器人对你?至于你爸爸,他不像机器人,不过他心里只有机器人。"

就在这时,吕青忽然显得愣愣的,像是在倾听什么声音。按照任为的经验,她在接电话。果然,很快她就说:"宋局长说,明明在赫尔维蒂亚出现过。"

22 / 克族人

任为和吕青决定去一趟赫尔维蒂亚。无论结果如何,作为父母,他们必须这样做。他们没有将这件事告诉吕青的父亲,吕青觉得没必要让老人担心。而且这段时间,他们也没有和父亲通过电话,不必为了这事专门通知老人家了。

就在任为出发之前,卢小雷从云球回来了。

卢小雷经过了全面的身体检查,没发现任何异常,看起来一切都好。除了任为因为任明明而忧心忡忡以外,所有人都很兴奋,甚至包括孙斐。在她看来,这个科学成就会毁了云球,但无论怎么说,科学成就就是科学成就。

卢小雷在云球的一天很顺利。伙计早上来店里上工的时候,他告诉伙计,自己身体不适,今天不开门营业。伙计兴高采烈地回家了,而卢小雷就获得了自由的一天。

他尝试着给自己做饭,尝试着洗衣服,尝试着打扫卫生,尝试着维修家具和整理花草,甚至尝试着干了干潘索斯擅长的裁缝活儿。

他的裁缝水平当然比真正的潘索斯差很多,但还是成功地把两个袖子缝到了一件衣服上。那是一件非常漂亮的衣服，像是一件地方官员的官服，已经快要做好了，就差把袖子缝上。他完成了这个工作，觉得自己干得不错，试穿了一下，在镜子面前好好欣赏了一番。镜子在黑石城并不常见，不过作为一个裁缝，潘索斯的家里恰好有镜子。那是一种云球上不常见的石板，表面非常光滑，不如地球上现在的玻璃镜子，却比地球上古代的铜镜要好很多。这东西很昂贵，只有富裕人家才用得起。潘索斯家拥有这样一个和家中财富不相称的东西，完全是由于职业原因。左顾右盼之下，卢小雷觉得自己挺威风，或者说，潘索斯挺威风，如果做个黑石城的地方官员应该没什么问题，至少在长相和风度上没什么问题。

卢小雷自己认为，最大的收获是下午和隔壁老王尔德的聊天。早上他和伙计说过几句话，那时有些紧张，话说得结结巴巴。伙计并没有表现出什么异样，而且因为今天不用干活儿显得很高兴，他自己却不太舒服，所以决定下午找人聊聊天。这是计划外的事情，但他觉得有必要，有必要体会一下和云球人聊天的感觉。之前都是观察和聆听云球人聊天，他想，参与和旁观应该是很不同的。

老王尔德是个退休的地方官员，以前是提刑官身边的簿记，经历过不少案子。按地球人的说法，应该算是经验丰富的公共安全人员。如今退休在家，身体却还好，整天无所事事，就喜欢找人闲聊。卢小雷觉得，跟他聊聊，说不定也能学习一些东西。

他们足足聊了三四个小时。老王尔德兴致很高。而卢小雷在前半个小时主要致力于伪装自己，不要让老王尔德看出破绽。半个小时以后，随着老王尔德毫无察觉的兴致勃勃，以及自己越来越流利的发音，卢小雷逐渐变得放松，话也越来越多。

卢小雷感觉收获很多。他发现，真的和云球人说话的时候，能够感受到的情感远远比作为上帝的存在能够感受到的情感要多得多。以前，他从未觉得老王尔德是这么有趣的一个人——他并没有花过多少时间来观察老王尔德，如果不是根本就没有观察过的话。的确，老王尔德只是个普通得不能再普通的云球人，没有任何理由能够引起地球人上帝们的注意。

退休之前，老王尔德和他的上司经手的案子主要是官员腐败案件，如今大多数案件已经是几十年前的旧案，不是什么秘密了，所以在卢小雷的热情追问之下，他滔滔不绝地讲述着自己的光辉岁月，丝毫没有疑问这个以往沉默寡言的年轻邻居今天为何如此好奇。

经历了那么多人性的黑暗——不，应该说云球人性的黑暗——却仍然保持着一颗孩童般快乐的心，脸上总是洋溢着满满的阳光，眼中时而透露出些许的狡黠，让这个老人成为睿智老人的活的形象，那种卢小雷自小就充满想象却从未真的见到过的睿智老人。

卢小雷觉得，他爱云球人，爱云球，想给这里带来更多的阳光……他的心里充满了温暖。

不过，很快他就知道，爱并不能让一切都变得顺利。他学到了最大的一个教训：在云球中不能得意忘形。无论你多么自信，永远要保持警惕——不仅对这个世界，还要对你自己。

他犯错了。

当老王尔德说，他和他的上司看到一个押粮官是山地人因而怀疑这人贪污的时候，卢小雷笑着说："就因为克雷丁大帝在和山地人的战争中被林奇给砍了吗？都一千年了，你们也太记仇了。"

说着话，他还伸出潘索斯结实的右臂，在空中划了半个圆圈，做出一个麻溜砍人的动作。

老王尔德好像愣住了，说不出话，随即表情变得非常激动。卢小雷很吃惊，被老王尔德的激动表情弄得手足无措。

回放的影像证实，卢小雷的表现应该算很自然，老王尔德的表现却不太自然——过于激动，他的眼睛本来就有些红，那时似乎鲜血都要滴出来了，很吓人。

卢小雷对大家说，他从未观察到萨波王国的民众对克雷丁大帝的尊敬到了这样的地步，也从未想到一个轻佻的玩笑竟会被理解成严重的大不敬。

进一步搜索到的数据表明，这件事的确不能怪卢小雷。

并非所有萨波人都这么尊敬克雷丁大帝，事实正好相反，绝大多数萨波人对克雷丁大帝非常淡漠，甚至完全不了解他的事迹。不要说轻佻的玩笑，就算讲克雷丁大帝的黄色笑话也完全不要紧。

只不过，有一个群体例外：那些在克雷丁大帝和山地人最后大战中侥幸逃脱的幸存者的后裔。

这些幸存者只有十二个，都是经过精心挑选的克雷丁大帝的贴身侍卫，个个武艺高强。他们是幸存者，但不是贪生怕死的懦夫，而是勇敢的战士。

他们之所以逃脱战场，没有在最后一刻战死，唯一的原因是要救出克雷丁大帝的遗体并护送回国。为了心中这个最后的愿望，他们经历了千辛万苦，从脱逃战场时的三十六人，变成了最后的十二人，其余二十四人成为了牺牲者——八人死于一路上山地人的追杀，十六人回到了黑石城，却死在了篡位的赫西国王手中。

赫西是克雷丁的侄子，他的父亲是克雷丁的哥哥，在生下他不久之后就因病离世。作为国王的次子，克雷丁本来并没有王位继承权，但在哥哥去世后，最终继承了王位。

此后，赫西孤独地跟着母亲长大。公平地说，克雷丁对赫西不错。小时候的赫西也很喜欢这个勇武的叔叔，一直跟着叔叔学武，后来也成为不错的武士。但赫西长大后，越来越多的人告诉他，克雷丁的国王之位本来应该属于他父亲，之后就应该属于他。赫西曾经对进谗者勃然大怒，也曾经对谗言不屑一顾。可是逐渐，怀疑和仇恨占据了上风，心中埋下的曾经无比弱小的黑暗种子，在经年累月的卑劣言辞的浇灌中，终于发芽了。

无论如何，赫西没有面对克雷丁的勇气。所以任由黑暗的种子长成参天大树，他从未越雷池一步。以至于在宏宇公司的巨作《克雷丁的覆灭》中，故事讲到克雷丁大帝死亡就结束了，根本没提到过有赫西这么一个人。

实际上故事并未结束，克雷丁死了，该发生的事情也终于发生了。

三十六位勇士护卫着克雷丁大帝的遗体撤离战场的时候，赫西已经在一帮佞臣的煽动和支持下控制了黑石城。二十八位勇士逃脱追杀到达黑石城的时候，等待他们的不是悲哀的百姓，而是接受了必杀令的杀手。最终，只有十二个人再次逃脱，这次他们没能带出克雷丁大帝的遗体，遗体不知所终。

老王尔德是十二勇士其中一个的后裔。

历史上，十二勇士隐姓埋名却开枝散叶，他们的后裔现在是一个有几千人规模的隐秘部族。这个部族最高潮时曾达到数万人规模，多次起义反抗。萨波王国历代国王都对这个部族严加追缉、血腥屠杀，部族屡次濒临灭亡，不过最终都熬了过来。为了躲避追杀，他们逐渐融入社会，但是，他们对萨波王室深入骨髓的仇恨还在，对克雷丁大帝融入血液的忠诚还在。他们给自己起了一个名字，叫作克族人。

对萨波的王族来说，克族人的存在一直是一个公开的秘密。现任国王阿克曼和他的父亲以及祖父——上两任国王——性情都比较温和，对克族人也都比较宽容，不像先辈们以彻底剿灭克族人为己任。在长期的宽容政策之下，克族人的仇恨慢慢淡化了，行为越来越平和，但他们心中的忠诚犹如昔日，依旧无法容忍别人对克雷丁大帝的任何轻视和侮辱。

自从赫西国王以来，克雷丁大帝的事迹在萨波帝国是一个禁忌，官方史料不允许记载，即使避不开的地方也只有寥寥数语，更多出现的地方是各种民间故事和传说，所以在普通百姓心中，克雷丁是一个遥远而模糊的名字，一切的辉煌只存在于克族人的心中。

老王尔德看了卢小雷很久，最终什么都没有做，只是终止了谈话，慢慢地站起身离开了。留下卢小雷一个人，坐在河边的柳树墩子上，茫然地不知所措。

"这是最大的发现。"卢小雷对陪着他的齐云说，"你知道这意味着什么吗？如果我们要传播一种宗教，克族人不是最好的起点吗？"

"为什么呢？他们也这么说，但我不明白。在思想传播上，克族人有什么优势？"齐云问。

"忠诚和仇恨，这是最大的武器。他们没什么思想，但他们有忠诚和仇恨，这是千金难买的素质。其实，产生忠诚和仇恨算是思想最基本的作用，而克族人已经有了。在他们那里，我们想要传播的思想很容易扎根，也很容易传播。"卢小雷仰着头，很激动。

"好吧！我还是不明白，不过，也许你想得深刻。"齐云笑着说。

"不，不，不是我深刻。"卢小雷不好意思地笑起来，"是我们研究组那个历史学家说的话，我是复述而已。"

他们俩是从医院回来，卢小雷刚刚完成了"十二小时检查"。按照穿越计划研究组中医学专家的建议，派遣队员应该在回地球后马上做第一次医学检查，然后要在十二小时、二十四小时和四十八小时后连续做三次检查。

"十二小时检查"和第一次医学检查一样，一切正常。他们回到地球所，正走在去观察室的走廊中，兴奋地聊着天。

但是，当他们走进观察室的时候，发现大家的脸色都不对，和上午离开时的兴高采烈截然不同。听到他们进来的声音，每个人都抬起头看卢小雷，脸上挂着奇怪的表情，好像在看着一个奇怪的人。

卢小雷下意识地望向主电球。

那里，老王尔德的身体趴在断头台上，脑袋滚落在旁边，眼睛却依旧睁着，斜斜地望过来。在卢小雷望过去的一瞬间，正好对上了他的目光。老王尔德的灵魂仿佛仍然活着，透过那隔绝两重世界的电球，从自己的眼中把愤怒和仇恨像利箭一样射向他。

卢小雷愣在那里，不知所措。大厅里很静，好在齐云说话了："怎么回事？这是怎么回事？"

"问他！"孙斐扬扬下巴，指向卢小雷。

齐云看了看卢小雷，卢小雷显然不像是做好了被询问答案的样子。齐云接着问大家："到底怎么回事啊？"

"这不能怪小雷。"张琦说，他的声音听起来不像孙斐那么刻薄，"你们看到了，老王尔德被地方官斩首了。"他说。

"还有小伙计，又是两个冤魂！"孙斐说，"你们做的这些事什么时候才能结束？"

"为什么？"齐云又看了看卢小雷。卢小雷还在盯着老王尔德那已经分离的躯体和脑袋，喘着粗气，茫然无措。

"你做了错事，真的没有意识到吗？"孙斐问，"卢小雷，问你呢！动动你的脑子。"

"我做错什么了？你刚才说什么？小伙计也死了吗？那又是怎么回事？"卢小雷抬起头说，神情依旧恍惚。

"孙斐！"张琦有点不高兴了，"你不要怪小雷。"

"不怪他怪谁？怪我吗？"孙斐不依不饶。

"到底发生什么了？"齐云也有点急了，"孙斐，你先别发脾气，先说说到底怎么了？"

"不怪小雷。"张琦回答，"是我们功课做得不够仔细，选择潘索斯这个目标宿主选得不好，又碰上了一个特别的地方官。以后选择目标宿主的时候，应该把当地地方官的情况纳入考虑范围。"

"云球人不像我们想得那么不在乎老百姓的生命。潘索斯死了，人家的地方官马上来调查了。一上午就得出了结论，是老王尔德和小伙计联手杀了潘索斯，所以下午把他们砍了。怎么样，效率够高吧！"孙斐冷冷地说。

"为什么？"卢小雷终于从主电球上移开目光，但是他不敢望向正在说话的孙斐，而是望向了张琦。

"清早发案，上午调查，下午就砍头，云球人真是简单粗暴啊！"齐云插了一句，摇了摇头，觉得很不可思议。

"你的确做了件错误的事情。"张琦接着对卢小雷说，"不过，不怪你，谁能想得到呢？"

"我是对老王尔德说了不该说的话，我喜欢乱说话，是我不对。但是，和这件事有什么关系呢？"卢小雷很着急。

"不是这个，是另一件事。"张琦说。

"什么？没有啊！还有什么？"卢小雷问。

"你缝了一件衣服。"张琦说。

"对，"卢小雷很茫然，"是啊！怎么了？"

"这里的地方官叫索萨。那件衣服就是他的官服。袖子坏了，送来给潘索斯修补。"张琦说。

"是吗？我不知道，我真没注意。"卢小雷好像在回忆，"那怎么了？有什么关系吗？"他问。

"我知道你没注意，没人注意，刚才回放才知道的。潘索斯死了，索萨来调查，想起了自己的衣服，找出来想要拿回去。但他很细心，发现缝袖子的针脚不对。"张琦说。

"那怎么了？我缝得不好，可那又怎么样呢？"卢小雷问。

"他意识到，那不是潘索斯的手艺。他还意识到，潘索斯死后，这个裁缝铺就归小伙计了。所以，他认为是小伙计杀了潘索斯，想要谋取主人的财产。他的想法也不是没有逻辑。"张琦说。

卢小雷目瞪口呆。

"有道理吧！"孙斐恨恨地插了一句。

"一个云球人，你何必啊！"齐云看不过去孙斐对卢小雷的态度了。

"云球人也是生命。"孙斐说，顿了一下又补充道，"也有意识场。"

卢小雷依旧很疑惑，"那老王尔德又是怎么回事？"

"小伙计当然不承认自己杀人，怀疑是老王尔德干的。他下午回来过，为了拿上午来的时候忘在这里的东西，刚好看到你和老王尔德聊天，老王尔德愤怒地离开了。小伙计认为，肯定是你们起了什么冲突，所以老王尔德杀了你。"张琦说。

"然后呢？"卢小雷问。

"老王尔德当然也不承认自己杀人，不过没完全说真话，他可能不愿意暴露自己是克族人。他说就是和你吵架而已，为什么吵架却又说不清楚。后来索萨动了刑，硬要说两个人是同伙，一起杀了你。老王尔德骨头很硬，死活不认，但是小伙计扛不住，认了罪。所以，他们一起被砍了头。"张琦说。

"什么？"卢小雷一脸不可思议，"这……这算什么？这个索萨怎么回事？"

"你应该知道啊！"孙斐又咄咄逼人地说。

"我知道什么？"卢小雷完全不明白她在说什么。

"小雷怎么就应该知道?"张琦说,"孙斐,你安静一下,好吗?"接着又转向卢小雷,"小雷,索萨的父亲三十年前是死在老王尔德手里的,是冤案。索萨前两个月才调到这里,是平级调动。这地方根本不如他原来的辖区富裕,按道理说不会有人愿意这样调动。我们猜测,索萨调来这里的目的就是为父亲报仇。"

"他父亲?死在老王尔德手里?冤案?"卢小雷重复着。

"是的,老王尔德参与了那么多案子,有冤案也难免。不过我们查过,他确实有些责任。这个索萨,很可能处心积虑要找老王尔德的麻烦,一直在等机会,你给了他这样一个机会。当然你很难知道,我们也是刚才查了好久才查到这些事。"张琦说。

"两条人命!那个小伙计更无辜!"孙斐说,明显不打算安静下来。

"你算在我头上吗?"卢小雷终于忍不住了,大喊道:"我怎么会知道?"

"那算在谁头上?你不是监控室主任吗?你不是以云球为家吗?你不知道谁知道?计划草案不是你做的吗?潘索斯不是你选的吗?"孙斐也大喊。

"安静!"张琦说,声音更大,大家一下静了下来。张琦扭头看了看站在旁边一直不说话的任为,对他说:"任所长,我有个建议。"

任为好像心思根本不在这里,听到张琦叫他,猛地一醒,问张琦:"什么建议?"

"我觉得,小雷这次进入云球收获很大。"张琦说,"第一,从技术角度非常成功;第二,发现了克族人,作为思想传播的起点很合适;第三,发生了小伙计和老王尔德被杀的事情,虽然很遗憾,但也提醒我们,必须在此后的穿越行动中对这一类的事情有一个防范,否则派遣队员的压力就太大了。"

"嗯,你说得对。那……怎么防范呢?"任为问。

"以后,派遣队员在云球中待的时间会很长,甚至会是几十年。那么在这个过程中,不可避免会发生很多事,包括很多悲剧。我们可以要求每个派遣队员都仔细准备,从技术、能力以及道德方面做好准备,但我不认为依靠派遣队员的个人能力可以完全避免悲剧的发生,特别是考虑到派遣队员身负重任,必须达成既定目标。"张琦说。

"对,是的,很难完全避免。世界太复杂,有混沌效应,小雷这件事就是这样,很难预料到。"任为同意。

"对。所以我认为,派遣队员必须获得免责的权利,否则没人能在这样的压力下进入云球。"张琦说。

"免责?凭什么?"孙斐叫道,"穿越计划不应该存在!这再一次证明,穿越计划不应该存在!"

张琦扭头看着孙斐。孙斐感觉张琦的目光似乎阴森森的,有点像柳杨。看来张琦非常生气,孙斐心里莫名其妙地打了个寒战,没有接着说下去。张琦又看了孙斐几秒钟,目光慢慢平静下来。

张琦没有接孙斐的话,而是回头继续对任为说:"我说的免责,不是指法律上的免责。目前法律上还没有对云球人进行任何规范,将来怎么样我们不知道,暂时也不考虑。"

听着张琦的话,任为在想,张琦很清楚地意识到了云球人法律地位的问题——也许很多人都意识到了,那么,他们有压力吗?他们曾经晕过去吗?

张琦接着说:"我说的免责,是指不能让派遣队员背负道德上的责任,否则,他们将无法开展任何任务。"

"怎么才能做到呢?"任为问。

"很简单,我们需要一个《云球进入者权利保护守则》的升级版。"张琦说,"派遣队员的一切都是隐私,不能被观察和记录。我们需要修改云球的影像系统,强制性地施加这种保护。以前的保护守则不过是个说法,遵守不遵守完全靠地球人的自觉,这不行,必须变成强制性措施。影像系统必须能够自动识别派遣队员,然后让所有派遣队员不能被观察。建立一个观察盲区,以派遣队员所处的位置为中心,方圆一百米以内的空间,影像系统拒绝抓取任何影像和声音。而且,地球这边的操作人员无法进行人工操作来改变这种限制。"

"不行,这太不安全了!"任为说,"现在我们没有对派遣队员进行急救的办法,但至少派遣队员随便说句话我们就能听到,就能知道他想要干什么。如果需要,如果来得及,也能想办法救他,可你这么弄就没这个条件了，不能把派遣队员放在这么危险的境地上。"

"我认为，这是必须要付出的代价。"张琦说，"我之前就有这个想法，正是因为您说的原因，所以有些犹豫，但从老王尔德这件事看，恐怕必须这样做了。至于和派遣队员的沟通，可以有别的方式，一个专业的、严谨的通讯方案。现在，我们虽然能够听到派遣队员说的话，却没有专人负责，无法确保一直有人在听，况且是单向通讯，不是双向通讯，不是一个规范的通讯方案。我们需要一个新方法，能够主动向派遣队员发送消息。我们应该对通讯方案进行全面设计，设计一个规范的双向通讯方案。"

孙斐想要说话，张琦冲她摆了摆手，她的话居然没说出口。

张琦继续对任为说："任所长，我是认真的。关于通讯方案，我一直在思考，一定会做出一个规范的方案，名字我都有一些想法了，比如叫'鸡毛信'。通讯的问题需要解决，也一定可以解决，您不用担心，但我认为首先应该建立观察盲区。而且，这么做还有另外一个必要性。"

"什么？"任为问。

"防止宏宇公司制作的影片中出现派遣队员。"张琦说。

这个张琦，什么都想到了，任为想。

忽然，他心中涌现出一个念头，一个不可遏制的念头——他很坚决地说："对，你说得对，这也很重要。好，我同意你的意见。马上修改影像系统，建立观察盲区，同时开始研发鸡毛信通讯方案。"

孙斐吃惊地看着他，甚至，张琦都有点吃惊了。

23 赫尔维蒂亚

任为和吕青到达赫尔维蒂亚首都圣伍德的时候，天已经蒙蒙亮。吕青在圣伍德的一个朋友，常玉明，来接了他们。

他们在飞机上睡得不错。任明明让他们忧心忡忡，但 SSI 的催眠功能很好，几个小时的时间毫无感觉地过去了。不是每套 SSI 都能催眠，任为和吕青睡眠都不是很好，特别加装了催眠功能。现在他们觉得精神很饱满，接着要去几个地方，调查任明明的下落。

常玉明是卫生总署常驻圣伍德的官员，平常和吕青有不少打交道的机会，所以俩人很熟悉。常玉明已经知道了任明明的事情，吕青事先给他打了电话。他表示这实在是很糟，试图说几句话安慰任为和吕青。任为和吕青表示，他们也不算是很担心。因为任明明更像是伤心过度，出来避一段时间，甚至是在想办法调整自己的状态，似乎不会有什么大事。

本来他们是很担心的，不过吕青分析了一下，感觉好了不少。

一来，任明明已经消失一个多星期了，如果要自杀早就应该发生了，但宋局长在赫尔维蒂亚发现了她的 SSI 踪迹，说明她还活着。那么，在第一时间没有自杀而在若干天后自杀，从心理学的角度看这种概率不是很大。

二来，她选择来的地方是赫尔维蒂亚，世界的娱乐之都，一个快乐的地方。如果要欣赏自己的伤心欲绝，这里绝对不是一个好选择，更加不要谈鼓励和放纵自己的伤心欲绝了。相反，这里是消灭伤心欲绝的地方，大多数人应该会这么想。

第三，最重要的一点，胡俊飞的一席话让他们重新了解了自己的女儿。如果女儿像胡俊飞描述的那样，在工作中是一个理性至少是一个追求理性的人，那么她在父母面前的表现更像是一个孩子的逆反心理。有了在父母面前逆反这个释放压力的管道之后，她在工作方面就有能力做到非常理性。这证明她有情绪不稳定的一面，但也证明了另一面，更本质的一面，她所具有的理性能力。吕青不认为，一个具有理性能力的人在此时此刻会去做什么伤害自己的事情，相反，这样的人在这样的时刻倒是有很大的可能想办法去做修复自己的事情。

既然情绪没有那么低落，常玉明就不由自主地和吕青聊起了工作，而谈到卫生总署的工作，KillKiller 的影子马上出现了。

"他们弄得不错！"常玉明说，"KillKiller 在这里发展很快。东部地区的沙漠里，第十二座基地已经竣工了。"

"政府预算没有出现窟窿吗？"吕青问。

"窟窿？"常玉明笑了笑，"什么时候没有窟窿？只是窟窿大小而已，反正就是借钱。国债在这两年又翻了一番，他们不觉得有什么关系。这里的经济基本盘不错，民间富裕，国际上信用也好，所以借钱不是问题。"

"仅仅靠娱乐业，经济可以这么好，地球人真是厉害啊！"吕青说，很赞叹的样子。

"是啊！现在的全球娱乐业，很快就要被两个国家垄断了，赫尔维蒂亚和日本。三百亿人为娱乐买单，只有两个提供商，生意能不好吗？对，任老师，"他扭头看了看任为，"你们和那个什么宏宇公司有合作吧？出了几个片子，虚拟人的片子，我看过，还不错。"

"是。"任为说，"不过很多人说不好看，票房也确实不太好。"

"我觉得还行。"常玉明说,"你知道吗?宏宇的问题,不是某部片子拍得好不好看,而是资本实力不够。他们迟早要被赫尔维蒂亚的竞争对手干掉,我看他们够呛。"

"宏宇不是国内最大的娱乐公司吗?"任为问。

"是的。不过很多行业都有区域集中的趋势,中国不太重视娱乐业,娱乐业区域集中的趋势在赫尔维蒂亚和日本,娱乐资本越来越集中到这两个地方,宏宇这样的公司压力当然就大了。"常玉明说。

"集中到一些公司,或者集中到一些区域,各个行业都是这样。"吕青说。

"日本就不用说了。他们的特点是二次突破,这个别人还真学不来。赫尔维蒂亚则是多样性,彻头彻尾的多样性,在区域竞争里很有竞争优势。"常玉明说。

"二次突破?那是什么?"任为不明白。

"你不用明白。"吕青看了任为一眼。

"哈哈哈……"常玉明笑起来。

"什么意思?"任为有点尴尬,"我为什么不用明白?"

"好吧,我告诉你。人类艺术创造的第一次突破,是要突破想象力约束;第二次突破,是要突破人性约束。"吕青冷冷地说。

任为愣了一会儿,说:"哦。那赫尔维蒂亚的多样性,又怎么体现呢?"

"你看,路边灯杆上。"常玉明指了指汽车窗外。

任为向窗外望去,清晨的圣伍德街头人不太多,晨曦洒在空荡荡的街道上显得稍许冷清。路灯的样式多半是陈年的古董铁艺,但看起来并不破败,反而有一种典雅的气息。不过现在,大多数路灯杆上都从上到下挂着一排宣传板,五颜六色的宣传板,写满了标语,一个挨着一个,密密麻麻。

"Vote Yes!

66.5%的老年人在生命最后一刻,有一只狗或者猫在身边陪伴着他/她,而它们在法律上从未获得任何权利。"

"Vote Yes！

统计数据指出，仅有 0.4% 的狗和 2.3% 的猫主动离开他们的主人，而人类主动离开爱着自己的人的比例则达到 100%。道德高尚却从未获得任何回报，这是动物的新定义吗？"

"Vote No！
尊重大自然的法律！"

"Vote No！
请想象，总有一天，某只边境牧羊犬会成为赫尔维蒂亚总统的候选人！"

"这是什么？"任为问。
"下个月 5 号有一个新的全民公投，几乎每个月都有全民公投。"常玉明说。
"为什么事情全民公投？"任为问。
"人和动物结婚的权利。"常玉明说。
"人和动物结婚？"任为想了想，"允许神父为人和动物举行婚礼吗？"
他脑子里出现莱昂纳德神父的样子。"迈克给明明戴上戒指的时候，他流泪了。我看到他的眼神，他有一颗孩子般的灵魂。"他想起了莱昂纳德神父的话。

据任为所知，只有一小部分全仿真机器人有哭的功能。这没什么用，还会提高成本，所以除了个别搞噱头的产品以外，一般来说机器人不会哭。但是，动物全都会哭，至少哺乳动物全都会哭。莱昂纳德神父看到哺乳动物的眼泪会怎么说呢？

任为有点好奇，CryingRobots 对于这次公投会是什么看法。
"关键不是婚礼，关键是对婚姻的法律保护。"常玉明说。
"关键是婚后财产，遗产。"吕青说。

"也不全是，人家赫尔维蒂亚人可比我们浪漫。比如，很多场所禁止宠物入内，但你总不能禁止法律上的配偶入内吧？"常玉明说。

"他们都疯了吗？"任为说。

"疯了？"吕青看着任为，好像他很奇怪，"你觉得疯子还少吗？"

"可是这个……"任为不知道说什么。

"你看那个。"常玉明又指了指窗外。

任为瞟了一眼，那是一块大牌子，比那根路灯杆上的其他牌子都大，很显眼。

"Vote Yes！

令人尊敬的格利高里教授和麻省理工已经证明，人爱上动物由基因决定，那些可怜的人没有选择。

不是为了动物，而是为了人类。"

"这是关键的论据。"常玉明说。

任为有些发愣。过了一会儿，问："刚才那个，说什么总统的事情，是什么意思？"

"现在是结婚的权利，下一步就是完整的人权啊！有了完整的人权，别有用心的组织帮着折腾折腾，当然可以成为赫尔维蒂亚总统候选人啊！"常玉明说。

任为和吕青在酒店入住，简单整理了一下，就请常玉明带他们去找圣伍德警察局的费舍尔探长。宋局长跟费舍尔探长的上司通了气，请他们协助查找任明明。

费舍尔探长是个矮矮的胖子，脸上挂着和善的微笑，头顶相当秃，但感觉年龄并不老，估计也就四十多岁。任为伸出手去想和他握手的时候，忽然听到"嘟嘟嘟嘟"的响声。任为吓了一跳，下意识地缩回了伸出去的手。同时看到费舍尔探长举起双手，嘴里发出"哦""哦"的两声，脸上则是一脸无奈的表情，好像被人捅了软肋。

"对不起，"费舍尔探长说，"这是我的SSI。"

任为和吕青愣愣地站在那里，常玉明则显得很自然。

"您？"常玉明试探地问。

"是啊！性骚扰，"费舍尔探长耸了耸肩，"在赫尔维蒂亚，不背两桩性骚扰的案子，都不好意思见人。"他顿了顿，又说，"这是我一个朋友说的话，他是你们中国人。"

"是啊，是啊！"常玉明笑了笑，看来费舍尔探长很随和，没觉得被打探隐私。

"那是SSI的防性骚扰功能。"常玉明对任为和吕青说，"在中国，SSI一般没有这个功能，可在赫尔维蒂亚不同，全都有这个功能。有些人会主动开启，有些人不会，但如果牵扯到性骚扰的案子里，那么会被法官强制开启。"

"我又不是女人。"任为说。

"这和是不是女人没关系。"常玉明说。

"任先生，您这么说涉嫌歧视。"费舍尔探长说。

任为不知所措。

"你说说看，"费舍尔探长说，"我只是在法医来之前动了尸体，想看看伤口，就被死者家属告了性骚扰。"

"什么，您是说尸体？"常玉明问。

"是的，他们说我性骚扰了尸体。"费舍尔探长又耸了耸肩，"不过没什么关系，这种案子每天都发生。"

"嗯，我想，他们赢不了。"常玉明说。

这时候，费舍尔探长拿出一摞照片，"这个地方，"他说，"就是在这个地方，任明明小姐连接了网络。"

任为拿起照片，一张张看了一遍。

那是一栋有些陈旧的公寓楼中的一间公寓，看起来没什么特别，只是家具很少。其中一个房间，中间有一张床，不是普通的床，而是医院的那种手术床，有点奇怪。房间里很乱，看不出所以然。

"如果需要，我可以带你们去看看，但没什么特别。"费舍尔探长说，"非常遗憾，我看不出有什么事情能帮到你们。任明明小姐很小心，关闭了自己的 SSI，不知为什么在这里打开了一小会儿，然后就再也没有打开过了。"

"她动了手术，更换了 SSI。"吕青说。

"更换 SSI？"任为问。

"你看这张床！"吕青说，晃了晃手中的照片，她正在看有手术床的那张照片，"她更换了 SSI 的通讯组件，加密版本，无法追踪。所以在那之后，她就从网络上消失了。"

"不，私下动手术更换 SSI 组件是违法行为。"费舍尔探长说，"我们也怀疑过，但是，我们不觉得她能够在圣伍德找到愿意做非法手术的医生，赫尔维蒂亚对医生的监管一向非常严厉。如果她要动手术，完全可以在其他国家做，这种手术不是在所有国家都违法。为什么来圣伍德？风险太大了，说不通。"

"我想她找到办法了，而且应该有她的原因。"吕青说，"SSI 在拆除组件时需要完全关机。和使用者手动控制的普通关机不同，这个完全关机的动作，会连接一下网络。"

"她为什么这么做？"任为问。

"当然是想彻底消失。我想，我之前的推测都不对。"吕青说，看得出来有点紧张。

她之前推测，任明明来这里只是为了修复受伤的心情，现在看恐怕过于乐观了。

"你高估了她的理性程度。你不要觉得谁都可以像你一样！"任为说，不停地摇着头，显然着急起来了。

"不，我低估了她的理性程度。"吕青低声说，好像说给自己听。

"你说什么？"任为问。

吕青没有理他，对费舍尔探长说："我们还是去看看这个地方吧！"

"好吧，没问题。"费舍尔探长回答。

那间公寓的确很普通。费舍尔探长告诉任为和吕青，根据他们的调查，这间公寓的主人常年不在圣伍德居住，已经好几年没有理会这间公寓。所以，很有可能被黑帮组织什么的破门而入私下使用了，不会被公寓的主人发现。

吕青在房间里走来走去，到处观察，经常蹲下来看看地面。任为茫然地跟在后面，不知道吕青在看什么或者在找什么，只好胡乱地东张西望。费舍尔探长倚在门框上，常玉明站在边上。他们看着任为和吕青，时不常交谈几句。

"我看有很多脚印。"吕青说。

"哦……是的……你放心，随便走好了。"费舍尔探长说，"我们已经采集了所有脚印，一个女孩子，一个胖子，一个瘦子，还有两个很壮实的大高个。"

"一个女孩子，一个胖子，一个瘦子，还有两个很壮实的大高个。"吕青低声重复着。

"女孩子应该是明明。"任为说。

"那个胖子，是不是左腿有点瘸？"吕青问。

"是的，"费舍尔探长显然很吃惊，"从脚印上看，的确是。"

任为想起了莱昂纳德。"你是说，那位神父？"他问。

"是的。"吕青说。

"什么神父？"费舍尔探长问。

"CryingRobots 的神父。"吕青说，"就是在他主持的婚礼上，明明的未婚夫被干掉了。"她说"未婚夫"三个字的时候，有点艰难。

"他叫什么？"费舍尔探长问。

"姓莱昂纳德，不知道名字是什么。"吕青说。

"我让他们查查那天在这里出现过的 SSI 信号。"说着话，费舍尔探长低下头，应该是在脑子里调出了 SSI，正在发出消息。

"明明为什么和莱昂纳德神父一起来到这里？"吕青问，但好像是问自己。

任为也在想。"而且做了SSI通讯组件的更换手术，来这个风险很大的地方做手术。"他说。

"他们有自己的医生。莱昂纳德也做了手术，自己的医生才完全不会留下痕迹，完全不怕调查。"吕青说。

"医生在这里，所以他们来这里？医生也可以去其他国家呀！"任为觉得解释不通。

"除非，他们来这里不仅仅是为了做手术，还要留下来干别的事情。自己的医生风险很小，就没有必要跑来跑去，反倒容易出问题。"吕青说。

"干什么？他们能干什么？"任为问。

"明明失踪，开始并没有更换SSI，那时应该没有下决心，只是关掉SSI躲避我们而已。但一个多星期以后，她下决心了，来了这里，更换了SSI——什么事情促使她下了决心？"吕青还是在问自己。

"她是警察吗？"费舍尔探长问。

"不，她是侦探小说爱好者。"常玉明笑笑说。

"莱昂纳德也做了手术，一定是。"吕青说。

"是的。"费舍尔探长插话，"查出来了，莱昂纳德也失踪了。也是那天在这里出现了一下，然后就再也不见了，和任明明小姐的情况一模一样。"

"他们都做了手术。"吕青喃喃自语。

"还有另外那两个人也做了，只有一个人没有做。"费舍尔探长说，"那是个医生，叫科勒尔·费米，圣伍德人，他有能力做手术，有正式的执业资格。"

"不。"但他很快否定了自己，显然收到了新的信息，"科勒尔·费米也做了。不过，不是在这里，是第二天在另外一个地方。在那个地方，也有不止一个人做了手术。"

"他们要干什么？"任为问。

"一定有什么行动，一定还有更多人做了手术，或者本来就有更多人做了手术。"吕青说,忽然转向常玉明,"玉明,你刚才说,东部地区的沙漠里,第十二座基地已经竣工了?"

"是的。"常玉明回答。

"什么时候开业?"吕青问。

"我查查。"常玉明低下头,几秒钟之后抬起头,"就是今晚,有一个盛大的酒会。"

"你是说,他们要去袭击第十二座基地吗?"任为问。

"袭击第十二座基地。"吕青又喃喃自语,不像是回答任为,仍旧像是在询问自己。

"这说不通,他们是CryingRobots,又不是KHA。"任为说。

"所以,他们不是要袭击第十二座基地,是要袭击KHA。"吕青说,"一定是KHA要袭击第十二座基地,CryingRobots得到了情报。"

"明明要报仇?"任为问,一副失魂落魄的样子。

24 翼 龙

费舍尔探长马上向警察局通报了他们的分析。然后，他们迅速驱车前往东部沙漠的第十二座基地。

警察会做好准备，可看来还是有一定风险。费舍尔建议，除了他自己，大家就不要去了。但任为和吕青肯定要去，他们建议常玉明不要去了。常玉明却又认为，既然警察都知道了，基本是瓮中捉鳖了，还能有什么风险，而且 KillKiller 的事情和他的工作多少也有些关系，所以坚持要去。于是，大家一起上路了。

距离相当远，尽管车速很快，但当他们赶到的时候天色已经黑了。在一路的沙漠风尘中，费舍尔探长那辆陈旧的自动驾驶警车被弄得灰头土脸。

第十二座基地有一座外形张扬的主楼，名字叫"翼龙"。从公路上看过去，完全看不出一点基地的样子，更像是造型奇特的豪华酒店。翼龙的结构类似拉索式大桥。两边高耸的拉索塔斜斜插向天空，像是折起的翼龙翅膀。中间的蛋壳顶棚紧紧趴在荒漠上，像是蓄势待起的翼龙身体。在黄昏的朦胧夜色中，在墨蓝色天空的背景中，绚丽的灯光包裹着翼龙的翅膀和身体，显得格外雄壮威武。在庞大的翼龙身体的背后，是更加庞大的基地园区，面积超过三百平方公里。据说，完全开放后，基地可以容纳八百万客户进行"长期疗养"。

翼龙门口有巨大的半圆形阶梯，他们快步走了上去。大堂门口安装了人体扫描设备，几位安保人员盯着他们，好像正在做着某种判断。这会儿已经晚了，没什么人这个时间才来，这让他们急匆匆的样子看着相当可疑，但费舍尔探长穿着警服，几位安保人员有点犹豫。这些人并不是警察，没有穿警服，而是穿着KillKiller的一种制服，任为在贝加尔湖疗养院见过，显然是KillKiller自己雇用的安保人员。

任为注意到，翼龙门口停了很多警车，翼龙头顶还有一架盘旋的直升机，看来费舍尔探长的警告起到了作用。

安保人员拦住了他们。

"你们的请柬。"一位小伙子说，他看着很年轻，拥有一张英俊白皙的面庞。

"这里。"费舍尔探长指了指自己肩膀上的警徽。

"哦……"小伙子迟疑了一下，下意识地摇了摇头，"已经来了很多警察，我不知道您为什么现在才来，而且，他们……"他指了指任为他们几个人。

"来了很多警察？是我让他们来的。"费舍尔探长说，露出不满的表情，从衣服口袋里掏出证件，打开以后，在小伙子面前晃了晃。

"好吧，您可以进去，但是他们几位，没有请柬的话，恐怕……"小伙子说。

"你疯了吗？"费舍尔探长说，"他们是来救你们的。"

"来救我们的？"小伙子很惊讶，笑了起来，"不，不。您别开玩笑了。"又收起笑容正色说，"对不起，必须有请柬才能进去。"

"你叫什么名字？"费舍尔探长一把揪住他的衣领，"告诉我，你叫什么名字？"

任为听到几声哗啦啦的响声，看到其余几位安保人员迅速掏出手枪，指着费舍尔探长。

小伙子有点慌乱。"凯文，我叫凯文。"他居然回答了费舍尔探长。

"嗨，凯文，"一个大个子说，"你什么时候才能长大？揍他，你现在应该揍他。"

但是凯文依旧慌乱，并没有要揍费舍尔的意思。

"我说，"大个子对费舍尔说，"兄弟，松开你的手。否则，我会把你揍到爬不起来。"

费舍尔扭头看了看大个子，没有接他的话，回过头来继续对凯文说："凯文？真是个好孩子，今天晚上你会值班吗？"

"会的，我会值班。"凯文勉强地说，脸色煞白煞白，头上的汗冒了出来，费舍尔紧紧地揪着他的衣领，让他很不舒服。

"嗨——"大个子又说话了，显然很不满，"凯文，勇敢一点，像个安保的样子。"

"这么大的园区，还没有人住，黑黢黢的，你值班的时候会不会吓得尿裤子？"费舍尔探长说。

凯文头上的汗越来越多，但没说话，可能不知道该怎么回答这个问题。

这时候，常玉明插话说："大家都放松，你们马上会接到电话的。"

果然，大个子似乎接到了电话，略微低下头，对自己的SSI讲话："好的，好的，我知道了。"

他收起了枪，走上去一步，拍了拍费舍尔探长，说："好吧，你们进去吧。我看你用不着这么暴脾气，否则迟早会挨揍的。"

"是吗？"费舍尔探长松了手，"如果我掏枪，你们已经躺在那里了。"

"是吗？"大个子反问了一句，"为什么你身上会发出嘟嘟嘟的声音？"他一边问，一边哈哈大笑起来，另外几个人也跟着笑了起来，但小伙子没有笑。

费舍尔探长想冲向他，被常玉明拉住了。

他们终于进入了宽阔的大堂。

大堂里人声鼎沸，酒会早就开始了。在大堂正面深处有一个大大的舞台，舞台上灯光摇曳，一支摇滚乐队正在表演。乐队主唱达到了兴奋的极点，脑袋疯狂地摇晃着，试图追上听起来已经失控的音乐节奏。台下近处，一群人正使出吃奶的力气和主唱一起努力。稍远，更多的人也在摇晃着脑袋，不过没有那么用力。大家走来走去，互相说着什么。但又经常听不到对方在说什么，一对对脑袋不停地凑近和分开，然后，大家仰头大笑或者点头微笑，显得很开心。

任为他们站的位置离舞台相当远，音乐声依旧不小，好在说话还听得清楚。

任为看到，和门外的戒备森严相互呼应，大堂中兴高采烈的人群四周，也有很多面容严肃的警察。同时，还有很多穿着黑色西装的彪形大汉在人群中来回穿梭，每个人都虎视眈眈，偶尔西装下摆飘起，会露出腰间的武器——那是 KillKiller 自己的安保，看起来比警察更加彪悍。很明显，他们和门口的安保人员不同，那几位穿着制服，像是园区的常驻安保，这些人不穿制服，应该是为酒会安排的特别安保。

费舍尔探长说，警方加派了四倍警力，当地警局几乎倾巢而出，目前为止没有发现任何异常。当然，他觉得，在这种情况下发现异常的概率已经非常小——KHA 的人又不是傻子，看到这么多警察，谁会冒险发动袭击？

费舍尔探长说这话的时候，心里正在后悔，他早就后悔了，所以刚才脾气也不太好。他想，也许这会儿，该思考的问题不是如何防范袭击，而是明天如何向上司交代。他必须得说明，自己的警告有强有力的根据，否则如此浪费警力，肯定会被上司臭骂一顿。当地警局难免会埋怨他的上司，他的上司不会轻松，自然需要用他来放松一下。他觉得，自己刚才不过脑子，仅凭吕青几句话，就向上司发出了警报，很可能是夸大其词，过于冒失了。

他生气地看了一眼吕青。吕青依旧是满脸严肃，正紧张认真地扫视着全场，好像并没有像他那样放松下来。

常玉明拉着一个身躯庞大而满面春风的家伙走了过来。大声说："吕青，吕青，穆勒先生在这里。"

"嗨，亲爱的吕青女士，您好吗？好久不见，为什么不告诉我您会来？您会成为第一位上台发言的嘉宾！保安还拦住了您，实在对不起。这都怪您，您对待老朋友太见外了。为此，我必须向您表达我的不满。"穆勒夸张地伸出双臂，做出准备拥抱的样子，走向了吕青。

吕青转过身，脸上勉强挤出了笑容。"你好，穆勒先生。"她没有动，但也伸出了双手，接受了穆勒的拥抱。

"但愿吕青女士不会把穆勒先生告了。"费舍尔对任为说，还透露着不满。

"什么？"任为没有听清楚。

"他替穆勒先生担心，吕青可以告他性骚扰。"常玉明小声说。

"哦？"任为问，"那就是说不能拥抱。"

"可以拥抱，"常玉明说，"但是，你应该先问，亲爱的女士，我可以拥抱您吗？"他后半段的声音依旧很小，声调却很夸张，听起来好像一个卡通在说话。

"这位穆勒先生，显然不是赫尔维蒂亚人。"费舍尔说。

"那几位保安是。"常玉明说。

"你说什么？"费舍尔问，很不高兴。

"对不起，对不起，跟您开个玩笑。"常玉明退了一步，笑着说。

吕青和穆勒寒暄了几句，正在转向他们几个人。"这是我丈夫，任为。"她向穆勒介绍，然后向任为介绍："这是黑格尔·穆勒先生，KillKiller的总裁。"

"您好。"说着，任为伸出了手。黑格尔·穆勒马上握住了任为的手，握得很紧，甚至让任为的手感到一阵生疼，但黑格尔·穆勒看起来若无其事。他很热情地说："嗨，您好！我知道您，您是伟大的科学家。您的云球项目是跨时代的项目，就像我们的KillKiller技术，将引导人类的发展方向。"

"过奖了，过奖了。你们才很了不起。我妈妈就在你们的疗养院里，贝加尔湖。"在手的一阵阵疼痛中，任为使劲挤出了一句话。

"是吗？"黑格尔·穆勒满脸惊讶，扭头对吕青说，"亲爱的吕青女士，您真的没有把我当作您的朋友！您的法律上的妈妈，难道不应该得到我们的特殊照顾吗?"他接着又面向任为,"请告诉我她的编号。我保证,她会是贝加尔湖基地最最尊贵的客户。"

"谢谢,不用了。我们为她买了最好的白金区服务。"任为说,这时,黑格尔·穆勒已经松开了他的手,他觉得舒服多了。

"穆勒先生,您不要客气。您总不希望我被反贪局调查吧?"吕青说。

黑格尔·穆勒哈哈地笑了起来,"我很佩服您,吕青女士。您总是那么幽默,还总是那么坚持原则。我和一百多个国家的官员打交道,您是最充满智慧的一个。"

任为看着他,觉得碰到了和自己最不一样的人。不知怎么,他想起了埃尔文·克里斯特。很巧,今天 KHA 可能袭击这里。黑格尔·穆勒,会和埃尔文·克里斯特一个下场吗?

"常玉明先生说,你们来这里旅行。那可真是来对了!我们这个基地,第十二座基地,翼龙基地,是赫尔维蒂亚最新、最伟大的景点!"黑格尔·穆勒抬起手,指着落地玻璃窗外的一个方向说,"你们看,那里有一座小山峰,舍得勒峰,在沙漠边缘,离这里有二十公里。在那座山峰上,你们可以看到翼龙基地的全貌。一只体型达到三百三十二平方公里的翼龙!在夜里,比如现在这个时候,如果你们站在舍得勒峰的峰顶,闪亮的翼龙将会向你们展示地球上最伟大的建筑群!"

他非常得意,继续说着:"舍得勒峰,本来只是一座不知名的小山峰,长满了丑陋的灌木、矮松和白杨,从来没有游客。但是现在,那里有数十个观景台在建设,就是为了要观赏我们的翼龙。因为我们的翼龙,舍得勒峰将迎来它一亿年历史中的巅峰时刻,成为赫尔维蒂亚最热门的观光点。"

看来常玉明没有跟他提任明明的事情,这很好。任为呆呆地听着他的口若悬河,吕青则默默地看着他,脸上没有什么表情。显然,作为经常打交道的对象,吕青很适应黑格尔·穆勒的风格。

任为扭头看了看他指的方向,黑魆魆的,好像是有一座不怎么高的山峰。

"这么大规模的建设——还有您的科技——都是为了老人,您不觉得会挤占年轻人的生存空间吗？"任为不知怎么，忽然问出了一句他高度怀疑在此时此地并不合适的问题。

　　黑格尔·穆勒一下子愣住，脸上的笑容消失了，好像没有预料到会被问这样的问题。不过只有一秒钟，或者半秒钟，他就迅速恢复了饱含温暖的笑容。

　　"人类总是妄自尊大，不是吗？"他像是对一个调皮的孩子讲述孩子还不能理解的世界，"人类总是试图预测自己完全无法控制的未来，并据此做出可笑的判断。曾经人类认为，地球的粮食只能养活六十亿人，后来说是一百五十亿人。可现在呢？我们有三百亿人！我们生活得很好，全球的粮食生产竟然是过剩的。曾经人类认为，石油五十年内就会被用完，地球会退回到农业社会。可现在，新发现的储量按照当时的预测用量计算，还能使用五百年。遗憾的是，我们不再使用石油了，我们使用核能源！所以，那些石油没有像人类预测的那样被挖空，反而会永远躺在深深的海底。曾经人类认为，人类的工业化会使地球变暖，北冰洋会融化，南极洲会融化，海平面会上升三米，威尼斯会消失。结果呢？是的，曾经短暂地融化过。可现在，北冰洋是一个大冰块，是一个和西伯利亚连接起来的大冰块！俄罗斯人在那个冰块上建立了城市，还有加拿大人，甚至请中国人在一望无际的冰盖上修了铁路。"

　　"地球有自己的生理周期，和人类无关。"他接着说，"人类总是认为，自己能够改变世界，改变地球，改变人类自己。但其实，人类只是可怜的毛毛虫，改变不了任何事情。人类会毁灭自己吗？人类会集体自杀吗？不，不，想多了，想得太多了！人类是懦夫，人类很无能。自杀需要勇气和能力，而人类不行，人类是可怜的毛毛虫。人类能做的事情，只是让自己这只毛毛虫的生活变得更好。至于明天，上帝会给出答案，会给出你想象不到的美妙答案。"

　　任为无法回答。

　　"难道，都指望上帝吗？"费舍尔探长忽然插了一句话。

　　黑格尔·穆勒打量了他一眼，特别是看了一眼他肩膀上的警徽，然后才张嘴说话:"探长先生,我们 KillKiller 的飞船很快就要去火星了。作为不需要了解科学的人,您的专业使您无法想象我们做的事情。十年前,火星上已经有您在宇航局的同事,因为那里有五十个人的居民点需要维持治安,您也许应该申请去那里做岗位轮换,我想那可以帮助您拓展一下视野。"

费舍尔的脸庞涨得红彤彤的,眼睛也瞪圆了,似乎在想应该如何发作,好在任为帮他解了围。

"那个居民点,"任为说,"只是个实验居民点,到现在只有一百人的规模。目前来看,在火星上大规模定居还不现实。"

"所以,亲爱的任为先生,这是我们努力工作的原因,而不是我们停止脚步的理由。就像您的云球,据我所知,曾经只是一个连孩子都嫌弃的电子游戏。可现在,那里有几千万智慧生命。我不知道该不该称之为生命,但称之为智慧肯定没问题。您最应该相信我们,我们在做同样的事情。同样艰难,也同样伟大。"黑格尔·穆勒说。

"穆勒先生,您讲得很精彩。"吕青忽然插话,脸上带着一点笑容,但有些心不在焉,看起来并不像是在说着夸奖的话。

黑格尔·穆勒把头转向她,声音变得低了很多,"哦,不。当然,亲爱的吕青女士,我当然理解您的担心,还有您的朋友们的担心。很抱歉,目前我们还不能打消您所有的疑惑和顾虑。可是请您一定相信,我们正在朝您希望的方向努力。无论如何,您是我曾经遇到过的最聪明和最坚定的政府官员。我想,我们现在是最好的朋友,未来也会是最坚定的伙伴。"

"谢谢您,穆勒先生。"吕青说,心不在焉的笑容依旧挂在脸上。

"那么,"黑格尔·穆勒大声说着话,使劲直了直身体,对他来说,吕青的个子有点矮,他讲话时略微欠着的身体让后背感到僵硬,"我该把时间还给你们了。"他说,"我想,你们可以随便走走,喝点什么。如果你们想要参观,我可以安排专人陪同。"

"不用了,谢谢您,穆勒先生。"吕青说。

"好的。最后,您真的不需要我在贝加尔湖为您的母亲做些什么吗?"黑格尔·穆勒问。

"不用,谢谢。"吕青很坚决地回答。

"好。那么,祝你们玩儿得愉快!"黑格尔·穆勒的脸转了一圈,扬了一下眉毛,耸了一下肩,双手做了一个摊开的动作,算是跟所有人打了招呼,"谢谢,再见。"

"再见。"吕青说。

黑格尔·穆勒又歪了歪脑袋,不知想要表达什么,然后终于走了。

"再见。"任为对他的背影说。

常玉明笑了笑没说话,费舍尔则气呼呼地也没说话。

"如果不是在这里,我要揍扁他。"费舍尔说。

"看看他的块头,你可打不过他。"常玉明说,"再说,就算你打得过,他会让你倾家荡产。"

"他说得也不是完全没有道理。"任为说。

"包括关于我轮换岗位的事情吗?"费舍尔说。

"哦?不,当然不是。"任为说,"是的,这家伙够讨厌的。"

"他就是这样,他准备竞选美国总统。"常玉明说,"他可是认真地这么想,不是开玩笑的。"

时间一点点过去了,KHA没有露头的迹象。别人似乎逐渐安下心来了,但吕青则显得越来越紧张。

"我觉得有什么不对。"吕青说。

"什么?"费舍尔问。

"KHA不会这样放弃。"吕青说。

"他们没有选择。"费舍尔探长说,"他们能怎么办呢?"

"酒会要结束了。"常玉明说。

确实,舞台下的人们已经在逐渐散去,舞台上的工人们已经在收拾东西。

"刚刚黑格尔·穆勒说什么?"吕青问。

"什么？"任为问，"他说了很多。"

"舍得勒峰。"吕青说。

"舍得勒峰？对，他说了，怎么了？"他又扭头看了看远处那黑魆魆的小山头。

"玉明，这里还没开业？"吕青问常玉明。

"对，今天不是刚刚开业酒会嘛！"常玉明回答。

"所以还没有病人。"吕青说。

"对，还没有病人。"常玉明说。

"一个都没有。"吕青说。

"一个都没有。"常玉明重复了一遍，"要下个月开始，才会有人入住。"

"你记得KHA的第一份声明吗？"吕青转头问任为。

"什么？记得什么？内容很多啊！"任为说。

"我们不会攻击清醒的人类，除非他们选择阻止我们清除不清醒的人类。否则，我们永远不会攻击清醒的人类。"吕青说。

任为略微想了一下，说："对，有这一句。"

"还有，"吕青说，"再次声明，KHA是最终极的人道主义者。我们的使命是，利用一切手段，包含任何合法或非法但有帮助的手段，清除不清醒人类，阻止KillKiller及其同行，抵抗任何政府的错误政策。我们的目标是，保持人类清醒。"

任为又略微想了一下，说："对，是最后一段。"

"他们说，他们要清除不清醒人类，阻止KillKiller及其同行。"吕青说。

"是。"任为说，"你到底什么意思？"

"现在这里还没有开业，没有不清醒人类，所以没法清除。这里只有KillKiller及其同行，但都是清醒人类。对于KillKiller，KHA用的词是阻止，而不是清除，阻止KillKiller及其同行。"吕青说，"KHA说，永远不会攻击清醒的人类，除非清醒的人类阻止他们清除不清醒的人类。这里没有不清醒人类，无法进行那个叫作'清除'的动作。"

"你是说，他们根本就没打算袭击这里？"费舍尔探长有点急了，"你在害我！我们可是调动了大批人力！我怎么会相信你？一个侦探小说爱好者！"

"他们是恐怖组织，会这么小心守信吗？"任为说，显然觉得这不太可能。

"也许他们不会那么守信，并不在乎伤害几个清醒人类。但他们也不会太过分，不会做明显针对清醒人类进行伤害的事情，否则会失去民意支持。"吕青说。

"他们有民意支持吗？"任为问。

"当然，而且不少。"常玉明说，看了看费舍尔探长。

费舍尔探长撇了撇嘴，说："我不能说支持，我必须反对。"

"你质问黑格尔·穆勒，我觉得有嫌疑啊！"常玉明说。

"我不能说支持，我必须反对。"费舍尔探长重复了一遍。

"随便吧！"吕青说，"关键是，他们的确不可能在这里动手。这里人太多了，在这里动手就是明显地针对清醒人类了。"

"你害了我！"费舍尔探长瞪着眼，"我明天怎么交代？"

"不，明明他们……CryingRobots 的行为也一定有道理……也许不是这里，而是舍得勒峰。"吕青说。

"和舍得勒峰有什么关系？"费舍尔探长问。

"如果我是 KHA 的老大，我会怎么做？"吕青说，"我一直在想这个问题。"

"你会怎么做？"任为问。

"在这里杀人，会让全世界反感。可是，毕竟翼龙基地是 KillKiller 在全世界最大、最先进的基地，如果我能把基地毁掉，比如炸掉，会是什么效果呢？"吕青问。

"基地里基本没人，所以伤害很小。但是，这里投资巨大，对 KillKiller 的打击会很大。"常玉明说，"是个好主意。"

"和舍得勒峰有什么关系？"费舍尔探长发现吕青并没有回答他的问题，又问了一遍。

"在舍得勒峰，他们可以记录整个过程。只有在那里，才能看到翼龙基地的全貌，特别是在夜里灯光开着的时候。刚才，穆勒是这么说的。"吕青说。

"拍一场烟花表演？"费舍尔探长说，摇了摇头，显然不信，"有什么意义？"

"宣传。"吕青说，"上次在斯瓦尔巴德，对他们来讲也算很成功。但我们只能记住很少一点文字描述。心理学领域早有结论，文字描述的震撼力远远不够，否则就不会有那么多电影了。"

"也有很多照片啊！"任为说。

"事后的照片，一片狼藉，不利于宣传。"吕青说，"从视觉上说，那是丑恶的东西。"

"烟花表演的话，从视觉上说，算是美丽的东西了。"常玉明说。

"对。如果我是他们，我就拍一场烟花表演，一定会让人印象深刻。"吕青说着，忽然转向费舍尔探长，"我要去舍得勒峰。KHA的人一定在那里，CryingRobots也一定在那里，明明也一定在那里。至于这里，"她低头看了一圈地面，"也许地底下都是炸弹。"

"这不可能。"费舍尔探长也不由自主地低头看了一圈，"这怎么可能？三百多平方公里！在舍得勒峰看烟花？二十公里以外？你开什么玩笑？"他不停地摇头。

"我要去舍得勒峰了。任为，我们一起去。玉明，你回去吧！费舍尔探长，非常感谢你陪我们来这里，也很抱歉我之前猜得不对，明天你还要想办法向上司交代。但是现在，我建议你再向上司要求，彻查整个翼龙基地——不是这座建筑，而是整个园区。如果你愿意派几个人和我们一起去舍得勒峰，那就更好了。"吕青很平静地说。

"我跟你们一起去。"常玉明说。

常玉明的话还没说完，费舍尔就喊了起来："不可能，不可能，我会被炒鱿鱼。我的上司？不可能，不会有任何人同意。你看看，所有人都已经回去了，你让他们再回来？保护一个翼龙建筑体，这很容易。保护一个三百多平方公里的园区?上帝啊!你是个疯子。这不是警察干的事情,这是国民警卫队干的事情。我的上司会把我从警局里踢出去,知道吗?他会的。"

"那就找国民警卫队。"吕青说。

"吕青女士,"费舍尔重重地说,"请你饶了我吧!国民警卫队?亏你想得出来!爱好侦探小说的女士,请你回去看小说吧!我不可能做你要求的事情。"

吕青盯着费舍尔看了很久。费舍尔一副崩溃的样子,呆呆地看着吕青,好像吕青是一个怪物——奇怪的是,这个怪物很有说服力。

"好吧!但我们还是要去舍得勒峰。"吕青说,"你可以把我们送过去吗?然后你和常玉明回圣伍德。"

"不,我和你们一起去。"常玉明说。

费舍尔依旧呆呆地看着吕青,过了好一会儿才回答:"好吧,我也和你们一起去,可我不能对我的上司说,也不能请求其他警察参与,无论是舍得勒峰还是这里。我理解你要找女儿的心情,我的女儿才六岁,我理解,我陪你去。反正刚才那个混蛋穆勒也说了,舍得勒峰是赫尔维蒂亚最好的观景台,去看看也不错。"

25 / 永不回头

没有花多少时间，他们就来到了舍得勒峰山脚下。

舍得勒峰听起来像是一座山峰，其实是连绵不绝的一排山峰，高高低低地蔓延在沙漠边缘。现在，他们在西端的入山口。在星空下向东望去，山顶上以及山腰中，散落着一些明明灭灭的灯光。显然，这不像沙漠中那么杳无人烟，却也并非人烟繁茂的所在。

上山的道路不宽，而且是砂石路。看得出来，这里以前的确并非什么观光胜地。但是，在若干拐角处和偶尔从山林中露出的一些视野开阔的平台上，有一些规模或大或小的工地。从这些工地来看，确实如黑格尔·穆勒所说，这里正在进行一些观光设施的建设。也许不久的将来，真的会成为新兴的景点。不过，要想成为"一亿年历史中的巅峰"，应该路还很长。

费舍尔关闭了自动驾驶，并不是因为自动驾驶不安全，他只是觉得，如果说可能遇到 KHA 或者 CryingRobots 的人或车，那还是他这个警察来开车比较靠谱，毕竟对于自动驾驶汽车来说，敌人和朋友没有分别，都是某种两脚生物和某种四轮机械。

他开了一会儿车以后，在吕青的建议下关闭了车灯。他的汽车是警车，安装了先进的夜视仪，所以他们仍旧能够看到路面，但如果这会儿有车从对面疾驰而来的话，将会很难发现他们，有一定危险。不过鉴于此行的目的，如果有车从对面疾驰而来，没有被及时发现固然是个危险，被及时发现也许是个更大的危险。

汽车本身使用的高效率电池驱动系统相当安静。但是，汽车压在砂石路面上还是有些噪声。因此，所有人都小心翼翼，紧张地观察着四周的情况。夜视仪将强力优化后的图像显示在所有窗户上，和真实影像叠加。对肉眼来说，四周的景象虽然不像白天那么明亮，大概观察清楚却没什么问题。

过了几个小山头，绕来绕去很久，没有发现什么异常。他们没有心情在某个视野良好的地方停下来观赏完整的发光翼龙，只能从一些略显尴尬的角度大概感受一下那个史前动物的某个身体部位，但这已经足以让他们觉得那东西的确是个耀眼的存在——黑格尔·穆勒对舍得勒峰辉煌前景的判断也许不完全是夸张。

行驶了两个多小时以后，费舍尔探长正在抱怨，试图劝大家回头，或者至少找个地方进行完整的翼龙观光。这时，他们忽然发现，前面远远的一段距离以外，恰好够他们在很努力盯着的情况下能够看到，有一条岔路从横向的山的深处伸出，和他们所在的这条路交叉，在那条路上有两辆车，同样没有亮车灯，静悄悄地开过来，像两个幽灵。它们经过了交叉路口，沿着那条路继续向前开。

那条路像之前经过的几条小岔路一样，通向一个小山峰的峰顶。他们所在的路感觉已经爬升了很高，但其实是在山谷里，所以不停地有小路岔出去，伸向一个又一个小小的峰顶。不过，前方的岔路不像之前是从这条路伸出去形成一个丁字路口，它是从远方而来和这条路交叉形成了一个十字路口。显然，那是另一条进山的路。

"慢一点。"吕青叮嘱着。

费舍尔开得很慢，并且尽量让声音很小。所谓尽量，也就是在心里不停地使劲祈祷，在现实世界中，他并没有什么真正可用的手段能够压制或者掩盖汽车轮胎辗在砂石路面上产生的吱呀吱呀的声音。

快到十字路口的时候,那两辆车已经在横着的岔路上开出去很远,似乎快要到峰顶了。

吕青终于忍不住,说:"这样不行。声音太大了,会被发现。那两辆车不正常,你们看到了吗?峰顶有灯光,明显比较亮。我们停在这里,走上去吧!"

确实,其他峰顶基本没什么光亮。偶尔有一两盏灯,像是工地的夜灯,大多暗弱昏黄。这个山顶却像是有一小片灯光,虽然看不清楚,也并非很亮的灯,但一点也不昏黄,灯的数量也不止一两个。

费舍尔探长把车一头扎进一片灌木丛,车屁股还在路上,像是一个把脑袋埋起来试图躲藏自己的鸵鸟。可也没有什么其他办法,在这条窄窄的路上,路边多数是矮松,找到足以藏起鸵鸟脑袋的树丛已经很不容易了。

"无所谓了,"费舍尔探长说,"反正不会有人来开罚单。"

他们下了车。费舍尔探长掏出一把手枪,来回看了看三个人,最后把枪递给吕青。

"我有两把枪,给你一把。"他说,"你没有赫尔维蒂亚持枪证,最好不要开枪,否则我会再背上一条罪名,你也不会好过。"

吕青没有说话,默默地接过枪,撩起自己的上衣,把枪插在后腰,然后向峰顶走去。

她没有沿着那两辆车行驶的正经道路往上走,而是向路边矮松林里走了十来米。矮松林里地面很不平坦,但还是可以将就走路,她在树林里开始爬山,没有征求大家的意见。大家似乎也没有意见,默默地跟上了她。除了不平坦的地面,那些高高矮矮的草和灌木也很恼人,不过没人为此抱怨。

常玉明倒是带着敬佩的口气悄声对任为说:"吕青将来肯定能当部长。姐夫,到时候一定记着,提拔兄弟一把。"

姐夫?提拔?任为很愣,不知为什么,感觉有些受打击。

爬了好半天,他们终于爬到了山顶。果然,山顶有个平台,也果然,山顶上有一片灯光。那里停着七八辆汽车,每辆汽车都没有开车外的车灯,但都开着车内的照明灯。

在空地上，有几个人在聊着什么，有人在眺望，还有人在忙碌着搭摄影三脚架。有几个三脚架已经搭好，有人凑在相机上观察，有一个没有完全搭好，有人正在拧螺丝。

任为知道，现在这个时代，搭起了摄影三脚架，要拍摄的东西一定非同寻常，因为三脚架上的相机一定非同寻常，通常是极其昂贵的高端器材。要知道，普通的照片和录像，SSI就可以轻易搞定。

法律规定，在很多场合，未经主人允许的情况下使用SSI拍摄是违法行为，甚至在很多地方都有成熟的技术手段阻止SSI拍摄。但那不是因为SSI拍摄得不够好，而是因为SSI拍摄得足够好，好到能够记录任何隐私、机密或景观。不使用SSI却使用专业高端照相器材进行拍摄，唯一可能的理由就是对拍摄的要求极高——分辨率极大、视野极宽、焦距极远、采光度极强等等。

他们谨小慎微，找了个地方趴在那里观察。任为的心脏怦怦乱跳。其实距离还有几十米，但他觉得自己心跳的声音响得可以传到那群人耳朵里，不过显然是错觉，没有任何人朝他们这个方向看一眼。

任为扭头望向翼龙。从树丛中望过去，有一些枝枝杈杈横在视野里，但已经能够完整地看到翼龙的全貌。

太美了！

他不能喊出来，甚至不能感叹一声，只能在心里想，翼龙！翼龙！太美了！

那不是一个灯光秀，而是一个灵动的生命！它巨大的身躯趴在夜幕下无垠的黄沙中，好像在迎接最初的悸动，又好像在集聚最后的力量；它昂扬的脑袋奋起在星光的垂幕中，好像在拼死挣脱枷锁，又好像在奋力追逐光明。

吕青并没有望向翼龙的那个方向，只是死死地盯着平台上的那些人。任为能够从侧面看到吕青的双眼，他以为那里面会有愤怒、急迫、恐惧或者期待，但他看到的只有冷静。

"你觉得我们应该阻止吗？他们快要动手了！"吕青悄声对他说。

"阻止什么？"任为问。

"阻止他们炸掉翼龙。你看到了，那么漂亮的翼龙！"吕青说。

"哦，你看了，我还以为你没看。"任为说，"他们怎么炸？翼龙那么大。"

"我不知道。"吕青说，"我正在想，怎么炸？翼龙那么大！但是，他们一定准备好了。你看，他们聚拢过去了，聚拢到几个相机那里了。相机已经启动了，在摄像，应该快要炸了。我想不出，他们怎么炸？我们又能怎么阻止？"

"我们不可能打得过他们。"费舍尔探长悄悄说。

"打得过也没用。他们肯定早就安排好了，这里只是在摄像，不是爆炸。可是，翼龙那么大，好几百平方公里，他们到底要怎么炸？"吕青说。

"除非是核弹。"任为忽然说。

"核弹？"费舍尔探长说，然后立刻捂住了自己的嘴，意识到自己的惊讶让声音太大了一点。不过还好，只是心理作用，实际上他的声音并没有引起任何人的注意。

"轻型氢弹，从技术角度考虑这个最合适。"任为说，"威力巨大，部署方便，一枚就够，没有核污染。翼龙周围都是沙漠，也不怕误伤——只是可怜在基地里值班的人了。"

"但愿黑格尔·穆勒也在基地里值班。"费舍尔探长说，虽然他知道这不可能。

"我想我们阻止不了，这里好像没有引爆器，我们没办法成为英雄。"常玉明说。

吕青沉默了一会儿，"你说得对。轻型氢弹，只有这个办法。"她说，"但是，CryingRobots 在哪里？他们难道任由 KHA 这么干吗？"

"这太过分了！"常玉明说。

"真是这样，他们就闹大了，他们死定了。"费舍尔探长说。

"不，"吕青说，"我们小看他们了。"

"什么意思？"任为问。

"他们在展示自己。之前，我以为，他们只是要展示自己炸掉翼龙的精彩摄影作品，给大众留下深刻印象。看来，他们想做的不仅仅如此。"吕青说。

"还有什么？"任为接着问。

"决心和能力。"吕青说。

"不惜一切的决心和搞到轻型氢弹的能力？"常玉明问。

"是的，他们要告诉KillKiller，也要告诉全世界。费舍尔探长，你说得对，他们闹大了。但是，他们的目的就是要闹大，不给自己留任何退路，不准备接受和平谈判，不保留和平谈判的空间，不达目的誓不罢休。他们要表明，这是他们的事业，他们不会回头，永不回头。"吕青说，声音听起来冷冰冰的，甚至有些阴森。

"永不回头。"任为喃喃地重复了一遍。

"翼龙不重要，翼龙只是个道具，决心才重要。"过了一会儿，她又说。

大家都沉默不语，不知道应该说什么。

"CryingRobots在哪里？他们在干什么？"吕青问。

"他们也许根本就不在这里，侦探小说女士。"费舍尔探长说，"这些人也许只是摄影爱好者。"

黑暗中，趴在一根树干上，他似乎很努力地耸了一下肩，想要表示自己并不同意吕青的看法。

"CryingRobots在哪里？他们在干什么？"吕青重复了一遍。

就在这时，忽然一声巨响传来。

翼龙，确实是翼龙。轻型氢弹，也确实是轻型氢弹。

巨大的蘑菇云腾空而起。

地面上的翼龙消失了，天空中却多出一片地狱般的火红。

任为的大脑一片空白，大家也都呆住了——虽然有所预料，但这还是太骇人听闻了。

平台上爆发出一片欢呼声。大家激动地拥抱着，跳跃着，再拥抱，和每一个人拥抱。

"CryingRobots 在哪里？他们在干什么？"吕青又重复了一遍，声音大了不少，充满了愤怒，她似乎已经忘记了要隐藏自己。

这次，她很快得到了回答。

枪声，很清脆的枪声。

平台上那十几个人，在无法控制的狂喜中，忽然之间，大部分倒在了地上。

有几个人趔趄了一下，没有立刻倒下。他们迅速掏出自己的枪，受伤的身体让动作有些艰难，但更艰难的是，他们没有找到敌人，不知道向哪里开枪——敌人的子弹却接踵而至，终于他们都倒下了。

倒下的不止他们。

听到枪声的时候，任为感到自己后背右侧肩胛骨的位置一阵剧痛袭来，随即晕了过去。晕过去的一刹那，他眼角的余光看到，吕青、费舍尔探长和常玉明，都以某种方式改变了自己刚才小心翼翼趴着的身姿，变成了全身无力的瘫软形态。

任为醒过来的时候，一眼就看到了任明明的脸。那是一张平静的脸，很像吕青。

任明明穿着一身纳米纤维制作的特战服装，头发扎束得很紧，像一个精干的女战士。她坐在床边的一张长凳上，身体微微前倾，正静静地看着任为。

任为东张西望了一下，自己躺在一张床上，而床似乎在一辆车中。

他感觉背部有些痛，但更多的是麻木。自己可能被什么手段麻醉了，他想。

"你？"任为想问个问题，但一时不知该问什么问题。他脑子里闪过蘑菇云、山路、沙漠、翼龙和圣伍德。

"我们干掉了 KHA 的一些人，一些重要的人。"任明明说，"我们伏击了他们，同时也伏击了你们。不过，我们不知道你们是谁，所以对你们留了一手。您放心,您和我妈都不会有问题。我们的狙击手没有射击你们的要害,而且使用的是纳米止血子弹,不会造成太多的失血。"任明明说。

"我和你妈都没问题?那费舍尔探长和常玉明呢?"任为问,心里很担心。他想要坐起来,但后背的剧痛让他又躺了回去。

"他们也没事。还在昏迷中,不会死。"任明明说。

"这……"任为问,"这都是怎么回事?"他脑中出现了吕青的所有推测。

"爸,您听好。"任明明说,声音很平静,"有几件事情,我相信都是您的疑问,我一并告诉您。"

"第一,"她说,"您之前就知道,我加入了CryingRobots。那个时候,CryingRobots是一个非常和平的人权组织。但是,KHA杀害了迈克和很多和迈克一样的人,政府拒绝作为,我们决定自己动手。所以,暂时我不会再回家了。我的SSI通讯组件加过密,你们无法和我联系,安全并且必要的时候,我会和你们联系。现在我必须告诉您,我已经决定,从今以后,我和我的同志们将终一生之力,和KHA战斗到底,永不回头。"

永不回头!

任为又听到了这个词。

"第二,"任明明接着说,"我们收到情报,知道KHA要炸掉翼龙,所以在这里伏击了他们。这件事会是个很大的新闻,天亮以后,我们会公布事件经过并发表声明。不过,不会包括任何参与人员的信息,也不会提到你们。你们的出现在我们的计划之外。我们很早就发现并跟踪了你们,只是不知道你们的背景。为了保险起见,最终打伤了你们。打伤你们之后,我才发现其中有您和我妈,完全是意外。"

"第三,"她继续说,"一会儿,您会被放回原来的位置,并且保持原来的姿势。警察可能十几分钟之后就会到。那时,我们已经全部撤离。警察不会发现我和您的谈话。我妈没有醒过来,她的伤重一点,您不用担心,我们的医生检查过,她会挺过去,不会有任何问题。您也不会有问题,您的两位朋友也一样。警察来了以后,你们所有人会被送到医院急救,醒来之后,一定需要回答警察的问题,我建议您实事求是地回答。我猜得出来,妈妈想办法找到了我的 SSI 踪迹，你们来赫尔维蒂亚找我，我妈猜到了我的行踪，所以来了这里。这些都没有关系，您可以实事求是地讲。但是，我不建议您告诉警察我们的见面和谈话。我们只弄醒了您，妈妈和您的两位朋友都没有见到我。他们知道的事情只是在翼龙爆炸的时候遭到了袭击并晕了过去。我建议您也保持同样的口径，这对您有好处，否则可能会惹来不必要的麻烦。亲口确认女儿是暴力组织的成员，对于您和我妈都不是什么好事。至于我现在说的这些话，您可以在以后某个合适的时间告诉我妈，最好是几个星期以后，局势平静下来再说，否则我妈也许会有不同的选择。除了我妈以外，我建议您永远不要告诉第二个人。"

她说得井井有条，任为从未听过女儿如此讲话。

"第四，"她还没有说完，"我要对您说抱歉，也要对妈妈说抱歉，请您转达给她，还有外公和奶奶。如果外公问起来，请您替我表达对他的歉意。奶奶已经不会问了，不过，也请您替我拥抱奶奶。如果有机会，我一定会报答你们，哪怕用我的生命。但是现在，我必须为 CryingRobots 而战。我希望你们能够理解，理解你们女儿的选择。"

任为想说什么，任明明捂住了他的嘴，阻止了他。"您不用说。爸，我知道您和我妈爱我，一直都是，我也一直都知道。"她说，"我也爱你们，一直都爱你们，我很爱你们。我知道，作为一个女儿，我的表现不合格。但是，今天我还无法解释自己。所以，我想我们现在不需要讨论这个。"

她停顿了一会儿，似乎犹豫了一下，又说："还有一件小事，不重要，只是我的一个小希望。我之前的老板，胡俊飞，对我很好，非常信任我。从来没有人像他那样信任我和依赖我。我很感激他。但他碰到了很多困难，在我离开之后会碰到更多困难。我对他有一些愧疚。所以，如果有可能，我希望您能够帮助他，看情况就可以，不需要做任何让您为难的事情。"

她把手从任为嘴上拿开，任为还在发呆。她问："爸，我的话您都听到了吗？"

她的声音很柔和，任为觉得，自己也从未听到过女儿这么柔和的声音。

"都听到了。"任为神思恍惚地回答。

任明明俯下身，用自己的脸颊紧紧贴住他的脸颊，良久良久，然后微微转过头，在他腮帮子上亲了一下，抬起身看着他说："爸，您和我妈一定要保重。"又看了他一会儿，说，"再见。"接着站起来，转身推开车厢门，跳了下去。

任为想要叫住她说些什么，但终于，什么也没能说出嘴。

另一个人，一个小伙子，脸上围着鲜艳的丝巾，跳上车来，拿了一个杀虫剂似的铝合金罐子。看到他的一瞬间，任为想起另一张小伙子的脸，那位叫凯文的安保人员的脸。这个小伙子动作很快，迅速拿着那个罐子冲任为脸上一喷。一片雾气冲来，任为又晕了过去。

任为和吕青在赫尔维蒂亚的医院里足足躺了一个星期，他们恢复得很好。当时，他们被结结实实地击中了身体，迅速晕了过去。醒过来以后，阵发的剧烈疼痛足以让人怀疑人生。但是，由于子弹是止血子弹，失血并不多，也没有伤着骨头，所以并没有对身体造成多大的实质伤害。他们需要的只是要静养，等待肌肉组织恢复。在优良医疗技术的处理下，一旦恢复，就没有任何不适了。

不出所料，他们还在医院的时候，已经被警察盘问了好几次。任为按照任明明的建议，前面实事求是，现场的情况只是说，在翼龙爆炸的瞬间被袭击，然后晕了过去，醒来之后就在医院了。由于他的证词和其余三人一模一样，所以没有引起任何怀疑。

作为受害人和目击者，他们被很小心地照顾着，所有医疗服务都免费。最后，他们还获得了赫尔维蒂亚政府的一笔赔偿。这对任为而言没什么意义，但如果是普通人，算是一个不小的数额了。

任为一直使劲憋着，没有跟吕青说任何关于任明明的事情。吕青也没有任何理由可以怀疑，她只是觉得任为有点沉默寡言。任为一向不算话多的人，但如此沉默寡言还是显得不同寻常。不过，考虑到经历了如此骇人听闻的事情，任为又属于相对内向的性格，所以也说不上有多么奇怪。

常玉明年轻，恢复得比别人都好，很快就回去上班了。对于这件有史以来最严重的恐怖袭击，他并没有表现出多大的愤慨。

费舍尔探长也一样，可能对他来说，最大的遗憾是黑格尔·穆勒居然不在现场。分别的时候，他倒是向任为和吕青提起了凯文，后悔不该吓唬凯文。

很明显，KHA对于翼龙的组织结构、工作安排等等了如指掌。从警察那里或新闻当中可以知道，当晚偌大的翼龙园区只有十几个建筑工人和电气维护工程师驻场，外加不到十个安保人员，包括那个叫凯文的年轻人。这已经是可能的最小伤亡了，而这些人就这样成了可怜的牺牲品。谁能想到，KHA会对这么一个空旷的、无人居住的巨大建筑群动这样的手脚呢？

各种分析都提到，KHA对于翼龙的了如指掌令人吃惊，而更令人吃惊的是，KHA遭遇的袭击者对KHA同样了如指掌。

任为他们几个人提供了证词，但一切都是猜测，随后事情的发展出现了罗生门。CryingRobots到底是不是袭击KHA的凶手，目前尚未得出最终结论。

在袭击的第二天，KHA发出了声明。他们在舍得勒峰现场的人员全军覆没，但是看来，他们已经通过网络获取到了所有照片和视频。这些照片和视频以及相应文字声明的公布，引起了轩然大波。

这次袭击不同于斯瓦尔巴德袭击或者雅典袭击。

那两次袭击，一次主要损失的是在很多公众心目中基本算是植物人的老人，一次主要损失的是机器人而且规模很小。甚至，很多人用狗咬狗一嘴毛来形容那两次袭击。所以，舆论风波即使瞬间爆棚，却也很快淡化平息。确实如任明明所说，就连官方——各国政府——都没有对此展现出和伤亡数字相匹配的重视程度。

但这一次，使用轻型氢弹的事实，和炫丽如世界末日般的视觉刺激，精确击中了公众心中最深的痛点。

而且，这样一伙野心勃勃、格局恢宏、深不可测的恐怖分子，居然被另一伙恐怖分子就地正法了！全军覆没，一个活口都没留下！

这些更厉害的恐怖分子同样发表了声明，对KHA在翼龙事件中全体参与人员的死亡负责。他们自称是 CryingRobots，一个和平的人权组织。他们声称，此次的暴力行为完全是由于 KHA 的不择手段和政府的不作为所导致的。他们呼吁，全体人类应该公平地看待人和机器人。KHA 对机器人的仇视是反人类行为。他们对 KHA 的袭击是为了保护机器人而战，更是为了保护人类而战，为了保护人类的爱而战。爱，是人类之所以成为人类的唯一理由，今天人类所拥有的爱却正在被机器人所拥有的爱所超越。KHA 就是振聋发聩的例子，人类必须反思。

本来到此为止，虽然公众的反应并不一致，出离愤怒和深刻反思的声音旗鼓相当，但总算大致知道一个事情的脉络。可是第三天，一条新的声明让事情不那么简单了。

这条声明也来自 CryingRobots。他们声称，前一天的声明并非来自 CryingRobots，而是"肮脏卑劣"的冒名者。当然，对 KHA 的袭击也并非 CryingRobots 所为。CryingRobots 以前是，现在也是，将来仍然是，彻头彻尾的和平主义者。他们信奉，一切问题的最终解决方案都是人类的爱。暴力，只会把问题搞复杂，永远无助于解决问题。这些冒名顶替者怀着不可告人的阴暗心理，在 CryingRobots "永恒的爱的皇冠上"泼上了"令人恶心"的脏水。

和前两者不同，这个"真实"的 CryingRobots 发表声明的方法不是一段网络上的文字、音频或视频，而是在布鲁塞尔召开了新闻发布会。一个叫路易斯·坎通的人，自称是 CryingRobots 的理事长，主持了新闻发布会，这让他们显得更加可信。路易斯·坎通说，自从他最得力的战友，执行秘书长埃尔文·克里斯特，被"彻头彻尾没有人性"的 KHA 杀害以后，他一直沉浸在巨大的悲痛之中。但无论如何，他唯一的武器是爱，来自上帝的爱和来自人性的爱，他永远不会和暴力为伍。

如吕青所料，KHA 的行动太过激烈，在公众、舆论和政府那里都没有给自己留后路，发出了"永不回头"的明确信息。舆论爆棚之外，赫尔维蒂亚政府作为最大的受害者，宣布立即将 KHA 列入恐怖主义组织名单，并在联合国提出提案，要求所有国家都将 KHA 列入恐怖主义组织名单。赫尔维蒂亚政府宣称，已经获得了绝大多数国家的坚决支持，将不惜一切代价，和所有国家一起采取一切手段，在全球追捕 KHA 成员，绝不放过任何人。这对 KHA 而言，显然是把自己放在了火炉上，但也许这正是 KHA 所希望的，希望全世界的人都知道 KHA 的主张。为此，他们不在乎自己是在火炉上还是在火山上。

任明明的那个 CryingRobots，尽管不知是真是假，但已经被敢于公开露面的"官方"CryingRobots 所明确抛弃。如任为所知，同样踏上了永不回头的道路。

不，这么说也不准确，事实上他们有一条回头的路。

赫尔维蒂亚政府在义正辞严的关于恐怖主义的声明之外，同时还做出了另外一个声明：鉴于袭击 KHA 的组织——无论是不是 CryingRobots——很明显掌握了 KHA 的很多信息，如果该组织能够和赫尔维蒂亚政府共享 KHA 的信息，那么该组织将得到赫尔维蒂亚政府的赦免，不会因其采取的暴力行为被追究责任。

但是，到目前为止，赫尔维蒂亚政府并未得到积极回应。对方发表了回应声明，除非赫尔维蒂亚政府立法通过机器人享有和人类同样的权利，否则他们不会和"充满物种歧视的""实质上和 KHA 同流合污"的政府进行合作。显而易见，赫尔维蒂亚政府无法响应这种要求，至少无法立即响应这种要求。

"CryingRobots 分裂了。"在回北京的飞机上，吕青对任为说，他们正半躺在 VIP 单间中舒服的电动床上。

任为没有接话。他正在做思想斗争，现在是不是把任明明的话和盘托出的时候？

"CryingRobots 分裂了。一半是 CryingRobots，另一半，我来给他们起个名字，FightingRobots。"吕青说。

任为还是没说话。

"他们是故意等着KHA炸掉翼龙之后才下手。我怀疑，他们曾经有机会阻止KHA炸掉翼龙。"吕青说。

任为还在犹豫。

"为什么呢？"吕青沉吟着，"也许他们觉得，从舆论角度，KHA的暴行会给他们清除KHA的行为加分？或者他们觉得，空体和机器人其实是竞争关系，在空体的事情上和KHA观点相同？又或者，他们想要阻止KHA但失败了，没能找到有效的阻止办法，因为那里没有引爆器，只有摄影棚。这说明什么呢？说明他们虽然渗透了KHA，渗透得却还不够，情报还不是很全面。是的，应该是这样。他们放弃了回头的机会，表面上是利用KHA的情报要挟赫尔维蒂亚政府，去争取机器人的权利，实际上也许并没有更多的情报能够分享给赫尔维蒂亚政府……不一定，也可能是对获得赦免不感兴趣。获得赦免无非是走到阳光下，但那将使他们成为KHA的目标，意味着风险变得更大而非更小……唉，无论如何，他们已经很厉害了，KHA能够搞出这么大的动作，他们却能够干掉KHA的人。"

"明明在他们中间吗？"她问，像是自言自语，但任为的心脏怦怦地跳。

"不知道这个KHA究竟有什么背景，怎么能搞到轻型氢弹？自己制造的吗？"她忽然转向任为，"轻型氢弹的制造有那么容易吗？"

"理论上不是很难，不过实际操作不容易。但是，怎么说呢——"任为觉得不太好定义困难与否，这取决于谁来制造。

"说不上特别困难。"他说，"目前，引爆核聚变不使用以前的裂变方式，而是采用高能激光模式，更方便，也没有任何污染。高能激光器需要一些特殊的光学材料。这些光学材料的制备非常复杂，极其昂贵，主要是这个环节比较困难。另外，使用高能激光器需要携带超高压电池。超高压电池的制造也不容易，同样很昂贵。无论是高能激光器还是超高压电池，在全世界所有国家都被严格管理和控制。"

"嗯，总之不容易。那么，他们怎么会有这个能力呢？他们到底有什么背景？"吕青继续沉吟着。

任为脑子里依旧是任明明，说不说呢？

"那么多人都在发声，KillKiller 这个直接受害人怎么没声音呢？"吕青换了个话题，"嗯，既然已经有那么多人替 KillKiller 发声，KillKiller 就不用亲自出面了，免得再刺激 KHA。他们一定是害怕了。是啊，谁能不害怕呢？不过这次他们真的惨了，客户和投资人会被吓跑的，业绩和股价不知道要跌成什么样，发不发声还有多大意义呢？"

"对了，"吕青忽然想起了什么，看了看任为，"贝加尔湖那边不会有事吧？"

任为一下子紧张了，"是啊，那边不会有事吧？"他重复了一遍。

"不会，肯定不会。"吕青马上否定了自己的问题，"KHA 不敢，也做不到，那里可不是荒无人烟的翼龙。自从斯瓦尔巴德的袭击以后，KillKiller 在各地其实都防范得很严。这次翼龙是个新园区，还没开业，他们是大意了。"

任为迅速在 SSI 里查了一下，果然没事。他放松下来，又沉默了。

"明明到底在哪里？唉……"吕青长长地叹了一口气，"我们没有找到她！当然，如果她真在 CryingRobots，我们找不到也不奇怪。他们这么厉害，怎么会容易找到呢！不知道明明在他们中间会是什么角色？明明会亲自参与暴力事件吗？"吕青的声音越来越落寞。

"我有些事必须跟你说。"任为终于下了决心，打断了吕青的自言自语。

吕青被出其不意的打断搞得愣了一下，看了看任为，隐隐觉得不妙，任为的脸色看起来过于严肃。

"你说吧！"吕青说。

26 / 拯救阿黛尔

任为回到地球所上班的时候,发现在他不在的这一个多星期,穿越计划又有了很大进展。

云球影像系统的改造已经完成,任何地球人类穿越者周围一百米见方的范围成为影像系统的盲区。

云球影像系统会自动识别地球人类穿越者,并自动建立盲区,不需要操作员进行干预,操作员也无法进行干预。除非再次修改程序,否则盲区内任何影像和声音完全无法被观测或记录。修改程序不是那么简单的事情,需要经过开发和测试的完整流程才能上线——这意味着,即使地球观察者由于某种原因一定要取消盲区,也需要相当长的一段准备时间才能做到。

盲区的完整名称叫作"穿越者观察盲区"。它给了穿越者极大的心理安全感,同时却对人身安全带来了更大威胁。在观察盲区里,如果穿越者碰到人身危险,地球上的人类观察者将无从得知,更不要提援助了——不过,反正现在也没什么有效的援助手段。

看起来,大家对自己心理安全感的重视程度普遍超越了对自己人身安全感的重视程度。本来还有些争论,但"穿越者观察盲区"真正上线后,大家都欣然接受了这种安排。毕竟，敢于进入云球的地球人可能本来就是比较不在乎人身安全的那一类人，或者换句话讲，都是比较勇敢的人。

卢小雷已经又先后两次进入云球。张琦也两次进入云球。还有另外两个同事，架构师张理祥和沈彤彤，各进去了一次。他们主要是出于对自己亲手搭建的系统的技术好奇心，对于云球的业务前途并没有过多想法。

甚至就连孙斐也进入过一次。孙斐并没有改变对穿越计划的反对，但完全支持建立穿越者观察盲区，认为很有必要。可能作为一个女人，她对于自己全天候被人观察的情形具有更大的敏感性。

在张琦的推动下，加上脑科学所的帮助，地球所已经建立了一个简易意识场实验室。虽然不像脑科学所的实验室那么完备和高级，但是足够安全，功能也基本够用。这样，所有的穿越行为都变得容易了很多。穿越者不需要再去脑科学所，在地球所内部就能完成完整的穿越流程。从穿越者进入云球所需要的意识场大脑解绑、意识机绑定、空体保存，意识机解绑、云球宿主绑定，到穿越者从云球返回所需要的整个反向过程，都能在地球所完成。

唯一美中不足的是，由于设备的原因，在这个简易实验室中空体保存的时间比较短，只有一个星期。这里的设备只是脑科学所使用的设备的小型版本，建立同样庞大的设备体系耗资巨大、后勤保障复杂，目前似乎没有特别的必要性，毕竟需要长期保存空体的情形并不多见。在将来可能执行的穿越计划中，空体完全可以保存在脑科学所中，无论如何，作为更专业的机构，那里显然更让人放心。

脑科学所的空体保存技术已经相当成熟，可以长期保存，技术原理和 KillKiller 类似，或者——按照柳杨的说法——更加先进。

开始的时候，脑科学所只能把空体妥善保存几天，技术不如 KillKiller，但随着空体在意识场研究中越来越重要，在雄厚技术力量的支撑下，脑科学所没费太大力气就追上了 KillKiller——他们只是不屑于用这种进步来赚钱罢了，甚至从未把这种进步作为一件值得重视的事情，对他们而言，这只是正经工作一个微不足道的副产品。

可以理解，脑科学所需要保存的空体必须确保不会出现任何问题，因为要等着意识场回归，对空体安全性和稳定性的要求更高。KillKiller 只是要保存意识场已经彻底死去的空体，一具不会再有任何用处却依旧会喘气的尸体——柳杨是这么说的。

听到这话，任为有点不舒服，毕竟自己的妈妈就是这样一具尸体，但柳杨明显不在乎他的感受，况且这话本身也有道理。所以，关于脑科学所的技术更先进的说法，任为是相信的。

不过，脑科学所仍有自己的弱点。

以前，即使技术更先进，可目标空体都属于动物，脑科学所无法进行人体实验。直到现在，地球所给他们提供了机会，从卢小雷开始大家还勇敢地承担了小白鼠的使命，脑科学所才能真正证明自己的技术，不仅是意识场相关的技术，也包括空体相关的技术。

除了空体保存时间的问题，这个简易意识场实验室在各种管理、监控和数据收集的软件及设备方面还有提高的空间，张琦也在继续推动，但这些并不太重要。只要意识场能够顺利进入云球，然后安全返回，并且空体完好可用，对于地球所来说就已经足够了。他们更关心意识场在云球中的情况，而对意识场和空体本身的观察和研究，是脑科学所更关心的事情。

说起张琦，因为地球所胆大妄为的私下行动，他被欧阳院长狠狠地骂了一通。任为在赫尔维蒂亚的医院里躺着，倒是躲过了这一出。此时此刻，欧阳院长已经找不到更好的应对，反而只能想办法将这些行动合法化，否则前沿院将更加难堪。

张琦心里并不太在意欧阳院长的愤怒。当然，他表现得很恭敬，也虚心做了检讨。但他觉得有点奇怪，他认为王陆杰一定会事先知道他们的行为，瞒过王陆杰可不容易。那王陆杰为什么没有告诉欧阳院长呢？发现欧阳院长没有阻拦的时候，他还以为欧阳院长内心里是支持的，只是想装作不知道而已。

地球所的下一步，可以结束实验阶段，着手"穿越计划"的真正实施了。穿越计划研究组正在紧锣密鼓地研究和张罗着。传播思想，说起来就几个字，但不是一件简单的事情。他们必须抓紧时间。实际上，大家也的确是在夜以继日地工作。

在这一段时间里，按照柳杨的建议，云球时钟始终和地球同步。

这么做确实有很多好处，可以防止云球时间流逝得过快，防止云球环境发生太大变化，避免对穿越计划产生不利影响。尤其是克族人，作为思想传播的第一波目标群体，不能因为时间流逝过快而消失——随着仇恨产生的年代越来越久远，克族人的确存在逐渐消失的迹象。

但是，从另一个方面看，时钟同步也有坏处，极大地拖慢了云球的演化节奏，甚至可以说，相比之前度过的那么长的所谓演化停滞的日子，这才是真正的停滞。

李舒忽然联系任为，说柳所长有很重要的事情想跟他谈谈，希望他能去脑科学所一趟。

任为一点心情也没有，但李舒一再请求，任为又想起孙斐派给他的"任务"——很久了，那些上帝的囚徒一直没什么动静，现在怎么样了？就算不能释放他们，也应该了解一下现状。他们毕竟是云球人，是自己这个上帝的子民，任为觉得自己是个不称职的上帝。

好吧，他想，还是去一趟吧！

见到柳杨时，任为很吃惊。

在李舒陪他走进柳杨办公室的时候，柳杨居然从座位上站了起来，而且满脸笑容，殷勤地伸出手和他握手，在他坐下后，甚至亲自帮他倒了一杯热茶。

"我表示同情，非常同情。"柳杨说："你们家明明，是个好孩子，是个好孩子。"

"是啊！"李舒说："我很喜欢明明。吉人天相，她可能是想自己待着散散心吧！不会有问题，她很聪明，能照顾自己，你们不用太过担心。"

"对，对。"柳杨说，"李舒说得非常对。明明很聪明，我早看出来了。一定是散心去了，你们不用担心。我保证，我保证。"不知道他从何觉得，自己能够保证这件事。

任为满怀惊讶，他从未见过柳杨如此和气、如此客气，难道是因为任明明失踪而对自己产生了同情心吗？

"谢谢你们。"任为说，"我们还好。"

"嗯，还好就好。不用担心，我保证。"柳杨显然不太会安慰别人，也不习惯伪装出很热情的样子，但看得出来，他很努力地伪装着，为了某些任为暂时还不知道的原因。

"你怎么这么客气？"任为问，"你找我做什么？"

"我很客气吗？"柳杨一脸吃惊的表情，"我很客气吗……哦……我不应该客气吗？"他仿佛觉得自己有些不自然，尴尬地扭了扭头，露出了一点本来的样子。

"是这样，"李舒插话说，"任所长，我们有一件事想要找您帮忙。"

怪不得，任为想。但转念一想，又觉得不对。

之前脑科学所到地球所来做实验，应该也算是脑科学所找地球所帮忙，没见柳杨这么客气呀！那么，这次要帮的忙有多么不同吗？能够让柳杨委曲求全——挺不容易，这件事一定是让他很心虚的事。

"找我帮忙？我尽量，你们说。"他回答李舒。

"准确地说，也不是找您帮忙，而是找你们家吕青帮忙。但是，吕青实在不好说话，您了解她，她很有原则。"李舒顿了顿，"所以，只好找您了。"

原来如此，任为想，吕青难说话——什么事呢？

"就是，就是，你们家吕青……啧啧啧……厉害。"柳杨又露出一副对吕青赞叹不已的表情，"难说话！"他说。

"她很害怕你啊！她说见到你的时候后脖梗子发凉，怎么你也觉得她难说话呢？"任为说。

李舒噗地轻轻笑了一声。

"是吗？"柳杨瞪大了眼睛，"她害怕我？我很害怕她啊！见到她的时候，我后脖梗子也发凉。"

"麻秆打狼，两头害怕。"李舒笑着说。

吕青这么厉害吗？任为想，我怎么没觉得害怕她呢？但转念想想又有点怀疑，也许自己也害怕，只不过不是对柳杨那种害怕。吕青有些方面很厉害，你经常感觉被她看到了心里去——她什么都知道。在吕青面前很难伪装，这难免让人害怕，至少也会紧张。

"到底什么事啊？"他问。

"你知道，我们这里有云球人的意识场！"李舒说。

"我知道。我还想问呢，他们怎么样了？你们是不是应该放了他们？留着他们有什么用啊？那个阿黛尔……你可是在我们云球里制造了大麻烦。"任为说。

"很抱歉，我们也没想到会制造那么大的麻烦。阿黛尔很好，别人也很好。"李舒说。

"很好，阿黛尔很好，别人也很好。你不能怀疑我的能力，在我这里他们当然很好。他们都在崭新的意识机里，像我们想的一样，没有任何意外。很好，非常好。"柳杨说。

"我没有怀疑你的能力。"任为说，"但是现在，穿越计划的实验都完成那么多次了，对于你们的意识场迁移来说，等于做了很多次人类实验。你们已经成功地规避了人体临床试验的难关，还保留云球人的意识场干吗呢？"

"迁移？迁移算什么？这只是一个简单的实验，一件小事。"他又像以前一样，伸出右手用拇指和食指比画了一个很小的距离，他经常这样比画，"很小的一件事，这么小！而我们要做的事，很大，"说着，他的左手也伸出来了，和右手一起，在空中比画了一个大圆圈，"这么大，看到吗？这么大！"他说。

"什么？你说的是什么？"任为问。

"研究意识场，当然是研究意识场！意识场是什么？结构！形态！本质！在哪里？高维空间，是的，高维空间。我在猜，也可能就是事实。"柳杨说着说着，又激动起来，刚才展现出的和气和客气逐渐不见了，"但也可能不是事实，谁知道呢？高维空间，高维空间在哪里？这是个找到高维空间的路径，不是吗？通过意识场找到高维空间，你明白吗？他们谈高维空间谈了很久——那些物理学家——很久很久,然后呢?然后没有了,什么都没有。他们没办法研究高维空间,因为他们只会计算,只会数学。我也会数学,我还会别的东西。他们只会数学,他们不如我厉害。他们没有发现任何高维空间的东西。他们手里什么东西都没有,怎么研究?我有,我发现了高维空间的东西——意识场就在高维空间,同时又在三维空间露出了马脚。所以,我们可以通过意识场研究高维空间。高维空间在哪里?蜷缩起来了,很小的尺度,很小。"他又用拇指和食指来比画。

"不一定,我不这么认为。我认为,高维空间就在这里,就在这里。"他用手四处指着,来来回回指着,想要表示周围的空间,"看到没有?就在这里,看到没有?"他看着任为,满脸询问。

任为上下左右看了看,"你接着说。"他说。

"但是我们感觉不到。看不到,一点也看不到。为什么?为什么?你猜为什么?"他的表情从询问换成了期待,脑袋使劲伸过来,眼看就要碰到任为的脑袋了。他问别人问题的时候经常这样,如果在赫尔维蒂亚,这算不算性骚扰?任为想。

"我不知道。"他回答说。

"我知道你不知道,我也不知道,但我可能知道。"柳杨说,脑袋缩了回去,"是意识场不让我们看到。我们看到了,我们又没看到,是因为意识场不让我们看到。我们的大脑,这里,"他用手指了指自己的脑袋,"这里的容量不够,计算能力不够。如果把高维空间的视觉信号全都传递进来,它会死机。所以,眼睛看到了,大脑却拒绝承认。意识场不让大脑承认,拒绝计算。它让大脑使用一个简化模型来计算世界。过滤掉高维世界的所有视觉信号,这样计算就很简单了。"

他停顿下来,看了看任为,似乎花了点时间评估任为的理解能力,有点勉为其难的样子,然后接着说:"蚂蚁,我们用蚂蚁做例子,经典的例子,你知道吧?蚂蚁在一张纸上爬行。那是二维世界,很容易理解,对不对?可那是个错误的例子。蚂蚁的确在二维世界爬行,但它能看到头顶的三维世界。它只是很可怜,无法跳起来进入那个三维世界。跳蚤就能跳起来,对吧？当然，这个例子也可能是对的。你研究过蚂蚁吗？我没研究过。你研究过吗？也许它的眼睛真的看不到头顶的三维世界，或者它的眼睛看到了，大脑却拒绝处理三维世界的信息，等于没看到。只有这样，这个经典的例子才是对的，才是个正确的例子。我想说的是，我们就是三维世界的蚂蚁。完全符合刚刚说的情形。我们看到了高维世界，但是大脑和意识场拒绝处理高维世界的信息，所以我们又没看到。是不是很奇怪？你能理解吗？你的智商够吗？我可以给你一点时间，让你好好想想。"

他再次停顿下来，盯着任为，显得很体贴，好像真的要给任为一点时间让他好好想想，同时却又监督着他，免得他走神。

"我能理解，不需要时间。"任为说，"你的话不难理解。但是，我们需要一张纸。无论蚂蚁看没看到三维世界，关键是它的确不需要看到三维世界，只看到二维世界就可以了。它在一张三维纸的二维表面爬行，这张纸帮它屏蔽了三维世界。如果它走到纸的边缘，又看不到三维世界，或者拒绝处理三维世界的信息，那么它会从纸上掉下去，掉到地上，进入三维世界。可事实不是这样，事实是它会爬到纸的背面。这说明，它看到并处理了三维世界，或者对它来说，那张纸还在，还没有到边缘。无论你怎么解释，它都需要那张纸。对吗？我们也需要那张纸，一张高维的纸，而我们爬行在这张高维纸的三维表面上！"

"是的，"柳杨说，"是的，你说得很好。那张纸，高维空间的一张纸，拥有三维的表面，我们在上面爬行。只要这张纸稳定地存在着，我们就可以忽略高维空间，我们小小的脑袋就够用了。对，那张纸，我要找到那张纸。这一切秘密，都在意识场里！所以，这才是那个大大的事情。"他比画着大大的圆圈，张牙舞爪。

"意识场让我们按照它的方式认识这个世界。"他说，"三维的世界其实就是高维的世界。总之，意识场是高维的，却在三维世界露出了马脚。意识场是高维世界的一个入口，我们必须进去。"

"在你的理论中，意识场是逐渐产生的。那么，婴儿应该没有意识场，婴儿的大脑会处理高维世界的信息吗？"任为问。

"婴儿？"柳杨说，"婴儿？对啊！没有意识场，我认为他们没有意识场。对他们来说，高维世界不是问题。婴儿无法区分颜色，视敏度很低，视觉有问题。婴儿从四个月才开始建立知觉恒常性，知觉恒常性知道吗？这玩意儿到八个月形成雏形，两三岁才能全部完成。我相信，这个过程也是意识场形成的过程。之前，婴儿也许看到了高维世界，但视觉有问题，看清楚的东西很少，大脑需要处理的东西也很少，所以大脑能力不是问题。可当他们长大，看到的东西越来越多，需要处理的东西也越来越多，这时候大脑就不够用了。不过没关系，意识场及时出现了，指导大脑，哪些东西需要处理，哪些东西不需要处理。你看，就这样，知觉恒常性建立起来了，大脑又够用了。很多人认为知觉恒常性是建立一个默认的视觉框架，来保持视觉映像的稳定性。但我认为，知觉恒常性的核心是过滤掉所有高维的东西，视觉映像的稳定性只是一个副产品。这是意识场控制你的一个工具，不，是帮助你的一个工具，否则大脑就死机了。你看到的一切，你以为的你看到的一切，其实都是剪辑后的作品，高维空间的信息被剪辑掉了。是的，我认为是这样。当然，这也是要进一步研究的地方。是的，是要研究的地方。总有很多地方要研究，不是吗？"

他一边说着话，一边点着头，表示赞同自己。

"高维空间。"任为嘟囔了一句，想了想，"你的话我都明白。不过我觉得是你的想象，你不是物理学家。"

"你怀疑我？你居然怀疑我！"柳杨大怒，"你不能怀疑我，你没有权利怀疑我！"

"难道……你是物理学家吗？"任为问，觉得有点头疼。

"物理学家？他们算什么？他们只会数学！"柳杨大喊。

"柳所长，你还得求任所长办事呢！"李舒说。

柳杨愣了一下。

"好吧，"他很努力地让自己平静下来，尽量口气和缓地说："好吧。你可以怀疑我，我给你权利怀疑我。但我会证明给你看！我要做研究，所以你必须帮我。"

"你到底要我怎么帮你？"任为问。

"我需要空体！我需要可以自由使用的空体，不会被……"他说到这里，右手伸出，在空中做了个砍头的动作，接着说，"……的空体，你明白吗？"

"空体？你的意思是……"任为想了想才反应过来，"……我明白了。但是，吕青怎么会有空体呢？"

"KillKiller 有啊！很多。"李舒说。

"只有他们有！别的地方只有死人，没有空体。除非我们去杀人，或者你来帮助我们杀人。这也是个办法，你可以考虑一下。"他低头在想，好像在思考这方案是否可行，"否则的话，就只有 KillKiller 有空体了。"他抬起头来，仿佛否定了自己的最新方案，"KillKiller，他们拒绝跟我合作。他们拒绝我，他们很不礼貌。我很生气，我不会原谅他们。知道吗？永远不会原谅。但是，他们不会拒绝吕青。他们有求于吕青，不是吗？他们害怕吕青！"他说。

任为想起黑格尔·穆勒，想起他跟吕青说话的样子。

"但是那些空体——KillKiller 的空体——都有家人，他们的家人认为他们还活着。"任为说。

"总有些空体没有家人，总有些空体被忘记了，总有些空体没有按时缴款——就像银行里，总有一大笔被人遗忘的存款，每个银行都有，而且有很多，对不对？"柳杨摇摇头、撇撇嘴，不以为然，"KillKiller 也一样，会有多余的空体、没用的空体、不能帮他们挣钱的空体。我们拿来用，不会有人发现——这样的空体，KillKiller 保存一段时间以后本来就要处理掉，不是吗？"

任为想起自己和 KillKiller 签订的协议。病人的监护人应按时向 KillKiller 预缴费用，如果未能按时预缴，KillKiller 最多将为病人继续提供一年的医疗服务。如果一年后仍未收到预缴费用和过去一年的已发生费用，那么，KillKiller 将自动获得监护人的全权授权，停止为病人提供所有医疗服务。这种情况下，毫无疑问，病人将会死亡。然后，KillKiller 将按照所在国法律规定的丧葬程序，安葬死亡的病人。

这里面有矛盾，任为意识到。

如果 KillKiller 认为病人是活人，即使没缴款，怎么能够随意停止提供医疗服务呢？正规医院中出现重症病人无法缴费的情况时，医院如果要停止医疗服务必须履行严格的评估程序，获得医疗主管机构的批准。通常情况下，医疗主管机构不会批准这种要求，而是会提供医疗救济，费用将被算作病人或其监护人的公共债务。

实际上，由于医疗保险的广泛覆盖，这种情况基本不会发生。很明显，因为不在医疗保险范畴内，KillKiller 才会在合同中写出这样的条款，可那不就是杀人吗？

反过来，如果 KillKiller 认为病人是死人，当然不存在杀人的问题。但是，如果病人是死人，KillKiller 凭什么要求客户缴纳比墓地费用高出数十倍的费用，去保存一具遗体呢？

在脑科学所的空体和意识场概念没有公开并且没有被法律认可的情况下，这个矛盾无法解决，KillKiller 只能游走在法律边缘。

"所以，你想通过吕青，去 KillKiller 找这样的空体？"任为问。

"是的。"柳杨回答。

"拿来干什么？你要研究的是意识场，又不是空体。如果是因为迁移需要空体，那用来迁移的意识场呢？"任为问。

"我们保存的那些云球人意识场啊！"柳杨说。

"云球人意识场？"任为吃了一惊，"你想让云球人在地球上生活？你疯了？"

"我要做研究。难道你让我拿地球人的意识场做研究吗？如果你愿意做这个实验品，我倒也愿意考虑。"柳杨说。

任为愣了一会儿。

"可是……这……他们算什么？人吗？"任为问。

"他们算什么？我不知道，这不归我管。"柳杨皱着眉头，好像这个问题很奇怪，"这不归我管，我只是要做我的研究。"他重申道。

"任所长，您不要这么惊讶。"李舒插话说，"您这么想，不说别人，就说阿黛尔。阿黛尔是个很漂亮的、多才多艺的女孩子。现在,她的意识场在意识机里,什么都干不了。如果我们没有下一步的行动,她将处在永恒的黑暗中。用孙斐的话讲,不幸被上帝选中,成为上帝的囚徒。永远的囚徒,多么可怜啊!如果我们给她找一个空体,我们能做研究,她则获得了新生。当然,绝大多数 KillKiller 的空体在生理年龄方面也许都有点老,会消耗意识场的寿命。但是,通过吕青的关系,也许可以找到相对年轻的空体。那么对于阿黛尔来说,我们不仅没有伤害她,反而给她带来了更好的人生——地球的人生。您不觉得,地球的人生比云球的人生好得多吗?我们是在拯救阿黛尔!"

"上帝的囚徒?"柳杨明显不同意这个说法,"他们原本就是囚徒,不过院子大一些而已。"

"拯救阿黛尔。"任为喃喃自语地重复了一遍。

27 PerfectSkin

任为向吕青转达了柳杨的请求,并且站在了柳杨一边,试图用"上帝的囚徒""拯救阿黛尔"之类的说法来说服吕青。他并没抱太大的希望,觉得这个请求有很大问题,有很大的违法嫌疑,吕青同意的可能性微乎其微。他只能指望自己想得不对,吕青会有合理合法的操作方法达成目的。对于法律规范和 KillKiller,吕青可比他熟悉得多,也许能找到办法——前提是她有兴趣帮忙。

出乎任为的预料,吕青既没有拒绝,也没有提出什么合理合法的操作方法。她想了很久,然后说,让她再想想。这对吕青来说不同寻常,她不是那种经常会说"再想想"的人。

从赫尔维蒂亚回来以后,并且听过了任为转述的任明明最后的那些话,吕青似乎有些变化,外表看起来依旧平静,但和以前的雷厉风行相比明显更加谨慎和持重,甚至有时会出现一些以前几乎从未有过的犹疑。这也难怪,女儿毕竟是女儿。出了这样的事情,难以避免地给她带来了很大的影响。

任为的脑子里也始终萦绕着任明明最后的那些话。和吕青相比,他更加缺乏一颗稳定的心脏——白天心烦意乱,晚上辗转反侧,各种事情在脑子里纷至沓来，令他无所适从。

任为对任明明充满了愧疚，希望为任明明做点什么，那样也许会让自己好受一点——他想起了胡俊飞。

任明明目前的状况是不知所踪。除了告诉胡俊飞这一点，任为几乎没有再提任何关于任明明的事情，胡俊飞对此痛心不已。

实际上，正如任明明所料，胡俊飞现在正焦头烂额。

任明明的消失使得之前看上去胜利在望的几笔融资通通停滞。所有投资人都对胡俊飞的领导能力和战略能力展示出某种不信任，而对任明明消失带来的不确定性表现出极大的担忧。胡俊飞痛入骨髓地感觉到，那个十九岁的小姑娘对他以及他的公司是多么重要。公司的情况非常不妙，资金链完全断裂。很多员工已经有些日子没有发工资了，胡俊飞自己更加不用说了。

在SSI听觉组件高度还原的音频数据中，胡俊飞的声音听起来沉重压抑。任为甚至觉得，如果是面对面的话，一定能看到胡俊飞的眼泪。

他尽量安慰胡俊飞，说会帮着想想办法，但其实，脑子里一片空白，并没有什么思路。

结束通话后，他认真地想了想，看能不能找到办法。

他没有什么投资圈的人脉。作为科学家，他也经常到处搞钱，但和风险投资从来没什么关系，他的钱都来自政府和科学界。一直以来，到云球娱乐化之前，云球和赚钱这件事离着十万八千里，自然和追求回报的商业投资也离着十万八千里。

吕青估计也没有什么现成的路子，尽管她的圈子和能量都很大，应该有能力拐着弯疏通人脉，可毕竟不是很直接。

不过，任为很快想到了王陆杰。王陆杰也许在这方面很在行，他负责前沿院的社会化局，社会化的基础是前沿院的科技成果，而要做的第一件事通常就是去找社会上的资金——对，王陆杰一定有办法。

任为联系了王陆杰，说了个简单的故事，其中大部分很真实，只是掺杂了一点点谎言。他说胡俊飞是任明明的前老板，也是最好的朋友。之前，任明明就在为公司融资，本来进展都不错，但现在任明明失踪了，胡俊飞走投无路，求到了他头上。看在任明明的面子上，他不能不管。毕竟，说不定哪天，任明明就回来了。

王陆杰爽快地答应了。他说，他认识很多投资人，介绍几个谈谈没问题。但是，投资人都很精明、很势利，事情成不成他可完全没把握，只能依靠胡俊飞自己。

这当然，任为觉得很对。

很快，王陆杰就约了一个投资人。据王陆杰说，在中国的投资圈中，这人所在的投资机构常年排名前三位，而这个投资人本身在机构里是高级合伙人，在投资圈也算是大佬，一般的初创企业通常要过五关斩六将到最后阶段才可能见到他。王陆杰和他认识很久，又把 PerfectSkin 使劲吹了一通，才有了这个机会。其实，PerfectSkin 到底是怎么一回事，除了知道"仿真皮肤"和"电子胃"两个单词以外，王陆杰几乎一无所知，完全是依靠自己的想象力在吹嘘。

机会很难得。一般来说，见到投资机构的高级合伙人要过好几关。

第一关是投资分析系统，那通常是一个有着人形的机器人，有时也可能是一个没有人形的网络界面。如果有人形，像其他种类的机器人一样，你并不总能意识到那是一个机器人。除非你经验老到，看到它非常客气，说话和风细雨，耐心又很好，然后一眼就断定，它是一个机器人而非一个真正的投资人——这种判断十有八九是正确的，真正的投资人通常会让你感到很不舒服。

过了第一关之后，要见两三个层次的真人，多数是投资经理之类的跑腿小弟，尽管看起来个个都很拉风，但实际上除了书本中没有用的财经知识以外对现实世界懂得很有限，并不比第一关的机器人高明多少，尤其是在投资专业方面。他们的优势是能够对创业者的个性有一个了解，激怒对方也是了解对方的一个手段，所以获得的了解也许比机器人多一点点。不过这多出来的一点点，很有可能只是老一派投资人的传统观念作祟导致的自以为是而已。事实上，越来越多的投资机构开始彻底清洗这些投资经理。少壮派投资决策者越来越觉得，不要说投资专业知识，就算是对人类个性的判断，和毛头小伙子或者时尚小美女相比，机器人也不差——如果不说更强的话。机器人并不需要激怒对方，当然对方面对一个机器人也不容易真正被激怒。机器人需要的东西根本不是对面那个生物脸上的表情，而是那个生物在网络世界上留下的无数痕迹。机器人很容易就能通过海量数据了解目标，也许比目标自身对自身的了解还要多得多。

　　无论是投资分析机器人还是投资经理，都没有决策权限，他们的工作目标只是收集尽可能多的项目，然后过滤掉垃圾项目，节约合伙人的时间。经过一轮一轮的清洗，到合伙人出面的时候，浪费时间的可能性就比较小了。

　　经验丰富的合伙人以及若干合伙人组成的投资委员会，对创新的理解和对人性的把握相比机器人仍有无法替代的优势，目前这在投资界还可以说是共识。不过情况也在改变，已经有些端倪出现：直接把最终的投资决策扔给了机器人——这激进了一点，却符合少数激进投资者的胃口。

　　当然，面对抢手的好项目，投资人要争取而非创业者要争取的时候，人类的优势比较明显。在说服人的能力方面，机器人还不足够强大，但据说也有一些项目正在朝这个方向努力。

　　这个过程，对投资机构来说非常合理，对创业公司来说就不是那么合理了。面对和气却精明的投资机器人，或者面对经验欠缺却高傲挑剔的投资经理，创业者们都不好对付。

　　任明明在的时候，就经常这样战斗。机器人也好，毛头小伙子或者时尚小美女也好，她都有不错的胜率。好几家投资机构谈得不错，已经到了临门一脚。可是任明明消失了，面对最后的守门员，球被胡俊飞踢飞了。这次在王陆杰的面子下，前面的轮次免试通过，后卫们自动让开。如果打动了这个所谓的高级合伙人，最后的守门员，那么他可能直接做出决策。

　　据王陆杰说，这位投资人的机构不是一个激进的机构，尽管也使用投资分析系统帮助分析数据，但总地来讲更相信人类而非机器人。这位投资人是机构中少数几个核心人类之一，他的决策几乎就是投资委员会的最终决策。当然，能否成功还是要依靠胡俊飞，看看那只已经踢飞好几个球的脚，这次是否能够有顺一些的脚风。

坐在 PerfectSkin 办公室里，那位投资人，顾子帆，略低着头，眼睛用稍微向上的角度盯着对面的胡俊飞。这个角度有点奇怪，一般的居高临下都是仰着头往下看，但他反过来了，低着头往上看，不知是表示谦逊还是另一种居高临下。

任为和王陆杰陪坐在边上。其实这事和他们没什么关系，他们只是双方的介绍人，分别在胡俊飞坚持的要求下和顾子帆顺口的邀请下，出现在了这里。

除了他们，胡俊飞身边还坐了一个人，侯天意。胡俊飞介绍说，侯天意是他们公司的销售总监。侯天意看着很敦实，浓眉大眼，一脸质朴的样子，头发显得乱蓬蓬的，穿着深灰色的衬衣，身体略微前倾，双臂撑在会议桌上，给人一种非常忠厚老实的感觉。胡俊飞则白白净净，五官发型也斯文得多，穿的衬衣是白颜色，安静地坐在桌边，脸上露着微笑——眉毛却拧在一起，一副苦哈哈、忧心忡忡的样子。好像他长得就这样，任为想，上次见面的时候，注意力都在任明明身上，没太注意胡俊飞，感觉胡俊飞不仅仅是因为压力才会出现这副表情，而是天生忧愁。

顾子帆和胡俊飞、侯天意已经聊了半天。任为不懂投资，也不懂生意，但至少能听出声音的大小和语气的急促。他觉得，他们聊得并不好，甚至是很差。

"你们的生意很不好，这反映了你们的业务能力。"顾子帆说，"你们不能做鸵鸟，要面对自己的问题。"他一脸不耐烦的表情。

"是，是生意不太好。"胡俊飞说，"不过，还是有很多机会。天意的销售队伍一直很辛苦地在跑，我最近也总在出差。今天下午，我们两个都要出差。"

"我要去湖南。有一个项目很大，有机会，我下午就去。"侯天意补充说。

"你们最喜欢说辛苦……我相信，但辛苦有什么用？"顾子帆说，"刚才你们提到，有很多应收款收不回来，你们以为讲这个能证明你们有生意？难道不是恰恰证明你们有问题？收不回钱还叫生意吗？对投资人说这种事，还说得理直气壮！是好事还是坏事你们都搞不清楚，我真不明白你们是怎么想问题的。"

听他们讲了半天，任为才知道，PerfectSkin 的生意完全不是他想象的那样。他原本以为，PerfectSkin 既然生产仿真皮肤，客户应该是机器人厂家，而且一旦使用就会长期批量地使用，可实际上他们根本没有能力搞定机器人厂家这样的大客户，只能为一些小规模的特殊客户服务。这些特殊客户由于各种原因，对自己机器人的皮肤不满意，需要为机器人更换皮肤，增加一些功能或者改进皮肤的外观等等。这些年来，PerfectSkin 主要靠为这种客户做皮肤定制生存。曾经几年前，他们的主要客户都算是企业用户，皮肤定制有一定批量，利润也还可以。但是这一两年，生意越来越差，客户规模也越来越小。现在，他们甚至连个人客户的生意都接，为一两个机器人更换皮肤。这种生意做起来很累，也没有什么利润。

胡俊飞还在解释："收款的事，我们在收，不是说收不回来，只是慢。这件事的确很困难，但我觉得，不能说都是我们的问题。客户的验收流程非常慢，有些客户不太讲理，非常挑剔。所有做机器人体验定制的公司都这样，不是只有我们面临这种问题。"

机器人体验定制！任为也算搞了那么多年机器人，可今天头一次听到这个词汇。当然严格意义上，他搞的不是机器人，而是虚拟人，所以，有些机器人行业的词汇，他没听说过也不奇怪。

"不要怪用户挑剔，是你们的问题。很多项目你们都用机器人做，用机器人做机器人体验定制？呵，能做好才怪。客户是人，哪有那么容易应付？"顾子帆摇摇头，脸上带着苦笑，"挑剔？你想怎么样？"

"用机器人是没办法。"胡俊飞接着说，"我们现金流不好，借了不少钱，所以很长一段时间都在控制员工人数。人员跟不上，有些项目收尾就收得不好，又增加了收款难度。不过客户也确实有很多问题，不能都怪我们。如果只是完成合同要求，我们是愿意全部项目都用人来完成的，质量有保证，也能挣到钱。可客户总是在变，体验这个词有些时候很难定义。客户不停地改需求，不停地增加新需求，没完没了，实际工作量变得比合同估算工作量大了很多。我们都用人来完成的话一定是赔钱的，只能使用机器人，成本会低很多。就算这样也已经挣不到钱，而且很多客户还拖着不付款。"

"按照合同要求做？如果真是这样，用机器人做倒没问题了。问题就是要面对需求更改，这是你们工作的核心！体验定制，你以为是在定制机器人？其实是在定制人的欲望！你们居然用机器人去定制人的欲望！你们让机器人去告诉人：接待机器人的皮肤这样这样才能看着高兴……性爱机器人的皮肤这样这样才能摸着舒服……扯什么啊？你们都没搞明白自己在干什么，还怎么干呢？"顾子帆说。

胡俊飞沉默不语。

"你们这个工作，核心内容不是技术，而是沟通。明白吗？沟通过程是一个期望管理的过程。期望管理，明白什么叫期望管理吗？"顾子帆接着说，"你们为了省钱，用机器人来做期望管理，开玩笑！人做人的期望管理都很难，何况机器人！我看你们自己就不会做期望管理，怎么能指望你们的机器人？不管你们的产品质量怎么样，只要期望管理做得不好，就是产品质量差！产品质量差，收款就难，再拿新项目当然也难。这是没办法解决的。没有项目，资金就更紧张，就用更多的机器人。这是一个典型的负循环，生意还怎么做？"

"是，所以我们特别需要融资，希望顾总能够支持我们一下。"胡俊飞说。

"支持是要支持有希望的东西。你们现在这样子，有希望吗？"顾子帆说，"钱不是问题，我们有钱，只有钱，没别的。我们可以用钱来支持你，但不会支持你做现在做的事情。你们根本就没搞明白自己在干什么，我们怎么支持？支持你们收拾烂摊子吗？我又不是傻子。我告诉你，你们的电子胃是不错，我看好，我想投资。可有这么个烂摊子挡路，我怎么给你们投资？不，不会，绝对不会。"

"您说的期望管理，和承诺博弈论有关系吗？"任为插了一句，他脑子里想起了穿越计划。

"承诺博弈论！"顾子帆叫起来，"对，承诺博弈论。"他没有理任为，还是对着胡俊飞,"听到没有?听到任所长说什么没有?承诺博弈论,懂吗?体验定制,不懂承诺博弈论做什么体验定制!"然后他才转向任为,说:"有关系,有关系。大家都喜欢起个新名字,否则怎么建立自己的理论体系呢?"他耸了耸肩,仿佛要对什么东西表示不屑。

"做电子胃难道不需要期望管理吗?"任为问,他问完了又有点后悔,不知道这个问题是在帮胡俊飞还是在害胡俊飞。

"需要啊,当然需要啊!做什么都离不开期望管理。"顾子帆回答,"但是,电子胃不是定制产品,是标准产品,和 SSI 一样。电子胃的期望管理是市场部门面对大众的一次性期望管理,而体验定制是面对每个客户的无数次期望管理。"他又转向胡俊飞,"难道我要指望,你们的机器人能够和专业的市场部门一样好吗?"

"我们正在做电子胃。您看到了,电子胃研发进度很好,很快就能上市销售了。"胡俊飞说。

"呵呵……"顾子帆发出两声奇怪的声音,"我认可你们的电子胃,所以才坐在这里。可你要明白,你要做新产品,第一件事是把你的烂摊子扔了,干干净净地重新开始。不能新事情还没开始做,一上来就先有一个大窟窿。"

"您不能说是烂摊子,我们对生意有信心。我们之前的状况是不太好,但是我们对未来还是有信心。"胡俊飞说。

"信心?什么信心?你刚才说的,今年把窟窿填平的目标?"顾子帆说,"你在搞笑吗?今年已经过去小一半时间了,怎么填平?去偷还是去抢?"

胡俊飞和侯天意都沉默不语。过了一会儿,侯天意说:"我们有信心,顾总,下面真的有不少机会。"

"你们的生意乱七八糟,全是小客户小生意,定制种类有几百种,完全没有聚焦。无论从行业、地区或者任何角度的目标客户群体来看,都无法形成口碑,没有任何积累。每个客户都是一次全新的打单过程和一次全新的期望管理过程。不要说机器人,就连你们自己都不会做期望管理。而且你们打单的能力同样不行,不然也不会混到今天这个地步。"顾子帆说,"你们不可能达成目标。"他一点也不客气。

"这么说不公平。"胡俊飞有点激动,"不能因为我们之前做得不好,就认为我们之后不行。去年我们投一个大标,标的很大,够干几年的活儿。我们输了,但确实是有机会的。只是竞争对手工作开展得早,我们输得很可惜。这样的项目还有不少,如果我们在下半年拿下一个,就能填平所有窟窿。"

"啊?"顾子帆呆了一下,摇了摇头,"我说,你怎么这么搞笑啊?大项目?你是说大项目?是啊!市场上有的是,那些机器人大厂的皮肤生意都很大啊!你相信你们有机会能赢?怎么不早赢几个啊?这样的项目那么容易做吗?没个一两年的时间,甚至几年的时间,能做下来?下半年拿下一个,你真敢说。"

胡俊飞和侯天意都不说话。

"真亏得我和你们谈。"顾子帆说,"要是像别的投资机构那样,用投资机器人和你们谈,五分钟就谈完了。不,根本不会和你们谈。我告诉你,我们的投资机器人用你们的公开数据分析过,你们永远都填不平窟窿。投资机器人可不会小看你们,你们的市场,你们的客户,你们的公司,你们的产品,你们的人员,还有你们的竞争对手,什么都会分析,很客观的。我要不是看着你们有电子胃,也不会来谈的。"

顾子帆等着他们说话,大家沉默了一会儿,胡俊飞说:"但我们觉得还是有机会。"

"小伙子真倔啊!我发现你们根本不会算账,需要我算给你们听吗?真够累的。很多创业者都像你们这样,想这个想那个,创业,了不起,可是,不会基本的算术。一年有多少周知道吗?你们平均一周签多少单知道吗?你们一单平均挣多少钱知道吗?你们总共已经亏了多少钱知道吗?好好算算,多长时间能填平这个窟窿。数学!数学,懂吗?看看你们自己的历史!数据都有!至于大项目,请你不要做梦了!更加不要用你的美梦来说服投资人。"

胡俊飞没有吭声。侯天意拿着笔在本子上画着什么,也不说话。

"请你面对现实。"顾子帆说,"你们这种想法,没有投资人会搭理你们。你们现在唯一的出路,是把原来的公司破产关掉,重新开一个公司,专心做新产品。否则,你们不可能拿到投资。你们如果愿意,那就自己扛着吧!别说我没提醒你们,一定要给自己找那么大压力吗?你们脑子里都在想什么?"

"我们不怕压力!"胡俊飞说,又有点激动,看来他心中对关掉公司这个想法极端恐惧,"顾总,当年我们什么没经历过?我们不怕压力。我们也曾经好过,人最多的时候有五百人,做很大的项目。后来莫名其妙被大客户坑了,一下子从五百人缩减到几十人。您知道我们经历了什么吗?我亲自出面,一个一个和员工谈话。四百多人啊!裁掉四百多人啊!没钱付赔偿,一个一个谈。"胡俊飞越说越激动,"顾总,真的,那么难我们都挺过来了。我们不但不拿工资,还从家里拿钱来。大家齐心协力,都挺过来了。现在让我放弃?我怎么放弃?我怎么跟老婆交代?我拼了这么多年,我说我放弃了?我怎么跟朋友交代?我说我失败了?我交代不了,顾总,您理解吗?我怎么交代?我亏欠了家里很多,我放弃了?我怎么放弃?"

"我知道你们那点历史。"顾子帆说,一点也不理会胡俊飞的激动,一脸不屑,"看看,看看,只会怨天尤人。反思一下好吗?你们从五百人变成几十人,是怎么回事你们没点数吗?被大客户坑了?锅甩得很干净啊!客户说什么你们信什么?那个项目你们本来就不应该做!可你们不但做了,还疯狂招人去做,从几十人扩张到五百人只用了几个月时间吧?这不,又用了几个月,缩回去了。"

任为很好奇是怎么回事,从来没听任明明讲过。

"顾总,顾总,"侯天意插嘴说,不知道是急着要表达意见,还是不愿旧事重提,"在公司很困难的局面下,活要干,钱没有。我们坚持下来了,还拉了很多兄弟进来。兄弟们看好我们,放弃了很多东西,跟着我们干。我们努力做,最后做不到也没办法,但我们要坚持到底。中途放弃的话,做了逃兵,对这些兄弟也没法交代。顾总,您真的要理解我们。除非……除非新公司把兄弟们都带上,可您又不同意。"

"把兄弟们都带上?你以为做慈善呢?"顾子帆又叫了起来,"拉了很多兄弟进来?自找!是不是准备再拉一些兄弟进来?兄弟可以便宜甚至免费,又能多撑几天了,是不是?"他咄咄逼人,"兄弟越多,死得越惨。我告诉你,你们做电子胃的就七八个人,剩下的人对新公司来说都是垃圾。知道垃圾怎么说吗?Trash!Garbage!Junk!Rubbish!把兄弟们都带上?应该把脑子带上,好不好?"

任为觉得顾子帆有点过分了。胡俊飞和侯天意的脸都涨得发红,但说不出话来。任为想,在这种情况下,任明明居然能搞定好几家投资商,当时她是怎么谈的呢?不知道。不过现在,他至少知道,胡俊飞是怎么把事情给搞砸的。

胡俊飞低着头,仿佛透过桌面凝视着自己的脚尖。侯天意依旧拿着笔在本子上画什么。他们可能在压抑自己的怒火,也可能在抵抗自己的崩溃。任为不知道他们在想什么,但知道他们一定很难受。

过了好一会儿,王陆杰忽然说:"俊飞,天意,你们要理智。你们可以选择坚持,但目前的情况,现金流有问题,没钱怎么坚持?靠免费的兄弟吗?在我听来,顾总的判断很客观。以前的一切都是沉没成本,不需要顾虑。就算你们再玩儿命一段时间,可是解决不了问题,又得到了什么呢?得到了坚持到底的美名?哪里才是坚持到底的那个底?现在撤是逃兵,什么时候撤不是逃兵?这些虚头巴脑的东西怎么定义?生意就是生意,生意需要理智。应该放弃的时候必须放弃,不是一件丢脸的事情,而是一件明智的事情,也是一件勇敢的事情。"

大家又都陷入沉默。

"你们疯了吗?"顾子帆说,"你们疯了吗?你们在从事什么伟大的事业吗?就是一门生意而已,还是很失败的生意。"

"我们真的没法交代。没法跟家人交代,没法跟朋友交代,也没法跟自己交代。"胡俊飞说。依旧凝视着桌面,眉毛皱成一团,但语气很坚定,不像是能商量的样子。

"唉。"顾子帆叹了一口气,沉默了一会儿,"好吧。"他说,"虽然我很看好你们的电子胃,但是我想,我们没有必要谈下去了。"

"知道为什么机器人变不成人吗?"从 PerfectSkin 出来以后,顾子帆对任为和王陆杰说,声音里充满了讥讽,"知道机器人和人的本质区别在哪里吗?"

"在哪里?"任为疑惑地问。

他想起柳杨说过的话,机器人的计算强度不够,超不过柳杨阈值,产生不了意识——产生不了意识也就变不成人了。

"因为机器人实在没办法变得像人那么蠢。"顾子帆的答案和柳杨不同。

"那你还不用机器人谈判。"王陆杰插了一句。

"因为机器人也实在没办法理解人的蠢。"顾子帆一边说着,一边上了他的汽车。

"再见。"他转向任为,"任所长,我觉得您不用帮他们了。产品再好,也不会在愚蠢的人手里成功。您是科学家,不是生意人,可您都比他们明白,都知道承诺博弈论。"

他又扭过头,对王陆杰说:"陆杰,抱歉,这个忙帮不上了。我们合作机会很多,回头找机会再聊。我下面还有个会,先走了。"

看着他的汽车的背影渐渐远去,任为下意识地琢磨着他的话:"知道为什么机器人变不成人吗?知道机器人和人的本质区别在哪里吗?因为机器人实在没办法变得像人那么蠢。"

任为有些恍惚,王陆杰则不以为然。

"他们投资人都这样,觉得自己了不起得很,聪明得不行,别人都是傻子。"王陆杰说,"其实,他们经常犯愚蠢的错误。这次,我认为他可能就要犯错误了。那个电子胃,我真的觉得很好。至于那个胡俊飞,还有侯天意,不就是太执着了一点吗?"

王陆杰像是担心任为,怕他捎带手也受了打击,拍了拍他的肩膀,有点安慰的意思。

28 死亡的选择

任为告诉张琦和孙斐一个决定,他准备亲自进入云球。张琦和孙斐瞪大了眼睛看着他,无比惊讶。他尽量让自己显得很平静,努力控制自己的表情,希望不要表现出太多东西。

"卢小雷回来那天,您同意改造影像系统。那时候,您就这样想了吧?"孙斐问,语气冷冰冰的。这很少见,她虽然经常对别人冷冰冰的,但基本上不会对任为这样。

"有这个想法。"任为说,努力地做到面无表情。

"您为什么想要自己进去呢?就像您以前担心的一样,穿越计划确实还是有一些风险。您是地球所的一把手,也是地球所的旗帜,世界级的科学家。您如果真的要进去,那可是一件大事情,需要做更多的准备和保障。说实话,从工作的角度考虑,我看必要性好像不是很大。"张琦说。

"云球是我一手建立的,看着它长大,一直到今天。它有新的发展,我怎么能置身事外呢?"任为说,"至于安全,不是实验了这么多次嘛,我已经完全没有担心了。"

"您打算去执行穿越计划的任务?"孙斐依旧冷冰冰地问。

"有什么不行吗？"任为反问。

"亲手毁了您建立的云球？您不觉得改变了您的初衷吗？您以前不是这样的！"孙斐咄咄逼人。

"我们讨论过了，穿越计划已经确定了。至于是不是我亲自动手，也没有什么区别。你不是也一直反对吗？而且反对得很激烈，但是你不也进去了吗？"任为说。

"不，我和您不同。我当着张所长的面明说，我进去是为了找到阻止穿越计划的更多理由。我看您不一样，您已经改变了初衷。您先是坚决反对，之后不置可否，现在要亲自进入，您变成穿越派了。我可没有，我是自然演化派。"孙斐说，语气很坚决。

张琦低着头，双手放在沙发椅的把手上，右手几个手指有节律地轻轻敲着把手的绒布包面，默不作声。

"那你找到什么理由了吗？"任为问。

孙斐没有回答问题，而是气呼呼地盯着任为。过了一会儿，她说："我会有办法的。一个自然演化的云球才是我们的理想，至少是我的理想。您已经都忘记了，可我不会忘记。"

"不要批判我了。"任为说，"我支持你追逐理想，但今天的云球有今天的价值。穿越计划有消极的一面，也有积极的一面，我们要面对现实。"

"我拦不住您。您是领导，您当然有权做决定。您如果是征求我的意见，我想我表达清楚了。您如果是通知我，那么告诉我我要做什么就行了。"孙斐说。

"好吧，我是通知你。"任为说。

"任所长，我来安排吧。"张琦说，"不过，您是所长，目前，云球和地球的通讯方案还没有做好，您在云球中和地球无法联系。这可不是出差，按照规定，类似这种情况，您需要正式指定一个备份人选，在您不在的时候，可以代理您来处理地球所的工作。"

"你啊！你代理我。"任为说，"所以，我们两个不能同时进去。我希望尽快进去，你帮我安排一下吧！"任为说。

孙斐扭头看了一眼张琦，好像充满了愤怒，但努力控制着——非常努力。

"您也要先做两次短期实验，至少一次。本来，我们已经不打算做短期实验了，正在遴选派遣队员，准备进入云球执行长期任务。可现在，既然您想进去，还是调整一下比较好。"张琦说。

"那就调整一下吧，尽快。"任为说，少有的坚决。

他确实想尽快进去，想离开地球，清静一会儿。

但是，他无法尽快。

"砰"的一声响，齐云推开门冲了进来，声音急促地说："出事情了，你们知道吗？"

"什么？"任为吓了一跳。

又出了什么事情了？他脑子里骤然间一团乱，各种可能性同时涌了进来。齐云一向稳重，从没出现过这么急吼吼的样子。

"云球吗？怎么了？"他问。

"苏彰自杀了。"齐云回答。

苏彰的尸体在自己的公寓中被发现，她用一把手枪结束了自己的生命。

子弹从右边的太阳穴进入，没有从另一边穿出来，是内爆子弹。头顶和后脑的头皮都被掀开了，入射点偏后，角度也略微向后，面部没有被掀开，却也扭曲得很厉害，非常狰狞，几乎无法辨认。虽然熟人勉强看得出是苏彰，但警察通过 DNA 检测才最终确认。

苏彰是宏宇公司的重要高管，今天上午本来有管理会，她没有出现，公司没有人能够联系到她。作为一向给人留下工作狂印象的苏彰，从来都是二十四小时随时可以联系到，这种情况实在很少见。公司的人着急了。中午的时候，她的秘书，一个叫隋薇的小姑娘，被派到她家里去找她。

苏彰独居，又经常出差，有时需要隋薇到她家里照看一下，所以隋薇的 SSI 中有她家公寓的开门权限。隋薇到苏彰家门口的时候，先敲了门，没有反应。隋薇本来没打算进去，如果没有苏彰交代，她从来没有擅自进过苏彰的公寓。但这次,她觉得实在不同寻常,而且她一向嗅觉灵敏,隐隐约约闻到有血腥的味道。她很担心,终于开了门进去,于是发现了苏彰的尸体。

警察很快到了现场。隋薇已经呕吐了好几次,然后伤心得哭晕了过去——也许是吓得晕了过去,现场的样子太过分了。

警察封锁了现场,进行了各种勘察,包括房间内、公寓楼和小区,各种门禁和监控系统,还走访和调查了很多人。

几天后,警察排除了他杀的可能性,得出了自杀的结论。

宏宇公司和地球所的合作还在如火如荼地进行,苏彰最近几个月有大量时间耗在地球所,所以这件事对地球所也产生了影响。

警察很快到地球所进行了调查,和很多人谈了话,包括任为和张琦这样的领导,也包括各个部门的基层员工。只要和苏彰接触过的人全都谈了话,很自然,重点目标是和苏彰接触最密切的社会化项目办公室的成员。

不过,警察和所有人的谈话时间都不长,而且大家互相交流之后,感觉也没有哪个人被问到了什么让人压力很大的问题。看起来,警察确实认为这是一个自杀事件。

卢小雷像大家预料的那样遭受了重大打击。他病了,但去医院拿了药之后就回来工作了。看着他苍白的面色,大家都劝他回家休息两天,他却坚持不休息,说回家休息会让自己更加难受,自己宁愿多看看云球人。

在卢小雷首次进入云球的时候,孙斐已经意识到,他和苏彰之间出了什么问题。现在出了这样的事情,不知道两者之间有没有什么关系。孙斐有点怀疑,却不敢用过于明显的质疑眼光去看卢小雷。当目光偶然扫过卢小雷的时候,都假装没有注意到他——她知道这样做并不高明,但不知道怎么做更合适。

有件事情,孙斐觉得明显很奇怪,那就是苏彰的死法。

苏彰是个年轻女人,还是个生意人,从来都很注意自己的形象。她的装扮服饰一以贯之的漂亮和精致,言谈举止也一以贯之的优雅和专业。你可以认为,她身上的每一个细节,无论何时何地都无可挑剔。作为男人的任为和张琦不一定能感觉到，作为女人的孙斐却感觉得很明显。这样一个女人，几乎从不以素面示人，也几乎从未失态的女人，就算要死，怎么会选择这样一个自毁形象的死法呢？

孙斐不太理解，或者说完全不能理解。

简直是疯了，她觉得。如果自己哪天要死，肯定不会这样选择，一定会选一个优雅的死法。比如烧炭或者吃药。哪怕割腕也好得多，苍白的尸体旁是一片深红色的鲜血，那还算是有一种凄美。而用手枪顶住太阳穴，"砰"的一声，这不是军人的死法吗？

即使必须用手枪，用的枪也不对。

一片狼藉，鲜血溅得到处都是，头皮都被掀起来了——苏彰用的不是什么精致的黄金小手枪之类，如果那样也许还说得过去，但苏彰用的是一把型号很老的传统手枪，RH45。

孙斐听到好多人在传苏彰的凄惨死法。她实在觉得好奇，问了和她谈话的警察，一个腼腆的年轻警察，一看就是新手。年轻警察显然没经验，顺口告诉了她，随后，似乎又意识到不该告诉她，有点后悔的样子，脸都红了起来。

她上网查了一下，RH45是传统金属手枪，一种非常特殊的枪型。

RH45的子弹口径很大，枪体也很大，准星很差，弹道不稳定，射击精度相当不好。它的最大特点是，射击距离不远，子弹穿透力很差，却是内爆式子弹——这是子弹口径很大的原因，同时也意味着子弹射入人体后绝不会穿过人体，会在人体内遭遇阻力较快减速时利用惯性触发二次爆炸，并且，相对于子弹的体积而言二次爆炸的威力很大。

所以，使用RH45射击时，准确与否并不要紧，只要大概差不多就能把人轰得半死。如果胳膊中枪可不是留下一个枪眼，胳膊会被轰个稀烂；如果躯干中枪或头部中枪基本必死无疑，几乎无法抢救。

内爆子弹的另外一个好处是不会留下子弹的弹头，弹头已经爆炸，无法进行弹痕检测。

再就是由于射击距离不远，子弹速度不高，射击时的枪声不会太大，这对不想引起注意的使用者来说也算是个好处——也许符合苏彰的要求？死都要死了，还要想那么多吗？难道害怕影响邻居睡觉？孙斐不相信，她找不到必须使用这种武器的理由。

这种手枪过于残暴，很少有人使用，已经被国际武器联合会禁用很久。据说，通常是接受了必杀令的杀手必须近身刺杀，或者有深仇大恨的残暴匪帮火并而且以杀人为唯一的明确目标，这一类的特殊情况下这种手枪才会被用到。

虽然苏彰并不娇小，和一般女孩子相比算是很高挑，相对也丰满，不是骨感美人。但是，她会觉得自己和这样一把枪搭配吗？

也许搞到一把枪不容易，她只能搞到了这么一把粗陋的工业品？恐怕不是这样。那些精巧的纳米塑料手枪或者一般的传统手枪能够3D打印，搞到手应该容易得多。

在中国销售的3D打印机都安装了无法拆除或改造的武器控制功能，无法打印手枪之类的武器，但走私一台没有武器控制功能的3D打印机尽管不容易，却不是不可能，一旦走私成功就能够打印武器了。经常从新闻报道里听说，警察又查获了什么违法违规的3D打印机，通常都是这类东西。所以，在黑市上买到纳米塑料武器或者一般的金属武器，相比买到RH45这样的稀有武器而言，难度不在一个等级。

理论上，没有武器控制功能的3D打印机也能够打印RH45，可毕竟这是国际武器联合会禁用的东西，打印这种武器的罪行比打印普通武器严重多了。如果没有非常特殊的原因，一般的地下武器制造商不会去制造这种东西。就连成品走私市场也很难找到它们的踪影。

孙斐觉得，如果是自己，需要的时候，一定会搞一把小巧精致的手枪，纳米材料或者金属材料倒无所谓，但要漂亮——无论如何要符合自己的美女形象。反正是打算紧紧顶住太阳穴开轰，从效果角度看无论什么手枪都一样，并不需要轰开天灵盖才会死掉，对不对？

搞到一把漂亮的小手枪，亮亮的金色，或者艳艳的红色，配上一张沉静美丽的逝去的面孔，而不是配上到处乱溅的鲜血，不好吗？

孙斐对任为和张琦讲了自己的想法。任为和张琦满脸迷茫，不明白她要表达什么。

"你们看，警察还在调查。"孙斐说。

"你是说，有他杀的嫌疑吗？"任为问。

"我看至少没有完全排除。"孙斐说。

"我问过警察，警察说是自杀，调查只是例行公事。"任为说，"再说，谁会杀她？"

他想起苏彰的甜蜜笑容和妩媚声音，还有眼神中隐藏的淡淡忧郁，心里有一阵小痛。

"警察当然那么说。"孙斐说。

"你和我们家吕青一样，侦探小说看多了吧！"任为想起费舍尔探长说吕青的话。其实，吕青很多年不看侦探小说了，看侦探小说还是上大学时候的事情。

"我们得看看，谁会从中得到好处，谁是获利者。如果没有任何获利者，那也许是自杀。但如果有什么获利者，获利还不小的话，这件事就不好说了。"孙斐说。

"一个人死了，总会有人受害、有人获利吧！难免的。不能这么判断是自杀还是他杀。"任为说。

"谁是获利者呢？"张琦问。他扭着头看孙斐，脸色还挺严肃，好像开始对孙斐的分析感兴趣了。

"不知道。"孙斐说，"我们只是她的一个客户、一单生意而已，能有多大好处要杀人？我看，和我们没关系。但是，他们公司内部就不一定了。那么大的公司，她的职位很高，肯定有内部斗争，又是上市公司，涉及的利益很大，谁知道呢？"孙斐说。

"真是他杀的话，现场伪造得太好了。"张琦说，"我听说，警察检查了小区和公寓楼的门禁和摄像头，没有发现任何陌生人进入过苏彰家公寓楼的迹象，甚至没有发现任何可疑的人进入过小区的迹象。他们是高档小区，监控很严的，所有进入小区和进入公寓楼的通道都有 SSI 门禁和人脸识别摄像头。虽然现在警察确定是自杀，但一开始可是枪案，按你说的，还是国际禁用武器的枪案，警察是非常重视的，各种勘察很仔细。"

"我不知道，我不懂。不过，总有人可以做到的吧！你们如果有什么杀人犯的朋友，那种惯犯，一定能够做得到。更不用说，没准儿是特种兵什么的专业人员。"孙斐说。

"专业人员？开什么玩笑？"张琦说，"有点夸张了吧。"

"可以雇凶杀人啊！雇凶当然雇专业人员了。"孙斐说。

"恐怕我们不认识杀人犯，更不认识专业人员。"任为说，"再说，为了公司的内部斗争杀人？还这么残暴？多大仇啊！你真想得出来。是，有点利益，但那也不至于吧？"他不以为然。

"有点利益？他们这些上市公司的高管，只是有点利益？您以为是您呢？科学家！"孙斐说，"不过，也可能是情杀。"她好像在思考。

"又变情杀了？"任为问。

"对啊！你看卢小雷，原来和苏彰多好啊！一天到晚黏着苏彰。就算他当众向苏彰示爱，受了苏彰的冷落，我看也还是挺好。但他去云球，是人类第一次去，算是很危险的事情吧？他居然不告诉苏彰。这里面肯定有什么问题。"孙斐说。

"你怎么这么八卦？"任为说。

"你不会觉得是小雷干的吧？"张琦问。

"不，不，当然不会。"孙斐说，"现在我挺可怜卢小雷的。以前我从没可怜过他，只烦过他。我是觉得苏彰故事很多，一定有太多太多故事。她那么漂亮，事业成功，有钱。年龄也不小了，早该成家了，可她一直单身，甚至连男朋友都没有——卢小雷不算啊！你们说，这正常吗？"

"你不是也没有男朋友吗？"张琦说。

"我？和我有什么关系？"孙斐说，"我和她一样吗？再说，我有没有男朋友，你怎么知道？"

"不是小雷干的就行，和我们没关系就行。你能不能不要瞎猜了？人家的事情也轮不到我们关心。"任为说。

他确实一点也不关心凶手是谁。何况，看起来并没有凶手，警察都这么说了。

"总之，不管是利益纠葛还是情杀，都和她的背景有关，和她的故事有关。她在宏宇不少年了吧？所以，多半和宏宇有关，应该多调查一下宏宇。"孙斐说。

"警察说了，是自杀，好吗？"任为又重复了一遍说过的话。

"是的。她身体的姿势，握枪的手，周围的环境，房间的痕迹，以及公寓楼和小区的情况，很难推测出是他杀。他杀的话，伪装不了那么好，警察没那么好骗。他们现在的调查确实是例行公事，或者因为是枪案才不得不多认真一点。"张琦说。

孙斐不服气地盯着他们，说："如果是我，我就好好调查调查宏宇公司，看看谁是获利者。"

29 谁是获利者

并不需要什么调查，获利者似乎自己走到他们面前了。

王陆杰正在对他们说："苏彰的事情过去就过去了，大家也不要多想了。新来的这个小伙子，裴东来，我看也不错，做事井井有条。苏彰一手弄的项目，她不在了，一下子乱哄哄的，目前这样算不错了。这小伙子头脑灵活，动作又快，我看以后的合作没问题。"

苏彰的自杀，让地球所的社会化项目几乎停滞了下来。影片制作、商务推广、团队管理，一堆乱七八糟的事情，任为和张琦不得不先处理这些事。王陆杰提到的裴东来，是宏宇派来接替苏彰的人。如王陆杰所说，这个小伙子做事雷厉风行、干净麻利，自从他来了之后，任为和张琦松了一口气，项目慢慢回到了正轨。

在这样一个阶段，任为进入云球的实验显然只能暂时推迟了。理论上，任为进入云球——特别是实验性的首次短期进入——应该在穿越计划正式实施之前进行，所以穿越计划也被影响，处于暂停状态。

此时，云球正在像地球一样缓慢地运行着——按照柳杨的建议，云球的时钟一直和地球完全同步。罗伊德将军和麦卡人还在僵持，而山地人的大军已经上路了。这样的每分每秒，都在浪费云球的时间，也在浪费地球所的时间，任为和张琦都很着急。

不过王陆杰看起来没有那么着急，脸上一如既往带着亲切的微笑——是的，他的微笑就像长在他脸上。任为想起自己第一次见到他的场景，在前沿院的会议室里讨论着云球的前景，王陆杰的微笑和欧阳院长的严肃形成了鲜明的对比。自从他在那次会议上不期而然地出现，云球的一切似乎就开始发生变化，地球所的所有人也都随着云球的变化开始发生或多或少的变化。

"云球是一个具有巨大商业价值的娱乐资源，你们不觉得吗？"任为想起他的话。

不得不承认，他的能力很强，总能解决很困难的问题。任为知道，他是欧阳院长的得力干将，着实帮前沿院解决过不少难题，目前看起来，也在帮助地球所解决着难题。

孙斐和卢小雷坐在那里，脸色都不好，不知道在想什么。

卢小雷依旧很萎靡，和一向飞扬跳脱的样子不同。看来，苏彰的死虽然已经过去快一周了，卢小雷的情绪却还没有什么明显改观。

孙斐则鼓着眼睛，盯着王陆杰，目光有点恶狠狠的味道。任为不知道孙斐为什么会这样看着王陆杰。以前孙斐也会这样看别人，但很少，只在她最生气的时候，可这段时间以来，孙斐这样的目光越来越多，也算王陆杰介入地球所业务引起的变化之一吧——这么说，王陆杰承受如此的目光也不算委屈。

张琦不动声色，很平静。自己应该跟张琦多学习，任为想。他知道，实际上张琦内心很着急，只不过总能沉得住气。他不太确定张琦刚来地球所的时候是什么样子，那时张琦比现在年轻六七岁，也就三十出头吧，和卢小雷差不多，可在印象中已经像现在这样沉稳。张琦从来不像卢小雷那么活泼急躁，也从来不像自己这么犹豫迟疑，似乎一直都那么沉稳。

"您到底要说什么？"孙斐问。她盯了王陆杰半天，似乎一直在憋着什么，现在终于忍不住张嘴了。

"关心一下你们啊！你这个人——"王陆杰说，"孙斐，你能和气一点吗？"

"和气？没问题啊！可是，我觉得您不是来关心我们的。您有话要说。"孙斐说，"您天天来，到处指导工作，不是挺随意的吗？今天却要这么严肃，把我们叫到会议室里，难道不是有什么话要说吗？"

"我哪里天天来了？指导谁工作了？"王陆杰说，"我是来的不少，也没有天天来啊！"

孙斐还要说话，张琦抢先对她说："好了，好了，孙斐。王局长有话会说的，你不用着急。"然后扭过头对王陆杰说，"王局长，您别往心里去，苏彰出事了，孙斐心情不好。这两天，她一直不会和气地说话，对我们也这样。"

"没关系，没关系，我理解，我也不好受。"王陆杰一边说，一边摆了摆手，又冲着孙斐笑了笑，似乎真没有在意孙斐的态度，"孙斐说得也对，我的确是有个想法，想跟你们探讨一下。"他接着说。

大家都没说话，等着他说他的想法。

"也许我太着急了。"王陆杰说，"看来你们的心情都不好，唉，苏彰这事，太不是时候了。"

"太不是时候？死得太不是时候吗？什么时候死是时候？"孙斐问。

"哎——你这人，我不是这意思。"王陆杰说，有点尴尬，"你好像和苏彰关系没那么好啊，你到底怎么了？"

"我没怎么。"孙斐说，"我和苏彰关系是不好，但我认为她死得可疑。您说，她是怎么死的？"

"我怎么知道？"王陆杰说，手一摊，表示这个问题很奇怪。

"我觉得她的死一定和宏宇有关系。您和宏宇那么熟，难道没看出点什么吗？"孙斐问。

"和宏宇有关系？"王陆杰一脸惊讶，伸出手挠了挠头，想了一下，"为什么这么觉得？宏宇那边没什么情况啊！"他说。

"她拿一把枪轰了自己，死得那么难看，不奇怪吗？"孙斐说，"她老板是谁？"

"她老板？"王陆杰说，"她是副总裁，老板是他们的CEO，也是董事长，叫傅群幼，一位老先生，很有名的，你们不知道吗？你们应该知道啊！他虽然没在地球所露过面，但是苏彰提过他吧！哎，你们科学家，对有些事就是很麻木。"

"听说过。"张琦说。

任为没说话，他也听说过。不过如王陆杰所说，他只是在地球所和宏宇合作的时候才听苏彰说过，他并不关心商业圈或者娱乐圈的事情——或者说很麻木。

"这个傅群幼，是不是欺负苏彰了？"孙斐问。

说着话，她看了卢小雷一眼，卢小雷只是盯着桌面，好像没听到。

"开什么玩笑？傅先生人好着呢，而且八十多岁了，身体不好，怎么欺负苏彰？"王陆杰摇摇头，"苏彰是他一手培养起来的，就像女儿一样，苏彰出事他差点背过气去。我昨天还去见过他，他心情糟极了。我认识他好多年了，他是个德高望重的老先生。最早，他想亲自来见你们来着，是苏彰觉得他年纪大了，精力不济，不用管这些具体事情了。我也觉得算了，让这么一位老先生跑过来没什么必要，让你们去见他好像又不合适，毕竟签合同时你们是甲方，所以没安排。"

孙斐没说话，依旧气哼哼的。

"他八十多岁了，怎么还不退休呢？"张琦问。

"宏宇虽然上市了，但傅先生是单一大股东。你这么理解吧，其实就是家族企业。"王陆杰回答。

"他没孩子吗？怎么没让孩子接班？"张琦接着问。

"有孩子，但孩子不干啊！两个儿子，一个女儿，全都不干。"王陆杰说。

"为什么？"孙斐问，"这说明他有问题。"

"有问题？有什么问题？"王陆杰说，"他一个儿子在搞音乐，一个儿子是个纨绔子弟，女儿早嫁人了，不在北京，我也没见过。"

"就是有问题。"孙斐说，"一定是他有问题，不然子女怎么都这么另类。"

"怎么就另类了？"孙斐的咄咄逼人终于搞得王陆杰有点急了，"搞音乐怎么了？那个纨绔子弟是不务正业，可有钱人家的孩子不经常这样吗？至于女儿，都不知道人家在干什么，怎么就另类了？"

"好了，好了。"任为对孙斐说，"孙斐，你别瞎推理了。"他又扭过头对王陆杰说："你别在意，她在推理杀人案呢！"

"杀人案？"王陆杰说，"苏彰是自杀的。"

"我觉得不是。"孙斐嘟囔了一句。

"其实，苏彰要是不出事，说不定以后就是她接班了。她很能干，傅先生很欣赏她，可惜了。"王陆杰说。

"他这么大年纪了，还要管这么多事，也够难为他的。"任为说。

"他有好多个业务板块，各自有负责人，都很能干，也还好吧。"王陆杰说。

"王局长，说正事吧——你的想法。都是被孙斐搞的，快成案情讨论会了。"任为说着，看了孙斐一眼，示意她不要再岔开话题了。

孙斐抿了抿嘴，好像憋住了正要说的话。

"可能时间不太合适，过一段再谈比较好。"王陆杰说，"我怎么就开了这个头，看来你们受苏彰影响挺大的。"

"说吧，没关系。"任为说，"苏彰的影响，小雷和裴东来他们都处理得差不多了，几个电视剧和电影的制作应该问题不大，你看还有什么其他难题吗？"

"不，不是那些事。"王陆杰说，"那些都是小事，现在基本都照常进行了，我没看到什么问题。之前倒是因为时间点不巧，影响了对你们的付款，我催了几次，应该都付过来了吧？"

"付过来了。"张琦说。

"那你有什么其他想法？"任为问。

"是这样——"王陆杰说，"这件事，我已经和傅先生沟通过几次，他很支持，那就可行了。你们看，之前地球所和宏宇是一个普通的合作关系。简单说，地球所拥有云球这么一个东西，宏宇拥有影视方面的资源，所以有这么一个合作，对双方都产生了一些效益。但是现在，我有进一步的想法。"

任为他们听着，不知道王陆杰究竟要说什么。

"云球是个什么东西？怎么看待云球？这是关键。"他说，"过去，云球是地球所、前沿院的一个研究项目，靠科研拨款为生。后来，和宏宇公司进行社会化合作，把一些科研成果变现，赚到了一些钱。等于在某种角度上，云球变成了一个赚钱工具。但换一个角度，云球本身就是一个资产，而不仅仅是一个赚取资产的工具。我们不应该局限自己，只在云球的局部找价值点、找挣钱的方法，而应该把云球整体作为一个资产来考虑如何体现价值。一个资产有很多方面，很多角度，包括现在看得到的角度，也包括现在看不到的角度，包括今天，也包括未来。对一个资产而言，商业估值很复杂，涉及资产本身，也涉及对资产的包装，这和我们科研人员的视角完全不同。"

"在市场上，等着投资的钱通常有很多，但值得投资的资产永远不够。"王陆杰接着说，"你们拥有一个非常优质的资产，经过多年努力创建的资产，守着这样一个优质资产却为了生存而挣扎，这种情况非常不合理。"

"什么意思？我不太明白。我们当然不想这么挣扎，但该怎么办呢？"任为问。

"资产证券化。"王陆杰说。

"资产证券化？"任为问。

"很简单。"王陆杰说，"之前，你们经历了十年，很努力地说服前沿院的领导——欧阳院长，还有很多其他的领导——说服他们，希望他们相信你们的研究很有价值，让他们拨款给你们，是不是这样一个过程？"

"是啊，但是……所以呢？"任为问。

"你们可以换一个说服的对象。不要去说服那些科学家，他们看到的只是科研价值。你们的云球和地球很不同，对地球而言科研价值有限，说服那些科学家确实不容易。"王陆杰说。

"那去说服谁？我们也去说服过很多科学界的同行，曾经从人工智能领域和量子计算领域拿到过很多钱。"任为说。

"对。但他们也不好说服，他们也是科学家。对不对？现在，不就拿不到那些钱了吗？其实，有更好说服的对象。"王陆杰说。

"谁?"任为问。

"您在说资本市场。"张琦忽然插了一句。

"对!"王陆杰说,"对,张所长聪明。资本市场!股市,投资人,股民。"他很兴奋,"你们的故事很好。对于科学家来说也许有很多不足,对于普通股民来说却足够好,很容易把故事讲得漂亮。只要故事漂亮,股民就愿意给钱。"

"对普通人来说,云球有什么价值呢?"任为问。

"价值很大啊!今天有电视剧和电影,明天有ASSI实时体验,后天还可能有更多的东西,谁知道呢?"王陆杰说,"最值钱的就是'谁知道呢?'这几个字,资本市场为预期买单。他们不像科学家,科学家会一眼看穿你们的问题,他们不会。特别在这种高科技的领域,他们没有那种看穿未来的眼睛,他们只会想象。"

"云球的想象空间很大。"王陆杰接着说,"如果ASSI实时体验是下一步,那么再下一步有没有互动的可能?再往后呢?现在是我们几个人在这里想,一旦进入资本市场,就会有无数人替我们想。我们自己想不到的价值,他们反倒能想到,因为帮我们想的人实在太多了。"

互动的可能?穿越计划吗?任为想。

"所以,我有一个想法,希望宏宇能够投资云球。"王陆杰说,"不是以前的合作,是投资。投资云球,包装云球,获取更多的投资,然后上市。这个过程中,最好能产生利润,利润能够刺激估值。目前看,产生利润没有任何问题,拍摄影片和ASSI实时体验就能创造足够的利润,而且还能做更多的事情。我借用顾子帆他们的投资分析系统分析过,现实的利润再加上巨大的预期,云球将会是非常抢手的资产。现在资产属于你们,但如何把一个资产最大程度地变现,最快速度地证券化,这是宏宇的特长。这些年宏宇收购了不少公司,已经从单纯的影视公司转型为线上线下娱乐的全方位提供商,在资产证券化方面非常有经验。我们的合作非常匹配,对双方都有利。"

任为有点懵。

"就是把云球卖了呗!"孙斐说,"本来是搜刮点民脂民膏,现在直接拐卖人口。对吧！我理解力还可以吧？"

"卖了？我们不可能把云球卖掉。"任为说，"云球不属于我们个人，属于前沿院。"

"当然了。"王陆杰没有理孙斐，对着任为说，"云球属于地球所。地球所是个法律实体，属于前沿院。但是，我们可以对地球所这个法律实体进行股份制改造。之后，宏宇可以对地球所进行投资，占有地球所的股份，甚至可以从前沿院将地球所全资收购过来。通过一些正常的安排，你们也会变成股东。"

"只要故事讲得好，创造足够好的预期，再加上一定的现实利润，地球所将彻底解决资金问题。如果故事足够好，连利润都不需要。"他接着说，"这样做，对你们个人也会有很大好处。"

"您在拉拢我们吗？想占前沿院的便宜，就要先把我们拉下水，对不对？"孙斐冷冷地问。

"孙斐，"王陆杰笑着说，"占前沿院的便宜？你小看我了，我是帮前沿院解决问题。我把云球叫作资产，但你问问任所长，对前沿院来说，云球究竟是资产还是负担？"

孙斐明白他在说什么，没法直接反驳，只能恨恨地盯着他。过了两秒钟，忽然说："王局长，我该这么称呼您吗？还是该称呼您王陆杰先生？您刚才说什么？我们的合作？谁跟谁？您是谁？您是属于'你们'还是'我们'？您到底是前沿院的员工还是宏宇的员工？"

王陆杰愣了一下，沉默了一会儿，笑了笑说："好吧，我现在还是前沿院的员工。不过我想，我可以告诉你们，也应该告诉你们，我已经辞职了。辞职报告目前还在批复流程中。批复了以后，我会加入宏宇公司。"

"你辞职了？"任为吃了一惊，"你疯了，为什么？你在前沿院应该很有前途，而且收入也不算低吧？"

任为说得对，和社会上的公司相比，前沿院的待遇并不差。王陆杰作为社会合作局局长，挣钱不会少。从前途的角度讲，王陆杰和任为年龄差不多，才四十多岁，算是年富力强。他负责的社会合作局的工作风生水起，很得领导的认可。前沿院负责行政工作的副院长年龄已经不小，最近两年就会退休，王陆杰被提拔到行政副院长位置上的可能性很大，有很多这方面的传说。

考虑得更长远一点，由于不是科研人员出身，王陆杰想当院长是万万不行的。但是，他却有机会走出前沿院，到其他部委或者地方行政体系去任职，比如科技部或者产业部，甚至外调到某个省里。他懂科技、懂经济、懂政治、懂法律，思维缜密，能说能写，性格又好，朋友又多，以他出众的才能和广泛的人脉，在行政体系完全可以有所作为。尽管以前并不认识，可打了这么一段时间的交道之后，任为一直觉得王陆杰很适合在行政体系做领导。

王陆杰跳槽去宏宇，这个消息确实有点突然，大家都愣住了。

"不要这样，不要这样。"王陆杰说，"好吧，我就直说好了。我不是跳槽去宏宇打工，而是想要和他们成立一个合资公司。"

"合资公司？什么意思？"任为问。

"你们就当我想发财。这确实是一个方面，但不是全部。"王陆杰又笑了笑，对着任为说，"你说得对，我在前沿院的工作收入不低，在仕途上也有些前途。放弃前途跑到宏宇去打工，我是不会干的。不过，自从接触到云球，我一直觉得云球是个机会，不仅是挣钱的机会，也是做事的机会。况且科学界还有其他很多项目需要结合商业才能获得更大成功，我看好这一点，所以想为这个目标做点事情。"

"刚才我提到，我和宏宇的傅先生认识不少年，本来就是业务合作，没什么其他关系。"王陆杰接着说，"这次苏彰出了意外，她的一摊事没有合适的人管，傅先生想起我，想让我过去帮他，接替苏彰。我当然不愿意去打工，但我觉得是个机会。所以和他谈，想成立一个合资公司来做这些事。我可以整合前沿院的资源，甚至是整个科学界的资源。宏宇集团是一个很好的平台，有品牌，有资金，有经验，他们缺乏的就是科学界的资源。"

"我不是很懂这些事。"任为说，"你的意思是，你会有一个自己的公司？"

"对，很快会有，叫作宏宇科学娱乐，正在注册，很快要完成了。"王陆杰回答,"下面再和你们续约或者签订新的合作协议,就是这个宏宇科学娱乐了。不过,你们不要担心啊,宏宇科学娱乐是宏宇娱乐的子公司,对你们来说没什么区别。"

"哦——"任为仍旧有点迷惑,他对这种事确实缺乏敏感性,"这是什么意思?到底是宏宇集团的公司,还是你的公司?"

"合资公司嘛!我们的经营团队控股,宏宇投资参股。"王陆杰说,"说了,你不用担心。对你们来说,宏宇娱乐、宏宇科学娱乐或者宏宇ABC、宏宇XYZ都一样,一分钱都不会少你们。"

"但是你们,经营团队控股……你们自己要投资吗?"任为问。

"我们哪里有那么多钱投资啊?我们是有计划、资源和能力,宏宇是有品牌和资金,一个双赢的合作。"王陆杰说,"不是我一个人,还有七八个人呢,原来都在科学界,我拉来的团队。你们不一定认识,回头可以找机会聚聚,都是很好的朋友。之前宏宇在科学界应该说一片空白,我们能够最大程度地帮到他们。我们这个团队,吹个牛,能搞定一多半科学界。这是在中国,就算到世界上,不敢说搞定一多半,也至少搞定一小半。"

任为倒不觉得他在吹牛。因为工作的关系,王陆杰确实人脉非常广,要是再加上七八个和他差不多的人,听起来还是很厉害的。

"简单说,你们干活,他们出钱。是这样吗?"张琦问。

"对啊!就是这样。"王陆杰说。

"那未来呢?"张琦接着问。

"未来?首先,我们希望把宏宇科学娱乐做到独立上市,当然,如果能够顺利地将云球进行资产化,那就是我们一起上市了。之后长远的目标,我们希望成为全世界最大的科学娱乐公司,把科学和娱乐深度结合,这是我们团队的特长。"王陆杰回答。

"厉害!"任为点点头,他真心觉得厉害,至少自己是做不了这种事的。

"目标而已,目标而已。"王陆杰谦虚起来,"路很长,我们努力。谋事在人,成事在天,就是跟你们吹吹牛。什么全世界最大,这种话在外面可不能乱说。"

"终于知道谁是获利者了。"孙斐忽然说,语气冰冷,眼睛里浮现出严厉的神色。

"你说什么?"王陆杰问。

孙斐没有回答。

任为扭头看孙斐,孙斐正盯着王陆杰。一瞬间任为觉得,孙斐的话说不定也有些道理。

"我们不会同意云球资产化。"张琦说,看了看任为,"至少我不同意。对云球进行适度地社会化,我可以支持。但是,将云球进行资产化然后再证券化,我不能接受。"

他没有注意到,他收到了孙斐赞许的目光——已经有很久,他没有收到过孙斐赞许的目光了。

"为什么?"王陆杰问。

"资本家有资本家的逻辑,科学家有科学家的逻辑,一定会打架。您不觉得吗?"张琦说。

"对,恐怕我也没法同意。"任为说。

"嗯。"王陆杰显得并不吃惊,"今天我只是一个提议,并不着急做决定。我觉得,很多事情需要时间消化。"

"不需要时间消化,消化不了,胃不好。"孙斐说,听起来很刻薄,但火气反而不像刚才那么大。听到任为和张琦都断然拒绝王陆杰的提议,她的心情明显好了不少。

"我也想到了,你们可能不会同意。不过,我还是想先跟你们说一下。"王陆杰说,好像没听到孙斐的话,"我觉得,你们可以再想一想。毕竟,眼前你们还面临一些问题,我是指资金方面的问题。虽然之前的拍摄计划还在进行,可你们也知道,其实票房并不太好,也就是勉强支撑。如果长期这样下去,恐怕很难满足你们的资金需求。"

"这是在要挟我们吗?"孙斐问。

"不是,我是在陈述事实。"王陆杰说。

"是事实。"张琦说,"我们希望能够找到解决办法,也希望在宏宇……

还有您……的帮助下能够改变目前的状况。可是，卖掉云球确实不行。云球，是我们的生命。"他举起手，划拉着画了一个圆圈，表明"我们"是哪些人——包括任为、孙斐、卢小雷和他自己，但没有包括王陆杰。

"嗯，这件事慢慢消化，慢慢消化。"王陆杰还是坚持说，"眼前的问题必须先解决。我不会要挟你们，你们太小看我了，再怎么说我也是前沿院培养出来的。你们放心，宏宇科学娱乐成立之后，做的第一件事情，就是帮你们解决眼前的资金问题。"

"怎么解决？"任为问。

"ASSI实时体验项目，我给项目起了个名字，叫作'窥视者'。"王陆杰说。

"窥视者？要不要那么下作！"孙斐大喊。

"本来想叫'穿越者'，这名字倒好，可惜被你们先用了。"王陆杰说。

"不管名字叫什么，关键是，我们还没同意做ASSI实时体验啊！"张琦说，"原来苏彰的确提了很多回，小雷也提了很多回。"

说着话，张琦看了一眼卢小雷。卢小雷始终没有说过话，现在依旧呆呆地看着会议桌面。

"但我们始终没同意啊！您怎么就……"张琦接着说，"好像我们已经同意了。"

"你们是没有同意。不过有件事我必须告诉你们，希望你们不要介意。我已经跟欧阳院长谈过，他同意了。"王陆杰说。

"什么？"任为也控制不住，声音一下大了起来。

"你们之前做的事情，你们知道，瞒着前沿院，领导们还是有些意见的。关键是，你们虽然挣了些钱，可前沿院的负担仍旧很重。前沿院确实没有能力再支持你们了。你们也要理解欧阳院长和其他领导，他们压力也很大。"王陆杰说。

任为忽然想明白了。云球资产化，资产证券化，这是宏宇的发财机会，王陆杰的发财机会，但这不重要。重要的是，这更是前沿院摆脱云球的终极路径。窥视者项目，这个有个下作名字的项目，是云球资产化路径上的一小步，却是很坚实的一步。他明白，今天的云球，对前沿院来说，确实不是什么资产，只是不折不扣的负担。当然，真实原因不是资金，而是云球人。

为了苏彰一个人的离去，大家心情还很沉重，那又有谁会愿意，担负起五千万人的生死存亡呢？

"王陆杰杀了苏彰。"孙斐说，怒气冲冲地瞪着会议室的门。

刚刚，王陆杰就是从那个门走出去的。现在，孙斐好像连那个门都恨上了，咬牙切齿地恨。

"瞎说什么？"任为说。

"他是获利者。"孙斐说。

"那也不能瞎说。"任为说。

"孙斐，不要那么阴谋论了。"张琦也说。

"你不去找他报仇吗？"孙斐扭过头，对着卢小雷大喊。

卢小雷抬起头，木然地看了她一眼，并没有什么反应。过了一会儿，又低下头，还是看着办公桌面。

"废物。"她愤然地站起来，走出了会议室，从同一扇门。

30 / 生活在别处

一天，任为忽然接到了李舒的电话。

他发现，那是前沿院内部使用的专用加密电话。为了保证涉密科研项目的保密性，前沿院管理人员和科研人员的 SSI 在安装前都加装了特殊的通讯加密芯片，但任为使用得不多，云球不算是什么了不起的涉密项目。

李舒说，非常感谢他，也请他转达对吕青的感谢，因为已经有人联系他们了，关于空体的事情。

任为非常莫名其妙。吕青没有提过啊！他问李舒，谁联系了他们？那人说是吕青安排的吗？

李舒说，约了见面但还没见。对方身份未明，也没有提到吕青。他们也觉得有些奇怪，不过他们认为只有吕青能够安排，相信就是吕青安排的，所以打个电话表示一下感谢。

任为隐约感觉，这个电话更像是旁敲侧击进行确认，而不像是表示感谢。他表示，吕青确实从未提过安排任何人跟脑科学所直接联系。他不知情，确实不知情。有没有可能，脑科学所内部有人把需求透露了出去，以至于有人主动联系？

李舒说，这不可能。这件事只有柳杨和她知道，也只对任为提过。本来想直接找吕青，但权衡再三，根本没敢张嘴，更何况告诉别人。再说，之所以通过任为找吕青，就是因为他们认为，周围熟悉的圈子里，除了吕青以外，没有任何人有能力搞到能够自由使用的空体。这可不是容易的事情，当然，找黑帮杀人除外。

那对方是黑帮吗？

不，不，要敢用黑帮、敢杀人，还要那么复杂吗？对方明确表示能够搞到 KillKiller 的病人，各种病人，可以按要求提供。病人来源主要是印度的疗养院、中东的疗养院和巴西的疗养院，那些地方家属失联或者费用断缴的病人很多。如果一定需要中国人的空体，可以在阿富汗搞。阿富汗的疗养院便宜，条件也还不错，有不少不够富裕的中国人把病人送到了那里。印度的疗养院也有一部分中国人，但因为费用和阿富汗相比没有竞争力，所以数量相对少一些，不过应该也多到足够选择了。实在不行，在有些地方甚至还有办法主动制造家属失联或者费用断缴的情况，只是相应的费用也会更高。

主动制造？怎么制造？那还不是黑帮吗？任为想。

居然，任为问了一句，能搞到贝加尔湖的病人吗？

李舒说她还真问了。因为贝加尔湖疗养院的中国人特别多，所以她特别地问了一下。那人说不行，贝加尔湖疗养院属于高端疗养院，他们的"工作"不好开展，中国国内的也都不行。

好吧，任为稍微安心了一些，妈妈应该安全。他告诉李舒，总之，他不知道这件事，也不觉得和吕青有什么关系。

会和吕青有关系？不可能，这是黑帮。他想。

李舒暧昧地笑着，看来并不相信他，但没再多说什么，只是表示，无论如何还是很感谢他，然后结束了通话。

"是你安排的吗？"任为问吕青。

"什么？"吕青问。

"是你安排了人找脑科学所吗？为了上次我说的空体的事情。"任为问得清楚了一点。

"哦？没有。"吕青回答得很干脆。

"嗯。"任为说，"今天李舒打电话问我，说是你帮他们安排了。我否认了，看来我否认是对的。"

"嗯。"吕青说。

"那你上次说要想一想，想到什么方法了吗？"任为又问。

"没有，那是违法行为，我没有办法。"吕青说。

"那他们现在这个……不是有很大的法律问题吗？"任为说。

"他们要怎么干？"吕青问。

任为复述了一下李舒的话。

"这样啊！"吕青也没显得很吃惊，但她很坚决地说："肯定是违法行为。"

"那他们敢吗？"任为问。

"我不知道啊！柳杨这个人，谁知道呢！"吕青说。

"既然违法，还不如找黑帮杀人。"任为说。

"我觉得柳杨会的。如果这条路实在行不通，对他来说杀人也不见得就不是个选项。"吕青说，"这条路总比杀人好，他一定这么想。毕竟那些病人的意识场已经死了，剩下的只是躯壳。"

柳杨会杀人吗？任为不知道，如果非要做选择题，他还是宁愿选择柳杨不会。但这种想法又让他有点不舒服，也许人家都已经在杀人了，而他却连相信人家杀人都不愿意。

"他有那么狠吗？"任为说，"他还说害怕你呢！"

"害怕我？是吗？"吕青笑了笑，轻轻地摇了摇头，"好吧，但我也害怕他。"

任为看着吕青，吕青也看着他，目光很温柔。

过了一会儿，任为说："我要去云球了。"

"啊？"这让吕青有一点吃惊，"你要去云球？你不是一直反对介入云球吗？"

"谁去不是去啊？那么多人都去了。"任为低下头说。

吕青沉默了，半天才开口问："安全吗？"

"现在安全应该不是什么问题。自己在云球小心就是了。"任为说。

"多长时间？"吕青问。

"没定呢，最多一周。现在，我们保存空体最长只能保存一周。"任为回答。

"在云球那边呢？"吕青问。

"和地球一样。这一段时间做实验，时钟一直都和地球一样。"任为回答。

"要执行什么任务吗？"吕青问。

"没有，先是实验吧，任务阶段还没开始。"任为回答。

吕青又沉默了一会儿，然后说："你主要是不想待在地球吧？"

这次任为吃了一惊。"没有啊！"他抬起头说，但是看到吕青望向自己的目光，忽然就心虚了，"也许有一点吧。"他补了一句。

"嗯，我理解。"吕青说，"去吧，去散散心。"这次她低下了头，看着自己的手，接着说，"其实，我也想去散散心。"

任为想起了卢小雷的畅想。看来，是个不错的主意啊！

出乎意料，张琦他们为任为选择的云球目标宿主，和往常山野之中的孤家寡人完全不同。

他们选择了罗伊德将军的独生子，弗吉斯。

做出这样的选择自然有原因。实际上，任为要带着任务进入云球。这个任务有个前提，弗吉斯必须死。

既然选择了弗吉斯，弗吉斯必死无疑，任为不需要为此做什么特别的事情，只是在离开的时候，也就是弗吉斯死的时候，要留下一封信——这是唯一的任务。除了这封信，剩下的事情，就是借这个难得的机会体验一下云球中富贵人家的生活和感受——他将是第一位在云球过上钟鸣鼎食生活的地球人。

安全方面不用担心。

一方面，弗吉斯是大富大贵的大家公子，虽然没有前呼后拥、保镖成群，但也没有什么人敢惹他。他的性格很温和，人也不错。有点不学无术，只会吃喝玩乐，写几首水平中庸的风月诗，涂几笔无伤大雅的美女画，没什么恶行。加上父亲的声望，也没有人想惹他。

另一方面，他周围是有很多人，可他相对而言属于话少的人，尚未成亲，母亲早逝，父亲和父亲身边最受重用的大管家目前又在前线和麦卡人僵持。家里头剩下的主要都是下人，还有几个父亲的妾侍，打交道并不多。副管家做事小心翼翼，从来不爱多话，也不招惹是非。他在外面有一些朋友，但一贯囿于父亲的严管，自己不算招摇，交的朋友品行也不算很差，而且他和那些朋友谈不上什么深交。

所以，任为冒充他，只要稍微小心一点，露出马脚的可能性就不大。

至于为什么要让弗吉斯死，这和萨波王国目前的局势有关——简单来说，是想为萨波王国解围。

萨波王国决不能陷入战乱，那对下一步穿越计划的执行有很大影响。地球所已经基本确定，要从克族人入手，开始进行思想的传播。一个战乱的环境，对于初来乍到的派遣队员来说显然非常不安全，任务执行也会很困难。

罗伊德将军和麦卡人在前线僵持有一段时间了，谁都不敢先出手进攻，只有试探性的小规模战斗。山地人抵达了萨波王国的北境，一位叫萨伊斯的萨波将军带领了一小支军队在那里抵抗。萨伊斯的军队人数太少，不足以挡住山地人，失败是可以预料的结果。阿克曼国王正在试图调集更多兵马进行支援，却已经找不到更多兵马了。他能做的事情其实只有一件，就是像热锅上的蚂蚁一样在王宫里面打转转，然后听天由命。

罗伊德将军不会轻易输给麦卡人，如果能够面对山地人自然也不会轻易输掉。正因如此，在麦卡人发兵之前的多年间，山地人尽管蠢蠢欲动却从未真正起兵，而一旦罗伊德将军被麦卡人拖住，山地人立刻就动手了。实际上，麦卡人并没有什么野心，他们多年臣服于萨波，从未有过异动，这次起兵完全是因为被贾尼丝王后的冤死激怒了。

那么，弗吉斯的死，为何能够解萨波之困呢？

事情并没有那么简单。

云球人当然不会知道有地球人这群上帝存在，在做任何筹谋时，都不会将此考虑在内。事实上一直以来，这群上帝也没有插手过任何筹谋，所以不用考虑也是对的。但是很不幸，这一次，上帝要插手了。上帝的特殊之处在于，他们了解一切。

萨波王国最大的威胁并不是麦卡人，也不是山地人，而是罗伊德将军。

罗伊德将军军功卓著，位极人臣，同时声望鼎盛，富甲天下，阿克曼国王已经没有任何东西可以给他，只剩下国王的位置——显然国王没有这个打算，罗伊德将军也没有这个指望。

罗伊德将军指望的是，通过自己处心积虑的图谋来窃取大位，不过他知道，绝不能公然造反。

阿克曼国王性情温和、公正俭良、待民如子，深受国民爱戴，甚至连克族人都不再闹事。而且，阿克曼国王待罗伊德将军更是恩深义重。罗伊德将军功高位重，可阿克曼国王从未猜忌，这为他埋下了祸患，也为他赢得了民心。罗伊德将军如果公然造反，在民间不会得到任何支持，即使是在经营多年的军中，除了少数铁杆，恐怕也会招致强烈反对。所以，罗伊德将军必须找到别的办法——他也确实想了一个办法，这个办法的关键就是阿黛尔。

计划的第一步，的确如谣言所说，是将阿黛尔送给阿克曼国王。鉴于阿克曼国王没有子嗣，虽有贾尼丝王后，但罗伊德将军认为有很大机会国王会接受阿黛尔，他并不知道国王心中其实想把阿黛尔送给山地人的巴克斯国王。

如果阿黛尔进了宫，那么计划的第二步是让阿黛尔找机会杀掉贾尼丝王后。当然，阿黛尔死了，罗伊德将军没有机会继续实施原来的计划——可是很巧，阿黛尔的死另一种方式完成了计划。

罗伊德将军知道贾尼丝王后深受麦卡人爱戴。如果贾尼丝王后被国王的其他妃子所戕杀，麦卡人很可能起兵造反。他在麦卡人内部已经埋下了钉子，将会在合适的时机造谣惑众、煽风点火，保证计划顺利推进。只要麦卡人造反，他一定会被派去镇压。一旦他和麦卡人僵持，山地人就一定会南下，这都在他的安排之中。实际上，和麦卡人的僵持完全没有必要，他随时能够将麦卡人一战全歼。

同样，罗伊德将军在山地人那里也有钉子，确保当他在南境滞留时，山地人会果断地南下入侵。他无法领军，又带走了王国的大部分兵力，萨伊斯将军或者其他将军不可能挡得住山地人。他需要做的是，在南境和麦卡人僵持，装作无法脱身的样子，一直等到山地人占领黑石城，杀掉阿克曼国王。然后，他将立即击败麦卡人，并且迅速掉过头来赶走山地人。那时，因为阿克曼国王没有子嗣，他又是最有威望和权势的萨波将军，国王之位一定会手到擒来。

这里面有很多细节，他必须十分仔细和稳妥。比如，阿黛尔杀掉贾尼丝以后，一定要让国王无法下手惩处，从而使麦卡人误解为，阿黛尔的行为获得了国王的默许；比如，萨伊斯将军一定挡不住山地人，其他将军也同样束手无策；比如，黑石城城破之日，阿克曼国王一定要被干掉；再比如，他干掉麦卡人回头勤王的时间点一定不能太早，也一定不能太晚。

罗伊德将军筹划良久，糜细无遗，一切都已安排停当。

他一直在等待国王张嘴索要阿黛尔，国王却始终没有开口。他不知道为什么，很着急，已经快要决定主动开口把阿黛尔送给国王了。但是他没有想到，也不可能想到，上帝出手了，阿黛尔死了，在还没有被送出去的时候。

不过罗伊德将军很镇定，也很聪明。他很快想到了对策。于是谣言出炉了，黑石城沸沸扬扬地到处传说，是贾尼丝王后出于嫉妒杀掉了阿黛尔。

阿克曼国王的温和为他赢得了很多好名声，可温和的另一面就是犹疑不定。如罗伊德将军的预料，他做出了错误的处置。而高傲的贾尼丝王后，如罗伊德将军的祈祷，了结了自己的生命。

他的阴谋一上来出人意料地失败了，接着又不可思议地成功了。现在他正在南境，一边陪着麦卡人玩游戏，一边等着山地人杀到黑石城。他要耐心地玩，耐心地等，一直等到城破王殒。他相信那一天很快会到来，然后就可以大展身手了。

可惜，上帝要再一次出手。这一次，目标是弗吉斯。

弗吉斯并不知道父亲的阴谋。但没关系，上帝知道。任为扮演的弗吉斯，在返回地球前，或者说在死前，将会留下一封给国王的书信。在信中，弗吉斯将会向国王讲出一切。父亲的篡位阴谋，父亲的造谣行径，父亲在麦卡人和山地人那里安排的钉子，等等等等。

不过，在很多事实之中，却会掺杂一个谎言。这个谎言是，阿黛尔是弗吉斯杀的。弗吉斯会在信中说，他深爱着阿黛尔，但是他知道，父亲很快会将阿黛尔送给国王。他无法控制自己的嫉妒，无法眼看着阿黛尔投入别人的怀抱，即使是国王也不行，所以杀了阿黛尔。他会说，杀阿黛尔使用的是从江湖术士那里买来的超凡绝世的毒药，"无影散"，查不出死因的毒药。为了证明这一点，他服用了剩下的一半"无影散"，用自己的死作为证据。这种死法在贾尼丝王后去世后再度出现，会从侧面佐证他的遗言——他不可能是贾尼丝王后杀的。

整个计划是张琦的主意，经过了穿越计划研究组的讨论。

张琦认为，阿克曼国王确信贾尼丝王后的无辜后，以他的温和善良，一定会将真相告诉麦卡人，而以麦卡王苏雷的豪爽粗放，一定会谅解阿克曼国王。所以，麦卡人将由攻击阿克曼国王变为维护他。在民众和军队中，只要公布真相，以阿克曼国王多年的厚德隆望，罗伊德将军的力量将立刻土崩瓦解。在这种情况下，山地人一定不会继续进攻。而罗伊德将军在麦卡人和山地人那里埋下的钉子暴露之后，将进一步促使麦卡人和山地人发生转变。

这个过程，也被当作给国王的建议，写在了弗吉斯的遗书中。遗书中最后会写到，弗吉斯长久以来深受良心的谴责。现在王国濒临绝境，他实在无法承受自己内心对父亲的鄙弃，所以做出了最后的决定，并以死谢罪。除了无法接受父亲的反叛和阴谋，他也会表达，同样无法接受失去阿黛尔的痛苦和内疚，这样会显得更加可信。

整个计谋的唯一风险在于，弗吉斯的遗书能否顺利交到国王手中。他可以在死前把遗书交给某个人，送去给国王，然后马上解绑意识场；或者先解绑意识场，把遗书留下，封好信封并在信封上写明，要副管家送去给国王。总之，他不能在遗书已经交给国王后还活着，那可能会来不及解绑意识场，等于把任为交到了国王手里。就算来得及解绑意识场，可能也死得太快了点，不一定有合适的环境营造出"无影散"应有的优雅效果。

最后，任为自己决定，他先解绑意识场，把准备好的遗书留给副管家，剩下就看副管家的了。张琦和卢小雷都表示同意。以他们对副管家的观察，此人小心谨慎、有命必复，而且罗伊德将军和大管家都不在黑石城，无法联系请示，他又不知道罗伊德将军的图谋，所以应该问题不大。

张琦的计划相当阴损，还牺牲了弗吉斯这个无辜的人——当然，他的目的是为了穿越计划。

如果对萨波王国的现状置之不理，一旦国王倒台，罗伊德将军篡位，不知道整个王国会出现什么情况。对于罗伊德将军是否能够迅速还王国一个和平，大家有很大疑虑。萨波人的王位在传统上是父死子继，即使国王无嗣，继位者至少也和国王是一个家族，阿克曼国王又是一个很好的国王，深孚众望，如果就这样换一个异姓国王，引起进一步战乱的风险是很大的。

另外大家也认为，罗伊德将军如果做了国王，军人出身的他恐怕比温和的阿克曼国王难以对付。派遣队员将来传播思想的时候，无论是否通过克族人传播，只要在萨波王国的地盘上，万一不对他的胃口，阻力可能会变大，而派遣队员自身的风险也会变大。

对计划的讨论，卢小雷倒是津津有味。尽管缓慢，但他正从苏彰离去的痛苦中逐渐走出来。不过孙斐拒绝参与讨论，她最近很少在地球所露面，不知道在忙些什么。另外，为了这件事，穿越计划研究组中多了一位政治学教授和两位职业军人。张琦为此费了一点劲，请人参与穿越计划研究组涉及意识场的保密问题，需要走一定的程序。

刚知道这个计划的时候，任为很不舒服，感觉自己像是才出狼窟又入虎穴，但作为研究组的最终建议，这个计划对他本人没有什么过高要求或者过大风险，他实在无从反对。

计划中，任为需要待在云球三天，尽量多体会一下豪门的生活。但是，任为修改了这一点，他要待一周，这是地球所能够保存空体的最长时间。他说，既然去了，还是要有更多、更深入的体会。鉴于地球所的多人多次的往返，大家已经不觉得进入云球是很危险的事情，所以他的决定没有人反对。

任为醒来的时候，看到的场景和卢小雷的初入云球有云泥之别。这是一个非常豪华的卧室，已经入夜，却有十几根手臂粗细的蜡烛燃烧着，分布在房间的各个角落——并不很亮，不太会影响睡眠，但摇曳的烛光配上各式精工细作的红色、橙色和黄色云蚕丝寝具，以及各种金属、木材和皮毛制作的家具和装饰，使大大的房间温暖而奢华。这里是大富之家，不会有潘索斯家里那些廉价的石料、土坯和蕃丝。

墙上挂了不少画，都是弗吉斯自己的手笔，让房间有了些文人气。任为盯着那些画看了一会儿，觉得有点意思。画画用的乌虫墨是深褐色，用的藤皮树叶纸则呈浅灰色，都是看起来很沉静的颜色。画的内容主要是美女，和中国古代的仕女画类似，以线条为主，并不写实，但颇有神韵。

任为和卢小雷一样，经历了一个小心翼翼的摸索过程，对自己身体的适应以及对周围环境的适应。不出预料，身体的感觉和大家的描述一样，没有任何异常。只是这里的环境，家具和床，房间和院子，亭台和植物，都不是国王大道上的民居所能拥有的东西，更不会出现在荒凉的山野之中。他的旅途与众不同，也许需要一点和大家不同的适应过程。

他知道，自己已经在一个完全不同的地方，要开始一段新生活了，七天的新生活。不是在地球上的旅行，而是在他苦苦守了十年的云球中，在他以前从未想过会进入的云球中。

现在开始，应该叫自己弗吉斯了，他想。

31 堕入尘埃

和弗吉斯的预想不同,第二天一早竟然有朋友找上门了。他本想先在将军府中安静地待两天,熟悉一下府中的环境和人物,然后再出门,但看来不行,立刻就得应付别人。

他的萨波语不怎么样,出发前很努力地突击了几天,可依旧没信心。听的方面问题不大,观察云球那么久,听的还是不少,张嘴说就相当困难。好在弗吉斯一向性格内向、沉默寡言,他的选择只能是更加沉默寡言一点。

他知道,穿越者观察盲区已经开始实施。自己的行为不会被观察也不会被记录,这意味着更大的自由,但也意味着更大的风险。所以,一定要谨言慎行,千万别招惹麻烦,他叮嘱自己。

他的小书僮恭恭敬敬地禀告,拉斯利公子和一个不认识的人来拜访。这个小书僮其实很危险,现在将军府里最熟悉弗吉斯的人应该就是他了,弗吉斯甚至不敢正视他。

弗吉斯刚吃完厨娘送来的早餐。他像往常一样在卧室吃早餐,喝了点红松子酒。这种酒由红松的果实酿造,看起来很像地球上的红葡萄酒,但味道很怪，如果在地球上估计够呛能有人喝。不过感觉这酒的度数不高，应该不容易醉，喝两口倒也没关系。

他含含糊糊地嗯了一声。小书僮有点犹豫，似乎不太理解他的意思。他反应了过来，鼓足勇气，用不流利的萨波语说："好，带我去吧。"

走在园子中曲曲折折的路上，一路的亭台楼榭很像中国古代的园林，和城内其他地方以石头和土坯为主建造的粗陋房屋形成鲜明对比。池子里的金鱼比地球上最大的金鱼还要大，而几只仙鹤和天鹅比地球上的同类更加不怕人，看到他走过的时候，凑上来啄他的云蚕丝长衫。可能是要食物，他想着，顺手摸了摸衣兜。真有几小块东西，不知是不是食物。他拿出来看了看，土黄色，有点硬，像是饼干一类的东西，于是扔了出去。果然，仙鹤和天鹅都咕咕地叫着去争抢了。他好奇地想，地球上的仙鹤和天鹅也是这样子吗？

他仔细地观察着路，和脑子里事先记下的地图比对着。这些东西在预习材料里都有，他的记性很好，记得一点不错。很快，他们就走到了会客厅门口。

两个穿着体面的人在等着他。他刚一出现，还没进屋，其中一个年轻人快步从屋里走出来，紧紧握住他的手。

"弗吉斯，想死我了，好久没见。"年轻人说。

弗吉斯知道，这个人就是拉斯利，农业政务官的大公子，和自己认识多年，应该算是朋友。

"拉斯利，你好。"他笑了笑说。一边怀疑着，自己笑得是否自然，语音是否标准。他很紧张，几乎听得到自己怦怦的心跳。

"不好，不好，一点也不好。没有你老兄，我怎么会好？"拉斯利大笑着。

自己和拉斯利的关系有那么好吗？弗吉斯记得，云球记录显示，他们两个的关系好像一般，从小就认识，但一直是一般的朋友。不过，他没说什么，只是又笑了笑——他不知道该说什么。

"弗吉斯老兄，我给你介绍一下。"拉斯利紧紧拉着弗吉斯的手，拽着他从门口走进屋里，另一只手指着站在屋里的一个满面堆笑的人。那人身材不高，胖乎乎的，身子有点躬着，非常谦恭的样子，看着就给人一种很亲近的感觉。

"他是林溪地副都督，图图大人。前天才从林溪地赶过来，给陛下汇报他们地方上的事宜。这不，昨天去了宫里，忙了一整天。今天啊，一定要让我带他来见见老兄你啊！"拉斯利说。

见我？见我干什么？弗吉斯没明白。

"哦……图图大人，你好。"但他还是打了招呼。

"弗吉斯公子，你好，你好。久仰大名，终于见着了！果然年少英才，老朽惭愧啊！不知道多想见公子，可惜一直没有门路，多次缘悭一面。这次，幸亏有拉斯利公子引荐。万幸万幸！"图图冲上前来，双手紧紧握住弗吉斯没被拉斯利握住的另一只手。

弗吉斯两只手都被云球人紧紧握住，能感觉到云球人的体温和手感，和地球人好像没什么区别，可依旧觉得浑身不舒服，和被地球人握住手的心理感受完全不同——应该并没有什么不同，我又多想了，他对自己说。

"哦？二位请坐，二位请坐。"弗吉斯好不容易把两只手拽回来，自己先坐了下来，在大厅中间的红箭木扶手椅上。

他在想，要不要找人上茶，在这里找人上茶是怎么个流程。他还没想好，那个小书僮已经端了茶水进来。

图图笑呵呵地坐下来，胖胖的身躯没有靠到椅子的扶手上，而是很恭敬地略微前倾着。他笑着说："弗吉斯公子，我真是想见你想了很久很久。听说你的诗文才华横溢，公认的黑石城第一，不来请教实在说不过去。"

诗文才华横溢？公认的黑石城第一？

弗吉斯作为罗伊德将军的独子，自小学习诗文，也写过一些，可预习材料中对自己的总体概括，难道不是不学无术的平庸之辈吗？他忽然想起卧室墙壁上那些文人画——可能也不尽然。他看了看拉斯利公子，印象中，在预习材料里，这个拉斯利写的诗更好，是不是黑石城第一不知道，但肯定比自己写得好。不过面对弗吉斯疑问的目光，拉斯利笑嘻嘻的，眼神中只有满怀热衷，没有丝毫不快。好像他认为，图图这个"公认"的说法一点没问题，至少他是完全同意的。

"图图大人在黑石城置办了一所宅子。今晚啊，大宴黑石城的文人墨客，咱们大家聚聚。可是图图大人说了，弗吉斯公子那是扛把子，是必须首先请去的。所以，老兄你一定要去，否则坏了大家的兴致。大将军的公子，武略过人，文采第一。京城的聚会，没有公子在，就什么意思都没有了。"拉斯利说。

武略过人，文采第一！

连拉斯利公子都这么说？弗吉斯逐渐明白过来。

"刚才听说，图图大人是林溪地的副都督，怎么到黑石城来汇报公务了？都督大人呢？"弗吉斯问。

"哦？"图图的脸上现出一丝惊讶，不由自主转头看了一眼拉斯利，"都督大人不是告老还乡了吗？还是罗伊德大人体恤都督大人，提醒着要保重身体。难道，罗伊德大人有什么别的意思？"他的面色似乎不好起来。

看来这问题问得不对，弗吉斯暗恨自己多话。预习的时候没预习过这件事，不过也不难猜，这个图图多半是眼红都督的位置，找自己通门路来了。但罗伊德将军为什么要让都督大人告老还乡？是真的太老了吗？又不能张嘴问。算了，估计是看着不顺眼，觉得不听话吧。

"不，不。"他赶快说，"父亲大人的意思我不清楚。朝廷的事情父亲大人自会操心，从来不告诉我，我所知甚少。"

"从来不告诉公子？呵呵……呵呵……"拉斯利笑了起来。侧扭着脸看弗吉斯，还举起手隔空指点了一下，似乎根本不相信。

这是真的，预习材料这么写的，弗吉斯想。

"哦……那好……那好……"图图说，"公子不闻俗务，乃是雅人。这样最好！俗务扰人，不值一提！今晚绝无俗务，公子但请放心，务必光临。咱们只聊风月，不聊朝政。"

"我就不打扰了。"弗吉斯说，"父亲还有很多功课给我，我还是在家温习为好。"

"今晚以诗会友,也是温习功课。"拉斯利说,"我们又不是请老兄去怡红院。"他看到弗吉斯有些不解的样子,大笑起来,"要么咱们就去怡红院?那更好。图图大人总是附庸风雅。我看多余,咱们就怡红院如何?"

"弗吉斯公子喜欢便好。哪里都是一样!哪里都是一样!"图图马上附和。

怡红院?这也没有预习过,肯定没有。不过从名字上,弗吉斯能猜出那是什么地方。弗吉斯仔细回忆了一下,从预习材料上看,自己肯定没有去过怡红院。他对自己的记忆力很有信心,但对预习材料稍微有一点怀疑。

他没法接话,沉吟不答。

"算了,算了。罗伊德大人管教极严,老兄要是去了怡红院,不但你难以交代,怕是我也会被罗伊德大人叫来打上三十大板。我那老父亲,恐怕还得上门赔罪。算了,算了,咱们就图图大人府上。以诗会友,温习功课!"拉斯利大笑着说。

这就对了,看来预习材料还是对的,自己也没记错,弗吉斯想。

聊了半天,犹犹豫豫兼笨嘴拙舌,他终于没能拒绝,拉斯利和图图的嘴巴和他可不一样。在这样一个陌生的地方,话也说不利索,他实在想不出更说不出什么有说服力的理由,能够有效地拒绝能言善辩的拉斯利和图图。

这也算是了解云球生活吧,他对自己说。

拉斯利和图图走后,他在家里小心翼翼,尽量避免和人说话,只是在院子里到处转着。同时,他对着院子里的每一样东西自言自语地叫出名字,碰到每一个下人也默默地在心里叫一下名字。还好,他的记忆力很好,都记得。

小书僮也没有找他什么麻烦,说过几句话,还算顺利,副管家也来请示了几件事,他勉强应答了,似乎没什么明显破绽。看来选择的时机确实不错,王国正面临危机,罗伊德将军缠身战事,但弗吉斯恰好是没什么事情的阶段。

他还到阿黛尔的小院子里去看了看。院子已经没人住了，冷冷清清，甚至稍显破败，房间里的陈设早就落满了灰尘。但是，一屋子漂亮的家具、精致的装饰、丰富的书籍，还有一院子的花花草草，尽管有些乱了，却依旧看得出布局极其用心，依稀显现出先前主人的风雅。

　　他在墙上看到一幅阿黛尔的画像，画得很好，画中人风姿绰约，尤其那张脸，只是淡淡的几笔线条，却非常传神，简直像活人一样。弗吉斯觉得，从那简单的暗褐色线条勾勒的眼睛中，自己看到了很多东西，柔和、温暖、妩媚，但也有悲伤和无奈。

　　我真能想，弗吉斯对自己说，那就是些简单的线条而已。

　　他仔细盯着那张脸看了半天。你还别说，真是有点印象中琳达的样子，虽然琳达的样子在他心中并不十分清晰。

　　他想起孙斐说过，柳杨不顾后果，选择阿黛尔这样一个目标，一个在萨波上流社会牵连甚广的云球人，来做上帝的囚徒，怎么说都不合理。唯一的原因就是她长得像琳达。以前，他并没有去系统中看过阿黛尔，很难评价。现在看来，孙斐说得可能没错。

　　如今的阿黛尔怎么样了？柳杨找到空体了吗？阿黛尔成为地球人了吗？她原本是被训练用来刺杀王后的杀手，在自己还不知情时就香消玉殒，但练舞兼练武的功底，在成为地球人后还能在地球人的躯体上再现吗？

　　晚上，在图图那个漂亮的宅院中，在数不清的酒、肉、水果和点心之间，果然有很多文人墨客。吟诗也吟了不少，作歌也作了不少。不过，不是所有诗歌弗吉斯都能听懂。

　　文人很多，但抢眼的不是文人，而是美女，比文人更多的美女穿梭在文人们之间。云球人的相貌普遍比地球人美，女人尤其如此。身材大多瘦削健美，皮肤紧实光滑，面孔犹如雕塑，眼睛就像宝石。她们穿着最薄的云蚕丝纱袍，隐约露出洁白的胴体，不是倚靠在某个文人的怀里撒娇喂酒，就是正准备这样做。文人们搂着美女的时候，吟诗的声音更大，也能获得更多的掌声和喝彩，而在怀中没有美女的时候，则连吟诗的机会都很难抢到。

弗吉斯不善于应对这种情况。他勉强地笑着，腾挪着自己的身体，试图躲避美女们，偶尔，在别人目光投过来的时候，或者别人指点着吟诗者和他说话的时候，还需要尴尬地赞美几句其实没怎么听懂的诗歌。他的内心充满了惶恐和不安，努力让脑子保持清醒，努力让脑子里充满了穿越计划的任务安排和注意要点。

但是，图图、拉斯利以及其他很多人，预习材料上出现过或没出现过的人，开始过来劝酒，不停地劝酒。他一边试图想起大家的名字，一边试图拒绝，可很少能够成功。他能想起这人名字的时候，这人总会灌他喝酒；而他想不起这人名字的时候，这人总会啰哩啰唆地坚决不走。大家说话很快，有时听不太懂，他犹疑着想说什么，却又想不出用萨波语该怎么说，然后就稀里糊涂地把酒喝了下去。他的酒量不行，感觉这样不好，却找不到好的应对办法。

他着急了，想着该不该站起来离开，后悔来这里，觉得自己根本不应该来。有几次，他确实试图站起来，但肩膀上始终被不同的人用手按着或者搂着。那些人和他说着各种话，劝他喝酒。

慢慢地，他的脑子开始晕，开始出现一些别的事情。他想起任明明，想起妈妈，想起吕青，想起柳杨，想起阿黛尔。阿黛尔怎么样了？他想起张琦，想起孙斐，想起苏彰，想起苏彰那掀起来的头皮。孙斐说有点可疑，是有点可疑吗？但会是王陆杰干的吗？不可能。

他还想起 KillKiller，想起 KHA。了不起，连氢弹都能弄出来！他想起 CryingRobots，想起迈克，想起情感黑客。情感黑客到底怎么回事？想起赫尔维蒂亚，想起翼龙，甚至想起了费舍尔探长。费舍尔探长，这人很好，他现在好吗？

他逐渐再也想不起，走过来的一个个面孔是否在预习材料上出现过。有时他感觉这个人应该出现过，却忘记了名字。不，他的记性很好，不会忘记。他低下头去想，但别人要和他喝酒。于是他又喝了，一边还在想，这人叫什么名字来着。

他试图把思绪收回来，可是不太能控制自己。不仅仅是酒的原因，声音也太大太嘈杂了，音乐声、吟诗声、唱歌声、说话声、笑声……而且视野也不好，烟雾腾腾，什么都看不清楚。

他忽然发现，这里出现了好多杂耍艺人，不知从哪里冒出来的，刚才来的时候没有啊！这东西在地球上已经很少见了，他只在电影里看到过……那些古老的杂耍，吐火、吞刀什么的……大家大声喝彩，他也觉得不错。他没研究过这些，吐火好像蛮容易的，但吞刀是怎么回事？他想不起来了，应该很简单，反正是骗人的把戏。有人和他的想法一样，在他耳边说，你看，你看，这些人都是骗子，都是骗子，我们喝酒，我们喝酒。一边说着，他们就喝了酒。

他觉得有点热，很热。他脱下了外套，只穿着一件衬衣，大家都这样。那边有个小伙子，已经光着膀子了。是的，云球人真是很漂亮。那一身结实的肌肉，在地球上几乎可以参加健美比赛了。有人在撕扯那些美女的纱袍，她们笑着逃开，然后有人去追。人很多，很多。开始的时候人没有这么多，怎么越来越多？没有人安静地坐着。他们不停地走来走去，或者跑来跑去，还有跳来跳去……在桌子上。

他们大声说话，搂着他的肩膀，使劲地抱着他。还有壮汉，甚至抱着他举向天空，好像他是个婴儿。他不认识他们。他说我不认识你。但对方说，没关系，我认识你，我们喝酒。于是，他们就又喝酒了。

他的话越来越多，其实他觉得自己很想说话，自己并不内向。既然很想说话，那就说了，这有什么不对吗？

他说着话，操着并不流利的萨波语，还夹杂着汉语。不，不能说汉语，要说萨波语。有时，他一惊，慌张地看看周围。有没有人注意到他在说汉语？好在，似乎并没有人在意。再说他喝醉了，说话不利索完全可以理解……于是汉语也越来越多。没有人在意。谁会在意呢，又没人能听懂，而且大家都醉了。

拉斯利，好像那是拉斯利吧？已经躺在桌子下面了。图图呢？刚刚和一个美女抱在一起，现在怎么不见了？我要找图图喝一杯，图图，喝一杯，他想。

姑娘们对他开始格外热情起来，他也开始觉得那些姑娘很好。不仅漂亮，态度也很温柔。手软软的，身体也软软的，声音很甜腻，笑容很甜美，总之，很软很甜。特别是一个蓝眼睛的姑娘，她叫什么？菲雅，对，菲雅，菲雅好甜啊！菲雅把脸颊贴在他的脸颊上。笑着笑着，不停地笑着。菲雅的脸颊好软好软，菲雅的笑容好甜好甜。

好像有很久很久了，他没见过这么甜的笑容，只能看见一张又一张严肃的脸。他喝了一口酒，又喝了一口酒，觉得自己有权利喝酒，也有权利看到很甜很甜的笑容。

他感觉挺好，挺好。他涨得很大很大的脑袋，涨了很久很久的脑袋，终于轻松下来，小了一大圈……不过，有点晕。

觥筹交错之间，更多人成了他的朋友，非常非常好的朋友。他觉得自己和这些朋友的友情很深很深，觉得自己很快乐，和朋友们在一起的感觉很快乐，和朋友们一起大喊大笑很快乐。

这真是从未有过的经历，他想，真好。

有一会儿，他觉得自己听懂了文人们的诗。吟诗的声音、叫好声、大笑声、杂耍声，还有不知道什么声音，都混在了一起。

是的，他知道自己醉了，萨波语的诗自己似乎不应该能听懂。可他又觉得自己确实听懂了几首，很懂。甚至还努力翻译了一下，大声读了出来。菲雅说，他翻译得好极了，眼睛里充满了崇拜。菲雅好像是这么说的，他不太听得懂菲雅的话，但"好"这个字他听懂了。

  锦袖藏羞，藏不住心上是愁，困点双灯倦梳头；
  那是郎君，惺忪睡眼稠。
  郎君归来竟非秋，从此便住不再走；
  不解风情花烛后，几时弄舟，或是约更漏？

  反复红玉佩，颠倒绿珠钗；
  几回费尽心思戴，几回有人摘。
  君子太小心，容颜焉得开？
  可怜世上庸人多，风流今安在？惺惺惜惺惺。

把雾织愁，把雨雪衬纤纤瘦；
黄昏到否？如此方堪一回走。
莫须仔细，潇洒最是鲁莽后；
可怜望眼，自家没有明月楼。

天涯芳草寻断，未到妾家门扇；
数尽星淡月圆夜，笛琴歌声未现。
不巧阴雨连绵，空渡一个秋半；
未始不是话情天，只是情郎不见。

终于，他从迷迷糊糊变成了不省人事。幸好有个什么穿越者观察盲区，他想着。这是在他睡着或者说晕过去之前最后的想法，还喃喃自语地嘟囔了一句。

醒来的时候，他依然迷迷糊糊，发现自己躺在一张豪华大床上，在一个大房间里——比起自己的床和房间似乎是差了一些，但也相当不错了。床上，在他身边，菲雅躺在那里。手臂轻轻地拢着他的脖颈，蓝眼睛正在看着他。另一边，还有两个云球美女。

他想爬起来，可头很晕又很疼，没忍住，一头栽了回去。菲雅赶快扶着，让他慢慢躺下去。

不能就这样躺在这里，胃很难受……云球人的胃比地球人的胃要大，承担了更多的消化功能，不过对酒精来说胃的大小并不是关键……他的脑子不知道在想些什么。吐出来之前的一刹那，他终于在菲雅的帮助下艰难但及时地把脑袋放在了床边。

菲雅用手掌轻轻拍着他的后背，另外两个美女关切地扶着他的肩膀。又有几个美女拉开帘子从外屋进来，忙着收拾他的呕吐物。好恶心，他想。

他发现自己没有穿衣服，菲雅和另外两个姑娘也没有穿衣服，很薄的轻纱也没有。他使劲回忆，可脑袋仍旧很晕很疼，什么也没回忆起来。而且，菲雅和那两个姑娘没有给他回忆的时间，不停地做着各种动作，迅速吸引了他的注意力。很快，又有其他姑娘爬到床上来，脱下身上的衣服。显然，收拾那些呕吐物并不需要所有人。

随着他的醒来，无论床上的姑娘还是外屋的姑娘，都忙碌了起来，这会儿，他甚至没有能力数清楚到底有几个姑娘。

再次醒来的时候，他的脑袋已经不晕不疼了。一瞬间，他回忆起很多事情，却觉得自己并不想去回忆。

这会儿，菲雅还在床上，另外两个姑娘也在。她们发现他醒来，又开始甜甜地微笑，温柔地抚摸，轻轻地亲吻……他没有阻止她们，她们的确很美……虽然伴随着一些莫名的情绪，可他觉得这样挺好。

他看着菲雅的眼睛，那么蓝。不是深邃的蓝，只是浅浅的蓝，像在热带海岸，岸边那种纯净的海水，透明而纯净，很浅很浅，一眼就能看到海底，海底是细密而坚实的沙子——他觉得温暖又安全。

作为罗伊德将军的独子，在罗伊德将军驻马前线的时候，在王国生死存亡之际，弗吉斯并没有待在自己的家里，甚至忘记了自己家的样子。直到最后一天早上，其实已经中午，他知道必须离开的时候，才离开了图图的府邸。他含混地告诉图图，自己会做应该做的事情。图图好像很满意，告诉他，做什么都没关系，只要高兴就好。图图说话的时候看起来很真诚，脸上带着亲切的微笑，随后派人把他送回了罗伊德将军的府邸。

罗伊德将军府上的人一点也没有惊讶。小书僮说，图图大人每天都派人来报告公子的情况，说他在图图府上和众多文人学者吟诗作歌、探讨学问——总之很忙，并且收获良多。在他去了图图府上隔天的时候，图图大人送来了四个大匾。说是公子写的四首诗，书法出自萨波第一书法家萨萨尔的手笔，请黑石城最有名的工匠用最好的红箭木制作成大匾，如今挂在书房了。诗句又好，书法又好，牌匾又好，看着还真好看呢！

什么？弗吉斯懵了，我写的诗？

他冲到书房。果然，那几首诗就挂在那里。是我写的？明明是我翻译的！他使劲回忆。没错，是我翻译的！他想。

他看着那些诗，那些萨萨尔的手笔，曲曲扭扭，像一条条蚯蚓，似乎正在到处爬动着，搞得身上都痒了起来。他记得菲雅还夸奖翻译得好来着……不过记不清楚了，菲雅怎么说的？好像听得不怎么懂……难道是夸奖写得好？

到底翻译得好还是写得好？"好"这个字都是一样的，只有这个字他听得很懂，肯定不会错。但是，他写的诗？这怎么可能呢？

不，不，菲雅怎么会说翻译得好？他忽然明白过来。菲雅只能听懂萨波语。他也许是翻译了，却是把心里的汉语翻译成了萨波语，而不是相反。所以，菲雅是说，写得好。

无论如何，那四个牌匾，红箭木厚重结实，在深红色的底色上，蛋黄色的纹路若隐若现，配上萨萨尔的手笔，确实很漂亮。

下午的时候，弗吉斯自己待在书房里。他告诉小书僮，任何人都不要来打扰他。他努力地让自己静下心来，虽然这很困难。

他在脑子里使劲地搜寻遗书，来云球之前已经背得滚瓜烂熟的遗书——他要把遗书写下来。

过了很长时间，那些萨波文字才逐渐在脑中浮现出来。他的记性一贯很好，本以为这些文字随时可以被调阅出来，但在五天的纵情声色之后，身体很虚弱，脑子很空洞，意识场仿佛真的变成了弗吉斯的意识场，那些文字就这么藏了起来，要花一番功夫才能找得到。实际上，所有的东西都变得模模糊糊、遥不可及，不仅是这些文字，还有地球上的一切。现在，似乎云球才是真实的世界，地球只是个梦。当然，他知道，晚上就要返回梦中去了……一切都是那么不真实。

现在他最担心的是，穿越者观察盲区的规则有没有被严格地执行——应该不会有问题，那是系统在自动执行，人无法干预，应该不会有问题，他安慰自己。

32 伊甸园星

任为从云球返回,还没有来得及看到弗吉斯的死亡是否如他们所料,带来萨波王国的转危为安,就先知道了另外一件事。

"窥视者"项目马上要启动了。这件事,任为明白是不可避免的,既然前沿院领导下了决心,他们肯定挡不住。但出乎他预料的是,伴随着"窥视者"项目,还有另外一个"伊甸园星"项目,而且两个项目要一起启动。

伊甸园星项目是孙斐提出来的计划。她在两三天的时间里,就做出了一个项目草案。她先将完整的项目草案提交给了张琦。获得张琦同意后,提交给了前沿院。前沿院同意之后,她将草案进行了删改,主要是删掉了有关穿越计划的涉密内容,却强调了窥视者项目的内容,然后提交给了宏宇公司。很快,宏宇公司也同意了。

非常奇怪,大家的动作都很快。孙斐动作快并不奇怪,但张琦、前沿院和宏宇公司,对这么一个突然出现的计划迅速做出答复——同意的答复——这不能不说是很奇怪的事情。

伊甸园星项目的核心是,鉴于在可预知的未来,云球中将有越来越多的外部介入力量,其演化将完全脱离自然的轨道,背离建立云球系统的初衷,所以需要一个替代的方案，来完成云球应完成的使命。这个替代的方案，就是在云球系统中建立一个拥有生命的外行星。孙斐给这个外行星起了个名字，叫作"伊甸园星"。

由于经费原因，在云球系统中，曾经除了太阳系以外，对外太空的所有模拟都只采用最简单的数学模型——甚至可以说，只是一幅动图而已。后来，在云球社会化有了一些收入后，才逐渐恢复了对外太空的符合真实物理定律的模拟。

现在，对太阳以及对太阳系中几乎所有行星、矮行星、小行星和彗星等天体，云球系统都尽量做到真实地模拟。这些太阳系天体的可观测参数和其他会对云球产生影响的参数，比如位置、大小、形状、质量、轨道、反射率、电磁场、化学成分等等，甚至包括这些天体自身的外部环境和内部机制，都被模拟得相当精细。尽管准确程度受限于人类对这些天体的了解，但基本可以认为，它们和真实太阳系中的对应存在，大致是相同的。

对于太阳系之外的银河系天体，位置、大小、形状、质量、轨道、亮度、光谱、电磁场等可观测数据，云球系统也进行了尽量真实的模拟。但对于这些天体自身的外部环境和内部机制则没有进行模拟。一方面人类自身对此所知相当有限，另一方面这些东西不会对云球产生任何有实质意义的影响——至少根据现有研究是如此。在云球系统中，众多银河系天体的存在形式，只是一个个单纯而稳定的圆球。空间上没有结构，时间上也没有演化。同时，这些模拟，无一例外全部限于恒星、黑洞等大质量天体，任何行星之类的小质量天体都被忽略了。

对于银河系外的更多天体，云球系统进行模拟的颗粒度，则从恒星进一步上升到了星系。对云球人来说，那些星系确实存在，如果说有些微妙的物理学影响，只要人类已经认识到，那么也会存在。但是，那些星系中的星星，并没有作为个体被模拟——不过在视觉上，如果应该能够被看到的话，天空中会存在一个对应的闪烁的点。

未来，伊甸园星将是第二个完整的行星，太阳系外行星。伴随着这个云球二号的诞生，必然要有一个完整的星系三号来陪伴，就像云球的太阳系一样。否则，那只是一块在太空中流浪的石头罢了，也许结构很复杂，但和行星这种称号是搭不上关系的。

　　这并不是要建立一个独立的新系统，而是在云球系统中建立另外一个行星。伊甸园星将和云球星共享云球系统的设定和能力，资源需求比搭建一个新系统少得多。更关键的是，这将节省很多时间，以十年计的时间。要理解这一点，必须明白云球对模拟对象的计算机制。

　　在云球中，并非所有模拟对象都在时时刻刻地运行。为了节省计算资源，云球中的模拟对象被分为两类。

　　一类对象被称为恒常对象，比如云球人。云球人身体的每一部分，时时刻刻都在云球系统中进行模拟运行。这样，他就可以持续地思考和行动，也可以在睡觉时做梦或者生病。

　　另一类对象被称为应激对象。顾名思义，这类对象只在对外界刺激做出响应时才被模拟。比如海滩上的一块石头，云球系统知道那里应该有一块石头，但绝大多数时候，这块石头并不需要被计算出当前的外观或其他状态，只有当一个云球人看到它的时候，或者当发生了某些事情必须和它进行互动的时候，可以认为它受到了外界的刺激，此时云球系统才会实时计算出它在这个时刻应该有的样子。为了提高速度，这里面有一些预判机制，以减少在它响应刺激时瞬间计算量过大导致的延时。这些工作，云球的人工智能系统都做得很好。

　　哪些东西应该是恒常对象？哪些东西应该是应激对象？这种划分，是云球系统的核心工作之一，并非一成不变，而是动态变化的。举个例子，一块海滩上的石头，通常情况下应该是应激对象，可如果这片海滩是海滨浴场，这块石头又恰好位于游客集中的区域，那么它就会是一个经常在恒常对象和应激对象之间进行切换的物体。在营业时间，为了应对频繁的互动，它将被转换为恒常对象；下班后，为了避免无意义的计算，它又变回了应激对象。但是，假如某天下班后，由于某种原因，浴场上仍有大量滞留的游客，云球系统会很聪明地知道，它需要延迟将这块石头从恒常对象切换为应激对象的时刻。

这个机制的建立是地球所和云球系统的核心成就之一。否则，完整地模拟宇宙中每一个原子不是当前世界的计算能力所能够负担的，即使拥有量子计算机的超强计算能力也不行。

毫无疑问，天上的那些东西，特别是太阳系外的东西，绝大多数都是应激对象。事实上，应激对象占据了云球中物质的绝大多数。

无数种应激对象，如何实时计算、如何提前预判等等，这是云球系统的最大能力之一。这种能力本身也是演化出来的，而且是基于量子计算的基础演化出来的，因此云球系统无法复制，量子的不可复制性和人工智能的不可解释性再次发挥了威力——除非愿意从零开始，不仅演化云球系统的所有内容，还要演化云球系统的所有能力，否则，即使可以复制那些并非核心能力的源代码，又有多大用处呢？

孙斐考虑过将伊甸园星建立在火星、木卫二或者土卫六上。人类已经登上这些星体多年，以它们为基础会有很多优势。人类对它们的了解谈不上多么精确，至少也算相当深入。可惜这些星体确实不适合人类自然生存，必须借助现代科技手段的帮助才行。或者，对它们进行强行改造也许可以解决眼前的问题，但又一定会产生更多更大的新问题。对这些星体来说，改造结果毫无疑问不符合自然规律，人类必须长期持续地加以干预，否则改造结果将无法维持，用不了多久就会恢复到原本该有的样子。所以，这些星体只是看起来很好，却不是真的好用，孙斐不得不排除了这种选择。

最终孙斐决定，伊甸园星将建立在恒星伍尔夫 359 的第二颗行星上。伍尔夫 359 距离太阳系 7.7 光年，算是相当遥远了。这也好，在可预见的将来，伊甸园星人将不会和云球人产生冲突，如果是在火星、木卫二或者土卫六就不好说了。

在现实中，那颗行星相对其恒星来说距离合适，理论上可以支持生命存在。不过目前，它的状态类似于四十亿年以前的地球，不适合生命生存。而且，其半径仅有地球的 70%。这意味着，其表面积大概只有地球的一半。

在云球系统中，可以改造这颗行星。不改变其半径，只改变其环境，使其跨越地球四十亿年的演化，并直接将生命植入。改造的过程是纯粹的神迹，完全不可能在自然界出现，但由于它所处轨道的良好位置，改造所锚定的目标状态并不和任何物理定律相冲突。这意味着一旦改造完成，它就能够正常运行，无须再额外加以任何干预。

伊甸园星的生命来源可以是云球生物。简单地说，想办法在伊甸园星上，复制一个当前的云球生物圈。

由于伊甸园星表面积只有云球的一半，所以生物圈规模也将只有云球的一半。由于环境的不同，伊甸园星生物圈和云球生物圈相比将有所不同，但其生存应该不成问题。

不过，这将意味着伊甸园星和地球更加不同。其上演化出的任何结果，对地球而言，更加没有任何意义。比如其生物体，对引力的反应都完全不同，和地球人基本没有可比性。

孙斐在计划中说，她本来要找一颗和云球一样大的行星。但进行计算后，出于对计算资源的顾虑，她做出了妥协。她强调，如果有人一定要坚持，伊甸园星由于规模较小而不具有科学意义，那么，她会放弃妥协，重新挑选一颗和地球一样大的行星，为建立伊甸园星做出一个新的计划。毫无疑问，那将使云球面临更大的资源挑战。她提醒大家，不要"搬起石头砸了自己的脚"。

确实，计算资源是关键。云球的运行已经勉为其难，怎么能够再负担一颗伊甸园星呢？但是，计算资源的问题只是钱的问题，这是宏宇需要解决的问题。孙斐缩小了伊甸园星的规模，只有云球的一半，已经做出妥协，已经仁至义尽，不打算再替宏宇公司操心更多关于钱的问题了。反而，她把伊甸园星作为一个条件，甚至是一个机会，提给了宏宇公司。她要求宏宇公司承诺，永久负担伊甸园星。作为交换，她将不再反对"窥视者"项目，也不会再使用其他手段进行阻挠。并且，她说，她甚至可以支持云球的资产证券化。前提是，在资产证券化过程中和以后，宏宇公司仍然要保证伊甸园星的运行，并且保证伊甸园星的演化不受任何外部干扰，不能有伊甸园星版的

"窥视者"项目或者别的类似计划。

对张琦和前沿院,她也明确要求,不能有伊甸园星版的"穿越计划"或者别的类似计划。

计划目标很明确,内容也很清楚。奇怪的是,孙斐凭什么认为,靠她一己之力能让所有人同意她的计划?要知道,虽然她已经"妥协",但这个计划仍旧需要很大的计算资源。那是很多的钱,难道去找人要钱的时候,因为自己已经"妥协",就可以格外理直气壮吗?

"我威胁了他们。"孙斐对任为说。她果然还是用了些手段。

"我不知道需不需要威胁你。"她接着说,"我建议,不要逼我威胁你,不要尝试来抵挡威胁。他们都在我的威胁下退让了,你相信你不会退让吗?而且,我要做的事情从某种角度上说符合你的愿望。你一直以来都希望云球自主演化。一天一天,你逐渐放弃自己的初衷和他们同流合污,不过是出于你的软弱。我给了你一个机会重拾自己的初衷,你应该支持我。"

任为听得很别扭,感觉自己理应生气,却好像已经失去了生气的能力。他承认,孙斐说自己软弱,自己确实太软弱了,特别是从云球回来以后,自己更加软弱了。

他沉默着,孙斐也不说话,就看着他。

很久,他终于问:"你怎么威胁他们了?"

"很简单。"孙斐说,"我对欧阳院长说,他一定要支持伊甸园星,而且要帮我要求宏宇公司支持伊甸园星。如果他不这么做,我就要去举报。地球所没有履行任何法定程序,就使用真人进行意识场实验,进入了云球,这是违法行为。"

"那是地球所的问题。欧阳院长事先也不知道,他没什么责任。"任为有点疑惑。一边在想,就连欧阳院长,孙斐都要这么明目张胆地威胁,她实在是疯了。

"对啊!他本来是没有责任,但他发现以后没有采取正当措施纠正,反倒利用自己的权力和人脉补办了手续,补办的手续还走了涉密渠道,绕过了正常监管，这就是他的问题了——还能说没责任吗？我看，张琦是算准他会这样，所以才敢先斩后奏。"孙斐说。

"你还挺能分析。"任为有一点佩服，"那欧阳院长同意了？"

"他还能怎么样呢？这件事对他来说，虽然不会严重到有什么刑事责任，但我相信，他的前途和名声就完了。我只需要让他相信，我什么都干得出来。"孙斐冷冷地说。

"嗯，他不生气吗？你这样对他？他对你可是很好，一直很好。"任为说。

"生气？没有，他连反驳都没有。他只是沉默了很久，然后就同意了。"孙斐说。

"是吗？欧阳院长心挺宽的。"任为说。

"我走的时候，他居然还站起来送我。还拍了拍我的肩膀，冲我笑了笑。"孙斐说，好像有点疑惑。

"哦？欧阳院长不跟你一般见识吧！对他来说，你就是个不听话的小孩子而已。"任为说，"难道他跟你吵架吗？"

"好吧，随便你怎么说。"孙斐说，"反正我不管了。后来我去找王陆杰，告诉他，欧阳院长会要求他们必须支持伊甸园星项目。他不准反对，否则我就告诉欧阳院长，他早就知道地球所私下进入云球的事情，却没有向欧阳院长汇报。"

"还是这件事。"任为说。

"是啊！我也找不到什么别的事情。"孙斐说。

"王陆杰已经去宏宇上班了吗？他们的宏宇科学娱乐搞好了？"任为问。

"对啊！你不知道吗？他已经去上班了，宏宇集团的副总裁，宏宇科学娱乐的CEO，裴东来是他手下。"孙斐说。

"他也同意了？"任为问。

"当然了。他不告诉欧阳院长，不就是希望地球所这边进度快一点吗？窥视者项目只是开始，他们还有下一步。我看，迟早的事，一定会走到让地球人意识场去云球旅游的地步。你信不信？除非意识场永远不解密。王陆杰可早就知道意识场的事情，卢小雷都琢磨这些，他会不琢磨？哼，他早琢磨好了，一步一步全想好了。不过我们不能让他如愿，他也不要以为胜券在握。反正，我看他早想离开前沿院了，有全盘计划，算准了这是发财的机会。欧阳院长要是知道他一直有这个小算盘，还不得气死！肯定不会支持他的窥视者项目了。再说，就算继续这些项目，也不会选他和宏宇做合作伙伴了。"孙斐说。

"你是真的想得挺深入啊！"任为说。这是真心话，他自己真没想那么多。

"他没有欧阳院长那么干脆，跟我辩论了半天。吧啦吧啦各种理由，主要说花钱太多呗。我不管，我告诉他，我已经仁至义尽。你有千条妙计，我有一定之规。反正你看着办吧！后来他说，这么大的事情他不能擅自做主，要回去请示那个傅群幼。"孙斐说，"总之，我告诉他，他去搞定。搞不定我就去欧阳院长那里告发他。他不怕的话，来试试好了，我更不怕。"她露出一副大义凛然的表情，像是来真的。

"后来呢？"任为问。

"显然他还是怕。昨天他告诉我，已经基本没问题，可以开始准备了。"孙斐回答，有点得意洋洋。

"我还以为你要控告他杀害苏彰呢！"任为说。

"你以为我不敢吗？我没证据而已。"孙斐说。

"好了好了，王陆杰搞定了。"任为说，"那张琦呢？"

"张琦？他不用威胁。他本来就不应该反对，又不花他的钱，他何乐而不为？他只是怕宏宇不同意，别把其他事都给搞砸了。我向他保证，他只要表示强烈支持就可以了，我都能搞定。反正我去搞，保证不会搞砸什么，即使搞不定，他也没什么损失。不过，我没有像对你一样，把所有细节跟他讲，我觉得他没必要知道。说人体实验的那些事，变成是在威胁他了。哼，我本来打算，他要敢不支持，我就真威胁他。但既然他没捣乱，我也就算了。"孙斐说着，扭头看向天花板，又狠狠地哼了一声，好像要表示一下对张琦的蔑视。

"我和张琦是一样的了？"任为问，"我也没什么理由一定要反对。况且，如果你真的要曝光人体实验的事情，我也逃脱不了责任。"

"对啊！所以你同意就行了。"孙斐说。

任为叹了一口气，说："我同意。"

"很好。"孙斐说，"这个态度很好，那我走了。"

她站起身来准备走。

走到门口的时候，她忽然又停住，转过身说："哎，我说，您在云球的任务不知道完成没有，您倒是先出名了。现在的黑石城，所有妓院都在传唱您的诗呢！快要达到有井水处有柳永的境界了。没看出来，您还会写这种打油诗呢！轻薄得很，不是所长您平常的风格啊！看来，您心里还颇有些风花雪月呢！"

她又抬起头看着天花板，这次像是在思索。她慢慢说："我想想啊……您那几首打油诗……机器翻译得不错，合着词牌呢！'锦袖藏羞'那首是'醉落魄'；'反复红玉佩，颠倒绿珠钗'是'卜算子'；'把雾织愁'是'减字木兰花'；最后一首，'天涯芳草寻断'是'西江月'。对吗？我查过，不会有错。真有点文采，不过还是打油诗。平仄不对。也许这得怪机器翻译，平仄没学好。好在您运气不错，至少还押着韵呢！恭喜您啊，打油诗大诗人！"

她轻蔑地撇撇嘴，拉开门扬长而去。

"哎"？孙斐对自己的称呼都变成了"哎"了？

妓院？有井水处有柳永？扯什么淡。那些打油诗不是我写的，任为想。转念又想，也许真是我写的？

他回忆了一下进入云球前的预习材料，弗吉斯的确写诗，写一些风月诗，水平不高。这几首也是风月诗，水平也不高，气场似乎还挺合。难道，我的意识场调用了弗吉斯大脑里的一些残留技能？听起来不是没有可能。老巴力丢了自己的狩猎技能，但多半拥有了斯特里的农耕技能，只是没有来得及发现和使用就轻生了。不过，写诗的技能和狩猎、农耕之类的技能似乎又不太一样。

回头有机会，一定要问问柳杨。

至于我自己，他想，我写过诗，可那是很久很久以前的事情了，还是个孩子的时候，现在都多少年了，早就忘得干干净净了。那时候，孩子嘛，谁不写诗呢？

王陆杰很快也跑来找他了，"你总算回来了。"王陆杰说。

"你也总算去宏宇了。"任为说。

"是，是，你别笑话我。"王陆杰自己先笑了起来，"对我们都有好处。"

"对你有好处，对我可未必。"任为说。

"有好处，有好处。"他说，"你看啊，两件事，窥视者，伊甸园星，咱们看看，下一步怎么推进。"

"推进吧。你找张琦商量就行了，我都同意。"任为说。

"窥视者项目没问题，正在推进。ASSI和云球对接嘛，不难，很快就能弄好。下面的宣传推广我们是行家，当然也会征求你们的意见，都不是问题。不过，伊甸园星没那么简单，不容易！"王陆杰说。

"你不是答应孙斐了吗？"任为问。

"是，是答应了。"王陆杰说，"但还是有问题。"

"傅群幼不答应？"任为问。

"没有，没有，我搞定他了。而且，欧阳院长提了明确要求，他也不好回绝啊！"王陆杰看起来还挺高兴，丝毫没有被胁迫的感觉。任为有点奇怪，被胁迫难道不是应该很不爽吗？

"那有什么问题？"任为问。

"应该算技术层面的问题，在伊甸园星复制一个小号的云球生物圈好像没那么容易。环境方面没问题，直接修改环境系统，无非测试的时候仔细一点。植物动物也还算好办，他们说可以通过人工智能程序把一些植物动物直接迁移到伊甸园星上去。一只老虎，睡觉的时候还在云球，醒来就在伊甸园星了，脑单元在系统里没动，躯体参数也没有动，只是链接的环境参数全变了。老虎傻，不适应而已，搞不明白，没关系，反正有兔子吃就行，这是关键。可是云球人不行啊！他们已经不是猿人了，是现代人。他们的社会演化有问题，但智力没问题，脑容量、意识场都和现代人一样，你要让他们一觉醒来就在伊甸园星上了,这行得通吗?"

"对,引力不同啊!伊甸园星的半径不是只有地球的70%吗?"任为想到了引力,问王陆杰。

"所以,那些植物动物能不能活都是问题。他们说,可以通过系统修改体内的引力反应,一点点来,慢慢试,应该能够逐渐进化。就算死一批也没办法,但是工作量不小。不过最大的问题还是云球人,他们有家庭、有朋友、有部落,忽然之间换了个地方,难道没有问题?"王陆杰说。

"那就把某些部落,周围的自然环境,还有动植物,都同时迁移过去。"任为说。

"对!我是这么说的,可张琦不同意了。孙斐又不高兴,他们吵起来了。这个孙斐,伊甸园星已经带来很多麻烦,该让步就让步嘛!这姑娘真难搞啊!"王陆杰说着摇摇头。

"张琦为什么不同意?"任为问,但没有等王陆杰说话就自己回答了,"嗯,我知道了。在伊甸园星倒没问题,在云球会有问题。环境能复制,植物能复制,可动物不能复制。有脑单元的东西都不能复制,量子的不可复制性,人工智能的不可解释性,更别说还有意识场了。只能迁移不能复制。迁移嘛,又会造成云球上出现大片空白,对云球造成负面影响。这确实是个问题啊!"他摇了摇头。

"张琦挑选了一些部落,都比较偏远,与世隔绝,说是对云球影响可控,可以迁移到伊甸园星上去。但孙斐觉得数量太少了,本身又落后,那样的话伊甸园星的人类发展就太滞后了,距离云球会有很大距离,所以他们吵得很厉害。"王陆杰说,"你是不是拿个主意啊!我知道你现在不爱管这些事,可你毕竟是所长啊!"

"我没有不爱管。"任为尴尬地说,但也并没说要怎么管。

他沉默了一会儿,忽然问:"你怎么被孙斐吓住了?你不被吓住,就没有伊甸园星这件事了。"

听到这个问题,王陆杰先是一愣,然后笑了起来,说:"我才没被她吓住呢!这姑娘是难搞,但是小姑娘还是小姑娘嘛。想问题太简单,性子又太着急。"

"什么意思？"任为问。

"你想，搞这个云球，欧阳院长始终支持你。虽说一直有很多困难，可就这么着变成游戏，他能接受吗？他是有很大压力，但也希望有办法延续以前的研究，其实非常矛盾。孙斐要是好好地跟欧阳院长讲她的伊甸园星项目，欧阳院长肯定也会同意。可孙斐这姑娘，没办法，也许这段时间被搞毛了，一上来连恫吓带威胁，搞得欧阳院长莫名其妙。她是被欧阳院长宠坏了，欧阳院长也懒得理她，就坡下驴同意了。至于我，我才不怕呢！你们的事情，我跟欧阳院长说过，我不怕她到欧阳院长那里告发我。"

"你告诉过欧阳院长？"任为有点吃惊。

"是，你知道就行，不要跟别人提了。"王陆杰说，"当时欧阳院长确实没吭声，也是知道这件事不好搞，走程序不知道要走到什么时候。还牵扯到柳杨的实验进展呢，柳杨的事情更麻烦。上面——"他指了指天上，"也很着急。所以，你们的办法也不失为一个办法，欧阳院长就没吭声。而且这个伊甸园星项目，本身是个挺好的主意，里面有很多研究价值。除了创造一个干净的环境继续以前的研究以外，也是一个新的实验，看看在云球系统中创造新的行星会是个什么情况。如果技术流程成熟了，也许可以创造更多新的行星，会有各种用处，无论是科研角度还是商业角度都是这样。想不明白这件事的人主要是宏宇公司的人，他们是商人，很短视，多数时候想不了那么远，这个季度的股价差不多是思考的极限了。这也正常，商人的本分。对他们是需要做一些说服工作的，这没问题，我去做。孙斐完全没必要急赤白咧，好好说不行吗？不过她就那样，也不奇怪。"

"嗯，"任为含混地嗯了一声，"那你怎么做宏宇的工作？这毕竟是很多钱啊！"

"是啊，但也有更多的商业机会啊！"王陆杰说，"说服傅先生，不就是要说赚钱的事吗？这容易，跟他说赚钱就是了。换换脑子，大家才能互相理解。"

"换脑子？怎么换脑子？"任为问。

"有些事不是今天就能想清楚，有很多可能性需要脑洞大一点才能想到。举个例子，注意，只是个例子，如果创造一个行星用作监狱呢？一些重刑犯，把意识场送到这个行星监狱去，把空体保存到 KillKiller，是不是比现在的监狱更安全？是不是成本也低很多呢？某种程度，犯人的生活还更好更自由，对不对？"王陆杰说。

"啊？"任为惊了一下，"伊甸园监狱？"他问。

"谁说是伊甸园星了？"王陆杰说，"可以是新造的行星啊！伊甸园星应该认为是个实验。很久以前，我和公安部监狱管理局的一个副局长聊天的时候，还真聊起过这件事。不过，那会儿只有 KillKiller，没有意识场，这样做行不通。总不能就在 KillKiller 冬眠吧！有点侵犯罪犯人权的意思，而且也起不到改造罪犯的作用——时间都被睡过去了，没接受改造，没有意义。对不对？现在不同了，等意识场解密了，我会再去找他聊聊。名字我都想好了，'云狱'，云中监狱，怎么样？"

"厉害！"任为伸出大拇指，由衷地钦佩王陆杰，商人们的脑洞确实很厉害。

"所以，说服傅先生也不是太难。就是要做工作而已，强调赚钱，"王陆杰重重地说，"赚钱！"

"但是——"任为有点迟疑，"你不会把这些想法跟傅先生讲了吧？意识场可还没解密呢，穿越计划也是涉密的。"

"没有，没有，你放心，这点职业素养我还是有的。跟傅先生渲染一下窥视者计划就好，再说还有好多胡萝卜呢，用不着讲这些。"王陆杰说，"其实，伊甸园星真是有价值，孙斐这个想法很好。不仅仅是赚钱，科研方面这种需求也已经出现了。"

"你知道，在火星和木卫二、土卫六上，目前都有人类居住实验基地，尽管弄得不怎么样，飞船不给力，可我们确实是在走向宇宙的过程中。"王陆杰接着说，"未来总有一天，我们会碰到外星人。我们和外星人之间，或者，外星人和外星人之间，会是什么关系？怎么相处？这要研究，现在大学有国际政治专业，那会儿一定会有星际政治专业。当然，坐而论道的话，坐在那里想和说就可以了,但需不需要做实验呢?也许大多数人认为,国际政治不需要做实验,本来就是坐而论道,可星际政治不一样。毕竟星际政治的实体和国际政治的实体不同,很多东西看不见摸不着啊!坐而论道也许不够。假如云球里有很多行星都存在生命和文明,是不是一个非常优良的观测环境?说不定还是一个非常优良的实验环境,能够做实验验证些什么。不知道你们的技术支持不支持,我想迟早会支持。我听说……就是听说啊……不知道是不是谣言,军方已经开始有一些这样的前期研究,说不定哪天会找到你们呢。"

这个王陆杰厉害,任为有点震惊。他觉得自己真是井底之蛙,思维像是被困住了,困在云球里面,这么多年从未探头出来过。

"这种东西很多。你们以前太封闭了,还是要开放,开放,再开放。资产证券化也不是不能考虑,你应该琢磨琢磨。毕竟,无论对云球还是对地球所的所有个人,都是有好处的。很多事情不要用今天的眼光固定地去看待。随着时间的前进,很多东西会发生意想不到的变化。地球会变,社会会变,人会变,你也会变,不能说就云球不会变、不能变,对不对?"王陆杰说。

我会变?任为忽然想起菲雅。

"说远了,说远了,刚才说到哪里了?"王陆杰笑了笑。

"哦……对……说到孙斐。"他接上了之前的话题,"她以为是大家怕了她,实际上是因为她的想法真是个不错的想法。她叫啊叫啊叫个不停,其实大家都在想别的事,根本没听她说话。她是个好姑娘,也是个难搞的姑娘。对了,你可别跟她去学我说她的话,其实我很喜欢她,也挺佩服她。作为一个姑娘真不容易,内心很强大。我要是她,绝对做不到她这样。说到底,唯一真正的问题是钱。说服宏宇拿钱出来就没问题了。我现在是宏宇的人,作为宏宇的一分子,我认为拿出这个钱一定会得到合理的回报。你放心,我觉得没问题。眼前,问题是张琦和孙斐的争执。他们僵持不下,这个我搞不定。你还是出一下面,好不好?"

"好,好,没问题。我出面,我去说。"任为说。

伊甸园星项目让任为吃惊，和孙斐的谈话让任为吃惊，和王陆杰的谈话让任为更加吃惊。但是，这还没有完，接着，就在当晚，吕青又让他吃了一惊。

"CryingRobots 分裂了，已经发声明了。"吕青说，情绪很低落。

"啊？怎么分裂？"任为问。

"我说过的呀！哼，我还真是厉害。他们真的分裂出一个新组织，名字真的叫 FightingRobots。"虽说证明了自己的料事如神，可她看起来却一点也不高兴。

"明明在哪个呢？"任为问，随即觉得自己问得很愚蠢，"当然是在 FightingRobots 了。"他回答自己。

"可能比这个还过分。"吕青说。

"比这个还过分？什么意思？不就这两个组织吗？她还能在哪里？"任为问。

"FightingRobots 的声明里提到，他们的领导人名叫 RevengeGirl。"吕青说。

"RevengeGirl？"任为愣愣的，不知道说什么好。RevengeGirl，倒像是任明明给自己起的名字。

"他们还干了一次新行动，袭击了爱尔兰的一个教区，杀害了一位主教。"吕青说。

"为什么？"任为很吃惊。

"那是一个极端保守的教区。那位主教一直在到处奔走，极力呼吁政府进行立法，对人工智能进行明确分级，建立像电影一样的分级制度。并且要在一切范围内，限制为机器人建立任何和自我意识有关的功能，包括情感软件包或者情感芯片也不行。这类东西，都应该定义为非法并全面禁止。总之，就是要在研发和生产环节中，在技术层面上，永远把机器人严格地限制为机器。可以想象，在那里，机器人人权、机器人婚姻之类的事情，肯定是大逆不道的。"吕青说。

任为叹了一口气，没有说话。

"明明怎么能这样?"吕青说,语气听起来很担忧,但任为扭头看她的时候,在她眼睛里看到的东西似乎比担忧更多。

任为不知道说什么好。

过了一会儿,任为说:"问你一句,另一件事。"

"什么?"吕青问,显得心不在焉。

"我以前写过一些诗,是吗?"任为问。

"是啊,大学的时候。怎么了?"吕青问。

"不怎么,就是忽然想起来了。你还记得些什么吗?"任为问,"可能有点怀旧吧,最近这么多事情。"他又补充说。

"让我想想……你给我写过情诗呢!"吕青说,一边笑了笑,不过看上去并不是很开心。她歪着头在想,像是想起了什么。

"嗯,我想起了一首。"她慢慢开始念。

> 双红豆,双红豆,
> 生在山崖扶云头,
> 自小不知愁。
> 双红豆,双红豆,
> 一朝美人盈红袖,
> 窥见汴水流。

"好像是这样。"她说。

"一朝美人盈红袖,窥见汴水流。"任为重复了一遍,"嗯,是的,我也想起来了,是我写的,词牌叫'双红豆'。"

"一朝美人盈红袖,窥见汴水流。"几分钟之后,他又重复了一遍,感觉自己写得还不错。

吕青没有再理他,还是一脸担忧的样子。在担心任明明吧,任为想,是啊,他也很担心。

这一段时间,我算不算是"窥见汴水流"了?他又想。

33 / 窥视者

萨波王国果然转危为安了。但是，并非一切都如张琦所料。

副管家将弗吉斯的遗书送到了阿克曼国王手中。国王并没有马上采取行动。他考虑了一段时间，派人调查了弗吉斯死前的行踪。了解到弗吉斯在图图府上连续住了几天，读了弗吉斯那几首在黑石城大肆流行的诗，知道了弗吉斯曾经在阿黛尔的院子里流连忘返。他调查了图图、拉斯利和那几天在图图府上的一些人，当然少不了罗伊德府上的副管家和弗吉斯的小书僮。

这一切，都是以调查弗吉斯死因的名义进行的。

其间，任为一直很紧张。阿克曼国王的调查会不会在地球观察者们面前暴露弗吉斯的放浪形骸？好在图图、拉斯利们的证词都非常小心谨慎。他们的证词表明，在图图府上的几天聚会，完全是黑石城文人们的纯文学交流——弗吉斯的几首诗就是明证，还有其他人创作的超过一百首的各色诗歌。

菲雅和姑娘们没有被调查。国王毕竟只是国王，而非上帝，并不知道每个细节，哪里知道有那么些姑娘呢？对任为来说，更加万幸的是，地球观察者们对调查过程的细节没有任何兴趣，只关心结果。没有人认真观察调查过程，至少在任为看来是这样。最终，他很欣慰地看到，既没有尴尬的问题，也没有暧昧的眼神。他松了一口气，吊在嗓子眼好久的心终于放了下来。

和张琦的计划不同，阿克曼国王没有把弗吉斯的遗书公之于世，而是把遗书送去给前线的罗伊德将军。同时，把遗书的一份副本秘密送去给麦卡王苏雷，并附带送去了自己名贵的阿利亚黑钢佩剑，还有一份免赋税五年的手谕。然后，他下了两道诏令。

一道诏令是关于贾尼丝王后。诏令中说，贾尼丝王后因常年被隐疾所困，不堪忍受而自尽。国王痛心疾首，令以王后之礼厚葬。并令，等国王百年之后，无论将来何人即位，不得另立太后，贾尼丝将永享太后之位。

另一道诏令则说，经过详细周密的调查，阿黛尔和弗吉斯均死于传染性急疾，乃黑鼠唾涎所传播。诏令黑石城全城军民，捕杀黑鼠、注意卫生，务必各自珍重。

麦卡人撤军了，罗伊德将军迅速率军北上。没等他到达北境，山地人刚刚听到风声，也撤军了。之后，罗伊德将军率军返回黑石城。但是，在还没有到达的时候，离黑石城还有最后一天的路程，他刎颈自尽，并留下了遗书。遗书中说，他不堪忍受阿黛尔和弗吉斯的离世带来的痛苦，万念俱灰，只能愧对君王和百姓了。

阿克曼国王立即接回了罗伊德将军的遗体，举行了规模盛大的国葬，亲致悼词，当场昏厥。

一代将星，一代名臣，一代人杰，就此陨落。阿克曼国王亲自守灵三天三夜，并诏令王室所有成员及朝廷政务官以上官员，在为贾尼丝王后戴孝一月之礼满期后，为罗伊德将军再戴孝十五天。于是，举国皆哀，感激涕零，莫不念君王厚待忠臣之心。

任为说服了孙斐。说服孙斐并不容易，大概主要是孙斐自己想明白了。如果建立伊甸园星的综合成本过高，对云球整体带来太大影响，引起过大范围的反弹，那将不是明智之举。为了一切顺利，她终于做出了妥协。

伊甸园星建立了。环境和植物都很好，动物种类也算比较齐全，只是数量很少。人类就更少了，都是云球上一些偏远的部落。不仅偏远，在云球上，这些部落在各方面都比较落后。所以，伊甸园星虽然跳过了漫长的环境形成和生命诞生阶段，但是就人类社会演化来说，他们前面的路比云球要漫长得多。

孙斐成功地争取到了最大的权力。地球所正式成立了伊甸园星办公室，她被任命为办公室主任，伊甸园星的总负责人，同时依旧兼任所长助理。大家讨论通过并形成了一份有关伊甸园星的正式文件。文件中明确规定，有关伊甸园星的所有决策和行动，必须通过伊甸园星办公室进行，并且必须事先获得办公室主任的批准，也就是孙斐的批准。在孙斐的坚持下，建立伊甸园星所需要的一系列技术工作，也被安排在了地球所技术部门的最高优先级。

在建立伊甸园星的工作进行得差不多的时候，窥视者项目终于也正式启动了。在地球所内部，这个项目仍然由卢小雷领导的社会化办公室负责。

从技术角度说，窥视者项目比伊甸园星项目简单，无非就是把 ASSI 和云球的影像系统相连接而已。

有很多细节问题要解决。比如，云球系统以前和公共网络完全隔离，这次要突破这种隔离了，需要一些新的安全措施；比如，MSI 数据和云球影像数据在空间位置上的冲突演算需要新的程序开发；比如，窥视者项目需要海量规模的数据在网络上传输，必须选择非常好的算法以保证效率；再比如，窥视者项目的用户界面不能像原先地球所的技术人员使用的界面那么简陋，否则用户恐怕不会愿意使用。

不过，这些问题对地球所的技术部门来说没什么太大难度，主要是工作量，和伊甸园星这样重建一个云球的工作相比要容易得多。

但在技术之外，窥视者项目却比伊甸园星项目复杂得多。这不奇怪，毕竟，一个是地球人的事情，一个是云球人的事情。

首先，在窥视者项目中，最大的一个问题是云球时钟。

对窥视者来说，云球必须和地球保持同样的时钟，否则人脑无法适应，反应速度跟不上云球系统的速度。目前，云球时钟倒是和地球时钟同步，符合窥视者项目的要求——可这是暂时的，是为了脑科学所的研究。长远来看，云球时钟肯定是要调快的，否则社会演化就谈不上了，也没什么科学研究了，地球演化研究所真的应该改名字了。

最后大家达成一个妥协。原则上，云球每个季度只开放第一个月给窥视者项目，称为"观察周期"。在这一个月中，云球时钟和地球同步。另外两个月，云球时钟将按照地球所的研究需要进行调整，宏宇公司不会干涉，称为"演化周期"。不过在最初半年，云球将连续开放给窥视者。也就是说，在这半年里，云球时钟将一直和地球同步，一直是"观察周期"。这是为了保证项目初期可以获得大量数据，用来进行各种测试和调整。

伊甸园星也处于云球系统中，"观察周期"和"演化周期"的划分同样会影响伊甸园星，显然"观察周期"的存在会拖慢伊甸园星的演化进度。但是，考虑到这也为观察伊甸园星提供了一个稳定的窗口期，而且这种妥协已经算是很不容易才达成的，孙斐也同意了。

其次，作为一个商业计划，窥视者项目不像地球所的人们所想象的那样简单。地球所的人们认为，技术实现了以后向社会开放就是了，但宏宇公司为窥视者项目制定了复杂的使用流程。

虽然观察的内容都是云球中的实时影像，观察的手段却被宏宇公司分为四个不同的等级，他们称之为能力等级。

"初级窥视者"只能获得 2D 的平面影像，在 2D 薄膜电视上播放，和 ASSI 甚至 SSI 都没什么关系。不过，相比之前拍摄的云球影片，初级窥视者的用户体验已经获得了很大提升。影片都是拍好的，是发生过的故事，观众没什么选择，唯一能做的事情就是看。现在，观察者可以任意选择观察地点，也可以任意切换观察视角，而且观察的内容都是实时发生的。

"中级窥视者"和"初级窥视者"没什么本质不同。唯一的区别在于观察者获得的影像是实时的 3D 影像，在 3D 电球中播放。当然，播放时也可以任意选择观察地点和观察视角。

"高级窥视者"被允许将自己的 SSI 和云球相连。注意，是 SSI，不是 ASSI。这意味着观察者可以把自己的眼睛放到云球中，不需要 2D 屏幕，不需要 3D 电球，闭上眼睛就行。观察者可以在云球中随意移动自己的眼睛进行观察，任何地点或者任何视角。但是，观察者无法在云球中看到自己的身体，也无法找个地方坐下来。

"VIP 窥视者"才真的可以使用 ASSI 和云球相连。观察者会发现，走在云球上和走在地球上没什么区别。如果不是总被云球人无视，偶尔又会被云球人穿过身体扬长而去，甚至无法分辨出自己是在云球上还是在地球上。不过，这样的观察手段也有一个坏处。观察者将无法钻进黑鼠的地下巢穴这样的地方进行观察——躯体太大了，ASSI 和云球的联合计算将阻止观察者这样做，这和观察者可以慢慢地走在地面上、舒服地坐在椅子上是同一个算法的计算结果。但没关系，任何高能力等级的观察者都被允许任意采用低能力等级的观察手段，如果真的对黑鼠的地下巢穴有兴趣，可以暂时降低自己的能力等级来满足这样的特殊嗜好。当然倒过来肯定不行，低能力等级的观察者想要采用高能力等级的观察手段就只能付钱升级了，这是宏宇的商业思路。

最后一个能力等级最让人震惊："神秘玩家"——观察者将拥有一个云球人的身体！观察者能够和云球人互动，不会有云球人穿过观察者的身体，观察者甚至可能被云球人暴揍一顿，或者被黑爪虎吃掉！

这不是意识场吗？地球所的所有人都立刻意识到宏宇公司在说什么，大家一片哗然。

王陆杰做出了解释："大家不要激动，不要激动！这只是游戏的宣传手段！"他的声音大了起来，"好吧，我们再商量。可以不说互动什么的，但'神秘玩家'这个等级必须存在。宏宇公司的人，除了我以外没人知道意识场的事情，他们以为这仅仅是个噱头。我告诉你们，他们的想法很对，这仅仅是个噱头，你们却完全想错了。你们知道这能实现，他们不知道。可结果呢？你们反对而他们支持。是不是挺有意思？知道为什么吗？"

说到这里，他环顾了一下大家，看到没人回答，显得有点得意，接着说:"因为这是心理战。因为玩家都想要做根本做不到的事情!他们喜欢意淫,就让他们意淫。让他们自己去想象如何互动。我们应该给他们一个念想,何必要阻止他们呢?"

他顿了顿,声音低了一些。"放心好了,如果真的互动,不要说你们,脑科学所也不会同意。这是涉密项目,我可不敢干这种事!我发誓,仅仅是个噱头。这是一个永远不会有人达到的等级,或者说,是大家以为有人达到了自己却永远也达不到的等级。这个等级不是花钱可以买到的,达到这个等级的那些用户根本就不存在,只是数据库里的一串数据而已!"

看到大家还在沉默,他摇了摇头,好像很无奈,又继续下去:"非要说得难听一点吗?好吧,那些用户,神秘玩家,都是伪造的用户,不会有真正的用户达到这个等级。不会,永远不会,我保证。"

说这些话的时候,宏宇公司只有他一个人在场。

在能力等级之外,观察范围也被宏宇公司进行了各种层次的限制,称之为范围等级,这可不是出于为地球所保密的好心,而是为了进行不同层次的收费。

"风景窥视者"可以参观云球中充满原始风味的自然风光。那是和地球差别很大的风景,有海拔两万米的高峰,是珠穆朗玛峰的两倍半;有落差三千米的瀑布,是天使瀑布的三倍;还有无数在地球上闻所未闻的动植物。即使观察者是"初级窥视者",也能看到超过一百万只云球驯鹿集体迁移的场面——用高倨空中的上帝视角或者用紧贴地面的土地爷视角。如果观察者是"VIP窥视者",也许会以为自己被一只龙鹰、一只黑爪虎或一大群红毛狼攻击——可惜只是自以为而已,实际上动物们根本看不到观察者。但无论如何,这种体验将前所未有。当然,观察者也可以参观城镇中的街道,看到熙熙攘攘的人群和热闹的街市,不过观察者会发现,无法走进任何屋子!对,任何建筑物都是"风景窥视者"的禁区——观察者只能在室外逛荡,或者说得好听一点,在室外漫游。

"公共窥视者"就允许进入屋子了。观察者可以在法务官的身边看他审案;可以在政务官的身边看他批阅文件;可以在军营大帐中看大将军发火;

还可以在军械库中仔细数数有多少支长枪。这很不错啊！但是，能进入的建筑物都是公共建筑物，不能进入任何私人场所。任何人家里都不能进去，也不能进入虽位于公共场所却用于私人生活和起居的空间，比如办公室里的卧室不能进去，厕所自然更加不行——观察者不一定想进入厕所观察，但无论想不想，这都是一个限制。

"家庭窥视者"更进一步，允许进入家庭了。观察者可以看夫妻吵架，可以看孩子撒娇，可以看家族聚会。卧室或者厕所，可以看一切。反正，家庭不再是禁区，私人起居和生活也不再是禁区。

讨论到这里的时候，卢小雷很庆幸，孙斐已经全身心投入她的伊甸园星项目了。由于伊甸园星的资金来自宏宇，孙斐依旧会参加一些地球所和宏宇公司的重要会议。但她不再参加卢小雷的社会化办公室和宏宇公司之间类似这样的细节讨论会。否则，听到什么家庭窥视者，孙斐一定会跳起来，不要说大发雷霆了，就算扇他一耳光这种事都不是不能想象。

卢小雷这样想是有理由的，因为叶露跳了起来。

叶露作为人事部门负责人，从一开始就参与了社会化办公室的工作——通常只是为了帮忙协调人手，对业务层面的事情发表意见不多——但这次她跳了起来，显然是不能忍了。

"要观察什么？到别人家里去观察什么？卢小雷，你支持吧？我猜你肯定支持。我要把孙斐叫回来。"她说。

卢小雷不敢说话。孙斐和叶露组成的姊妹双煞，他是不想也不敢再招惹。何况这些东西，是宏宇的计划，并不是他的计划。

"叶露，叶露，"王陆杰果然出来解围了，"你着急什么？你什么意思？"

"王总，"叶露不像孙斐那么生猛，特别是当孙斐不在现场带头的时候，"这个我觉得不好。"她气呼呼地不知怎么表达，想了想说，"这个会被别有用心的人利用。"

"啊？"王陆杰似乎很惊讶，"怎么利用？"

"你！"叶露有点生气，"你是故意的吗？"

"好，好，开个玩笑，开个玩笑。"王陆杰笑了起来，"我知道你的担心。

你害怕有人耽于窥探别人的隐私，你担心有很多人很下流。对吗？原来孙斐一直吵，说'窥视者'这个名字下流，和你一个想法嘛！对，我承认，我们是有引导别人的用意。可市场就是这样嘛！这不怪我们。不过说到眼前这件事，'家庭窥视者'，你倒不用担心。我们有用户守则，有严格规定，违者严惩。如果发现你担心的行为，一次封号一周，两次封号一月，三次封号半年，四次一年，五次永久封号。怎么样，够严厉吧？"

叶露说不出话。

卢小雷也没说话，但他明白，这个规则水分很大。

第一，如何发现？第二，谁来执行？

按照他对宏宇公司的了解，这个所谓发现，一定是依靠举报——他们才不会要求用技术手段监控呢。再说技术手段监控反而涉及更多的复杂问题，比如涉嫌侵犯用户隐私。但是，如果仅仅依靠举报，又有谁会举报呢？

可以想象，这种行为肯定是一个人干的，不会有别人知道。就算别人在同一地点同一时间观察同一件事情，互相之间也发现不了。除非三五好友通过ASSI组队参观，才能互相看到，这在技术上是支持的。但是，难道指望他们互相举报吗？

至于执行，自然是宏宇公司的运营人员执行。钱交够了，又没别人知道。他们会执行吗？

卢小雷并没有吭声。其实他也认为这样不合适。不过，他觉得自己要是出声反对，在大家有偏见的情况下，纯粹是自寻烦恼，而且自己也没有什么好的解决方案。

这种事的管理不像穿越者观察盲区。穿越者观察盲区是通过系统的自动检测为地球穿越者建立一个负面清单，是以人为关键字进行管理，叶露担心的事情则必须以行为为关键字进行管理。

行为很难定义，非常琐碎和海量，负面清单很难建立，用技术手段不好实现——虽然不是一定不行，但一定是非常困难和非常不准确，也一定会额外消耗大量计算能力。宏宇公司从商业角度考虑，不会有哪怕一点点兴趣做这样的事情。

想着这些，卢小雷也只能假装没听见叶露的话了。

"我们会进一步严格用户守则。相信我们，会非常严格。再说，我们才刚开始嘛！不要把用户想得那么坏。窥视者和你们的云球一样，都会逐步进化。所有游戏都会这样一步一步进化。有漏洞一定会被堵住，逐步地堵住，但不能要求第一天就没有任何漏洞。真正的漏洞经常很难被看到，一眼看到以为是漏洞的地方反而不一定是漏洞。所以，我们要靠数据说话。运营开始以后会有大量数据，那时候我们再来讨论，大家的观点都会有坚实的数据作为基础。对不对？不着急，不着急，一步一步来。"王陆杰微笑着说。

叶露还是说不出话，这可不是她的专业领域。

"家庭窥视者"不是最后一个范围等级。"家庭窥视者"虽然可以进入家庭，但不能进入任何王室。所谓王室，包括了云球上五千个现在的或曾经的部落首领家族，涉及人数超过十万人。王室的"范围"定义不仅包括家庭，也包括公共场所，比如王宫。所以"家庭窥视者"不能观察王室家庭，"公共窥视者"也不能观察王宫内的公共事务。"王室窥视者"是一个更高的范围等级，这个等级的观察者将可以进入王宫或者王室家庭，观察五千个王室所有成员的公共或私人行为。

但是，"王室窥视者"也并非可以看到所有东西。

宏宇公司建立了一个"神秘地点"列表。其实，这个列表目前还没有任何条目。王陆杰解释说，这个列表将根据用户行为数据进行分析，动态添加和删除地点。任何地点一旦进入这个列表，将单独对想要进入的用户收费。这就像很多旅游风景区，在门口买了门票，进去以后，某些内部景点还需要单独的门票。而且，"神秘地点"的收费方式是计时收费，像停车场。

真够黑的！卢小雷想。

可他没想到，这还没完。

想要免费进入"神秘地点"也不是不可以，需要升级到最后一个范围等级："上帝窥视者"。

"上帝窥视者"是云球风景区的大通票。就影像系统而言，"上帝窥视者"的观察范围已经和地球所的观察范围一样。当然，地球所还可以获得影像系统以外其他系统的数据，比如云球人的思维日志——从以往看似乎没什么用，但毕竟是"上帝窥视者"拿不到的东西。

谁知道呢？照宏宇这个路子，也许很快会有一天，思维日志之类的东西，也将变成可以用钱买到的数字商品，卢小雷想。

窥视者项目的业务细节逐渐敲定了，开发工作也按部就班地进行，一切看起来都很顺利。

现在，宏宇公司的更多精力逐渐开始向宣传推广方面倾斜。需要准备的东西很多，自然缺少不了地球所方面的各种支持，所以大家都十分忙碌。

只等宏宇的决策层一声令下，大规模推广工作将立即开展。然后，云球中可能就要挤满无数的人类眼睛了。

34 鸡毛信

"别的效果不说,至少云球会变成情色观光胜地。"听完卢小雷的汇报,张琦说,没有什么表情,然后抬头看了看任为,"任所长,你怎么看?"

"这次不像以前拍电影的时候,这次真要赚钱了。"任为说,"你那个'穿越者观察盲区'在这里就很重要了,至少穿越者不会被窥视者窥视。"他的话听起来好像不是什么高兴的语气,像是在自嘲。但张琦和卢小雷听到的意思,都是他并没有反对。

"小雷,你是监控室主任,还兼着社会化办公室主任。现在又要参加穿越计划,这边的事情有不少要你帮忙。你忙得过来吗?要不要调整一下?"张琦忽然扭头对卢小雷说。

"不用,不用,我应付得了。"卢小雷赶忙摆手。

"嗯。"张琦应了一声,"这一段时间,又是伊甸园星,又是窥视者,我们的穿越计划也要加紧进行了。"

"第一批有几个队员?什么时候进入?"任为问。

"现在的计划有五位队员。正在忙着语言学习、能力训练和知识储备,计划两个月以后进入。"张琦说。

"把我加进去吧。"任为很平静地说。

"什么？"张琦大吃一惊，"进入云球这件事，短期还可以，您随时可以去看看。但穿越计划的任务是长期任务，我们现在找的都是军方的志愿者。我们自己长期进去恐怕不好吧？进去执行任务不但需要很长时间，而且还有不小风险，任务本身也不容易。"

他显然没有料到任为会有这个想法。

"为了窥视者项目，云球时钟不能一直调快，一个季度有一个月是观察周期。特别是前半年，完全是观察周期。这意味着穿越计划的任务是一个长时间出差，不是几天就能回来的。地球上现在交通发达，很少有这种长时间出差了。所长，您这个想法是不是太激进了？要么还是偶尔短期进去看看吧！"卢小雷说。

"只有前半年才全是观察周期，算是出长差。以后的话，在演化周期进去，时间不就很短了嘛！我认为没问题，可以进去。"任为说。

"那您准备在这半年的观察周期进去，还是等等，到第一个演化周期再进去？"张琦问。

"这半年进去。"任为回答，"我想过了，半年之后开始第一个演化周期，云球时钟就很快了。即使由于各种原因，研究观测还有伊甸园星什么的，不能像以前那么快，平均有以前的十分之一总没问题吧？这已经很慢，是突破底线的估计了。我如果找一个二十四岁左右的宿主，为了不侵占意识场的寿命，算三十二岁出来，一共八年时间，减去前面几个月还有七年多。也就是说，在演化周期开始后，最多七八天之后必须出来，加起来不过几个月时间，这个所谓的长差其实没有多长。"任为说。

"关键不是地球时间，而是云球时间。在地球这边您也许只是离开几个月，可以接受。但在云球那边您要生活七八年，太辛苦了，任务也太危险，各种情况会很复杂。"张琦说。

"试试看吧！我试试，没关系。"任为说，语气不容置疑，听上去很坚决。

"好吧，"张琦想了想说，"也还好，我觉得问题不大。上次我提到过，为了应对穿越者观察盲区带来的沟通问题，我们做了一个地球和派遣队员之间的规范通讯方案，暂时命名为'鸡毛信通讯方案'，已经快要弄好了。"

"真叫'鸡毛信'？"卢小雷问。

"是的，"张琦说，"快要弄好了，还差一点点。我们设计得有点复杂，技术方面工作量大，进度滞后了。如果能沟通的话，派遣队员在云球的日子会好过很多，实在不行还可以通知我们，中断任务，解绑回来。我们以前都是短期进入，仅仅几天时间，低效率沟通没什么用，能救命的高效率沟通又无法实现，但现在长期进入的话，情形就不同了，低效率沟通也有用。而且按照我们的设计，鸡毛信系统的沟通应该不算低效率了。因为搞得有点复杂，所以花的时间长了些。"

"到底什么样呢？我在监控组，我怎么不知道啊？"卢小雷问，语气听起来似乎有些疑虑。

"还没开发好嘛！你又不负责测试机。快了，马上要上运行机正式测试，那时候你就知道了。"张琦说，"其实也不复杂，这件事的核心是派遣队员能够用某种方法通知地球，能够沟通。最直接的思路，派遣队员可以到某个地方做个标记，比如放封信。派遣队员离开后，那地方出了观察盲区，地球这边就能看到了。这更符合鸡毛信这个词的原意，不过速度太慢了，又需要事先约好地方，像古代的帮派或者间谍，所以这种方案被否定了。我们受到SSI的启发，找远景公司做了一些咨询，确定了一个更好的方案。这个方案和SSI很像，要简单一些。我们让系统在观察盲区中监控派遣队员的手指动作，虽然量子计算和意识场的思维过程没法监控，或者说监控了我们也看不懂，但监控手指动作还是能做到的。"

"那不是突破了穿越者观察盲区的限制吗？"卢小雷问。

"一点点。"张琦说，"系统并不监控单个手指的动作，只是监控手指和手指之间的触碰。很像SSI，对吧？我们设定，这些触碰要比SSI的触碰复杂得多，比如，必须用拇指和所有其他四个手指连续触碰才有效，还要有特定次序才行。这些监控不会被记录，只在当时起作用，不会在系统中留下任何记录。系统一旦监控到某些特定次序的手指触碰序列，就会触发取消观察盲区，同时会向你们监控组发出警示信号，你们接到信号后需要立即开始观察，可以像原先那样进行完整的观察。倒过来，另外一些手指触碰序列则会触发启动观察盲区，你们就立即观察不到任何东西了。所以启动和取消观察盲区完全取决于派遣队员，除非在需要的时候主动取消观察盲区，否则他仍旧是不能被任何人观察和记录的。当然除了一点，作为触发事件，特定次序的手指触碰序列始终会被监控。"

"张琦跟我讲过，这个思路很好。"任为说，"你很快就会看到了，很好。"

"但是仅仅用手指触碰序列来传递信息，恐怕太简单了吧？难道用摩斯密码吗？"卢小雷问。

"摩斯密码是一部分。"张琦说，"不过只是备用。防备派遣队员在特殊情况下，不方便说话却又想要被观察的时候，才会使用摩斯密码。通常情况下，一旦取消观察盲区，派遣队员就可以说话。说中文，小声说中文，大声也没关系，反正云球人听不懂。而且这种情况下，周围多半不应该有云球人。直接用说话传递信息，这总够了吧？"

"哦，那当然够了。地球这边怎么反馈呢？"卢小雷问。

"像 SSI 一样，直接在云球人的视觉系统和听觉系统中嵌入信息。任何类型的信息，文字、图片、音频、视频——也许有一天，还有味觉和嗅觉。"张琦说。

"我明白。你是说，派遣队员没事情干的时候，可以通过这种方式直接上网吗？"卢小雷接着问。

"原先只是计划和你们的监控系统连接，后来才有些变化。以前云球网络和公共网络隔离，不能直接访问公共网络，但窥视者项目已经打破了云球网络和公共网络的隔离。既然如此，鸡毛信也就可以上网了，安全方面借用了窥视者项目的措施。所以理论上，派遣队员从云球中直接上地球的公共网络没有任何问题。当然，是否允许这么做需要我们做个决定。"说着，张琦看了看任为，"任所长，我建议，允许派遣队员直接连接到地球网络上，这样您进去以后，我们的联系很方便，您还可以随时跟吕青通个电话，大家都安心一点。上次讨论没做最终决定，现在要么就定了吧。"

"好，我同意。"任为说。

"还可以直接和地球人打电话？"卢小雷有点吃惊，又有点发呆，似乎在想什么，"挺好，很好。"他说。

"其实就是把SSI弄到云球里去了。"任为说。

"对，鸡毛信就是云球的SSI。"张琦说。

"怎么定义手指触碰序列？"卢小雷说。

"派遣队员进去之前，定义自己的手指触碰序列，在系统里设置一下就行了。"张琦回答，"不过，这个序列比SSI要复杂一点，我们规定至少要触碰四次。比如，用拇指正向触碰食指、中指、无名指和小指，代表取消观察盲区，我们称之为'观察模式'；而用拇指反向触碰小指、无名指、中指和食指，则代表启动观察盲区，我们称之为'行动模式'。不同的派遣队员自行选择自己特有的触碰序列，不能少于四次触碰，但更多次没关系，只要记得住。另外，我们分了几个级别。可以完全取消观察盲区，就是'观察模式'；也可以部分取消观察盲区，只能听到声音不能看到影像，反馈也只有声音，叫作'倾听模式'。"

"哦！"卢小雷哼了一声，继续想着什么，"观察模式，倾听模式，行动模式。"他喃喃自语。

"还有个'信息模式'，就是刚才说的那样，上网，专门为派遣队员从地球网络上查询信息而设置。派遣队员可以连接到地球上的公共网络中查询任何需要的信息。理论上说，这种情况下我们仍旧无法观察派遣队员。但是，云球操作系统向派遣队员传递信息时，需要介入云球宿主的视觉系统和听觉系统来嵌入信息，所以云球操作系统可以看到、听到派遣队员看到、听到的一切。这些内容并不会传递给监控系统，也不会被记录，不过还是意味着一种潜在风险——操作员带来的风险。你，小雷，有可能在此时黑进系统窥探派遣队员，你有这个技术能力。"张琦说着，笑了笑，"当然，我相信你不会这么做，而且派遣队员应该心里有数，这种时候不会做什么见不得人的事情。"

"信息模式。"卢小雷重复了一遍。

"在想什么？"任为问卢小雷。

他感觉卢小雷有点奇怪，看上去一副神不守舍的样子。

"啊？"卢小雷愣了愣，"没什么，我觉得挺有意思。"

他接着说："你们想象一下，一个云球人，坐在那里，几个手指碰了碰，然后喃喃自语，神情严肃，说些别人听不懂的话。再然后，就会知道一些别人不知道的事情，也可能发生一些别人想不到的神奇事情。这个……像不像我们地球上跳大神的？其他云球人看到的话，一定会认为他神神叨叨。"

"不是神神叨叨，是神奇，是通灵术，是和上帝对话。本来我们就是要去传播思想嘛！特别是宗教，最需要这个。对不对？没什么不好，不过我们并不建议派遣队员经常这样做。我们的本意只是为了安全，不是为了骗人或者吓唬人。适当地展示一下有助于建立威信，不是不可以，但过分就不好了。"张琦说。

"有没有要求派遣队员进一步设定一些……那个……怎么说呢……除了信息以外的反馈？比如，要打雷就打雷、要下雨就下雨？那真的是神仙了。在云球系统里，我们干涉不了动物和人的思维，打个雷、下场雨还是可以的——操作上有些麻烦，但肯定可以做，我们还做过几次物种清理呢！"卢小雷说。

"这个就算了，先不用吧，以后再说。"任为说。

他和张琦想到过这些可能性，觉得有点过分。

"嗯，对，不着急，以后再说。虽然有通灵术，可我们没打算在云球里造神啊！"张琦说。

"还有一个问题。针对窥视者项目，云球时钟划分了观察周期和演化周期。观察周期没问题，但如果在演化周期，派遣队员进入倾听模式或者观察模式，会是怎么个情况？"卢小雷问。

"在信息模式下，地球上没有人介入，时钟的差别没什么关系。地球人反应慢，可地球网络反应并不慢。快速查询出信息，快速反馈给云球中的派遣队员，应该没什么问题，速度取决于公共网络的速度。在云球时钟比较快的情况下，也许有一点延时，但关系不大。对派遣队员来说，可能今天的查询明天才会得到结果，不过肯定能得到结果。而且，我们准备在云球系统中为每个派遣队员的信息模式分配一个缓存空间，叫作穿越者缓冲区，用来提高查询速度，也可以用来预先存储一些信息，比如有关云球的知识什么的。另外，如果地球网络这边的内容网站对用户的输入时间有要求，可能会有问题。派遣队员在云球中的输入动作对于地球网络来说速度太快了，会被有些内容网站的防机器人机制所屏蔽，这种情况目前还没有办法解决。总之，在信息模式下，我们不打算对时钟进行调整。"张琦说。

他接着说："对于倾听模式或者观察模式，时钟必须同步，否则云球人和地球人没法沟通。我们的做法是，任何派遣队员一旦启动倾听模式或者观察模式，云球时钟自动调慢到和地球一样。这个在技术上没有问题。云球完成时钟调整需要几秒钟时间，可能在派遣队员看来反应比较慢，但最多也就是像信息模式一样，打个电话明天才能接通。不过还是接通了嘛！对不对？只要原本云球时钟不是太快，应该还可以忍受。只是，如果派遣队员太多，总这样恐怕不太好。我跟任所长也汇报过，任所长还没有批准。你怎么看？"

"我？我觉得可以。派遣队员太多的问题，短时间内好像不会出现吧？"卢小雷马上回答。

"任所长，您觉得呢？要不要也定一下。"张琦转向任为。

"好吧，就这样吧！"任为说。

"这样好。"卢小雷说，"那么，还有一个问题，我们这边可以主动联络派遣队员吗？"

"不，不可以。"任为回答得斩钉截铁，"至少目前不可以。应该让派遣队员来决定一切，否则一个拥有强大智囊团的牵线木偶会使云球的发展过于偏离自然的轨道。"

听起来有道理——张琦和卢小雷吃惊于任为的坚决，但没有说什么。对张琦来说，之前就有地球所主动联络派遣队员的想法，只是还没想好流程和细节。由于观察盲区的存在，地球所无法观察派遣队员的当前状态，主动联络可能会对派遣队员造成不期而至的干扰，确实是个不好解决的问题，所以他没有接话。卢小雷对这事似乎也挺感兴趣，但像是被任为的坚决给唬住了，微微动了动嘴巴，却有点犹豫，终于也没有说话。

"好吧，那今天定了两个问题。可以上网，可以自动调慢云球时钟。任所长，还是回来说您的事情。我觉得有鸡毛信系统在，很多问题就好解决了。但是，您都想好了吗？需不需要和吕青商量商量再做决定？"张琦接着说之前的话题。

"想好了。我尽量和那五位军方的志愿者一起出发，等你们把鸡毛信系统完成以后。"任为说，没有回答关于和吕青商量的问题。

"嗯。鸡毛信系统很快会完成，不会耽误事。"张琦说，"您打算……"他停顿了一会儿，有点迟疑，但终于接着问了下去："传播什么思想呢？"

"我还没想好，让我想想。"任为说，并没有给出答案，"你们原来的计划别指望我，还是依靠那五位志愿者完成。至于我，给我一些自由。你不是说过嘛，此时此刻，思想是什么并不重要，重要的是让云球人意识到思想的重要性。"

"嗯，是的，是这样。"张琦沉吟了一下，"不过，无论如何，您也要准备准备。"

"会的，我在准备。再说，在云球中都能上地球的网络了，还怕什么！"任为笑了笑，接着说，"你放心好了，无论我去传播些什么思想，都会围绕着一个中心：帮助云球人意识到思想的重要性。"

35 傅群幼

王陆杰一定要请任为、张琦、孙斐和卢小雷去和宏宇公司的傅群幼先生吃顿饭。他说，窥视者项目启动以后，双方就是深度合作伙伴了，见面沟通一下、交个朋友很有必要，对以后的合作有好处。当然谁都明白，他是想让大家去为自己站个台。现在他已经是宏宇参股子公司的老板，正想着如何推进自己的宏伟计划，需要地球所的支持，也需要傅群幼的支持。

事实上，王陆杰就这样直截了当地对任为说了。任为本来一点也不感兴趣，也不认为有必要，但听到王陆杰这么直接，反而有点为难了。他觉得拒绝王陆杰似乎不太好，毕竟大家还是合作伙伴。

他们正在讨论，张琦没有什么意见，卢小雷仍然无精打采，也不表达什么看法，但孙斐明确表示，她不去，也不认为大家应该去。

"呸！去和他们吃饭？表示我们愿意卖身给他们吗？"她说，"我不去，我觉得你们也不要去。我们应该有个明确的态度，不会如他们所愿。我们之间的合作就这样了，没什么继续推进新合作的可能了。"

"眼前的合作也是合作，这样不好吧？"任为说。

"没什么不好。"孙斐说，"以前，以为王陆杰是在帮我们，谁知道弄了半天，原来他是有自己的想法。他还真有手段，拿住我们缺钱的软肋，还直接和欧阳院长谈，搞得我们不得不配合他。现在合作的事情都定了，不就是拍电影吗？不就是窥视者吗？我们可以认，但不能再继续让步了。不然下一步，他真来投资了，云球就不是我们的了。我看，他要靠我们搞定傅群幼，又要靠傅群幼搞定我们，纯粹是空手套白狼，想得太美了。"

"他本来就是干这个的，这说明他干得好。"张琦说。

"干得好？那好啊！但我们干吗要配合他？"孙斐说。

"任所长说得对，我们毕竟还要合作。"张琦说，"我们已经反复表过态，投资云球是不可能的。我知道他没有放弃，但至少也没有步步紧逼。关键是我们确实缺钱，需要从合作中获得收入。别忘了，你的伊甸园星也一样。傅群幼支持他也是支持我们。这次，有关窥视者和伊甸园星的合作，签订合同的对方是他的宏宇科学娱乐。我觉得我们还是要帮他，帮宏宇科学娱乐在宏宇集团内获得足够的支持。"

"我也这么觉得。"任为说。

"他成功地把我们绑在了一起。"张琦补充说。

"狡诈。"孙斐说，气鼓鼓的样子。

"再说，你不想看看傅群幼吗？"张琦忽然对孙斐笑了笑，"你不想看看，苏彰的死和他到底有没有关系吗？"

孙斐看着他，仿佛思考了一下，说："这倒也是。"接着扭头看了一眼卢小雷，问："你去吗？"

"我无所谓。"卢小雷低声说。

"他负责和宏宇的对接，应该去。"张琦说。

吃饭的前一天晚上，任为又接到王陆杰的电话。"还有一件事，看你介不介意。没什么关系，就是问你一句。"王陆杰说。

"什么？"任为问。

"上次你那个朋友，你女儿明明的老板，胡俊飞，我还真的挺看好他们的电子胃。我们打算把他们的团队收进来，所以我想也找胡俊飞和傅先生见个面。胡俊飞是你介绍给我的，如果你不介意，饭就一起吃了。你要觉得不方便也没关系，我再单独安排。"王陆杰说。

任为想起任明明的嘱托，一下子产生了些许高兴的感觉。

"没关系，没关系。"他说，"你们打算收购他们吗？"

"收购恐怕不行，"王陆杰说，"上次和顾子帆一起聊的时候，你也听到了。顾子帆说话虽然难听，但说的话有道理。后来我跟胡俊飞聊过几次，苦口婆心。他基本同意把原来的公司关掉，只把电子胃的团队带上，加入我们公司。不过，我们需要给他们解散的团队一笔补偿。我觉得还行，还在谈，没最后定呢。"

"解散PerfectSkin？要改成PerfectStomach吗？"任为问，心中怀疑这是否符合任明明的心意。

"PerfectStomach？"电话里，王陆杰好像愣了一下，"哦……还没想过名字呢……这名字不错！"

"你真的看好他们？"任为问。他觉得什么PerfectSkin、什么PerfectStomach，随便吧，管不了那么多了，总之，要是胡俊飞他们能有出路，任明明一定会高兴。

"嗯，你知道，现在很多人和机器人在一起，说不上谈恋爱，就是在一起。这件事有很多原因，比如更听话、更贴心什么的，其中一个重要原因是机器人更优雅、更干净。这是一个权威的社会调查结论，反映了一种普遍的社会心理。这种心理已经被很多人放在对恋人的要求上了，下一步会放在自己身上。从商业角度看，具体怎么体现不好说，但一定是个大市场。我认为，电子胃将是这个大市场中的一个重要方向。"王陆杰说。

任为听着。这个世界……他这么想了一下子，然后就想不下去了。任明明的影子又出现在脑子里，面如寒霜，旁边站着迈克，却带着一脸谦逊的微笑。明明喜欢迈克的原因包括优雅干净吗？自己一向不怎么修边幅，明明倒是没少提意见。

电梯口的服务生看任为脸色不好，递给他一杯水。刚才在电梯里的时候，任为觉得有点眩晕，电梯上升得太快了。

　　这是一个非常奢华的地方，位于大厦顶层，占据了整个一层楼。包间几乎环绕了一圈，拥有很好的视野。任为他们走进包间的时候，傅群幼和王陆杰还没有到，但包间里早就有四五个服务生等候在那里。恭敬地为任为他们拉出椅子，招呼他们坐下。

　　胡俊飞已经等了一会儿，任为为他和张琦、孙斐、卢小雷做了介绍。孙斐对电子胃非常好奇，不停地向胡俊飞追问各种问题。胡俊飞被孙斐急促的话语搞得有点慌张，回答着问题，脸上仍是一副苦哈哈的样子。那就是他的样子，任为想，长在脸上，像王陆杰长在脸上的微笑一样。

　　包间很大，不像是为仅仅七八个人的饭局准备的。王陆杰说，傅先生是这里的会员，出门吃饭基本上只在这里，而这里没有小的包间，至于大厅，傅先生是从不考虑的。

　　只有两三个人的时候怎么办呢？任为想着。

　　除了中间的大圆桌以外，在窗边有一组沙发，深褐色的真皮沙发透着淡淡的暗光，给人一种非常温润的感觉，配了一个低矮但宽阔的雕花茶几，适合两三个人到四五个人的聊天。张琦和卢小雷正坐在那里俯瞰整个城市，看起来很惬意。包间两侧都是暗褐色的厚重书架，摆满了纸质的精装书，这在现在这个年代已经很少见了。右侧书架下面也有一组沙发，比窗边的沙发轻便一些，不过真皮的材质似乎一样，搭配的茶几小了不少，聊天的时候双方的距离更近。孙斐和胡俊飞正坐在那里讨论电子胃，看着也很舒服的样子。

　　虽然没来过，但任为知道，这里是最昂贵的会员制会所之一，在这里吃饭，有些空间的浪费在所难免，甚至这个大圆桌很可能原先并不在这个包间里，而是临时摆放的。他想，看这架势，这个对七八个人来说已经太大的包间，也许本来就是为了更少的人数准备的。一切都很精致，包括家具之间的距离感——让很大的空间显得恰到好处，唯独这个大圆桌显得略微粗鲁了一点，桌面上铺的桌布和桌面中间摆放的巨大花篮相当奢华，和周围的精致却不是十分匹配。

　　这里还有一点与众不同。尽管不是十分确定，但似乎所有服务生都是真人,这不常见,现在绝大多数餐厅里服务生都是机器人。"

任为一个人坐在桌边,一边想着一边合上眼睛,想要休息一会儿。

他居然睡着了,不过睡得很浅,很快被门推开的声音惊醒了。他扭头张望,看到王陆杰陪着一位满头银灰色头发的老人进入房间,赶忙站了起来,看到别人也都站了起来。

"嗨,任所长!"老人的声音很大,听上去很兴奋,像是见到了多年未见的老友。老人身材不高,略微有点胖,但身板笔直,看起来精神很健旺。任为还在观察着,双手已经被老人紧紧地握住了。那是一双充满力量的手,干燥温暖。任为想起,王陆杰提到过,苏彰觉得傅先生精力不济,就不用亲自参与具体生意了——他很怀疑,傅先生一点也没有精力不济的样子,根本不像八十多岁的老人。

"傅先生,您好。"任为赶紧说。

傅群幼满面笑容,稍稍倒退了一步,但并没有松开任为的手。他保持一点距离是为了观察任为,目光很认真,从头看到脚,然后点了点头,说:"好,很好,任所长年轻有为。"声音非常有力量,就像紧握的双手和笔直的身板。

"您过奖了。"任为说。

"不,没有过奖。"傅群幼正色说,"我看得出来。相信我,我看人很准,你很有前途,地球演化研究所也很有前途。在科学界,你现在是镇远大将军,有一天,你会做天下兵马大元帅。"

任为愣了一下,随即笑了笑说:"我们只想做点事,没想那么多。"

"不,这么说就不对了。"傅群幼说,"陆杰也这么说,但我跟他讲过,这么说是不对的。想要做点事,要么有权力,要么有钱,否则怎么做?"

任为说不出话来。

"你是人才,陆杰也是人才,感谢你们前沿院,为社会,为国家,培养出这么杰出的人才。陆杰的团队也都是人才,我很珍惜他们。现在,他是我的镇远大将军,有一天,他会做我的天下兵马大元帅。我很欣慰,可以得到这样的人才。"傅群幼说。

"陆杰是很能干，您应该感谢欧阳院长培养了他。"任为说着，扭头看了一眼王陆杰。王陆杰正看着傅群幼，似乎有点尴尬，抢上来一步，轻声说："傅先生，我给您介绍一下大家。"

"不用。"傅群幼说，转过身看了一圈大家，大家纷纷点了点头，说着"您好"。

傅群幼松开任为的手，走到张琦面前。但他并没有直接去握住张琦的手，而是双手扶住张琦的两侧肩膀，使劲地晃了一晃。然后才放下右手，握住张琦早就伸出的手，说："你是张琦。"

"是，您好。"张琦说，面带着微笑。

"嗯，张良的后人。汉业存亡俯仰中，留侯于此每从容。"说着，傅群幼意味深长地点点头，好像看到了留侯的事迹。

"您过奖了，我们家和张良没什么关系。"张琦赶忙说。

"得神髓足矣，何必有关系呢？"傅群幼说，面带微笑，似乎在鼓励张琦。

张琦也一时也说不出话来。

汉业存亡俯仰中，留侯于此每从容。碰到事情的时候，张琦确实比自己从容得多，任为想。

傅群幼已经把头转向了孙斐，"孙斐！"他说着话，脸上的笑容忽然消失不见了，泛起一片很严肃的表情，"我记得你！我面试过你！"

"我？"孙斐说，一脸迷惑。

任为也一样迷惑，面试过孙斐？孙斐有找过工作吗？她不是一直在前沿院吗？

孙斐还愣在那里，似乎在努力回忆。傅群幼走过去，一只手握住她的手，另一只手在她的手背上轻拍了一下，忽然爆发出爽朗的大笑："哈哈——你吓着了！"他说，"我跟你开个玩笑。"

孙斐一脸惊愕，张口结舌。傅群幼停止了笑容，正色说："陆杰和苏彰跟我讲过不少你的事情，我很欣赏你，欣赏你的能力，欣赏你的勇气，欣赏你的坚强。所以，刚才的话虽然是个玩笑，但说真心话，我多么希望我真的面试过你。如果我面试过你，我绝不会让你这样的人才从我身边溜走。没有机会面试你是我的损失,是宏宇的损失。当然,你为前沿院工作,为科学事业做贡献,为国家做贡献,我感到很欣慰。我很羡慕任所长,也为他感到高兴,因为他拥有你。"

傅群幼盯着孙斐,孙斐有点紧张,下意识地笑了笑。傅群幼又大笑起来:"哈哈——小姑娘,老头子很喜欢你。"他再次轻轻地拍了拍孙斐的手背,扭过头,望向卢小雷,放开孙斐的手,走了过去。

卢小雷愣愣地站着,似乎傅群幼的玩笑不仅惊着了孙斐,还惊着了他。傅群幼站在他面前,看着他,从头到脚,脸上的笑容再度消失了。卢小雷越来越紧张,头低了下来。

傅群幼忽然蹲下去,蹲在卢小雷面前,大家都很吃惊,不知道他要干什么。

"傅先生?"王陆杰带着疑问轻轻地叫了一声。

傅群幼没有理会王陆杰,从口袋里掏出一包餐巾纸,抽了一张出来,开始擦卢小雷的皮鞋。卢小雷愣了半天,好像猛地清醒,赶忙也蹲下去,说:"傅先生,我……我自己擦。"

傅群幼伸手拦住卢小雷。他已经擦完了一边,开始擦另一边。卢小雷只好呆呆地看着。很快,他就擦完了另一边,慢慢地想要站起来,但有些吃力,卢小雷赶忙伸手扶住,王陆杰也伸手来扶。他终于站了起来,面容仍旧严肃,看着卢小雷说:"你是卢小雷。"

"是,是。"卢小雷说,显然被傅群幼的行为弄得更加紧张了。

"嗯,我听苏彰说过你。"傅群幼盯着他说,"在我心目中,苏彰是我的女儿,你就是我的女婿。"

卢小雷在发呆。

"所以,我要对你提出一个要求。"傅群幼说,"从这个月开始,下面的三个月,你的工资,所有的工资,不准用来做别的事情,只能做一件事情。"

"什么……事情?"卢小雷问。

"买衣服。"傅群幼回答,"你的衣着太随便,皮鞋很脏。"他顿了顿,接着说,"我知道你很能干。但是,记住我的话,一室不扫,何以扫天下?"

他说得很缓慢，却铿锵有力。

他仍然盯着卢小雷。卢小雷的呼吸都急促起来了，点了点头，说："好，好，三个月的工资，买衣服。"

傅群幼把目光投向了最后一个人，胡俊飞。胡俊飞下意识地低头看了看自己的鞋，他的鞋很干净，来之前擦过。其实这会儿，每个人都在看自己的鞋。

"胡俊飞！你告诉我，做销售最重要的是什么？"这时，傅群幼已经走到胡俊飞的面前。

"哦——"胡俊飞显然并没有做好准备回答这样一个问题，"让客户……喜欢我吧。"他说，有点结巴。

"不！"傅群幼斩钉截铁地否定，"让客户尊重你。"接着，他给出了自己的答案。

"你有孩子吗？"他接着问。

"没有。"胡俊飞说。

"等你有了孩子，会很喜欢这个婴儿，但永远不会为了人生中的重要问题去询问这个婴儿的意见。因为他是个婴儿，你喜欢，却谈不上尊重。"傅群幼说，"反过来，如果你尊重一个人，即使你并不喜欢他，碰到事情的时候也会希望听到他的意见，听到他的意见之后，即使不合你的意，心中也会不由自主地重视。"

胡俊飞呆呆地听着。

"你的问题是太紧张。"傅群幼接着说，"不仅碰到事情的时候紧张，就算没有人，独处的时候也一样紧张。你时时刻刻在要求自己，时时刻刻在审视自己。你碰到了很多困难，成长一定不容易，所以缺乏信心。但你要明白，一个时时刻刻都很紧张的人，永远没有办法获得别人的尊重。"

紧张？是的，胡俊飞很紧张，总是很紧张。任为回忆起自己每次见到胡俊飞时他的样子，是的，他总是在试图做得更好，但看得出来并没有信心。

"你应该有信心。"傅群幼说，"让你紧张的那些原因，恰恰应该是信心的源泉。无论多难都挺过来了，这就是成功。不是吗？"

"我……我……"胡俊飞无言以对。

"没关系,以后跟着我干,我会教你。"傅群幼说,拍了拍胡俊飞的肩膀,然后转过身对大家说:"大家好。"

大家终于坐了下来,似乎每个人都被傅群幼搞得有点紧张,至少任为是这样。他想,原来苏彰是这么被培养出来的。

"把弗兰克叫来。"傅群幼坐下后,立刻对一个服务生说。他盯着桌子,没有笑容,很严肃,一副生气的样子。

服务生立刻也紧张了。"好。"他轻声说,转身走了出去。

没有人说话。很快,服务生带了一个人进来,一个西装笔挺的中年人。

"傅先生,您找我。"他站在傅群幼身边,轻声问。

"弗兰克,你不能做事这么不认真。"傅群幼抬头看了他一眼,然后把目光投回桌面。

"您是说?"弗兰克看起来不太理解。

"这个地方,原来的桌子是坐四个人的。我告诉你要请六个客人,你应该给我换一张八个人的桌子,坐七个人才合适。可是,你给我换了一张十二个人的桌子。"傅群幼说。

"啊?"弗兰克有点尴尬,"是,是,对不起,八个人的桌子都被用掉了,所以……"

"都被用掉了?这是理由吗?"傅群幼打断了他的话。

"不,不,这不是理由。对不起,我也是进门之前刚知道,实在是对不起。"弗兰克说。

"你没有亲自安排吗?"傅群幼接着问。

"对不起,真的对不起。今天下午我去开会了。"弗兰克说。

"你是说,你已经尽力了?"傅群幼说。

"不,不。"弗兰克说,"我马上解决。您看,能不能请您和您的客人去总统房待一会儿,只需要五分钟,我们马上弄好。"

"八人桌不是都用掉了吗?"傅群幼问。

"有一个客人晚了,刚才通知我们,要过一个小时才来。我们先把他订的包间里的桌子搬过来,然后马上去买一张新的放在他订的包间里,时间应该来得及。"弗兰克说。

"嗯。"傅群幼哼了一声,抬头看了看任为。

"不用了,我觉得没关系。"任为赶紧说,他终于搞明白这里原本放着什么了。原来,这只是一个四人包间。

"客人说没关系。"傅群幼说,"这次就算了。但是,我不希望有下一次,否则,我只能找张总去谈了。"

"是,是。"弗兰克说,"对不起,是我们的不对,我们下午就应该去买一张新桌子。今天的所有费用会打七折,表示我们的歉意。"

"不。"傅群幼说,想了想又说,"五折吧。"

"五折?"弗兰克好像有点犹豫,但只犹豫了两秒钟就给出了肯定的回答,"好,好的,五折。"

"嗯。"傅群幼说,"我会按照原价买单,多出来的钱你付给楼下那个新来的门童,他做事情很认真。刚才我来的时候,看到有一个客人抢先开门,没有戴手套,客人离开后,他把门把手擦干净了。"

"今天是亨利在下面吗?"弗兰克扭头问一个服务生。

"是的。"那个服务生说。

"好的,您放心。"弗兰克对傅群幼说,"就按照您说的办。"

"嗯,好了。"傅群幼说。

"好,好,那我先出去了,您有事叫我。"弗兰克说。

傅群幼点点头,弗兰克走了出去。

"从事任何行业,最重要的素质都是一丝不苟。"傅群幼对大家说,"我活了八十多岁,一直这样要求自己。当然,和你们科学家相比,也许还不够。"

"不,够了,够了。"任为说。他想,太够了,自己可做不到。同时他也明白了,这家会所为什么不用机器人做服务生。他忽然想起顾子帆和胡俊飞的谈话,下意识地看了一眼胡俊飞。胡俊飞似乎没有想什么,坐在那里,依旧很紧张。

36 / 技术移民

任为得到了一个令人吃惊的消息，柳杨要移民了。

张琦告诉任为的时候也显得非常吃惊，他是去脑科学所办事，听李舒告诉他的。当然，李舒肯定不是在无聊地传播小道消息，她是不得不实话实说。

张琦正在忙碌地推动穿越计划的正式实施，现在没什么可实验的了。这时候柳杨却消失了，他不得不上门去找。李舒告诉张琦，已经很难找到柳杨，而且找到也没有意义了，还是稍微等一等，直接找新所长李斯年吧。

柳杨决定移民，技术移民，到赫尔维蒂亚。以他世界顶级科学家的身份，赫尔维蒂亚政府受宠若惊，所有手续从快从简。他只用一个星期就办完了全部手续，很快要出发。

前沿院的领导，包括欧阳院长，同样非常吃惊。他们无法理解也无法接受。欧阳院长为此大发雷霆，甚至更高层的中央领导都出面了。可柳杨拒绝任何解释，态度很坚决。柳杨的脾气一向非常古怪，但这次确实太过分了，大家不欢而散。没办法，前沿院只能很快委派了一个新所长，李斯年。

乍一看，李斯年被委派到这个岗位上有点奇怪——他是物理学家，并非脑科学家。

李斯年一直担任微观物理研究所的副所长，在脑科学所和地球所研制量子炸弹的过程中提供了很大帮助。准确地说，是他根据脑科学所基于云球脑单元提出的技术需求，迅速找到了解决方案——量子炸弹，并且亲自实现了它。

当然，他被委派为脑科学所所长并非仅仅因为他研制了量子炸弹，更主要的原因是脑科学所的意识场研究实际上早就进入了物理学领域，而不仅限于生物学领域。

脑科学所原有的技术力量主要集中在生物学领域，李斯年的出现也许能够真正推动意识场的研究。在过去几年，脑科学所的研究深度涉及物理学，李斯年一直作为微观物理所的核心支持力量和脑科学所合作，对脑科学所非常熟悉，特别是对涉及意识场研究的各个方面更加熟悉，这对他的履新是一个很好的基础。

另外一个让人吃惊的事情是，柳杨是世界顶级的脑科学家，但他移民后从事的工作将是心理学研究——加入赫尔维蒂亚国立大学心理学系，担任终身教授。

心理学？柳杨懂心理学吗？

他当然懂，而且也是专家。心理学和脑科学本来就算是很接近的学科，有很多共通的地方。作为脑科学的顶级专家，柳杨对心理学的造诣也很深。

不过，虽说心理学和脑科学很接近，有很多共通之处，但作为科学界人士，大家都知道，事实上这完全是两回事。脑科学百分之百是自然科学，心理学则涉及很多社会科学的内容。

几乎每个人都在想，说到心理，在精神病院外面看到的人中，还有谁比柳杨的心理更有问题吗？

至少，去研究心理学让柳杨的离开稍微容易了一些。

脑科学所之前的研究项目有很多是涉密的，特别是意识场研究更属于高度机密，这让柳杨的离开——尤其是移民——几乎不可能。但是，柳杨毫不犹豫地放弃了自己的所有研究成果，签署了最严格的保密协议。他甚至同意，在意识场的研究成果方面，如果有什么内容会公之于众的话，无论何时公布，以何种方式公布，他都将放弃署名权。同时他承诺，在未来的生涯中永远不再从事意识场研究，也不会向任何人、任何机构透露他曾经从事过意识场研究，更不要说透露有关的研究成果了。他还出示了自己和赫尔维蒂亚国立大学签订的协议，他将不接受任何有关脑科学研究或脑科学教学的职位。

好吧，很明显，柳杨深思熟虑，做好了一切准备。

但是，他究竟为什么这样做呢？任为和张琦百思不得其解。张琦说，连长年跟随他的助手李舒都非常吃惊。

李舒事先完全不知情，直到柳杨突然告诉她。那时，柳杨和赫尔维蒂亚国立大学的协议都签好了，移民手续也快办完了，和领导们的博弈也结束了。

几乎到了最后时刻才知道这件事，李舒为此感到伤心——在她衷心钦佩、多年追随的这个老领导心目中，原来自己这么不重要。张琦不得不安慰她，柳杨这个决定实在过于奇怪，一定有很重要的原因，不告诉她也一定有特别的理由。

是啊，一定有很重要的原因，但这个原因是什么呢？

柳杨在前沿院的地位很高，以他古怪的脾气，领导们都不得不容忍，而他带领的脑科学所在前沿院的地位也很高，得到的支持非常大。作为地球所的所长，任为经常参加前沿院的各种会议中，在会议中能够明显感觉到，柳杨的研究项目和脑科学所的需求一直以来几乎都是优先级最高的。

柳杨不缺钱。这个层次的科学家收入都不错，从柳杨居住的红松林别墅就能看出来。经济角度上，如果说王陆杰想要做一个上市公司进而做一个伟大的世界级公司还可以理解的话，柳杨的决定就完全不合理了。赫尔维蒂亚国立大学？任为知道那也算世界顶级大学，但在那里做个教授，不可能在经济上超过在脑科学所当所长。

如果为了在事业上有所成就，更加是个错误决定了。从吕青吐露给任为的消息看，迫于各方面的压力，意识场的公布恐怕是很快的事情了。意识场一旦公布，柳杨将立刻登上事业的巅峰，名留科学青史——而他居然在这个时候，放弃了署名权？

张琦告诉任为，他仔细想了想，唯一说得过去的可能，就是柳杨在最近遭受了一些打击。这些打击让他万念俱灰，想要脱离现在的环境，彻底忘掉一切，重新开始自己的生活。

"会不会因为琳达？他脾气一直很古怪，但您不觉得，自从琳达去世以后，他的脾气更古怪了吗？"张琦这么说。

任为努力回忆了一下，可能有一点吧，但感觉并没有表现得特别明显。

"最近他们的工作进展好像也不顺利。除了和我们的合作，其他的事情我不知道，我问了问李舒。李舒回答得模棱两可，至少没有明确表示否定。我感觉，有可能他在研究上碰到了一些瓶颈，是不是对未来缺乏信心？"张琦说。

"不过实在是很难想象。"张琦接着说，"对于科学家来说，碰到研究上的瓶颈不是很正常吗？柳杨搞科研这么多年，我不相信没碰到过瓶颈。难道一直很顺利吗？那运气也太好了。"他摇摇头。

"我想不出什么别的可能，确实太奇怪了。"张琦又说，"但愿脑科学所的研究不会因为柳杨的离开遇到重大问题……唉，要是比较的话，李斯年可比柳杨好合作多了。"

任为想起一件事。"阿黛尔怎么样了？"他问，随即觉得自己问得有点奇怪，于是补充了一句，"我是说，那几个被柳杨提取出来的云球人意识场。"

"没什么变化。"张琦说。

"你没有问问李舒吗？"任为问。

"问了，我问那些云球人意识场怎么样了，她说还在意识机里。"张琦说。

任为不想对张琦提柳杨请自己帮忙找空体的事情，没有继续说话，但忽然觉得，此时此刻联想起来，柳杨找空体、有人主动联系脑科学所、柳杨移民……这些事似乎有些关联，可能没那么简单。

"也许对这几个云球人意识场的研究碰到了什么问题？"张琦说，"可最多也就是无从着手吧？不至于这么放弃了。"

任为决定去一趟红松林别墅。他脑子里出现柳杨焦躁不安的样子，有点恐惧，但还是决定去一趟。

他真的抓到了柳杨，据说在最近这段时间抓到他很不容易。柳杨在家里，正收拾着东西。

"我摧毁了这里。"任为想起上次来的时候柳杨说的话——现在看起来，这里不是被摧毁了，而是被清空了。

屋子里本来就很少的东西几乎都已经消失了。院子里的那些动物也大多没有了，只剩下那只狗——边境牧羊犬——还待在它的格子里，不过格子边上已经没有机器人，那两个到处暴露着纳米线路的饲养机器人不见了。

沙发也没有了，任为和柳杨只能坐在门口的门槛上——这种古老的屋子门槛很高，坐在上面倒是正合适。

柳杨并没有任为想象得那么焦躁，甚至不像一贯那么奇怪，反而很安静，稍微有点神不守舍的样子——感觉完全不像一个难相处的人，最多像一个内向的人，加上些落寞。随后的谈话印证了任为的感觉。

"你也要问我为什么移民吗？"柳杨说。

他的声音一点也不高亢，坐在门槛上说的，没有急促地绕来绕去，也没有盯着任为，更没有把自己的额头几乎顶住任为的额头。

"没有为什么，就是烦了。"他说，"你们总是喜欢打听这个打听那个，我就是烦了而已。"

"嗯。你是个很重要的人，对很多人来说都是这样。大家不希望你走，这很正常。"任为说。

"我很重要吗？"柳杨说，"我不重要。你放心好了，我没有什么独门绝技。你们需要的技术，或者科研成果，脑科学所都完全掌握。我们所里的同事，不是只会打杂，他们都是科学家。李斯年也是很好的科学家，你们云球的事情不会受影响。"

"我不是害怕云球受影响，确实是不太理解你。"任为说，"再说，你对我们的重要性不是过去，而是未来。李斯年当然也很好。但你就是你，你是柳杨，不是谁都能代替柳杨。"

柳杨不说话，只是看着院子。院子里也没有什么东西了，除了那只狗。柳杨的目光有时落在那只狗身上，有时落在空旷的地面上，有时又在院墙上绕一圈。那只狗像上次一样，笔挺地站在那里。不同的是，现在他们俩坐在门槛上，能够让那只狗看到他们——它就这样看着他们，很安静。

"你究竟为什么呢？烦了？谁会信呢？"任为问。

"那就没有为什么了。"柳杨回答得很坚决。

任为不知道该如何继续。他看了一圈院子，说："你把那些动物都处理了。"

"对。"柳杨说。

"这只狗呢？怎么没处理？"任为问。

"留个念想。"柳杨说，扭头看了任为一眼。

"留个念想？那你要带走？"任为问。

"是。"柳杨说。

任为想起赫尔维蒂亚的公投。"你知道，我们前一段去过赫尔维蒂亚。那会儿，看到街上到处都是公投广告，关于是否允许人和狗结婚的公投。我还记得一段广告词：'Vote Yes！统计数据指出，仅有0.4%的狗和2.3%的猫主动离开他们的主人，而人类主动离开爱着自己的人的比例则达到100%。道德高尚却从未获得任何回报，这是动物的新定义吗？'。"

他停顿了一下，接着说："这段广告词好像有点问题，'人类主动离开爱着自己的人的比例则达到100%'。怎么会是100%呢？并没有都离婚啊？不知道他们的公投结果怎么样了。但无论如何，在赫尔维蒂亚，狗的地位很高。"

"爱着你的人不光是你的爱人，还有你的父母。"柳杨说。

任为愣了一下，想起在贝加尔湖疗养院的妈妈，顿时有一点愧疚。

至少应该多去看看妈妈。虽然妈妈的躯体里已经没有意识场，但还是应该多去看看。是啊，如果妈妈养了一只狗，会不会一直守着她？一直守着没有意识场的她？

赫尔维蒂亚的公投也不是完全没有道理，他想。

"这么说他们是对的。"沉默了一会儿，他说。

"那么最近，你们家明明有消息吗？"柳杨没有再接着讨论公投的话题。

"没有，"任为说，"没有任何消息。"

"你应该告诉她情感黑客的事情。"柳杨说。

"哦？"任为想起，自己见到任明明的时候很懵，完全没想到这回事。事实上，自从迈克死了以后，知道情感黑客不再盯着任明明，任为已经快把这件事忘掉了。

"当时没告诉她，可能后来也没机会了。那天给迈克做完意识场检测，你和李舒就应该立刻告诉她，不应该骗她。"柳杨说。

柳杨当然不知道，最后关头任为还见过任明明，机会是有的，但当时任为并没有想起这件事。

"有什么意义呢？"任为说。

"也许能让她正确认识自己的感情。"柳杨说。

能够让她幡然醒悟吗？任为不这么觉得。

他脑子出现最后见到任明明时的场景，一身戎装的冷静的任明明——他从未见到过那样一副神情的女儿，也从未想象过那样一身打扮的女儿。而在那之前几分钟，有一颗轻型核弹在几十公里之外爆炸，炸毁了一个方圆三百多平方公里的宏伟建筑群。当然，这件事不是任明明干的。任明明干的事是干掉了那帮人，干掉了那帮干这件惊世骇俗的事情的人。

"张琦觉得，你可能遇到什么挫折了。"任为说，"如果是这样，你没必要这么容易就放弃。特别是，"他顿了顿，"如果是因为琳达，你不要太难过了，都过去这么长时间了，应该走出来了。"

柳杨看着任为。有一瞬间，任为感觉柳杨又要发飙了，但是并没有，柳杨把头扭开了，说："没有挫折，和琳达也没关系，不要瞎猜了。"

他的脸上一点表情也没有。

"你放弃了多少东西啊！意识场的研究成果早晚会公布。你放弃署名权，就是放弃了科学史上的地位！"任为说。

"有什么关系呢？等你死了就会知道，都是些虚名，一点关系也没有。"柳杨说。

"柳杨阈值呢？难道也要改名吗？"任为问。

"对，已经改了，叫意识场计算强度阈值。"柳杨说，"我们的文档都改过了。"

"你决心真够大的！"任为说，觉得实在不可思议。

"你以为我像你吗？"柳杨说，然后稍微顿了顿，似乎感觉自己说得不合适，补了一句，"其实你挺好。"

柳杨的脾气像是好了很多，还学会反省改口了，但沟通依旧不是很顺畅，任为仍旧觉得郁闷。

憋了半天，他终于下决心，问了一个他一直感觉很可疑的问题，也是一个可能会引起柳杨强烈反应的问题。他问："那么，我问一下，那几个云球人的意识场呢？"

"我已经把他们销毁了。"柳杨回答，很平静，没有强烈反应。

"什么？"任为吃了一惊，"你说什么？李舒对张琦说，他们还在意识机里。"

"那时候是啊！"柳杨依然很平静，"那是好几天前了，后来我就把他们销毁了。"

"为什么？"任为问。他想起自己还是弗吉斯的时候，看到的阿黛尔的庭院，阿黛尔的画像，柔和、温暖、妩媚，还有悲哀和无奈，不禁怒火中烧。

"留着干什么？"柳杨反问，"没有用。"

"至少……"任为说，话有点不连贯，"可以让李斯年接着研究。你这是杀人！"

"杀人？"柳杨好像很吃惊，扭过头看着任为，"云球人？杀云球人？你杀的还少吗？"

任为说不出话。

"就因为你去了云球，去了阿黛尔的院子？"柳杨说，撇了撇嘴，露出了一点昔日的狰狞，但声音并不像以往那么大，肢体也没有以往那种夸张的附加动作。

任为脑中都是那幅画像。

柳杨不再理他。

过了许久，任为终于平静下来，艰难地说："为什么不能让李斯年接着研究呢？"

"他需要研究的话，再去云球弄几个云球人嘛，又不麻烦。"柳杨平淡地回答。

"你……"任为相当气愤，但不知说什么好，"是因为没弄到空体吗？"他喘了一口气，接着问。

"对啊。"柳杨说，"所以这也怪你。要是你说服吕青，弄来了空体，也许那几个云球人就不会被销毁了。"

"可是，李舒不是说，有人找你们了吗？"任为问。

"是有人找我们，可我们不敢用。那是地下渠道，你敢用吗？"柳杨问。

这会儿，他一反今天的常态，盯着任为使劲看，倒像是以前的柳杨，不过稍显平和了一些，没那么咄咄逼人，但任为还是被他的眼神逼得有点慌张。

"那是违法行为，我没有办法。"任为想起吕青的话。"杀人对他来说也不见得就不是个选项。柳杨什么人啊！"任为又想起了吕青的另一句话。

他渐渐不慌了，觉得自己正在接近真相。他也看着柳杨，柳杨却把眼神移开了。

"你一定是用了空体。你通过那些人找到了 KillKiller 的空体，甚至杀了人，杀了地球人，总之你找到了空体，并且做了实验。我不知道你有什么实验结果，但是现在你想要逃走，而且想要销毁所有证据。对不对？"任为问。

"你还挺能编故事。"柳杨说，很平静。

"你心虚了。刚才你盯着我看，在看什么？你害怕我怀疑你？你盯着我看，恰好让我怀疑你。"任为说。

"我盯着你看？好吧，我错了，我不该盯着你看。对不起，让你紧张了。"柳杨说，带着嘲讽的语气，"不过说实话，我是在看你究竟知不知道那些人是从哪里来的。你告诉李舒不是吕青安排的，但我不相信，我觉得就是吕青安排的。所以，我看看你是什么反应。"

"确实不是吕青安排的。"任为说。

"是吗？"柳杨反问。显然，他依旧不相信。

"不管是不是吕青安排的，反正你用他们了。对不对？吕青说那是违法行为，所以你要逃走？"任为问。

"逃到赫尔维蒂亚吗？那有什么用？"柳杨反问。

这倒也对。任为意识到自己的漏洞，柳杨反问得很对。逃到赫尔维蒂亚有什么用呢？如果干了违法犯罪的事情，一定会被引渡回来。特别是，如果像自己想象的那样是刑事案件，逃到全世界任何一个地方恐怕都没什么用。

"那你到底为什么去赫尔维蒂亚？还去搞心理学？到底为什么？"任为问。

"跟你说了，没有为什么。烦了，就是烦了，不行吗？"柳杨回答，皱着眉头——这会儿看起来，他确实是有点烦了。

"搞心理学就不烦了？"任为问。

"我总得挣钱养活自己啊！"柳杨回答。

沉默了很久，任为想起自己的诗，问道："我在云球的时候，写了几首诗。你知道吧？"

"有井水处有弗吉斯。当然知道，几首风月诗。很好，大诗人，写得很风骚。"柳杨说。

"我以前的确写过诗啊、词啊什么的，都是大学时候的事情了。现在我从来不写也从来没想过要写，而且我写的诗也不是那种样子，怎么到了云球忽然写出那些诗呢？你知道，弗吉斯也写诗，就是那种风月诗，要说是他写的倒很像，可那会儿明明又是我的意识场。这到底是怎么回事？是不是我的意识场调用了弗吉斯空体的残留技能？如果这样倒能说得过去，但感觉上写诗这种事和老巴力的狩猎技能或者斯特里的农耕技能又不太一样，你怎么看呢？"任为问。

柳杨没回答，沉默着，好像在思考，过了很久才说："我不知道。"

"你不想留下来研究，知道确切的答案吗？"任为说，"你看，意识场和大脑并不是简单地分工。物理大脑不是你想的那样低级，意识场也没有你想的那么高级。物理大脑可以反过来影响意识场——我就是个活生生的例子，就在你面前，我按照弗吉斯的风格写出了几首打油诗——你不想接着研究吗？"

柳杨又沉默了好久，坐在门槛上的身体一动不动，脸上也没有表情，眼睛好像看着那只狗，那只笔挺站着的安静的边境牧羊犬。

足足过了十分钟，任为这么觉得，不过他知道这不作数——自从走进这个院子，他就一直感觉时间很慢。

柳杨终于说话了。"我不想。"他说。

我不知道。

我不想。

两个问题，柳杨的回答都简洁极了。

任为明白，他回答得越简洁，他下的决心就越大。

任为不知道还能再说什么了，也不知道还能再问什么了。

他看到那只边境牧羊犬一直在看着他们，在他们说话的过程中几乎从来没有动过，他觉得自己还不如那只狗镇定。

37 疑点管理系统

"我有事情要对你说。"吕青对任为说。

"我也有事情要问你。"任为对吕青说。

"好吧,你先说。"吕青说。

"柳杨要移民了,你知道吧?"任为说。

"知道,李斯年接任脑科学所所长。"吕青说。

"你不觉得奇怪吗?"任为问。

吕青沉默了,想了一会儿,回答:"有点奇怪吧。"

"有点?"任为觉得吕青的回答也很奇怪,但他不知道如何表达这种奇怪。

他看着吕青,吕青看着餐桌桌面,那上面有吃了一半的晚饭:肉末茄子、爆炒肝尖、蒜蓉油麦菜、腊肉荷兰豆、一碗银鱼汤,还有两个半碗米饭。

"我总觉得,和他从我们云球中提取的那些云球人意识场有关。"任为说。

"是吗?"虽然是在问,但吕青显得很心不在焉,好像一点也不好奇。

"那些人——我是说上次提到,李舒说的,找他们说能够提供空体的那些人——到底是不是你安排的?"任为问。

"不是，告诉过你了。"吕青说。

"柳杨销毁了那些云球人的意识场。前两天还没有，就这两天干的。"任为希望引起吕青的兴趣。

"是吗？"吕青又问了一句，看起来依旧不感兴趣。

"你说过，这种事是违法行为！"任为说，"柳杨这几天就要走了，就要去赫尔维蒂亚了。如果他干了什么违法的事情，难道不应该把他留下来吗？"

"如果他干了什么违法的事情，跑去赫尔维蒂亚有什么用呢？"吕青的回答和柳杨一样。

任为知道他们说得对，但总觉得哪里不对劲。

"他杀了我们的云球人，还非法获得了空体，甚至也许杀了人。他能干得出来，你也这么说过。"任为说。

"是啊，我是说过。但我是说他能干得出来，不是说他干了。而且现在我们能做什么呢？"吕青问，终于抬起了头看任为。

"他不相信那些人不是你安排的。"任为说。

"确实不是我安排的。"吕青说。

"可他们的事怎么会有人知道呢？意识场项目是机密，找空体的事更是只有柳杨和李舒知道。柳杨自己就不用说了，李舒跟了柳杨那么多年，你也认识她，她不是会乱说话、乱做事的人。消息怎么可能传出去呢？"任为问。

"这太简单了。"吕青回答，"意识场研究确实是机密，但自从我们找脑科学所研究KillKiller的事情，就没有那么机密了，有不少人知道。等他们到你们地球所去，在云球中做实验，知道的人更多了，至少你们地球所的人都知道。"

吕青说得很平静，似乎不觉得有什么奇怪。

"柳杨提取了五个云球人的意识场，这件事你们地球所的人都知道吧？"吕青继续说，"提取了云球人意识场之后呢？放在意识机里干什么？做标本吗？至于研究，我觉得李斯年更合适。那是某种场，还可能处在高维空间。已经不是生物学范畴，是物理学范畴了。柳杨研究得了吗？所以，他提取那些意识场，最合理的解释是要找人类空体绑定，看看云球人意识场在人体中是什么情况。这些都很容易猜出来，不是吗？猜出来以后，就很难避免有谁传出去，可能又有谁恰好有能力搞到空体，想要通过这件事挣点钱，自然会去找他们。"

确实很有道理，任为无话可说。

"他杀了我们的云球人。"任为说，转头望向窗外，看着远处的天空，那里蓝蓝的，一丝云都没有。

"你是说阿黛尔吗？"吕青问。

任为一惊。他看了看吕青，吕青看起来没有一丝异样，也在看着他，很平静。

"不只是阿黛尔，有五个人。"他说。

"嗯，是的，五个人。"吕青重复了一遍，把头转开了，又看着桌面，还拿起了汤勺，挖了一勺米饭放到嘴里，开始慢慢咀嚼，好像在仔细品味。

"即使柳杨干了什么，比如做了坏事，找到了空体，可一口气找到五个的概率也不大，很难把所有云球意识场都绑定到空体上。而且从科学研究角度来看，这么做也没必要。很明显，必须有所选择，那么他会选择谁呢？"吕青把咀嚼了半天的米饭咽了下去，平淡地说，"那五个云球人意识场，据你跟我说，只有阿黛尔比较特殊。你们没有动过其他像阿黛尔那样具有特殊身份的云球人，但柳杨力排众议这样做了。对，后来你们又这样做了一次，就是和阿黛尔一起长大的弗吉斯。除了阿黛尔，柳杨提取的其他意识场都是普通云球人的意识场。所以，假如他千辛万苦冒着风险找到了一个空体，一定会首先选择阿黛尔来做实验。对不对？"

任为没有说话。

"就算柳杨是罪犯，你也不是想要抓住他。其实，你真正想要找的人是阿黛尔，如果她还活着的话。当然，如果她活着，也是活在某个地球人的空体里——你是在怀疑，发生这种情况的可能性很大。"吕青接着说。

任为说不出话。他想否认，但是不知道该如何否认。

吕青看了他一眼，继续吃东西。

他终于说:"我只是关心我们云球的人,不是就阿黛尔一个人。"

"嗯,我理解。"吕青说,"我尽量打听,看看有没有这方面的消息。"她抬起眼,看着任为,"不过那些人毕竟是云球人,你可以先放一放。现在我知道有一件事和一个地球人的生命有关,这个人虽然不是你们地球所的人,但和你们关系密切。"

"哦?什么事?"任为问。

他只好暂时不再说阿黛尔的事情了,但内心还是很希望吕青能帮忙打听一下。吕青打听事情的能力很强,只要肯去打听,很可能会有些消息。

"明明的情感黑客的事情,你还记得吧?"吕青问。

"当然记得,柳杨还说我应该告诉明明。但最后一次见明明的时候,我脑袋都懵了,完全忘记这件事了。"任为说。

"也许是应该告诉她。"吕青说。

"只会多一些苦恼吧!毕竟她已经很决绝地参与到那些事里面了。"任为说。

"我知道她很难回头了,不过还是应该告诉她——如果再有机会的话。"吕青说。

"嗯。"任为说,"你要说什么?怎么,和明明有关吗?"

"没关系,但我知道这件事却是因为情感黑客。"吕青说,"我最近一直在想明明,觉得很对不起她。从她很小的时候开始,我们就很忙,对她很忽视。我的责任更大,确实不像一个人类妈妈,更像一个机器人妈妈。"说着,她的头又垂下来,似乎暗暗叹了一口气,"记得她上幼儿园的时候,才三岁,我对她说,从今天开始,你要想清楚每件事,要对自己做的事负责任——也许,我真的是太过分了。"

任为想起胡俊飞转述的任明明说过的话:"我妈妈就是个机器人,而我爸爸只爱机器人。"

"这不怪你。"任为说,"我听你说过,你父亲也是这样教育你,不也把你教育得很好吗?"

"但我有妈妈,一个慈祥的妈妈。"吕青说,"我就是明明的妈妈,却不是一个像我的妈妈那样的妈妈。"

"明明也有爸爸，是我做得不够好。"任为说，"我不是一个像你父亲那样，能够教会孩子坚强的父亲。但我又太着迷自己的工作，给不了孩子一个妈妈那样的爱。"

"不说这些了，都过去了。"吕青说，一边摇了摇头，仿佛要从过去的时光中挣脱出来，"也许没什么用，可我总想为她做点什么。我去找过几次宋永安局长。你记得宋局长吧，网络安全局的局长。我想打听一下情感黑客的事情。"她接着说。

"有什么进展？"任为问。

"有一些进展。"吕青说，"他们破获了一个情感黑客的服务器站点。情感黑客的服务器站点多数在国外，特别是一些贫穷的国家，那些国家监管不严，容易腾挪。在发达国家的很少，中国就更少了。可是最近，他们发现了一个在中国的站点。也许是情感黑客的偶然失误，或者是随手行为。宋局长他们破获了这个站点。你知道，情感黑客的服务器站点转移得很快，而且所有网络数据都多次加密转发，很难查获。但这次，宋局长他们比情感黑客动作更快，在中国这个站点转移之前破获了它，截获了大批数据，并且成功解密，都是情感黑客的黑客软件上传的数据。"

"就是……明明的SSI数据之类的东西？"任为问。

"对。还有迈克那样的机器人的感官数据，视觉数据、听觉数据甚至触觉数据。"吕青说。

"嗯，都是为了分析对方人类的情绪反应。一方面从这个人类的SSI数据来分析，另一方面从机器人和这个人类相处时获得的反馈数据来分析。"任为说。

"对。这次宋局长他们截获了大量数据，也进行了分析。"吕青说。

"有明明的数据吗？"任为问。

"没有。宋局长不是说了，自从迈克死掉以后，情感黑客已经放弃明明了。"吕青说。

"那追踪到那些情感黑客了吗？"任为问。

"追丢了。只获得了这些数据，没能进一步获得情感黑客的任何蛛丝马迹。"吕青说。

"那就是和明明没有任何关系了，唉——"任为叹了口气。

"嗯——是的。"吕青也叹了口气。

"那你要说什么？这些数据和我们有关系吗？"任为问。

"本来，应该没关系。"吕青说，"但是，你知道吗？现在警察体系的人工智能也很了不起。他们有一个系统，叫作疑点管理系统。你听说过吗？"

"疑点管理系统？"任为想了想，"没听说过。"

"现在，各种监控数据非常多，主要是视频和音频，量很大，靠人工分析是不可能的。所以，这些视频和音频都会被送到这个疑点管理系统中，用人工智能进行分析。"吕青说，"这个系统很厉害，能够发现人无法发现的疑点。单个疑点还好说，人也能发现，只是效率低些。但是，针对一些关联疑点，这个系统能发现人根本不可能发现的东西。据说，这个疑点管理系统可以将全国数据大集中，进行超大规模数据分析，可以把全国范围内一些看似完全无关的数据关联起来，这就很了不起了。"

"很厉害啊！数据处理量庞大。那他们发现了什么？"任为问。

"宋局长他们破获的情感黑客数据中有一些音频和视频数据。他们把这些音频和视频数据上传到了疑点管理系统中，这样做没什么特别目的，是正常的工作程序。疑点管理系统很快发现了一些疑点，不过当时只是存储在服务器中，没有进一步处理。这个系统对疑点有一个级别的定义，刚刚发现的疑点是五级疑点，意味着看上去有点奇怪，不是很严重，所以不会进一步处理，也不会提交给人类，仅仅是存储起来。"吕青说。

"然后呢？"任为问。

"然后，过一段时间，周期性地，疑点管理系统会进行一些批处理的工作，对疑点进行梳理。特别是，对不同疑点的关联性进行分析。就在最近一次疑点关联性分析的过程中，情感黑客数据中的一个五级疑点升级了。"吕青说。

任为觉得这个系统挺有意思，实现起来很复杂。他接着问："什么疑点升级了？"

"是很短的一段视频，来源是一个全仿真机器人的眼睛。这个机器人是一个女孩子的恋人，所以情感黑客收集他的数据。有一天夜里，应该是女孩子忽然想吃麻辣烫，机器人先是联系了外卖，可那会儿已经是夜里三点，倒是还有店家开门，但是家小店，唯一的送餐机器人恰好坏掉了，于是这个机器人决定出门去给女朋友买。"吕青说。

"机器人也确实贴心。"任为说，随即想起了迈克的样子，迈克那谦逊的微笑，可接着，就想起了迈克那被打爆的脑袋。

"他们住在一栋高层公寓的二十三层B室。对面是A室，有一个楼道门出去是电梯间。电梯间有三个电梯，旁边是步行梯的门。这个机器人走出楼道门，这时候，他看到了一个人的背影，正走进步行梯的门，身子已经进去多半个了，露了一小半在外面。这一小半身体被机器人的眼睛看到了，意味着被拍了下来。当然，这个机器人什么也没有想，什么也没有做，只是去坐了电梯，去买了麻辣烫，没什么后话——就是这样。"吕青说。

"这怎么了呢？"任为很不解。

"没怎么。不过疑点管理系统觉得不正常，相当可疑。半夜三点，一个人从二十三层走进步行梯的门，重要的是，穿着很整齐，穿了黑风衣，防雨的风衣，帽子都戴上了，脚上穿的是运动鞋。"吕青说，看着任为，"你不觉得可疑吗？如果是穿着睡衣什么的，也许是谁家在楼里有两间公寓，一间楼上一间楼下，穿着睡衣通过步行梯上楼或下楼就很正常。但穿得这么整齐，半夜三点走步行梯，在干什么呢？的确有点可疑。"

"嗯，"任为想了想，"是有点可疑。"

"所以，系统就把这段视频存起来了，标记了一个五级疑点。"吕青说，"然后，过了一段时间，进行疑点关联分析的时候，这个疑点被升级为四级疑点了。"

"为什么？"任为问。

"因为疑点管理系统发现，在那个时间段，在这个小区所有其他摄像头中，都没有发现这名穿着黑风衣的人的踪迹——既没有进来的踪迹，也没有出去的踪迹，前后二十四小时内。"吕青说，"简而言之，这个人消失了，或者说，从来没有存在过。疑点管理系统认为，他不走电梯，显然是为了躲开电梯里的摄像头。事实上，这个人不仅成功躲开了电梯里的摄像头，而且成功躲开了小区里所有摄像头，进一步，也成功躲开了小区里所有SSI门禁。一部分门禁有摄像头，一部分没有。没有摄像头的门禁并不直接知道人长什么样，但是知道是谁——从其他摄像头来看，那些使用过没有摄像头的门禁的人在那天晚上都没有穿成这个样子。"

"他在干什么？是可疑。"任为说。一边想着，如果疑点管理系统都这么分析事情，那真是很可怕。

"是啊，他在干什么？"吕青重复了一遍。

她想了一会儿，似乎想不通。

"可疑吧？"她说，"所以升级了，成了四级疑点。后来，疑点管理系统把时间范围扩大了。从前后二十四小时扩大为前后一周，然后是前后一个月。都没有找到这个人的踪迹，至少没有找到这件黑风衣的踪迹。视频中这个人，大半个身子已经进了步行梯，只有一小半身子露在外面。对一个这种情形下的人进行整体比对几乎不可能，同时也缺乏这个人走路步态的数据，对这个人出现没出现过的分析应该很不准确，但准确的是，这件风衣确实没有出现过。"

"然后呢？"任为问。

"然后就升级为三级疑点了。在某个小区里，出现了一个完完全全、从未出现过的陌生人——至少疑似是这样——没有熟人陪同，半夜三点，在二十三层，蒙着头，走进步行梯，躲过所有门禁和摄像头。"吕青说，"如果说没问题，恐怕没人相信。"

"三级疑点意味着什么？"任为问。

"三级疑点意味着，这个疑点将不仅仅局限在疑点管理系统内部进行关联分析。"吕青说，"我刚才提到过，疑点管理系统内部的数据都是来自各种公共监控设备的数据，基本就是视频和音频。有些时候，碰到一些案件，会有警察人为干预。主要是调阅数据，或者要求系统按照某种需求进行分析。"

这种情况很多，但除非是这种情况，否则五级疑点和四级疑点都只在疑点管理系统内部进行关联分析，不会涉及系统之外的任何数据。"

吕青停顿了一下，接着说："一旦上升到三级疑点，即使没有人为干预，这个疑点也会自动和疑点管理系统以外的其他数据进行关联。那些数据不是视频或音频，大多数是各种治安事件、刑事案件等等警察系统的工作数据——这一关联不要紧，三级疑点立刻被升级为二级疑点了。"

"为什么？"任为问。

"你猜猜？"吕青说，看着他。

任为想了想，说："我不知道，我怎么能猜到？"

"我刚才说了，和你们有点关系。"吕青说。

任为又想了想。

忽然，任为感到一股寒流贯穿全身，汗毛都竖了起来。

"苏彰？苏彰就住二十三层！"任为说。

"对，苏彰。那个机器人和他的女朋友住在苏彰家对门，他们住 B 室，苏彰住 A 室。"吕青说。

"你是说，苏彰是被杀的？"任为问。

"不，不是。"吕青说，"我问了宋永安局长，他说，疑点管理系统爆出这个二级疑点以后，已经到了需要人来介入的严重程度。他们介入了，把数据交给了当地的刑事部门。刑事部门进行了复查，根据当时现场的记录，刑事部门确认苏彰是自杀。而且，这个视频的发生时间是在苏彰死后一周。"

"死后一周？"任为问。

"对，死后一周。虽然是自杀，但按照警察的流程，会把现场封锁一周。这个视频就发生在苏彰死后一周，现场解除封锁的第二天。"吕青说。

"为什么？偷东西吗？"任为问。

"不知道。"吕青说，"从视频看，不像是偷东西。那人也不像小偷，当然这很难说。但至少，那个人并没有携带什么体积特别大的东西。苏彰的屋子后来很快被苏彰外地赶来的父母卖掉了。买家把房子重新装修，几乎算是拆了——如果不是个公寓楼，他们会把整栋楼都拆了。所以，现场已经不存在了。除了当时的记录——视频、照片、红外照片、X光照片等等——没有别的可复查的东西。苏彰的父母也没有提过有什么遗失的东西。"

"这房子是凶屋。买家彻底重新装修很正常，能卖出去就不错了。"任为说。

"是啊，据说只卖了一半的价钱。"吕青说，"现在，已经没有现场可以调查了。所有现场记录都是在视频发生之前，然后警察封锁了现场一周，然后警察解除了封锁，然后视频中的事情发生了，然后房子被卖了，然后被重新装修了——整个过程就是这样，没法调查是不是丢什么东西。"

"那一层——"任为想了想说，"应该有好几户吧？不一定是去苏彰家里。"

"就四户，机器人家是不可能了。电梯间对面还有一个楼道门，里面有C、D两户。但那两户，恰好一户长期没有人住，户主住在东郊的别墅。另一户正好在国外旅游。他们都被调查过了，否认自己家来过什么人，也没有发现丢过什么东西。"吕青说。

"如果那人确实进入了苏彰家，是怎么进入的呢？她家门锁是SSI特征锁吧？"任为问。

"门也换了，锁早扔了，没法调查了。"吕青说，"再说，小区门口和楼下门口也有SSI门禁，他不也悄没声地进去了。"

"这个……"任为说了两个字，待了半天，才接着说，"说明了什么呢？"

"宋永安局长说，警察不觉得是杀人案。"吕青说，"因为从现场来看的确是自杀，没有任何可疑的他杀痕迹。只不过这个案子是枪案，所以还没完全结案，仍然在调查枪的来源。苏彰人已经死了，很难调查，悬在那里拖一段时间也许就结案了。"

"至于这个人——"吕青也显得有点迟疑，"他们分析，最大的可能是去苏彰家拿什么东西。不一定是什么值钱的东西，也许苏彰有一些类似秘密材料的东西。他们猜不出究竟是什么东西，但是认为和苏彰的死没什么直接关系。"

"能是什么呢？"任为自言自语。

他想起了孙斐，抬起头对吕青说："孙斐一直认为，是王陆杰杀了苏彰。

当然,我觉得她也就是心情不好瞎说而已。她的主要论点是,王陆杰是苏彰死亡的获利者。如果说苏彰有什么秘密材料之类,看起来多半和工作有关,也许王陆杰会感兴趣?"

"但是——"他自己显然并不相信这个说法,"这也太诡异了。"

"王陆杰?开什么玩笑,不可能。"吕青说。

"那苏彰还能有什么秘密?一个商人,而且只是一个打工的商人,也不是什么大老板,能有什么秘密?"任为说。

"她可能真有一些秘密,但不是秘密材料。"吕青说,声音不大,似乎在沉思。

"她有什么秘密?"任为问。

"我不知道,宋局长不告诉我。他说真不能告诉我,是违法行为。他是话说多了,说顺口了才说到苏彰有些秘密,又说绝对和秘密材料没有关系。但当我问的时候,他意识到不能说,所以就死活不说了。"吕青说。

"为什么不能说?"任为不理解。

"他就是不说。"吕青说,"不过我判断,原因很简单,这涉及苏彰的隐私——法律规定不能问、不能说的隐私。"

"法律规定不能问、不能说的隐私?都有什么东西是法律规定不能问、不能说的隐私?"任为问。

"很多,比如性取向或者某些疾病。"吕青说。

"性取向?她不是和小雷很好吗?至少曾经很好,能有什么问题?至于疾病,她能有什么疾病?还是法律规定不能问、不能说的疾病?"任为说。

"不知道啊!"吕青也很迷惑。

过了一会儿,吕青接着说:"没关系了,和我没有任何关系,我只是关心明明的情感黑客的事情。可惜,宋局长他们破获了那个站点之后没有任何进一步的发现。至于这件事,疑点管理系统的发现,我想告诉你是因为和你们有些关系。这件事看起来确实奇怪,可能警察会启动一些后续调查,也可能对你们地球所进行一些调查。你是所长,有点心理准备就好了。"

"疑点管理系统。"任为喃喃自语,觉得这东西很厉害。

38 精神病人

几天之后,柳杨走了。

本来,任为想去送送柳杨,但已经联系不上了。据李舒说,她也没能去送柳杨,柳杨一个人离开,行李很少,只是带上了那只边境牧羊犬。

李斯年上任了,整天待在脑科学所,一次都还没来过地球所。

估计李斯年头疼的事情够多的,要接住柳杨留下的这一摊子工作可不容易。管理是一方面,那还好说,科研上的困难对他而言就需要不少时间来消化,毕竟他的本行是微观物理学而不是生物学,更不是脑科学。当然,同样作为顶级科学家,他的素质和能力应该没问题,只是需要一些时间。

果然,地球所又出现了警察的身影。

警察没有多说什么,也没有调查出什么问题,但小道消息很多。

孙斐尤其激动,她坚持认为王陆杰有很大的嫌疑。王陆杰可是最大的获利者,至少在孙斐看来是这样。孙斐主动跟警察聊了很多王陆杰的事情,警察也的确去调查了王陆杰,还有宏宇的其他很多人,不过警察并不像孙斐一样觉得王陆杰有那么大嫌疑,没有采取任何进一步的措施。

至于柳杨的移民,在地球所也成为一个热门话题。各种猜测都有,但最笃定的猜测者依旧是孙斐。

"很简单,"孙斐对任为和张琦说,"他的良心受谴责了。他的发现,还有他的实验,让他看到了太多罪恶。现在,他去搞心理学,要拯救的不是别人,而是他自己。"

"心理学拯救自己?"张琦说,"医不自医,你不知道吗?心理学家拯救不了自己。"

"那是别人,这是柳杨。他总要试一下,也许有一天,我也要去试一下。当然了,你不需要,你不会有心理问题。"孙斐说,看着张琦,满脸嘲讽。

张琦不说话了。他知道,孙斐的气一直不顺。

"如果他良心受谴责,那五个云球人的意识场,他干吗毁掉?"任为问。

"这个……"孙斐似乎觉得不好回答,"这我不知道。"她说,"哼,不管怎样,他心里有鬼。也许他早就杀了五个云球人,然后才决定移民,反正我们都不知道。他提取了那五个云球人的意识场后,马上放在意识机里弄走了。谁知道他干吗了?说不定一早被他弄死了。对,他一定是为了什么原因,先杀了那五个云球人。之后,心里的某种东西被触动,受不了了。"

"不可能这么草率。"张琦说,"你就会瞎猜。移民这个决定很大很严肃,你知道他放弃了多少东西吗?"

"我知道啊!所以我才这么猜。要不是内心深处的某种驱动力,那种无法遏制的深层冲动,他怎么可能做出这种事?"孙斐反而更坚定了,"要是一般的什么诱惑呀,压力呀,我才不觉得他扛不住呢。他在乎过谁啊?他在乎过什么东西啊?不可能是外部的诱惑或者压力,一定是内心出了问题。那内心出了什么问题呢?早不早,晚不晚,这一段时间出问题,肯定和意识场有关,肯定和云球人有关。这不,就有五个云球人意识场被他弄死了。你说,这没有逻辑吗?"

还真挺有逻辑,任为想。这个孙斐,虽然一贯喜欢阴谋论,特别是涉及她不喜欢的人,但不得不说,似乎都有些道理。

"可惜了那五个云球人。"任为说。

"哼!就是,气死我了。"孙斐接着说,"问题是,他为什么要杀掉那五个云球人?人家好好地待在意识机里,当着世界上最痛苦的囚犯,生活在永远的黑暗里——招他惹他了?他要毁掉人家?否则,人家也许还有机会重见天日呢!"

她越说越气愤。但说到这里,好像忽然觉得自己的话也不全对,"不过,说起来,他们重见天日的机会也不大。那意味着要干掉别的云球人,才能让他们回到云球。换个人来关着,还不是一回事。所以,他们只能永远待在意识机的黑暗里。这么说,毁掉他们,对他们来说也是一种解脱。"

"对,"她似乎又悟到了什么,"对,也许柳杨不是刻意想要杀他们,而是没办法才杀了他们。他已经受不了良心的谴责了,也找不到办法处理那些云球人。他觉得那些人太痛苦了。意识机是他发明的,他有各种实验手段,也许从什么实验迹象上能看出来他们太痛苦了。他只好帮他们解脱,但这进一步加重了他的负罪感。他别无选择,除非自杀,否则只能从这个环境逃离了。"

"所以,"她接着说,一边思考着,"时间次序很重要。他产生负罪感,决定移民,杀掉云球人,加重负罪感,赶快跑。是不是?你们觉得有没有道理?"

她自己点了点头,仿佛很赞同自己的观点,"如果是这样,他还算有良心。"她说。

"有没有可能,柳杨并没有毁掉那五个云球人呢?"任为迟疑了半天,终于还是问了出来。他不想告诉张琦和孙斐关于柳杨找空体的事情,那涉及吕青。但是,他又觉得孙斐很能瞎想,说不定有什么异想天开的角度,可以推理出一些什么。

"没有毁掉那五个云球人?"张琦重复了一遍,"那留着干什么呢?又如何留着呢?他可是签了一系列协议,以后永远不再从事意识场研究了。"

"有可能!"孙斐的看法果然不一样,而且语气很激动,"完全有可能,他把他们藏起来了。让我想想啊,留着干什么?怎么留?两个问题,对吧?

我想想……我想想……"她一边说着,一边低下头,好像很认真、很努力地在想。

"留着干什么我不知道,怎么留我倒是能猜出来。"在任为和张琦注视的目光下,孙斐抬起头说,"刚才说了,不能在云球留,那要杀掉别的云球人。杀云球人他也许不在乎,可他绕不过我们啊!对不对?我们这里不是脑科学所,不是他能为所欲为的地方。但是……云云……对……云云,还记得云云吗?你们不会这么没良心吧?云云,那个活在地球狗身上的云球狗意识场,如果云球狗的意识场可以活在地球狗的空体中,那么云球人的意识场当然可以活在地球人的空体中。"

她很快猜到了,任为想。

"这能想到。但在地球上,地球人的空体从哪里来呢?可不太容易。"张琦说。

"对,找到人类空体,怎么找到呢?"孙斐说。

她扭头看着任为,不说话。

任为被她看得发慌,想到了 KillKiller,孙斐应该是因为这个才看着自己吧?

"对,"他下意识地接话,"KillKiller 有空体,我母亲现在就是空体。"

"但 KillKiller 不可能给他用。这事听上去就不对劲,应该是违法行为。"张琦说。

"可能去 KillKiller 偷,也可能杀人。"孙斐说,"总而言之,他也许没有毁掉那些云球人的意识场,却把那些意识场迁移到了地球人类的空体中。"

她点了点头,很满意自己的推理。

"做意识场实验,这本来就应该是实验的一部分。不是吗?"她接着说,"不做这件事,意识场实验明显缺少一个关键环节,对不对?柳杨没有做这种实验,是因为各种法律的限制,不能做、没法做,不是不想做。但作为科学家,他又受不了不能做实验,一定要做实验,必须要做实验,所以只能去 KillKiller 偷空体,或者杀人,反正要找到空体,他也的确找到了。"

"实验成功了。"孙斐继续,"他完成了自己的梦想,那是梦想,科学家的梦想。知道吗？他不要虚名没问题，但必须满足自己作为科学家探索未知的好奇心和梦想。对，是这样。不过，这样做会被抓起来的，所以他跑了，跑了。"

"跑到赫尔维蒂亚没有什么用，要是需要抓起来的话，还是会被抓起来。"张琦说。

"那不管，反正……总比待在这里安全。"孙斐说，"对，所以不是五个云球人意识场的问题，而是五个拥有云球人意识场的地球人的问题。"

"云球人是我们的家人，他们的意识场也是我们的家人。"她接着说，"现在，他们被囚禁在某些地球人的空体中。"她停了一下，好像觉得这么说不对，"不，应该说，他们有了新的宿主。没关系，就算这样，也还是我们的家人。但是，他们在哪里？我们要找到他们！这是我们的责任，他们是我们的家人。"

"按照你的阴谋论，柳杨会不会在实验成功以后，又杀了他们呢？"张琦说，"这是他的犯罪证据啊！"

孙斐不说话了，这听起来确实很有道理。

"可杀人这件事——我是说杀五个活生生的地球人——即使他们拥有的是云球人的意识场，不是地球人的意识场，也不是那么容易。不仅仅是杀人不容易，而且还有更大的困难，杀五个人很难不留下任何痕迹，不引起任何怀疑。警察难道白吃饭吗？"任为说，想起了疑点管理系统。

"所以，他一定会有帮手。这不是在实验室里，动动手指，在键盘上搞搞就把事情搞定了。这里面有很多体力活，他需要帮手。"孙斐说，"他这个人，脾气古怪，没什么朋友吧？要找这样的犯罪帮手，哪里去找呢？"

"这样的帮手，我觉得他找不到。如果必须要找一个，那一定是……"张琦说，没有说完就停住了。

"李舒。"孙斐可不像张琦那么保守，她马上接着张琦的话说出了李舒的名字。

这时，任为耳边忽然想起了叮铃铃的电话声，眼前浮现出不时在晃动的电话界面，来电话的正是李舒——加密电话。他看了看张琦和孙斐，站起身来走出办公室,在走廊里走远了一点,确认张琦和孙斐应该听不到自己讲话,才接通了电话。

"任所长,柳所长已经走了。现在,我想我可以带你去看一个人了。"李舒说。

"谁?"任为问。

"阿黛尔。"李舒说。

任为耳边嗡的一声,脑袋一阵发晕。

他努力地让自己平静下来,说:"我们正在讨论这件事,孙斐和张琦,都不相信你们把那五个云球人意识场毁掉了。我看,你的电话要是晚两分钟的话,他们就要拉着我去找你了。"

"不用了,我自首了。"电话那边李舒笑了笑,"柳所长觉得应该瞒着你们,可我猜到你们不会放过我,特别是你们那个孙斐。不过,并没有五个绑定云球人意识场的地球人。那些云球人意识场其中有四个确实是被销毁了,但阿黛尔的意识场没有被销毁。那个人,就是我问过你的那个主动找到我们说能提供空体的人,吕青安排的也好,黑帮也好,反正帮我们找到了空体,一个女孩子的空体,和阿黛尔很般配。所以,阿黛尔还活着,我可以带你去见她。"

李舒顿了一下,又接着说:"她的状况不太好,你要有些心理准备。"

"怎么不好?"任为问。

"她精神状况不太正常,见了面你就知道了。"李舒说。

"精神状况不正常?所以柳杨要去搞心理学?"任为问。

"不,不是。"李舒赶紧否定,"柳所长的事我也确实不太明白,搞心理学在这里搞也可以啊!跑到赫尔维蒂亚干什么?确实不明白。虽然我跟了柳所长这么多年,他的事情也不是什么都能明白。你们可能觉得我知道什么,其实我真的什么也不知道。"

"这是违法行为,你们不怕被抓起来吗?"任为问。

"我怕呀,但柳所长不怕,我没能拦住他。现在他走了,所以你看,我自首了,不过我只是跟你们自首。你们先看看吧,然后你们做决定。如果你们要告发我,我也没办法。我是从犯,柳所长是主犯,我们会不会被抓起来就要看你们的决定了。好在这个罪名应该不大。现在云球人没有法律身份。至于那个空体的事情,最多是买卖尸体罪。是有点尴尬,可对我来说,比起自己在这里天天瞎琢磨,还是告诉你们好一点。"

任为沉默了一会儿,说:"那个人,找你们提供空体的人,确实不是吕青安排的,我确认过了。"

"我明白,您放心,我不会提这件事。"李舒说。

很不可思议,在一个交通如此发达的时代,任为、李舒、张琦和孙斐,在从超级高铁下车后,坐在一辆来接他们的自动驾驶汽车上颠簸了十多个小时,才到了一个叫蓝月季疗养院的精神病院,而且他们下车的地方并不是真正的疗养院,只是一个距离疗养院仍有七八公里距离的接待站。

下车的时候,张琦和孙斐正在争论,刚才上山的那条山间公路,究竟是有七十二个拐弯还是有七十三个拐弯。这会儿,离开那条公路已经两个多小时了——后来他们拐上了一条更加崎岖狭窄的小路。下车前不久,李舒无意提起,刚才那条公路有七十二个拐弯,是一条著名的天路。孙斐马上反对,她说自己数了,是七十三个。但张琦说,自己也数了,的确是七十二个。两个人争了几句,不过下车之后,张琦很快认输了,他说自己可能数错了。李舒也说,当地政府也许只是为了凑个好听的数字才这样宣传的。

任为很难想象,在自己颠簸得快要吐出来的时候,张琦和孙斐居然无聊地在数有多少个拐弯。

他嘟囔着问了一句:"他们为什么没有直升机?"

"听说很快就会有了,你看,接待站已经建了直升机停机坪。之前可能资金不够吧。"李舒回答他,指着接待站不远处的一块空地。看起来的确像是个直升机停机坪,任为看了一眼,没有再说话。

接待站本身是一栋漂亮的三层建筑,不大,但很精致,和大城市的类似建筑没什么区别。可惜,他们还没到地方。李舒告诉他们,下面的七八公里只能乘坐古老的电瓶车过去,或者,如果愿意也可以骑自行车过去。李舒说，疗养院需要最弱的现代感，尤其是电磁环境，那里不允许有自动驾驶汽车或者直升机之类的高科技存在。

他们坐车太久，腿都坐麻了。听说后面的路面很平整，虽然有些起伏，但坡度不大，于是选择了骑自行车。

穿过树林，终于到了目的地。

这是荒凉深山中一个很大的院落。李舒说，为了尽可能远离现代世界，这里方圆上百公里都没有什么人烟，连网络信号都没有。如果要打电话，只能在接待站通过专有线路连接。任为试着调用了一下自己的SSI，果然已经连不上网络了。

"卫星信号呢？难道也没有吗？"孙斐问。

"卫星信号当然有，这个他们实在没办法，地球上找不到没有卫星信号的地方。"李舒说，"不过，相对地面通讯网络的信号，卫星信号比较弱，对病人的干扰也弱一些。而且，他们也没有在这里安装卫星通讯设备，只在接待站安装了。其实，只考虑地面通讯网络，这样一个没信号的地方也不容易找到，在深山老林里也很少。为了找到这个地方，当初申依枫院长可费了不少劲。"

疗养院一派复古气息，青砖围墙，朱红大门，倒和柳杨家有点相像，不过要大得多。院子后面是一个更高的山峰，前面是一个场院，场院再前面就是悬崖，视野很好，看得到远处的群山。场院侧面是树林，其中有他们骑着自行车过来的小路。

虽然偏僻，但是个不错的地方。

走到院子里，马上看到地面上跑着很多鸡、几只狗，甚至还有几头黑色的小猪。

在这里，申依枫院长和她的团队，加上十几个乡下姑娘，照顾着近百个精神病人。

这些精神病人多半和现代社会的科技有关。最典型的病症是电子设备依赖症，一种在现代社会很普遍的精神疾病。这种疾病的症状一般很轻微，并不需要治疗，但个别时候情况严重，会发展到离开电子设备就出现思维混乱、幻听幻视甚至身体方面的痉挛等症状，需要治疗。药物只是一个辅助治疗手段，长期的行为治疗更加重要，尽量脱离电磁环境是其中的核心。

疗养院几乎没有任何电子设备，离最近的城市或乡村都很远，离大自然却很近，非常美，气候很好，冬天不太冷，夏天也不热，可以每天爬山，每天和蓝天白云、花花草草在一起，对病人非常有帮助。

"电子设备依赖症中的相当一部分，不仅和普通的神经学上瘾机制有关，还和大脑长期接受各种电子信号辐射产生的电磁场变化有关。这里电磁环境比较简单，是疗养院选址的关键。也是因为这个，疗养院和我们脑科学所有不少合作。你们可能不知道，电磁环境对于大脑的影响，对柳所长发现意识场有很大启发。"李舒说。

"在生活上，这里的病人并不难照顾，一般身体方面没有什么大的问题，可以自理。"李舒接着说，"倒是我们送来的阿黛尔，在这方面表现得不太好。"

她说着话的时候，申依枫院长带着阿黛尔过来了。

任为很紧张，呼吸急促起来。自从申院长牵着一个姑娘的手出现在视野里，他就不由自主地一直在观察，甚至都没怎么注意听李舒说话。张琦和孙斐也和他一样，注意力都在那个姑娘身上。

那个姑娘长得并不像阿黛尔，至少不像任为记忆里在阿黛尔房间中看到的那幅肖像画，当然也并不像琳达。不过，虽说面容不像阿黛尔，却有着和任为心目中阿黛尔相同的气质，柔和、温暖、妩媚——这些感受，在云球中的时候，任为是从画像的眼睛中体会到的，现在则是从形体上体会到的。但是，当阿黛尔走到眼前，任为看到她的眼睛，立刻有了截然不同的感受。

那双眼睛，如果说有什么表情的话，就只有呆滞了，空洞洞的没有一丝神采。

"阿黛尔，你好。"孙斐说，她说的是萨波语。

阿黛尔没有反应，眼睛看着前方。她一路走过来的时候，眼睛一直看着前方，好像被前方的什么东西吸引了，但那种吸引又显得那么无足轻重、无关紧要。

"阿黛尔，你好。"孙斐又说了一遍，这次说的是汉语。

阿黛尔依旧没有反应。她站在那里，手被申院长牵着，尽管个子比申院长还高一点，却像一个被牵着手的三岁小姑娘，而那双眼睛甚至连婴儿的活力都没有。

申依枫院长摇了摇阿黛尔的手。阿黛尔被惊了一下，茫然地看了看申院长。申院长冲她笑了笑，扬了扬下巴，提醒她有人跟她讲话。

顺着申院长扬起下巴的方向，阿黛尔转过头，看了看孙斐，又看了看旁边的任为、李舒和张琦，然后不知所措，重新把头转向申院长，像是在寻求帮助。

"你们好。"申院长说。

"你们好。"阿黛尔开口了。口音清亮，但很不熟练，很生涩，而且是面对着申院长。

申院长又扬了扬下巴。阿黛尔似乎终于明白了，对着大家说："你们好。"依旧很生涩。

孙斐好像想哭，把头扭到一边。

"这是怎么回事？"任为问李舒。

"不知道，她的智力很低下。"李舒回答，"身体上没什么异样，包括大脑，检查不出任何问题，就是智力很低下。从对精神疾病的了解来看，她的情况和任何已知的精神疾病不同，所以不知道该如何下手治疗。看起来最大的可能，她仍旧是个小孩子，一个有些智力障碍的小孩子。"

"在进步，进步很大。"申院长说，"现在，她已经可以自己上厕所了。我感觉她会持续进步。"

"她以前可不是这样。"孙斐说，声音有点大。

"小点声。"张琦说。他看了看周围，院子里有不少正在散步的病人，离他们围坐的小方桌不远，有几个病人听到孙斐的声音，向这边望了过来。

"你们怎么能这样！"孙斐声音小了，但咬牙切齿，充满了愤恨。

"对不起。"李舒也显得很难过，"我们完全不知道为什么。你们看到了，云球动物的意识场在地球动物空体内活得非常好，你们更是自己试过，地球人意识场在云球人空体内同样活得非常好。可是，云球人意识场到了地球人空体内，竟然成了这个样子，对我们而言也是很大的意外。"

申依枫扶着阿黛尔，分别在两张小凳子上坐了下来。

"你们是生人。要是天天在一起的熟人，她表现会更好一点。"申院长说。

"可她……"孙斐说不出话来。

"她原来是黑石城有名的歌女。唱歌跳舞，弹琴赋诗，样样精通。唉，我知道你要说什么。孙斐，你要是怪我们，我也认了。确实是意外，不知道为什么。"李舒说。

"柳所长移民，就是因为这件事受打击了？"张琦问。

"不，我觉得不是。"李舒说。

"那是像孙斐说的，有负罪感？"张琦接着问。

"我觉得……"李舒迟疑了一下，接着说，"也不是。"

"从科学上来说，作为一个科学家，他绝望了，走投无路了。"孙斐说。说这话的时候，她冷冰冰的，没有刚才的难过。

"不，柳所长绝对不是那么容易放弃的人。"李舒说。

"那就是负罪潜逃！"孙斐说，这次又是愤怒。

"不，也不是害怕。他确实不害怕，你们了解他。虽然他不让我告诉你们，但我觉得，他知道他走后我还是会告诉你们。他也没有千叮咛万嘱咐，好像根本无所谓。"李舒说。

"好吧。"张琦说，"至少他证明了一件事，云球人意识场不能在地球人的空体中正常生存。"

"这倒是好事。"孙斐说，"你们这些怪胎——证明了这件事很好，否则你们不知道又要弄多少云球人出来。云球人就该待在云球，地球人就该待在地球。都是你们作孽。现在证明了这一点，希望你们以后不会继续瞎搞、继续作孽……可怜的阿黛尔！"

大家都不说话。

过了一会儿，任为问李舒："柳杨正式得出结论了？云球人意识场不能在地球人空体中正常生存？"

"没有。"李舒说，"他看到阿黛尔的时候，进行了各种观察和检查。他很难过，非常难过。但是，他没有再写任何论文，或者哪怕是论文草稿。也没有再跟我说过任何和意识场研究有关的只言片语。后来，他就告诉我，他要移民。"

"那不就是受打击了，有负罪感，想逃跑，这么直接的因果关系！你还说不是。"孙斐几乎喊了起来。

"好吧，"李舒看了看孙斐，好像很无奈，"但是，我确实又觉得不是。"

"那是什么？"孙斐还是几乎在喊。又有几个周围的病人望了过来。这次，申院长把手指竖在嘴前面，示意她小声一点。而阿黛尔被她的声音吸引了，看着她，似乎眼里有了一点神采、一点好奇。

"我觉得你有什么没说。"张琦对李舒说，"还有什么你没对我们说的吗？"

李舒迟疑了一会儿，好像终于下了决心，说："我觉得可能是实验流程的问题。"

"流程上有什么问题？"张琦问。

"我不知道，只是感觉有点奇怪。"李舒说，"存储云球人意识场的那五台意识机一直是我在管理，有一次我出差去开两天会，通常这种时候我应该把意识机交接给我们的一位同事，但那次柳所长说，这两天他亲自管理。"

"有什么问题吗？"任为问。

"也没什么问题。"李舒回答，"我就是奇怪，除了思考，柳所长一向不愿意亲自动手做任何事情。管理意识机虽然并不累，但意识机需要全程监控数据，要按时观察，是挺烦人的一件事。按道理，柳所长不该做这种事，他一向也不做。"

"也许在动手把云球人意识场迁移到人类空体之前，他想更加仔细地观察一下。"任为说。

"也许吧，可我总觉得不是他的风格。"李舒说。

"那还有别的什么可疑的地方吗？"张琦问。

"没有。"李舒说。

"有也不会让你发现。"孙斐又冷冷地说。

"也许吧。"李舒好像在沉思,"柳所长,的确是个很怪的人。"

回到北京,孙斐要去告发柳杨和李舒——他们从地下渠道买来了空体,或者说买卖了尸体。任为和张琦死命拦住了她。这实在没有意义,害了柳杨和李舒,又对谁有好处呢?而且,这件事是由李舒自己亲口告诉他们的,李舒这人还是不错的。孙斐在挣扎了很久之后,想到李舒对自己也一直很好,终于艰难地打消了这个念头。

几天之后,任为又接到了李舒的一个加密电话,让事情显得更加可疑了。李舒说,从蓝月季疗养院回来以后,她对那五台意识机进行了仔细检查。出乎意料,她在阿黛尔的意识机中发现了一个异常。这还要拜托在蓝月季疗养院的时候,她提到意识机需要全程监控数据,提醒了她自己。所以回来之后,她去读取了五台意识机里的所有历史数据,特别是阿黛尔的意识机。

这个异常很简单,却很难发现。

绝大多数数据都很正常,包括意识场供能曲线、意识波波形等等。这些数据是他们通常要读取的数据,从云球人意识场绑定进来以后的一切数据都正常。不过,李舒没有停留在这里。她接着去读取了物理层操作系统的日志。这种日志和应用没有什么关系,反应不了任何应用层的东西。但是,恰恰是在这些日志里,李舒发现了问题。

阿黛尔那台意识机的物理层操作系统日志显示,某个时间点,这台意识机有一个数据量相当大的数据拷贝工作,从外部存储设备拷贝到了意识机中。这很奇怪,经过进一步排查,李舒确定,拷贝的数据恰恰是意识场供能曲线、意识波波形等等意识场数据。时间长度大概是六个小时,时间点就是在她出差的那两天中。

这很可能意味着,六个小时的时间里,现在看到的那些供能曲线、意识波波形什么的意识场数据并不是原始数据,进一步意味着,那段时间里阿黛尔的意识场很可能并不在意识机中,而那些看起来正常的数据根本就是伪造的。

也许，柳杨把阿黛尔的意识场解绑了，六个小时后重新绑定，然后对意识机的数据进行了篡改，保证这六个小时的数据在表面上看是正常的，而出于疏忽，他忘记了篡改物理层操作系统的日志——毕竟他并不经常动手进行这种实际操作。

那这六个小时的时间里，柳杨对阿黛尔的意识场干了什么？

任为脑子很乱。其实，最近他脑子一直很乱，几乎没清醒过。但他还是让李舒暂时不要把这件事告诉其他人。并再三叮嘱，说这件事他要好好想想。李舒当然满口答应。她现在也是满脑子官司，一贯的优雅从容都快要无影无踪了。

是啊！这件事需要好好想想，任为想，这涉及吕青。

他觉得，柳杨和李舒似乎是真心地一直不相信，倒卖空体的人不是吕青介绍的。尽管吕青一口否认，讲的话也很有道理，但任为还是不放心。确实需要好好想想，他已经算是失去任明明了，不能再失去吕青。他非常后悔，当时就不应该答应柳杨和李舒去跟吕青说这件事。不过怎么能够想得到，之后会有这么多乱七八糟的事情呢！那会儿，他只是想要拯救阿黛尔而已。

39 SmartDecision

王陆杰急匆匆地来找任为，说有重要的事情要谈，还让任为叫上张琦、孙斐和卢小雷。

"可能要出事了。"王陆杰说，看上去非常严肃，一贯长在脸上的笑容不见了，好像有点沮丧，这让大家都紧张起来。

"怎么了？什么事情？"任为问。

"出了点问题，窥视者项目恐怕要推迟一段时间。我害怕影响你们的工作，所以要告诉你们一下。"王陆杰说。

"窥视者项目要推迟？不是进展得很顺利，马上就要上线了吗？连任所长都觉得，这次你们要挣大钱了。"张琦问。

"是啊，是啊，不过怕是要推迟一段时间了。"王陆杰做了一个无奈的表情，"准备工作还在进行，但启动时间要推迟。问题解决了随时可以启动，希望问题能解决，不需要推迟很久……有些事我也说不准，要看情况了，看情况……"他的话听上去相当犹疑，缺乏信心，不像往常那么底气十足。

"到底什么事情？看什么情况？能不能痛快点，快说啊！"孙斐不耐烦地问。

王陆杰看了孙斐一眼。"傅先生反悔了，他反悔了。"他说，"我们宏宇科学娱乐，不是和宏宇集团签了合作协议嘛，但现在，傅先生反悔了。"

任为一惊，想起那天吃饭时候的情景。好像并没有发生什么不愉快，不知道后来出了什么事情。

"你们的合作出了问题，还是我们的合作出了问题？不会是我们的资金有问题吧？"张琦问。

"也许。不过只是也许，只是也许。你们不要着急，我们正在谈，正在谈。我是害怕万一谈不拢，你们要有点准备。"王陆杰说，又想往回找补一点。

"伊甸园星不会有问题吧？"孙斐很警觉地问。

"不是针对某个项目。你的伊甸园星项目都已经实施了，反而影响不会很大。窥视者项目还没启动，就暂时启动不了了。"王陆杰说。紧皱着眉头——他很少看起来这么发愁。

"我跟你说，伊甸园星决不能出任何问题，否则我绝对饶不了你。"孙斐的语气很严厉。

"这么说，云球的正常运维资金也会有问题？到底出了什么事情？哪方面的问题？技术上的问题还是业务上的问题？好像都很正常啊，我没看出有什么问题。"张琦问，他关心的是云球。

王陆杰环顾了大家一圈，低下头。过了一会儿，又抬起头。

"不是技术上或者业务上有什么问题。窥视者项目没问题，伊甸园星项目也没问题，云球本身更没问题，只是钱有问题。我刚才说了，傅先生反悔了，所以钱有问题了。"他说。

"钱有问题，不就是都有问题了！傅先生怎么反悔？为什么要反悔？"任为问。

"你们也知道我们之前的合作框架。我们的团队有客户资源、有开拓能力；宏宇公司有资金、有品牌。大家进行深度合作，他们投资我们，我们开展业务。一切都谈得很顺利。"王陆杰说，"但是现在，傅先生忽然反悔了，有了其他想法。"

"他不是很重视你们吗?说你是镇远大将军,还说要让你做兵马大元帅。"任为问。

"他还说你会做前沿院的兵马大元帅呢!"王陆杰悻悻地说。

"是科学界,不是前沿院。"孙斐说,一脸不屑,"看你们感动得那样!哼,我声明,他可没有面试过我。就算面试过我,我也不会去为他工作。"看来,傅群幼的玩笑始终让她耿耿于怀。

她看了看卢小雷,接着说:"小雷,你不会真的把工资都拿去买衣服了吧?"

卢小雷确实穿了一身新衣服,皮鞋也擦得很亮。"没有,没有……这是以前买的,没怎么穿过。"他有点尴尬。

"到底怎么回事?你把过程说一下。"张琦说,"不要着急,总会有办法的。"

王陆杰想了想,他的表情看起来比卢小雷更加尴尬,好像在想怎么措辞。

"有什么难以启口的吗?"张琦问。

"说吧,"任为说,"你直接说就行了。我们已经很熟悉了,你不要有什么顾虑。"

王陆杰看了任为一眼。"的确难以启口……"他期期艾艾地说,"我们在一场斗争中……我不知道……该这么说吗?一场斗争……在一场斗争中,我们输掉了。"

"斗争?什么斗争?你们有什么斗争?"任为问。

"公司里的内部斗争呗!还能有什么?"孙斐冷冷地说。

"没那么简单。"王陆杰说,又顿了顿,好像下了很大决心,接着说,"是和机器人的斗争。"

"和机器人的斗争?"任为看了大家一眼,大家都显得很疑惑,连孙斐都不说话了。

"是的,是我们大意了。一开始我们就知道这件事,但没放在心上。太匪夷所思了,我们根本没放在心上。谁想得到呢?实在难以想象。"王陆杰一边说一边摇头，很后悔的样子。

"你啰唆什么？到底是怎么回事？什么斗争？你快说。"孙斐不耐烦起来，王陆杰表现得确实让人着急。

"好吧，好吧。"王陆杰说，"你们听说过 SmartDecision 吗？"

"SmartDecision？"任为想了想，"没有。"他回答，又看了看大家，大家都冲他摇了摇头，显然也没听说过。

"我之前就听说过，听顾子帆说过，SmartDecision 的技术方向在投资圈里也算一个热门。"王陆杰说，"但我觉得是扯淡，顾子帆也觉得是扯淡。他没有在这个方向投资，是当笑话跟我讲的。可是没想到，我们真的碰到了 SmartDecision，而且还要和它斗争，最后竟然还输掉了——我想是输掉了。"

"到底是什么东西？"张琦问，他也有点着急了。

"SmartDecision 是一个产品的名字。"王陆杰说，"这个产品原先是一家大公司的产品，一个基于大数据的人工智能决策系统，帮助人们做出决策。这家公司是为数不多挺过能源革命和能源战争的大型科技公司之一。那个时代的公司，很多更大的公司，随着科技的进步和社会的变化逐渐分崩离析了，但这家公司挺了过来，据说里面有 SmartDecision 很大的功劳。那时候，这个产品还不叫 SmartDecision，不知道叫什么，可能只有一个内部代号，是一个试验项目。不过，就算是在试验阶段，SmartDecision 仍然在社会剧变和全球战争的过程中做出了很多重要贡献，帮助这家公司度过了艰难时刻。"

"确实没听说过。"张琦摇了摇头。

"后来，能源战争以后，这个项目从母公司剥离出来，成立了一个独立的公司进行运营。公司和产品的名字都叫 SmartDecision，主要方向是企业运营管理领域。"王陆杰接着说，"那已经是很多年以前的事情了，这么多年他们也就勉强活着，没什么动静，你们没听说过也不奇怪。只是这几年，也许因为技术进步，也许因为其他什么，忽然有点要火起来的意思，不仅在企业运营管理领域有一些发展，而且在其他领域也有一些应用，比如公益组织的管理。最不可思议的是，甚至有些小国家开始使用 SmartDecision 来管理国家。"

"管理企业？管理国家？哪个企业和国家没有人工智能决策支持系统？这算什么新鲜事吗？"孙斐问。

"不是决策支持。"王陆杰说，"关键就在这里，不是决策支持，而是决策。"

"决策？"任为很疑惑，"你的意思是说，最后的决定由机器做出，它不仅仅是提供数据和建议？"

"对，是的。"王陆杰很确定。

"这不可能！"孙斐完全不相信，"肯定还是它提意见，最后有个人来决定。"

"你看，你也不相信，没有人会相信。"王陆杰说，"所以刚才我提到，顾子帆当成笑话讲给我听，我也不以为然。这东西和顾子帆他们行业的投资分析系统有点像。就投资分析系统来说，少数投资机构完全依靠这个系统进行决策，多数投资机构只是拿这个系统做个参考，最终还是人来决策。任为，上次你也看到了，顾子帆并不重视投资分析系统，只是很一般地参考一下，但确实也有些投资机构完全相信投资分析系统，几乎不再使用人力了，看来 SmartDecision 也会是这样一个蚕食过程。"

"投资分析系统的核心是对是否投资做出 Yes or No 的回答，回答的问题是个封闭问题，而 SmartDecision 面对企业经营，要回答下一步怎么做，是个完全开放的问题，不一样。"任为说。

"是啊，所以很少有人相信他们。"王陆杰说，"就算最喜欢新技术的投资圈，也只有一小部分人相信他们，顾子帆这样老派一点的投资人完全不相信。但是，这种东西确实越来越热门，激进的人总是有的。德克拉共和国，你们知道德克拉共和国吗？"

"听说过，太平洋上的一个岛国，有几十个岛吧！"张琦说。

"德克拉共和国目前还有总统，可是试用 SmartDecision 已经两年。总统认为，这两年自己其实没干什么事情，都是 SmartDecision 在干，而且干得很好。他们举行全民公投并且高票通过，现在这位总统任期到了以后，就取消总统选举。"王陆杰说。

"这是真的吗？"任为问。

"是真的。"王陆杰说，"我专门查过了，确实是真的。可能德克拉太小了，没人注意。"

任为没有说话，在SSI里调出网络，立即就找到了很多类似的新闻标题："德克拉共和国全民公投决定永久取消总统选举""德克拉共和国全民公投决定把国家治理交给人工智能系统""德克拉共和国议长表示，很高兴和人工智能总统合作"，等等。

大量的新闻中，也掺杂了一些SmartDecision的宣传文章："SmartDecision将代行德克拉共和国总统权力""SmartDecision的新突破：如何用人工智能治理好一个国家"，等等。

大家都没有说话。除了王陆杰静静地看着大家，张琦和孙斐也都在浏览新闻。

"厉害。"张琦说。

"你看，你们也觉得厉害，所以傅先生觉得厉害并不奇怪。"王陆杰说。

"什么意思？"孙斐说，"难道傅群幼想要把公司交给SmartDecision来管理？"

"不是想要这么做，是已经决定这么做。他决定让SmartDecision担任公司CEO，自己只做董事长。"王陆杰说，"之前他就一直和SmartDecision公司在谈，我确实大意了，觉得这件事完全是扯淡，不可能谈得成，所以根本没往心里去。"

"你都知道SmartDecision要当总统了，还没引起重视？能当总统，又有什么不能当CEO的呢？"张琦问。

"之前我也不知道啊！"王陆杰说，"你们看那些新闻，也就几个星期前的事情。SmartDecision的销售人员和傅先生一直在谈，谈了很久了。傅先生也没表现出什么特别的兴趣，至少我这么认为。他以前提过，提起来的时候也是当笑话讲的，和顾子帆的态度一样。而且在业界，也没听说谁用

SmartDecision 来做 CEO 啊！我怎么会重视呢？但是现在，傅先生改主意了。也许是受了这个德克拉全民公投的影响吧！"

"我还是觉得不行，瞎搞而已，等着看笑话吧。公司运营管理这么复杂的事情，行业、人员、技术、市场，甚至政治和社会，就像任所长刚才说的，这是个完全开放的问题，怎么可能靠人工智能来运营呢？"孙斐说。

"谁知道呢？"王陆杰说，"傅先生认为，还有董事会嘛。董事会可以监督和约束 SmartDecision。他说，SmartDecision 会严格遵守管理框架来工作，一丝不苟；它会按照公司法和公司的规章制度，该它做的事情会做，不该它做的事情绝对不会做；它不会冲动，永远理性，做决定的依据永远是数据，最完整的数据；它没有私心，也没有情绪，唯一的目标是公司的利益——这些方面都比人好。"

"也不是完全没道理，傅先生喜欢一丝不苟。"张琦说。

"上次，和你们吃饭那次，本来想让你们给我们加加分。谁知道，弄巧成拙。"王陆杰说。

"我们表现得不好吗？"任为问。

"不，不，你们很好，是我不好。"王陆杰说，"你们记得，后来，我讲了很多云球人的故事吗？"

"是啊，你讲了一些，克雷丁大帝等等。傅先生看过《克雷丁的覆灭》，你跟他讲了很多电视剧里没有的故事。我理解，你是在讲云球的潜力很大。有什么问题吗？"任为说。

"也没什么问题。呵……"王陆杰苦笑了一声，"可这让他更加坚定了对使用人工智能的决心。他说，克雷丁大帝都能建立那样一个帝国，同样是人工智能，我们为什么不能对 SmartDecision 有点信心呢？"

"这话不对，"孙斐说，"克雷丁大帝是能建立那样的帝国，他是人工智能，可他的对手也是人工智能，你们的对手不是人工智能，是人，是地球人！"

"而且克雷丁有意识场。我没理解错的话，SmartDecision 应该没有吧？"张琦说。

"意识场的事情，我又不能对傅先生说。"王陆杰说。

"好吧。问题是,你们和宏宇的合作和这些有什么关系呢?SmartDecision反对这种合作吗?它觉得有什么问题?"任为问。

"SmartDecision认为,资本合作的方式不是对宏宇利益最大化的方式。它觉得应该让我们这些人来宏宇打工,现在不要做什么合资公司。等我们打工做出成绩来,如果需要,什么时候成立合资公司都不迟。简而言之,投资风险太大,打工更安全。"王陆杰说。

"这个……就把你们之前的协议作废了!"任为说。

"是的,作废之前签的协议。我们的团队当然不同意,这涉及每个人的利益,很大的利益。要是打工,他们谁会来啊?就说我自己吧,我也开诚布公地说过,我在前沿院多少也有些前途,赚钱也没有太少,要是打工,我怎么会去宏宇呢?我们团队的所有人,情况都和我差不多。大家怎么会同意呢?"

"作废协议?这不是不讲道理吗?"孙斐说。

"是啊!是不讲道理。可是,大家的工作已经辞掉了。和宏宇谈崩了的话,原来工作的地方也回不去了。所以,谈判起来我们很被动。唉——"王陆杰说着,叹了口气。

"不会是……SmartDecision算到了你们这样的困境吧?"张琦问。

"就是。"王陆杰重重地说,"SmartDecision有一个人际关系模块,是这两年才添加进去的,可以揣摩人心。它的确算到了这些,算到了我们的心思和困境。傅先生亲口承认,SmartDecision认为,除了加入宏宇,我们并没有什么更好的选择。"

"太可怕了。"孙斐说,停顿了一秒,接着说,"但是签了协议啊!协议就是协议。好吧,协议的一方是机器人,难道协议就可以不遵守了吗?很简单,到法院去告他们!"

"人际关系模块?很会讨好人吗?"任为问。他想起了任明明和迈克,想起了他们经历的情感黑客事件。

"是的。"果然,王陆杰说出了他想到的内容,"这个人际关系模块,根据大数据来决定如何去面对一个人。我们觉得,他们应该是获取到了傅先生各方面的大数据。数据来源不得而知，但是，它的确找到了最好的方法，来讨好和说服傅先生。"

"太可怕了。"孙斐又重复了一遍，她并不知道情感黑客的事情。

"但是看起来，傅先生并不像一个容易被讨好的人，也不像一个因为被讨好就会做出糊涂决定的人。"张琦说。

"是啊，他那么老奸巨猾。"孙斐说。

"哦——你可以这么说，但是每个人都有弱点，傅先生也不例外。"王陆杰说。

"他的弱点是什么？"任为问。

王陆杰在沉思，没有说话。

"一个人工智能系统搞定了他？"孙斐皱了皱眉头，"这个系统是个陪护机器人吗？它的形象是什么样的？"

"形象取决于客户的要求。"王陆杰说，"据我所知，宏宇用的这套SmartDecision，是个中年男人的样子，一个成熟的职业经理人，傅先生喜欢的那种非常专业的样子。和一般机器人不同，它的决策系统并不在自己的机器大脑中，而是在通过网络连接的后台服务器集群中。无论是什么样子，机器人只是用来面对所有人的一个前端系统，背后有一个庞大复杂的后端系统，那才是核心。"

"鞋一定擦得很干净。"卢小雷插了一句。

"衣服一定很高级。"孙斐看了卢小雷一眼，接着说。

"说服傅先生，肯定不能靠陪护机器人的技巧。你刚才说到傅先生的弱点，他的弱点是什么？"张琦问。

"我……不知道。"王陆杰说，犹豫着。

"你不愿意说。"孙斐说。

"不，不是。"王陆杰说，"我确实不知道，不过我有一个猜测。"

"那你说啊！"孙斐说，声音大了起来。

王陆杰看了孙斐一眼，似乎有压力。"傅先生这个人——"他说，仍旧显得迟疑，"看上去好像没什么弱点，一贯很强悍。但是，也许这恰恰是他的弱点。"

"什么意思？听不懂。"孙斐说。

王陆杰还在犹豫，低下头，看着地面，又在想什么。

"你是说……他害怕自己变弱？"张琦问。

王陆杰抬起头，有点吃惊。"你真是张良？"王陆杰说，"是的，我是这么觉得。"

"什么意思？说明白点。"孙斐追问。

"你别着急，让陆杰慢慢说。"任为说。

"以前苏彰老跟我说，傅先生老了，精力不济了。"王陆杰说，"其实看不出来，对不对？"

"是啊，我看他精力很好啊！"任为说。

"是的。"王陆杰说，"可他毕竟八十多岁了，苏彰应该更了解他，说他精力不济不会是乱说的。"

"你的意思，他在硬撑？"孙斐问。

"嗯。"王陆杰说，"据我了解，这几年，他对具体业务的介入越来越少。就像和你们的合作，都是苏彰在主导。"

"他不是很信任苏彰吗？"任为问。

"是，是很信任，可这不是信任不信任的事情。"王陆杰说，"我认识傅先生很久，但没有和他共事过，了解总归有限。这段时间算是共事，很多感觉就和以前不同了。"

"怎么不同？"孙斐问。

"怎么说呢？"王陆杰说，"我觉得，他的确年龄大了，精力还是有些问题，不可能像年轻时那样努力地工作。同时，他也确实培养了一些能干的年轻人。所以慢慢地，这些年轻人顶了上来，逐渐在工作中有了越来越多的主导权，就像苏彰那样。在各个业务板块中，都有这样的情况。"

"这难道不好吗？"任为问。

"他是不是觉得自己越来越不重要了？"张琦问。

"是的。"王陆杰说，"更关键的是，他可能觉得自己越来越没有掌控力了。

我能感觉到，他挺想参与和主导很多事情的，但是又做不到。很多人开始自作主张，他没有精力去管，不了解情况，也没办法来硬的。"

"苏彰活着的时候，他已经管不了苏彰了？"孙斐问，声音阴冷，"所以，他杀了苏彰？"

"什么呀？"王陆杰的声音一下大了起来，"你说什么呢？能不能好好说话了？"

"那就是你杀的。"孙斐说，还是冷冷的。

"你别捣乱了。"任为说，"陆杰，你接着说，别理她。"

王陆杰不满地看了孙斐一眼，说："失去掌控力让他很不舒服。不服老，但又确实老了，在这样一个困境中，他需要找到一个方法。"

"所以，他需要一个很能干却又很听话的CEO。一方面，工作要做好；另一方面，不会像苏彰那样喜欢自作主张。"张琦说。

"是的。"王陆杰说，"也许是这样。"

"你们如果像原来协议规定的那样运作，也是一种脱离掌控的表现。"张琦说。

"是的。"王陆杰再次肯定，"所以，SmartDecision认为这个协议不合适，很符合傅先生内心深处的想法，他也许早就后悔了。我们谈协议的时候，苏彰刚刚不在了，而且很突然，给宏宇带来了很大困难，从工作角度找不到什么更好的选择，他想让我接替苏彰，只能和我们签了那个协议。现在，SmartDecision让他相信，可以做出不同选择了。"

"无论怎么说，SmartDecision都只是一台机器，他可以认为那是自己使用的工具，是自己能力的一种延伸。但如果是一个人，即使是他自己培养出来的，即使忠心耿耿，也会让他感到威胁，至少感到一种对自己的怀疑，怀疑自己已经老了。"张琦说。

"对。"王陆杰说。

"如果CEO是人，他不能随便插手工作上的事情，必须考虑CEO的情况，比如情绪什么的，董事长也不好做。如果贪恋权力的话，CEO越能干，董事长越不好做。但如果CEO是SmartDecision，就没这个顾虑了。无论

SmartDecision 多能干，董事长都很容易做，想插手就插手，不想插手就不插手。"张琦接着说。

"是的。"王陆杰表示同意，"我想，SmartDecision 成功地让傅先生相信，既可以把工作做好，又能够让他的掌控力增强。"

"好吧，我们说远了。"任为说，"说回你们的事情。关于你们的协议，刚才孙斐说得很对。我也认为你们可以去起诉他们。这毕竟是已经签署的协议，就算是 SmartDecision 做 CEO，对法院来说也应该是一样的。公司之间签署的协议，无论如何，不能这样想不执行就不执行吧！"任为说。

"对啊！问题很简单，打官司好了，干吗想那么复杂？"孙斐说。

"这个……"王陆杰有点迟疑，停顿了一会儿，终于还是继续说了下去，"这件事 SmartDecision 也已经算到了。它认为，打官司对我们并没有好处。"

"它认为它能赢？"孙斐问。

"不，它认为它赢不了。"王陆杰说，"不过，它认为我们的损失也很大。"

"你们有什么损失？"孙斐问。

王陆杰又低下头。

"说啊！"孙斐再次喊了起来。

"它认为，我们这样一群人，原来在科学界混得不错，这次出来号称找到了一个机会，要创业，圈子里很多人都知道。如果打了官司，意味着一上来我们就被骗了，会沦为笑柄，丢了面子不说，以后在圈子里也不好混了。"

"太坏了。"孙斐说。

"而且，即使协议被迫执行，他们也可以在合作过程中制造很多障碍。"王陆杰说，"SmartDecision 认为，只要把得失跟我们讲清楚，就算会赢，我们也不敢打官司。"

"所以，傅先生把得失跟你讲清楚了？"张琦问。

"是的。"王陆杰说，"他还说，这是 SmartDecision 给我们上的一堂商业课，是我们应该学习的一课，对我们以后的商业生涯有很大好处，是在帮助我们适应商业环境。他甚至说，这也是他学到的一课，是

SmartDecision 这种冷静理性的思路，让他最终下了决心，决定启用 SmartDecision 做 CEO。"

"不要脸。还傅先生呢！叫傅老头好不好？哼，我知道他的孩子为什么都不愿意接班了。"孙斐说。

"他说，SmartDecision 还有一个分析。"王陆杰接着说，"在我们和宏宇合作之前，宏宇已经签订了和你们的合作协议，就是《克雷丁的覆灭》那次的合作协议，这意味着宏宇和地球所的合作关系已经建立了。我们加入之后，后续的合作协议是窥视者项目的合作协议，还有伊甸园星项目，转到我们这里来了。这个时间次序证明，我们的存在并没有多大意义。所以，他们和我们的合作协议，内容并不公允。宏宇吃亏了，宏宇科学娱乐占便宜了。进一步就可以推论，在这个过程中，我们有欺诈的嫌疑，欺诈了宏宇，欺诈了傅先生……傅老头。他是个老人，非要说犯糊涂也不是说不过去。"

"呸！他会犯糊涂！"孙斐说。

"没有你，他们很难有机会和我们合作。"任为说。

王陆杰摇摇头，说："SmartDecision 不这么认为。"

"这么说就能打赢官司吗？"张琦问，"我觉得未必吧！"

"当然赢不了。"王陆杰说，"它根本没想赢。它只是认为，这样说尽管不足以帮宏宇打赢官司，却足以毁坏我们的名誉，所以我们不能打官司。"

"太坏了！实在太坏了！"孙斐再次强调，然后停顿了一下，似乎转念想了想，又说："不过，也许这个 SmartDecision 说得对。你是不是一早规划好了这一切？我警告你，如果是这样，那可不仅仅是欺诈宏宇的问题。你带着宏宇来和我们合作的时候，已经想好了之后你们之间的股权合作，那时你可是前沿院的员工——这就是大事情了，腐败问题，预谋腐败。"她恶狠狠地盯着王陆杰。

"大小姐，没有啊！"王陆杰有点急了，"真没有。那时，我更多是看着苏彰的面子，还有这个……傅老头的面子，才介绍他们给你们。而且实际上也只有他们最合适，真没有什么私心。那时他们有苏彰，也不需要我啊！她不是也和你们合作得很好吗？是后来苏彰自杀以后，傅群幼做我的工作，我才动了心思。我不仅仅是为了眼前这些事，我想得比这些事多得多，我就是想得太多了……我干吗呀！惹这个麻烦。"他看起来很后悔。

"苏彰自杀？是自杀吗？苏彰是你杀的。我看，这一切都说得通了。SmartDecision 是对的，一切都说得通。"孙斐冷冷地说。

"你！你！"王陆杰不知道要说什么，一副手足无措的样子。

"别瞎猜了！陆杰不可能杀苏彰。你有完没完？"任为对孙斐说。

"它分析得对，至少孙斐已经被它料中了，开始怀疑你们了。"张琦没有理会孙斐的话，对王陆杰说。

"而且，"张琦接着说，"是不是孙斐刚才说的这些话，我是说腐败问题，预谋腐败，也被 SmartDecision 用来威胁你了？"

"是的，唉——"王陆杰叹了一口气，"你知道，我没有腐败，更没有预谋，不过这些因素应该都在 SmartDecision 的计算之中。实际上，它计算得更多，还从反面分析了一下，如果我们妥协，无非变成在宏宇打工，除了我们自己的利益，一切都不变。甚至连你们都不需要知道这些事，我们不会丢面子，只是在利益上吃了一个暗亏。考虑到以后还可以讨论独立的事情，再加上可以给我们好一些的打工待遇，利益的损失很难量化，所以妥协对我们来说是最好的选择。"

"也对。"任为说，"也许妥协确实是最好的选择。"

"那就妥协吧！你都被拿住七寸了，还能怎么样？妥协了至少能够不影响我们。"孙斐说。

"如果可以妥协，你为什么跑来跟我们说？"张琦问。

"坦白讲，我已经愿意妥协了。"王陆杰脸上露出苦笑，"可是，我们也是一个团队，有人愿意妥协，也有人不愿意妥协。有些人很生气，想要鱼死网破，想要打官司，我们内部达不成一致意见。这些人都是我拉出来的，让他们没了工作，我也很为难。我不能强迫他们，只能慢慢说服他们。"

"所以你们还没有结论。"张琦说，"没有结论，宏宇那边就卡你们的资金，项目就得推迟，你就不得不告诉我们。是这样吗？"

"是的。"王陆杰说，"我也没有办法。我和两边都在谈，宏宇那边，我们团队这边，需要时间。我也不想骗你们，毕竟咱们都是前沿院的。"

"你敢骗我们，我饶不了你。"孙斐说。

"没有啊，这不是没有骗你们嘛！"王陆杰说。

"SmartDecision 是不是也料到，连我们都会推动你妥协？"张琦问。

"是的。"王陆杰说。

"哦……也许有点可悲，但我必须说，SmartDecision 是对的，我们是要推动你妥协。这是你们的斗争，不能让我们成为牺牲品。"张琦说。

"必须要妥协。虽然那个 SmartDecision 看起来很阴险，我不想和它合作，但是我的伊甸园星不能出问题。"孙斐说。

王陆杰看看卢小雷，卢小雷没有说话，叹了口气，摇了摇头。

王陆杰又看看任为，任为犹豫了一下，说："要么就妥协吧。"

"好吧，我知道 SmartDecision 是对的，知道你们会这么说，我会转告我的团队。"王陆杰说，"但愿有解决方案，我能说服团队妥协，或者说服傅群幼妥协。我也不知道最终会怎么样，只是不想影响你们，实事求是地说一声，你们要有所准备。"

"准备个屁！"孙斐忽然爆粗了，"准备什么？准备去死吗？想想怎么死才死得潇洒一点？"

王陆杰没说话。

"反正，我跟你说，伊甸园星要是出问题，无论是谁，是机器也好，是人也好，我不会饶了他。"孙斐说，"傅老头，敢说面试过我，我好欺负吗？居然还要和他们合作！哼，走着瞧，傅老头，还有那个肮脏的 SmartDecision，我迟早要他们好看。"

任为看着这几个人，听着他们讨论的问题，觉得这个世界实在是太复杂了，不适合自己。

40 教宗的诞生

按照穿越计划的时间安排,派遣队员进入云球的日子快要到了。

因为宏宇公司方面发生的变化,王陆杰建议暂时推迟穿越计划。像窥视者项目那样,等到情形明朗了再继续进行。这可以理解,他担心由于自己的问题引起越来越大的麻烦,很多事情展开了以后再收场就不是那么容易了。现在的情况似乎非常不好,看来他没什么信心,心理压力很大。

不过,张琦认为可以按照原进度执行穿越计划,无须任何改变。他觉得从商业角度看,和地球所的合作对宏宇公司有很大好处,无论怎样,SmartDecision 没有理由终止这个合作。

任为则比张琦更加坚定。他并不关心 SmartDecision,甚至不关心后面的资金风险,现在他只是想去云球,不想待在地球。另外,他也觉得,自己在地球其实也帮不上什么忙。张琦、孙斐等等这些人,显然能够比他更好地处理地球所的工作,更好地处理这些乱七八糟的事情。

有些时候,他会觉得奇怪,自己这么多年是怎么过来的?

作为一个科学家,他感觉自己有不错的能力,可一旦脱离科学,他经常感觉自己像个懦弱的白痴。不仅仅在工作中,就算在家里也一样。现在,他经常害怕见到吕青,害怕和吕青去聊什么事情。作为弗吉斯,他曾经在云球中胡作非为,因而面对吕青会感到心虚和愧疚,这是一个方面,但只是比较简单和纯粹的一个方面,更重要也更复杂的另一个方面,也许是吕青的冷静和坚强,使他的犹疑和软弱被强烈地反衬出来,使他无法面对自己。

所有的一切,有关和无关的一切,云球、意识场、KillKiller、KHA、CryingRobots、FightingRobots、情感黑客、疑点管理系统、SmartDecision 甚至赫尔维蒂亚的公投等等,都让他觉得疲于应付。

柳杨走后,他下意识地去网络上查了一下,赫尔维蒂亚全民公投的结果是 No,人和狗结婚依旧不合法。这让他心安了许多。他不知道自己为什么要为了这些事心乱如麻,其实多数和他没什么关系。

但是,这就是他,这就是事实。

除了所有的事情,还有所有这些人,也同样让他心乱如麻。消失的任明明、远走的柳杨、离世的苏彰、异世界的阿黛尔,还有依旧在身边的吕青、张琦、孙斐、卢小雷、王陆杰、李舒、欧阳院长,以及只见过一两次的傅群幼、胡俊飞,甚至还有那个顾子帆。

他觉得自己快要疯了。

他不知道为什么,自己会一直记着顾子帆的那句话:"知道机器人和人的本质区别在哪里吗?因为机器人实在没办法变得像人那么蠢。"听王陆杰讲到 SmartDecision 以来,他更频繁地想起这句话。

他不想这样,他不想再做自己。

但是,他的过去束缚了他,他的现在束缚了他,他的一切束缚了他。他觉得自己无法改变,在地球上只能永远是这样子。他在别人眼中的样子定义了他,无法改变这些定义就无法改变自己,他没希望了。

他想去云球重新开始,想有机会重新做人。不再是这样一个懦夫,而是一个能够勇敢地面对一切的人。

他知道,自己的想法也许只是幻象。无论是在地球上无法改变自己的想法,还是在云球中可以重新做人的想法,也许都只是幻象——也许,他在地球上完全可以改变自己,而他在云球中却依旧无法重新做人。

但是，这样质疑自己并没有用。他无法遏制自己的想法，他觉得进入云球是唯一的机会。

自从在内心中做出决定，这段时间以来，任为已经把自己的绝大多数时间都花费在对云球社会的研究以及对地球宗教的研究上。那五位派遣队员，军方志愿者，毫无疑问在做着同样的事情。不同的是，他们是一个团队在做研究，任为则孤独地进行着一切。

他拒绝和任何人进行讨论。由于地球所所长的身份，没有人可以强迫他公开自己的想法。他一点也不想公开，不希望别人来扰乱自己重新做人的计划。他不想听意见，也不想听建议，更不想听到评判。至于穿越计划的目标，推动云球演化进步的希望，他已经把这件事拜托给那五位派遣队员了，拜托给张琦了。他相信那五位派遣队员，更加相信张琦。

他只想完成自己的计划，不想拯救云球，只想拯救自己。

他首先要选一个人，一个云球中的目标宿主。

他不打算选任何克族人。克族人还是留给那五位军方志愿者吧，那是正式的穿越计划的一部分。他自己也算是穿越计划的一部分，但只是一道甜点，不是正餐。

他大量地观看云球的影像资料，看每一个部落或者国家，看平民百姓也看王公贵族。他不知道自己想要找一个什么样的目标宿主，无法描述自己的需求。他只能靠看，也许看到那个对的人，就知道是云球中的自己了——也许就像谈恋爱，他想。

但是很长时间，他并没有看到对的人。他已经看了上千个云球人，对的那个人始终没有出现。可能和心态有关，当他看某个人的时候，刚刚觉得自己想要成为这个人的时候，立即想到阿黛尔，想到要杀掉这个人，然后就不想成为这个人了。

在卢小雷最初的计划中，确定了一个原则，不会在意识机中保留云球人目标宿主的意识场，不会在派遣队员返回后回迁云球人的意识场。这个原则一直被忠实执行。提起这件事，大家经常还有争议。确实，不回迁云球人意识场可以避免穿越计划在云球中引起怀疑，但每次派遣行动都意味着一个无辜的云球人的离去，终究还是让人不舒服。

那时，面对的都是短期的穿越实验，争议声音比较大。现在面对长期的穿越任务，争议几乎没有了。

如果一个云球人的意识场在离开几年之后再回迁，而这几年之中，作为身负重任的派遣队员一定已经干了很多重大的事情，这个云球人回迁以后将如何面对呢？他能生活下去吗？他周围的人会如何对待他？同时，会不会影响之前派遣队员千辛万苦执行的任务？

没人再提回迁的事情。

本来，有人曾经提出，能不能让提取出来的云球人意识场生活在地球？但阿黛尔的情形已经悄悄传开了——当然是孙斐干的，一旦感到义愤，她不可能守口如瓶。阿黛尔现在这个样子，虽说原因不明，却也不会再有人提议去干同样的事情了。

任为不愿意成为自己不喜欢的云球人，那个人的身体让他不舒服，但又不忍心成为自己喜欢的云球人，那会杀死那个人——这让他选择目标宿主的过程很痛苦。

经过反反复复地犹豫，最终，他做了一个出人意料的选择，选择了一位熟人——拉斯利公子。

对，就是那位萨波王国农业执政官的公子。

在他成为弗吉斯的第一天，拉斯利公子带着图图大人来到了罗伊德将军府上，力邀弗吉斯参加晚上在图图大人府上举办的所谓文人聚会。就是那个文人聚会，让弗吉斯在图图大人府上度过了浑浑噩噩的五天。他觉得，那是堕入尘埃的五天，但那也是快乐的五天。那是他平静的一生中，被撕裂下来的一片，带着血，带着腥味。

也许，那根本不能算是他一生中的一片，毕竟那是在云球，不是在地球——他有时候会这么想。

做出这样的选择，并不是因为怀念堕入尘埃的快乐生活。相反，他想要从尘埃里爬出来，想要远离快乐。这是他做出的认真决定，决定告别尘埃。

坦白地说，尘埃确实带来很多快乐，他也确实经常会怀念那些日子。但是，他没打算回去。他打算从里面爬出来，远远地离开。他希望自己成为一个自己欣赏的人，而不是成为一个快乐的人。

选择拉斯利有合理的原因。

有些事，从工作角度，地球所的人不一定会注意到，或者说不一定会关心——那些事没有什么意义。但是，任为却注意到了。

在罗伊德将军自杀，并且阿克曼国王为他举办了国葬之后，黑石城又发生了很多故事。在这些故事发生后，拉斯利已经完全不是原来的拉斯利。

现在的拉斯利，是个逃犯。

他在哈特尔山，老巴力的屋子里。不过，这不是心甘情愿的选择，而是无奈的逃亡。

整个萨波王国的官府都在悬赏追缉他，他已经逃亡了很久。

在城镇乡村，有人烟的地方，他几次被怀疑，险些被抓住，所以他越逃越远，一次次来到更荒凉的地方。终于有一天，他来到了哈特尔山，来到了老巴力的屋子。

他看到了老巴力的尸体和队长的尸体。日子过去了很久，那些尸体先是腐败，后是干枯，而在腐败之前肯定被什么野兽啃咬过，不止一次地啃咬过。他看着两副骨架，试图想象曾经发生过什么。他想象不出，但似乎看到了自己的未来，一种强烈的悲伤和同情涌了上来，他决定留在这里。

他埋葬了老巴力和队长的尸体，建了两个坟墓，立了两块墓碑，上面写着"无名氏之墓"和"无名忠犬之墓"。

作为农业执政官的孩子，他像黑石城大多数高官子弟一样，从小练习弓马，还经常跟随父亲参与高官们的狩猎，或者自行参与纨绔子弟们的狩猎。总之，他对狩猎并不陌生，甚至是相当熟悉，而老巴力的屋子里当然有各种狩猎的工具——他尝试着开始狩猎，好像并不太难。这里动物不少，也没有竞争的猎人。他的狩猎技巧看来不错，他活了下来。

但是，他不知道自己为什么要活下去。

有时他想，自己的生活要有一个目标。有一天，他在屋里的一根柱子上刻下了这个目标：复仇。不过，他不知道应该找谁复仇。阿克曼国王吗？他不知道。尽管如此，他还是在更多的柱子上刻下这个目标，直到刻满了所有柱子。后来，还包括了所有墙壁。

很明显，疑惑、孤独和恐惧使他远离了目标。

他经常半夜惊醒，终夜痛哭。他学过不少武艺，勤加训练才是准备复仇的样子，所以有时他会鼓起勇气，在门前的空地上训练自己，可是每次都半途而废，练着练着便会瘫倒在地，眼泪又重新流了出来，而眼泪一旦流出来，就很难再收住。

是啊，是应该复仇。观看影像的时候，任为替拉斯利这么想，也替拉斯利难过。

拉斯利不知道仇人是谁，但任为知道，仇人是图图。

就是图图，将拉斯利害到了今天的境地。更重要的是，就是图图，将拉斯利的父亲、母亲、两个弟弟和一个妹妹，以及家里很多其他人，一起送上了死路。

阿克曼国王经过深思熟虑，放弃了揭露和惩罚罗伊德将军，反而在罗伊德将军自杀后厚葬了他。阿克曼国王告诉全国人民，罗伊德将军是他心目中的忠臣良将。但是，阿克曼国王知道，罗伊德将军死了并不代表一切都结束了，罗伊德将军的幕僚和爪牙必须要处理，那是王国的肿瘤。

可甄别谁是罗伊德将军的爪牙并非那么简单。罗伊德将军一贯位尊权重，大家围绕在他身边并不奇怪，关键是谁知道罗伊德将军的图谋，而谁并不知道。

阿克曼国王曾经一度想过放弃追究任何人。他在内心中并不想去追究，在现实中也缺乏人手去追究。从他的角度看，除了他自己和他写信通知的麦卡王苏雷，再排除罗伊德将军的人，罗伊德将军的叛乱意图其实没人知道。这样一来，让谁执行清理任务就变成了难题。面对任何执行者，他都需要告知事实，可他不想这样做。

但是，图图改变了一切——他敏锐地意识到整件事不对头。

图图最不能理解的是麦卡人。

图图的辖地，林溪地，并不和麦卡接界，距离却也不远。林溪地盛产云蚕丝，和各地都有很多贸易往来，其中当然包括麦卡人。他一向为人圆滑世故，善于广结人缘，作为林溪地的副都督又一直主管农业和贸易，借贸易之机很早以前就和麦卡王室结交，麦卡王室和诸多麦卡官僚都算是云蚕丝的大买家，他在麦卡王室和官僚中有很多朋友。

图图意识到什么不对，就开始打探消息。他通过麦卡朋友知道，麦卡王苏雷在知道贾尼丝王后的死讯后确实很生气，可以说暴跳如雷，所以很快发兵。但是后来，在没有任何战场不利消息的情况下，却因为收到阿克曼国王的一封密信而撤兵了。

密信的内容不得而知，但很容易知道，和密信一同送达的还有一把阿克曼国王的阿利亚黑钢佩剑和一道免除赋税五年的诏令——如果说这两样东西就足以让麦卡王苏雷平息失去最宠爱的女儿的怒气，图图不相信。

随后发生的一切印证了图图的怀疑。

麦卡王苏雷忽然将身边的一个相当信任的谋士杀掉了。那个谋士叫辛机，据说在苏雷得知女儿死讯暴跳如雷的时候，正是他在苏雷身边添油加醋。其他谋士认为麦卡人不可能战胜罗伊德将军，他却独持异议，认为罗伊德将军虽难以战胜，但只要拖住罗伊德将军一段时间，萨波王国必生内乱，山地人也不会放弃良机——所以麦卡人有很大机会为贾尼丝王后报仇雪恨。暴躁的苏雷，选择信任了他。

麦卡王苏雷可不像阿克曼国王那么手软，他一贯脾气暴躁，老来尤甚。很明显，他查清了什么，毫不犹豫将辛机杀掉了。

图图花费了大量金钱贿赂有关的麦卡官员，从调查辛机的官员处知道了真相。

辛机之所以被杀，是因为他早已被罗伊德将军收买，是罗伊德将军安排在麦卡王身边的钉子，而辛机之所以被调查，是由苏雷直接下令，说明苏雷从阿克曼国王的密信中知道了什么。

山地人离林溪地实在太远，和萨波又是世仇，图图并没有什么熟人，可这难不倒他——他通过自己的人脉绕弯子打听到一些消息。

山地人和麦卡人不同，没有谁被巴克斯国王杀掉。但是，山地人从进攻到撤退的过程中，始终有一个叫罗多的谋臣起到了关键的作用，很像麦卡人这边的辛机——特别是在起兵的时候。

巴克斯国王原本觉得，罗伊德将军会很快平定麦卡人，然后迅速北进，不会给山地人留下足够的时间进攻黑石城。尽管他一直有灭掉萨波的雄心，可目前的实力尚不足以和罗伊德将军正面作战，所以并不想出兵。罗多却一再坚持，认为麦卡人一定会拖住罗伊德将军，而为山地人创造机会。

最终，罗多成功说服了巴克斯国王，山地人出兵了。

罗伊德将军的图谋并没有显现得一清二楚，但图图觉得自己猜得差不多了，罗伊德将军多半有谋逆的想法。

当然，阿克曼国王的做法、密信的内容、弗吉斯的死，甚至之前阿黛尔的死，这些事图图猜不透。

他不需要猜透——他并不关心这些事，他只关心自己。现在，他看到了一个机会。

之前他通过拉斯利巴结弗吉斯，无非想要把自己的副都督位置扶正成为正都督，但此时他改变了想法，因为出现了更好的机会。

他看上了拉斯利父亲的农业执政官的位置。

林溪地作为云蚕丝的主产地，粮食产量也很高，是萨波的粮仓。图图一直在管理农业和贸易。从农业角度说，如果农业执政官空缺，他将是首选的接替者。他很熟悉萨波的官场，详细地做了分析，自己有很大的竞争优势。而且他在黑石城高官中的人脉很好，一定会获得很多支持。反倒是以前，他和罗伊德将军的关系不好——这要怪老都督，老都督一直和罗伊德将军不和。年轻时候的图图，为了眼前的仕途巴结老都督过多，跟着老都督一路升迁，算是老都督的人，自然不会入罗伊德将军的法眼。老都督被罗伊德将军逼着隐退之后，图图想要改善关系，才走了拉斯利的路子去找弗吉斯。

林溪地都督的位置固然好，想要发财是最好的地方，但林溪地离黑石城太远，见到国王的机会少，想要继续升迁就没有黑石城中各个执政官的位置更好了。而且从扶正为正都督的角度看，他的把握并不大。他一路以来都是老都督的副手，协助管理农业和贸易，却从未管理过任何一个地区的完整行政职能，哪怕是很小的地区——这是他坐上正都督位置的软肋，要走弗吉斯门路的原因也是这个。

黑石城的朋友们提醒过图图，不少高官对于他全面管理的能力颇有担心，倒是觉得，有朝一日由他来接手农业执政官或者贸易执政官的位置更加合适。

可是，拉斯利父亲的农业执政官干得好好的，另外那位贸易执政官也干得好好的。两人年龄都不算太老，这要等到什么时候呢？

现在，机会送上门了。

不过，贸易执政官和老都督一样，一贯和罗伊德将军不和。所以，农业执政官——拉斯利的父亲，是唯一可能的运作对象。

图图盯上了麦卡人那边审理辛机的官员——维克。维克是他的朋友，向他透露了辛机的供述。但他决定，牺牲维克。

他买通了维克在麦卡朝廷中的对手文森。文森伪造了一份辛机的供述，其中包括对拉斯利父亲的指证，说拉斯利父亲是罗伊德将军的同党——一文一武，这让谋逆的行为更加合理。

下一步，文森向麦卡王苏雷举报，说维克篡改了辛机的供述。维克为什么这么做？图图和文森编造了一个很容易想到的原因：维克收受了拉斯利父亲的贿赂——按照图图编排的故事，拉斯利的父亲为了自保而买通维克，应该算是很正常。

图图通过各种渠道，花费了很多金钱，安排好了所有参与审判的人员。维克在麦卡王苏雷面前百口莫辩，被安排审问他的文森更是不遗余力。最终，维克屈打成招。然后，拉斯利父亲的罪名也被坐实。为此，麦卡王苏雷写了一封亲笔信，快马送给阿克曼国王。

阿克曼国王没有理由不相信麦卡王苏雷，可他还是心软，没有直接采取什么过激的动作，只是决定对拉斯利一家进行调查。

在这件事上，拉斯利的父亲确实被冤枉了，不幸的是，他有别的问题：

贪污成性。

拔出萝卜带出泥，拉斯利的父亲被调查出，多年来至少贪污了二十万两白银。阿克曼国王爱民如子，对待官员也甚厚，所以对贪污之类的行为很难忍受，再加上参与谋逆的可能性，阿克曼国王下了决心。最终，拉斯利一家被满门抄斩。

想象得到，整个过程中图图起到了很大作用，他买通了刑律执政官，一位和拉斯利的父亲长期不和的官员。

但是，拉斯利却侥幸逃脱了——并非有意逃脱，而是因为他的风流成性。

拉斯利不仅在各种高档的风月场所鬼混，也在很多野窑子流连不归。抄家的那天，他其实已经消失了七八天，躲在一个没有人会想到的偏僻巷子里逍遥，因为那里有一个不为人知的小妓院，其中有他很喜欢的一个歌女。

又过了七八天，拉斯利才想起要回家。

家还在，可人已经不在了，家门已经被封，封条仍然崭新。

邻居们用惊讶的眼神看他，没有人敢和他说话。他去找了朋友，想问问是怎么回事。但朋友让他坐下喝茶之后，却偷偷去举报。好在最后一刻，当朋友消失了很久，院门外又响起一阵甲兵之声的时候，他意识到了什么，翻墙逃跑了。

拉斯利知道，肯定发生了什么不同寻常的事情。

他开始小心翼翼，跑回小妓院躲了起来。小妓院的人并不知道他的身份，而他身上还有一些钱，足以在这里待上几天。几天之后，通过他很喜欢的那个歌女，终于打听到了一切。

于是，他只能离开黑石城，踏上了逃亡的不归之路。

拉斯利虽然冤枉，但也不是什么好人。自从在云球中作为弗吉斯见到拉斯利，任为对他就没有多少好感，不过倒也没觉得他有特别值得讨厌的地方。现在，拉斯利只是一具行尸走肉，活着没有任何意义，对自己或者对别人都没有意义。而他死去，或者他的意识场死去，也看不出有任何值得可惜的地方。

一个纨绔子弟,有点才学却不学无术。整个青年时期碌碌无为,一天到晚只知道吃喝玩乐,有一天遭遇家门不幸,不得不踏上逃亡之路……在这种情况下幡然醒悟,重启人生,从而开创出一片思想的新天地,难道不是顺理成章吗?

对任为来说,拉斯利的过去和现在,是一个非常合适的云球宿主的形象。

在萨波王国,拉斯利有很大的人身危险,因为他还在被官府追捕的过程之中。但任为觉得这不是问题,他要求沈彤彤,等自己进入云球之后给自己整容。

从技术上说,为云球人整容并不容易,以前也没做过。和地球人一样,云球人的面貌是由基因决定,和身体有复杂的联系,如果要整容,并不是改几个参数就可以实现,需要修改的关联节点很多。比较一下,不见得比医生为地球人整容更容易。但是,对地球所的团队来说,虽然不容易,却也不是不可能。

任为的要求不高,不需要整得太厉害,只要让人认不出来就行。沈彤彤和工程师们对这个小挑战很有信心。

张琦对于这件事的必要性有所质疑,不过他立刻意识到,这为执行穿越计划提供了一个新技巧,所以没有反对。而且他觉得,即使反对似乎也不会有什么用,任为在进入云球这件事上特别有自己的主意,很坚定,和工作中的其他事不太一样。

总之,任为决定,选择拉斯利作为自己的云球宿主。

一切都在按部就班地推进,他很快就要进入云球了。

进入云球之前,任为从吕青处得知,最高层终于下了决心,很快要公布有关意识场的科学发现了。

对卫生总署来说,尽管将会面临很大的公众压力,但这仍算是件好事。卫生总署已经做好各方面的准备,一旦有关意识场的科学发现被公布,他们将立即宣布，KillKiller 以及类似的技术将永远不会被纳入到医疗保险中。原因很简单，那些病人是空体而不是活着的人。将来，如果卫生总署对任何医疗保险的理赔申请有所怀疑，都将首先进行意识场的强制检测。

法律方面会面临不少争议，所以，法律有很大可能在不远的将来发生一些改变——关于如何定义一个人，死了或者活着。然后，云球人的命运可能也将随之而改变。

吕青有点忧心忡忡。

她支持这个决定，可是她知道，这个决定带来了很大的不确定性，会在社会上引起一系列难以预料的反应。

吕青认为，毫无疑问，意识场将为 KHA 增加合法抗议 KillKiller 的理由和手段。合法理由和手段的增加将会使 KHA 在一定程度上减少恐怖活动。有相当一批人和她的意见一样，这样一批人的意见在客观上对高层做出的最终决定起到了一部分的推动作用。但是，这种事谁能确定呢？KHA 的想法不一定和她一样，这反而使她以及持有她这样意见的那一批人变得压力很大。

无论怎样，CryingRobots 和 FightingRobots 都不会放过 KHA，特别是 FightingRobots——他们不仅有不同的观点，还有深深的仇恨。

在决策圈内，和能源战争类似的恐怖预期也有一定市场。一个最好的科学发现导致了最坏的社会反应，这种情形在历史上并不新鲜，特别是从短期的视角来看。不过吕青倒没有为此忧虑，这不是她所能影响的事情。她相信，能源战争之后，这种决定在这个层面上的后果，必然经过了反复的评估并且做出了相应的准备。

"我很担心明明。"吕青说。

"我也担心。"任为说。

"你还是早点回来。"吕青说。

"我会通过鸡毛信和你联系。需要的话，我会回来。"任为说。

是的，也许内心并不想，但确实需要早点回来。任明明，吕青，还有工作上那么多乱七八糟的事情……他希望自己能在云球待得住。

出发之前，任为去贝加尔湖疗养院看望了妈妈。妈妈被照顾得很好，一如既往的面色红润、皮肤温暖。任为知道，那只是一具空体。可是，握着那么温暖的手，任为竟然忍不住哭了起来。好久没哭过了，几乎没有任何声音，眼泪却在不停地流。他控制不住，埋下头，用额头紧紧贴着妈妈的手，泪水流到了妈妈的手上，但妈妈没有反应。吕青站在一边，静静地看着他，轻轻地抚摸着他的肩膀。

他们和吕青父亲通了个电话，任何关于任明明的事情依旧没有提，只是说任为要出差，一个比较长的时间。老将军并没有对此表达什么意见。他正在阿根廷，似乎所有精力都被吸引到巴塔哥尼亚迷人的海岸线上去了。在三人的通话中，任为和吕青心不在焉，老将军却花费了不少时间讲述巴塔哥尼亚神奇的风景。

这一天终于来了。

当任为醒来的时候，他成为了拉斯利，在哈特尔山，萨波王国边缘的荒凉地带，老巴力的屋子里，老巴力的床上。

周围的柱子和墙壁上，刻满了"复仇"。

任为摸了摸自己的脸，他知道，沈彤彤和工程师们完成了整容的小挑战，这张脸和拉斯利的脸不一样了。拉斯利的身体还是那个身体，但真实的拉斯利已经不存在了——他将成为一个全新的拉斯利，他将成为一个全新的自己。

他将开创一个宗教，他的宗教。